btb
Aus Freude am Lesen

btb

Stefan Heym
WERKAUSGABE

Buch

Goldsborough ist zwar eine typisch amerikanische Stadt, findet sich jedoch überall, wo Menschen täglich ihr Brot unter Tage verdienen. In einer solchen Stadt führen die Männer ein hartes Leben und sind die Frauen stets in Furcht – vor dem, was der Tag ihren Männern und ihnen selbst bringen wird.
Mickie Kennedy ist hungrig nach dem großen Leben. Wäre sie in gesicherten, wohlgeordneten Verhältnissen aufgewachsen, hätte sie vielleicht die Liebe so kennengelernt, wie sie es sich ersehnte. Doch Arbeit und Sorge zu Hause sind kein Nährboden für romantische Träume eines jungen Mädchens. So nimmt Mickie vom Leben, was es ihr bietet, und kümmert sich nicht weiter um die Moral. Ein Gedanke beherrscht sie völlig: Sie will raus aus ihrem armseligen Dasein, koste es, was es wolle …

Autor

Stefan Heym wurde 1913 in Chemnitz geboren. Er emigrierte, als Hitler an die Macht kam. In New York schrieb er seine ersten Romane. Nach dem Krieg, gefährdet durch die Intellektuellenhatz des Senators McCarthy, kehrte er nach Europa zurück und fand Zuflucht, aber auch neue Schwierigkeiten in der DDR. Als Romancier und streitbarer Publizist wurde er international bekannt.
Er zählt zu den erfolgreichsten Autoren der deutschen Gegenwartsliteratur.

Die Stefan-Heym-Werkausgabe bei btb:

Der bittere Lorbeer (72349) · Goldsborough (72350) · Lenz oder die Freiheit (72351) · Lassalle (72352) · Die Augen der Vernunft (72353) · Der Fall Glasenapp (72354) · 5 Tage im Juni (72355) · Der König David Bericht (72356) · Märchen für kluge Kinder (72357) · Collin (72358) · Gesammelte Erzählungen (72359) · Wege und Umwege / Einmischung (72360) · Ahasver (72361) · Schwarzenberg (72362) · Nachruf (72363) · Auf Sand gebaut / Filz (72364) · Radek (72365) · Der Winter unsers Mißvergnügens (72366)

Stefan Heym

# Goldsborough

Roman

btb

Titel der Originalausgabe: »Goldsborough«
Aus dem Amerikanischen vom Verfasser

Die Zeichensetzung folgt, wo sie von den Regeln abweicht, den besonderen Wünschen des Verfassers.

Umwelthinweis:
Alle bedruckten Materialien dieses Taschenbuches sind chlorfrei und umweltschonend.

btb Taschenbücher erscheinen im Goldmann Verlag, einem Unternehmen der Verlagsgruppe Bertelsmann.

1. Auflage
Genehmigte Taschenbuchausgabe Mai 1998

Umschlaggestaltung: Design Team München
Umschlagfoto: AKG, Berlin
Satz: IBV Satz- und Datentechnik GmbH, Berlin
KR · Herstellung: Augustin Wiesbeck
Made in Germany
ISBN 3-442-72350-7

*Angus Cameron,*
*dem Redakteur und Kämpfer*

# *Erstes Kapitel*

Die Verandatreppen wurden morsch. Jedesmal, wenn er seinen Fuß auf eine der Stufen setzte, spürte er, wie das Holz unter seinem Gewicht nachgab. Man müßte die Sache in Ordnung bringen. In der Grube lag schließlich genug Holz herum, und er konnte es relativ billig bekommen. Aber das ganze Haus war am Zusammenfallen, und wenn man da einmal mit Reparaturen anfing, würde man nie fertig werden.

Immerhin, das bißchen, was der Mensch hat, sollte er nicht so vor die Hunde gehen lassen. Und es war nun mal sein Haus; und auf den Blechbriefkasten, der schief und ungeschickt an eine Zaunlatte genagelt war, hatte Mickie seinen Namen gemalt: *Carlisle Kennedy.* Die Farbe hatte rote Tränen geweint, die unter dem »C« und dem »K« und dem »y« eingefroren zu sein schienen. Es war sein Haus; er zahlte ja immer noch dafür. Alle zwei Wochen, nach dem Blick in die Lohntüte, gab es ihm von neuem einen Stich. Und auch wenn er die letzte Rate abgestottert haben würde, dachte er sich, würde es ihm noch vorkommen, als gehöre diese alte Holzbaracke nicht ihm, sondern der lausigen Bergwerksgesellschaft. Was für ein Schwindel! Man mußte das Haus kaufen, um überhaupt ein Dach über dem Kopf zu haben, und mit jeder Abzahlung, die sie einem gleich vom Lohn abzogen, fesselten sie einen noch mehr an die Grube.

Er klappte den Deckel des Briefkastens herunter. Eine bunte Reklamebroschüre von einer Kreditanstalt und die heutige Nummer des *Goldsborough Daily Eagle* lagen darin. Er schmiß die Broschüre ungelesen fort, klemmte die Zeitung unter den Arm und folgte der Spur nackter Erde, die sich durch schütteres Gras hinzog bis zu dem windschiefen Abtritt am Ende des Pfades. Ein paar große, blaue Herbstfliegen surrten hoch. Kennedy setzte sich hin, ließ aber die Tür offen, um Licht zum Lesen zu haben.

Der Präsident hatte bei einer Pressekonferenz im Weißen Haus eine Erklärung abgegeben, irgend etwas über Demokratie. Weinbergs Herrenartikelgeschäft in Goldsborough veranstaltete einen Ausverkauf vor der nächsten Preissteigerung. Der Prozeß gegen Hale war auf heute vor dem Kreisgericht Goldsborough angesetzt.

Kennedy zerriß die Zeitung in Vierecke. Vom Hause her hörte er Evalines keifende Stimme. Er stand auf. Beim Herausgehen versetzte er der Tür des Abtritts einen wütenden Stoß mit seinem Absatz, so daß sie krachend zuflog.

Das einzig Gute an diesem Tag war noch das Wetter, frisch und klar. Von seiner Veranda aus hatte er einen großartigen Blick über ganz Goldsborough, über den Pokie-Fluß hinweg und noch weiter über die dahinter liegenden Berge, die sich in einem bläulichen Schimmer verloren. Er liebte dieses Land und diese Berge. Wenn die Jagdzeit begann, drückte er sich immer für ein paar Tage vor der Arbeit in der Grube, nahm sein Gewehr und ging in die Wälder. In zwei Tagen konnte er dann mehr Fleisch heranschaffen, als er für zwei Wochen Lohn kaufen konnte – besonders jetzt, wo Kurzarbeit die Regel war.

Schon wieder kam das Keifen aus der Küche. Er ging ins Haus. Im ersten Augenblick konnte er im Halbdunkel nur den großen weißen Kühlschrank erkennen; dann unterschied er seine Kinder. Sie waren in ständiger Bewegung, fielen übereinander her, stürzten, sprangen auf, rannten weiter; Gott weiß, wo sie die Energie dazu hernahmen. Und dann sah er Angeline, unbeweglich in ihrem Schaukelstuhl in der Ecke, ihr schweres regelmäßiges Atmen klang wie das Rauschen auf einer abgenutzten Grammophonplatte.

Bedauernswertes Wesen, dachte er und fühlte sich gleichzeitig verärgert und schuldbewußt. Er konnte sie schon nicht mehr ansehen – das Baumwollkleid, straff gespannt durch die fetten, rosa Schenkel, die unter dem zu kurzen Rock sichtbar waren; ihre dikken, weichen Hände, die vergeblich versuchten, über dem Bauch zueinander zu kommen; ihre Augen, eingeengt von den verquollenen Backen. Dabei war sie eine gute Frau; tadellos; sie konnte ja nichts für ihr Unglück. Die Kinder hatten sie so gemacht, wie sie war; und er war es, der ihr die Kinder gemacht hatte.

»Wir werden noch zu spät kommen!« Das war Evaline, vom Küchenherd her. »Alle Jubeljahre einmal bitte ich den Mann, mir eine Gefälligkeit zu tun. Gehn wir jetzt also, oder was? Wenn du mich nämlich nicht mitnimmst, werd ich schon jemand anders finden. Nicht jeder ist so stinkfaul wie du –«

Ihre dünnen Lippen schnappten über ihrem zahnlosen Munde zusammen. Wie ein derart dürres Weibsstück ein Monstrum wie seine Frau in die Welt gesetzt haben konnte, blieb Kennedy ein Rätsel.

»Kaffee!« sagte er und setzte sich an den Tisch.

Evaline schob die Tasse vor ihn hin und einen Teller mit ein paar Stück Brot und mehreren Scheiben Speck.

»Du hast dich ja schön herausstaffiert!« bemerkte er.

»Und warum nicht?« gab sie ihm sofort zurück, wobei sie an ihrem schwarzen Kleid herumzupfte und ihren Kragen glattstrich. »Wie oft komm ich schon in die Stadt? Wie ich noch mein eignes Haus hatte, da bin ich jeden Tag in die Stadt gegangen, manchmal sogar zweimal. Aber jetzt? Wer füttert denn deine Brut und wischt ihnen die Rotznasen? Du vielleicht? Und wenn's nicht das ist, dann ist's was anderes. Schinderei den ganzen Tag –«

Er legte die letzte Scheibe Speck auf sein Brot und erklärte höflich: »Wenn's Ihnen hier in Pritchett Heights nicht paßt, Mrs. Polowski, dann wissen Sie ja, was Sie tun können.«

»O ja?« Sie lehnte sich über ihn. »Ich möcht mal sehen, was passieren würde, wenn ich hier fortginge.«

Er hustete und wischte sich den Mund. Der Streit endete immer an diesem Punkt. Sie wußte, daß sie unentbehrlich war, die alte Hexe. »Wo ist Mickie?« fragte er.

»Wo wird sie schon sein?« sagte Evaline. »Im Bett, schläft. Leute wie ich müssen sich die Haut von den Knochen arbeiten, aber die Prinzessin darf man ja nicht stören. Wenn du meine Meinung wissen willst –«

»Wer will deine Meinung schon wissen!« sagte er und lachte. Er hatte eigentlich keinen Grund zum Lachen, nur daß er wußte, daß sein Lachen Evaline furchtbar reizte. Er lachte tief aus der Brust heraus, die Fältchen neben seinen Augenwinkeln zuckten. Sein Lachen füllte die Küche von einem Ende zum andern. Die Kinder – Donnie und Robbie und Sally – und die drei kleineren, die er von Angeline hatte, stimmten in das Gelächter ein.

Evaline schlug die Hände an die Ohren. »Gackernde, schnatternde Teufel!« schrie sie.

Kennedy erhob sich. Mit seiner arbeitsschweren Hand haute er ihr eins auf den knochigen Hintern; dann, mit einem halben Blick auf Angeline, die während des ganzen Lärms ungerührt dagesessen hatte, verließ er das Haus.

Weit ausschreitend, ging er an der Reihe der grauen, aus Holzlatten zusammengenagelten Häuschen entlang, die sich nur durch die verschiedenen Stadien ihrer Reparaturbedürftigkeit voneinander unterschieden. Das war Pritchett Heights. Billiges Land auf einer Anhöhe, die kahl war bis auf ein paar magere Bäume und zerzauste Büsche; darum hatte die Bergwerksgesellschaft hier gebaut. Billige zweistöckige Buden, ohne Keller und Isolierung, ohne Kanalisation, Wasser nur aus ein paar Pumpen; so hatte die Bergwerksgesellschaft hier gebaut. Überall in diesem Teil von Pennsylvania konnte man Siedlungen dieser Art finden; sie waren weder Dorf noch Stadt; amtlich hatten sie überhaupt keinen Namen; Bergarbeitersiedlungen waren es; und wenn man sich in Goldsborough nach dem Weg nach Pritchett Heights erkundigte, schauten die Leute einen mißtrauisch an – was konnte einer schon dort wollen?

Kennedy erreichte das Ende der Reihe, dort, wo Elijah Jamiesons Haus, getragen von wackligen hölzernen Stützen, zu einem Viertel über den Abhang hinausragte. Vor diesem Haus begann die ungepflasterte Straße, die den Berg hinunter nach Goldsborough führte, und hier parkten die Autobesitzer unter den Arbeitern ihre Wagen.

Kennedy trat zu seinem Chevrolet. Das war ein Wagen, wie man ihn so leicht nicht wieder fand. Mit seinen verbogenen, geflickten rostzerfressenen Kotflügeln, mit Stoßstangen, die an Drähten hingen, mit dem altersgefleckten Glas seiner Windschutzscheibe war dieser Chevrolet ein Schandfleck auf den spiegelglatten Autobahnen des Landes. Nicht daß Kennedy es so empfand – die Karre lief; das war die Hauptsache. Sie brachte ihn und noch ein paar Kumpel von Pritchett Heights wohlbehalten zur Grube und zurück; und während der Jagdzeit fuhr er damit in die Wälder; und wenn er sie heute vor dem Gerichtsgebäude falsch parkte, würde der nächste beste Polizist ihm einen Strafzettel verabreichen, was bewies, daß die alte Ratterkiste genauso gut war wie jeder andere Wagen und daß vielleicht doch etwas Richtiges an Trumans Erklärung über Demokratie war, die im *Goldsborough Daily Eagle* gestanden hatte.

Evaline war ihm nachgerannt. Noch ganz außer Atem, setzte sie sich neben ihn. Sie versuchte, aufrecht zu sitzen, wie sich's gehört, und gleichzeitig die Sprungfeder zu vermeiden, die durch das Sitzpolster gedrungen war. Der Starter winselte ein paarmal, der Motor sprang an, und Kennedy steuerte den Wagen vorsichtig auf die Straße.

Die Straße hatte tiefe Schlaglöcher, und das Gestrüpp in den Gräben wucherte bis auf die Fahrbahn. Sie führte steil bergab, mit drei scharfen Kurven, bei Wintereis kaum befahrbar. Im Frühling und Herbst mußten sich die Autos durch dicken Schlamm hindurcharbeiten, während sie im Sommer solche Staubwolken hochwarfen, daß die Blätter und Dornen des Gestrüpps gelblich-weiß statt grün waren. Blieb ein Wagen stecken und konnte er nicht abgeschleppt werden, so war die Straße tagelang nicht zu benutzen. Dann geschah es wohl, daß Kennedy eine Delegation von Bergarbeitern von Pritchett Heights zusammenbrachte und mit ihr in Bürgermeister Purdys Amt in Goldsborough vorsprach und verlangte, daß die Stadt die Straße endlich in Ordnung bringe. Purdy redete sich heraus, sagte, der Landkreis sei dafür zuständig; die Kreisbehörde dagegen erklärte, Pritchett Heights gehöre zur Stadt Goldsborough und gehe sie nichts an.

Kennedy fuhr fast automatisch. Der Chevrolet holperte über die Löcher; Evaline mußte ihren Hut und ihre schwarze kunstlederne Handtasche krampfhaft festhalten. Dabei redete sie unaufhörlich und hielt nur inne, wenn ein besonders harter Stoß ihr den Atem benahm. Kennedy hörte nicht zu; er war mit seinen eigenen Gedanken beschäftigt.

Die Frage, warum »Doc« Silas Hale vor Gericht gezerrt wurde, interessierte ihn nicht so sehr; die Antwort darauf war klar genug. Selbst in einem Drecknest wie Goldsborough konnte der Mensch sich der politischen Maschine nicht widersetzen und gleichzeitig erwarten, auf die Dauer ungeschoren zu bleiben – und bei den Wahlen von 1946 hatte Doc Hale der Maschine beinahe eine tödliche Niederlage beigebracht. Ein Schwein wie Lou Geoghan vergibt und vergißt nicht; er kann es sich nicht leisten. Drei Jahre hatte Geoghan gewartet, jetzt schlug er zu, hart, mörderisch. Armer Kerl, Doc!

So arm eigentlich auch wieder nicht. Hale konnte eine Menge Mut entwickeln, sobald er einmal anfing, sich zu engagieren. Besaß auch Charakter. Schließlich hatte er es nicht nötig zu kämpfen; wenn er gewollt hätte, hätte er seinen Frieden durchaus machen können. Ein Bergarbeiter zum Beispiel hat keinen anderen Ausweg, er muß kämpfen; aber ein Zahnarzt, oder beinahe ein Zahnarzt, wie Doc es war, so einer hat Dutzende von Möglichkeiten.

Es waren diese Möglichkeiten, die Kennedy Sorge machten. Irgendwie lag ihm daran, daß Hale in diesem Gerichtssaal Widerstand leistete; dabei wußte er, daß er kein Recht hatte, es zu verlangen oder zu erwarten, und wußte außerdem, daß Hale, selbst wenn er bereit war zu kämpfen, kaum eine Chance haben würde, auch nur den Mund aufzutun. Alles würde sich zwischen den Herren Juristen abspielen, und es würde heißen: Bitte antworten Sie Ja oder Nein. So war es nun mal in diesen Gerichten, und die Stimme des einzelnen wurde einfach erstickt.

Mit einer Reihe von Stößen und einer letzten Erschütterung fuhr der Chevrolet über die Knüppelbrücke am Ende der Straße und bog in die Chaussee nach Goldsborough ein. Kennedy trat auf den Gashebel. Die Zementbahn floß mit großer Geschwindigkeit unter dem Wagen vorbei, und über dem Singen der Reifen hörte er Evalines Wortschwall.

»Es würde dir auch nicht weh tun, zu antworten! Es ist ja, als ob man mit einem Taubstummen zusammen wäre! Oder hast du vielleicht vergessen, dir die Kohle aus den Ohren zu waschen?«

»Jawoll!« sagte er.

»Leid wird's dir noch mal tun, Carlisle Kennedy! Eines Tages wird's dir ganz gehörig leid tun. Immer nur an sich selber denken und an seine eigenen gottlosen Vergnügungen – aber wenn du nur ein einziges Mal einem Menschen, der schließlich auch zu deiner Familie gehört, einen Gefallen tun sollst, wie beispielsweise mich nach Goldsborough mitnehmen, damit ich nicht den ganzen Weg zu Fuß machen muß und mir die Beine in den Löchern auf der Straße breche, dann tust du, als ob das das größte Unglück auf der Welt wäre.«

»Jawoll!« sagte er.

Sie rutschte auf ihrem Sitz herum. Wohin sie sich auch immer setzte, schien die lose Sprungfeder sie zu verfolgen; und sie hatte Angst um ihr gutes schwarzes Kleid. Ein Skandal wäre das, wenn ihr das Kleid jetzt kaputt ginge und sie sich in aller Öffentlichkeit mit einem Riß im Rock zeigen müßte. Aber ihr passierten solche Sachen. Ihr ganzes Leben lang hatte sie Pech. Selbst jetzt, in einem Alter, wo andere Frauen es friedlich und gut hatten, mußte sie den Rotz an den Nasen der Gören dieses Kennedy abwischen und noch dazu seine und Mickies Beleidigungen einstecken. Pater Boleslav von der Kirche des Heiligen Ignaz sagte zwar, das wäre alles eine Prüfung, und er hatte ja wohl auch recht – aber war sie um Gottes willen noch nicht genug geprüft worden? Hatte sie nicht alles verloren, ihr Haus und ihre Zähne und das Versicherungsgeld, das ihr Mann ihr hinterlassen hatte; und die drei Töchter, die sie unter so vielen Opfern groß gezogen und verheiratet hatte, Angeline ganz besonders – was hatte sie jetzt schon davon? Und für die Nerven waren sie das Allerschlimmste, diese dauernden Prüfungen. Was würde geschehen, wenn sie heute versagte?

Sie bemerkte, daß Kennedy die Stirn runzelte. »Meinst du das im Ernst«, hörte sie ihn sagen, »daß du sogar zu Fuß gelaufen wärst, nur um zu diesem Prozeß zu kommen? Was liegt dir denn so viel daran?«

Für den Bruchteil einer Sekunde schlossen sich ihre großen, sehnigen Hände fest um ihre Handtasche, als wollten sie sich überzeugen, daß die Tasche noch da war. Heimlich machte sie die Tasche auf. Ihre Finger fischten nach der kleinen Pappschachtel. Jawohl, auch die war noch da mit ihren neuen Zähnen drin, Zähnen, die weiß glänzten wie Perlen und in einem rosigen Zahnfleisch aus einer Art Zelluloid saßen. Nach Jahren, in denen man nur breiiges Zeug in sich hineinlöffeln mußte, wieder ein Stück Fleisch beißen zu können! Vielleicht würde Mr. Adair sie zu einem Steak einladen; sie könnte es wenigstens durchblicken lassen – höflich wie sich's gehört, natürlich.

»He – also was liegt dir denn daran?« fragte Kennedy wieder.

Sie schmatzte, schluckte und sagte dann: »Du glaubst wohl, ich hab überhaupt kein Recht, aus dem Haus herauszukommen? Wie oft seh ich denn schon mal was Interessantes, und noch dazu gratis und umsonst? Vielleicht wird mir's Spaß machen zuzusehen, wie einer von deinen sauberen Freunden endlich mal abkriegt, was er verdient. Pater Boleslav sagt immer –«

Er preßte seinen Daumen auf die Hupe, obwohl die Chaussee völlig leer vor ihm lag, und nahm den Daumen erst herunter, als er sah, daß ihre Lippen wieder fest aufeinander lagen. Er hatte sie großartig zum Schweigen gebracht, und er konnte sich ausrechnen, wie sie innerlich kochte, und er wünschte, die Innentemperatur der Alten stiege weiter, bis sie zerplatzte.

Evaline unterdrückte ein Lächeln. Sie erriet, was er sich dachte. Da dachte er, wie gescheit er war, und daß er alles wußte. Aber nichts wußte er, gar nichts, und schon überhaupt nichts von den Zähnen. Eine schöne Überraschung würde er erleben. Was sie wußte, half ihr jedoch nicht, ihre Aufregung zu überwinden. Nur Reden half ihr; und er ließ sie nicht zum Reden kommen. Solange sie redete, war sie imstande gewesen, ihre Besorgnisse irgendwie im Zaum zu halten; jetzt fraßen sie in ihren Eingeweiden. Es war natürlich lächerlich, daß sie Angst hatte. Sie brauchen keine Angst zu haben, hatte Mr. Adair ihr erklärt, alle werden auf Ihrer Seite sein, wenn Sie Ihre Aussage nur gut vorbringen, so wie Sie sie mir jetzt schon dreimal vorgesprochen haben. Ich habe Ihnen alle Fragen mitgeteilt, die ich Sie fragen werde, und ich habe Ihnen auch über die Fragen Bescheid gesagt, die der Verteidiger wahrscheinlich stellen wird; und außerdem sitzt auch Seine Ehren da oben am Richtertisch, und Seine Ehren wird Sie bestimmt in Schutz nehmen.

Das hatte alles sehr gut geklungen, und sie war auch überzeugt, daß die Sache glattgehen würde, sobald nur einmal ein Anfang gemacht war. Wovor sie Angst hatte, waren die Minuten, die es dauern würde, bevor sie richtig in Fahrt kam. Aus dem Zeugenzimmer herauskommen und ganz alleine, vor aller Augen, zu dem Zeugenstuhl gehen und sich auf den Stuhl setzen und angeglotzt werden – und wenn die Leute plötzlich lachten? Sie war ja nur eine arme Frau, sie war immer arm gewesen, und eine Witwe sein und Zimmer an Bergarbeiter vermieten und für sie kochen und dann als Reinemachefrau im Goldsborough Palace Hotel arbeiten und später das Haus für Kennedy führen hatte sie auch nicht gerade schöner gemacht. Die Armen sehen vor der Welt eben nicht gut aus. Die Armen haben diesseits des Paradieses überhaupt keine Vorteile... Sie spürte die lose Sprungfeder im Sitz. Hastig griff sie nach ihrem Rock. Gott! Wenn ihr Kleid jetzt zerriß, würde sie einfach nicht fähig sein, die Sache zu machen.

Sie fuhren in Goldsborough ein und gerieten in den Automobilverkehr auf dem Pennsylvania Boulevard. Vor der Verkehrsampel an der Kreuzung des Boulevards mit der Vierten Avenue mußte Kennedy stoppen.

»Was hast du eigentlich gegen Doc Hale?« fragte er plötzlich.

»Ich?« Sie zuckte die Achseln. »Nichts.«

Er spuckte aus dem Fenster.

Sie starrte geradeaus. »Na schön, ich mag ihn eben nicht leiden! Ich kann ihn nicht ausstehen, so wenig wie dich! Dich und deine ganzen Freunde! Bande von gottlosen, schlimmen Leuten, mit denen es auch kein gutes Ende nehmen wird. Immer lachen und drekkige Witze erzählen und Bier trinken und über Politik reden!« Sie wandte sich Kennedy zu, ihre Pupillen waren klein geworden vor Haß. »Schau dir doch Angeline an! Was hast du ihr angetan? Wie du zu mir gekommen bist und gesagt hast, daß du sie zur Frau willst, da war sie jung und stark, mit Augen, die etwas erkannten, und einem Mund, der sprechen konnte –«

Die Verkehrsampel zeigte Grün. Mit abrupter Schärfe schwang er das Steuer herum. Der Wagen kreischte nach rechts in die Vierte Avenue hinein und bog wieder links ab. Der Platz vor dem Gerichtsgebäude war schon voll geparkter Automobile. Ganz Goldsborough war erschienen.

Kennedy öffnete seine Jacke.

Der Gerichtssaal war überheizt, und die Menschen, die sich auf den Zuschauerbänken drängten, erzeugten noch mehr Wärme. Die amerikanische Flagge, die einen Teil der Wand über dem großen Lehnstuhl des Richters verdeckte, schien sich in der aufsteigenden Luft leise zu bewegen. Das einzige Geräusch im Saal war ein unterdrücktes Stimmengemurmel. Es erinnerte Kennedy an eine Begräbniskapelle, bevor die trauernden Hinterbliebenen eintreten und Schweigen einsetzt.

Er reckte den Hals. Sein Platz in der hintersten Reihe war als Beobachtungsposten nicht sehr geeignet; aber er war froh, überhaupt einen Platz gefunden zu haben. Er und Evaline waren fast die letzten gewesen, die noch hereingelassen worden waren. Unmittelbar hinter ihnen hatten die uniformierten Gerichtsdiener die Türen vor den Nasen der nachdrängenden Menge zugeschlagen. Hale hatte viele Freunde und noch mehr Feinde.

Seine Feinde hatten sich die besten Plätze reservieren lassen. Die vorderen Reihen waren mit Prominenz gespickt. Die ganze politische Maschine war höchst persönlich erschienen – Bürgermeister Purdy, Polizeichef Bodenheimer, die Ratsherren und die anderen hohen Beamten. Kennedy kannte sie alle, entweder von Angesicht oder von ihren idealisierten Photographien auf den Wahlplakaten von 1946. Sie alle hatten etwas an sich, das sie einander ähnlich machte, eine Art anmaßender Zufriedenheit mit sich selbst und mit der Welt, die sie manipulierten. Sie waren Männer, die sich nicht leicht in Wallung bringen ließen; sie sprachen gewichtig, wenn sie überhaupt sprachen, und dann brachten sie es noch fertig, nichts zu sagen. Nur einmal hatte Kennedy sie unsicher und nervös gesehen; das war während der Wahlkampagne gewesen, als Hale ihnen die Hölle heiß machte.

Lou Geoghan saß bescheiden in der zweiten Reihe. Er trug einen unauffälligen grauen Anzug. Was ihn aber von den gewöhnlichen Sterblichen abhob, waren die zwei Männer zu seinen beiden Seiten. Sie hielten sich bewegungslos; sie waren wie ein zu schwerer Rahmen, der das Bild erdrückt. Kennedy konnte nur ihre Nacken sehen, enorm und muskulös, und ihr gelocktes, mit Pomade festgeklebtes Haar. Zu viel Artillerie, dachte er sich, für einen Abteilungsleiter in der Stadtverwaltung.

Hale saß jenseits der hölzernen Barriere, die das eigentliche Gericht von der Zuschauerreihe trennte. Er saß vornübergebeugt auf seinem Stuhl; mit der linken Hand strich er sich gelegentlich das schon grau werdende Haar von seiner hohen, unregelmäßig geformten Stirn zurück, die rechte trommelte auf dem Rand des vor ihm stehenden Tisches. Ein Aktenstoß lag auf dem Tisch; Hale blickte ihn nicht an, er blickte auch nicht auf Trelawney, der neben ihm saß. Trelawney stützte sein scharfkantiges Gesicht auf seine eine gesunde Hand, als ob er sich um gar nichts kümmerte und nur wartete. Na ja, dachte Kennedy, der Mann war ein guter Advokat und hatte alles, was er konnte, getan; die Geschworenen waren bestimmt und saßen bereits auf der Geschworenenbank, und nur Seine Ehren der Richter fehlte noch.

Kennedy sah sich die Gesichter der Geschworenen an. Neun Männer und drei Frauen, saßen die Schöffen in zwei Reihen, ruhig und unberührt, mit dem Ausdruck erzwungener Gleichgültigkeit. Kennedy fragte sich, ob sie wirklich glaubten, daß sie objektiv urteilen könnten. Den ganzen Tag gestern hatte Trelawney wegen der Auswahl der Geschworenen gestritten und gefeilscht, gegen einen Schöffen nach dem anderen hatte er Einspruch erhoben und versucht, diejenigen auszuschalten, die zu offenbar von Geoghans Gunst abhingen; aber wen gab es schon in Goldsborough, der zu einer Klasse gehörte, in der man als Geschworener aufgerufen wurde, und der doch unabhängig genug war, seine eigenen Interessen wenigstens momentan vergessen zu können? Geschäft ist Geschäft, und ein guter Job ist ein guter Job; der Mensch denkt gar nicht darüber nach, und doch beeinflußt so etwas jeden seiner Gedanken.

Adair, dieser Lausebengel, flegelte sich am Tisch der Staatsanwaltschaft und lehnte sich so weit zurück, daß sein Stuhl nur auf zwei Beinen stand. Er konnte es sich leisten, sorglos zu erscheinen. Für ihn war die Sache bereits entschieden; und nicht nur für ihn, für alle die großen Herren da vorn, für Geoghan und Purdy und Bodenheimer; sie waren hier, um zu genießen, wie ein Mensch erledigt wurde. Auch Lonsdale war zu diesem Zwecke erschienen. Kennedy sah ihn erst jetzt. Lonsdale saß weiter seitlich. Unser ehrlicher, braver Herb Lonsdale, in einem besonders weißen Hemd, in einem makellos sauberen, maßgeschneiderten Anzug, sein Gesicht ein Arbeitergesicht, aber den Mund noch mehr verzogen als früher, und die Nase noch geschwollener vom Saufen. Die Reden, die der Mann 1946 geschwungen hatte! Die Versprechungen, die er gemacht hatte! Wenn ich Bürgermeister bin, wenn ihr mich und meinen guten Freund Hale und meinen guten Freund Trelawney wählt, dann werden wir aus dieser Stadt eine anständige und saubere Stadt machen, eine Stadt, wo die Polizei auf Seiten des ehrlichen Arbeitsmannes stehen wird, eine Stadt, wo man mit hoch erhobenem Kopf auf der Straße gehen kann! Hurra für Lonsdale, das ist unser Mann! Nur daß unser Mann sich ausgerechnet direkt vor dem Wahltag dünne machte. Die Menschen haben eben kein Gedächtnis. Wenn sie ein Gedächtnis hätten, nur genug Gedächtnis, um drei kurze Jahre zurückdenken zu können, so würden sie Lonsdale aus diesem Gerichtssaal und aus dieser Stadt herausjagen.

Und doch... Er sah sich in den hinteren Reihen um. Die waren vollgepfropft mit Menschen seiner Art, zum Teil Hales Patienten, Männer und Frauen, denen Hale auf diese oder jene Weise geholfen hatte, und vielleicht steckte in ihnen ein Teilchen seiner eigenen Verbitterung, obwohl sie gar nicht wußten, worum es eigentlich hier ging. Es lag so in der Haltung, in der sie dasaßen, ungelöst, steif, oder sich nach vorn beugten, den Blick auf den immer noch leeren Riesenlehnstuhl des Richters gerichtet. Es war eine Spannung da, und sie wuchs mit jeder Minute. Die Spannung sprang auch auf Kennedy über. Die Leute fühlten eben auch, daß es sich bei diesem Fall um mehr handelte als nur um eine juristische Anklage gegen Doc Hale. Die Spannung kam von außerhalb des Gerichts, von den Gruben, in denen man jetzt ohne Tarifvertrag arbeitete, von der Unsicherheit, die auf jedem Menschen lastete, von den Entbehrungen und Beschwernissen, und sie sammelten sich hier in diesem Gerichtssaal. Deshalb war er hier, und deshalb waren auch seine Kumpel hier, und deshalb hatte Lonsdale kommen müssen, und deshalb saß Geoghan da vorn flankiert von seinen Leibwachen, und deshalb hatten sich auch Bodenheimer, Purdy und die ganze feine Gesellschaft eingestellt.

Plötzlich fuhr er herum. Einer der Gerichtsdiener war auf ihn zugekommen – nein, nicht auf ihn, auf Evaline! Der Gerichtsdiener beugte sich zu ihr hinab und flüsterte ihr etwas zu. Sie stand auf und folgte ihm, den Hauptgang entlang.

Verflucht noch mal, Evaline! wollte er ihr nachrufen. Er wollte ihr sogar nachlaufen, aber sie war schon durch die Klapptür in der Barriere gegangen. Er saß noch immer da und sah dumm aus. Sie marschierte am Tisch der Staatsanwaltschaft vorbei und dann aus dem Saal, durch eine Tür, die sich in der getäfelten Wand seitlich hinter dem Podium des Richters befand.

Dann erhob sich alles.

Richter Pritchett bestieg das Podium, stand einen Augenblick lang hinter seinem reichgeschnitzten, schweren Tisch, blickte kurz über die Menschen in seinem Gerichtssaal hin und ließ sich in seinen Lehnstuhl sinken.

Adair stellte sich an die Ecke der Geschworenenbank, seinen Ellbogen auf das davor gebaute Geländer gestützt. Er sprach im Konversationston. Die juristische Terminologie tat er mit einer Handbewegung ab – als wollte er sagen: Darum brauchen wir uns hier nicht zu kümmern, meine Damen und Herren, weder Sie noch ich... In seinen Worten schwang ein Unterton höflichen Bedauerns mit. Er schien zum Ausdruck bringen zu wollen, daß es einfach eine Schande war, zwölf gute Amerikaner – Männer und Frauen, die alle Wichtigeres zu tun hatten – mit einer Angelegenheit zu belästigen, die von vornherein so klar lag wie der Fall Fiskus gegen Silas Hale.

»Sie zum Beispiel, gnädige Frau –«, wandte er sich an Schöffen Nummer drei, eine Frau in mittleren Jahren, die ihn befangen anstarrte, »Sie sind eine Hausfrau und Mutter. Wenn nun, Gott behüte, eines Ihrer Kinder plötzlich ernstlich erkrankte, würden Sie zulassen, daß der Drogist aus dem Laden an der Ecke es behandelt? Selbstverständlich nicht, obwohl Sie den Drogisten vielleicht als einen sehr lieben und netten Menschen kennengelernt haben. Sie würden einen wirklichen Arzt heranziehen... Und Sie, mein Herr« – dies zu Schöffen Nummer acht, einem jüngeren, aber schon glatzköpfigen Mann – »nehmen wir an, Ihre Frau Gemahlin ginge einem gesegneten Ereignis entgegen, würden Sie nicht dafür Sorge tragen, daß sie sich während der ganzen Zeit ihrer anderen Umstände in der Fürsorge des besten Arztes, den Sie kennen, befindet, und daß das Krankenhausbett für sie reserviert ist und bereitsteht? Sie würden keineswegs zulassen, daß, sagen wir, Tante Emily etwas für Sie so Kostbares wie Ihre Frau Gemahlin und das neuentstehende Leben behandelt – obzwar Sie Tante Emilys Kürbistorten und andere Haushaltstugenden durchaus zu schätzen wissen.

Sehen Sie, meine Damen und Herren, hier handelt es sich um einen Fall, der diesen beiden Beispielen durchaus ähnelt. Unsere moderne ärztliche Wissenschaft hat bewiesen, daß die Zähne ein ebenso wichtiger Teil des Körpers sind wie jeder andere. Darum wird unsere diesbezügliche Gesetzgebung nicht nur auf Ärzte, sondern auch auf Dentisten angewendet. Darum gestattet das Gesetz niemandem, Medizin oder« – er machte eine Pause und fügte mit besonderer Betonung hinzu – »oder *zahnärztliche Heilkunde* zu betreiben, ohne die hierzu notwendige Lizenz zu besitzen...«

Hale hörte nicht mehr zu. Er hatte versucht zuzuhören, als sei nicht er es, um dessen Hals dieser billige Demagoge mit seinen quasi-volkstümlichen Vergleichen die Schlinge legte, sondern als sei er jemand anderes, jemand außerhalb seiner selbst, der es sich leisten konnte, an dieser traurigen Farce Spaß zu finden. Aber es handelte sich eben doch um seinen eigenen Hals.

Seine Finger trommelten schneller.

Trelawney blickte auf. »Ruhig bleiben«, sagte er. »Soll er reden.«

Hale zwinkerte nervös. Nie hatten sie ihn antasten können. Sie hatten ihm nichts anhaben können, als er Reformen verlangte und mit den Menschen darüber sprach und die Menschen dafür gewann, und als er den Sprung von der Rede zur Tat machte, indem er eine besondere Kandidatenliste für die Primärwahlen innerhalb der Demokratischen Partei durchsetzte. Gelacht hatten sie über ihn. Als er dann aber die Primärwahlen gewann und so die Organisation der Demokratischen Partei in der Stadt Goldsborough von innen her eroberte, hatten sie nicht mehr gelacht. Gewinselt hatten sie und gedroht. Aber was konnten sie ihm schon tun? Man lebte schließlich in Amerika, und er hatte nur seine Bürgerpflicht erfüllt, und seine

Hände waren absolut sauber. Daß sie sich dann Lonsdales bemächtigten und sich so den Sieg in den Endwahlen verschafften, war wieder eine andere Sache. Auch das war Amerika. Aber jetzt hatten sie ihn, Silas Hale, bei den Eiern und drückten zu – und alles im Namen des Gesetzes!

Adair war immer noch bei seinem gemütlichen Gespräch mit den Geschworenen. »Nicht jedermann ist so mir nichts, dir nichts imstande, sich gegen Kurpfuscherei zu schützen. Nicht jedermann ist genügend geschult und charakterfest, nicht jedermann hat genügend Urteilskraft, um sich gegen Kurpfuscherei zur Wehr zu setzen – besonders wenn er sich einem skrupellosen Menschen gegenüber sieht, einem geschickten Burschen sozusagen, der aus finanziellen oder anderen Gründen Leute, die ihm ihr Vertrauen schenken, gewissenlos ausnützt. Das ist der Punkt, meine Damen und Herren, wo die Regierung und die Staatsanwaltschaft eingreifen müssen...«

Trelawney lächelte verächtlich. »Zu plump«, flüsterte er Hale zu, »viel zu plump. Pritchett mag so was nicht.«

Hale blickte nach oben, auf die schwarz-umrobten Schultern und das unpersönliche, rosige Gesicht des Richters. Trelawney setzte zu viel Vertrauen auf Pritchett; Trelawney hatte sogar gesagt: Wir können froh sein, daß Pritchett den Fall zugewiesen bekommen hat. Auf diese oder jene Weise waren sämtliche anderen Richter am Kreisgericht Goldsborough Geoghan verpflichtet; Pritchett aber war zu sehr geachtet, zu alt und selber zu wohlhabend, um Unterstützung seitens des politischen Apparats nötig zu haben. Und außerdem, so hatte Trelawney gesagt, hat Pritchett einen angeborenen Sinn für Fairness.

Warum duldet er dann einen Menschen wie Geoghan? hatte Hale gefragt.

Und Trelawney hatte brüsk geantwortet, daß Geoghan den Richter überhaupt nicht interessiere.

Hale hatte nichts weiter gesagt. Er hatte nicht gefragt, warum Pritchett dann das Verfahren nicht niedergeschlagen habe. Trelawney konnte so etwas nicht verstehen. Trelawney war auch vermögend und gehörte zur Oberschicht. Pritchetts Reichtum war allerdings anderer Art. Pritchetts Geld stak in den Bergwerken um

Goldsborough, und obwohl die Pritchett-Kohlen- und Koks-Gesellschaft jetzt nur noch ein Bestandteil des Amalgamated-Steel-Trusts war, war sie ein Millionen-Unternehmen. Und ihr Hauptaktionär war Richter Pritchett.

Der Richter schien durch ihn hindurchzublicken. Was sah so ein Mann in ihm? Etwas Unbequemes, einen Störenfried, einen Rebellen, eine Bedrohung der bestehenden Ordnung, an welcher der Richter in so beträchtlicher Weise Anteil hatte. Auch das konnte Trelawney nicht erkennen, und deshalb konnte er den dummen Auslassungen Adairs so gleichgültig zuhören – Auslassungen, die gar nicht so dumm waren für einen Staatsanwalt, der sich keine Sorgen um die Einstellung des Richters zu machen brauchte.

»Die Staatsanwaltschaft wird beweisen, daß der Angeklagte die zahnärztliche Heilkunde ohne Lizenz betrieben hat, das heißt, ohne das Recht dazu und ohne die dafür notwendigen Kenntnisse. Wir werden solche unwiderlegliche Beweise und Zeugenaussagen beibringen, daß Sie, meine Damen und Herren, gar nicht anders können werden, als den Angeklagten für schuldig zu befinden.«

Ohne sich nach dem Richter oder nach Geoghan umzusehen, schritt der Staatsanwalt zu seinem Tisch zurück, setzte sich hin und streckte die Beine aus. Pritchett nickte Trelawney zu. Trelawney lehnte sich nach vorn und richtete das Gelenk seiner Stützprothese gerade. Dann griff er nach dem langen, kräftigen Stock, der auf dem Tischende lag, setzte ihn hart auf den Boden, zog sich daran hoch und schleppte sich mit verkniffenem Gesicht zu der Geschworenenbank hinüber.

Winzige Schweißtröpfchen standen auf Lauffers Stirn. Adairs Gesicht schwebte so dicht vor seinem, daß er befürchtete, der Atem des Mannes könnte seine Brillengläser beschlagen. Lauffer versuchte abzurücken, aber der solid gezimmerte Zeugenstuhl war plötzlich zu eng geworden. Es war dieselbe Rückwärtsbewegung, die seine Patienten immer machten, wenn sie im Operationsstuhl saßen und er ihnen mit dem Bohrer zu Leibe rückte. Komisch, dachte er, wie die Gedanken der Menschen in kritischen Augenblicken wandern.

»Wie bitte?« fragte er.

»Ich habe Ihnen doch erklärt«, sagte der Staatsanwalt geduldig, »Sie brauchen nicht nervös zu sein. Ich möchte nur von Ihnen wissen, wie lange Sie schon für den Angeklagten arbeiten.«

Lauffer nahm seine Brille ab. Er bemerkte, daß seine feuchten Finger ihren Abdruck auf den Gläsern hinterließen. »*Mit* dem Angeklagten«, sagte er irritiert und bedauerte sofort, Adair widersprochen zu haben.

»Verzeihung«, lächelte Adair. »*Mit* dem Angeklagten. Wie lange?«

»Seit 1947.«

Durcheinanderzubringen versucht er mich, dachte Lauffer. Name? Robert Lauffer. Wie alt? Neununddreißig. Geburtsort? Philadelphia. Beruf? Zahnarzt. Akademischer Grad? Doktor der Zahnärztlichen Heilkunde – promoviert 1933 an der Zahnärztlichen Hochschule des Staates Pennsylvania. Verheiratet? Nicht mehr. Also geschieden? Jawohl ... Er muß wohl so fragen, wegen des Protokolls. Aber die Art und Weise, wie er fragt! Ich habe doch schließlich nichts Schlimmes getan, ich bin doch kein Verbrecher, ich bin doch nur ein Zeuge!

»Und was haben Sie vor 1947 gemacht?«

Lauffer bewegte sich unbehaglich. Was hatte das mit diesem Fall zu tun? »Na ja«, sagte er, »ich war in der Armee, 57. Etappen-Hospital in Frankreich.«

»Das war bis zu Ihrer Entlassung aus der Armee im Jahre 1945.« Adair lächelte schon wieder. »Aber zwischen 1945 und 1947?«

»Ich hatte meine eigene Praxis in Philadelphia«, gab Lauffer mit leiser Stimme zu.

»Bitte sprechen Sie deutlich«, ermahnte Adair. »Der Gerichts-Stenograph möchte Sie auch hören.«

»Ich hatte meine eigene Praxis«, wiederholte Lauffer.

Das Gesicht des Staatsanwalts war zu einem unscharfen weißen Fleck geworden, der sich kreuz und quer über Lauffers Blickfeld schob. Er dachte an Ethel, seine Frau. Ethel hatte das Geld gehabt. Alles, was in seiner Praxis stand, hatte ihr gehört, er selber dazu. Und er dachte an den schrecklichen Tag, da sie ihm nach Camden, New Jersey, nachgefahren war und mit dem Detektiv vor der Tür stand, und er in Unterhosen, und die beiden Huren splitternackt auf der Couch, und an den fürchterlichen Zorn, der sich schrill und gnadenlos über ihn ergossen hatte – und dann hatte er auf einmal keine Frau und keine Praxis mehr gehabt.

»Na also«, sagte der Staatsanwalt. »Wenn Sie vorher eine eigene Praxis hatten und danach für den Angeklagten arbeiten mußten – das war ein ganz hübscher Abstieg, nicht?«

Trelawneys Stimme war scharf. »Ich erhebe Einspruch!«

»Dem Einspruch wird stattgegeben«, sagte der Richter. »Mr. Adair, es ist für das Gericht nebensächlich, ob der Zeuge glaubte, daß er auf der sozialen Leiter auf- oder abstieg.«

»Jawohl, Euer Ehren«, sagte Adair gehorsam. Er hatte ja bereits den Geschworenen zu Bewußtsein gebracht, was er wollte, und er wußte, daß Lauffer rapide genau in die Geistesverfassung hineinglitt, in der er ihn brauchte. Er trat zurück an seinen Tisch und blätterte ein paar Akten durch. Er suchte gar nichts; er ließ Lauffer nur ein bißchen schwitzen.

»Nun, Herr Dr. Lauffer«, fragte er plötzlich, aber immer noch von seinem Tisch aus, »erinnern Sie sich vielleicht an eine Gelegenheit während der mehr als zwei Jahre Ihrer Geschäftsverbindung mit dem Angeklagten, wo dieser selbst eine zahnärztliche Behandlung vornahm?«

»Nein.«

Hände in den Taschen, die Schultern etwas nach vorn gezogen, pirschte Adair sich an den Zeugenstuhl heran.

»Sie sind sich Ihrer Aussage absolut sicher, ja, Herr Dr. Lauffer?«

»Einspruch!« von Trelawney.

»Einspruch abgelehnt.«

Adair wandte sich Pritchett zu. »Euer Ehren, ich wollte nur die Aufmerksamkeit des Zeugen darauf lenken, daß Meineid strafbar ist.«

Trelawney langte nach seinem Stock. Aber er wußte, daß er zum Aufstehen zu viel Zeit brauchte, und entschied sich, sitzend zu sprechen. »Was ist die Absicht des Staatsanwalts? Den Zeugen einzuschüchtern?«

»Wenn die Verteidigung eine juristische Frage mit der Staatsanwaltschaft zu besprechen hat, so wäre es angebracht, diese Diskussion vor dem Richtertisch stattfinden zu lassen«, sagte Adair.

Trelawney verkniff den Mund. Man hörte das Knacken des Gelenks seiner Prothese.

Etwas rührte sich in dem großen Lehnstuhl. »Bitte, bitte, meine Herren!« kam Richter Pritchetts milde, ebenmäßige Stimme von oben. »Eine Besprechung dieser Art ist hier unnötig. Ich nehme an, daß der Zeuge, als ein gebildeter Mensch, über die Frage des Meineids Bescheid weiß. Wollen Sie fortfahren, Herr Staatsanwalt.«

Lauffer hatte den Streit verfolgt. Aber es war nur eine kurze Ruhepause für ihn gewesen; der Staatsanwalt machte sich schon wieder an ihn heran.

»Also – Sie hatten erklärt, Herr Dr. Lauffer, daß, soweit Sie sich erinnern können, der Angeklagte während der Zeit Ihrer Geschäftsverbindung mit ihm an niemandem eine zahnärztliche Behandlung vornahm?«

Lauffer griff nach dem Strohhalm, den der Staatsanwalt ihm hingehalten hatte. Dankbar wiederholte er die all-entschuldigende Redensart: »Soweit ich mich erinnern kann –« und fügte hinzu: »Nein.«

Dabei sprach er die reine Wahrheit! Gewiß, Doc Hale sah sich den Mund des Patienten gerne selber an – aber als Behandlung konnte man so etwas doch keineswegs bezeichnen. Lauffer war auch fest entschlossen, strikt bei der Wahrheit zu bleiben. Warum aber machte der Staatsanwalt ihm dann das Leben so schwer?

»Würde es Ihr Gedächtnis auffrischen«, fragte Adair hilfsbereit, »wenn ich den Namen von Mrs. Evaline Polowski erwähnte?«

Lauffer saß stumm da. Er wußte, daß irgendeine Antwort von ihm erwartet wurde, aber welche Antwort der Staatsanwalt von ihm hören wollte, war ihm unklar.

»Nun, Mrs. Polowski *war* doch Ihre Patientin, nicht wahr?«

»Jawohl.«

»Und am Nachmittag des 17. Juli 1949 kam sie doch zu Ihnen zur Behandlung, nicht wahr?«

Die Schweißtröpfchen auf Lauffers Stirn waren schwer geworden und vereinten sich zu großen, fettigen Perlen. Er fühlte, wie sie herabzurinnen begannen.

»Ich weiß nicht«, sagte er elend.

»Haben Sie denn kein Visitenbuch?« stieß Adair zu.

»Ja – ja, aber natürlich! Nur hab ich's eben in meinem Sprechzimmer liegen...«

»Sie geben also zu, daß Sie eine Patientin namens Evaline Polowski hatten und daß diese sich während der zweiten Hälfte des Monats Juli dieses Jahres bei Ihnen in Behandlung befand, ja?«

»Ja.«

»Nun, an diesem Nachmittag – wir werden später noch feststellen, daß es sich um den Nachmittag des 17. Juli handelt –, als Mrs. Polowski sich also in Ihrem Sprechzimmer aufhielt, hat der Angeklagte ihr da irgendeine zahnärztliche Behandlung angedeihen lassen?«

»Soweit ich mich erinnern kann –«

»Jawohl, Herr Dr. Lauffer, soweit Sie sich erinnern können?«

Lauffer blinzelte. Die Gesichter im Saal, lauter weiße Flecke, hörten auf, sich zu bewegen. Wahrscheinlich starrten alle auf ihn.

»Nein«, sagte er, »er hat Mrs. Polowski nicht behandelt. Ich habe sie behandelt.«

»Aha, jetzt erinnern Sie sich plötzlich?«

Irgend etwas war falsch gewesen, dachte Lauffer. Hatte er zu viel gesagt?

»Und erinnern Sie sich, Herr Dr. Lauffer, daß der Angeklagte Ihr Sprechzimmer betrat, während Mrs. Polowski vor Ihnen im Behandlungsstuhl saß? Das ist doch so gewesen, nicht wahr?«

»Vielleicht...«, sagte Lauffer. Nein, sehr wahrscheinlich sogar. Aber wie konnte man das so genau wissen? Docs Laboratorium lag direkt neben dem Sprechzimmer, und Doc ging ein und aus, wie es ihm einfiel; es war jedenfalls nie eine Angelegenheit gewesen, der Lauffer besondere Aufmerksamkeit schenkte.

*»Vielleicht«*, sagte Adair mit einem bedeutungsvollen Achselzukken in Richtung der Geschworenen, »ist das einzige Wort, das vor Gericht nicht gestattet wird. Es muß entweder *Ja* heißen, Herr Dr. Lauffer, oder *Nein.«*

»Na ja, ich denke schon, daß Doc manchmal hereinkam. Und für Mrs. Polowski mußte er ja ein Gebiß machen. Nicht, daß meine

Gipsabdrücke nicht genügten; so was mach ich mit der linken Hand; und jeder Zahntechniker kann von guten Gipsabdrücken ein Gebiß herstellen; aber Doc sieht sich die Sache immer gern selber an. Wie ich schon sagte, nötig ist es nicht –«

»Entschuldigen Sie, Herr Dr. Lauffer. Sie haben also gesagt, daß der Angeklagte gewöhnlich in Ihr Sprechzimmer kommt, wenn jemand eine Zahnprothese braucht, und daß er sich den Patienten gerne selber ansieht?«

»Ja«, antwortete Lauffer und zögerte. »Das hab ich gesagt.«

»Und ist er ins Sprechzimmer gekommen, als Mrs. Polowski im Behandlungsstuhl saß?«

»Ja.«

»Und hat er ihren Mund irgendwie berührt?«

Ein scharfes: »Einspruch!« von Trelawney.

»Stattgegeben!« sprach das Orakel vom Richtertisch.

Adair verbeugte sich andeutungsweise vor dem Richter.

»Das wäre alles«, sagte er, und zu Trelawney gewandt, »Sie können den Zeugen übernehmen!«

Kennedy hatte das Gefühl, als wäre es ihm in seiner Haut zu eng. Und unter seiner eigenen Nase war das alles abgekartet worden! Da hatten sie Doc Hale einen Strick gedreht, und sein Miststück von Schwiegermutter, die unter seinem eigenen Dach lebte und von seinem eigenen Tisch aß, hatte den Hanf dazu geliefert.

Er wünschte, sie hätte den öligen frommen Quatsch, den sie von sich geben würde, schon ausgesagt, damit er sie irgendwo allein erwischen könnte. Wer hatte sie nur dazu gekriegt? Und was hatte sie davon? Und wie konnte es überhaupt passieren, wo sie mit ihm im selben Haus lebte?

Aber vorläufig mußte er erst mal abwarten, bis dieser Wurm Lauffer sich durchgewunden hatte. Trelawney nahm ihn sich gerade vor. Ein schönes Geschäft, diese Justiz! Immer zwei Bedeutungen bei allem, was sie sagten, und vielleicht noch eine dritte, die hinter den andern zweien lag – und meistens war es diese dritte, um die es plötzlich ging.

Trelawney war geschickter als Adair. Erst brachte er Lauffer

Zahntechniker einem Patienten, der eine komplizierte Zahnprothese benötigte, in den Mund schauen wollte. Dann ließ er Lauffer erklären, daß auch vom zahnärztlichen Standpunkt nichts dagegen einzuwenden sei. Dann behandelte er genau das Gebiet, das Adair bereits durchgeackert hatte, aber merkwürdigerweise ergaben Lauffers Antworten plötzlich einen ganz anderen Sinn. Und schließlich veranlaßte er Lauffer, klar und deutlich zu berichten, daß – jawohl! – Doc Hale sich Evalines dreckiges Maul zwar betrachtet, es aber keineswegs berührt habe.

Kennedy erhob sich halb. Jetzt würde Evaline auftreten, und das wollte er in allen Einzelheiten sehen! Aber nein – Lauffer, der schon vom Zeugenstuhl aufgestanden war, mußte sich wieder hinsetzen. Adair kam auf ihn zu, frisch und fröhlich wie ein Ersatzmann beim Fußball. Er setzte seinen Fuß auf die unterste Stufe der Plattform, auf der der Zeugenstuhl festgeschraubt war, und sagte: »Nun, Herr Dr. Lauffer, es tut mir leid, aber es gibt doch noch einige Fragen, über die Sie uns etwas erzählen sollten.«

Hales Nerven hatten sich allmählich beruhigt. Er war sogar jetzt imstande, Lauffer zuzuhören und zu versuchen, einen Sinn in dem Frage- und Antwortspiel festzustellen. Er hatte Lauffer nie sehr gemocht; es gab zu viel Kleinliches an dem Mann. Man mußte ihn als ein notwendiges Übel akzeptieren. Was er übrigens auch war. Denn wenn 1929 die große Wirtschaftskrise nicht gekommen wäre, dann hätte er jetzt keinen Lauffer gebraucht. Er selbst wäre ein voll ausgebildeter Zahnarzt geworden.

»Jawohl«, sagte Lauffer aus, »die Apparatur gehörte Doc Hale.«

Adair sprach mehr zu den Geschworenen als zu Lauffer. »Die Sprechzimmereinrichtung gehört dem Angeklagten, die zahnärztliche Apparatur gehört dem Angeklagten, alle Rechnungen wurden von dem Angeklagten bezahlt, die von den Patienten einkommenden Honorare wurden von dem Angeklagten entgegengenommen – und Sie wollen noch behaupten, Herr Dr. Lauffer, daß Sie sein Partner sind?«

Hales Augen begannen zu zwinkern, wie es oft geschah, wenn

Ärger sich seiner bemächtigte. Auch ein Partner! Er brauchte leider einen Zahnarzt, weil in einer Stadt, in der ein Geoghan die Macht hatte, nur sein eigener Zahnarzt ihm zahntechnische Arbeit geben konnte. Er hatte vor Lauffer schon andere Zahnärzte für sich arbeiten lassen, und keiner von ihnen hatte die Frage der Partnerschaft überhaupt erwähnt; Lauffer aber war ein eingebildeter Esel, der nicht vergessen konnte, daß er in Philadelphia eine eigene Praxis gehabt hatte, und der glaubte, daß sein zahnärztliches Diplom einen Menschen aus ihm machte. Warum benahm er sich denn nicht wie ein Mann, statt sich von dem Staatsanwalt herumstoßen zu lassen!

Nur – und das war wirklich ein Witz! – schien es, daß Lauffers Gerede über seine Partnerschaft ausgerechnet das war, was Adair nicht in den Kram passen wollte. Adair hämmerte immer noch auf ihm herum: »Aber Sie haben doch eben gesagt, Herr Dr. Lauffer, daß Sie eine Art Fifty-Fifty-Abmachung mit dem Angeklagten haben. Hat er Ihnen tatsächlich die Hälfte von allem einkommenden Geld ausgezahlt?«

»Mrs. Hale führte die Geschäftsbücher«, sagte Lauffer unbehaglich. Im Publikum lachte jemand, und Richter Pritchett blickte auf.

Der Staatsanwalt ging auf und ab mit federnden Schritten, die zeigten, daß ihm das Verhör Spaß machte. »Ohne daß ich die Bücher von Gerichts wegen herbringen lasse und sie prüfe – würden Sie sagen, Herr Dr. Lauffer, daß Sie wirklich fünfzig Prozent erhalten haben?«

»Ich weiß nicht.«

Hales Gesicht rötete sich. Bis auf den Cent hatte der Bursche nach Abzug der Unkosten genau die Hälfte von allem Geld bekommen; aber er war nie zufriedenzustellen, und wenn Rosemary ihm die Bücher zeigte, glaubte er ihr nicht!

»Sie wissen also nicht!... Wurden Sie regelmäßig bezahlt, Herr Dr. Lauffer?«

»Ungefähr.«

»Jede Woche? Alle zwei Wochen?«

»Jede Woche, wenn Geld da war.«

»Gut. Wenn ein Mann regelmäßig jede Woche bezahlt bekommt, so nennt man das doch ein Gehalt, nicht wahr?«

Trelawney erhob die Hand. »Einspruch!«

»Dem Einspruch wird stattgegeben.«

Adair nickte ernsthaft. »Ich werde die Frage anders stellen, Euer Ehren… In Anbetracht der Tatsache, Herr Dr. Lauffer, daß Sie regelmäßig eine Summe erhielten, die fünfzig Prozent des Profits im Unternehmen des Angeklagten entsprochen haben mag oder auch nicht, würden Sie nicht lieber sagen, daß Sie auf der Grundlage eines Gehaltes für ihn arbeiteten?«

»Ich bin sein Partner«, sagte Lauffer verbockt. »Mein Name ist auf die Eingangstür zur Praxis aufgemalt!«

»Aber der Name des Angeklagten ist groß und breit vor der Hausfront in Neon-Licht zu lesen, das stimmt doch?«

»Nun – ja.«

Der Ton des Staatsanwaltes wurde einschmeichelnd. »Also, Herr Dr. Lauffer, ob Sie nun der Angestellte oder der Partner des Angeklagten sind, jedenfalls haben Sie ihm gegenüber Ihre Loyalität bewiesen –«

»Ich erhebe Einspruch!« rief Trelawney. »Das ist kein Kreuzverhör – das ist ein auf die Geschworenen zugeschnittenes Theater!«

Richter Pritchetts Kopf hob sich, sein rosiges Gesicht erschien so gleichmütig wie immer. »Wir werden es durchgehen lassen. Wenn die Staatsanwaltschaft einem Zeugen, der dem Angeklagten freundlich gesinnt ist, ein Kompliment zu machen wünscht – warum sollen wir darin ein Problem sehen? Haben Sie noch Fragen an den Zeugen, Mr. Adair?«

»Ich war eigentlich fertig, danke, Euer Ehren.«

Hale blickte kurz auf die tiefen Falten, die sich um Trelawneys Augen gebildet hatten. Trelawney fing offensichtlich an, einiges über Richter Pritchett zu lernen. Der Advokat tat ihm sogar ein wenig leid, obwohl er sich sein Mitleid lieber für sich selber aufsparen sollte. Denn das ganze Gebäude der Glaubwürdigkeit, das Trelawney um Lauffer errichtet hatte, war von Adair zerstört worden.

»Keine weiteren Fragen«, sagte Trelawney.

## *Zweites Kapitel*

Evaline schob ihre Füße so weit wie möglich unter den Stuhl. Ihre Füße, ihre Hände, ihr Haar, überhaupt alles an ihr schien irgendwie nicht zu ihr zu gehören. Ihr einziger Rettungsanker war ihre Handtasche mit den Zähnen darin – ihre Handtasche und die ruhige, ermutigende Stimme des Staatsanwalts. Was für ein verständnisvoller Mann! Wenn er ein Pfarrer wäre, würde sie Pater Boleslavs Gemeinde im Handumdrehen verlassen und zu Mr. Adair in die Kirche gehen.

»Nun, wann wurden Sie sich also darüber klar«, fragte Adair, »daß Sie ein Gebiß brauchten?«

Evaline vermied es, in den Gerichtssaal zu blicken. Zwar war die Frage wortwörtlich die, die jetzt an die Reihe kommen mußte; aber als er diese Frage damals zwischen den vier Wänden seines Büros stellte, hatte sie doch anders geklungen. Es war natürlich keine Schande, wenn einer keine Zähne hatte; viele Leute hatten keine; dennoch war es nicht angenehm für einen, in aller Öffentlichkeit über seine körperlichen Mängel sprechen zu müssen...

»Hab schon seit langem keine Zähne mehr!« sagte sie herausfordernd. »Der Herrgott gibt sie, der Herrgott nimmt sie, so ist das im Leben!«

Adair verzog die Stirn. Die religiöse Note war nicht vorgesehen gewesen, und er war nicht sicher, was die Reaktion darauf sein würde. Schöffe Nummer elf grinste, aber der Rest der Geschworenen schien sich damit abzufinden.

»Immerhin ist es doch nicht gerade schön, wenn man keine Zähne mehr hat?« sagte Adair, um sie auf das Gleis zurückzulenken.

»Schön? Ach, Mr. Adair, es ist, als ob man auf Erden schon im Fegefeuer säße! Wie ich noch Zimmer vermietete, mit Pension, da mußte ich meinen Mietern doch richtiges Essen vorsetzen, das Beste vom Besten, sie arbeiteten ja schwer genug; aber für mich gab's nur Brei und Weichgekochtes, die ganze Zeit immer nur Brei und Weichgekochtes. Wie möchte Ihnen das gefallen?«

Im Saal bildeten sich Inseln nur mit Mühe unterdrückten Gelächters. »Ich glaube nicht, daß es mir gefallen würde«, sagte Adair, und erkannte plötzlich, daß ihre Stegreifbemerkungen gerade das waren, was bei den Proben gefehlt hatte. Er hatte sich Sorgen gemacht, daß sie zu steif, zu mechanisch sprechen würde; wer aber konnte die Wahrhaftigkeit einer Person bezweifeln, die so frisch von der Leber weg redete. Er nickte ihr aufmunternd zu. Ihre Füße krochen unter dem Zeugenstuhl hervor, ihre Finger entspannten sich. »Wann entschieden Sie sich also, etwas wegen Ihrer Zähne zu unternehmen?«

»Letzten Sommer, im Juli war das. Pater Boleslav hatte über das Lamm Gottes gepredigt, und das gab mir zu denken –«

Evaline blickte über das gewellte Haar des Staatsanwalts hinweg auf Pater Boleslav, der in der sechsten Reihe neben Rosemary Hale saß. Sie war sehr stolz darauf, daß sie ihn so vor allen Leuten herausgestrichen hatte; sie verehrte ihn sehr, obwohl Mr. Adair ihm vorzuziehen war.

Adair begann den Zusammenhang zwischen dem Lamm und der Tatsache, daß sie keine Zähne hatte, zu verstehen. Bei jedem anderen Menschen wäre die Gedankenverbindung gotteslästerlich gewesen; bei ihr aber war es ganz harmlos herausgekommen. »An einem Sonntag im Juli?« fragte er.

»Jawohl, Sir. Und furchtbar heiß war es auch.«

»Und dann, am Nachmittag des 17. Juli, gingen Sie zum Zahnarzt?«

»Am Morgen komm ich ja nie dazu!« sagte sie. »Viel zuviel Arbeit. Wenn man sich um sechs Kinder kümmern muß und eine kranke Tochter hat, und die Mickie – das ist das Mädel, das schon erwachsen ist – nur im Haus herumfaulenzt...«

»Mr. Adair!« sagte Pritchett und wiegte sich sanft in seinem Lehnstuhl, »machen Sie der Zeugin doch bitte klar, daß sie sich darauf beschränken soll, Ihre Fragen zu beantworten.«

Adair hatte die richterliche Mahnung halb und halb erwartet. Die Frau war unkontrollierbar; solange sie ein Publikum hatte, spielte sie sich auf. Aber wenn er sie zu scharf anpackte, verlor sie möglicherweise den Faden ganz und gar.

»Na, sehen Sie, Mrs. Polowski«, sagte er schonend, »Sie haben wohl selber gehört, was Seine Ehren gesagt haben. Sie müssen genau auf das antworten, was ich Sie frage. Sie gingen also zum Zahnarzt. Zu welchem Zahnarzt?«

Sie dachte einen Moment nach. »Doc Hale«, sagte sie mit gepreßter Stimme.

»Meinen Sie nicht, zu Dr. Lauffer?«

»Ist das nicht dasselbe?« sagte sie prompt.

»Einspruch!« hakte Trelawney ein. »Ich beantrage, daß das aus dem Protokoll gestrichen wird.«

Gerade darauf hatte Adair hingearbeitet. Des Richters: »Man streiche!« störte ihn ganz und gar nicht. »Mrs. Polowski«, erklärte er ihr mit großer Liebenswürdigkeit, »vor Gericht darf man keine persönlichen Meinungen aussprechen, nur Tatsachen berichten. Erzählen Sie uns bitte, warum Sie just diesen Zahnarzt gewählt haben.«

»Einspruch!« Auf Trelawneys scharfgeschnittenem Gesicht zeigte sich intensive Wachsamkeit. »Der Staatsanwalt hat der Zeugin soeben auseinandergesetzt, daß persönliche Meinungen fehl am Platze sind, und in der nächsten Sekunde verlangt er selbst von ihr, ihre Meinung zum besten zu geben.«

»Einspruch wird abgelehnt!« sagte der Richter. »Ich betrachte die Motive, die eine Person zu einem gewissen Entschluß veranlassen, als Teil der Beweisführung. Fahren Sie fort, Mr. Adair.«

All das ging weit über Evalines Verständnis. Sie konnte ja auch nicht wissen, daß Pritchett Trelawney im Verdacht hatte, er baue schon jetzt seinen Fall für die Berufungsinstanz auf; sie befürchtete vielmehr, daß sie irgendwo einen Fehler gemacht hatte und daß der alte Herr da oben, der ihr so freundlich gesinnt sein sollte, sie dafür tadelte. Auch glaubte sie, vorwurfsvolle Blicke von der Geschworenenbank her zu bemerken; nur das Gesicht des Staatsanwalts blieb weiter freundlich.

»Sprechen Sie nur ruhig, Mrs. Polowski!« redete er ihr zu. »Erzählen Sie uns, warum Sie zu der Firma Lauffer & Hale gingen.«

»Oben in Pritchett Heights, wo ich wohne, da gehen alle Leute zu Doc Hale.«

»Weshalb?«

»Die glauben, sie kommen dabei billiger weg, deshalb! Und wenn einer nicht viel Geld hat, muß er sich die Preise genau ansehen.«

»Wußten Sie, welcher von den beiden Herren in den Räumen dieser Praxis der Zahnarzt war?«

»Nicht gleich. Oben in Pritchett Heights reden die Leute ja nur von Doc Hale, und unsereiner denkt gar nicht daran, daß da noch ein anderer Herr ist.«

»Ich erhebe Einspruch!« sagte Trelawney.

»Abgelehnt!« sagte Richter Pritchett, die einzelnen Silben dehnend.

»Nun berichten Sie uns mal, Mrs. Polowski, was geschah, nachdem Sie in das zahnärztliche Sprechzimmer kamen.«

Evaline lehnte sich bequem zurück. Von jetzt an lief die Geschichte glatt bis zum Ende durch, und sie kannte jeden Satz auswendig. Sie sah Doc Hale unten am Tisch der Verteidigung sitzen, die Höcker auf seiner Stirn rot angelaufen, die Augen tief eingesunken unter den Brauen. Geschieht dir recht, dachte sie, schwitz du nur tüchtig! Der Antichrist nahm viele Gestalten an, und der Mann da unten war eine davon.

»Ich komme herein«, sagte sie, »und ich habe Angst. Ich bin schon eine alte Frau, und ich habe mein ganzes Leben lang hart gearbeitet, aber vor dem Doktor und dem Zahnarzt hab ich immer Angst gehabt. Dr. Lauffer war allerdings sehr nett zu mir. Er hat mich in den Stuhl gesetzt, den er da hat, und hat gesagt: Seien Sie nur ruhig, es wird Ihnen schon nicht weh tun. Und dann hab ich eben meinen Mund aufgemacht, und er hat mit so einem kleinen Spiegel drin herumgeschaut – und dann –«

»Ja, Mrs. Polowski«, sagte Adair, »und dann?«

Ganz weit hinten, in der letzten Reihe, sah sie Kennedy. Sie hatte keine Furcht mehr, weder vor ihm noch vor irgend jemandem. Sie hatte ihr Gebiß, und es hatte sie keinen roten Penny gekostet. Und Adair hatte ihr versichert, wenn sie Schwierigkeiten haben sollte, würde er das schon erledigen.

»Und dann kommt Doc Hale herein und fragt Dr. Lauffer: Was will denn die? Und Dr. Lauffer sagt: Sie braucht ein Gebiß. Doc Hale schiebt Dr. Lauffer zur Seite und sagt: Lassen Sie mich mal sehen! Und zu mir sagt er: Machen Sie den Mund auf, aber weit! Dann stochert er mir im Munde herum und sagt zu Dr. Lauffer: Die Zähne da müssen raus. Und Dr. Lauffer sagt: Aber warum denn? Die Zähne sind doch ganz in Ordnung –«

»Zu der Zeit hatten Sie noch Zähne?«

»Gerade zwei Stück.«

»Sprechen Sie weiter, Mrs. Polowski.«

»Dann fingen die beiden Herren an, sich zu zanken.«

»Erzählen Sie uns davon.«

»Na ja, Dr. Lauffer sagte, daß die Zähne doch sehr gut wären, um das Gebiß schön zu verankern, und Doc Hale sagte zu ihm: Was verstehen *Sie* schon davon? Und daß er mehr in seinem kleinen Finger wüßte als Dr. Lauffer in seinem ganzen Kopf, und daß es überhaupt viel billiger wäre, ein einfaches Gebiß zu machen, und wenn Dr. Lauffer die Zähne nicht ziehen wollte, dann würde er sie eben selber ziehen, und basta. Dann sagte Dr. Lauffer, mit so einer Sache wollte er nichts zu tun haben, und Doc Hale wurde fürchterlich wütend und griff schnell nach einem von den Dingern, mit denen Zähne herausgezogen werden, und hat es mir in den Mund hineingezwungen; aber ich hab geschrien und gesagt: Bitte, bitte, Herr Dr. Lauffer, so helfen Sie mir doch, er wird mir weh tun, und Schmerzen kann ich nicht aushalten; und Doc Hale sagte, wenn ich nicht mit dem Gezeter aufhörte, würde er mich nach Hause schicken; da hat Dr. Lauffer dann gesagt, daß er es schon machen würde, und er hatte eine Nadel in der Hand, und mit der Nadel hat er mich gestochen, und Doc Hale ging noch ganz wütend raus, und Dr. Lauffer zog mir die Zähne, aber er hat mir nicht weh getan dabei...«

Sie hatte sich außer Atem geredet. Die Haut über ihren Backenknochen war rot geworden, und sie blickte mit feindselig flackernden Augen auf Hale.

»Haben Sie Ihr Gebiß bei sich?« fragte Adair.

»Aber klar!« sagte Evaline. Sie griff in ihre Handtasche, holte die saubere kleine Pappschachtel heraus und übergab sie dem Staatsanwalt.

Adair öffnete die Schachtel. Er nahm das Gebiß vorsichtig zwischen Daumen und Zeigefinger und trat auf den Richtertisch zu.

»Ich bitte Euer Ehren um Erlaubnis, den Geschworenen diesen Gegenstand zeigen zu dürfen, ohne ihn als Beweismaterial den Gerichtsakten beizufügen. Es ist ja wohl selbstverständlich, daß die Zeugin ihre Zähne benötigt.«

Diesmal war das Gelächter im Saal hemmungslos. Adair spielte den Leuten eine wunderbare Komödie vor, und Geoghan und seine Anhänger wußten so etwas zu schätzen. Sogar Richter Pritchett gestattete sich ein dünnes Lächeln, als er fragte: »Haben Sie etwas dagegen, Mr. Trelawney?«

Trelawney zuckte die Achseln. »Die Verteidigung stellt nicht in Abrede, daß ein Gebiß für die Zeugin angefertigt wurde.«

Adair ging von einem Ende der Geschworenenbank zum andern und hielt dabei das Gebiß in die Höhe. Das Gelächter, das etwas abgeflaut war, brach wieder los.

Evaline fühlte sich gekränkt. Sie fand weder ihre Zähne noch ihre Leidensgeschichte komisch. »Glauben Sie vielleicht, daß ich das Ding da so leicht gekriegt habe?« sagte sie mit plötzlicher Heftigkeit.

Das Publikum, das sich weiteren Spaß von ihr versprach, wurde sofort aufmerksam. Evalines Mund klappte auf. »Wenn Sie es mit solch gottlosen Männern zu tun hätten, die wehrlosen armen Frauen Gewalt antun –«

Der Richter erhob sich, seine Mundwinkel verzogen sich angewidert. »Vor diesem Gerichtshof, Mrs. Polowski, redet man nicht, ohne aufgefordert zu sein. Ich setze eine Pause an.«

Obzwar die Leute um sie herum aufstanden und bereits dem Ausgang zugingen, blieb Rosemary Hale sitzen. Es war ihr, als erwachte sie aus einem schrecklichen und zugleich wirklichkeitsnahen Traum. Ein Teil des Traumes, schwer und verwirrend, haftete noch immer an ihr; Worte, die gesprochen worden waren und doch keinen Sinn ergaben; rasche, ruckartige Bewegungen, die nirgendwohin führten; und all das dirigiert von dem auf- und zuklappenden Mund und der schrillen Stimme Evaline Polowskis.

Rosemary erinnerte sich nur zu genau an die Visite. Sie war ja selber die meiste Zeit, während der Evaline Polowski im Operationsstuhl gesessen hatte, in Lauffers Sprechzimmer gewesen. Mehrere

Male hatte sie ihr ein frisches Glas Wasser hingestellt; sie hatte die Spritze vorbereitet und sie Lauffer in die Hand gedrückt. Einmal während der Behandlung war Doc ins Zimmer gekommen; über Lauffers Schulter hinweg hatte er einen Blick auf Evalines offenen Mund geworfen und war dann wieder hinausgegangen. Aber je unverschämter die Lüge, desto leichter war es, sie glaubhaft zu machen. Und selbst wenn Trelawney sie als Zeugin aufrufen lassen sollte, so würden die von vornherein voreingenommenen Geschworenen eine bequeme Ausrede haben, um ihre Aussage nicht in Betracht zu ziehen: War sie nicht Docs Frau?

Doc stand auf der anderen Seite der Barriere und sprach mit Trelawney. Er ließ die Schultern hängen; er sah sehr niedergeschlagen aus, sehr müde; er tat ihr unendlich leid.

»Rosemary!« Pater Boleslav berührte ihre Hand. »Warum gehen Sie nicht hin zu Doc?«

»Später«, sagte sie mit beherrschter Stimme. »Ich möchte vorher etwas mit Ihnen besprechen, Pater.«

»Einverstanden.« Er führte sie aus dem Saal, sehr langsam; die großen, altersschweren Füße in den schwarzen Schnürschuhen schurrten über den Bodenbelag. Die Leute im Durchgang machten ihm Platz. Rosemary stützte sich auf seinen Arm; sie fühlte sich plötzlich schwindlig. Sie hörte, wie er sagte: »Wie geht's Ihnen, Mr. Bilek? Und Ihnen, Mrs. Bilek?« Sie blickte auf und sah die besorgten Gesichter ihrer Eltern und dachte, vielleicht sollte ich Mama und Pa ein paar Worte sagen; aber sie blieb nicht stehen.

Draußen im Korridor hob sich ein bläulicher Schleier aus Zigarettenrauch der Decke zu. Jemand lachte laut, und jemand anders sagte: »Erledigt! Ich sag dir, der Mann ist erledigt!«

Pater Boleslav führte sie zu einem der Fenster, stieß es auf und holte tief Atem. Dann zog er ein riesiges Taschentuch aus der Tasche und tupfte damit gegen seine Stirn und die lose, runzelige Haut unter seinen Augen.

»Ich kann das nicht verstehen«, sagte er. »Es ist einfach völlig widersinnig!«

»Doch hat es Sinn!« sagte Rosemary. »Sie lügt nämlich.«

»Solch eine Lüge wäre eine schwere Sünde«, sagte er.

»Natürlich!« Rosemary versuchte, ihre Ungeduld und Sorge zu verbergen. Man mußte dem alten Mann Zeit lassen, bis er zu seinen eigenen Schlußfolgerungen kam.

»Warum sollte sie so etwas tun?« fragte er nachdenklich. »Wie lange kenne ich sie jetzt schon? Mal sehen – an die sechsundzwanzig Jahre! Und immer war sie eine gottesfürchtige, ehrliche Seele, kam regelmäßig wie ein Uhrwerk zur Beichte. Sie sind ganz sicher, Rosemary, daß sie lügt?«

Rosemary nickte.

»Und selbst wenn Doc sich an ihrem Mund zu schaffen gemacht hätte«, fuhr er fort, »und selbst wenn das vom streng juristischen Standpunkt aus falsch wäre – der Mann hat doch in dieser Stadt mehr Gutes und Christliches getan als Richter Pritchett und Mr. Adair und Mr. Geoghan alle zusammen. Eine Schande ist das; und eins meiner Pfarrkinder gibt ihnen noch die Handhabe!«

»Dann werden Sie uns also helfen?«

Er schloß das Fenster, lächelte: »Im Grunde, mein liebes Kind, kommt alle Hilfe von ganz anderswoher. Aber wir werden sehen. Wo ist das Zeugenzimmer?«

Sie gingen den Korridor entlang und um eine Ecke. Hier war es schon ruhiger. Dann hörten sie zwei laute Männerstimmen, die vom Ende des Ganges herkamen.

»Schauen Sie her, Mister! Ich habe Ihnen schon dreimal erklärt, es ist verboten, mit den Zeugen zu sprechen! Machen Sie also, daß Sie wegkommen, oder ich rufe die Polizei!«

»Aber sie ist doch meine Schwiegermutter! Und sie führt den Haushalt für mich. Sie weiß, wo meine Arbeitsstiefel sind! Wie soll ich denn zur Arbeit in den Schacht gehen – barfuß?«

»Das ist Ihre Angelegenheit!« sagte der Gerichtsdiener und zuckte mit den Schultern. Die Goldknöpfe auf der Uniform zuckten mit.

»Sieh da, Mr. Kennedy!« Pater Boleslav kam auf ihn zu und schob sich zwischen ihn und den Gerichtsdiener. »Ich werde Mrs. Polowski fragen, wo Ihre Stiefel sind, und Ihnen in einer kleinen Weile Bescheid sagen.«

»Sie dürfen da aber auch nicht hineingehen, Pater – tut mir leid!«

Der Gerichtsdiener retirierte in Richtung der Tür des Zeugenzimmers. »Gesetz ist Gesetz.«

Der Pfarrer zog die Augenbrauen hoch. »Michael Dooley, als Ihre arme alte Tante im Sterben lag und Pater Ryan zu krank war, um zu ihr zu gehen, bin ich da nicht um drei Uhr in der Frühe hingekommen, um ihr ihre letzten Stunden zu erleichtern? Michael Dooley, für den Priester gibt es kein verschlossenes Tor.«

Der Gerichtsdiener deutete mit dem Daumen auf die Tür und was dahinter lag. »Aber die dort drin liegt nicht im Sterben, Pater Boleslav! Ich hab selten so eine quicklebendige alte Schachtel gesehen!«

»Und könnte es nicht sein, daß ihre unsterbliche Seele in diesem Augenblick in großer Gefahr schwebt? Sie wissen mit dem Gesetz Bescheid, Michael Dooley; aber was hier drin ist, das ist mein Fach!« Pater Boleslav berührte sanft die ungefähre Gegend von Dooleys Herz; dann schob er den Gerichtsdiener mit der gleichen Sanftheit beiseite, betrat das Zeugenzimmer und schloß die Tür hinter sich.

Kennedy legte seinen Arm um Rosemarys Schulter und zog sie mit sich fort. »Ich hätte es der Alten gegeben«, sagte er aus der Seite seines Mundes heraus. Sein Gesicht erschien um eine Schattierung dunkler als sonst, und seine Kinnbacken mahlten. »Kein Wort würde sie mehr gesagt haben vor Gericht, weil sie nämlich nicht mehr in dem Zeugenstuhl hätte sitzen können, und Stehen wäre ihr auch schwer gefallen. Warum hat mir Doc nur nicht mitgeteilt, daß er das Gebiß für sie macht?«

»Wir haben angenommen, Sie wüßten Bescheid. Wir dachten, Sie hätten Sie zu uns geschickt!«

»Ausgerechnet ich! Wo ich nicht mal Geld hab, um mir selber falsche Zähne verpassen zu lassen!« Er grinste bitter und zeigte die Stummel im Munde, die ihm geblieben waren. »Und da sollte ich die Unverschämtheit haben, *sie* zu euch zu schicken?«

Er blickte Rosemary prüfend an. Es lag ihm viel daran, daß sie ihm glaubte; aber sie schien ihn nicht mehr zu bemerken. Die Frauen, dachte er, haben es am schwersten. Doc wird mehr oder weniger in Ordnung sein, ganz gleich was geschieht, aber das Leben dieser Frau, das machen sie kaputt mit ihrer Justiz, das zertreten sie mit ihrer Macht.

»Ich muß nach Doc sehen«, sagte sie.

»Aber natürlich. Bitte, sagen Sie ihm von mir –«

Kennedy brach ab. Das alles hatte ja keinen Zweck.

Das Zeugenzimmer enthielt ein paar Stühle, einen Tisch und einen Spucknapf. Der Fußboden um den Spucknapf war mit Zigaretten- und Zigarrenstummeln übersät, und eine dicke Schicht Kohlenstaub lag auf dem Fensterbrett. An der Wand hing ein verschossenes Bild von Präsident Roosevelt, so wie er 1932 ausgesehen hatte.

Der Pfarrer zog einen Stuhl heran und setzte sich vor Evaline hin. Sie strich sich den Rock zurecht und verbarg ihren Blick unter ihren dürftigen Wimpern. Er legte seine Hände still auf seine Knie und sah Evaline an.

Sie stellte ihre Handtasche neben ihrem Stuhl auf den Boden. Dann sagte sie: »Das ist richtig nett von Ihnen, Pater, daß Sie gekommen sind und mich besuchen. In so einem Zimmer, wenn man immer nur wartet und wartet, kann's einem ganz einsam zumute werden ...«

Er saß still da und sagte nichts.

»Ich hab noch darüber nachgedacht«, fing sie wieder an, sprach aber schon schneller, »vielleicht war es nicht so richtig von mir, daß ich vor Gericht Ihre Predigt hereingebracht habe. Aber es war so eine schöne Predigt gewesen, schöner wie irgendeine, und ich habe schon eine Menge Predigten in meinem Leben gehört.«

»Erinnern Sie sich an das Ende dieser Predigt?«

»Eigentlich – jawohl! ...«

Er wußte genau, daß sie keine Ahnung hatte; er hatte es ja selber vergessen. »Im Angesicht Gottes steht der Mensch ganz allein«, extemporierte er. »Nur die Seele, bar aller weltlichen Eitelkeiten, nackt und zitternd ... Erinnern Sie sich jetzt?«

»Ja, Pater«, sagte sie eifrig. »Kalt ist es mir den Rücken runtergelaufen. Gott sei Dank, hab ich zu mir selber gesagt, daß da nichts ist, was ich zu verbergen hätte –«

Sie schluckte.

Er lehnte sich vor und sprach in einer Stimme, die kaum über dem Flüsterton lag: »Evaline Polowski, wenn das jetzt Ihre letzte Stunde auf dieser Erde wäre, gäbe es da nicht etwas, das Sie mir sagen möchten?«

»Nein –«, erwiderte sie sofort und brach ab. Sie schien nach irgend etwas zu suchen. Pater Boleslav beugte sich nieder, wobei er ein Ächzen unterdrückte, hob ihre Handtasche auf und gab sie ihr. Sie hielt die Tasche mit beiden Händen dicht vor ihren Bauch. Er sah ihre flache Brust und ihr zerfurchtes, schlaues, gieriges Gesicht, auf dem ein halb Dutzend verschiedener Gefühle miteinander kämpften. Er spürte Mitleid mit ihr und einen großen Ekel vor all den widerlichen Dingen, die die Menschen in ihrem Leben gezwungen waren zu tun.

Das Schweigen im Zimmer wurde bedrückend.

»Warum haben Sie das vorhin gesagt, Pater?« sagte sie plötzlich. »Ich bin doch stark und gesund, danke schön, und ich arbeite wie ein Pferd sechzehn Stunden am Tage, und bis auf meine Zähne –«

»Ich habe mir schon seit langem die Frage durch den Kopf gehen lassen, ob die unsterbliche Seele Zähne hat oder nicht. Persönlich habe ich meine Zweifel, aus dem Grunde, daß es nirgends geschrieben steht, daß die Seele feste Nahrung zu sich nimmt. Aber man kann nie genau wissen, und Ihre Zähne, Evaline Polowski, sind aus einem künstlichen Material gemacht, das natürlich in einer gewissen Temperatur schmilzt. Doc Hale könnte Ihnen wahrscheinlich sagen, wie heiß es dafür sein muß.«

Er erhob sich und stand vor ihr, breitschultrig, immens. Von weit über ihr hörte sie die Stimme: »Und, Evaline, was würden sie Ihnen wohl im Fegefeuer nützen?«

Und dann kam ein Klopfen an der Tür und eine andere Stimme: »Sie müssen jetzt gehen, Pater. Die Zeit ist abgelaufen.«

Mr. Trelawney, der an seinem Stock hing und dunkle, stechende Augen hatte, war eine furchtbare Prüfung. Wie lange hatte er ihr nun schon Fragen gestellt, immer wieder andere? Irgendwo im Gerichtssaal war eine Uhr gewesen, aber, Gott sei ihr barmherzig, sie konnte die Uhr nicht finden. Vielleicht hing die Uhr hinter ihr. Ihr Freund, Mr. Adair, war dauernd auf den Beinen und sagte immer wieder: »Einspruch!« Aber das half nichts. Wenn Mr. Trelawney nicht von einer Seite an sie herankam, dann kam er eben von der andern.

Und das Schlimmste war, es gab so viele Dinge, an die man sich erinnern mußte, daß einige davon ihr entfielen oder sich in ihrem eigenen Kopf veränderten. Nun, wann war das also gewesen, daß Doc Hale angeblich ins Zimmer kam? Bevor oder nachdem Dr. Lauffer gesagt hatte: Machen Sie ihren Mund weit auf? Oder hatte Doc das gesagt, und nicht Lauffer? Nun, Doc hatte in ihrem Mund herumgestochert; jawohl, das hatte sie ausgesagt – aber wie, genau? Mit seinen Fingern? Mit dem kleinen Spiegel? Mit einem Instrument? Was für ein Instrument? Mr. Trelawney kam immer wieder auf diese Einzelheiten zurück, und sie wußte, daß sie Fehler machte, sie konnte es an der Art sehen, in der er vor sich hin nickte und »Aha!« und »Gewiß!« sagte und sich dann an seinem Stock zu dem Stenographen herumschwang, um festzustellen, ob der Mann auch alles richtig niedergeschrieben hatte.

Ihre Füße verkrochen sich immer tiefer unter den Stuhl, und sie wußte nicht, was sie mit ihren Händen anfangen sollte, und sie hatte das bestimmte Gefühl, daß ihr Haar völlig durcheinander war und jedesmal, wenn sie versuchte, es zurückzustreichen, immer mehr durcheinander kam; und doch versuchte sie immer wieder, es zurückzustreichen. Als Mr. Adair ihr die Geschichte auseinandersetzte, war alles so leicht und verständlich gewesen; aber jetzt wurde alles kompliziert, auch die einfachste Sache, wie zum Beispiel die Frage, wo Doc gestanden hatte, während er Lauffer sagte, er wüßte mehr in seinem kleinen Finger als Lauffer in seinem ganzen Kopf? Und was hatte Dr. Lauffer darauf geantwortet? Das wüßte sie nicht? Ein Mann wird von einem andern in Gegenwart einer dritten Person als Idiot bezeichnet und läßt sich das so ohne weiteres gefallen? Er hatte also darauf geantwortet? Aber was, genau? Daran könnte sie sich nicht erinnern? Aber an das, was Doc Hale gesagt habe, erinnerte sie sich durchaus? Nun – ja! Könnte sie dann bitte dem Gerichtshof erklären, wie es käme, daß sie sich so genau an das erinnerte, was der eine Mann sagte, während sie überhaupt kein Gedächtnis dafür habe, was der andere Mann während des gleichen Gesprächs antwortete? Einspruch! Stattgegeben! Nun, sie hätte doch gesagt, daß sie am Nachmittag des 17. Juli noch zwei Zähne besaß... Welche Zähne? Was, das wüßte sie nicht? Vielleicht hatte sie doch keine Zähne mehr gehabt? Oder vielleicht drei? Sollte man nicht annehmen, daß jemand, der nur noch zwei Zähne hat, genau wissen würde, welche Zähne das sind? Einspruch! Stattgegeben! Ob ihr diese ihre zwei Zähne denn nie wehgetan hätten? Ja? Wann denn? Daran könnte sie sich auch nicht erinnern? Aber hatte sie sich nicht erinnert, daß es sich bei diesen Zähnen um den zweiten Backenzahn unten links handelte und um – nein, doch nicht? Nun, wo hatte sie denn die Zahnschmerzen gehabt? Links oder rechts? Oben? Unten?

Sie wollte den Richter anflehen: Bitte, helfen Sie mir, er soll schon aufhören! Sie hatte ihre Aussage doch bereits gemacht, klar und deutlich, so wie man sie ihr zu machen befohlen hatte, und der liebenswürdige Herr da oben, so hatte Mr. Adair gesagt, war doch dazu da, um sie zu beschützen! Mr. Adairs Gesicht war auch gar nicht mehr so nett; er fing an, Wut zu haben, und wenn er Wut auf sie hatte, was würde dann aus ihr werden? Vielleicht nahm man ihr dann sogar ihre Zähne weg. Sie hatte ja nicht dafür gezahlt, und die Zähne waren aus einem künstlichen Material gemacht, das bei einer gewissen Temperatur zu schmelzen anfing. Einmal hatte sie aus Versehen einen Kamm aus solchem Kunststoff auf dem Küchenherd liegen lassen, und es dauerte drei Tage, bis sie das Zeug abgekratzt hatte. Sie haßte Doc Hale, sie haßte Kennedy, sie haßte die ganze Bande gottloser, ständig fluchender, ständig lachender Männer, und sie wünschte, sie könnte sie schon im Fegefeuer jammern hören, wo ihnen all ihre Zähne nichts nützen würden. Was hatte sie bloß Pater Boleslav gerade gesagt, als die Stunde kam und der Mann verkündete: Die Zeit ist abgelaufen?

»Einspruch!«

»Stattgegeben!«

Trelawney wußte, daß er am Gewinnen war. Er spürte die Anstrengung in seinem Bein nicht mehr. Es war direkt eine Freude, hier zu stehen und trotz Richter und Geschworenen und Staatsanwalt und der Antipathie eines Großteils des Publikums diese dünne, schlüpfrige Person da festzunageln. Er wußte, daß er nicht nach Goldsborough gehörte; er wußte, daß er besser als gut genug für Philadelphia oder Pittsburgh oder Harrisburg oder sogar für Washington war, aber er war eben ein Krüppel. Er haßte dieses Verkrüppeltsein. Und er kehrte seinen ganzen Groll gegen Evaline.

»Sie haben also gelogen, nicht wahr?«

»Einspruch!« Adair war heiser geworden.

»Dem Einspruch wird stattgegeben!«

Trelawney warf Pritchett einen kurzen, verächtlichen Blick zu.

»Sie kennen doch die Strafe, die auf Meineid steht, Evaline Polowski?«

»Einspruch!«

»Stattgegeben!«

»Sie glauben doch an Gott! Sie kennen doch Gottes Gebote – Du sollst nicht lügen... Du sollst nicht falsch Zeugnis reden –«

»Einspruch!«

»Stattgegeben!«

Er bemerkte, wie ihre Schultern zu zittern anfingen. Sie war blaß, und ihre Lippen sahen violett aus.

Wenn sie mir bloß nicht in Ohnmacht fällt! betete er.

»Ich kann nicht weiter«, flüsterte sie.

Trelawney sah sich nach Pritchett um. Wenn der Richter ihre Worte gehört hatte, würde er sofort eine Pause ansetzen. Aber der Lehnstuhl wiegte sich ruhig und regelmäßig.

»Sprechen Sie die Wahrheit!« sagte Trelawney. »Alles andere hilft Ihnen nicht mehr.«

Adair war aufgesprungen. Bevor er noch mit seinem »Einspruch!« dazwischenkommen konnte, zeigte Evaline schon auf ihn. »Der da hat mich dazu angestiftet!« rief sie aus. »Er hat jemanden zu mir geschickt, und ich mußte ihn im Büro besuchen, und er hat mich gefragt, ob ich vielleicht ein Gebiß haben will, ganz umsonst –«

Der Lehnstuhl stand stockstill. Durch die Totenruhe des Gerichtssaals erklang Richter Pritchetts brüchig gewordene Stimme: »Ich setze eine Pause an.«

Es war, als stieße das ganze Publikum auf einmal den Atem aus.

Der Richter winkte Trelawney zu sich. »Wollen Sie und Mr. Hale mich bitte in meinem Arbeitszimmer aufsuchen – in zehn Minuten, sagen wir?«

Richter Pritchett legte seine Schreibmappe gerade und schob das Schreibzeug ein wenig nach links, so daß es genau in der Mitte der anderen Seite seines Schreibtischs zu stehen kam. Das war sein täglicher Kleinkrieg mit der abwesenden Aufräumefrau. Sie machte sein Amtszimmer nun schon seit Jahren sauber, aber sie hatte immer noch nicht gelernt, wie und wo er seine Sachen haben wollte.

Ordnung mußte sein, im Materiellen wie auch im Denken des Menschen. Daran glaubte er; und dieser Glaube wiederum regelte den Verlauf seines Tages und seines Lebens. Arbeit war ein Teil der Ordnung. Obwohl er sich längst hätte zur Ruhe setzen können und obwohl sein Gehalt als Richter einen unwesentlichen Teil seines Einkommens darstellte, dachte er nicht daran, sein Amt aufzugeben, ebenso wenig wie er seine Sammlung kostbar gebundener Bücher oder seine Villa auf der Höhe über Goldsborough aufgegeben hätte.

Manche Leute – Richter Featherstone zum Beispiel – hingen an ihrem Amt aus Gründen der Macht. Aber er nicht. Er blieb im Amt, weil er eine hohe Auffassung von seiner Pflicht hatte und weil er an eine saubere und nützliche Lebensweise glaubte. Alles im Leben gehörte in ein gut durchorganisiertes, präzises Schema. Er behauptete nicht, daß dies das beste aller möglichen Schemata war. Natürlich konnte und mußte es ständig verbessert werden. Aber jedenfalls war es ein Schema, in dem jeder Mensch seinen festen Platz und jede Sache ihr festes Fach hatte. Hier lag übrigens der Grund, warum der Fall Fiskus gegen Silas Hale ihm von Anfang an ein unbehagliches Gefühl gegeben hatte.

Hale war ein störendes Element. Er war ein Mensch, der versuchte, das Schema durcheinanderzubringen. So ein Mensch mußte natürlich in Schwierigkeiten geraten. Von jemandem, der sich in Politik einmischte, wenn er sich um sein eigenes Geschäft kümmern sollte, war zu erwarten, daß er sich auch in Arbeit einmischte, für die er keine staatliche Lizenz hatte. Solche Leute mußten in die Schranken, in die sie gehörten, zurückverwiesen werden. Aber das war Geoghans Angelegenheit, ebenso wie es die Angelegenheit der städtischen Müllabfuhr war, den Unrat von den Hauptstraßen der Stadt und von den Straßen der besseren Wohnviertel wegzuräumen. Die Zähmung Silas Hales war nicht die Aufgabe der Gerichte und schon gar nicht der Kammer, der er vorsaß. Richter Featherstone hatte seine Gutwilligkeit ausgenützt. Featherstone wußte, daß er sich aus Prinzip nie weigerte, einen Fall zu übernehmen, selbst einen Fall, der ihm persönlich unangenehm war. Und warum hatte Featherstone den Prozeß eigentlich nicht selber verhandeln wollen? Hatte Richter Featherstone, der sich sogar mitunter zusammen mit Mr. Geoghan in Gesellschaft blicken ließ, vielleicht gewußt, daß das Beweismaterial der Staatsanwaltschaft höchst anrüchig war?

Richter Pritchett blickte stirnrunzelnd auf seine langen, weißen Hände. Die Tatsache blieb, daß der Skandal in seiner Kammer vorgefallen war, und dabei hätte so etwas überhaupt nicht passieren dürfen. Und ganz abgesehen davon war dieser störende Mensch, der sich ins Schema der Dinge einzufügen weigerte, auch noch als Sieger hervorgegangen. Ekelhafte Schweinerei!

»Schreien Sie bloß nicht!« sagte er zu Adair.

Der Staatsanwalt, vor Ärger bleich, stand in der Tür. »Auf fünf Jahre steck ich die ins Loch! Wegen Meineid!«

»Kommen Sie bitte herein und schließen Sie die Tür.«

»Das ganze Strafgesetzbuch mach ich gegen die mobil! Uns alle hier zum Narren zu halten!«

»Setzen Sie sich!« sagte Richter Pritchett.

Der Staatsanwalt setzte sich und zog den Knoten seiner Krawatte gerade.

Pritchett schob das Schreibzeug noch ein paar Millimeter nach links.

»Ich glaube, Sie werden sich glücklich schätzen können, wenn Sie aus der Sache herauskommen ohne größere Unannehmlichkeiten.«

»Was kann ich denn dafür, wenn das dreckige Luder mir einen Haufen Lügen vorsetzt!« fuhr Adair auf.

»Dreckige Luder!« Pritchetts Gesicht rötete sich, und seine rotgeäderten Augen blickten durch den Staatsanwalt hindurch. »Mr. Adair, weder Ihr Ton noch die Wahl Ihrer Worte gefallen mir. Wollen Sie bitte beachten, daß Sie sich in meinem Amtszimmer und nicht in einer Kneipe befinden.«

Adair zuckte zusammen, verkniff sich aber eine Antwort.

»Wie konnten Sie es wagen, einen solchen Fall in meiner Kammer zum Prozeß zu bringen! Wenn Sie und Mr. Geoghan Ihre Finger nicht sauber halten können, dann erwarte ich, daß Sie wenigstens Verstand genug haben, mich nicht mit diesen Fingern zu berühren. Ihre Kabalen gehen mich nichts an. Ich möchte das auch von Ihnen verstanden wissen!«

»Was hat Geoghan damit zu tun?« trumpfte Adair auf.

Der Richter erwiderte nichts. Es war zwecklos gewesen, Geoghan zu erwähnen. Adair war verpflichtet, seinen Boß zu decken. »Ich seh nicht ein, wieso Mr. Geoghan damit zusammenhängt!« brummte Adair. »Ich bin durchaus in der Lage, meine Fälle selber zum Prozeß vorzubereiten –«

»Ein Bursche, der gerade von der Universität kommt, hätte genug gewußt, um so einen Fall nicht zur Verhandlung zu bringen! Sie scheinen die Illusion zu hegen, Mr. Adair, daß es in meiner Kammer zugeht wie in einem Ihrer politischen Klubs. Oder haben Sie wirklich geglaubt, ich würde für die Unfähigkeit und Dummheit der Staatsanwaltschaft geradestehen?«

Adair rieb sich das Kinn. »Das Weib ist doch verrückt. Ich werde sie einfach für unzurechnungsfähig erklären lassen –«

Pritchett schnitt ihm mit einer Handbewegung das Wort ab. »Mr. Adair, es interessiert mich nicht, wie Sie und Ihre Freunde sich aus dieser Affäre ziehen. Das ist Ihre Sache, nicht meine; und ich werde diesen Punkt auch allen, die es angeht, völlig klarmachen. Ich bin im Richteramt alt und grau geworden, und ich betrachte es als ein Ehrenamt, nicht als ein –«

Er suchte nach dem richtigen Wort – einem Wort, das alles umfassen sollte, was er über Adair und Geoghan und Hale und die ganze schmutzige Situation empfand.

Aber Adair unterbrach ihn. »Schließlich sind Sie ja nicht blind in diese Sache eingestiegen. Warum haben Sie denn den Fall nicht verworfen, bevor er zum Prozeß kam?«

Pritchett starrte ihn an. Er hörte das Blut in seinen Ohren singen.

Dieses Singen lag so hoch, daß er das Gefühl hatte, sein ganzes Gehirn zittere mit. Die Unverschämtheit des Staatsanwalts, diese schamlose Anmaßung!...

»Mr. Adair! Ich werde dafür sorgen, daß Sie das bedauern –«

Es klopfte an der Tür, und dann ein zweites Mal.

»Herein!«

Trelawney, an Hale geklammert, hinkte herein. Adair half Trelawney, zu einem Stuhl zu gelangen. Der Advokat ließ sich vorsichtig nieder; das Stahlgelenk knackte und bildete ein Knie.

»Also, meine Herren –« Mit einer Handbewegung wies der Richter Hale einen Stuhl neben Trelawney an. »Mr. Trelawney, ich bin Ihnen dankbar –«

Er schüttelte den Kopf und schluckte, um das Singen in seinen Ohren loszuwerden.

»Um es ganz offen zu sagen, es hätte heute beinahe einen Justizirrtum in meiner Kammer gegeben –«

Wieder schüttelte er den Kopf. Das widerliche Geräusch schien endlich abzuklingen. »Ich bin schon eine lange Zeit im Amt, meine Herren...« Er konnte nur weiter denken, wenn er dort wieder ansetzte, wo das Sirren in seinem Kopf ihn unterbrochen hatte. »Eine lange Zeit. Und ich betrachte es als ein Ehrenamt. Ich möchte Ihnen also danken, Mr. Trelawney, daß Sie mir geholfen haben, dieses mein Amt in Ehren zu halten.«

Hale saugte an seiner Unterlippe. Erst jetzt wurde ihm bewußt, daß sein Hemd völlig durchgeschwitzt war. Er zitterte, obwohl das Zimmer gut geheizt war. Der quälende Druck der letzten Stunden lastete immer noch auf ihm und vermischte sich mit der Spannung, unter der er all diese Wochen und Monate gelebt hatte. Der Sieg war so plötzlich gekommen – ein paar kaum hörbare Worte vom Zeugenstuhl her, und der ganze Fall war zusammengebrochen. Vielleicht sollte man in die Hände klatschen oder laut herauslachen. Warum war es nur, daß Höhepunkte in seinem Leben ihn fast immer wie betäubt ließen, oder hatten seine Gefühle sich der neuen Situation einfach noch nicht angepaßt? Zu Hause, mit Rosemary, würde es wohl anders sein. Sie hatte ein Talent dafür, ihm die Dinge leichter zu machen.

Er lehnte sich zurück und hörte dem Richter zu. Großer Gott, es war auch zu schön! Hier standen die Herrschaften bloßgestellt vor der ganzen Stadt, dem ganzen Kreis! Der Staatsanwalt selber hatte die Polowski veranlaßt, falsche Aussagen unter Eid zu machen. Und wer war Adair schon? Ein kleiner Mann, dem man Befehle gab und der selber nicht genug Gehirn im Kopfe hatte, um einen Hühnerschädel normaler Größe damit zu füllen. Es gab noch Gerechtigkeit auf Erden – nicht die Gerechtigkeit, die Pritchett vertrat –, sondern die Gerechtigkeit des Lebens, der zufolge ein anständiger Mensch doch hier und da zum Zuge kam. Und jetzt war er am Zug! Laß den scheinheiligen alten Gauner seine Phrasen dreschen, laß ihn sich die Zunge aus dem Halse reden; sobald er ausgeredet hatte –

»Mr. Hale«, sagte der Richter, »ich glaube, daß wir alle, mich selbst und Mr. Adair nicht ausgenommen, uns bei Ihnen aus tiefstem Herzen entschuldigen müssen. Glauben Sie nicht auch, Mr. Adair?«

»Aber ja doch«, sagte Adair. »Natürlich.«

Richter Pritchett strich sich über das tadellose Revers seines Jakketts. »Es war außerordentlich unglücklich, daß der Staatsanwalt sich zu sehr auf die Angaben eines einzigen Zeugen verließ. Er hat jedoch in gutem Glauben gehandelt, und nach dem Gesetz war es seine Pflicht, Strafverfolgung einzuleiten. Niemand, nicht einmal Mr. Adair, konnte voraussehen, daß diese Frau sich als eine Gewohnheitslügnerin herausstellen würde.«

»Stimmt«, sagte Adair.

»Die Kosten des Verfahrens werden selbstverständlich von der Behörde getragen werden.« Pritchett wandte sich Hale voll zu, seine Augen erschienen weniger kalt, sein strenger Mund lockerte sich und versuchte zu lächeln. »Und wir werden alle unser Bestes tun, um die Unannehmlichkeiten, die Sie erlitten haben, wieder gutzumachen. Glauben Sie mir, die Sache tut uns wirklich leid. Und gerade deswegen, weil es passiert ist, werden wir Sie um so mehr als guten Bürger und als Gentleman hochachten.«

»Nun –«, sagte Trelawney.

Hale legte seine Hand auf den Arm des Advokaten.

»Ja, Mr. Hale?« fragte der Richter.

Hale führte seinen Finger an der Innenseite seines klebrigen

Hemdkragens entlang. »Dann denken Euer Ehren also«, sagte er, »daß ich die Angelegenheit so einfach fallen lassen soll?«

Pritchett maß die Entfernung zwischen dem Schreibzeug und beiden Enden seines Schreibtischs noch einmal mit den Augen nach. Das Schreibzeug stand jedoch genau in der Mitte. »Das bleibt Ihnen überlassen«, erwiderte er, »ausschließlich.«

»Dann werde ich Ihnen den Gefallen leider nicht tun können.« Hale spürte, daß er immer noch zitterte. »Sie nehmen sich einen Mann vor und reißen ihn von seiner Arbeit fort und schleppen ihn vor Gericht und ruinieren seinen guten Ruf – und dann verlangen Sie von ihm, daß er die Sache so einfach fallen läßt? Sie nehmen sich ein zahnloses altes Weib vor und versprechen ihr ich weiß nicht was, und auf dieser Grundlage versuchen Sie, das Heim dieses Mannes und seine Familie und seinen Erwerb zu zerstören und ihn selber hinter Schloß und Riegel zu setzen – und dann verlangen Sie von ihm, daß er die Sache so einfach fallen läßt? Sie wollen doch nicht etwa behaupten, daß Sie diese Dinge nicht in Betracht gezogen haben? Sie haben sich das alles sehr wohl überlegt, von Anfang bis Ende. Und jetzt möchten Sie es mit einem Lächeln abtun... Es ist aber nicht nur ein Scherz gewesen, weder für mich noch für Sie. Ich hatte mich geweigert, mit Geoghan und dem politischen Apparat hier Frieden zu schließen, trotz seiner Angebote und seiner Drohungen, und so hat er versucht, mich mit der ganzen Macht seines Apparates zu überfahren. Es war außerordentlich unglücklich, da haben Sie schon recht, daß der Staatsanwalt sich zu sehr auf die Angaben eines einzigen Zeugen verließ; unglücklich für den Staatsanwalt, jawohl...«

Hale hämmerte mit der Faust auf sein Knie. Er hatte immer noch nicht richtig gesagt, was er sagen wollte. Er müßte kühl, objektiv, scharf, präzise sprechen; aber dafür haßte er diese Leute zu sehr – haßte diesen aalglatten Adair mit seinem schlaffen Gesicht, haßte diesen Richter, der da hoch oben hinter seinem Richtertisch gesessen hatte, unerforschlich wie ein Buddha und doch voll Feindseligkeit. Er sah, wie der Richter seine aristokratischen Hände jetzt vor seinem Kinn faltete, wie der ganze Mann sich zu verschließen schien, und er hörte die matte, spitzige Stimme: »Das wäre alles, was Sie uns zu sagen haben, Mr. Hale?«

»O nein!« Hale zögerte: sie waren noch keineswegs geschlagen. Vielleicht war es ihm gelungen, sie ein wenig zu erschüttern; aber auch wenn dem so war, ließen sie sich nichts anmerken. Adair flegelte sich weiter in seinem Sessel herum, und der Richter hatte nichts weiter getan, als sich noch weiter zu distanzieren. Man mußte aufhören mit den großklingenden Worten; solchen Leuten mußte man es auf ihre eigene Weise geben.

»Mr. Trelawney hat mir über die strafrechtlichen Folgen von Mißbrauch der Amtsgewalt Bescheid gesagt«, erklärte er ruhig.

Adairs Fuß hörte auf zu schaukeln.

»Das Gesetz spricht sehr deutlich in dieser Frage, wie Euer Ehren wohl wissen werden.«

Der Richter war nicht einmal mehr wie ein Buddha; er war Mumie geworden, jenseits alles Lebendigen. Und aus dieser Mumie drang immer noch die matte, arrogante Stimme.

»Mr. Trelawney, wenn Sie Ihren Klienten über die strafrechtlichen Folgen dessen, was er Mißbrauch der Amtsgewalt nennt, aufgeklärt haben, haben Sie ihm auch auseinandergesetzt, was ein Prozeß seinerseits gegen die Staatsanwaltschaft für ihn selber bedeuten würde?«

Trelawney war sich über den tieferen Inhalt der Bemerkung des Richters völlig im klaren. »Euer Ehren«, sagte er, »ich ziehe es vor, diese Möglichkeit mit meinem Klienten in meinem Büro und bei passenderer Gelegenheit zu besprechen.«

»Was gibt's denn da groß zu besprechen!« sagte Hale. Trelawney spielte um Zeit, das alte Juristenspiel. Sie waren ja alle Juristen, und alle zusammen richteten sie mit ihrem Betrieb das Land und die Menschen zugrunde. »Hier handelt es sich um einen *Frame-up** und nichts anderes. Und wenn es noch ein Ausnahmefall wäre in dieser

* *Frame-up* (wörtlich: Einrahmung) ist ein unübersetzbarer, aber sehr deutlicher und leicht verständlicher amerikanischer Begriff. Er umschließt eine Vereinbarung oder Verschwörung von seiten der Regierung, der Polizei, der Gerichte, der Machthaber überhaupt, einen oder mehrere Unschuldige so zu erledigen, daß die Öffentlichkeit annehmen muß, der Unschuldige sei schuldig und zu Recht beseitigt worden. Im weiteren Sinne bedeutet *Frame-up* oder *to frame* jemandem eine Falle stellen. Berühmte Beispiele von *Frame-ups* sind: Der Dreyfus-Prozeß, der Reichstagsbrandprozeß, die Prozesse gegen Sacco und Vanzetti, gegen die Rosenbergs.

gesegneten Gegend – aber so etwas ist leider ein fester Bestandteil des lieblichen Panoramas von Goldsborough. Kurz und gut, Euer Ehren, ich möchte nicht, daß ich heute morgen ganz umsonst auf der Anklagebank gesessen habe.«

Die Mumie änderte nicht einmal ihre Blickrichtung. »Mr. Trelawney, ich habe eine lange Erfahrung als Richter. Meiner Meinung nach würde sich so ein Prozeß über Jahre hinziehen; er würde bis zu ziemlich hohen Instanzen hinaufgehen, vorausgesetzt, daß die unteren Instanzen ihn nicht abweisen; und sollte Ihr Klient ihn am Ende gewinnen, so würde ihm auch nicht ein Bruchteil dessen zugesprochen werden, was das Verfahren ihn an Zeit und Mühe und Geld gekostet hat. Ich kann es mir erlauben, diese Feststellung zu machen«, fügte Pritchett hinzu, »da es wohl ausgeschlossen ist, daß der Fall vor meine Kammer kommt.« Er zog die Brauen leicht hoch und senkte sie wieder. Dann schloß er seine Schreibmappe.

Was wahr ist, muß doch wahr bleiben, wollte Hale erwidern. Aber er erkannte, daß auch das bei diesen Menschen nicht zutraf.

Adairs Fuß wippte wieder. »Ich glaube, ich werde doch ein Meineidsverfahren gegen die Polowski einleiten«, sagte er nachdenklich. »In unseren Gerichten kann man eine derartige Schweinerei doch nicht einfach durchgehen lassen.«

In unseren Gerichten!... Auch ohne Trelawneys juristischen Rat wußte Hale, daß ein Prozeß gegen Adair mit Evaline Polowski stand und fiel; wenn sie sich aber selber unter Anklage wegen Meineids befand, war sie als Zeugin gegen den Staatsanwalt nicht zu brauchen. Das Gesetz gehörte diesen Leuten, dachte er. Das Geld gehörte ihnen, und der politische Apparat. Und wie das alles zusammenhing und ein Netz bildete, das nach wie vor nicht zu zerreißen war. Einen Augenblick lang hatte sich wohl eine Möglichkeit gezeigt, aber sie war sofort wieder zerronnen.

Und dennoch – es war eine so schöne Vision gewesen. Trelawney mußte ihm helfen. Trelawney kannte die Gesetze, er kannte die Gerichte und die Richter. Und Trelawney scheute vor einem Kampf nicht zurück. Was hielt Trelawney wirklich von der Lage?

Er wandte sich um. Trelawney zuckte nur die Schultern.

Wollte Trelawney nichts unternehmen? Vielleicht war er der Sache müde – oder er betrachtete sie zynisch; Juristen sind immer zynisch. Oder vielleicht wog er im Geiste die Mühe, die es kosten würde, Adair zu schlagen, gegen die Wirkung ab, die der Herauswurf eines einzigen korrupten Beamten auf das Gesamtbild von Goldsborough haben würde. Oder vielleicht dachte er sich sogar: Jetzt steht die Partie zwischen uns und dem Apparat remis; jetzt werden wir Ruhe haben; man muß auch leben und leben lassen.

»Euer Ehren –«, begann Hale.

»Nun, Mr. Hale?«

Nein, es war zwecklos, diesen Menschen etwas sagen zu wollen. Worte machten keinen Eindruck auf sie.

»Wir danken Ihnen sehr, Euer Ehren«, sprach Trelawney an Hales Statt. »Ihre Meinung war uns sehr interessant, wie auch Mr. Adairs Bemerkungen sehr nützlich waren. Jedoch, wie ich schon sagte, ziehen mein Klient und ich es vor, das ganze Problem in meinem Büro durchzusprechen, nachdem wir Zeit gehabt haben, es von seinen verschiedenen Seiten her zu überdenken.«

Er stellte seine Stützprothese gerade und stand mühsam auf. Hale hatte das Gefühl, als brauchte auch er eine Stütze für seine Beine.

## *Drittes Kapitel*

Katie wußte, wie man die eigenen Interessen wahrnimmt. Wenn man drei Jahre alt ist und jeden Bissen Brot und seinen Platz im Bett und sein Stückchen Bettdecke selber verteidigen muß und wenn man die Erfahrung gemacht hat, daß einem niemand zu Hilfe kommt, so laut man auch heult, dann lernt man, daß der Kopf, gehärtet durch Püffe und Knüffe, einen ganz vorzüglichen Rammbock abgibt.

Und doch hatte Katie ihre Träume. Oftmals kroch sie in eine Ecke in der Küche und zog mit ihren stämmigen, schmutzigen Fingern einen Strich in den Staub auf dem Fußboden. Der Raum hinter dem

Strich war ihr Haus, das sie mit Holzstückchen möblierte und mit ausgestopften alten Socken bevölkerte. In ihrem Haus gab es immer reichlich zu essen, und die Leute zankten sich nie. Herrliche Dinge hatte sie in ihrem Hause – ein Schneckenhaus und einen Käfer, den sie zu Tode geliebt hatte, und drei leere Streichholzschachteln, die manchmal als Gäste auftraten und manchmal die Stühle waren, auf denen die Gäste saßen.

Donnie und Robbie und Sally waren schon zu groß, um sie stören zu wollen, und meistens waren sie sowieso draußen und stellten daher keine Bedrohung dar. Aber wenn Janie oder Willie ihr zu nahe kamen, schoß sie aus ihrem Haus heraus, schrie: »Hundsfötter!« und versuchte, sie wegzujagen.

Manchmal achtete Willie den Strich im Staub und manchmal nicht; Janie aber ließ die Grenze nie gelten. Dabei hatte Janie ihr eigenes Haus unter den Verandatreppen, wo sie endlos Kuchen aus Schlamm buk und verkaufte; nur wenn der Boden zu gefrieren anfing, mußte das Geschäft eingestellt werden. Die Kuchen fielen dann auseinander, und die Bäckerin selbst zitterte vor Kälte in ihrem Sweater aus billigen Kunstfasern. An solchen Tagen machte es Janie besonderen Spaß, auf Katies Möbeln und Menschen herumzutrampeln oder Willie dazu zu veranlassen, daß er das Trampeln besorgte.

Heute jedoch bemerkte Katie, daß Janie und Willie zu sehr miteinander beschäftigt waren. Sie wußte nicht, weshalb sie sich prügelten oder wie die Balgerei angefangen hatte, aber sie wußte, daß ihr Haus sicher war, solange die zwei hintereinander herjagten. Immerhin bezog sie vorsichtshalber vor ihrem Haus Stellung und rief mechanisch jedesmal, wenn die beiden an ihr vorbeistürzten: »Hundsfötter!«

Es war eine wunderbare Hatz. Janie keuchte und heulte vor Wut. Willie war ihr dicht auf den Fersen. Es war so spannend, daß Katie ihr Haus ganz vergaß. Sie kletterte auf einen Stuhl und klatschte in die Hände und schrie: »Hau ihm eins aufs Dach! Gib ihm Saures!« ganz so, wie sie die Großen rufen gehört hatte, wenn auf dem Platz hinter Jamiesons Latrine, der Arena von Pritchett Heights, eine Prügelei stattfand.

Willie griff blitzschnell aus und erwischte Janie am Kleid. Janie zerrte sich los. Ihr Ärmel zerriß mit einem scharfen, kratzenden Ton, und ihre dünne Schulter stak nackt aus dem Kleid heraus. Katie hüpfte auf und ab vor Aufregung. Plötzlich verlor sie das Gleichgewicht und fiel von dem Stuhl herunter. Einen Augenblick lang war sie so verblüfft, daß sie nicht wußte, ob sie weinen sollte oder nicht; dann entschied sie sich, auf alle Fälle loszuheulen, und zwar so laut wie möglich, als Protest gegen alles um sie her.

Willie war zum Nahkampf mit Janie übergegangen. Janie atmete schwer und zerkratzte ihm mit der einen Hand das Gesicht. Willie zog sie dafür am Haar, bis ihr Kopf ganz nach hinten gebeugt war. Von dem Schmerz öffnete sich Janies andere Hand. Eine Kupfermünze entfiel ihr.

Katie hörte auf zu weinen. Sie beobachtete das Gewirr der stoßenden, strampelnden Beine. Dann kroch sie auf allen vieren an das kämpfende Paar heran, hob hastig das Geld auf, eilte in ihr Haus zurück und versteckte die Münze in der Socke, die Rosie hieß.

Als sie wieder aufblickte, war Janie gerade hingefallen und zog Willie mit sich zu Boden. Willie versuchte, sich aufrecht zu halten, indem er sich an den Tisch klammerte. Der Tisch wackelte furchtbar. Eine Tasse mit kaltem Kaffee fiel herunter und zerbrach.

Nach dieser Explosion blieb alles still bis auf Angelines schlukkenartige Seufzer. Janie und Willie standen bewegungslos; nur ihre Augen blickten unruhig umher, als durchforschten sie die Küche nach möglichen Alibis. Katie kam aus ihrem Haus heraus und schmiegte sich an Janie. Sie empfand die Furcht ihrer Geschwister mit, und sie hatte gleichfalls Angst.

Willie faßte sich zuerst.

»Junge, Junge!« sagte er zu Janie. »Da wirst du ja was abkriegen.«

Daraufhin begann auch Janie sich von ihrem Schreck zu erholen. Sie suchte nach ihrem Geldstück; wenn sie schon von Evaline bestraft werden sollte, dann wollte sie wenigstens, daß der Schmerz sich bezahlt machte. Aber die Münze war weg. Tränen stiegen ihr in die Augen. »Du hast die Tasse kaputtgemacht!« klagte sie ihren Bruder an. »Gib mir mein Geld. Ich hab's gefunden. Wer's gefunden hat, darf's auch behalten!«

»Ich hab's aber nicht!« sagte er.

Janie glaubte ihm nicht. Sie haßte ihn. »Ätsch, ätsch!« Sie zog eine Fratze. »Mich wird sie nicht schlagen! Aber dich wird sie schlagen! Sie wird dich schlagen, weil es ihr Spaß macht, dich auf den Kopf zu hauen, weil du kein Haar hast!«

Willie rieb sich seinen glatt geschorenen, grindigen Schädel. Es war ihm, als hämmerten Evalines harte Knöchel schon darauf herum. Und er wußte, daß Janie die erste sein würde, ihn zu verpetzen.

Er betrachtete Katie. »*Sie* ist dran schuld«, erklärte er plötzlich.

Janies Augen öffneten sich weit. »Ja...«, sagte sie gedehnt, und dann noch einmal, erleichtert: »Ja!«

»Und sie ist noch so klein, daß sie's gar nicht richtig spüren kann, wenn sie's abkriegt«, sagte Willie.

Katie verstand nicht ganz, worüber die zwei miteinander sprachen, aber sie ahnte, daß irgend etwas gegen sie zusammengebraut wurde. Sie machte den Mund auf, bereit, loszuheulen. Janie streckte die Hand aus, um ihr den Mund zuzuhalten. Aber Katie war zu flink, sie war schon aufgesprungen und rannte weg. In der nächsten Sekunde war sie auf dem Kaffee ausgerutscht und saß zwischen den Scherben auf dem Boden.

Willie lachte. »He, paß mal auf mich auf!« sagte er. Er machte einen Anlauf und schlitterte auf seinen nackten Füßen gerade so an Katie vorbei über die Feuchtigkeit und den Kaffeesatz. Der Trick dabei war, zu schlittern, ohne in die Scherben zu treten oder in das Loch im Fußboden zu stolpern, wo vor ein paar Tagen eine Latte zerbrochen war und der schlammige Dreck unter dem Hause sichtbar wurde. Janie versuchte es auch, und dann Katie. Sie rannten und sprangen und schlitterten. Es war ein großartiges Spiel, und sie vergaßen darüber die Schläge, die ihnen sicher waren, und die Geldmünze, und daß sie Hunger hatten.

Durch Angelines Gehirn schwamm schwerfällig der Gedanke, daß sie aufstehen und den Kindern Einhalt gebieten sollte. Aber bevor sie den Gedanken in die Tat umsetzen konnte, hatte er sich schon wieder aufgelöst wie der Seifenschaum auf einer Schüssel Abwaschwasser. Sie saß da und starrte vor sich hin, und jedesmal, wenn die ungestümen kleinen Leiber ihrer Kinder, verschmutzt und in

Fetzen gekleidet, durch ihr Gesichtsfeld huschten, arbeitete sich ein Stoßseufzer, fast wie ein Rülps, in ihr hoch und quoll ihr von den Lippen.

Auf einmal hörte das Spiel auf. Die Kinder drängten sich zusammen. Katie lutschte hemmungslos an ihrem Daumen, und Janie stand da und kratzte sich am Bein. Von der Veranda kamen Stimmen. Die Tür ging auf.

»Ach du meine Güte!« sagte Mickie, die Szene überblickend, »das ist ja wieder eine Schweinerei. Man kann Ma einfach nicht alleine lassen... Na, komm nur rein, Pete!«

Die untersetzte Gestalt Pete Webbs zeigte sich hinter ihr in der Tür.

Mickie hing ihren Mantel über einen Haken und strich sich das Haar zurecht. Sie verzog das Gesicht beim Anblick der zerbrochenen Tasse. »Hier bleibt auch nie was ganz«, sagte sie, hob die Scherben auf und warf sie in den Aschkasten.

Beim Bücken hatte sich ihr der Rock verschoben. Pete hatte es gesehen, und er hatte die schnurgeraden Nähte ihrer Strümpfe bis hinauf zu den Schenkeln gesehen. Er schloß die Augen.

»Also gut, Kinder!« Mickie trieb die Kleinen aus ihrer Ecke heraus. »Pack dein Haus zusammen, Katie, und dann zu Bett, alle miteinander!«

»Hundsfott!« sagte Katie, aber sie sammelte ihre Schätze und ihre Menschen und ihre Holzstückchen auf und zog ab, und Janie folgte ihr, wobei sie die zerrissene Schulter ihres Kleides mit der Hand zusammenzuhalten suchte. Nur Willie leistete Widerstand. »Ich will was zu essen!« forderte er.

»Hast du ihnen denn noch nichts zu essen gegeben, Ma?« rief Mickie in Richtung des Schaukelstuhls. »Hörst du mich, Ma – hast du ihnen was zu essen gegeben oder nicht?«

Angeline seufzte.

»Ich will was zu essen«, wiederholte Willie. Janie und Katie waren gleichfalls zurückgekommen und warteten voller Hoffnung.

»Ich nehme an, wir müssen ihnen was zu essen geben«, sagte Webb. Aber auf dem Herd stand nichts Eßbares. »Ich werd dir helfen, etwas fertig zu machen.«

Mickie ließ sich auf einen Stuhl fallen, streckte müde ihre Beine von sich und zündete sich eine Zigarette an. Ihr rötliches Haar glänzte, ihre weiße Haut hatte etwas Samtartiges. »Dieser Weg hier rauf bringt mich noch um«, sagte sie. »Wann kaufst du dir eigentlich ein Auto, Pete?«

Er hatte ein paar Gläser im Abwaschbecken gefunden und war damit beschäftigt, drei davon abzuwaschen. Er drehte sich zu ihr um und blickte sie vorwurfsvoll an. »Aber du weißt doch, daß ich für ein Haus spare«, sagte er. »Und wenn ich mir jetzt ein Auto kaufen würde, dann keinen Personenwagen, sondern ein kleines Lastauto. Es gibt immer Leute, die irgendeine Fuhre besorgt haben wollen, und das Ding würde sich innerhalb eines Jahres bezahlt machen, und nachher würde alles reiner Profit sein.«

»Ja«, sagte sie, und stieß sich die Schuhe von den Füßen, »das ist schon möglich.«

Er stellte die drei Gläser auf den Tisch. »Ist Milch da?«

»Sei ein Engel, Pete, und sieh im Kühlschrank nach!«

Er gehorchte. Milch war nicht da. »Geht Coca Cola?« fragte er.

»Warum nicht?«

Janie versuchte, sich die Flasche Coca Cola anzueignen. Mickie gab ihr einen Klaps auf die Hand. »Jetzt benimm dich mal und warte ab! Pete wird euch abfüttern. Das wird ihm beibringen, was ein verheirateter Mann alles zu tun hat!« Sie lachte.

Pete, der ein paar Scheiben Bierwurst in der Hand hatte, blieb stocksteif stehen.

»Dummer Kerl!« lachte sie wieder. »Was schaust du mich so an? Ich hab doch nicht von dir und mir geredet!«

»Wo ist das Brot?« fragte er.

»Wo ist das Brot, Ma?«

Angeline schaukelte vorwärts. Sie schien etwas sagen zu wollen, schaukelte dann aber wieder zurück und blieb stumm.

»Wahrscheinlich ist es da drin!« sagte Mickie und zeigte auf den Küchenschrank, von dem die weiße Farbe in langen Streifen abgeblättert war.

Er holte das Brot, legte die Wurst auf die Brotscheiben und verteilte die Schnitten und die Gläser, von denen jedes gerecht mit der gleichen Menge der klebrig-dunkelbraunen Flüssigkeit gefüllt war.

»Jetzt nehmt ihr euer Abendessen nach oben!« befahl Mickie. »Und wenn ihr mit Essen fertig seid, geht ihr zu Bett. Ich will keinen Pieps mehr von euch hören.«

Katie, Janie und Willie zogen widerwillig ab. Mickie wartete, bis oben Ruhe war.

»Die würden nämlich ganz gerne dageblieben sein«, sagte sie, drehte sich um und stützte ihre Ellbogen auf den Tisch. »Alles sehen die, alles hören die, und Gott weiß, was sie sich dabei denken. Ich sage dir, als ich in ihrem Alter war, da gab's nichts, was ich nicht schon gesehen hätte.«

Pete war verlegen.

»Hol dir doch einen Stuhl heran!« forderte sie ihn auf. »Mach dir's bequem!«

»Vielleicht sollten wir lieber hinausgehen!« meinte er.

»Weshalb?«

»Nun –«, er strich sich über sein borstiges Haar, das sofort wieder hoch stand, »vielleicht, daß du und ich, daß wir über etwas reden möchten!«

»Du kannst doch hier reden! – Oh, die?« Sie machte eine verächtliche Handbewegung. »Ma kann ja ein Wort nicht von dem andern unterscheiden. Für sie ist das nur so ein Geräusch.«

»Und was ist mit Donnie und Robbie und Sally?«

»Die spielen irgendwo draußen.« Mickie zuckte die Achseln. »Die sind wild. Die kommen nicht herein, bis jemand sie hereinholt.«

Pete Webb setzte sich neben sie. Er blickte lange auf die rissigen Nägel seiner breiten, dunklen Hand und verglich sie dann mit Mickies schlanken, geschmeidigen Fingern. Ihre Fingernägel waren mit einem tiefen, aufregenden Rot bemalt.

»Mickie!...« sagte er heiser.

»Ja?«

»Du gehörst hier nicht her, Mickie. Diese Umgebung hier ist nicht gut für dich. Ich meine – ich meine das natürlich nicht gegen deine Familie –«

Er errötete. Wozu hatte er das nur gesagt? Wie konnte man so zu einem Mädchen über ihr Zuhause und ihre Angehörigen reden?

»Ich hab mir ein bißchen Geld gespart«, platzte er heraus, »und ich hab meine regelmäßige Arbeit in der Grube, und dazu noch alles, was ich nebenher mache. Wenn man das zusammenrechnet, kommt eine hübsche Summe heraus, Mickie, eine ganz hübsche Summe...«

Er berührte ihre Hand; da sie ihn nicht wegstieß, ließ er erleichtert seine Hand auf ihrer ruhen.

»Ich hab mir schon ein nettes Stückchen Land ausgesucht«, fuhr er etwas redegewandter fort. »Es liegt am andern Ende der Stadt, an der Chaussee nach New Pendleton. Ich kann dir sagen, das ist der Teil der Stadt, wo sehr viel gebaut werden wird; das wird eine sehr feine Gegend werden. Ich könnte auf das Grundstück anzahlen und sofort zu bauen anfangen. Das meiste kann ich selber machen, mit Ausnahme der Installateurarbeiten – die müssen erstklassig sein: Küche, Badezimmer, Toilette und all das. Aber ich kenne jemanden, der bei einem Klempner aushilft, der wird mir das schon erledigen, und preiswert.«

Seine Finger bewegten sich vorsichtig und streichelten ihre Hand.

»Was hältst du davon, Mickie?«

Sie blickte ihn an. Mit seinen runden, glänzenden Augen, seiner Himmelfahrtsnase, seinem dicklippigen, halboffenen, erwartungsvollen Mund sah er kindlich aus.

»Ich glaube, du hast dir da einen Haufen Arbeit vorgenommen, Pete Webb.«

Er lachte. »Ich schaff so was. Und es wird auch gar nicht so sehr lange dauern. Ein Jahr, vielleicht anderthalbe, und dann wird das Häuschen dastehen, und nach einem hübscheren wirst du lange suchen können. Und das ist noch nicht das einzige, was ich vorhabe. Neulich kommt doch ein Kerl von der Regierung zu mir und fragt mich, ob ich Lust hätte, Rebhühner großzuziehen. Die Küken krieg ich frei von der Regierung, das Futter auch, ich muß sie nur füttern und hochpäppeln, bis sie groß genug sind, um ausgesetzt zu werden. Bezahlung: Einen Dollar per Kopf. Sagen wir, ich nehme fünfhundert; zehn Prozent werden mir vielleicht krepieren, da bleiben immer noch vierhundertfünfzig Dollar. Was sagst du dazu!«

Sie war gelangweilt. Sie wußte so gut wie Pete, daß Pritchett Heights keine Umgebung für sie war. Auch sie hatte ihre Zukunftspläne. Aber diese Pläne waren nicht so bestimmt und klar berechnet und aufeinander aufgebaut wie Petes Pläne, die außerdem furchtbar viel Arbeit und Entbehrungen und Plackerei bedeuteten. Sie war siebzehn Jahre alt, und ihr ganzes Leben lag weit offen vor ihr; sie war nicht dumm, und sie hatte einen Körper, daß sich alle Männer nach ihr umdrehten, wenn sie den Pennsylvania Boulevard in Goldsborough entlangging. Das wäre gerade so was für sie: fünfhundert verlausten kleinen Rebhühnern im Hintergarten eines halbfertigen Hauses den Dreck nachräumen und Petes verschwitzte Unterwäsche auswaschen und für ihn kochen und vielleicht auch noch für ein paar Kinder waschen und kochen, die sich schnell genug einstellen würden. Danke schön.

»Was ich dazu sage?« fragte sie. »Gar nichts. Mach du nur, was du fürs beste hältst.«

Er hörte auf, sie zu streicheln, räusperte sich. »Aber wenn ich das alles unternehmen würde, dann doch nur für dich!«

»Für mich?« Ihre Füße angelten nach ihren Schuhen und schlüpften hinein. »Also Pete, das hast du wirklich nett gesagt. Aber für so ein Häuschen und die Rebhühner und solche Sachen bin ich nicht die Richtige.«

»Mickie!« bat er.

Dabei mochte sie ihn gern. Er war wie ein großer, zottiger Hund, der ihr immerzu nachtrottete und jedesmal hoffnungsvoll schnupperte, wenn sie sich zufällig nach ihm umsah. Aber Herrgott noch mal, was für ein langweiliger Kerl! Immer nur Hände halten! Den Weg nach Pritchett Heights heraufgehen und sich bei den Händen halten! Einmal die Woche am Sonnabend ins Kino und einander die Hände halten! Wahrscheinlich war seine Mutter die einzige Frau, die er je geküßt hatte, und das war schon lange her. Ein Mann sollte doch schließlich etwas mehr vom Leben verstehen! Wo er sein Geld hernahm und wo er arbeitete und wieviel er zusammensparte, das war doch unwichtig. Ein Mann sollte wissen, was man mit einem Mädel anfängt und wie man sie an sich fesselt. Er sollte eine Stimme haben, die manchmal hart und metallisch und manchmal ganz tief und gefühlvoll klang; und wenn er sich eine Frau nahm, dann sollte er sie nicht zu irgendeinem Stück Land an der Chaussee nach New Pendleton entführen, sondern ganz weit fort, bis dorthin, wo Pritchett Heights nur noch wie ein böser Traum wäre, den man vergißt.

»Mickie –«, sagte er, »du würdest gar nicht zu arbeiten brauchen. Die Arbeit werde ich schon machen, nur keine Sorge.«

»Du bist komisch, Pete.« Sie lachte.

Seine Hand glitt von ihr ab. »Nein, komisch bin ich nicht«, sagte er. »Aber ich weiß schon, was du dir denkst. Du denkst, daß ich nicht so sehr gescheit und interessant bin und daß ich dir auch nicht das richtige Amüsement verschaffe und daß ich nicht genug Geld für dich ausgebe –«

Sie stand auf. Ihre Schuhe mit den hohen Absätzen brachten die Proportionen ihres Körpers, die schlanken Hüften, die schmalen, festen Brüste derart heraus, daß es ihm die Kehle zusammenschnürte.

»Aber wenn ich mein ganzes Geld für so etwas ausgäbe«, sagte er unglücklich, »was würden wir dann später haben?«

Wieder lachte sie. Sie ging zu dem Radioapparat und stellte ihn an, aber kein Ton kam heraus. Sie schüttelte den Apparat und gab es dann auf. »Kaputt«, sagte sie. »Das verfluchte Ding ist immerzu kaputt.«

»Vielleicht könnte ich versuchen, es in Ordnung zu bringen«, bot er an.

»Ach, bemüh dich nicht«, sagte sie. »Soll Pa doch endlich einen neuen kaufen.«

Donnie, Robbie und Sally hörten den Chevrolet den Berg heraufkeuchen. Sie rasten bei Jamiesons Haus vorbei und sprangen aufs Trittbrett, um die letzten paar Meter Fahrt zu genießen.

Kennedy stellte den Motor ab. Donnie riß die Tür auf, und alle drängten sich auf den Sitz neben ihm.

»Wascht ihr euch denn niemals?« Kennedy stieß die Köpfe der beiden Jungen zusammen. Sie lachten, und Sally erklärte: »Schmutz hält warm, Pa.«

»Nein, Fett hält warm!« verbesserte Donnie.

Robbie, der gerne las und seine Kenntnisse aus Elijah Jamiesons altem Konversationslexikon bezog, schloß sich dem an und sagte belehrend: »Also bei den Eskimos zum Beispiel –«

Schmutz! Fett! ging es Kennedy beim Anblick seiner verdreckten, mageren, armselig angezogenen Kinder durch den Kopf. Ja, wenn Molly noch am Leben wäre! Irgendwie hatte Molly es fertiggebracht, sie sauber zu halten und jeden Dollar so lange umzuwenden, bis wenigstens ein Teil dessen, was man brauchte, vorhanden war. Oder vielleicht waren die Zeiten damals besser gewesen, oder vielleicht lag es daran, daß ihm das Kindermachen so leicht fiel und daß er zu den vieren, die er von Molly hatte, noch die drei von Angeline ernähren mußte.

Er stieg aus, die Kinder hingen sich ihm an die Arme. Er versuchte, ihnen zuzuhören – was sie heute gesehen und getan hatten, und den Fragen, die sie stellten. Lebhaft waren seine Kinder, und es machte ihm mitunter Sorge, daß sie so ungezügelt aufwuchsen und daß er ihnen so wenig helfen konnte. Kinder wie die seinen waren schon von Geburt an im Nachteil.

Er fuhr durch Sallys verfilztes Haar und sagte: »Jetzt haltet mal alle den Mund. Ich hab Sorgen.«

Hatte er auch. Er hatte in einer Kneipe in der Stadt gesessen und langsam zwei Glas Bier getrunken und versucht, Ordnung in seinen Gedanken zu schaffen. Nur über eines war er sich absolut gewiß: Schluß jetzt mit Evaline!

Die Kinder blieben hinter ihm zurück; sie waren enttäuscht und fühlten sich plötzlich müde und hungrig. Er ging an der langen Reihe der Häuser vorbei, von denen jedes seinem eigenen so niederdrückend ähnlich sah; ein grauer Abendnebel senkte sich; sein Leben war verfahren; er mochte sich anstrengen, wie er wollte, der Karren geriet nur immer tiefer in den Dreck.

Das ganze Haus lag im Dunkel. Er stieß die Tür auf; die Kinder schlüpften an ihm vorbei und in die Küche.

»He, Evaline!« rief er und knipste das Licht an.

»Hallo, Pa!« Er spürte weiche Arme um seinen Hals, Lippen, die sich gegen seine Bartstoppeln preßten. »Schön, daß du schon da bist, Pa!« Eine warme Stimme, jemand, der wirklich auf ihn gewartet hatte. Aber so war sie. Sie war wie der erste Schluck frisches, kühles Wasser nach einer Nacht Arbeit unter Tage oder wie der erste Lichtstrahl, wenn der Förderkorb sich dem oberen Ende des Schachts nähert.

Er erkannte Pete Webb, der neben dem Küchenschrank stand.

»Alles in Ordnung, Mickie?«

Sie lachte.

Die elektrische Birne warf nur einen schwachen Schimmer auf die Ecke, wo Angeline in ihrem Schaukelstuhl saß. »Wo ist Evaline?« fragte er.

»Hier ist sie nicht«, sagte Mickie.

»Also noch nicht nach Hause gekommen«, sagte er langsam.

»Anscheinend nicht.«

Sie wird schon noch kommen, dachte er. Ich kann es abwarten.

»Hast du Hunger, Pa?«

Er legte die Hände auf Mickies Schultern. Ihre Schultern waren breit und schön gerundet. Sie ist flügge, dachte er, und dabei war es noch nicht lange her, daß sie ein spindelbeiniges kleines Ding gewesen war, der die Knochen am ganzen Leibe herausstaken wie bei einem jungen Spatzen. Er blickte sie mit einem merkwürdig weichen Lächeln an. Die Augen hatte sie von ihm, aber der Rest ihres Gesichtes war, als wäre er aus Mollys Gesicht herausgeschnitten – derselbe schön geschwungene Mund, die gleichen Fältchen zwischen den Brauen, wenn sie die Stirn verzog.

»Bei Gott, Mickie«, sagte er, »ich glaube, du bist das einzig gute Stück Arbeit, das ich je geleistet habe.«

Sie ging zum Küchenschrank und brachte ihm die Flasche und ein Schnapsglas. Er hielt die Flasche gegen das Licht, um ihren Inhalt anhand des Strichs zu prüfen, den er mit dem Daumennagel aufs Etikett gekratzt hatte. Zufrieden stellte er fest, daß Evaline sich nicht über die Flasche hergemacht hatte, und füllte sich das Glas.

»Wie hast du eigentlich gewußt, daß ich einen Schnaps nötig habe?« sagte er und trank.

»Einen bösen Tag gehabt, Pa?« fragte Mickie.

»So, Evaline ist also noch nicht zu Hause!« Kennedy setzte das Glas hart auf den Tisch. Der Whisky wärmte ihm den Magen, und von dort aus verbreitete sich die Wärme gleichmäßig durch den ganzen Körper. »Vielleicht kommt sie überhaupt nicht zurück! Das wäre mal ein Segen!« Er setzte sich, seine Brauen zogen sich gefährlich zusammen. Donnie und Robbie und Sally, die sich ihm genähert hatten, verzogen sich hastig. »Aber dieses eine Mal soll sie noch zurückkommen! Ich habe ihr Verschiedenes zu sagen, was sie nicht so schnell vergessen wird! Evaline Polowski, werd ich zu ihr sagen, du gottverfluchtes, verlogenes Weibsstück, du...« Er wandte sich Mickie zu. »Möchtest du's glauben – meine feine Schwiegermutter steht mitten im Gericht auf, wo sie einen *Frame-up* gegen Doc Hale vorhaben, und schwört, daß er ein Verbrecher ist! Und ich Idiot fahr sie noch in meinem eignen Auto dazu hin!«

Seine Faust schloß sich so fest um das Glas, daß Mickie befürchtete, es könnte zersplittern. Sie nahm es ihm vorsichtig weg. »Pete ist hier«, sagte sie.

»Ich weiß...« Kennedy schaute sie an, und sie erwiderte seinen Blick, und die Lachfältchen bildeten sich neben seinen Augen. »Na, komm doch her, Pete! Warum stehst du herum wie ein Holzbock?«

»Guten Abend, Kennedy«, sagte Webb befangen. »Tut mir leid, wenn ich störe –«

»Störe?« Mit einer weit ausladenden Handbewegung deutete Kennedy über die Küche hin. »Hier geht's doch sowieso wie in einem Versammlungslokal zu. Hast du Fortschritte mit meinem Mädel hier gemacht?« Er zog Mickie zu sich heran und hielt sie fest.

»Wir haben miteinander geredet«, gab Webb zögernd zu.

»Geredet!« Kennedy nickte ernsthaft. »Nur geredet?«

»Jawohl.« Rote Flecken zeigten sich auf Webbs Stirn. »Ich habe ihr von dem Haus erzählt, das ich bauen möchte, und von den Rebhühnern...«

»Rebhühner«, sagte Kennedy. »Haus. Paß mal auf, Pete Webb. Meine Kleine hier, die ist wie aus Quecksilber. So kriegst du die nicht.« Er klatschte Mickie leicht aufs Hinterteil und schob sie beiseite. Dann lehnte er sich vor und blickte Webb aufmerksam an. »Ich will dir einen Rat geben wegen der Frauen, Pete. Ich muß es ja wissen, ich hab schon genug Schwierigkeiten mit ihnen gehabt in meinem Leben. Läßt du sie spüren, wie sehr du sie haben möchtest, dann bist du geliefert. Du darfst sie nie vergessen lassen, daß du ein großer, starker Mann bist und wichtigere Dinge zu tun hast, als Unterröcken nachzujagen. Dann fallen sie plötzlich vor dir auf den Rücken.«

»Du machst dich über mich lustig, Kennedy.« Pete Webb war verletzt. »Du mußt verstehen, daß meine Absichten Mickie gegenüber sehr ernst sind und daß ich Mickie außerordentlich achte und respektiere –«

»Nicht möglich!...« Kennedy lachte laut heraus. Donnie und Robbie und Sally, angesteckt von der lustigen Stimmung ihres Vaters, rannten zu ihm hin und klammerten sich an seine Arme und Knie. Die drei Kleineren kamen die Stiege heruntergepatscht und standen auf dem Treppenabsatz, rieben sich die Augen und guckten über das Geländer. Mickie, der Pete Webb ein bißchen leid tat, hielt sich die Hand vor den Mund. Angeline schob sich aus ihrem Schaukelstuhl heraus und watschelte aus ihrer Ecke herüber zum Tisch und setzte sich Kennedy gegenüber hin.

Kennedys Gelächter erstarb plötzlich.

»Komm her, Pete Webb«, sagte er. »Ich möchte, daß du dir diese arme Frau hier gründlich ansiehst. So gründlich, daß du den Anblick nie im Leben vergißt.«

Er wartete.

»So sieht das aus, was die Bergarbeiter aus ihren Frauen machen.« Seine Stimme klang tönern. »Dumme Kumpel wie ich und wie du, Pete Webb. *Eine* Frau hab ich schon unter die Erde gebracht – das war Molly, Mickies Mutter. Als ich sie heiratete, war sie so alt wie Mickie und ebenso schön, vielleicht noch schöner. Und ich war nicht viel älter. Und wie ich sie geliebt habe!... Aber sie hat sich einfach zu Tode arbeiten müssen, für mich und für Mickie und für die beiden Kinder, die uns wegstarben, und für Donnie und Robbie und Sally. Mir kommt's manchmal vor, als hätte sie jedem von uns ein Stück von sich selber gegeben, bis für sie nichts mehr übrig war. Und hier hast du meine Angeline...«

Seine Hand deutete vage in Richtung des bewegungslosen Klumpens ihm gegenüber.

»Und da verlangst du von mir, daß ich mein eigenes Kind einem

Manne gebe, der in der Grube arbeitet?« Er schüttelte den Kopf. »Ich nicht.«

Die Kinder waren verschwunden. Kennedy stand auf. »Doch – vielleicht – wenn einmal eine Zeit kommt, wo wir dummen Kumpel gescheit geworden sind und gelernt haben, worum es eigentlich geht –«

Er brach ab. Die tiefen Schatten auf seinem Gesicht ließen seine Wangen wie ausgehöhlt erscheinen.

Webb war von Kennedys Worten wie betäubt. Er kam mit seinen Gedanken nicht nach. Dennoch war er standhaft in seinem Gefühl für Mickie, und außerdem war ihm noch nichts begegnet, was ihn befähigt hätte, das Tragische in Kennedys Leben vollständig zu begreifen.

»Aber Kennedy«, sagte er stockend, »ich weiß doch, wie schwer es ist – und ich weiß auch, was für ein Mädel Mickie ist – darum will ich ihr doch gerade was Besseres bieten – das Haus – ich werd's mit allem Komfort ausstatten – natürlich wird das ein bißchen dauern – aber sie ist doch noch jung, und ich bin jung – ich möchte nur, daß du mir glaubst, daß ich immer für Mickie da bin – und daß –«

Kennedys Geduld und Gutmütigkeit waren ziemlich erschöpft. Es war heute schon zuviel auf ihn eingestürmt. Er sah Mickie an. Sie lächelte ironisch. Er war sehr stolz auf diese Tochter. Sie würde sich schon zurechtfinden.

»Du bist ein Narr, Pete Webb«, sagte er nüchtern. »Glaubst du wirklich, du wirst dich so heraufrappeln können? Daß sich einer an seinem eigenen Schopf aus dem Dreck herauszieht, das gibt's doch nicht mehr! Deine Ersparnisse werden den Weg alles Irdischen gehen, dein Haus wird nie gebaut werden, und andere Leute werden sich an dir gesundstoßen. So ist das.«

»Ich denke, ich sage gute Nacht, Kennedy.«

»Gute Nacht, Pete.«

Pete ging schweren Schrittes. Mickie machte Anstalten, ihn bis zur Tür zu begleiten, unterließ es dann aber.

Das Schweigen im Zeugenzimmer schloß sich immer enger um Evaline und bedrückte sie. Draußen vor dem Fenster lag der Court

House Square. Der große Platz war menschenleer; die Zuschauer im Gericht hatten sich längst verlaufen, und die Autos waren abgefahren. Vielleicht war sie vergessen worden. Oder vielleicht lauerte man ihr irgendwo auf; sie wußte aber nicht, wer es war – Mr. Adair oder Freunde von Doc Hale oder ein unbekannter, namenloser Feind. Es gruselte ihr, und doch wagte sie nicht, den Kopf aus der Tür zu stekken, um den Korridor auszukundschaften. So saß sie, wer weiß wie lange schon, ohne sich zu rühren.

Plötzlich zuckte sie zusammen. Die Tür tat sich langsam auf. Ganz kurz sah sie Michael Dooleys dicke Gestalt draußen vorbeigleiten, dann nichts mehr. Aber die Tür blieb offen. Sie verstand. Auch das bißchen Schutz, das die vier Wände des Zeugenzimmers ihr gewährt hatten, war ihr entzogen worden. Sie mußte gehen, irgendwohin gehen, sie hatte keine Ahnung wohin. Und daß Michael Dooley verschwunden war, ohne ihr auch nur ein Wort zu sagen! Na ja – vielleicht war es besser, daß er nichts gesagt hatte. Sie hatte sowieso keine Lust, sich mit jemandem zu unterhalten, sie wollte nicht angesprochen werden, sie wollte nicht gesehen werden.

Sie fand eine Treppe zur Seitentür des Gerichtsgebäudes. Sie geriet in eine sich zwischen Hinterhöfen hinziehende Gasse. Zu beiden Seiten standen offene Müllkästen. Es roch nach Asche und verfaulendem Gemüse. Evaline hob eine alte Zeitung auf, öffnete sie, legte sie mit der sauberen Seite nach oben auf den Bordstein und setzte sich. Eine Zeitlang sah sie gedankenlos zwei Katzen zu, wie sie einander durch den grobkörnigen Kohlenstaub und die Papierfetzen und Federn verfolgten, die bei jedem Windstoß aufwirbelten. Ein paar Kinder rannten die Gasse herunter und fingen eine Streiterei wegen eines Schweibenwischers an. Wahrscheinlich hatten sie das Ding gestohlen, dachte Evaline.

Was also sollte sie jetzt tun? Wie war sie nur in diese Lage geraten? Ganz ohne Freunde war sie und verlassen. Der letzte Blick, den Mr. Adair ihr zugeworfen hatte – sie mochte gar nicht daran denken. Und was würden die Leute über sie reden? Für den Rest ihrer Tage würde sie ihr Gesicht nicht zeigen können – und nur, weil sie akkurat und gewissenhaft genau das getan hatte, was ihr gesagt worden war. Aber jeder – Mr. Adair und Pater Boleslav und Mr. Trelawney

– hatte ihr eben etwas anderes gesagt. Was soll ein Mensch da machen?

Sie stand vom Bordstein auf und verließ die Gasse und kam in die Vierte Avenue. Dort an der Ecke gab es einen Laden, wo Sandwiches und heiße Waffeln verkauft wurden; sie blickte durch das verschmierte Schaufenster auf den Koch, der den Teig auf die fetttriefende Ofenplatte goß. Das Wasser rann ihr im Munde zusammen. Die Herren im Gericht hatten nicht einmal daran gedacht, ihr ein Mittagessen geben zu lassen. Aber so war es ihr immer gegangen, immer hatten andere Leute sich ihrer bedient und sie dann draußen im Kalten stehen lassen, von wo aus sie durchs Fenster auf die guten Dinge des Lebens gucken und sich die Spucke im Munde zusammenlaufen lassen konnte.

Sie ging die Vierte Avenue entlang, hielt sich aber dicht an die Häuserwände; wenn ihr Leute entgegenkamen, die sie zu kennen glaubte, trat sie rasch in ein Haustor. Aber nachdem sie das drei- oder viermal getan hatte, hatte sie dieses Herumschleichen satt – so verrückt war sie nun doch nicht! Ihr Fehler war es nicht gewesen. Sollte Mr. Adair sich verstecken – er hatte sie zu der Sache angestiftet! Sollte Doc Hale sich in irgendwelche Ecken verkriechen – dieser gottlose Sünder war noch lange kein besserer Mensch geworden, bloß weil er diesmal mit einem blauen Auge davongekommen war. Oder sollte sich doch der Herr Richter hinter die Haustüren stellen, ihr großmächtiger Beschützer, der auch nicht den kleinen Finger krumm gemacht hatte, als Mr. Trelawney sie so in die Enge trieb! Sie jedenfalls brauchte sich nicht zu schämen; sie war eine arme alte Frau, die ihr ganzes Leben lang hart gearbeitet und nie das geringste Fünkchen Glück gehabt hatte; was auch der Grund dafür war, daß sie alle auf ihr herumhackten.

Aber ihre Zähne hatte sie wenigstens! Sie kam an Lydias Schönheitssalon vorbei, wo im Schaufenster die Parfümfläschchen und die Lippenstifte und die Puderdosen vor einer Rückwand von glänzenden Spiegeln aufgestellt waren. Sie blieb stehen, und unbekümmert darum, wer sie sah oder was die Passanten sich dachten, steckte sie sich ihr Gebiß in den Mund. Es saß großartig, das mußte man zugeben. Sie zerrte ihre Lippen auseinander und betrachtete sich gründlich. Ein tadelloses Gebiß – zwei Reihen weißer Zähne, und nicht das kleinste Fleckchen darauf, wie bei einem jungen Mädchen – nein, viel besser als bei so einem jungen Mädchen; die Zähne der jungen Mädchen von Goldsborough waren schief gewachsen oder schwarz verfärbt oder fingen frühzeitig an auszufallen.

Evaline ging mutig mitten auf dem Trottoir weiter; ein Mann, der sie kannte, kam ihr entgegen, und sie starrte ihm direkt ins Gesicht und zwang ihn zu einem hastigen Gruß – und dann tauchten zwei Damen auf, eine nach der anderen, und sie begrüßte jede mit einem munteren: »Guten Tag, gnä' Frau!«

Es wurde langsam dunkel, und sie hatte das Gefühl, als wäre ihr Magen ein riesiges hungriges Raubtier. Sie zählte ihr Geld. Sie besaß nicht einmal genug für eine Portion Pfannkuchen und Kaffee. Es gab nur ein Lokal, wo sie zu essen bekommen würde, und das war bei sich zu Hause in Pritchett Heights. Und wenn Carlisle Kennedy die Absicht haben sollte, ihr Krach zu schlagen, würde sie ihm Wort für Wort mit Zinsen zurückgeben. Außerdem, da Angeline zu nichts nütze war und er zur Arbeit mußte und Mickie zu faul war, etwas zu tun, brauchte er sie nach wie vor.

Sie stieg in den Bus, der zur Stadtgrenze fuhr, wo die Chaussee begann. Als sie ihre zehn Cents in die Kasse warf, blickte der Fahrer auf. Er schob seine Mütze nach hinten und grinste und sagte: »Ich hab gehört, daß es heute im Gericht hoch herging!«

»Wieso?« fragte sie.

»Ich hab gehört, daß Sie dem Staatsanwalt ganz hübsch eingeheizt haben, Mrs. Polowski!«

»Die Leute reden einen Haufen Unsinn zusammen«, antwortete sie und beeilte sich, zu einem Sitz zu kommen.

»Gut haben Sie das gemacht, Mrs. Polowski!« rief ihr der Fahrer anerkennend nach.

Sie saß wie vor den Kopf geschlagen. Dann dämmerte es ihr, daß auf dieser Erde alles seine verschiedenen Seiten hatte und, je nachdem, von welcher Seite man es betrachtete, ganz verschieden erschien. Nur der liebe Herrgott, der die Welt von oben her sah, kannte die wahren Tatsachen, und vor ihm fühlte sie sich längst wieder völlig in Ordnung.

Auf der letzten Haltestelle ließ der Fahrer sie mit einem höflichen: »Auf Wiedersehen, Mrs. Polowski!« aussteigen. Sie wandte sich noch einmal nach ihm um; er schien es wirklich ernst gemeint zu haben. Dann setzte sie sich längs der Chaussee in Marsch; die Autos mit ihren grellen Scheinwerfern huschten an ihr vorbei; aber sie empfand keinen Neid. Als sie zu der Knüppelbrücke kam, entdeckte sie ein Büschel Gras am Grabenrand, riß sich einen Grashalm ab und begann, daran zu kauen – wirklich und wahrhaftig zu kauen! Sie stellte sich das Steak vor, das Mr. Adair ihr hatte spendieren sollen. Schließlich warf sie den Grashalm fort.

Heiliger Strohsack, hatte sie einen Hunger!

Den letzten Abschnitt des Wegs von Jamiesons Haus an rannte sie fast. Erst als die Zaunlatte mit dem Briefkasten in Sicht kam, ging sie langsamer. Das morsche Holz der Veranda knarrte unter ihren Schritten, aber man hatte sie nicht gehört, wie sie sich durch einen Blick ins Küchenfenster überzeugte. Sie bemerkte auch, daß weder Angeline noch Mickie Abendbrot gemacht hatten und daß der Essenträger, den Kennedy zur Arbeit mitnehmen mußte, noch unberührt dort stand, wo er ihn gelassen hatte, als er von der letzten Nachtschicht kam.

Sie straffte sich. Dann öffnete sie die Tür weit und trat ein, stellte ihre Handtasche auf einen Stuhl und legte los, bevor Kennedy noch ein Wort herausbringen konnte: »Man kann auch nicht einen halben Tag von diesem Hause wegbleiben, ohne daß alles vor die Hunde geht. Warum sind die Kartoffeln noch nicht angesetzt? Und das Geschirr! Das ganze Abwaschbecken voll Teller, und kein Mensch hat sie angerührt! Sind doch genug Frauen im Haus – Schlampen, die keinen Strich Arbeit tun. Soll Evaline es nur machen, soll sie sich nur die Finger bis auf die Knochen abarbeiten! Was ist los mit dir, Mickie, warum deckst du denn den Tisch nicht?«

Sie war schon dabei, sich die Schürze umzubinden, da spürte sie, wie Kennedys Finger sich hart um ihren Arm legten. »Jetzt hältst du mal den Mund und hörst zu!« sagte er.

»Willst du zu essen haben – oder was?« fragte sie schrill.

»Ich will mit dir reden.«

»Na, da red doch! Aber nimm deine dreckigen Hände von mir

weg. Ich habe zu arbeiten!« Sie langte nach einem Topf und entwand sich ihm und war schon am Abwaschbecken. »Gib mir die Würstchen aus dem Kühlschrank, Mickie! Es müssen noch welche da sein.« Sie hatte Angst vor diesem Mann und vor seiner Kraft. Und sie kämpfte um ihr Bett in der Dachkammer, das einzige Plätzchen in der Welt, wo sie nach einem ganzen Leben voll Mühe und Schinderei ihre müden Knochen ausruhen konnte.

Kennedy hatte sie braun und blau prügeln wollen; jetzt erkannte er, daß damit niemandem gedient war. »Sieben Kinder habe ich«, sagte er, »und eine gottverfluchte Denunziantin im Hause, um sie zu erziehen. Mir liegt aber daran, daß sie zu guten und anständigen Menschen werden und nicht zu verlogenen Heuchlern, wie du es bist.«

Die Teller klapperten im Becken.

Er mußte lauter sprechen. »Warum hast du mir nichts gesagt, als Adair dir seinen Vorschlag machte? Warum hast du mir nichts gesagt, bevor du zu Doc gegangen bist?«

Sie fing an, Wasser in einen Topf zu pumpen. Die Pumpe am Abwaschbecken hätte vor Monaten schon geölt werden sollen; mit jedem Hebeldruck quietschten die Gelenke.

»Hör auf mit dem verdammten Gepumpe!« schrie er.

Sie hielt inne.

»Hab ich dir nicht ein Dach über dem Kopf gegeben? Hab ich dich nicht durchgefüttert?«

Sie hob den schweren Topf voll Wasser aus dem Becken, faßte ihn mit beiden Händen und wollte damit zum Herd.

Er verstellte ihr den Weg. »Antworte mir!«

»Soll ich den Topf fallen lassen?« fragte sie.

Er trat beiseite und wartete, bis sie den Topf auf den Herd gestellt hatte. Dann packte er sie bei den Handgelenken und zwang sie, ihm ins Gesicht zu blicken.

»Wie gedenkst du, das wieder gutzumachen?« sagte er mit gewaltsam beherrschter Stimme.

»Was gutzumachen?«

Er starrte sie an. Auf ihren Nasenflügeln stand Schweiß.

Er hob die Hand und nahm ihre Kinnbacken zwischen Daumen und Zeigefinger und zwang sie, ihren Mund zu öffnen.

»Her mit dem Gebiß«, sagte er.

Die Angst um ihre Zähne verlieh ihr Kraft. Sie riß sich los, brüllte: »Angeline! Mickie! Hilfe!«

Die Kinder rannten Evaline nach. Aus dem Schaukelstuhl drang ein Stöhnen.

»Pa!« sagte Mickie angewidert. »Hör schon auf, Pa!«

Evaline stolperte über Sally und wäre beinahe gefallen. Bevor sie ihr Gleichgewicht wiedergewann, hatte Kennedy sie fast eingeholt. Er griff nach ihr.

Evaline hatte die große Bratpfanne vom Haken gerissen und hielt sie sich vor wie eine Waffe. »Ich geh nach oben und packe jetzt«, sagte sie. »Ich werd doch nicht mit einem Verrückten im Hause bleiben, der mich umbringen will!«

Einen Moment lang sprach niemand.

Endlich setzte Kennedy sich hin. »Pack und mach, daß du rauskommst«, sagte er.

Dann ertönte eine Stimme, ganz hoch, unmenschlich, wie die Stimme einer Puppe: »Mama!« Angeline schob ihren unförmigen Leib so nahe wie möglich an ihre Mutter heran, und ihre Hände, die wie Stümpfe waren, versuchten, die Alte zu streicheln.

Alle Farbe wich aus Kennedys Gesicht.

»Ich will mein Abendessen«, sagte er dumpf.

Die Bileks kamen, und kurz nach ihnen stellte sich Elijah Jamieson ein. Es war noch zu früh, zur Schicht ins Bergwerk zu gehen, trotzdem trugen Bilek und Jamieson ihre Arbeitskleidung. Den breiten Gürtel umgeschnallt, den Helm auf dem Kopf, saßen sie da, ihre gefüllten und gut verschlossenen Essenträger vor sich auf dem Tisch.

»Wollt ihr nicht bißchen Kaffee?« fragte Kennedy und befahl: »Evaline! Mach Kaffee!«

Jamieson nahm seinen Helm ab und legte ihn unter seinen Stuhl. Er hatte einen schöngeformten Kopf, dessen Linien durch sein kurzgeschnittenes, krauses Haar noch stärker in Erscheinung traten. Er saß bescheiden am Ende des Tisches, und seine dunklen, sanften Augen wanderten langsam von einem zum andern. Wenn er sprach, legte er seine Finger auf den Tischrand, als wäre der Tisch eine Kanzel; seine rosa Nägel fielen durch den Gegensatz zu dem Braunschwarz seiner Haut besonders auf. Er hatte eine feingeschnittene Nase, und seine Backenknochen waren breit und hoch, so daß Kennedy manchmal im Scherz zu ihm sagte, sie hätten wohl beide denselben Urgroßvater gehabt.

Die innere Erleichterung, die Martha Bilek seit dem Ende des Prozesses spürte, machte sie redselig. »Ich hab's immer gewußt«, erklärte sie kategorisch, »und ich hab's immer gesagt, daß meine Rosemary sich keine Sorgen zu machen braucht. Wir leben doch in Amerika, nicht? Das ist ein großes Land, ein neues Land, wo jeder die Möglichkeit hat, was zu werden, und wo es gerecht zugeht, nicht? Ja, wenn uns das in der alten Heimat passiert wäre – da kommt die Polizei und nimmt einen mit, und damit ist es erledigt. Aber hier hat man einen guten Rechtsanwalt und zwölf Männer und Frauen als Geschworene, und man hat Zeugen –«

Evaline setzte die Kaffeetassen auf den Tisch.

Fred Bilek blickte sie an. »Und was für Zeugen!...« Seine niedrige, eigensinnige Stirn legte sich in zahllose Querfältchen. »Großartige Zeugen! Frauen!« Er hustete und spuckte bedächtig in sein Taschentuch.

»Haben wir denn keine Büchsenmilch mehr?« fragte Kennedy ärgerlich.

Evaline war wieder zum Herd zurückgegangen. »Ohne Geld gibt's keine Milch«, sagte sie trocken.

Er zog einen Dollarschein aus der Tasche und legte ihn auf den Tisch.

»Damit werden wir nicht weit kommen«, sagte Evaline. »Was ist aus den zehn Dollar geworden, die du gestern gehabt hast?«

»Sei still!« sagte Kennedy.

Jamieson erkundigte sich leise: »Brauchst du Geld, Kennedy?«

»Allmächtiger Jesus!« Kennedy wurde erregt. »Schaue sich einer an, wer da fragt! Hast du nicht genug eigene Münder zu füttern?«

»Die Frauen«, stellte Bilek fest, »werden uns noch alle ins Grab bringen.«

Martha nickte gutmütig und faltete ihre Hände unter ihrem großen Busen. »Immer muß er was an den Frauen aussetzen. Ich halte ihm gut Haus. Er hat ein Radio und eine neue Kücheneinrichtung mit allem, was dazu gehört – also was ist so unrecht an den Frauen? Haben Frauen vielleicht nichts durchzumachen? Tut ihnen das Herz nicht weh, daß es manchmal fast bricht? In einer Weile fährt Kennedy meinen Mann zur Arbeit, und ich geh nach Hause. Aber schlafen kann ich nicht. Ich sitze die Nacht über auf. Ich warte. Ich mach mir Gedanken, daß mir der Mann vielleicht nicht aus der Grube zurückkommt.«

Fred Bilek lehnte sich zurück und schloß seine Augen genießerisch. »Hübsche fette Witwe mit einem Haus, wo nur noch ein paar Raten zu zahlen sind, und mit einer neuen Kücheneinrichtung und dem Geld von der Versicherung –« Er schnalzte die Zunge.

Martha schlug ihm auf die Hand. »Halt dein Lästermaul! Seht euch meine Rosemary an, zum Beispiel. Glaubt ihr, die hat's so leicht mit Doc? Und dabei sag ich ihr die ganze Zeit: Dein Mann sollte endlich aufhören, ohne Bezahlung zu arbeiten und ganz umsonst falsche Zähne für alles mögliche Gesindel zu machen –«

»Gesindel!« Evaline setzte sich neben Martha Bilek und goß sich ihre Kaffeetasse bis zum Rande voll. »Zeugen!« Sie sah Martha von ihr abrücken und lächelte, daß beide Zahnreihen weiß aufglänzten. »Ich möchte nur wissen, Martha Bilek, wo Ihr Schwiegersohn jetzt säße, wenn ein gewisses Gesindel und gewisse Zeugen heute vor Gericht nicht das Rückgrat gehabt hätten, um dem Staatsanwalt klarzumachen, was für einen Fall er da hatte! Im Gefängnis säße Ihr Herr Schwiegersohn jetzt!«

»Ja«, sagte Jamieson gedehnt und rieb sich das Kinn, »da ist schon was Richtiges dran, Mrs. Polowski.«

»Frauen!« sagte Bilek.

Kennedy war sprachlos. Das war die tollste Verdrehung, die ihm je vorgekommen war. Aber man gebe einer Frau wie Evaline nur ein bißchen Zeit, vierundzwanzig Stunden Zeit zum Reden, und ganz Pritchett Heights würde überzeugt sein, daß sie und kein anderer Doc das Leben gerettet hatte.

»Frauen!« Bilek fuhr sich verzweifelt durchs Haar. »Ich sage euch, außerhalb der Küche sind Frauen nicht zu brauchen. Ich möchte nur wissen, was sie benutzen, um zu denken. Jedenfalls nicht ihr Gehirn! Und Sie, Evaline Polowski, sind der lebende Beweis für das, was ich sage, neben meiner Frau hier natürlich, die das auch beweist. Könnt ihr Weiber mit euren geschwollenen Köpfen denn nicht kapieren, daß es sich mit dem ganzen Prozeß und mit den falschen Zähnen um Politik und nur um Politik dreht? Die Bosse und die großen Herren gegen die kleinen Leute, darum dreht sich's!«

»Was verstehst du schon von Politik?« sagte Martha Bilek. »Vielleicht möchtest du noch Präsident von Pritchett Heights werden?«

»Was ich von Politik verstehe!...« wiederholte Bilek verächtlich. »Mehr als genug! Politik ist, was ich jede Woche in meiner Lohntüte kriege und was sie mir davon abziehen, bevor ich das Geld überhaupt bekomme! Politik ist, wenn ich ohne Tarifvertrag arbeiten muß und wenn alte Leute, die ihr ganzes Leben in den Gruben geschuftet haben, keine Rente kriegen! Politik ist, was ich an einer Tonne Kohle verdiene und was die Bergwerksgesellschaft daran verdient! Politik ist, wenn sie vielleicht schon morgen mich und Jamieson entlassen, weil sie irgendwelche neumodischen Maschinen einführen und die alten Kumpel nicht mehr brauchen! Das ist Politik, und damit weiß ich gründlich Bescheid!«

»Warum sollten sie dich denn entlassen?« fragte Martha, etwas aus ihrer Ruhe gebracht. »Du hast doch jeden Tag deine Arbeit getan. Du hast dich nie betrunken und bist immer pünktlich gewesen –«

»Ja«, sagte Bilek, »aber eine Maschine bin ich eben doch nicht.«

»Was ich wissen möchte«, sagte Kennedy mürrisch, »warum haben sie den *Frame-up* mit Doc gerade jetzt versucht und nicht ein halbes Jahr früher oder ein halbes Jahr später?«

Bilek lachte vor sich hin. »Die Bosse haben Angst. Wenn sie gewalttätig werden, das ist ein Zeichen, daß sie Angst haben. So wie der Gendarm zu Hause in der alten Heimat, in meinem Dorf, Rogoczinski hieß er. Wenn der roch, daß was passieren würde, hat er sich immer seinen Schnurrbart schwarz gewichst, der Sauhund.« Er schubste seine Frau. »Stimmt's Martha, erinnerst du dich?«

»Mit dir diskutiere ich überhaupt nicht!« sagte Martha. »Du warst ein dummer Polacke, wie du hierher ins Land kamst, und ein dummer Polacke bist du noch jetzt. Sieh dir doch an, was das für ein Land ist! Deine Tochter ist hier auf die Hochschule gegangen. Bist du mal auf so eine Schule gegangen? Nein. Also warum muß ihr Mann sich dann in die Politik einmischen und vor Gericht kommen, als wenn er Al Capone wäre? Damit du groß über Rogoczinski und gewichste Schnurrbärte reden kannst? Mir tut nur leid, daß er dich nicht im Gefängnis behalten hat, der Rogoczinski, der Sauhund. Aber Doc, der so viel Geld verdienen könnte – und meine Rosemary, die doch auch was gelernt hat...«

Bilek schwieg. Er wußte, wenn es Zeit war, sich geschlagen zu geben, und die anderen schienen keine Lust zu haben, ihn zu unterstützen.

Jamieson sagte: »Wo ich herkomme, wenn es da kurz vor den Wahlen war, zogen nachts bewaffnete Banden los und stellten oben auf den Bergen flammende Kreuze auf.« Er schüttelte den Kopf, als wollte er alte Erinnerungen abschütteln. »Um der farbigen Bevölkerung eine Lektion zu erteilen.«

Es wurde still in der Küche.

In die Stille hinein fragte Evaline: »Und was starren Sie so, Elijah Jamieson?«

Sie fühlte sich selten ganz wohl in Jamiesons Gegenwart. Man wußte nie genau, was er wirklich war – eine Art Heiliger unter den Schwarzen, oder ein Zauberdoktor, der durch Handauflegen heilte. Sicher war nur eines, daß er jeden Sonntag in einem Haus irgendwo unten am Pokie-Fluß, in einem Stadtteil, wohin kein gottesfürchtiger Weißer den Fuß setzen würde, zu einer Gruppe von Negern predigte.

»Ich habe *Sie* angesehen«, sagte Jamieson, »und daran gedacht, was Sie heute für einen Mut bewiesen haben...«

Evaline hatte das unheimliche Gefühl, das den Menschen überkommt, wenn es ihn gleichzeitig heiß und kalt überläuft. Auch der Busfahrer hatte ihr Auftreten vor Gericht lobend anerkannt; aber der Busfahrer war ein großer, rothaariger Ire, harmlos und ohne Hintergedanken. Dieser Jamieson jedoch mit seiner schwarzen Haut und seinen Augen, die wie Messer durch einen hindurchgingen, und seiner Stimme, die wie das Miserere in der Kirche klang

– dieser Jamieson erzählte ihr, daß sie etwas sein sollte, was sie nicht war, und etwas getan haben sollte, was sie nicht getan hatte. Das machte ihr Angst. Das machte ihr mehr Angst als alle Drohungen Kennedys, mehr Angst als Mr. Trelawneys peitschenschlagartige Worte und als Pater Boleslavs Hinweis auf den Schmelzpunkt ihrer neuen Zähne. Fegefeuer und Hölle waren ihr vertraute Begriffe; es waren wohlbekannte Einrichtungen wie das Gefängnis oder das Arbeitshaus; aber die Geister, mit denen Jamieson möglicherweise in Verbindung stand, waren ihr unbekannt und daher viel schrecklicher.

Sie versuchte, an den Argumenten festzuhalten, die sie sich während ihres Weges aus der Stadt zusammengesucht hatte, aber diese Argumente wurden immer löchriger, je weiter Jamieson sprach: »Ich habe Sie angesehen und mir dabei gedacht, was für Mut Sie noch nötig haben werden, Mrs. Polowski.«

»Mut – weshalb?«

»Für diese Zähne, die ich schon bewundert habe«, sagte Jamieson, seine Augen noch immer auf Evaline gerichtet, »für diese schönen, glänzenden Zähne, glänzend wie die dreißig Silberstücke, die ein gewisser Judas Ischariot als Lohn erhielt – für diese Zähne haben Sie noch nicht begonnen zu zahlen...«

»Sie wird schon zahlen!« sagte Kennedy. »Bis auf den letzten Cent!« Er merkte langsam, worauf Jamieson hinauswollte und was er selber für einen Fehler begangen hatte, als er seine Wut nur, um sich persönlich Erleichterung zu verschaffen, an Evaline ausließ. Der Prozeß von heute stellte kein Happy-End dar, das zustande gekommen war, weil Evaline im wichtigsten Moment den Kopf verlor – dieser Prozeß war vielmehr der Auftakt zu etwas viel Größerem und viel Folgenschwererem, an das man jetzt herangehen konnte, vorausgesetzt, daß Evaline richtig bearbeitet wurde und daß Doc Hale mitmachte.

»Auch Judas hat bezahlen müssen«, sagte Jamieson milde, »aber für ihn war es zu spät. Er hat zu spät bereut, er hat seine Gelegenheit versäumt, und er endete damit, daß er einsam und verachtet an einem Baume hing. Aber Sie, Mrs. Polowski, Sie hatten den Mut, Ihre Sünde zur rechten Zeit zu bekennen und den Weg zurückzufinden zum Pfade der Rechtschaffenheit.«

»Und, Gott verdamm mich, auf diesem Pfad wird sie jetzt auch bleiben!« Kennedy legte beide Fäuste auf den Tisch. »Das heißt, wenn sie weiß, was gut für sie ist.«

»Du hast dich hier überhaupt nicht einzumischen, Carlisle Kennedy!« rief Evaline. »Von deinen Sünden hast du noch keine einzige bereut, nicht daß ich wüßte!«

Kennedy unterdrückte seinen Lachreiz. »Was das Bereuen von Sünden betrifft, kann ich nicht mit dir konkurrieren. Andererseits hab ich auch noch nicht versucht, meine Seele für ein falsches Gebiß zu verkaufen. Ich werd dir sagen, was du tust, Evaline Polowski, und Elijah Jamieson wird mir recht geben: Du behältst deine Zähne, und du benutzt sie von jetzt an, um die Wahrheit zu sprechen und nur die Wahrheit, oder ich zerbrech sie dir in deinem eignen Mund. Und wenn du je wieder auf dem Zeugenstuhl zu sitzen hast –«

Er bemerkte Jamiesons leicht erhobene Hand.

Jamieson stand auf. »Die Furcht des Herrn ist in ihrem Herzen, Carlisle Kennedy«, verkündete er. »Sie braucht keine zusätzliche Furcht vor den Menschen.«

Evaline senkte den Kopf. Sie spürte wahrhaftig die Furcht des Herrn; oder vielleicht war es nicht so sehr die Furcht des Herrn wie die Furcht vor einer dunklen Gewalt, die einen Menschen ihresgleichen niederschneiden konnte, wie man das reife Korn in den Feldern schneidet.

»Frauen!« sagte Bilek. »Ich geb's auf.«

»Warum gehst du nicht zu Bett?« fragte Rosemary.

»Ich bin noch zu unruhig.« Hale nahm die Abendzeitung und blickte zerstreut auf den Bericht, den er schon viermal gelesen hatte. Dieser Bericht stand ziemlich weit unten auf der ersten Seite und besagte kurz, daß das Verfahren gegen Silas Hale ohne Termin vertagt worden sei und die Staatsanwaltschaft in Betracht ziehe, es völlig fallenzulassen. Er faltete das Blatt zu einer dünnen Rolle zusammen und schlug sich damit gegen das Knie. »Aber geh du nur zu Bett, Rosemary«, sagte er.

Sie reagierte nicht.

»Ich weiß nicht...« Er zuckte die Achseln. »Warum freust du dich denn nicht? Ich hatte gehofft, daß wir an diesem Abend endlich erlöst aufatmen könnten. Mein Gott, wenn ich daran denke, wie du dich noch heute früh gefühlt hast! Gesagt hast du zwar nichts – aber wenn ein Mann zwanzig Jahre mit einer Frau zusammengelebt hat, braucht sie ihm nicht viel Worte zu machen.«

Sie kam zu ihm und küßte seine rotgeränderten Augen. Er legte den Arm um sie.

»Vielleicht bin ich etwas komisch«, sagte er. »Aber der Mensch weiß wohl nie richtig, wann er glücklich ist.«

Sie streichelte ihm übers Haar. »Wir werden Zeit brauchen, um über diese Sache hinwegzukommen.«

»Ich habe mir vorgestellt, wie das sein würde, wenn man im Gefängnis sitzt. Besuchstage würden wohl das Schlimmste sein, ich auf einer Seite des Drahtnetzes und du auf der anderen.« Aber was ihn in Wirklichkeit verfolgte, war nicht diese Vorstellung, sondern die Erinnerung an ihr Gesicht, als sie ihn nach der Konferenz mit Richter Pritchett am Tor des Gerichtsgebäudes begrüßte, und an den Schatten, der über ihr Gesicht glitt, als sie seiner großen Enttäuschung gewahr wurde.

»Die Besuchstage wären nicht schön gewesen«, pflichtete sie ihm bei. »Aber noch weniger schön, glaube ich, das leere Bett im Schlafzimmer.«

»Du hättest es ja herausnehmen lassen können«, sagte er.

Dann kam eine Pause. Sie ging zurück zu ihrem Stuhl. »Pater Boleslav war wunderbar zu mir«, bemerkte sie schließlich. »Wir haben viele Freunde.«

»Einige jedenfalls. Morgen werde ich ihn besuchen und ihm sagen, wie dankbar wir ihm sind.«

»Morgen bleibst du zu Hause und ruhst dich aus!« protestierte sie. »Den ganzen Tag.«

»Morgen früh gehe ich zu Pater Boleslav, und dann fange ich wieder an zu arbeiten. Im Labor hat sich die Arbeit angehäuft. Alles bei mir – bei uns – ist in Unordnung geraten, und ich fühle mich, als wäre ich vollständig durcheinander.«

Sie war den Tränen nahe. »Ich wünschte, ich wüßte, was ich für dich tun könnte.«

Er langte nach einer der Pfeifen auf seinem Pfeifenständer, zog dann aber die Hand zurück. »Wer kann überhaupt etwas tun in dieser gottverlassenen Stadt!«

»Aber wir haben doch gewonnen, nicht?« hielt sie ihm entgegen.

»Haben wir?«

»Manchmal habe ich Angst«, sagte sie, »daß ich schuld an dem Ganzen bin.«

»O Gott!« Der Ärger platzte aus ihm heraus.

»Wenn du mich nicht geheiratet hättest und wenn das Kind nicht gekommen und dann gestorben wäre und wenn ich nicht so lange krank gelegen hätte, hättest du weiter studieren können und wärst selber Zahnarzt geworden, und das ganze Unglück wäre nicht passiert...«

»Wenn! Wenn!... Wenn ich nicht geglaubt hätte, daß in dieser Stadt von oben bis unten alles verfault ist und stinkt, hätte ich nie ein politisches Wort gesprochen, und das ganze Unglück wäre ebenso wenig passiert.«

Es klingelte. Sie ging hinaus in den Korridor und drückte auf den Knopf, der die Haustür unten entriegelte.

»Wer es auch immer ist«, rief er ihr nach, »sag, ich bin schon zu Bett gegangen!«

Er hörte ihre leichten Schritte im Korridor und dann das Echo schwerer Stiefel auf der Holztreppe. Er rollte die Zeitung wieder auf und überlas zum fünften Male die Notiz über das Ende des Prozesses.

»Entschuldigen Sie, Doc –«, sagte Kennedy noch von der Tür aus. »Es ist schon spät, und ich habe auch nur ein paar Minuten Zeit. Aber ich dachte, ich muß doch herkommen.«

Er trat ins Zimmer und setzte sich auf den Rand eines Stuhles. Er hatte seinen Essenträger mitgebracht, und er kratzte verlegen an dem kurzen Schild des zerkratzten, schwarzen Bergarbeiterhelms auf seinem Schoß.

»Sie gehen zur Arbeit?« sagte Hale. »Ich habe gesehen, daß Sie heute im Gericht waren. Wann schlafen Sie eigentlich?«

»Während der Arbeitszeit. Es ist zwanzig Minuten Fahrt vom Fuß des Schachts bis vor Ort. Die Fahrt ist ein bißchen laut, und man muß den Kopf niedrig halten in diesen Großraumwagen, aber es geht schon.«

»Rosemary! Haben wir was zu trinken im Haus?«

»Nicht einen Tropfen«, sagte sie.

»Ich gehe ja sowieso gleich weg«, sagte Kennedy. Dann holte er aus der Hintertasche seiner schäbigen Arbeitshosen, die ihre ursprüngliche Farbe längst verloren hatten, eine abgegriffene Brieftasche heraus und entnahm einem ihrer Fächer einen Zehndollarschein.

»Wozu soll das sein?« fragte Hale.

»Erste Rate.«

»Wofür?«

»Die Zähne. Evalines Zähne.« Kennedy legte den Geldschein auf den Pfeifenständer neben Hales Stuhl.

»Haben *Sie* ihr gesagt, sie soll zu mir kommen und sich das Gebiß machen lassen?« fragte Hale.

»Was? – Natürlich nicht. Ich bin ja so gottverflucht dumm, daß ich nicht gemerkt habe, was sie vorhatte, bis sie im Gerichtssaal zu reden anfing.«

»Warum wollen Sie dann also bezahlen?«

»Sie gehört zu meiner Familie.«

Rosemary versuchte, ihm den Geldschein wieder aufzuzwingen. »Sie brauchen es doch nötiger als wir.«

»Sie haben den Anwalt zu bezahlen.«

»Trelawney mag Geoghan nicht«, sagte Hale. »Er hat mich umsonst verteidigt.«

»Trotzdem wäre mir besser zumute, wenn Sie das Geld behielten«, erklärte Kennedy.

»Wieso?«

Kennedy hob den Kopf. Sein Blick begegnete Hales. Viel Vertrauen hat er nicht zu mir, dachte Kennedy. Schade.

»Ein Mann muß seine eigene Familie im Zaum halten können«, sagte er.

Rosemary bemerkte die bitteren Linien, die sich um Kennedys Mund gebildet hatten. »Doc hätte Ihnen sagen sollen, daß Evaline zur Sprechstunde kam. Oder ich. Oder wir hätten uns bei Ihnen erkundigen sollen, ob Sie Evaline zu uns geschickt haben.«

Kennedy schüttelte den Kopf. »Bitte behalten Sie das Geld.«
»Also schön, behalten wir's«, sagte Hale.
»Danke.«
Kennedy vertiefte sich in die Betrachtung seines Helms. Hales breite Finger begannen auf der Armlehne seines Stuhles zu trommeln. Er wußte, daß Kennedy noch etwas auf dem Herzen hatte und daß die Anzahlung nur die Einleitung zur Hauptsache war.
»Wir haben sie ein bißchen zurechtgestutzt«, begann Kennedy.
Hale hörte auf zu trommeln. »Evaline?«
»Ja.« Kennedy sprach hastig. »Ich denke, sie ist ziemlich erschüttert. Ich denke, wir können sie dazu kriegen, daß sie die Wahrheit berichtet, auch vor Gericht. Die ganze Geschichte. Wie der Staatsanwalt mit ihr abgemacht hat, daß sie schwören soll, Sie hätten sie behandelt. Sie war wohl sehr versessen auf ein Gebiß. Sie ist ganz verrückt, wenn sich's ums Essen dreht. Sie werden Adair doch verklagen, Doc?«
»Sie glauben, daß ich das tun sollte?« Hale spürte, daß Rosemary ihn beobachtete.
»Nun –«, Kennedy zögerte. »Oben in Pritchett Heights haben wir uns gedacht... Wenn Evaline auspackt, und wenn Sie und Trelawney das Notwendige tun, dann könnten Sie Geoghan in kurzer Zeit erledigen. Die Menschen bei uns tun nichts, weil sie glauben, andere Leute tun auch nichts. Und solange man kein Feuer unter dem Kessel macht, kann Geoghan auf dem Deckel sitzen.«
»Und warum soll ausgerechnet ich das Feuer machen?«
»Haben Sie nicht selber schon darüber nachgedacht, Doc?«
Hale faltete die Hände, damit seine Finger nicht wieder anfingen zu trommeln. »Worum es hier geht, Kennedy, ist mein eigenes, persönliches Leben und das Leben meiner Frau. Bitte, schauen Sie uns gut an. Sehen wir aus, als ob wir noch weitere Schläge einstecken könnten?«
Kennedy betrachtete seinen Helm.
»Nein«, sagte Hale ärgerlich, »das ist auch nicht richtig. Hören Sie zu, Kennedy – glauben Sie nicht, daß ich denen eins versetzen möchte? Nach den Kämpfen, die ich mit ihnen gehabt habe, während der Wahlen und vorher und nachher! Glauben Sie, es macht

mir Freude, mir diese Brüder durch die Lappen gehen zu lassen? Aber was kann ich denn tun?« Seine Stimme war ohne jede Klangfarbe, angestrengt, gepreßt. »Wohin ich mich auch wende, bin ich blockiert! Gerichte, Akten, Eingaben! Wissen Sie, was so eine Sache kosten würde? An Anwälten, Zeit, Geld! Wissen Sie, was ich alles gegen mich haben würde, und –«

»Wir haben immer so viel gegen uns gehabt«, unterbrach ihn Kennedy.

»O nein! Sie haben noch nicht die Hälfte gehört! So eine Klage würde nicht nur vor ein Gericht kommen, sie würde den ganzen Instanzenweg hinaufgehen, durch drei oder vier verschiedene Gerichte! Und mit der Wahrscheinlichkeit, daß wir zum Schluß doch verlieren würden. Wer hat die Kraft dazu? Wer hat genug Geld?«

Kennedy erinnerte sich an Trelawney, Trelawney vor dem Zeugenstuhl stehend, mit dem Stock und der Stützprothese, um sich aufrecht zu halten, und trotzdem Frage um Frage stellend. Nun gut, der Mann konnte sich sein Auftreten leisten. Er war der Sohn und einzige Nachkomme von Sam Trelawney, der Goldsborough gegründet hatte und dessen Statue mit Taubendreck auf den Schultern an der Ecke vor dem Rathaus stand. Gescheiter Kerl, der alte Trelawney, dachte Kennedy. Trelawney Senior hatte rechtzeitig bemerkt, daß die Kohle in den Bergen hier zusammen mit den billigen Transportmöglichkeiten auf dem Pokie-Fluß Dollars bedeutete; er hatte das ganze Land in der Umgegend billig aufgekauft und es verstanden, das Land zu halten, soweit es ihm Richter Pritchetts Vater nicht wegstahl. Wir Kennedys hätten so etwas nie fertiggebracht, dachte er, wir müssen schon seit je Dummköpfe gewesen sein.

»Aber, Sie hatten doch gesagt, Doc, daß Trelawney Sie umsonst vertritt?«

»Ja – dieses eine Mal!« sagte Hale. »Er kann auch nicht seine ganze Zeit darauf verwenden, einen korrupten Staatsanwalt aus dem Amt zu jagen – und das ist alles, was ein Prozeß gegen Adair im Endeffekt erreichen würde.«

Kennedy stülpte sich den Helm aufs Knie. »Das glauben Sie doch selber nicht, Doc! Adair *ist* Geoghan. Wir werden Ihnen das Nötige schon verschaffen. Ich kenne Dutzende von Leuten, bei denen ich dafür Geld sammeln kann. Dutzende von Leuten, die auch verstehen werden, daß es dabei um mehr geht als nur um Adair und Geoghan! Dutzende von Leuten, die verstehen werden, daß der Kampf, den Sie führen, eng verbunden ist mit dem, was wir in den Gruben zu erreichen versuchen – einen anständigen Tarifvertrag, Sicherung des Arbeitsplatzes, Altersrenten und noch einiges andere. Und diese Leute werden verstehen, daß jeder Schlag gegen den politischen Apparat in der Stadt auch ein Schlag gegen die Unternehmer im Kohlenrevier ist.«

»Das Geld, das Sie auftreiben könnten, würde nicht einmal genügen, um die Druckkosten für die Eingaben ans Gericht zu decken«, entgegnete Hale. »Und Evaline würden wir auch kaum benutzen können. Lange bevor sie für uns als Zeugin auftreten könnte, würde sie schon ein Meineidsverfahren auf dem Halse haben...«

Kennedy verzog das Gesicht. Es lag ihm gar nicht, sich für Evaline einsetzen zu müssen.

»In diesem Falle müßte man auch etwas gegen so ein Meineidsverfahren unternehmen«, sagte er nachdenklich. »Denn es hängt ja alles miteinander zusammen, nicht wahr? Wie unten im Flöz – wenn da an einer Stelle zuviel Druck auf dem Hangenden lastet, hebt sich an einer anderen Stelle das Liegende. Man muß eben überall richtig verzimmern, es ist überall der gleiche Kampf, und über einem lasten Tausende Tonnen Gestein.«

»Und ich soll euch sozusagen die Zimmerung besorgen?« Hale erhob sich. »Ich hab meine Erfahrungen gemacht! *Ich* habe ja etwas getan – und was war das Resultat? Und was habt ihr Leute getan? Ich sage das nicht gegen Sie persönlich, Kennedy, Sie haben sich anständig verhalten. Aber Lonsdale – das war doch euer Arbeiterführer, nicht? Und wo war er, als es zu den Wahlen kam? In einem Hotelzimmer in Pittsburgh war er, sinnlos besoffen. Und der ganze Kampf ging verloren. Ich hab die Rechnungen bezahlt. Mit Rosemarys letztem Stück Schmuck und mit ihren paar Ersparnissen. Seit zwei Jahren hat sie sich kein neues Kleid leisten können. Ich hätte mich ja schließlich auch wohlfeil verkaufen können, sogar noch, als die Sache schon vorüber war. Man hat mich ja gefragt: Warum wollen Sie denn nicht klug werden, Doc, und zu einer vernünftigen Vereinbarung mit uns kommen? Ich habe Mr. Geoghans Unterhändler hinausgeschmissen. Nun, da hat man eben abgewartet und mir eine Falle gestellt, und eines schönen Tages stand ich vor Gericht, und Ihre Schwiegermutter, Carlisle Kennedy, war die Zeugin der Staatsanwaltschaft gegen mich. Ich weiß, Sie können nichts dafür«, wehrte er ab, »ich meine nur, wenn's darauf ankam, habe ich immer allein gestanden.«

»Vielleicht haben Sie recht«, sagte Kennedy. »Von diesem Gesichtspunkt aus...«

Er setzte sich den Helm auf und griff nach seinem Essenträger.

»Ich habe Sie nur besucht, Doc, um Ihnen mitzuteilen, daß Evaline jederzeit bereit ist, falls Sie sie brauchen sollten, und daß Sie nicht allein stehen werden, falls Sie sich entscheiden, in dieser Sache etwas zu unternehmen.«

Er hatte schon beinahe die Tür erreicht, da zögerte er. »Und noch etwas, das uns in der Grube eingebleut worden ist: Wenn man die Bosse nicht dauernd unter Druck setzt, setzen sie einen unter Druck. Das liegt wohl so in ihrer Natur. Gute Nacht, Rosemary. Gute Nacht, Doc.«

Hale stand in der Mitte des Zimmers und betrachtete angelegentlich das komplizierte Teppichmuster. Der Teppich war eine billige Nachahmung eines Persers, und die Farben, obwohl schon verschossen, waren immer noch scheußlich. »Ich wünschte, wir könnten uns leisten, das Ding herauszuschmeißen«, sagte er. »Ich möchte einen ganz einfachen einfarbigen Teppich haben, der den Fußboden von einer Wand bis zur andern bedeckt.«

Rosemary griff nach seiner Hand. »Weißt du auch ganz genau, daß du richtig handelst? Meine Garderobe wird wohl auch noch zwei weitere Jahre herhalten können.«

Seine Stimme klang gequält. »Ich weiß überhaupt nichts mehr.«

»Gehen wir schlafen«, sagte sie.

## *Viertes Kapitel*

Wenn man die Augen schloß, konnte man das ständige Tröpfeln des Wassers hören. Es sickerte durch das Hangende und aus dem Seitenstoß und stand mehr als einen Fuß hoch in den Vertiefungen des Liegenden. Kennedy versuchte, die Lachen zu vermeiden, aber wo sie sich über die ganze Breite der Strecke hinzogen, konnte er es nicht. Weit hinter ihm schlürfte und gurgelte es; dort lag das offene Ende eines Rohres, durch das Wasser abgesaugt wurde. Man mußte Gnocchi vorschlagen, die Rohrleitung weiter nach vorn zu verlegen; aber der Reviersteiger ließ nur ungern etwas durchführen, was die Bergwerksgesellschaft Geld kostete.

Ungefähr zweihundert Yards vor ihm, wo der Revierförderweg in die Hauptförderstrecke einmündete, blinkte das einsame grüne Auge einer Signallampe auf. Ein dumpfes Grollen erschütterte die Luft und wurde immer stärker. Das Signal flammte plötzlich rot auf, und die viereckige Mündung des Revierförderwegs füllte sich mit blendend weißem Licht. Das Weiß erstarb in dem Augenblick, da die Lokomotive vorbeigerollt war, und die schattenhaften Umrisse der Großraumwagen glitten vorbei. Dann schaltete sich das Signal wieder um, das Grollen verklang, und die Totenstille der Tiefe umfing ihn wieder.

Er bog nach rechts in eine alte Wetterverbindung ein und arbeitete sich tief gebückt vorwärts. Er brauchte keine Karte, um sich in diesem unterirdischen Irrgarten von Förderwegen und Abwetterstrekken und Pässen und Wetterverbindungen und Kammern zurechtzufinden; er hatte schon für die Sarah-Pritchett-Grube gearbeitet, als ihr erster Schacht getäuft wurde; er hatte mitgeholfen, ihr reiches, mächtiges Flöz abzubauen; und jetzt, wo bereits zwei weitere Schächte getäuft waren und man sechs oder sieben Meilen ins Gebirge vorgedrungen war, hatte er noch jede Ecke und jeden Winkel im Gedächtnis.

Er kam zu einer Wettertür, einer hölzernen Wand, die das frische Wetter zurück auf den Revierförderweg und weiter vorwärts bis vor Ort zwang. Er senkte den Kopf, so daß das elektrische Geleuchte am Helm den Lichtstrahl auf den Durchlaß in der Wettertür warf; er suchte und fand den Riegel und stieß ihn auf. Dann kroch er hindurch, schob sich die Kabelrolle auf seiner Schulter zurecht, drehte sich um, hob die zwei schweren Ledertaschen mit den Sprengpatronen, dem Lettenbesatz und dem Schießgezähe nach, griff nach seinem Ladestock und verschloß den Durchlaß sorgfältig.

Die schale Luft lag schwer auf ihm. Das Wetter hier roch wie keine andere Luft in der ganzen Welt. Es war eine Luft, in der kein Grashalm, kein Blättchen je gewachsen war. Die einzigen Lebewesen, die sie je eingeatmet hatten, waren Ratten gewesen und mitunter ein Bergarbeiter, der hier durchkam, um sich einen Umweg zu ersparen.

Er machte sich nichts daraus, hier so mutterseelenallein zu sein. Ja, als er noch ein Junge war von dreizehn oder vierzehn Jahren, da wäre er nicht um alles Geld der Welt allein durch eine verlassene Wetterverbindung gegangen. Er hatte sich vor der Dunkelheit und vor der Stille gefürchtet, und er hatte sich an Burnham geklammert und war dem alten Mann nicht von der Seite gewichen. Lieber arbeiten, bis einem die Muskeln zerreißen, als irgendwo unter Tage allein zurückbleiben zu müssen. Verrückter Kerl, der Burnham – wie lange war der schon tot? –, aber ein guter Häuer, der ihm beigebracht hatte, wann man Angst haben mußte und wann nicht, wann man vor Ort bleiben konnte und wann man so schnell wie möglich weglief.

Kennedy lachte vor sich hin. Burnham verrückt? Ein bißchen, vielleicht – doch es hatte Methode in seiner Verrücktheit gelegen. Burnham hatte bald genug spitzgekriegt, daß dieser verängstigte Junge wie ein Erwachsener arbeiten konnte; und da nur die Häuer ausbezahlt bekamen, nicht aber die Buben, so hatte dem alten Mann das Verhältnis zwischen ihnen gut in den Kram gepaßt. An Zahltagen hatte Burnham ihm ein paar Dollar geschenkt und ihn unterm Kinn gekrault und gesagt: »Du bist eben nicht mein Kumpel, junger Mann, du bist mein Lehrhäuer!«

Der Mensch braucht Zeit, um klüger zu werden. Und er hatte den alten Burnham gern gehabt. Das Kraulen unterm Kinn alle vierzehn Tage war das einzige Zeichen von Zuneigung gewesen, das ihm während seiner ganzen Jugendzeit zuteil geworden war. Die Frau, in deren flüchtig zusammengenageltem Hause er aufwuchs und bei der er in Pension lebte, war angeblich seine Tante, eine Schwester seiner Mutter. Sie nahm ihm die paar Dollar ab, die er von Burnham bekam, und verhielt sich überhaupt nicht, als flösse auch nur ein Tropfen gemeinsamen Blutes in ihnen. Sie beklagte sich dauernd, er esse zuviel; dabei war er, weiß Gott, immer hungrig geblieben. Sein Vater, der ihm nichts als den hochtrabenden Vornamen fürs Leben mitgegeben hatte und der wahllos junge Kennedys mit ebenso hochtrabenden Vornamen wie Carlisle über das ganze Gebirge um Goldsborough und New Pendleton herum aussäte, stellte sich alle paar Monate einmal ein, und dann war er meistens betrunken. Es hieß, sein Vater habe fünf oder sechs Frauen gehabt, mit und ohne Trauschein – das stimmte wohl auch. Der Mann hatte noch großartig ausgesehen, als er schon alt und wacklig war, und trotz seiner Jahre ließ er keinen Rock vorbeigehen, ohne wenigstens zu versuchen, ihn hochzuheben.

Kennedy kroch durch eine zweite Wettertür und kam auf einen anderen Förderweg. Das Wetter war etwas erträglicher hier; ein leichter Luftzug zeigte, daß der Exhaustor oben über Tage auf Hochtouren lief. Das Geleuchte warf einen scharfen Lichtkegel weit voraus auf das weißliche Grau des mit Kalkmilch bespritzten Hangenden und auf die Stempel und Kappen. Er konnte fast aufrecht gehen. Eckige schwarz-weiße Schatten glitten an ihm vorbei, während er den Schienenstrang entlangging. Das Liegende war hier weniger feucht, denn das Flöz führte leicht bergan.

Ein Knistern wurde hörbar und dann ein Geräusch von fallendem Gestein und dann das Echo. Er blieb einen Moment stehen. Aber es war nichts Bedrohliches, nur das Hangende, das langsam durchbrach. Man warf ein abgebautes Revier zu Bruch. Und nun stürzte es ein – und über Tag würde die Erde auf dem Feld eines Farmers oder vielleicht auch unter einem Haus plötzlich nachgeben und absacken. Zu Bruch werfen war eben billiger, als riesige Kohlenbeine im Flöz stehenzulassen, um das Hangende zu stützen. Es war gegen das Gesetz, aber das machte nichts aus. Mr. Pritchett war nicht umsonst Besitzer der Grube und gleichzeitig Richter.

Er bog in einen der schmalen Pässe ein, die von dem Förderweg seitlich abgingen. Er mußte sich tief bücken. Die leichte Bewegung des Wetters war kaum mehr zu spüren; er war dicht vor Ort angekommen. Der Paß erweiterte sich zu einer Art länglichen Raumes, von dem wieder Wetterverbindungen nach rechts und links führten. Er stieß mit dem Fuß gegen eine Schiene; Stimmen drangen aus dem Dunkel, und von weiter weg ertönte das heisere Surren einer Bohrmaschine.

»Hallo, dort!« rief er.

Zwei winzige Lichtkreise tanzten am Ende der Kammer und schwankten über das riesige Samtschwarz der Kohle. Er ging auf die Schwärze zu; die undeutlichen Figuren zweier Männer tauchten in dem kegelförmigen Schein seines Geleuchtes auf.

Bilek und Jamieson wandten sich um. Trotz ihres unterschiedlichen Wuchses sahen sie einander sonderbar ähnlich – verschwitzte, verschmierte Gesichter; das schimmernde Weiß der Augen; nackte Schultern überdeckt mit Kohlenstaub; verschmutzte, triefende Unterhemden.

»Wie geht's hier?« fragte Kennedy und setzte seine Ledertaschen zu Boden. »Alles fertig?«

»Fertig«, sagte Bilek.

Jamieson ging zu seinem Essenträger, der neben dem vordersten Stempel stand, nahm den Oberteil heraus, hob den Unterteil zum Munde und begann, in großen Schlucken zu trinken. Sein Adamsapfel bewegte sich rhythmisch; seine sehnigen Arme mit ihren Muskelpacken widerspiegelten das Licht. Dann spuckte er aus, wischte sich die Lippen und sagte: »Schau dir mal das Hangende hier an.«

Kennedy blickte nach oben. Der dunkelgraue Schiefer glimmerte stumpf, seine Flächen und Kanten bildeten ein unheimliches Muster. Stempel und Kappen waren an dieser Stelle der Kammer dicht gesetzt. Wenn Bilek und Jamieson sich sicher gefühlt hätten, so hätten sie kaum derartige Mühe auf die Zimmerung verwendet. Aber fühlte sich der Mensch hier unten überhaupt je ganz sicher?

Kennedy hielt die Fingerspitzen der linken Hand gegen das Hangende, stieß mit dem Ende des schweren Ladestocks gegen den Schiefer und prüfte auf Klang und Vibration.

»Wir müssen ein bißchen aufpassen«, sagte er.

Dann trat er an den Kohlenstoß und besah sich die Vorarbeiten, die gemacht worden waren. Der Schrämer mit seiner Maschine war dagewesen und hatte tiefe Schlitze in die Kohle geschrämt. Ein Schlitz verlief waagrecht direkt über dem Liegenden. Zwei senkrechte Schlitze bildeten die Verlängerung der Seitenwände der Kammer in den Stoß hinein.

Er hörte Bilek husten. »Bist du bei Doc gewesen?« fragte Bilek.

Kennedy untersuchte die Sprenglöcher, die in den Kohlenstoß getrieben waren. Sie erschienen ihm sauber genug. »Ja«, sagte er, »ich war bei Doc.«

»Wie geht's Rosemary?«

Kennedy nahm drei Patronen und eine elektrische Zündkapsel aus einer seiner Ledertaschen.

»Rosemary ist in Ordnung. Abgespannt natürlich.«

Er ließ seinen Lichtkegel auf die Hüllen der Patronen fallen. Das wasserdichte Papier war glatt und zeigte weder Brüche noch Risse; also würde der Explosionsstoff nicht auslaufen können. Dann steckte er zwei Patronen in das obere linke Bohrloch am Stoß und schob langsam mit dem Ladestock nach, bis die Patronen sich nicht weiter bewegten.

»Und Doc?« fragte Jamieson. »Was hat Doc zu dir gesagt?«

Kennedy führte die Zündkapsel in die dritte Patrone ein und klemmte sie fest. Vorsichtig schob er diese Patrone den andern beiden nach und ließ die Zündungsdrähte durch die Hand gleiten.

»Doc hat dies und jenes gesagt.« Kennedy nickte in Richtung seiner zweiten Ledertasche. »Würdest du mir das Ding herbringen?«

Jamieson tat ihm den Gefallen. Er wartete darauf, Weiteres zu erfahren. Kennedy nahm mehrere Lettenbesätze aus der Tasche, führte sie in das Loch ein und verfüllte es vollständig. Nur die Zündungsdrähte hingen noch aus dem Kohlenstoß heraus.

Jetzt war alles fertig. Jamieson fragte: »Und was hat Doc nun vor?«

»Nicht viel, wahrscheinlich.«

»Schade«, sagte Jamieson.

Kennedy besetzte bereits die andern drei Bohrlöcher im Stoß. Er arbeitete schnell und doch gründlich; er hatte seine Erfahrung. Schließlich war es so weit, daß nur noch die vier Paar Zündungsdrähte vom Stoß zurückzuleiten und, mit Ausnahme eines Paars, kurzzuschließen waren.

Als er sich dann aufrichtete, um sich die Stirn zu wischen, erblickte er Bilek. In dem sonderbaren Licht, mit dem verschmierten Kohlenstaub auf dem Gesicht, sah Bilek aus wie ein trauriger alter Clown.

»Du darfst es Doc nicht übelnehmen«, sagte Bilek.

Kennedy schloß die Zündungsdrähte, die er offen gehalten hatte, an sein Kabel an. Dann nahm er das Kabel von der Schulter, ging langsam rückwärts und ließ es auslaufen. »Wer nimmt ihm denn etwas übel?« fragte er.

Er befand sich jetzt in einer Entfernung von ungefähr vierzig Fuß vom Stoß. Er kauerte sich gegen den Seitenstoß der Kammer. Jamieson und Bilek eilten an ihm vorbei. Er wartete, bis sie in der nächsten Wetterverbindung verschwunden waren. Wenn etwas schiefgehen sollte, dann würden die beiden wenigstens durch einen dicken Pfeiler aus Kohle geschützt sein.

Er steckte das Kontaktende des Kabels in die Batterie an seinem Gürtel. Damit war er bereit; und doch zögerte er noch. Er liebte es, diese letzten Sekunden vor dem Sprengen auszukosten. In diesen Sekunden spürte er, daß er Macht hatte – ein Daumendruck, und ein Stück Berg zerbrach. Manchmal auch dachte er dabei: Wie dumm wir doch sind – Menschen mit so einer Macht bei der Arbeit, und so wirr und hilflos, sobald wir über Tage kommen!

»Schuß!« gab er den Warnungsruf. Und noch einmal: »Schuß!« Das Echo kam hohl von allen Seiten.

Er drückte auf den Knopf.

Die Erde bebte. Die meterdicke Kohlenwand, in deren Schutz Kennedy hockte, fühlte sich plötzlich an wie eine dünne Verschalung, gegen die eine Riesenhand einen Hammerschlag führte. In seinen Ohren toste es, ein Luftstoß preßte sich an ihm vorbei, und dann kam das donnernde Echo von etwas Schwerem, das vorn am Stoß stürzte und niederrollte. Seine Augen suchten den Kohlenstoß. Aber da vorn war alles in Staubwolken gehüllt, die im Schein seines Geleuchtes wogten und sich ballten.

Bilek und Jamieson traten aus der Wetterverbindung heraus und kamen zu ihm.

»Das hat noch mal geklappt«, sagte Kennedy. »Hoffentlich gehen die andern Schüsse auch los.« Aber der Staub war noch zu dick, um zu untersuchen, wie die Kohle am Stoß gefallen war, und um sich nach den Enden der anderen Zündungsdrähte umzusehen.

»Es ist zu schade mit Doc«, nahm Jamieson das alte Thema wieder auf. »Ich habe das Gefühl, daß gerade jetzt ein tüchtiger politischer Skandal recht nützlich sein könnte.«

Kennedy hatte die Sache als erledigt betrachtet. Aber Jamieson ließ nicht locker. »Kannst du denn gar nichts tun, um Doc umzustimmen?«

Kennedy blickte ihn forschend an.

»Gnocchi war hier!« sagte Bilek erläuternd.

Gnocchi machte alle paar Stunden die Runde durch die Kammern. Bilek würde also den Besuch nicht erwähnt haben, wenn es sich dabei nur um Gnocchis gewöhnlichen Rundgang gehandelt hätte. Da sich jetzt aber der Staub am Stoß einigermaßen verzogen hatte, ging Kennedy seinem Kabel folgend vorwärts und vermied es, zu antworten.

Bilek kam ihm nach. »Gnocchi sagte, die neue Lademaschine würde sehr bald eingesetzt werden.«

»Weiter hat er nichts gesagt?«

»Genügt das nicht?«

Kennedy entdeckte das zweite Paar Zündungsdrähte unter einem Brocken Kohle. Er stieß den Brocken beiseite, hob die Drähte auf und wickelte sie zerstreut um seinen Finger.

»Ja«, sagte er, »es genügt... Geh doch zurück zu Jamieson und bleib bei ihm!«

Bilek verzog sich. Kennedy traf die nötigen Vorbereitungen, aber er tat die Arbeit mechanisch. Seine Gedanken bewegten sich um diese beiden alten Kumpel und um die Frage, was aus ihnen werden würde und aus ihm selber und aus allen, die hier unten arbeiteten. Es war falsch, daß man ohne Tarifvertrag einfuhr; man hatte weder Schutz noch Rechte; ebensogut brauchte man überhaupt keine Gewerkschaft zu haben. Sollten doch die Herren Kongreßabgeordneten in Washington, die die Gesetze machten, nach denen man nicht zurückschlagen und streiken durfte, solange man nicht ein halb Dutzendmal um amtliche Genehmigung eingekommen war und die Streikerlaubnis mit den nötigen Siegeln versehen in der Tasche hatte – sollten doch diese Herren zur Abwechslung mal unter Tage gehen und versuchen, ihre Kohle selber zu fördern. Die ganze gesetzliche Schurigelei war überhaupt nur eine Falle; die Unternehmer erhielten dadurch Zeit, sich vorzubereiten und zum Beispiel neue Maschinen in die Gruben zu bringen, damit nur ja recht große Kohlenvorräte da wären, wenn der Spaß wirklich losging. Daß es aber losgehen würde – es sei denn, die Bergarbeiter wollten sich den Unternehmern mit Haut und Haar ausliefern –, das war jedermann klar, besonders den Bergwerksgesellschaften.

Er war wieder am Kontaktende seines Kabels. Im stillen hatte er gehofft, daß Bilek und Jamieson, die ihn ja kommen sahen, bereits zu ihrer Schutzstellung in der Wetterverbindung zurückgekehrt wären. Aber sie hatten auf ihn gewartet.

»Glaubst du, daß die Gewerkschaftsgruppe Krach schlagen wird, wenn man uns entlassen sollte?« fragte Bilek.

»Was kann denn die Gewerkschaftsgruppe schon tun!« sagte Jamieson. »Die Unternehmer machen das sehr geschickt, eins nach dem anderen. Erst zahlen sie nicht mehr in den Rentenfonds ein, so daß die alten Kumpel keine Rente mehr kriegen und es so aussieht, als wäre die Gewerkschaft zu gar nichts gut. Dann lassen sie uns ohne Tarifvertrag arbeiten, so daß wir keine rechtliche Grundlage haben, um zu protestieren. Und wenn wir in der Öffentlichkeit den Mund aufmachen wollen, dann binden sie uns einen Maulkorb vor oder organisieren einen *Frame-up* – wie gegen Doc.«

»Was machst du dir denn über unsere Renten Sorge!« gab ihm Bilek zu bedenken. »Wenn wir beide jetzt entlassen werden, kriegen wir sowieso keine Rente. Wir müßten erst noch ein paar Jahre voll arbeiten, bevor wir überhaupt ein Anrecht haben!«

Jamieson nickte sehr ernst. »Und da alte Leutchen wie du und ich in einer anderen Grube keine Arbeit bekommen werden, verlieren wir jedes Anrecht auf Rente.«

Kennedy steckte den Kontakt des Kabels in seine Batterie.

»Macht, daß ihr wegkommt, ihr beiden!« Er deutete mit dem Daumen über die Schulter. Dann aber entschloß er sich plötzlich und rief ihnen nach: »Ich werde mit Mercadante reden!«

Er glaubte Bileks Lachen zu hören, aber er konnte sich getäuscht haben.

»Schuß!« rief er. »Schuß!«

Aber als er diesmal die Sprengladung auslöste, spürte er das erregende Gefühl der Macht über die Elemente nicht mehr – nur eine innere Wut.

Die Sprengarbeit war beendet. Die Hunte waren in die Kammer gerollt worden, und Bilek und Jamieson begannen zu laden.

Kennedy nahm seine Ledertaschen und das Kabel über die Schulter, ergriff seinen Ladestock und ging. Er kroch durch die Wetterverbindung, in der Bilek und Jamieson Schutz gesucht hatten. Die Verbindung führte durch einen dicken Kohlenpfeiler direkt in die Nachbarkammer, in der Mercadante und Webb arbeiteten.

Kennedy ließ sich Zeit. Er hielt sogar an und lauschte. Vor ihm war alles still, was bedeutete, daß sie in Mercadantes Kammer mit der Schräm- und Bohrarbeit fertig waren und nur auf ihn warteten. Sollten sie warten. Er hatte einen langen, reichlich ausgefüllten Tag gehabt und spürte seine Beine. Außerdem mußte er nachdenken. Er wollte genau wissen, wie er sich Mercadante gegenüber verhalten sollte, bevor er aus der Wetterverbindung heraustrat und auf den Mann zuging und sich von ihm in ein Gespräch verwickeln ließ.

»Ich dachte schon, du würdest überhaupt nicht mehr kommen!« begrüßte ihn Mercadante. »Wie soll ich mein Geld verdienen, wenn ich hier herumstehen muß?«

»Du verdienst schon«, sagte Kennedy gleichmütig. »Und je schneller du arbeitest, desto schneller verliert ein anderer seine Arbeit.«

Pete Webb gestattete sich ein halbes Lachen – nicht so laut, daß er Mercadante vor den Kopf stieß, und doch deutlich genug, um Kennedy wissen zu lassen, er habe den Witz verstanden. Webb behandelte Mercadante mit Vorsicht. An Mercadantes Seite arbeiten zu dürfen, war eine gute Sache – die Grubendirektion ließ Mercadante, wo immer möglich, kleine Vorteile zukommen, weil er der Vorsitzende der Gewerkschaftsgruppe Nr. 1769 war; und Gnocchi, der Reviersteiger, hätschelte ihn aus demselben Grund und weil sie beide Italiener waren. Das hieß, daß man das richtige Gezeuge bekam, wenn man es brauchte, und daß man Kammern zugeteilt erhielt, wo das Flöz mächtig und das Liegende relativ trocken war. Das hieß, daß man mehr Geld aufs Sparkonto legen konnte.

In Wahrheit war Mercadante nicht mehr als zwei oder drei Minuten unbeschäftigt gewesen, und so ließ er seine Beschwerde fallen. Er wurde sogar liebenswürdig und half Kennedy, die Ledertaschen abzulegen. Zugleich aber kam er auf seinen Dauerschmerz zu sprechen.

»Ich sage dir«, begann er, »es wird immer schlimmer und schlimmer. Es geht schon so weit, daß ich's auf meiner Zunge schmecke, wenn ich mein Brot esse. Riechst du's denn nicht?«

Kennedy, der am Stoß stand und die Patronen in ein Bohrloch schob, blickte rasch auf die Wetterlampe, die ihm am Gürtel hing. Aber die Lampe brannte ruhig und ebenmäßig.

»Riech ich *was* nicht?«

»Komm mal her!«

Kennedy hörte mit der Arbeit auf und ging ein Stück zurück zu Mercadante, wo die Bewegung des Wetters etwas fühlbarer war.

»Das Wetter trägt's mit herein«, sagte Mercadante. »Es kommt aus der Kammer hier daneben und mir direkt in die Nase. Riechst du's denn immer noch nicht?«

Er dehnte seine Nasenlöcher aus und sog die Luft laut ein.

»Was denn nur, zum Teufel!«

»Den Niggergeruch!« rief Mercadante. »Ich sage dir, ich kann mir einfach nicht vorstellen, wie der Bilek das aushält. Vielleicht verstopft er sich die Nase. Dieser Jamieson stinkt doch. Alle stinken sie.«

Eine schöne Einleitung, dachte Kennedy. Das wäre gerade der Mann, um sich das Bein für Jamieson auszureißen.

»Ich hab's auch schon mit Gnocchi besprochen«, fuhr Mercadante fort. »Gnocchi, hab ich gesagt, gib ihnen eine andere Kammer. Oder steck sie in ein anderes Revier. Tu sie irgendwohin, wo ich ihren Gestank nicht abkriege. Und Gnocchi hat gesagt, er wird sich aufschreiben, daß ich nicht neben Niggern arbeiten will.«

Kennedy ging zum Stoß zurück. Er besetzte das Bohrloch und stieß mit dem Ladestock nach, hart, härter als notwendig. Was für ein Recht hatte dieser Spaghettikopf, sich wie ein Senator aus den Südstaaten aufzuführen!

»Und Gnocchi hat auch gesagt, wegen Jamieson brauchte ich mir keinen Kummer weiter zu machen.« In seiner Aufregung war Mercadante Kennedy nachgelaufen. »Der Jamieson arbeitet hier nicht mehr lange, hat Gnocchi gesagt, und ich sage: Gott sei Dank!«

Plötzlich hob Kennedy seinen Ellbogen und hielt seine Achselhöhle Mercadante vor die Nase.

»Hier, Bruder Vorsitzender, bediene dich! Riecht wunderbar, nicht wahr?«

Mercadante fuhr zurück.

»Und jetzt laß mich mal versuchen!« verlangte Kennedy. Er riß Mercadantes Handgelenk hoch. Die Haut unter Mercadantes Arm klebte vor Schweiß. »Ja, ich hab schon mal so was gerochen – ein Stinktier, das ich mit meinem Auto überfuhr. Weißt du denn noch nicht, daß Arbeiter stinken? Alle – schwarze, weiße, gelbe und was so an Farben dazwischen liegt! Deshalb sind sie eben Arbeiter und keine Reviersteiger und Grubendirektoren und Richter!«

Webb grinste über Mercadantes Schulter hinweg. Was für ein Kerl, dieser Kennedy! Und Mickie hatte sein Temperament geerbt.

»Ein feiner Gewerkschaftsfunktionär bist du!« schimpfte Kennedy. »Dazustehen und sich zu freuen, wenn eins deiner Mitglieder die Arbeit verliert! Und selbst wenn's dir nicht paßt, wie einer riecht – du bist dazu da, die Interessen des Mannes zu vertreten!... Mach, daß du wegkommst, ich sprenge jetzt!«

Mercadante machte, daß er fortkam, gefolgt von Webb. Vielleicht, dachte Kennedy, hab ich doch nicht das Richtige gesagt. Jamieson und Bilek brauchten leider die Unterstützung Mercadantes.

»Schuß!« rief er. »Schuß!«

Die Erde bebte.

Kennedy ging hin zu Mercadante und Webb. Mercadante schob sich ein Stück Kautabak zwischen die Zähne und fing nachdenklich zu kauen an.

»Du darfst mich nicht mißverstehen, Kennedy«, lenkte er ein. »Die farbigen Mitglieder unserer Gesellschaft sind mir genauso lieb wie die anderen. Mein Standpunkt ist: Wer seine Beiträge regelmäßig zahlt und tut, was recht und billig ist, der ist in Ordnung. Aber ich kann doch nichts dafür, wenn einer einen besonderen Duft entwickelt.« Er zielte und spuckte an die gegenüberliegende Wand der Wetterverbindung. »Warum regst du dich eigentlich auf?«

»Habe ich mich denn aufgeregt?« sagte Kennedy gelassen. »Nichts für ungut.«

Mercadante blickte ihn an. Kennedy war nicht der Mann, der so leicht nachgab, wenn er im Vorteil war. Kennedy wollte irgend etwas von ihm.

Kennedy spürte Mercadantes Mißtrauen. »Na ja, da du nun mal mit Gnocchi gesprochen hast«, begann er vorsichtig, »und mit ihm abgemacht hast, daß keine Neger mehr in den Kammern neben dir arbeiten, könntest du nicht noch einmal mit ihm reden und die Sache mit den Entlassungen in Ordnung bringen? Oder schlägst du vor, daß ich den Beschwerde-Ausschuß auf die Beine bringe, obwohl der Gott weiß wie lange nicht zusammengekommen ist?«

Mercadante kaute. Wie ein Stinktier riech ich also! dachte er; aber um für seine Kumpels betteln zu gehen, bin ich gerade gut genug! Dennoch war er sich darüber im klaren, daß hinter Kennedys milde klingenden Fragen einiges steckte, und der Gedanke, daß Kennedy den selig entschlafenen Beschwerde-Ausschuß der Gewerkschaftsgruppe wiederbeleben könnte, mißfiel ihm sehr. Kennedy hatte genug Anhänger unter den Kumpeln, um Stunk zu machen. Mercadante konnte aber keinen Stunk gebrauchen. Er wußte, was eine gute Gewerkschaft war. Eine gute Gewerkschaft war eine Organisation, die Unannehmlichkeiten vermied und alle Streitfragen friedlich und ruhig löste.

»Ich könnte schon mit Gnocchi reden«, sagte er. »Ich könnte sogar weiter nach oben gehen und mit dem Grubendirektor verhandeln. Aber was käme dabei heraus? Ich kann der Direktion nicht vorschreiben, wie sie ihre Geschäfte zu führen hat. Dazu habe ich kein Recht.«

»Kein Recht!...« sagte Kennedy geringschätzig. »Aber man muß doch wenigstens versuchen, etwas zu fordern!«

»Ich fordere immerzu!« verteidigte sich Mercadante. »Dafür bin ich der Vorsitzende der Gewerkschaftsgruppe! Und niemand von euch kann mir vorwerfen, daß ich Angst hätte, meinen Mund aufzumachen und Forderungen zu stellen! Und wenn ich was verlange, dann kriege ich's auch durch! Aber sieh dir doch unsere Lage an. Wir haben keinen Tarifvertrag. Wir haben nichts, worauf wir fußen können.«

Wieder spuckte er aus.

»Zerbrich dir nur nicht den Kopf darüber, Kennedy. Wir haben mehr als fünfhundert Mitglieder in unsrer Betriebsgewerkschaftsgruppe. Zwei Mann, das ist doch unwesentlich. Wenn du wüßtest, wieviel mir auf den Fingern brennt – Wesentliches und Unwesentliches! Aber das wird alles gelöst werden, wenn wir den neuen Tarifvertrag bekommen. Und bekommen werden wir ihn, das ist mal sicher! Hast du denn kein Vertrauen zu deiner Gewerkschaftsführung? Ich meine dabei gar nicht mich, ich meine unsere großen Leute in Washington, die Macht und Einfluß haben und etwas durchsetzen können! Und sind wir nicht immer gut dabei gefahren?«

Die Staubwolken am Stoß hatten sich aufgelöst. Aber Kennedy beeilte sich nicht. »Zwei Mann sind nicht unwesentlich«, sagte er. »Schwere Kämpfe sind schon um Geringeres geführt worden. Wenn das Hangende hier plötzlich einstürzte und zwei Mann darunter lägen, würdest du nicht selber unter Tage gehen und die beiden herauszuholen versuchen?«

»Das ist etwas ganz anderes!« sagte Mercadante.

»Nein, das ist genau dasselbe!« mischte Webb sich auf einmal ein.

Mercadante hörte auf zu kauen.

Kennedy wandte den Kopf. Einen Augenblick lang glitt der Schein seines Geleuchtes über Webbs breites Gesicht. Sieh einer an, dachte er, da riskiert unser Pete aber was – nämlich seinen schönen, angenehmen Arbeitsplatz! Vielleicht hat der Junge doch mehr Charakter, als man glaubt. Oder vielleicht ist er wirklich so versessen auf Mickie?

»Wieso ist das dasselbe, Pete?« fragte Mercadante.

Webb schluckte. Ohne Mercadante bekam er das Geld nicht zusammen, das er brauchte, um Mickie zu gewinnen; wenn er aber jetzt den Schwanz einzog, blamierte er sich vor Kennedy und würde sich bei dessen Tochter nicht mehr zeigen können. »Sind doch gute Kumpel, die zwei...«, stotterte er. »Wenn ich mal so lange in der Grube gearbeitet habe wie die –«

»Sprich weiter!« drängte Kennedy.

»Wenn ich mal so lange gearbeitet habe, wär's mir doch auch schrecklich, entlassen zu werden – noch dazu ohne Möglichkeit, irgendwoanders Arbeit zu finden – und so kurz vor der Altersgrenze! Und ich weiß auch nicht, wie's mir zumute wäre, wenn mich dann meine eigenen Gewerkschaftsbrüder und der Vorsitzende meiner eigenen Gewerkschaftsgruppe im Stich ließen...«

Er blieb stecken. Er wußte nicht ganz, was er eigentlich gesagt hatte und ob seine Worte überhaupt Sinn ergaben.

Mercadante runzelte die Stirn. Soviel war sicher, Webb war kein Unruhestifter. Webb war ein ruhiger, arbeitsamer Mensch, mit dem man auskommen konnte und der keine Reden schwang und sich nicht immer beklagte, wie Kennedy es tat und die Kerls, die mit Kennedy zusammenstaken. Wenn Webb so eine Auffassung von der Sache hatte, dann war es möglich, daß die Mehrheit der Kumpel ebenso dachte. Und, so schloß Mercadante, wenn das der Fall war, war es für ihn selbst angebracht, auch so zu denken. Er wußte, was ein guter Gewerkschaftsfunktionär war. Ein guter Gewerkschaftsfunktionär war ein ehrlicher Mann, der es so einrichtete, daß die Mehrheit stets auf seiner Seite und er stets auf seiten der Mehrheit war.

»Ich könnte ja Gnocchi mal fragen«, sagte er behutsam, und dann: »Ich könnte ihn sogar sehr deutlich fragen!«

»Ja«, sagte Kennedy, »das wäre gar keine schlechte Idee.«

»Was heißt hier: keine schlechte Idee!« Webb wurde sich auf einmal bewußt, daß er nicht nur mit jedem Satz im Recht gewesen war, sondern daß eigentlich er es war, der die Sache entschieden hatte. »Du solltest den Gnocchi mal gründlich zurechtstoßen! Du solltest ihm sagen, daß wir Kumpel langsam aufwachen und daß wir uns nicht mehr alles bieten lassen werden und daß –«

Er bemerkte Mercadantes Überraschung und sah, wie die Überraschung zu Argwohn wurde; dann hörte er den schlecht verhehlten

Ärger in Kennedys Stimme: »Pete meint das nicht so, Mercadante.«

»Was denn! Was denn! –« sagte Webb. Was war nur in Kennedy gefahren? »Ich habe gemeint, wenn er schon mit Gnocchi sprechen will, dann soll er –«

Hier ist was faul, dachte Mercadante. Nicht mal seinem eigenen Kumpel, der neben einem vor Ort arbeitet, kann man mehr trauen. Die ganze Sache war ein Komplott, um ihn dazu zu kriegen, eine Lippe zu riskieren und die Gewerkschaftsgruppe so oder so festzulegen. Kennedy war ein hinterlistiger Bursche; und weiß der Teufel, wer noch mit dem Kerl zusammensteckte – dieser Doc Hale vielleicht. Die Gewerkschaft in die Politik hineinziehen, das war es, was sie im Sinne hatten. Aber, dachte er, da kommen sie bei mir an den Falschen – und wie ein Stinktier rieche ich auch, was?

»Na ja«, sagte er, *»vielleicht* werd ich mit Gnocchi reden...«

Jeden Sonntagnachmittag und -abend spielten Jims Jitterers im Polonia-Club in Goldsborough. Es war kein feines Lokal. Für ein Tanzorchester, das den Ehrgeiz hatte, zu den guten Bars in den großen Städten durchzubrechen, war dieses Engagement keine Empfehlung; der Polonia-Club war nicht einmal ein Klub. Die Direktion behauptete zwar, es sei ein richtiger Klub mit richtiger Mitgliedschaft und richtigen Mitgliedsbeiträgen; aber das mußte offiziell gesagt werden, weil nach einem Gesetz im Staate Pennsylvania an Sonn- und Feiertagen nur private Klubs Schnaps und andere Getränke ausschenken durften, die irgendwie stärker waren als Limonade. Im übrigen glaubten die Musiker, daß der Polonia-Club gar nicht so übel war; das Lokal hing mit den Gewerkschaften in der Stadt zusammen, und man wurde nach Gewerkschaftstarif bezahlt und bekam funfzig Prozent mehr für Überstunden und brauchte auch keine Schmiergelder auszugeben.

Jims Jitterers – das heißt, nur fünf von ihnen, denn der Banjospieler lag mit einer Halsentzündung zu Bett – saßen auf dem Balkon, der über dem Haupteingang des Saales hing. Sie dudelten gerade ein Potpourri herunter, altbewährter Schmalz. Unten auf der Tanzfläche in der Mitte des Saals walzte die ältere Generation; die Männer tanzten steif und schwitzten, die Frauen sahen alle wie Karikaturen des weiblichen Körpers aus, weil sie in ihrem Leben zu hart gearbeitet und zu viele Kartoffeln und zu wenig anderes gefressen hatten. Die modernen Hits würden später kommen, sobald die alten Polen und Italiener und Ungarn und Iren und Deutschen, und was sonst noch für sonderbare Völkerschaften hier vertreten waren, außer Atem zu ihren Tischen zurückwankten, um sich frisches Bier zu bestellen und zuzusehen, wie die jungen Leute ihre Glieder verrenkten.

Am anderen Ende des Saals stand die Theke, daneben befanden sich die Spielautomaten. Simich, der Hausmeister des Polonia-Clubs, der in einem Grubenunglück ein Bein verloren hatte, war gleichzeitig auch Barkeeper. Er hinkte behende von den Regalen, auf denen die Schnapsflaschen glänzten, zum Ende der Theke und von dort herüber zum Ausschank und dann zur Kasse und wieder zurück, er servierte und wischte die Theke ab und strich die Dollarscheine ein und gab Wechselgeld heraus.

Die Menschen drängten sich am Tresen und vor dem halb Dutzend Spielautomaten. Ein Mann, mit einem teuren, eleganten hellbraunen Hut auf dem Kopf, spielte an einer 25-Cent-Maschine. Mit der größten Gleichgültigkeit der Welt warf er eine 25-Cent-Münze in den Schlitz, wartete, bis sie im Apparat heruntergefallen war, und riß dann den Hebel an der Seite des Automaten herunter. Die Räder drehten sich, hinter dem kleinen Glasfenster in der Maschine flogen die Bilder so schnell vorbei, daß man sie gar nicht erkennen konnte. Dann kamen die drei Räder, eines nach dem anderen, mit lautem Einschnappen zum Stehen. In dem Fensterchen erschienen nebeneinander die Bilder einer Pflaume, einer Kirsche und einer Apfelsine.

»Nichts«, sagte der Mann achselzuckend. Pete Webb hatte sich auf die Zehen gestellt, um das Spiel zu beobachten. So ein Idiot, dachte er, futsch ist der Vierteldollar!

Der Mann steckte eine zweite 25-Cent-Münze in den Schlitz, die Räder drehten sich von neuem.

»Gewonnen«, sagte der Mann. Hinter dem kleinen Fenster zeigten sich drei etwas abgenutzt aussehende Zitronen. Silber klirrte. Der Mann hob den Deckel von der Öffnung unter dem Fensterchen, nahm eine Handvoll 25-Cent-Stücke heraus und schob sie, ohne sie erst zu zählen, in seine Tasche. »Großartige Maschine«, sagte er, gab ihr einen leichten Klaps und verschwand in der Menge.

Webb blickte sich rasch um. Mickie war nicht zu sehen, und Kennedy schien auch noch nicht da zu sein. Webb nahm eine 25-Cent-Münze aus der Hosentasche. Sie war noch ganz warm vom Druck seiner Hand. Er rechnete sich aus, daß dieses Geldstück etwas über ein Achtel Tonnen von ihm geförderter Kohle darstellte; aber vielleicht würde er Glück haben.

Er hatte kein Glück.

Er durchsuchte seine Tasche, fand aber keine weitere Münze. Und Simich bitten, ihm einen Dollarschein zu wechseln, wollte er nicht. Wenn man einmal für einen Dollar Kleingeld nahm, war der Dollar zu neun Zehntel ausgegeben. Er spazierte durch den Saal. Überall roch es nach Staub und Schweiß. Jims Jitterers hatten auf die Gegenwart umgeschaltet, und auf der Tanzfläche stießen die jungen Burschen ihre Mädchen von sich, um sie im nächsten Augenblick wieder an sich zu reißen. Mickie würde wohl auch Jitterbug tanzen wollen. Es war ihr gutes Recht; sie war jung; aber er schien kein Talent dafür zu haben; er fühlte sich immer unbeholfen, wenn er mit ihr tanzte.

»Na, Pete! Wartest du auf jemanden?«

Die Frage klang ironisch. Sie kam von Kennedy, der mit Doc Hale in der Nähe stand. Kennedy trug eine sauber geknotete Krawatte und ein weißes Hemd. Wahrscheinlich hatte er schon einige Biere auf dem Wege zum Klub konsumiert; seine Augen funkelten.

»Hast dir noch keine Mieze gesucht?« rief Kennedy.

Webb ging zu ihm hin in der Hoffnung, daß Mickie irgendwo in der Nähe sein würde. Er hatte sich fest vorgenommen, sich nicht wieder von Kennedy provozieren zu lassen. »Du kennst doch die Mieze, die ich haben will«, sagte er.

»Doc!« sagte Kennedy, »ich möchte Ihnen Pete Webb vorstellen. Pete will aus eigener Kraft Bankpräsident werden – er ist das Musterbeispiel eines jungen Mannes, der sich hocharbeitet, sparsam, nüchtern und genügsam.«

»Angenehm, Pete«, sagte Hale.

Webb spürte den prüfenden Blick. »Freue mich, Sie kennenzulernen, Doc«, sagte er etwas zu eifrig.

Hale bemerkte den Tonfall, und Webbs Naivität gefiel ihm. Er selbst hatte sich einen Augenblick lang nicht so wohl gefühlt, als er Kennedy vor dem Eingang zur Polonia-Halle begegnete; aber Kennedy hatte getan, als ob sie nie eine Auseinandersetzung gehabt hätten. Und auf dem Treppenflur und im Saale hatten die Leute ihn herzlich gegrüßt und beglückwünscht.

Hale hatte Menschen gern; menschlicher Anschluß war ihm ein Bedürfnis. Und wieder mit Menschen zusammenzukommen und zu hören, wie sie sich freuten, daß der Prozeß niedergeschlagen war und daß er dem *Frame-up* entgangen war, gab ihm das Gefühl, daß diese Menschen ihn gleichfalls schätzten und Vertrauen zu ihm hatten. Im Grunde, dachte Hale, sollte ich Kennedy um Verzeihung bitten dafür, daß ich ihm gesagt habe, ich stünde allein.

Bilek kam herein mit einem hochgewachsenen, dunkelhäutigen Armenier namens Tashlian und mit dem Häuer Smith, der aus irgendeinem längst vergessenen Grunde Joey genannt wurde, obwohl sein richtiger Vorname Richard war. »Wie wär's mit einem Spielchen?« schlug Kennedy vor und sah sich nach einem freien Tisch um. Er entdeckte einen, und sie gingen alle zusammen hin; auch Webb schloß sich der Gruppe an, drehte aber dauernd den Kopf nach der Tür um.

»Gebt mir auch Karten«, sagte er schließlich.

»Willst du wirklich mithalten?« fragte ihn Kennedy. »Ich dachte, du sparst für dein Haus!«

Webb nahm Platz und schluckte seine Antwort herunter.

Kennedy wußte genau, daß Mickie bald kommen und Pete Webb daraufhin unter einem oder dem andern Vorwand aus dem Spiel ausscheiden würde. Aber, dachte er sich, lassen wir den jungen Mann in der Zwischenzeit ein bißchen zur Ader.

Und Webb hatte auch prompt eine Pechsträhne. Er mußte sich für einen seiner kostbaren Dollarscheine nach dem andern Kleingeld geben lassen, und er wurde immer nervöser, weil er ja eine eiserne Ration brauchte, um Mickie freizuhalten; aber sein Geld verschwand mehr und mehr in der Bank auf der Mitte des Tisches, und von da wanderte es größtenteils zu dem dauernd wachsenden Haufen neben Kennedy.

Für Kennedy war das sonntägliche Pokerspiel weniger Entspannung als Nervenkitzel. Dabei ging es ihm nicht so sehr ums Geld, obwohl er sich Verluste nicht leisten konnte und auf Gewinn spielte. Das Spiel selbst, das Risiko dabei, interessierte ihn; seine Leidenschaft aber war, die Karten, die die andern in der Hand hielten, aus der Art, wie sie spielten, zu erraten – aus der Art, wie einer sein Geld auf den Tisch legte, wie er eine Karte hochnahm, aus einer Bewegung, einem Hüsteln, dem Zwinkern eines Augenlids, dem Zucken eines Gesichtsmuskels, aus einem unabsichtlichen Zögern, einer plötzlichen Entschlossenheit und aus der langsam sich steigernden Erregung, die selbst die Ruhigsten schließlich packte. Es machte ihm eine ingrimmige Freude, all das zu beobachten und für sich selber auszurechnen, was der andere Spieler tun würde. Und es gab ihm eine besondere Genugtuung, wenn er – wie sehr oft – richtig geraten hatte. Es war ein geistiger Kampf, der sich unter dem Druck des Spiels entwickelte; beinahe wie im wirklichen Leben, nur viel konzentrierter. Er hatte irgendwo gelesen, daß Politiker und Generäle gute Schachspieler sein müßten. Schach hatte er früher auch gespielt; aber etwas stimmte nicht beim Schach – wo kam es denn je im Leben vor, daß Menschen mit genau gleichen Kräften und gleichen Chancen begannen und sich in dem, was sie taten, an feste Regeln hielten? Doch zu bluffen und zu riskieren und seine Karten zu kombinieren und den liebsten Nächsten zu übertölpeln – aus einem so hundsgemeinen Spiel konnte man lernen.

Als Mickie endlich eintraf, war Webbs Tageskasse bankrott. Mikkie sah großartig aus. Weiß der Kuckuck, wie sie's fertigbringt, dachte Kennedy; wieviel Geld gebe ich ihr schon? Aber ein Mädel, das ein hübsches Gesicht hat und siebzehn Jahre alt ist und vorne und hinten an den richtigen Stellen die richtigen Ausbuchtungen besitzt, so ein Mädel kann einen Sack anhaben und dabei großartig aussehen. Nur daß sie keinen Sack anhatte, sondern etwas, das sich an die Haut anschmiegte. Armer Pete Webb!

»Kennedy?«

»Ja, Pete?«

»Kann ich ein bißchen von dem Geld zurückborgen, das du mir abgewonnen hast?«

»Willst du weiterspielen?«

»Nein...«

Kennedy nahm drei Dollar von seinen Gewinnen und schnipste sie quer über den Tisch Webb zu. »Die möchte ich eines Tages wiedersehen!«

Webb führte Mickie zur Tanzfläche. Kennedy mischte die Karten und gab.

»Warum benehmen Sie sich eigentlich so widerlich?« fragte Hale.

Kennedy blickte auf. »Sie sollten doch den Wert des Geldes kennen!«

Hale zwinkerte wütend. Er war in bester Stimmung, das ganze Spiel hinzuschmeißen. Er wollte schon aufstehen, da sah er Lonsdale, der jovial grinsend auf den Tisch zukam.

»Zwei Karten!« verlangte Hale. »Wie lange soll ich noch warten?«

»Immer mit der Ruhe«, sagte Kennedy.

Hale beherrschte sich, prüfte seine Karten. Smith setzte fünfundzwanzig Cents. Kennedy setzte fünfunddreißig, Bilek und Tashlian paßten, und Hale bot fünfzig.

Lonsdale hatte den Tisch erreicht. Er beugte sich über Smith. Smith hielt seine Karten dicht vor der Brust. Lonsdale schob Smiths Arm zur Seite, um ihm in die Karten zu sehen, spitzte den Mund. Smith warf seine Karten verärgert hin.

»Wir können hier ohne Kiebitzer auskommen«, sagte Hale.

Kennedy warf noch fünfzehn Cent in die Bank, um Hales Einsatz auszugleichen.

»Na, wie geht's, Doc?« Lonsdale zog den Mund schief. »Schön, daß man Sie so hier sieht!«

Hale deklarierte seine Karten. Er hatte drei Buben, aber Kennedy hatte drei Könige.

»Sehr schade!« sagte Lonsdale.

Mehrere Arbeiter hatten sich um Lonsdale geschart, einige von ihnen, um sich bei ihm lieb Kind zu machen, andere, um die kommenden Ereignisse aus der Nähe zu genießen. Kennedy stieß Hale an.

»Du gibst!« sagte Hale zu Bilek.

Lonsdale tat, als bemerkte er nicht, daß man ihn schnitt. Er hatte eine dicke Haut entwickelt, und außerdem war es auch lächerlich – die Sache, die Hale ihm übelnahm, lag schon so lange zurück, daß alles in seinem Gedächtnis wie im Nebel verschwamm: die Versammlungen und die Reden und seine Kandidatur für den Bürgermeisterposten und dann Geoghans Jungens, die ihn ein paar Abende vor den Wahlen zum Trinken verführten und ihn in ihrem großen, schnellen Automobil verluden und mit ihm abfuhren, und seine fürchterliche Müdigkeit und dann das Zimmer im Hotel und noch mehr Sauferei und dann das Erwachen mit einem Kerl, der in Hemdsärmeln vor ihm saß und eine Pistole in einem Lederfutteral unter der Achselhöhle trug und der ihm wieder die Flasche anbot… und dann, wie die Reporter ihn eine Woche später fanden.

»Wissen Sie, Doc –«, sagte er und brach ab und grinste wieder.

Hale versuchte, sich auf die Karten in seiner Hand zu konzentrieren, aber er brachte es nicht fertig. In Lonsdales Grinsen hatte etwas so Provozierendes und Unverschämtes gelegen, daß man sofort dagegen auftreten mußte. Und plötzlich wurde ihm klar, was das herausfordernde Grinsen zu bedeuten hatte und warum es ihn so entwaffnete: Alter Junge – besagte Lonsdales Lächeln ungefähr –, ich habe zwar schon schmutzige Geschäfte gemacht, und vielleicht bin ich nicht der Allersauberste, aber worin unterscheide ich mich denn so sehr von dir? Da sitzt du nun und willst nichts mit mir zu tun haben und möchtest, daß die andern hier auch nichts mit mir zu tun haben, aber als du selber entscheiden mußtest, ob du dich der Gewalt beugst oder nicht, hast du gekniffen. Und du bist ein Mann mit Hochschulbildung, während ich nur ein einfacher Kumpel war, der nicht wissen konnte, was eigentlich vorgeht, und der immer nur von anderen Leuten herumgestoßen worden ist.

»Was ist denn los, Doc?« sagte Kennedy. »Spielen wir noch?«

»Wir spielen«, sagte Hale.

Ausgerechnet der, dachte Lonsdale, Wichtigtuer! Ich bin Distriktsorganisator der Bergarbeitergewerkschaft, ich kann mich hinsetzen, wo ich will, und reden, mit wem ich will!… Dann dachte er an den Grund, weswegen er ins Polonia gekommen war. Mercadante hatte ihm mitgeteilt, daß sich in Gewerkschaftsgruppe Nr. 1769 etwas zusammenbraute. Vielleicht hatten die Kumpel ganz berechtigt Bauchschmerzen, und vielleicht steckte etwas anderes dahinter. Auf jeden Fall mußte er genau Bescheid wissen; den Finger auf dem Puls der Leute haben – das war es, was Colloredo, sein Chef, der Leiter des Distrikts Pittsburgh der Gewerkschaft und einer der Vertrauten des Gewerkschaftspräsidenten in Washington, dauernd betonte. Und sollte plötzlich etwas platzen, mußte er zur rechten Zeit am rechten Ort sein und sich um die Kumpel kümmern und darauf achten, daß alles so ablief, wie man es höheren Ortes vorgesehen hatte.

Jims Jitterers' Trompeter blies das Signal, daß diese Tanznummer zu Ende war. Die Tanzfläche leerte sich rasch, die Plätze an den Tischen füllten sich, und der Raum zwischen den Tischen wurde gedrängt voll. Jemand stieß gegen Lonsdales Rücken.

»Entschuldigung!« sagte Pete Webb und führte Mickie an Lonsdale vorbei zum Tisch.

Lonsdale sah das Mädchen. Er zweifelte keinen Augenblick, daß sie ihn auch gesehen hatte; aber sie tat, als hätte sie ihn nicht bemerkt. Sie trat neben Kennedy und flüsterte ihm etwas ins Ohr, das ihn zum Lachen brachte. Während sie sich zu Kennedy herabbeugte, betrachtete Lonsdale die Silhouette ihres Busens.

»Kennedy!«

»Jawoll!«

»Deine Tochter?«

»Jawoll!«

Kennedy legte eine Karte ab und nahm sich eine andere.

Lonsdale schob sich näher an Mickie heran, obwohl er wußte, daß Kennedy ihn im Auge behielt.

»Ist doch nicht möglich!« sagte er. »Das magere kleine Ding, das ich noch mit den komischen Zöpfen kannte und den zerschundenen Knien! Sie sind also die Mickie Kennedy! Erinnern Sie sich denn nicht an mich? Ich bin doch Herb Lonsdale, ich hab Ihren Vater oft besuchen müssen. Ich war nämlich früher der Vorsitzende der Gewerkschaftsgruppe, zu der Ihr Vater gehört.«

»Kann sein«, sagte Mickie und musterte ihn. »Sie müssen sich wohl ein bißchen verändert haben, Mr. Lonsdale.«

Er stellte sich in Positur. Er wußte, daß er sehr elegant in seinem neuen Nadelstreifen-Anzug aussah. Er legte seine Hand auf Kennedys Schulter, so daß seine weißen Manschetten und die schweren, mit schönen Steinen versetzten goldenen Manschettenknöpfe sichtbar wurden.

»Ich wohne jetzt in Pittsburgh und bin dort auch die meiste Zeit. Sind Sie schon mal in Pittsburgh gewesen, Mickie? Dumme Frage – Sie müssen ja dort gewesen sein, ein Mädel wie Sie kann man doch nicht in Goldsborough festhalten! Wenn Sie nächstens nach Pittsburgh kommen, besuchen Sie mich – im Distriktsbüro der Gewerkschaft. Ich werde Ihnen mal die Sehenswürdigkeiten zeigen!«

»Wenn sie nach Pittsburgh fahren will, lade *ich* sie dazu ein«, erklärte Webb.

»Und du bist der Freund der jungen Dame?« sagte Lonsdale voller Gemütsruhe. »Sehr guten Geschmack hast du da. Hast du was dagegen, wenn ich den nächsten Tanz mit ihr tanze?«

»Frag doch Mickie!«

»Dürfte ich Sie bitten, Mickie?«

»Darf ich, Pa?« fragte sie, nicht etwa, weil sie ihres Vaters Erlaubnis brauchte oder wollte, sondern weil sie sich die Rolle, die sie spielen mußte, sofort zurechtgelegt hatte und sich dementsprechend benahm.

Kennedy zuckte die Achseln. Er deklarierte, aber diesmal wurde er von Tashlian geschlagen. »Ich hab gedacht, du würdest mir Glück bringen!« sagte er zu Mickie.

»So ein Mädchen müßte jedem Glück bringen«, sagte Lonsdale.

»So ein Mädchen bringt einem nichts als Sorgen«, sagte Kennedy.

Mickie lachte; das Orchester spielte wieder, etwas Süßes und Langsames, zu dem die älteren wie auch die jüngeren Leute tanzen konnten.

Webb sah niedergeschlagen aus. Er blickte Lonsdale nach, der Mickie zur Tanzfläche brachte. Der Kerl war doch viel zu alt für sie, und die Schmeicheleien, die er ihr gesagt hatte, konnte doch kein Mensch ernst nehmen, auch Mickie nicht. Aber er tanzte wenigstens anständig mit ihr und hielt immer eine gewisse Entfernung. Wahrscheinlich wollte er sich über Mickie an Kennedy heranmachen.

Mickie besah sich ihren Partner. Sie dachte an all die Filme, die sie in den letzten Monaten gesehen hatte. Er gehörte zum Typ Robert Young – kein jugendlicher Held mehr, sondern ein Mann in den besten Jahren, gut aussehend und mit Charakter. So ein Typ konnte sie unter Umständen interessieren; sie hatte einen gereiften Geschmack.

»Sie tanzen sehr gut«, sagte er.

»Muß ich«, antwortete sie. »Wenn ich mit Pete Webb tanze, muß wenigstens einer von uns im Takt bleiben können.«

»Tanzen Sie immer mit ihm zusammen?«

»Im Augenblick tanze ich mit *Ihnen*, nicht wahr?«

Er lachte. Das Mädel war nicht nur hübsch, sie war auch nicht auf den Mund gefallen. Das schlaffe Fleisch der Pittsburgher Damen, die er immer wieder traf, wenn er mit den anderen hohen Gewerkschaftsfunktionären ausging, hatte er gründlich satt. Er wußte nicht warum, aber die Weiber, die diese Kerls sich anlachten, waren alle wie große Kühe.

»Wissen Sie, Mickie, was ich Ihnen sagte, das habe ich ernst gemeint!«

»Wirklich?«

Die Art, wie sich ihre Hüften bewegten, gefiel ihm. »Ja, daß Sie sich mal bei mir sehen lassen, wenn Sie nach Pittsburgh kommen.«

»Ich komme doch nie nach Pittsburgh.«

»Das ist aber schade!«

Eine Zeitlang tanzten sie, ohne zu sprechen.

Dann begann er wieder. »Ich wette, ich weiß, was Sie sich denken.«

»Ja? Erzählen Sie mal!«

»Sie denken: Die Männer sind immer gleich. Sie sehen ein hübsches Mädchen und machen sich heran an sie.«

»Ist doch wahr!«

»Sie denken sogar: Dieser Lonsdale, im Augenblick, wo er von zu Hause weg ist, spielt er Casanova. Und dann fährt er zurück nach Pittsburgh zu seiner Frau und seinen Kindern.«

»Stimmt das etwa nicht?«

»Nein. Meine Frau ist mir leider verstorben. Ich habe zwei Kinder, aber die wohnen nicht bei mir. Ich bin zuviel auf der Reise, um mich richtig um Kinder kümmern zu können. Ich fahre im ganzen Distrikt herum, das ist meine Arbeit, eine schwere Arbeit. Nach Goldsborough komme ich öfters.«

Verheiratet war er also nicht. Und er hatte es ihr von alleine erzählt. Es sah so aus, als beginne er sich für sie zu interessieren, ziemlich stark sogar und vielleicht zu schnell. Aber warum eigentlich nicht? War sie es nicht wert? Gewiß, der schönste Mann der Welt war er nicht, Robert Young hatte eine viel nettere Nase und nicht soviel Fett unter den Kinnbacken; aber bei einem Mann war auch sein Charakter wichtig.

Und es war nicht wahr, daß sie nie nach Pittsburgh kam; sie brauchte nur in den Überlandbus zu steigen und könnte in anderthalb Stunden dort sein. Außerdem mußte er ja ein Auto haben, wenn er soviel im Distrikt herumreiste; er könnte sie leicht abholen und ebenso leicht zurückbringen. In Pittsburgh fing die Welt an; das war eine richtige Stadt mit Uraufführungskinos und Nachtklubs, wo erstklassige Revuen gegeben wurden, mit wunderbaren Hotels und großen Geschäften, nicht so ein Kaff wie Goldsborough oder New Pendleton, wo einen jeder vierte Mensch auf der Straße kannte und genau wußte, daß man nur ein Mädel von Pritchett Heights war.

Sie lehnte den Kopf zurück und zeigte ein Lächeln, aber ihre Augen blieben kühl. Nein, Lonsdale war bestimmt nicht der Typ, der einen zu romantischen Gefühlen anregte, aber er war jedenfalls besser als Pete Webb. Er kannte das Leben. Und wenn man ihn richtig behandelte, könnte er einem vielleicht den Weg nach Pittsburgh ebnen, wo man neue Menschen traf und Verbindungen aufnehmen konnte. Und jenseits von Pittsburgh gab es keine Grenzen – da lag New York und Chicago, und, wer weiß, vielleicht Hollywood.

»Schönen Dank, Mickie«, sagte er.

Sie hatte gar nicht gemerkt, daß Jims Jitterers zu spielen aufgehört hatten.

»Noch einen, Mickie?«

»Später«, sagte sie. »Ich habe Pete Webb versprochen...« Das war eine Lüge. Eher würde das Dach der Polonia-Halle einfallen, als daß sie Pete Webb ein Versprechen gab. Aber sie hatte genug Stories in den Zeitschriften gelesen und genug Filme gesehen, um zu wissen, daß eine Frau sich schwer erreichbar machen muß, wenn sie will, daß ein Mann sie hochschätzt.

Lonsdale führte sie zum Tisch zurück. Kennedy blickte sie von der Seite an, das untere Lid seines Auges zuckte kurz. Es war ein nur für sie verständliches Signal. Beide zusammen hatten sie dieses System schweigenden Gedankenaustausches über andere Leute entwickelt; es hatte als eine Methode der Selbstverteidigung gegen Evaline begonnen, und Kennedy war fest überzeugt, daß er Mickies leisesten Wink verstand. Junge, Junge! dachte er, was wird die den alten Hurenbock durch den Kakao ziehen!

»Ich überreiche dir die junge Dame zu treuen Händen, Pete Webb«, sagte Lonsdale.

Webb antwortete nicht. Er packte Mickie beim Ellbogen und schob sie zur Tanzfläche.

Lonsdale lächelte.

Bilek kramte in seinen Taschen und sagte schließlich: »Ich muß Schluß machen.«

»Ihr werdet doch das schöne Spielchen noch nicht einstellen, Kennedy?« fragte Lonsdale.

»Noch nicht.«

»Habt ihr etwas einzuwenden, wenn ich für Bilek einsteige?«

Hale, der gerade die Karten mischte, schmiß sie auf den Tisch und stand auf.

»Das ist doch Unsinn, Doc!« sagte Kennedy. »Muß man denn mit einem Mann befreundet sein, um ihm sein Geld abzuknöpfen?«

Lonsdale lachte. »Vielleicht werd ich ihm *seins* abknöpfen!«

»Vielleicht!« Hale setzte sich wieder. Kennedy hatte recht. Wenn Lonsdale sich so betont leutselig aufführte, tat er es nicht, weil er sich einsam fühlte. Lonsdale konnte immer Gesellschaft haben, und vor allem von Leuten, die besser zu ihm paßten. Statt eine große Szene zu machen, war es also viel vernünftiger, abzuwarten und herauszufinden, was Lonsdale wirklich im Sinn hatte.

Lonsdale nahm neben Tashlian Platz. »Was ist der höchste Einsatz?«

Weder Tashlian noch Joey Smith, noch Hale gaben ihm Antwort.

Die Frage war durchaus berechtigt, wenn ein Mann sich am Spiel zu beteiligen begann; und doch hatte Lonsdale in einer Weise gefragt, daß sich alle plötzlich ihrer beschränkten Verhältnisse bewußt waren. Absichtlich oder nicht hatte er ihnen unter die Nase gerieben, wieviel besser es ihm ging, seitdem er die Bürgermeisterwahlen von Goldsborough den Geoghan-Leuten verkauft hatte.

»Einsatz?« sagte Kennedy. »Was mich betrifft: Bei einem Spiel mit dir, Bruder Lonsdale – so hoch du willst!«

Die andern drei nickten.

»In Ordnung!« Lonsdale war kein guter Pokerspieler, und was er von Kennedy wußte, ließ ihn vermuten, daß es bei dieser Partie nicht ganz ehrlich zugehen mochte. Aber was machte es schon aus? – Lonsdale zuckte die Achseln – was er hier verlor, kam auf Spesenkonto.

Er begann damit, daß er konservativ spielte und versuchte, Kennedys Methode zu erraten. Er verlor ein paar Dollar an jeden in der Runde und hoffte dabei, daß seine Mitspieler durch ihre Gewinne in gute Stimmung kommen und zu reden anfangen würden. Dann aber geriet er in Spieleifer; es war doch durchaus möglich, daß er gewann oder wenigstens nicht verlor und sich dennoch aus dem Konto Unterhaltungsspesen zwanzig oder dreißig Dollar für seine eigene Tasche verbuchte.

Gerade, als er diesen Gedanken entwickelte, bekam er gute Karten in die Hand. Er setzte; Kennedy überbot ihn. Die andern schieden nach und nach aus dem Spiel aus. Er bemerkte den Anflug eines Lächelns um Kennedys Mund. Kennedy blufft, dachte Lonsdale. Nein, so hoch durfte der Kerl doch nicht bluffen; er hat einen Haufen Kinder zu Hause und kann sich einfach nicht leisten, solche Summen zu wetten, ohne die dazugehörigen Karten zu haben. Der Geldstoß neben Kennedy war beinahe zu nichts zusammengeschmolzen. Kennedy griff gleichgültig in seine Tasche. Lonsdale blickte auf die Bank in der Mitte des Tisches; er hatte schon über fünfzehn Dollar drin stecken. Kennedy legte einen Zehndollarschein dazu. Schade, dachte Lonsdale, aber wenn ich ihn überbiete, wird mir das Risiko zu groß, und genug ist genug.

»Ich passe«, sagte er.

Kennedy kassierte die gesamte Bank ein. Mit scheinbarer Sorglosigkeit warf er seine Karten dem nächsten Geber zu, so daß sie mit dem Bild nach oben zu liegen kamen.

Kennedy hatte eine Sieben, zwei Neuner, eine Zehn und einen Buben gehabt.

»Schlechte Karte gewesen, nicht?« sagte er und kehrte dabei die Tasche, aus der er die zehn Dollar genommen hatte, nach außen. Nichts als ein Taschentuch war darin.

Lonsdale sah mißgestimmt zu, wie Kennedy die Geldscheine zählte und die Münzen vor sich auftürmte.

»Lonsdale«, sagte Hale, »Sie gehören zu den Leuten, die von Natur aus unfähig sind, mehr als einen Schritt vorauszusehen.«

»Also, dieses Spiel hab ich verloren«, sagte Lonsdale. »Nächstes Mal werde ich mehr Glück haben.«

»Das hat mit Glück nichts zu tun. Ihre Schwierigkeit ist, daß Sie nur die Gelegenheiten erkennen, die Ihnen direkt unter die Nase kommen. Aber bis so eine Gelegenheit mal Ihre dicke Nase erreicht hat, ist sie praktisch vorüber. Eines Tages wird Ihnen das schon aufstoßen.«

Lonsdale spürte die Drohung, die in Hales Worten lag. Aber was ihn dabei interessierte, war die Frage, ob Hale nur eine seiner geliebten theoretischen Voraussagen vom Stapel gelassen hatte oder ob mehr dahintersteckte. »Ich bin nur ein einfacher Arbeiter«, sagte er, »auch wenn ich jetzt Gewerkschaftsfunktionär bin. Ich bin nie auf eine höhere Schule gegangen oder auf eine Universität, ich kann also Ihre gebildeten Redensarten nicht verstehen. Entweder Sie drücken sich deutlich aus, oder wir können nicht darüber reden.«

»Bitte – wenn Sie's so genau wissen wollen –«, begann Hale.

Kennedy hob zehn Dollar in Scheinen und Geldstücken von seinen Gewinnen ab und schob sie Hale hinüber. »Zweite Rate!« sagte er überlaut. »Abzahlung auf das Gebiß. Joey, los, du gibst!« Und zu Bilek: »Geh und bring uns eine Runde Bier. Dank Bruder Lonsdale spendiere ich!«

»Also, wie ist das?« sagte Lonsdale. »Laßt doch Doc zu Ende reden!«

»Spielen wir noch Poker?« fragte Kennedy.

Hale verzog das Gesicht. »Wir spielen. Und danke fürs Geld.«

Bilek kam mit den Bieren von der Bar zurück. Eine Weile herrschte Schweigen am Tisch – ein Schweigen, das durch den Lärm der Musik und das Scharren der Schuhsohlen auf der Tanzfläche und die Gespräche an den andern Tischen um so tiefer erschien.

Dann sagte Lonsdale: »Du zahlst also für das Gebiß, Kennedy?«

»Jawoll.«

Hale sah Lonsdale ironisch an. »Würde *Ihnen* wohl nie einfallen, so was zu tun?«

»Meines Wissens schulde ich Ihnen nichts, Doc!« sagte Lonsdale unverfroren. »Aber ich kann nicht einsehen, warum ausgerechnet Kennedy berappen soll. Ich meine, Sie könnten das Gericht zwingen, die Kosten für das Gebiß zu tragen.«

»Ich habe Kennedy gesagt, er soll sein Geld behalten«, verteidigte sich Hale. »Ich habe ihm gesagt, daß er seine paar Kröten vielleicht bald nötig brauchen wird.«

Lonsdale vergaß, daß er eine Karte ablegen und eine andere hatte kaufen wollen. »Wegen des Streiks?«

Hale sah, daß er jetzt auf der Hut sein mußte, und fragte harmlos: »Glauben Sie, daß ein Streik kommt?«

»Glauben Sie nicht?« sagte Lonsdale.

Joey Smith, der sich in Gesellschaft von soviel Prominenz schüchtern gefühlt hatte, meldete sich plötzlich. »Sobald die Anordnung kommt, streiken wir!« Und Tashlian fügte hinzu: »Ich weiß schon nicht mehr, wie lange es her ist, daß ich nur zwei oder drei Tage in der Woche arbeite. Beim Fleischer und im Lebensmittelgeschäft stecke ich bis über die Ohren in Schulden, und der Möbelhändler sagt, daß er mir die Couch wieder abholen wird. Es ist so weit gekommen, daß ich nur noch für die Abzahlung an dem gottverfluchten Hause arbeite, das mir die Bergwerksgesellschaft aufgehängt hat. Und kein Tarifvertrag! Was macht ihr Bonzen in Pittsburgh und Washington eigentlich? Auf dem dicken Hintern sitzen? Eins ist garantiert sicher – lange mach ich nicht mehr so mit!...«

Tashlians dunkelhäutiges Gesicht hatte sich verfinstert. Es war eine der längsten Reden gewesen, die er je außerhalb der vier Wände seines Hauses gehalten hatte.

»Ja«, sagte Lonsdale und zog seinen Mund noch ein wenig mehr zur Seite, »ich weiß, es ist hart.«

Joey Smith hatte eine lange Oberlippe, an der er gerne zupfte, und in diesem Augenblick zupfte er mit aller Gewalt daran. Es gab vieles, was er zu Lonsdales Bemerkung zu sagen gehabt hätte, aber er hatte den guten Instinkt, es nicht zu sagen.

Anders Hale. »Mann!« sagte er, »seit Sie Ihr fettes Pöstchen in Pittsburgh haben, wissen Sie ja gar nicht mehr, was *hart* ist! Denn wenn Sie's wüßten, dann würden Sie nicht hier herumsitzen und Karten spielen und sich amüsieren. Sie würden sich die Beine ablaufen, um die Forderungen durchzusetzen, die die Kumpel hier haben. Ich sage Ihnen, Sie werden noch Ihre Überraschungen erleben!«

»Ein Streik würde mich gar nicht überraschen!« lächelte Lonsdale. »Wenn die Regierung uns nicht so auf dem Nacken säße, hätten wir längst zum Streik aufgerufen. Aber wie die Dinge gesetzlich liegen, kann die Gewerkschaft bis auf weiteres nichts tun, als ihre Mitglieder kurzarbeiten zu lassen und dadurch zu versuchen, die Position der Unternehmer zu schwächen.«

»Sie meinen wohl, daß die Unternehmer die Position der Gewerkschaft schwächen!« gab Hale zur Antwort. »Aber der Streik kommt, und es wird ein großer Streik werden. Ich kenne die Menschen hier. Und vielleicht werden etliche Lumpen, die überhaupt nichts für ihre Leute getan haben, bei der Gelegenheit gleich auch mit herausfliegen. Vielleicht wird sich dabei noch einiges mehr ändern als nur ein paar Druckzeilen in einem Tarifvertrag –«

»Ach, du lieber Gott! Verflucht noch mal!«

Kennedys Glas war umgestürzt. Bier floß über die blanke Tischfläche und durchweichte die Spielkarten und das Geld in der Bank, und ein Teil des Biers rann auf Tashlians Hosen. Kennedy sprang auf und wollte das Bier aufwischen, bevor es weiteren Schaden anrichtete; Hale konnte gerade noch sein eigenes Glas retten.

»Tut mir schrecklich leid!« Kennedy schien wirklich verlegen zu sein.

»Ich denke, wir hören auf«, sagte Lonsdale mürrisch. Er hatte Kennedy in Verdacht, den Unfall absichtlich herbeigeführt zu haben... Was war es, das sich außer den paar Druckzeilen im Tarifvertrag noch ändern sollte?

Er war so verärgert, daß er bei Mickies und Webbs Rückkehr zum Tisch alle Höflichkeit außer acht ließ, den jungen Mann einfach ignorierte und seine Ellbogen kräftig benutzte, um für sich und das Mädchen einen Weg zur Tanzfläche zu bahnen. In der nächsten Pause nahm er Mickie zur Bar, statt sie zu ihrem Tisch zurückzubringen, bestellte ihr einen Daiquiri und sich selber doppelten Whisky mit Bier. Der Alkohol stimmte ihn besser. Sobald das Orchester den ersten Takt spielte, führte er Mickie wieder zum Tanz. Auch das Tanzen half ihm, seine Niederlage zu vergessen. Die Kleine taute offensichtlich auf. Wenn er sie eng an sich preßte, zog sie sich nicht mehr zurück.

»Das ist ein mieses Lokal hier, Mickie. Sie sollten mal einen richtigen Nachtklub sehen.«

Er spürte den Druck ihrer Hand.

»Vielleicht kann ich Sie einmal dazu einladen?«

Wieder der Druck.

Seine rechte Hand, die groß und ruhig auf ihrem Rücken gelegen hatte, begann sich zu bewegen.

»Sie sind viel mehr wert als diese ganze fade Gesellschaft«, sagte er. »Sie haben eine Zukunft!«

Mit dem Daumen streichelte er die weiche Innenseite ihres Handgelenks. Er versuchte, sich noch näher an sie heranzudrängen, aber diesmal rückte sie leicht ab. Es war eine Methode, ihn geil zu machen. Wo hatte sie das alles gelernt?

Als die Musik das nächste Mal verstummte, waren sie zu dicht an Kennedys Tisch, um die Rückkehrt dorthin vermeiden zu können. »Bekomme ich den nächsten Tanz auch?« fragte Lonsdale.

Sie nickte.

Webb wollte mit ihr sprechen. Sie wehrte ihn ab. Lonsdale kicherte. Der Junge sollte doch wirklich gescheit genug sein, um zu wissen, wann er überflüssig war.

Kennedy sah zu, wie Lonsdale und Mickie zur Tanzfläche zurückgingen. Er beobachtete sie auch beim Tanzen weiter.

»Warum dulden Sie das?« fragte Hale.

»Wir leben in einem freien Lande!« lachte Kennedy und fügte leise hinzu: »Ich warte nur ab. Sobald sie ihn fallen läßt, werden wir unsern Spaß an dem alten Knaben haben.«

Vielleicht würde man gar nicht so lange warten müssen, dachte Hale. Webb hatte den Kopf zwischen die Schultern gezogen und verfolgte jede Bewegung, die die beiden auf der Tanzfläche machten. Lonsdales dicke, rötliche Hand, auf Mickies Kreuz gepreßt, kam zwischen den tanzenden Paaren in Sicht. Webb ballte die Fäuste.

Webb versuchte zu denken. All die Geschichten über Mickie, die auf Pritchett Heights im Umlauf waren, gingen ihm durch den Kopf. Was sie mit diesem oder jenem Burschen hinter diesem oder jenem Busch getrieben hatte und was sie den Burschen erlaubt hatte, mit ihr zu treiben. Mehr als einmal hatte er die Kerls, die so etwas erzählten, verprügelt, aber die Geschichten tauchten doch immer wieder auf. Und er wußte, daß niemand mit einem Mädchen tanzen konnte, wie Lonsdale mit Mickie tanzte, ohne daß das Mädchen es wollte. Er wußte es und weigerte sich doch, es zu glauben.

Er stand schwerfällig auf, bahnte sich den Weg zwischen den Tanzenden hindurch, tippte Lonsdale auf die Schulter.

»Also, mein Lieber«, sagte er, »Schluß jetzt!«

Lonsdale lachte. »Geh weg, kleiner Junge. Belästige uns nicht.«

»Mickie!«

Lonsdale stieß ihn zur Seite.

Webb nahm Mickie beim Arm. »Das war der letzte Tanz mit ihm!«

Die Leute hörten auf zu tanzen. Ein Menschenring bildete sich um Mickie, Lonsdale und Webb. Jims Jitterers hatten den Tumult bemerkt. Eins nach dem andern brachen die Instrumente ab.

»Sieh einer an!« Mickies Stimme drang klar durch den ganzen Saal. »Was bildest du dir denn ein – mir zu sagen, mit wem ich zu tanzen habe!«

Jemand lachte.

Lonsdale stellte sich vor Mickie. »Mach keinen Unsinn, Webb! Geh!«

Kennedy war sitzen geblieben. Er zündete sich eine Zigarette an.

Webb packte Lonsdale bei den Rockaufschlägen. Er sprach sehr langsam. »Mach – daß du rauskommst! Du – gekauftes Subjekt!«

Im nächsten Augenblick sah er den hellbraunen Hut des Mannes von dem Spielautomaten dicht bei Lonsdale auftauchen. Ein offenes Messer blitzte in Lonsdales Hand. Jemand schrie auf.

Dann warf sich Mickie zwichen die beiden Männer. Lonsdale ließ das Messer fallen.

Mickie schüttelte den Kopf; die Locken fielen ihr weich über die Schultern; dann ging sie. Die Musik begann wieder, die Leute fingen an zu tanzen. Lonsdale und Webb machten sich in verschiedenen Richtungen davon. Mickie war wieder am Tisch und setzte sich neben ihren Vater.

»Willst du deine Handtasche nicht haben?« sagte Kennedy.

Sie nickte, nahm ihren Lippenstift und bemalte sich den Mund.

»Ich habe es nicht gern, wenn die Männer sich deinetwegen in die Haare geraten«, sagte Kennedy tadelnd; aber sein Stolz klang dabei durch. »Es könnte dabei mal was schief gehen.«

Sie war fertig mit ihren Lippen. »Dumme Kerle sind das«, sagte sie. »Alle beide.«

Kennedy wandte sich Hale zu. »Ihre Mutter ist auch so gewesen.«

»Sie hätten es nicht so weit kommen lassen sollen«, meinte Hale.

»Ah, Webb würde den Lonsdale wunderbar zusammengeschlagen haben; und was Geoghans Jungens betrifft, die sich hier herumtreiben, so würden sich wohl auch ein paar Kumpel gefunden haben, um denen heimzuleuchten.« Kennedy stieß Mickie an. »Gehen wir – wir haben genug Spaß für einen Sonntagnachmittag gehabt...« Dann fügte er, jedes Wort betonend, hinzu: »Und für die Zukunft – ich würde es ungern sehen, wenn Bruder Lonsdale sich noch mal in deiner Nähe blicken ließe.«

## *Fünftes Kapitel*

Rosemary öffnete die Augen und sagte halblaut: »Das ist ja alles sinnlos.«

Das waren die Schlafpillen, aber sie brauchte das; wenn der Mensch Stunde um Stunde wach liegt und sich still verhalten muß, um den Mann im Nebenbett nicht zu stören, sind Pillen das einzige.

Wie viele Nächte hatte sie zugehört, wie er schwer atmete und sich herumwarf und stöhnte und murmelte, von seinen Träumen verfolgt. Wie viele Nächte hatte sie dem Rascheln der Gardinen gelauscht, dem Knistern in der Tapete, dem Rattern der Lastwagen auf der Straße, dem Pfeifen der Lokomotiven auf dem Rangierbahnhof. Der Tag mit seinen Tagesaufgaben, ein gelegentliches Lachen ließen die Bedrückung der Nacht in den Hintergrund treten. Aber in den Nächten waren die einfachen Dinge nicht einfach; was morgen kommen würde, erschien wie eine Wolkenbank; und die Sterne über Goldsborough waren fahl.

Vor drei Jahren hatte das angefangen, damals vor den Wahlen, als die anonymen Telephonanrufe und die Briefe ohne Unterschrift kamen. Dann sanken die Einnahmen, mit dem Boykott gegen Doc, mit den verhüllten und nicht so verhüllten Drohungen, und schließlich mit dem Prozeß. Sie versteckte ihre Pillen und hoffte, Doc würde nicht bemerken, daß sie die Betäubungsmittel aus der Praxis stahl – die Drogenfabriken sandten genügend Musterpackungen.

Docs Bett war leer. Das Kissen war zerdrückt, die Bettdecke lag am Fußende. Sie blickte auf die Uhr, erschrak. »Schon so spät!« Endlich fand sie ihre Hausschuhe. Sie stand auf, noch zitternd vor Müdigkeit, und betrachtete sich kurz im Spiegel am Schrank. Das zerknüllte dünne Nachthemd verbarg wenig: nicht die Brüste, einst fest, die sackartig hingen, nicht den Bauch, einst flach wie ein Brett, der nun häßlich gewölbt war. Nur die Beine hatten der Zeit getrotzt, und ihre Füße. Sie sah ihr Haar, wirr und abstoßend mausfarben, und ihr vom Schlaf geschwollenes und von den Falten im Kissen zerknittertes Gesicht. Es war ihr zum Weinen zumute. So zu verkommen, war auch Doc gegenüber unfair. Es war ihr nicht unbekannt, wie Frauen ihr Aussehen verbessern konnten, wenn sie nur etwas Geld auf sich verwendeten und etwas weniger Sorgen hatten.

Hale hatte Kaffee gekocht und war bemüht, die Eier in die Bratpfanne zu tun, ohne das Eigelb dabei zu zerbrechen. In der Küche roch es nach angebranntem Toast.

»Du schliefst so wunderbar«, sagte er, »ich habe nicht das Herz gehabt, dich aufzuwecken. Hast du dich gut ausgeruht?«

»Glänzend!« Sie küßte ihn und nahm ihm die Pfanne aus der Hand. Sie hatte sich ihr Gesicht massiert und die Augentropfen benutzt, so daß ihre Augen jetzt klar und frisch aussahen und nicht mehr so brannten.

Er nahm ihren Kopf zwischen seine beiden Hände und blickte sie nachdenklich an.

»Die Setzeier werden anbrennen«, warnte sie.

»Wir werden den Laden hier einfach zumachen«, sagte er, »und einen ganzen Monat lang wegfahren. Wir haben seit vor dem Krieg keine Ferien gehabt.«

»Sehe ich so schlecht aus?«

»Du?« Er verzog die Stirn. »Nun ja – ein bißchen Grau im Haar; aber dadurch wirkt das Gesicht um so jünger. Aber bei mir bemerkt man, was ich durchgemacht habe. Erst glaubte ich, daß die Arbeit, regelmäßiges Tagewerk, der gewohnte Trott mir helfen würden...«

Er schüttelte den Kopf und klemmte seinen Leib in den engen Raum zwischen Tisch und Bank in der Frühstücksnische. »Ich klebe mit meiner Nase zu dicht an den Dingen. Jeder Dreckhaufen sieht wie ein Gebirge aus.«

Sie steckte frisches Brot in den Toaster und brachte die Eier und den Kaffee zum Tisch. Ferien!... Eine herrliche Idee für zwei Leute, die nichts als Schulden hatten.

Er versuchte, sich bequemer hinzusetzen. »Ich hätte mit meinem dicken Wanst rechnen sollen, als ich dieses Stück Möbel zusammennagelte. Dabei war ich noch stolz auf meine Leistung – eine richtige Frühstücksnische –, genau das, was jede verdammte Mittelstandsfamilie sich zulegt. Und jetzt sitze ich hier fest und kann mich nicht bewegen. Gräßlich – alles, was mir dieser Tage in den Kopf kommt, erscheint mir irgendwie symbolisch.«

Sie nahm ihm gegenüber Platz und begann zu essen. »Du kannst das Ding ja wieder auseinanderhacken.«

»Ja?« Er betrachtete die Rillen, die im Laufe der Zeit in das Holz des Tisches gekommen waren. »Aber meine zahnärztliche Einrichtung kann ich nicht auseinanderhacken.«

»Ohne diese Einrichtung«, sagte sie, »hättest du keine Arbeit.«

»Wer sagt denn, daß ich immer so weitermachen muß als Zahntechniker? Ich hätte doch auch was anderes werden können!«

»Was zum Beispiel?«

»Ach, ich weiß nicht...« Hale brach eine Scheibe Toast systematisch in Stücke und tunkte das zerronnene Ei vom Teller auf. »Darum handelt es sich auch gar nicht!« sagte er mit erneut aufflammendem Ärger. »Ich möchte schon mal ausreden dürfen.«

Sie betrachtete sein hervorspringendes Kinn, das sich beim Kauen mitbewegte. Wir sind nicht glücklich, sagte sie sich, und dabei liebe ich ihn so sehr.

»Je mehr ich darüber nachdenke«, fuhr er fort, »desto mehr komme ich zu dem Schluß, daß wir hier nicht wegkommen werden, nie. Ich sitze fest. Der Mensch tut einen Schritt, und daraus ergibt sich zwangsläufig der nächste, und so geht das unabänderlich weiter. Das Schlimme ist nur, daß man selber so wenig Einfluß auf seinen eigenen Start hat; die Ursünde, meine liebe Rosemary, liegt immer bei anderen Leuten, und man selbst ist dazu verurteilt, sie zeitlebens mitzuschleppen. Wenn meine Mutter nicht darauf bestanden hätte, aus mir einen Zahnarzt zu machen, und mir sicherheitshalber die Einrichtung geschenkt hätte, wenn mein Vater nicht einen ärztlichen Wohltätigkeitsfimmel gehabt und sich dabei zu Tode gearbeitet hätte, und wenn die Familie ihr Geld nicht in der Wirtschaftskrise verloren hätte, mein Leben hätte sich anders gestaltet...«

»Und wenn es nicht meinetwegen gewesen wäre –«, fügte sie hinzu.

»Rosemary!« Er griff nach ihren Händen. »Du weißt, daß das nicht stimmt! Und habe ich nicht gesagt, wir *beide* sollten wegfahren, beide zusammen?... Übrigens müssen wir noch etwas Geld haben.«

Er schob sich zwischen Tisch und Bank heraus und begab sich zum Küchenschrank. Er öffnete eine Seitentür, fischte hinter den Kochbüchern herum und brachte eine abgegriffene, grün emaillierte Kassette heraus.

»Den Schlüssel!« bat er.

Sie warf ihm ihren Schlüsselring zu.

Mit einem Schnappen löste sich der Deckel der Kassette. Hale blätterte einen Stoß Kontoauszüge und Rechnungen durch, pfiff traurig vor sich hin und zählte die Münzen im oberen Fach. »Das wäre nicht einmal genug, um Autobus-Billetts nach Pittsburgh zu kaufen«, sagte er. »Da hast du unsere Ferienreise. Aber hier sind etwa zehn Dollar.«

Er suchte in verschiedenen Taschen seines Anzugs und förderte eine Anzahl Silber- und Nickelmünzen, zwei Dollarscheine und eine Fünfdollarnote zutage.

»Wo hast du das Geld her?«

»Von Kennedy. Zweite Rate für Evalines Gebiß. Er fühlt sich immer noch nicht wohl wegen der Sache.«

»Und wo hat er das Geld her?«

»Poker«, sagte Hale, verteilte das Geld in die verschiedenen Fächer und schloß die Kassette. »Er hat's dem Lonsdale abgenommen.«

»Kennedy hat ein Haus voller Kinder«, sagte sie, »und er brauchte selber ein Gebiß.«

»Was willst du«, verteidigte sich Hale. »Zwischen all dem, was ich tun sollte und was ich in Wirklichkeit tun kann, zwischen dem, was ich anderen schulde und was ich dir und mir schuldig bin, weiß ich schon nicht mehr, wo mir der Kopf steht. Ich versuche ja einen Ausweg zu finden...«

»Mir bist du *nichts* schuldig!« sagte sie erregt. »Ich habe dir neulich erst gesagt, was ich brauche, sind nicht Kleider und ein angenehmes Leben und Ferienreisen. Und ich kann auch nicht zulassen, daß du mich als Entschuldigung benutzt, um entweder gar keine oder schlechte Entscheidungen zu treffen. Denn sonst kämst du am Ende unweigerlich dazu, mich zu hassen... Nein, bitte, unterbrich jetzt nicht. Hör mich an. Ich sage dir das, weil ich dich liebe und weil ich in all diesen Jahren an deiner Seite gestanden und dabei die Motive kennengelernt habe, aus denen sich dein Handeln erklärt. Deine Mutter war nicht die einzige in deiner Familie mit einer fixen Idee. Du hast auch eine – und deine fixe Idee ist Silas Hale. Das ist kein Tadel. In diesem Lande, wo jeder Mensch mit auch nur einem bißchen Zivilcourage und innerer Sauberkeit wie ein Baum in der Prärie herausragt, ist es ganz natürlich, daß einer wie du seine eigene

Wichtigkeit überschätzt. Und deshalb meinst du, du stehst allein. Aber du vergißt, daß überall um dich herum, zu jeder Minute an jedem Tag, Tausende kleiner Kämpfe stattfinden, und daß ohne sie dein Kampf –«

»*Das* gefällt mir!« unterbrach er sie. »Zehn Dollar und einige Cents ist alles, was zwischen uns und dem Verhungern steht, und du erzählst mir, daß ich nicht an andere Menschen denke. Glaubst du denn, ich bin dümmer als die Millionen von Idioten, die im Leben Erfolg zu haben verstehen und bequem und sicher auf ihren Bankkonten sitzen? Wieso habe ich denn nur zehn Dollar, wenn nicht, weil ich einiges für andere Leute getan habe?«

»Ja«, sagte sie, »und jetzt denkst du, sie sind dir nicht dankbar genug.«

»Darf ich denn keine Dankbarkeit erwarten?«

»In Pritchett Heights, wo ich aufwuchs, haben wir Wohlfahrtsbeamte und die Damen von den Wohltätigkeitsvereinen nie gern gemocht.«

Er nahm die Kassette und setzte sie hart auf das Regal im Küchenschrank. »Soll ich etwa anfangen, aus meinen Patienten Geld herauszupressen, das sie nicht haben? Soll ich höhere Preise verlangen? Oder was? Außerdem bist *du* doch diejenige, die die Bücher führt. Ich habe mit dem Schuldeneintreiben nichts zu tun.«

»Du willst mich nicht verstehen«, sagte sie. »Du willst mich nicht verstehen, und ich weiß nicht, wie ich es dir noch erklären soll.«

»Gewiß«, sagte er, »ich will dich nicht verstehen.«

Eine Tür fiel ins Schloß. Sie hörten Dr. Lauffers Hauspantinen den Korridor entlangschlurfen.

»Warum müssen wir uns streiten, Rosemary?« sagte er und wandte sich seufzend Lauffer zu, der in der Tür stand. »Schon aufgestanden? Ich dachte, die Sprechstunde beginnt um halb neun!«

Lauffer, ausgeleierte lila Hosenträger auf schmutzig grauem Hemd, murmelte, bei dem jetzigen Patientenandrang könne er ja wohl ruhig bis zehn schlafen. Er benutzte seine Finger, um sein spärliches Haar zurückzukämmen, schlüpfte auf den Platz, wo Hale gesessen hatte, schob die gebrauchten Teller zurück und blinzelte kurzsichtig nach der Kaffeekanne. Erst dann besann er sich, daß Rosemary auch da war, und sagte ein rasches, beinahe schuldhaftes: »Guten Morgen!«

»Guten Morgen!« erwiderte sie und setzte ihm sein Frühstück vor.

Lauffer kaute hastig, langte sofort nach mehr und fuhr jedesmal zusammen, wenn er sich in seiner Gier ertappt glaubte. Er haßte diese Gier, die sich eingestellt hatte, seit er bei fremden Leuten in Kost und Logis wohnte, konnte sie aber nicht beherrschen. Als ob er sich nicht jeden Bissen, den er aß, verdient hätte! Warum stand Rosemary aber auch nicht vom Tisch auf und ließ ihn in Frieden essen? Da saß sie nun und zählte ihm zweifellos jedes Stückchen Brot, jedes Gramm Butter, jeden Löffel voll Marmelade nach. Und wie Doc schon da stand am Küchenschrank und auf dem Untersatz herumtrommelte! Nicht ein nettes Wort von beiden, immer nur Mäkelei und Kritik, und selbst die alltäglichsten Höflichkeitsfloskeln wurden ihm vorgeschmissen, wie man einem Hunde abgekaute Knochen hinwirft. Dabei – wo wären sie denn, wenn er nicht für sie arbeitete? Irgendwo auf der Landstraße wahrscheinlich. Und wo wäre Doc, wenn er ihn nicht vor Gericht herausgerissen hätte? Im Gefängnis, bestimmt.

»Mehr Kaffee?« sagte Rosemary.

»Ja, danke.« Lauffer hielt ihr seine Tasse hin. Rosemary konnte liebenswürdig sein, wenn sie nur wollte. Es war Doc, der sie verdarb und sie gegen ihn aufhetzte. Sogar wenn Rosemary ihm allein im Sprechzimmer assistierte, wurde nicht mehr gesagt als: »Geben Sie mir dies« und: »Geben Sie mir das« und: »Hier« und: »In Ordnung.« So was deprimierte einen. Es machte einen nervös. Und er war sowieso nur ein Nervenbündel seit der Sache mit Mabel; und seine Zeugenaussage vor Gericht war auch keine Erholungskur gewesen. Und Hale hatte es nicht einmal für nötig gehalten, Danke schön zu sagen.

»Ihr Kaffee schmeckt gut, Mrs. Hale«, sagte er. »Der beste Kaffee, den ich je getrunken habe.«

»Ich hab ihn gekocht«, sagte Hale.

Lauffer stocherte Löcher in seine Papierserviette. Doc grinste. Das Grinsen war eindeutig: Doc hatte ihn im Verdacht, mit dem

Staatsanwalt unter einer Decke zu stecken. Hale verdächtigte überhaupt jeden, der nicht ständig vor ihm auf dem Bauche lag und herunterbetete: Sie sind ein großartiger Mensch, Doc; Sie sind der einzige ehrliche Mann in der ganzen Stadt, Doc; es ist ein großes Glück, mit Ihnen zusammenzuarbeiten, Doc. Aber daß Hale mal jemandem anders Anerkennung zollte – darauf konnte man warten bis zum Jüngsten Gericht!

»Werden Sie Klage erheben gegen diese Leute, Doc?« fragte Lauffer, nur um etwas zu sagen.

Hale hörte auf zu trommeln. Rosemary blickte gespannt auf.

»Dr. Lauffer«, sagte Hale heiser, »es wäre mir lieb, Sie kümmerten sich um Ihre eigenen Angelegenheiten. Es wäre mir lieb, Sie kümmerten sich um unsere Patienten. Und ziehen Sie sich den frischen weißen Kittel an, den meine Frau für Sie gewaschen hat. Daß die meisten unsrer Patienten Bergarbeiter sind, ist noch lange kein Grund, verdreckt auszusehen.«

Lauffer stand auf. »Ich habe den Kittel erst heute früh gefunden.«

»Ich bin erst gestern abend zum Plätten gekommen«, sagte Rosemary.

»Ich will verdammt sein, wenn ich je wieder als Zeuge für Sie auftrete«, sagte Lauffer. »Statt daß der Mensch hier ein bißchen Anerkennung findet, wird nur auf einem herumgetreten. Man kann nicht einmal eine ganz gewöhnliche Frage stellen, ohne beschimpft zu werden. Ich fahre heute abend nach Pittsburgh.«

»Bitte schön!« Hale zuckte die Achseln.

Lauffer knöpfte sich den Kragen zu. »Ich brauche Geld.«

Hale kannte diese periodischen Ausflüge Lauffers nach Pittsburgh. Gewöhnlich kehrte Lauffer ohne einen Cent in der Tasche zurück, roch dafür aber nach schlechtem Alkohol und schlechtem Parfüm.

»Sie wissen doch, Dr. Lauffer«, sagte er, »daß die Praxis wegen des Prozesses sehr flau ging und daß wir erst wieder zu arbeiten beginnen und daß kein Geld eingekommen ist.«

Lauffer stand da, die Hände in den Hosentaschen, und leckte sich langsam die Lippen. Widerliche Kreatur, dachte Hale; jemand sollte die Pittsburgher Huren vor ihm bewahren. Außerdem wurden die zehn Dollar in der Kassette zum Einkauf von Lebensmitteln gebraucht.

»Meiner Meinung nach –«, sagte Lauffer, »bevor Sie unser Geld beim Poker verlieren, sollten Sie mir meine fünfzig Prozent auszahlen. Wir arbeiten doch auf einer Fifty-Fifty-Grundlage, Doc; das steht jetzt sogar im Gerichtsprotokoll!«

»Geld ist nicht da«, sagte Hale kategorisch. »Sobald welches hereinkommt und sobald die Stromrechnung bezahlt ist, werden Sie wie immer Ihren Anteil bekommen. Oder wollen Sie, daß man uns den Strom abschaltet? Dann wären wir vollkommen erledigt!«

Lauffer lachte scheppernd. »Solange Sie den öffentlichen Wohltäter spielen, Doc, werden wir nie Geld haben. Ein Haufen Leute schuldet uns Geld, manche seit Jahren schon. Was sind wir – eine Kreditbank?«

»Unsre Patienten zahlen, wenn sie Geld haben«, sagte Hale. »Geprellt hat uns noch keiner. Und ich habe meine Geschäfte seit je so geführt, und mein Vater auch. Ein Arzt ist nicht dazu da, um reich zu werden, sondern um den Menschen zu helfen und sie zu heilen. Und ich denke gar nicht daran, meine Auffassung zu ändern – weder Ihnen noch irgend jemandem zu Gefallen! Ist Ihnen das klar, Dr. Lauffer, ja?«

Lauffer ließ seine Daumen an seinen Hosenträgern entlanggleiten. »Ich habe immer geglaubt, daß von uns beiden *ich* der Arzt bin«, sagte er. »Auch das liegt übrigens gerichtsprotokollarisch fest.«

Hale ließ die Schultern sinken. »Ja«, sagte er, »richtig, Sie sind der Arzt.« Er trat zum Fenster und blickte auf den Hinterhof hinaus. Kein Baum und kein Grashalm wuchs dort, nur der rissige Asphalt war zu sehen, auf dem der Wind Papier und Staub aufwirbelte.

Er wandte sich um. »Wenn meine Geschäftsgrundsätze Ihnen nicht passen, können Sie ja anderswo hingehen. Arbeitslose Zahnärzte gibt's genug.«

Lauffers Daumen lösten sich von den Hosenträgern. Seit der Sache mit Mabel fühlte er sich in allem unsicher. »Ich brauche nicht viel Geld«, sagte er bittend. »Und ich habe doch dafür gearbeitet, Doc! Ich will ja nur mal nach Pittsburgh fahren.«

Rosemary holte die grüne Kassette, schloß sie auf und nahm den Fünfdollarschein heraus.

»Danke Ihnen schön, Mrs. Hale«, sagte Lauffer. »Ich weiß gar nicht, warum Doc manchmal so unangenehm wird.«

Doch als sie die Kassette wieder verschloß und hinter den Kochbüchern verstaute, hörte er die Münzen darin klappern. Und während er ging, sich seinen Kittel überzuziehen, dachte er: Also *haben* sie Geld, und mich lügen sie an. Nach allem, was ich für sie getan habe!

Lauffer saß im Operationsstuhl, die Füße auf der Zentralheizung, und blickte gedankenlos über den Rand einer alten Nummer der *Saturday Evening Post* auf Weinbergs Herrenartikelgeschäft gegenüber. Der alte Weinberg dekorierte sein Schaufenster. Das Schaufensterglas gab allem, was dahinter war, doppelte Umrisse: Weinbergs Glatze, umrahmt von zahllosen weißen Löckchen, hatte einen Heiligenschein. Weinbergs Dekorationsarbeit bestand hauptsächlich darin, daß er die dicke Staubschicht von den blonden, sonnverbrannten, grinsenden Köpfen abblies, die in den gestärkten Kragen von Popelinehemden billiger und mittlerer Preislage staken. Dann klopfte er den Goldsborougher Kohlenstaub aus den Hemden und verlagerte die Hemden und Köpfe von der linken Seite des Schaufensters nach der rechten und die von der rechten Seite nach der linken. Dies vollbracht, nahm der alte Weinberg die Krawatten, die er im Fenster ausgestellt hatte, von ihren Ständern und ersetzte sie durch andere mit ebenso lauten und geschmacklosen Mustern.

Sie gehörten zur selben Klasse, dachte Lauffer, Weinberg und er; beide lebten sie armselig genug von der Armut anderer. Aber Weinberg war sein eigener Herr, und wenn er Geld aus seiner Kasse nehmen wollte, fragte er niemanden um Erlaubnis; und außerdem hatte Weinberg keine vier oder fünf Jahre seines Lebens und Tausende von Dollar daran wenden müssen, eine komplizierte Wissenschaft zu erlernen.

Eine Zeitlang beschäftigte sich Lauffer mit diesen Gedanken. Dann ließ er die Zeitschrift zu Boden fallen, seufzte und begann im Geiste die Telephonnummern zu rekapitulieren, die er in Pittsburgh kannte. Dann riß ihn ein diskretes Hüsteln im Wartezimmer aus seiner Versunkenheit. Zugleich bemerkte er, daß zwei Männer vor dem

Herrenartikelgeschäft Aufstellung genommen hatten und den letzten Bemühungen des alten Weinberg mit scheinbarem Interesse zusahen. Lauffer nahm die Füße von der Zentralheizung und versuchte aufzustehen. Die Zunge klebte ihm am Gaumen. Sie waren gekommen, um ihn abzuholen. Seine Aussagen vor Gericht hatten ihnen nicht gepaßt, darum holten sie ihn jetzt zu einer kurzen Automobilfahrt ab, die damit enden würde, daß er irgendwo lag mit einem Loch im Rücken, aus dem ein dünnes Blutgerinnsel drang. Und die Hales – beide – hatten sich nicht einmal bei ihm bedankt.

»Sind Sie jetzt frei, Dr. Lauffer?«

Die Tür hatte sich geöffnet.

»Mein Name ist Lou Geoghan. Freue mich, Sie kennenzulernen. Ich habe Zahnschmerzen.«

»Zahnschmerzen«, sagte Lauffer. »Zahnschmerzen, natürlich. Dafür ist ein Zahnarzt ja schließlich da!«

Geoghan hatte weißlich-blonde, beinahe unsichtbare Brauen über hellen, etwas hervorquellenden Augen. Lauffer hatte sich endlich erhoben und bot ihm den Operationsstuhl an. »Bitte!«

»Danke.«

Lauffer fand eine Serviette, entfaltete sie mit zitternder Hand und legte sie über Geoghans schmale Brust; das Festklammern gelang erst nach mehreren Versuchen.

»Aufgeregt, Dr. Lauffer?« lächelte Geoghan. »Aber wieso denn? Ich bin doch kein Untier.« Er legte seinen Kopf gegen die Kopflehne des Operationsstuhls und schloß die Augen. Er hätte den heutigen Erkundungsauftrag irgendeinem seiner Leute überlassen können; aber er hatte wirklich Zahnschmerzen und sah nicht ein, warum er zu einem Zahnarzt der Behandlung wegen und zu einem andern aus politischen Gründen gehen sollte, wenn beide Zwecke sich miteinander verbinden ließen. Außerdem war Lauffer sozusagen ein Teil von Hale, und Geoghan betrachtete Hale nicht nur als ein Hindernis, das man aus dem Weg räumen mußte, sondern auch als eine Art interessanter Mißgeburt.

Lauffers Nervosität war einer intensiven Dienstbeflissenheit gewichen. »Also an welcher Stelle haben wir denn Schmerzen, Mr. Geoghan?« Er stellte die Operationslampe ein und trat auf den Fußhebel, bis der Stuhl die richtige Höhe hatte. »Und wie lange tut es Ihnen schon weh? Man darf solche Sachen nicht hinhängen lassen, wissen Sie!«

»Oben rechts, ziemlich weit hinten«, sagte Geoghan. Er öffnete den Mund weit. Der schmalschultrige, beinahe zerbrechliche Mann hatte einen unverhältnismäßig großen Mund, wie ein Hecht.

Mit Zahnspiegel und Sonde prüfte Lauffer Zahn um Zahn. Plötzlich hakte die Sonde ein. Geoghan bewegte sich unwillkürlich.

»Tut weh?« fragte Lauffer.

»Ja.«

»Nun«, sagte Lauffer, der die Überlegenheit aller Zahnärzte ihren wehrlosen Patienten gegenüber zu empfinden begann, »wir werden Sie schon nicht umbringen. Wir werden Ihnen nicht einmal den schlechten Backenzahn rausholen müssen. Es ist nur ein Loch, und wir werden eine hübsche Plombe hineintun, und der Zahn wird so gut wie neu sein.«

»Und das ist alles?«

»Das ist alles.«

Lauffer wurde nachdenklich. Er kalkulierte rasch, wieviel Honorar er von Geoghan verlangen sollte – nicht zu wenig, damit es nicht billig aussah, und nicht zu viel, damit er Geoghan nicht als Patienten verlor. Aber er war wirklich eine Sünde, den Mann zu entlassen, ohne mehr als ein einziges kleines Loch im Zahn gefüllt zu haben.

»Andererseits«, sagte er unbestimmt, »brauchten Sie eine gründliche Zahnreinigung. Sie rauchen viel? Sie haben eine Menge Zahnstein. Das ist nicht gut fürs Gebiß, wissen Sie; aber Sie müssen sich entscheiden, ob ich Ihre Zähne reinigen soll.«

Geoghan sah Lauffer mit jenem ernsthaften, männlich-herzlichen Blick an, den er seinen politischen Geschäftspartnern gegenüber mit Erfolg benutzte.

»Ich muß sagen, das gefällt mir, Dr. Lauffer«, erklärte er. »Sie hätten mir ja erzählen können, daß die Hälfte meiner Zähne gezogen werden müßte und daß ich Goldkronen und Brücken und weiß der Teufel was noch brauche. Aber Sie haben das nicht getan. Sie haben mir gesagt, was los ist und was Sie dagegen unternehmen müssen. Ich habe nichts übrig für Leute, die mich anschmieren wollen.«

Er blieb einen Augenblick lang still. Leichte Schritte wurden vor der Tür hörbar.

»Die Zähne werde ich vielleicht ein andermal reinigen lassen, Dr. Lauffer. Also, fangen wir an.«

Er lehnte sich zurück, ließ sein Kinn fallen und war bereit für den Bohrer.

Rosemary trat ein. Wegen der sonderbaren Perspektive – das Gesicht fast waagrecht, die Nase über die Stirn hervorragend, der Mund weit offen – erkannte sie den neuen Patienten nicht.

»Warum haben Sie nicht nach mir geklingelt, Dr. Lauffer?« fragte sie.

Lauffer fuhr fort zu bohren.

»Sie wissen doch, daß ich eine Kartothekkarte ausstellen muß«, sagte sie. Die faserige Haarlinie des Mannes im Stuhl und die unbestimmte Farbe und Natur seines Haars erschienen ihr bekannt; gerade das Unauffällige an all dem war das Charakteristische.

Ohne sein Bohren zu unterbrechen, sagte Lauffer leichthin: »Das ist Mr. Geoghan.« Dann stellte er den Bohrer ab und forderte Geoghan auf, sich den Mund zu spülen. »Ich werde Mr. Geoghans Karte selbst ausfüllen. Bitte, geben Sie dem Patienten noch ein Glas Wasser, Mrs. Hale. Und dann rühren Sie bitte eine Füllung für einen Backenzahn an. Das Übliche.«

»Wird gemacht, Dr. Lauffer.« Rosemary ließ lauwarmes Wasser in ein Glas laufen und stellte das Glas in den Halter. Geoghan, der sie amüsiert beobachtete, konnte außer einem Hauch von Rot auf ihren Wangen kein Zeichen von Erregung bemerken.

Lauffer schien enttäuscht zu sein, daß Rosemary sich weder durch seine Mitteilung noch durch den Ton seiner knappen Anordnungen aus der Fassung bringen ließ. Ohne Geoghan eines Blickes zu würdigen, schüttete sie die verschiedenen Bestandteile des Amalgams für die Plombe auf eine kleine Platte und begann, sie mit einer winzigen Spatel zu mischen. Hinter ihrem Rücken nahm der Bohrer sein Surren wieder auf, nur unterbrochen von Lauffers monotonem: »Ausspülen, bitte!« und von Geoghans Spucken. Der Kopf schwirrte ihr. Abgesehen von der Provokation, die darin lag, was bedeutete Geoghans Besuch? Irgendwie mußte sie Doc informieren, daß der Mann hier war, und ihm wenigstens einen Hinweis geben, warum er gekommen war; wenn möglich, sollte sie auch Vorschläge bereit haben – Doc war so unvorsichtig. Aber nichts Brauchbares fiel ihr ein, und sie war voller Befürchtungen und Panik.

Schließlich ließ sich das Mischen des Amalgams nicht länger hinausziehen. Sie ließ die Spatel neben die Glasplatte fallen, murmelte eine Entschuldigung und ging.

Geoghan hob seine Hand. Lauffer setzte den Bohrer ab. Geoghan nahm sich den Speichelsauger aus dem Mund und tastete mit der Zungenspitze die scharfen Kanten der Karies in seinem kranken Zahn ab.

»Da haben Sie ja ein hübsch großes Loch gemacht!«

Lauffer verlor sofort wieder sein Selbstvertrauen. »Wir müssen das gesamte schlechte Gewebe entfernen«, erläuterte er eifrig. »Wenn auch nur das Geringste davon zurückbleibt, arbeitet die Fäulnis weiter. Sie wollen doch den Zahn nicht verlieren! Und ich würde nicht wollen, daß Sie mir eines Tages Vorwürfe machen, Mr. Geoghan!«

Lauffers Beflissenheit wurde Geoghan lästig. Er hätte gerne mit angehört, was die Hale ihrem Manne erzählte. Das war das einzig Unschöne in seinem sonst sehr zufriedenstellenden Leben: daß er bei vielen der interessantesten Szenen, die er verursacht hatte, nicht anwesend sein konnte.

»Hören Sie zu, Lauffer«, sagte er mit einem Anflug von Ironie. »Sie müssen sich doch gefragt haben, wieso ich zu Ihnen gekommen bin.«

Lauffer stand stockstill. Der Schreck, der ihm beim Anblick der zwei Gangster auf der anderen Straßenseite in die Glieder gefahren war und der sich bei der Arbeit fast verflüchtigt hatte, war wieder da. Wie konnte er auch nur eine Minute lang geglaubt haben, daß eine Karies Geoghan veranlaßt haben könnte, sich von allen Zahnärzten in der Stadt ausgerechnet ihn auszusuchen.

»Folgendes«, sagte Geoghan. »Ich habe mir jedes Wort genau angehört, das Sie vor Gericht gesagt haben, und auch *wie* Sie es gesagt haben.«

Plötzlich sah er gar nicht mehr aus wie der kleine Durchschnittsmann, dem man auf der Straße begegnet und an den man sich fünf Minuten später nicht mehr erinnern kann. Das Gesicht zeigte einen gnadenlosen Zug, und Lauffer spürte, daß von jetzt an jedes von Geoghans Worten für ihn schicksalsbestimmend war.

»Bei meiner Arbeit«, sagte Geoghan, »gibt es nur ein wirklich wichtiges Moment. Wissen Sie, was das ist? Treue! Und darum hat mir Ihre Zeugenaussage gefallen. Sie haben versucht, Ihrem Boss die Treue zu halten. Ich verstehe so etwas. Und ich schätze es.«

Aber Lauffer verstand nicht. Statt zu versuchen, ihn unter Druck zu setzen, lobte ihn der Mann. Komisch, daß die Anerkennung, die Doc ihm verweigert hatte, nun von der Gegenseite kam!

»Treue«, fuhr Geoghan fort, »bestimmt den menschlichen Charakter. Dieser Mann hat Charakter, habe ich mir gesagt, als ich Ihnen zuhörte. Und als mich der Zahn zu schmerzen anfing, habe ich mich gefragt: Also zu welchem Zahnarzt gehe ich jetzt? Und ich habe mir gesagt: Ich gehe zu Lauffer, obwohl er für Doc Hale arbeitet, der ein Idiot ist. Denn meine Erfahrung im Leben ist immer gewesen, daß ein Mann mit Charakter auch gewissenhaft arbeitet, und wenn es sich um meine eigenen Zähne handelt, ist das Beste gerade gut genug.«

Er machte eine kleine Pause, überlegte.

»Es gibt hier in der Stadt ein paar Zahnärzte, mein lieber Lauffer, denen es sehr gut geht. Wissen Sie warum? Wegen der Gegend. Sie sind hier an der zweiten Avenue, wo der Hauptverkehr nicht durchgeht. Die andern haben ihre Praxis nur ein paar Straßenecken von hier, am Pennsylvania Boulevard, aber jeder Mensch in Goldsborough kommt wenigstens zweimal am Tag den Pennsylvania Boulevard entlang. Und die meisten Leute sind leider nicht wie ich. Die meisten Leute kümmern sich einen Dreck um Charakter, sie haben nicht einmal die leiseste Ahnung davon. Die meisten Leute sehen ein Schild an einem Hause, und sie sehen es zweimal täglich, und wenn sie Zahnschmerzen kriegen, gehen sie eben dahin, wo sie das Schild gesehen haben. Haben Sie noch viel zu bohren?«

»Nein«, sagte Lauffer heiser. »Wir sind fast fertig.«

Er setzte den Bohrer an. Rosemary kehrte zurück, ihr Gesichtsausdruck so ruhig wie immer, stellte Geoghan ein frisches Glas

Wasser hin und suchte etwas aus dem Instrumentenschrank heraus.

Treue, dachte Lauffer. Sogar ein Mann wie Geoghan weiß Treue zu schätzen. Natürlich – wenn man eine Praxis am Pennsylvania Boulevard eröffnete, wäre das nicht gerade ein Beweis von Treue zu Doc. Aber es würde ja noch nicht bedeuten, daß man Hale fallen ließ – im Gegenteil, man könnte ihm viel mehr zahntechnische Arbeit als hier an der Zweiten Avenue zukommen lassen. Und man würde sein eigener Herr sein!

Lauffers Gesicht, dachte Geoghan, war wie eine Seite in einem offenen Buch, klarer Druck, leicht abzulesen jeder Gedanke des Mannes und sein Preis. Alles in allem ein vernünftiger Preis, außerordentlich vernünftig. In der Politik war es immer das beste, man brachte politische Maßnahmen mit gesunden geschäftlichen Transaktionen in Einklang. Und Geoghan war an mehreren Bürohäusern am Pennsylvania Boulevard im stillen beteiligt.

Geoghan verließ das Sprechzimmer, ging am Wartezimmer vorbei und trat durch die offenstehende Tür in Hales Laboratorium. Er ging mit dem federnden Schritt, der kleinen, mageren Leuten, die sich eine gewisse Wichtigkeit zumessen, eigentümlich ist. Ein rascher Rundblick zeigte ihm: das eingerahmte Diplom an der schmutzigen, graugrünen Wand; die Glaskästen mit den Modellen mißgeformter Gebisse; die Regale mit Bunsenbrennern und Wachsabdrücken; den alten Wandschrank mit zahllosen kleinen Fächern; und auf allem eine dünne Schicht Gipsstaub. Hale saß über seinen Arbeitstisch gebeugt und blinzelte auf ein Stück schwarze Pappe, darauf etwa ein Dutzend künstlicher Zähne.

»Hallo, Doc!« Geoghan setzte sich vorsichtig auf einen dreibeinigen Schemel, dessen Sitzfläche voll eingetrockneter gelber Farbkleckse war.

Hale wählte einen der Zähne aus und drückte ihn neben drei andere in ein halbkreisförmiges Stück rosa Wachs. Dann griff er nach einem Zahnbohrer, der an einem an der Wand befestigten freischwingenden Arm hing, und fing an zu bohren. Das kalte weiße Licht der Röhren an der Decke flackerte kurz und leuchtete dann wieder gleichmäßig.

»Was wollen Sie hier, Geoghan?«

Geoghan sah Hale interessiert zu. »Da bin ich aber froh«, sagte er schließlich, »daß das Ding nicht in meinem Munde sitzt.«

Hale prüfte die Schneide des künstlichen Zahns. »Empfindlicher Typ, was?«

»Aber ja!« Geoghan lachte. »Neulich hat mein Chauffeur eine Katze überfahren. Hat mir mein ganzes Mittagessen verdorben. Ihm nicht. Manche Leute sind so, andere sind anders. Das macht das Leben abwechslungsreich.«

Hale ließ den Arm des Bohrers zur Wand hinaufschnellen, wandte sich Geoghan voll zu und musterte ihn von dem fast zierlichen kleinen Kopf bis hinab zu den ebenso zierlichen kleinen Füßen. »Kommen Sie zum Thema!« sagte er.

»Werd ich tun.« Geoghan nahm eine Zigarette aus der Tasche und klopfte sie lange und gründlich gegen seinen Daumennagel. »Sobald ich genau weiß, was das Thema ist.«

Hale hielt Geoghan einen seiner Bunsenbrenner vor die Nase und ließ die Flamme plötzlich aufschießen. Geoghan zuckte nicht mit der Wimper. Er zündete sich seine Zigarette an und blickte dem Rauch gedankenvoll nach.

»Also was wollen Sie hier?« fragte Hale zum zweiten Mal. »Höflichkeitsbesuch?«

»Warum nicht? Ich bin immer höflich. Macht das Leben angenehmer.«

»Ja«, sagte Hale. »Während Sie einem das Messer in den Rücken stoßen, sagen Sie ihm ein Kompliment ins Gesicht.«

»Das ist beinahe beleidigend, Doc!« lächelte Geoghan.

»Beinahe! Wie deutlich soll ich denn werden?«

Geoghan ließ diese Frage auf sich beruhen. Hale dachte: Man sollte diesen Gauner beim Kragen packen und aus dem Hause werfen. Aber er tat es nicht. Nicht, daß er Angst hatte vor den beiden Leibwachen auf der Straße, die Rosemary gesehen hatte. Aber Geoghan war so zierlich, so spielzeughaft; man scheute sich, ihn anzugreifen.

So kehrte er sich wieder seinem Tisch zu. Sorgfältig steckte er den Rest der Backenzähne in das Gebißmaterial, an dem er arbeitete.

Seine Finger bewegten sich mit der Präzision jahrelanger Praxis; und als er das Unterteil gegen das bereits fertige Oberteil des Gebisses hielt, paßten die Beißflächen perfekt aufeinander.

Geoghan zog seinen Schemel näher heran. Schließlich brach Hale das gespannte Schweigen. »Es scheint, Sie sehen andern Leuten gern bei der Arbeit zu.«

»Glauben Sie vielleicht, ich arbeite nicht?«

Hale machte ein frisches Stück Wachs über dem Bunsenbrenner weich. »Meine Steuern sind zu hoch im Verhältnis zu dem, was Sie dafür leisten.«

Geoghan sah freundlich zu, wie Hale das Wachs durchknetete und es über den Gipsabdruck eines Zahnfleischs preßte. »Manche arbeiten mit den Händen«, sagte er gleichmütig, »andere mit dem Kopf. Kopfarbeit lohnt sich mehr.«

Er will mich provozieren, dachte Hale. Oder das ist seine Art Humor. Ich werde ihn doch hinauswerfen.

Geoghan war aufgestanden, wanderte scheinbar ziellos im Laboratorium umher, nahm ein bereits fertiges Gebiß vom Regal, steckte seinen Finger zwischen die Zähne und brachte sie zum Zubeißen.

»Legen Sie das hin! Sofort!«

Geoghan gehorchte. »Sie haben mich erschreckt. Was wäre wohl, wenn ich das Ding hätte fallen lassen?«

»Sie hätten gezahlt«, sagte Hale. »Und dann wären Sie hochkantig herausgeflogen.«

»Sehen Sie!« Mit einem federnden Schritt war Geoghan an Hales Seite. »Und nun denken Sie mal eine Minute nach, Doc! Wieviel von meinem Porzellan haben Sie schon zerbrochen, oder versucht zu zerbrechen? Würde mich das nicht berechtigen, Schadenersatz von Ihnen zu verlangen und Sie aus meinem Gebiet hochkantig herausfliegen zu lassen?«

Hale hätte lachen mögen, aber es war ihm nicht zum Lachen zumute. Der Mann glaubte tatsächlich, daß diese Stadt, dieser Kreis, samt Menschen und lebendem und totem Inventar, irgendwie sein Privateigentum war. Oder war das seine Methode, einen Handel anzubieten? Aber auch das war phantastisch. Die eigene Prinzipienlosigkeit gab Geoghan nicht das Recht, anzunehmen, daß alle anderen Menschen gleichfalls keine Prinzipien hatten.

Hale griff nach der schwarzen Pappe, nahm einen der falschen Zähne davon ab und hielt ihn Geoghan vor die Augen. »Sehen Sie das Ding? Ich stecke den Zahn jetzt in das Wachs, an die Stellen, wo er hingehört. Aber der Zahn ist aus Kunststoff; er fühlt nicht, wächst nicht, verändert sich nicht.«

Geoghan blickte auf den einsamen Zahn in seinem rosa Bett. »Na ja, es mag schon eine gewisse Verwandtschaft bestehen zwischen Ihrer und meiner Arbeit, Doc. Sie stecken Ihre Kunststoffzähne auf ihren Platz, und ich die Menschen...« Er legte seine Hand leicht auf Hales Schulter: »Es braucht deshalb noch kein schlechter Platz zu sein, Doc.«

Also *doch* ein Handel, dachte Hale. Ich will aber gar keinen besseren Platz als den, den ich habe, ich will nur etwas Ruhe haben, meine Nerven in Ordnung bringen, meine Arbeit tun dürfen, ohne verfolgt zu werden, und einmal, ein einziges Mal, vier Wochen auf Ferien gehen... Und ich sollte auch nicht hier sitzen und ihm zuhören, ich sollte den fiesen Kerl herausschmeißen. Ich hätte ihn schon herausschmeißen sollen, als er den Fuß in Lauffers Sprechzimmer setzte.

Er schüttelte Geoghans Hand ab. »Wie ich Ihnen schon sagte, dieser Zahn kann nichts empfinden. Er ist tot.«

Geoghan steckte die Hand in die Tasche. »Vielleicht haben Sie recht. Menschen reagieren auf Reize. Sogar Sie haben reagiert. Sie haben keine Klage gegen Adair erhoben, oder?«

Hale sprang auf. Kopf gesenkt, kam er auf Geoghan zu wie ein Stier.

Geoghan wich vorsichtig zurück. »Nicht, daß ein solcher Prozeß mich gestört hätte. Was geht mich Mr. Adair an...«

Er verstummte. Es war ihm unklar, wieso Hale, der ihn die ganze Zeit ruhig angehört hatte, jetzt, wo man endlich zu einer vernünftigen Besprechung vernünftiger Vorschläge kam, auf einmal wild wurde. Schließlich war es unbestreitbar, daß er keinerlei Verfahren gegen Adair angestrengt hatte – warum also der Ausbruch, wenn man die Sache erwähnte?

Merkwürdiger Mensch. Unbrauchbar.

Hale bezwang sich. Geoghan hatte nur logisch gedacht. Fakt war:

Keine Klage gegen Adair. Die Schlußfolgerung: Hale hat klein beigegeben.

Aber so war es nicht gewesen. Was denn also? Erschöpfung. Alleinsein. Das Gefühl, daß man wie ein Papierschiffchen auf den Wellen eines Ozeans schwamm. Und wie konnte man diesen politischen Apparat, diese Justiz, dieses Geld schlagen?

Er setzte sich hin. Er war ja gewarnt worden. Kennedy hatte ihm vorausgesagt, was zu erwarten stand. Kennedy hatte es gesehen; aber er, der so stolz war auf seinen politischen Scharfsinn, sein klares Denken, seine fortschrittlichen und humanitären Ansichten, seine Anständigkeit und innere Sauberkeit, er mußte die Wahrheit erst von Lonsdale und dann auch noch von Geoghan selber unter die Nase gerieben bekommen. Und Kennedy hatte weiter gesagt, daß dieser Kampf durchgekämpft werden kann, und daß es überall ein und derselbe Kampf war, vor Gericht und vor Ort in der Grube. Und daß Geoghan hier war und verhandeln wollte, bewies die Richtigkeit von Kennedys Feststellung...

»Nun?« sagte Geoghan scheinbar gleichgültig. »Was meinen Sie?«

Hale richtete sich auf. »Sie müssen mich doch sehr dringend loswerden wollen, Geoghan. Erst hat Mr. Adair, Ihr junger Mann, es versucht; und jetzt kommen Sie selbst mit Ihrem Saisonausverkaufs-Angebot.«

»So sollten Sie nicht reden, Doc«, warnte Geoghan. »Ich kenne Leute, die in große Schwierigkeiten gekommen sind, weil sie sich in dieser Art geäußert haben. Ich bin sehr konziliant gewesen, weil ich es stets vorziehe, im guten auszukommen. Bei meiner Arbeit kann man es wohl nicht vermeiden, ein paar Feinde zu haben, aber wo ich kann, mache ich mir die Menschen lieber zu Freunden.«

Das fromme Gerede war zu viel für Hales Nerven. »Sie haben einfach Angst, Geoghan – nicht so sehr vor mir als Person, ich bedeute ja nicht viel – aber vor dem, was einmal hinter mir stand und was vielleicht wieder einmal hinter mir stehen wird.«

»Angst?« Geoghans Gesicht schien schmaler geworden zu sein, schärfer. »Ich sehe nicht viel, was hinter Ihnen stehen könnte, Doc, jetzt oder in der Zukunft.«

Kein Kennedy war da, um ein Glas Bier als Warnung über den Tisch zu schütten. Und wäre er dagewesen, so hätte Hale ihn wahrscheinlich nicht beachtet. »Es wird ein Streik kommen«, sagte er.

»So?« sagte Geoghan.

»Ein großer Streik!« sagte Hale.

»Und warum soll ich mir darüber Gedanken machen?« sagte Geoghan. »Ich besitze keine Bergwerke...«

Das war zu glatt herausgekommen, dachte Hale; so selbstsicher war der Mann denn doch nicht. »Auch wenn Ihnen keine Grube gehört«, sagte er, »alles, was Sie sich hier aufgebaut haben, Geoghan, beruht auf der Schafsgeduld und der Beschränktheit der kleinen Leute. Der Kampf wird anfangen wie immer – um Löhne und Stunden und Arbeitsbedingungen und Rentenansprüche und Tarifverträge. Doch dann werden diese kleinen Leute, Ihr Stimmvieh, vielleicht anfangen, Fragen zu stellen, und eine von diesen Fragen wird sein: Warum sind die Zustände hier so, wie sie sind, und wer beherrscht was? Und diese Frage, Geoghan, diese Frage betrifft Sie direkt.«

Geoghan schwieg, die Augen halb geschlossen.

»Ich könnte ja bösartig genug sein«, sagte Hale, »den Leuten zu helfen, auf ihre Fragen die richtigen Antworten zu finden.«

»Wirklich? Und die Leute werden Ihnen zuhören?«

Hale wandte sich wieder seinem Tisch zu und hielt das Wachs über die Flamme. Sein Gespräch mit Kennedy fiel ihm ein. »Möglich, daß sie mir gar nicht zuzuhören brauchen. Möglich, daß sie durch den Streik die Antworten selber finden – und dann entsprechend handeln.«

Er fügte die Kunststoffzähne in das Wachs.

»Ich kann mich nicht mit Ihnen vergleichen«, fuhr er fort, »ich bin kein Berufspolitiker. Aber in gewissem Sinne beschäftige auch ich mich mit Politik, und so sage ich Ihnen: Wie die Dinge stehen, können Sie doch nicht von mir erwarten, daß ich mich mit einer Organisation, mit einem Apparat zusammentue, der bald in derartige Schwierigkeiten geraten wird, oder?«

Geoghan öffnete die Augen. Sie zeigten keinerlei Ausdruck. »Doc«, sagte er, »auch ich spreche als ein Politiker zum anderen: Besten Dank für Ihren gütigen Hinweis.«

Dann verließ er das Laboratorium, sein Schritt leicht und federnd, so wie er hereingekommen war.

Vielleicht hätte ich lieber schweigen sollen, dachte Hale. Aber ich mußte ihm einfach die Meinung sagen, und wie es aussieht, habe ich genau ins Schwarze getroffen.

## *Sechstes Kapitel*

Schwere Regentropfen rollten von Blatt zu Blatt den Efeu herab, der die unverputzte Ziegelwand des Verwaltungsgebäudes überwucherte. Die vergoldeten Buchstaben *Sarah Pritchett* über dem Eingang zum Schachtplatz erschienen farblos und ohne Glanz. Aus dem Schuppen jenseits des Förderturms ertönte das dumpfe Brausen des Exhaustors. Irgendwo weiter entfernt gurgelten und zischten Abwässer, die aus der Erde herausgepumpt wurden. Das Wasser ergoß sich über Steinbrocken und allen möglichen Abfall, bahnte sich sein eigenes Bett talwärts, vergiftete die Wurzeln von Baum und Strauch und Gras, überwältigte mit seinem Schlamm die natürlichen Bäche, erreichte endlich das Tal und strömte in den Pokie, der an dieser Mündungsstelle eine riesige, schmutziggelbliche Wunde entwikkelte.

Die Kumpel hatten sich in der Lampenstube zur Schicht gemeldet, hatten ihre Geleuchte und Trockenbatterien in Empfang genommen und standen nun dicht gedrängt im Toreingang des Verwaltungsgebäudes und warteten auf das Auftauchen des Förderkorbs aus dem Schacht, der die nächste Gruppe unter Tag bringen sollte. Ihre fahlen Gesichter schienen im Grau des Morgens zu verschwimmen, nur die feuchtglänzenden Helme und metallenen Essenträger gaben dem Bild ein paar Lichtflecke.

Drüben am Schacht begannen die großen Treibscheiben sich zu drehen, das Kabel zitterte und bewegte sich, der Schachtstuhl vibrierte. Eigentlich hatte Kennedy auf Bilek und Jamieson warten wollen; da er sie gewöhnlich in seinem Auto zur Grube mitnahm, fuhren sie auch zusammen ein. Aber es war zu kalt und zu naß hier oben, um noch länger herumzustehen.

Er schob sich aus dem Toreingang heraus. Die lehmige Erde heftete sich ihm an die Schuhsohlen; trotz der schönen Versprechungen des Schuhmachers waren seine Schuhe schon jetzt durchnäßt, und er wünschte, er säße schon am Hauptfüllort unten am Fuß des Schachts, wo man im Trockenen den Zug abwartete, der einen vor Ort brachte.

Die Männer begannen, sich an der Gittertür des Förderturms zu sammeln. Mercadante, das olivgelbe Gesicht dem Regen abgekehrt, grinste ihn an; als ob der Tag heute so besonders erheiternd wäre; aber Mercadante grinste alle Menschen an wie ein Politiker, der sich beliebt machen will. Webb war auch zur Stelle, und nach einem verlegenen »Hallo!« duckte er sich hinter Tashlian, der, einen halben Kopf größer als der Rest der Leute, mit einem nassen Zigarettenstummel im Mundwinkel dastand. Joey Smith versuchte, einen angefangenen Witz weiterzuerzählen; aber niemand wollte ihn hören, und er brach enttäuscht ab.

Der Korb tauchte auf und kam klirrend zum Stehen. Die Tür wurde aufgestoßen, es gab ein kurzes Geschiebe und Gedränge. Jemand sagte: »Warum die gottverfluchte Eile? Für wen reißt ihr euch denn den Hintern auf?«

Kennedy blickte sich noch einmal suchend nach Bilek und Jamieson um.

»Los, komm schon!« mahnte Mercadante.

Da endlich sah Kennedy die zwei, er winkte ihnen zu. Aber sie blieben im Toreingang des Verwaltungsgebäudes stehen, als hätten sie die Richtung verloren. Jamieson setzte seinen Essenträger auf die Erde, wühlte in seinen Taschen, brachte ein zerknülltes Taschentuch zum Vorschein und wischte sich langsam das Gesicht.

»Warte einen Moment«, sagte Kennedy zu dem Fördermaschinisten.

Schwerfällig, die Lehmklumpen dick an den Stiefelsohlen, lief er auf das Verwaltungsgebäude zu. Bilek und Jamieson mußten ihn kommen gesehen haben; aber sie warteten nicht auf ihn, sprachen auch sonst zu niemandem in ihrer Nähe. Jamieson hob seinen Essenträger auf, stieß Bilek an und ging ihm voraus entlang der Efeuwand zum Tor des Schachtplatzes.

Kennedy holte sie ein. »Warum lauft ihr weg?«

»Hat keinen Sinn dazubleiben!« Bilek rieb sich die grauen Bartstoppeln. »Ich werd doch die Hundsfötter nicht um Mitleid bitten!«

»Was haben sie euch gesagt?« fragte Kennedy.

Elijah Jamieson blickte ihn an, die großen, sanften Augen wie eingefroren. »Keine Arbeit mehr für euch, haben sie gesagt.«

»Und die Gründe?«

»Gründe!« Bileks breites, zerfurchtes Gesicht sah aus, als habe ihm jemand eine sehr alte, sehr langweilige Geschichte erzählt. »Meiner Frau muß ich Gründe nennen. Immerhin waren die Herren höflich. Sie würden uns mitteilen, wann es wieder Arbeit gibt... Geh jetzt lieber. Der Förderkorb wartet nicht ewig.«

»Soll er abfahren«, sagte Kennedy.

»He, kommst du oder nicht?«rief Mercadante

»Geh doch«, sagte Jamieson.

Kennedy wandte sich um. Nach ein paar Schritten blickte er noch einmal zurück. Dann, ohne sich zu beeilen und mehrmals stehenbleibend, um sich den Lehm von den Stiefelsohlen abzuklopfen, stapfte er zum Schacht, trat in den Förderkorb und schlug die Tür hinter sich zu.

Der Korb glitt abwärts. Das Tageslicht wurde zu einem strahlenden Punkt und verschwand. Ein paar Kumpel hatten ihr Geleuchte angestellt, die Lichtkegel bewegten sich, überkreuzten einander.

»Entlassen?« fragte Tashlian.

Kennedy knurrte Bestätigung. Mercadante blickte starr auf die Wand des Schachtes, als wäre der aufwärtssausende Schachtstoß ein Naturwunder. Jetzt sucht er nach Alibis, dachte Kennedy; vielleicht hatte er sogar etwas unternommen, und die Bergwerksgesellschaft hatte sich stark genug gefühlt, auch Mercadante eins zu husten.

»Entlassen!« Joey Smith saugte an seiner Oberlippe. »Ich frag mich nur, wer der nächste sein wird.«

Der Korb bremste hart ab, traf auf die Sprungfedern am Schachtfuß, prallte zurück und kam zum Stillstand. Die Tür sprang auf. Kennedy wurde hinausgestoßen. Webb war plötzlich neben ihm. Webb, bleich in dem weißlichen Grau des mit Kalkmilch bespritzten Gewölbes, fragte erregt: »Was willst du jetzt unternehmen?«

Kennedy gab keine Antwort. »Du meinst – was wird die Gewerkschaft unternehmen?« sagte er schließlich und wußte, daß er damit eigentlich der Entscheidung auswich.

Er setzte sich zu den Kumpeln, die am Ofen in der Ecke des Warteraums hockten, der einmal aus der Kohle herausgehackt worden war, und hörte ihnen zu, während sie die Neuigkeit bekauten. Da waren einige, die ein bedauerndes »Schade!« oder »Stinkende Schande!« murmelten und vielsagend nickten, und in deren Bedauern Erleichterung mitschwang, daß es dieses Mal noch an ihnen vorbeigegangen war. Andere schwiegen, weil sie Bilek kannten und Jamieson kannten und weil sie wußten, daß keiner der beiden je wieder Arbeit kriegen würde. Und da waren welche, die die gleiche Frage stellten wie Webb.

Mercadante ging auf und ab und erklärte laut, daß er wegen Bilek und Jamieson mit Gnocchi geredet hätte. Gnocchi hätte ihm versprochen, die Sache dem Manager vorzutragen.

»Warum zum Teufel bist du nicht selber gleich zur Direktion gegangen?« fragte Tashlian.

»Weil so was nicht geht!« Mercadante hob beide Hände über soviel Dummheit. »Ich hab keine Angst davor, zu irgend jemand zu gehen, wenn sich's um was handelt, das *alle* betrifft. Aber wenn ich zur Direktion komme und sage: Was ist mit Bilek? Was ist mit Jamieson? – was wird mir der Manager sagen? Gehen Sie zu Gnocchi, die beiden arbeiten in Gnocchis Revier, soll der Gnocchi das regeln. Das würde er mir sagen.« Er machte eine eindrucksvolle Pause. »Man muß Bescheid wissen, wenn man was erreichen will. Man muß wissen, mit wem man über was zu reden hat.«

»Na schön!« sagte Tashlian. »Was *hast* du also erreicht?«

»Paßt dir nicht, was ich getan habe?« Mercadante verzog den Mund. »Vielleicht weißt du was Besseres?«

Tashlian machte eine verächtliche Handbewegung. Das Rattern des herannahenden Zuges wurde hörbar.

»Etwas muß jedenfalls getan werden!« sagte Kennedy.

Der Zug lief ein, hielt an.

»Sicher!« sagte Mercadante. »Sag mir nur, was?«

Kennedy blickte sich um im Kreis.

Mit dem Geleuchte am Helm sahen die Männer aus, als hätte ein jeder drei Augen und starrte ihn aus allen dreien an. Einen Moment lang war er versucht, das Wort auszusprechen, das ihm auf der Zunge lag. Aber statt dessen sagte er: »Denk mal selber drüber nach, Mercadante.«

Der Beifahrer des Zuges war in den Warteraum gekommen. »Zug nach Revier D!« rief er. »Was wollt ihr denn heute? Gedruckte Einladungen?«

Kennedy kletterte in den Großraumwagen und setzte sich auf das Brett längs der Wagenwand. Er las die unflätigen Worte, mit Kreide geschrieben auf die stählerne Seite des Wagens, Aufforderungen an namentlich genannte Reviersteiger und anderes Leitungspersonal, ihre Mütter beziehungsweise sich selber zu ficken. Manches war halb verwischt von der Kohle, die, außer bei Schichtwechsel, in diesen Wagen transportiert wurde; alles war stummes Zeugnis stummer Rebellion.

Die Lokomotive, niedrig gebaute Eisenkiste auf Rädern, schüttelte sich und zog an. Funkengarben flogen auf, wo ihr stählerner Arm am elektrischen Kabel entlangglitt. Stempel und Kappen, zugemauerte Förderwege, Gestein, Signale, Weichenstellhebel huschten in dem unscharfen Licht des Scheinwerfers vorbei. Der Wagen bockte und rüttelte unbarmherzig.

Kennedy, die Arme zwischen den Knien, die Hände locker hängend, saß tief vornübergebeugt. Gewöhnlich döste er während der Fahrt zum Revier ein; heute konnte er sich nicht entspannen. Auch die andern im Wagen schienen gereizt zu sein. Die meisten starrten finster vor sich hin; wenn einer etwas sagte, schrie er lauter, als notwendig war. Vielleicht hatte er einen Fehler gemacht, dachte Kennedy. Vielleicht hätte er doch »Streik!« sagen sollen, als Mercadante, im Warteraum, ihn dazu provozieren wollte. Es gab ja einen Punkt, wo Männer zur Aktion bereit werden, wo Verdruß, Schulden, Schindereien, Ermüdung sich derart gehäuft haben, daß es nur noch eines Anstoßes bedarf. Aber war dieser Punkt schon erreicht?

Angenommen, er hätte »Streik!« gesagt und die andern hätten nicht mitgemacht? Schlimmer noch – angenommen, sie wären ihm gefolgt und auf diese Art direkt in einer Falle gelandet, die ihnen die Bergwerksgesellschaft gestellt hatte? Die Pritchett-Kohlen- und Koks-Gesellschaft, mit dem gesamten Amalgamated Steel Trust dahinter, war weiß der Teufel stark genug, um jeden isolierten wilden Streik zu erdrücken.

Wenn Mercadante kein solcher Opportunist und Schlappschwanz wäre, könnte man die Lage mit ihm besprechen. Oder wenn es sonst jemanden gäbe, zu dem man Vertrauen haben konnte und der imstande war, Menschen und Situationen zu beurteilen! Aber die beiden, die er am besten kannte und auf deren Instinkt und gesunden Menschenverstand und Erfahrung Verlaß war, befanden sich jetzt auf dem Heimweg nach Pritchett Heights, wenn sie nicht irgendwo in der Kneipe hockten.

Da waren noch Tashlian und Smith. Und auch Pete Webb; der Junge war ehrlich, wenn auch naiv. Während der ganzen Fahrt hatte Webb ausgesehen, als wollte er ihm etwas sagen. Jetzt, da der Zug hielt, damit der Beifahrer vorne eine Weiche stellen konnte, stand Webb auf, kam zu ihm herüber und quetschte sich neben ihn auf die Bank.

»Die warten alle«, flüsterte er. »Auf dich.«

»Wer alle?« fragte Kennedy, und da der Zug wieder anfuhr, mit ungewollt scharfer Stimme: »Und worauf?«

»Daß du das Wort sagst!« antwortete Webb laut.

Mercadante blickte auf.

»Dummheit!« sagte Kennedy und legte die Hand beruhigend auf Webbs Knie. Webb sah einen Streik in demselben romantischen Licht, in dem er Mickie sah oder sein selbstgebautes Luxushaus. »Dummheit, Webb! Du bist doch lange genug hier dabei, um zu wissen, daß es nicht so einfach geht: Ein Wort, und der Laden ist dicht.«

»Redet ihr da von Streik?« schrie Mercadante über dem Lärm des Zuges.

»Hast du was dagegen?«fragte Webb.

Mercadante erregte sich. »So einfach und aufs Geratewohl geht das nicht. Erst muß man mal eine Versammlung haben. Und vorher muß man noch mit der Direktion sprechen. Vielleicht können sie die beiden wieder einstellen! Vielleicht ist das Ganze überhaupt viel Lärm um nichts!«

»Genau das habe ich Pete erklärt!« sagte Kennedy.

Mercadante lächelte zweifelnd. Hinter all den Umtrieben in der Gewerkschaft steckte Kennedy.

»Und warum geht das nicht so plötzlich?« mischte sich Joey Smith ein. »Soviel *ich* weiß, haben wir keinen Tarifvertrag. Uns bindet nichts an die Arbeit.«

Mercadante hatte das Gefühl, daß er hier in der Minderheit war. Aber die zehn Mann waren noch nicht die Gewerkschaftsgruppe, und außer seiner Gruppe gab es noch viele andere Gewerkschaftsgruppen im Distrikt, die Distriktsleitung nicht zu vergessen.

»Ich bin nur euer Vorsitzender!« rief er. »Ich tue, was die Mitgliedschaft verlangt! Aber wenn ihr glaubt, daß ihr ganz allein einen Streik gewinnen könnt...« Er schüttelte den Kopf.

»Was meinst du, Kennedy?« Das war Tashlians Baß.

»Wir können alles«, sagte Kennedy. »Wenn wir zusammenhalten. Aber werden wir?«

»Seht ihr?« Mercadante krähte. »Ich hab's euch doch gesagt!«

Kennedy beherrschte sich.

»Ich hab immer gedacht, du wärst ein Nachbar und ein guter Freund von Bilek und Jamieson«, sagte Joey Smith.

Fast noch schwerer zu ertragen war der Ausdruck der Enttäuschung auf Webbs Gesicht. Der Wagen schwankte, Kennedy klammerte sich an den Stahlrand der Seitenwand, dankbar für den Schmerz in den Fingern. Dann waren sie im Hauptförderweg angekommen. Die Männer sprangen ab, der Beifahrer löste die Kuppelung der Lokomotive. Aus dem Dunkel erschien der goldene Nadelpunkt eines Geleuchtes, vergrößerte sich, schwankte heran, unter dem Helm wurde das platte, fleischige Gesicht Gnocchis sichtbar.

Der Reviersteiger brummte etwas, das wie ein Gruß klingen mochte, lehnte sich gegen einen Stempel und schätzte mit geübtem Blick ab, wie viele gekommen waren und wer fehlte. »Wo ist Bilek?« fragte er. »Und wo ist der Nigger?«

»*Sie* sollten doch wissen, wo die sind!« sagte Kennedy in die plötzliche Stille hinein.

Gnocchi rückte von dem Stempel ab und richtete sich auf; fast stieß er mit dem Kopf gegen das Hangende. »Damit hab ich nichts zu tun!« sagte er und dachte: Gott verdamme diese Bürohengste, warum erfahre ich das erst jetzt.

»Nichts?« sagte Kennedy. »Gar nichts? Bruder Mercadante hier hat mir aber gesagt, daß er mit Ihnen darüber gesprochen hat. Er *hat* doch mit Ihnen gesprochen, oder?«

Ein rascher Blickwechsel zwischen dem Reviersteiger und Mercadante.

»Doch, hat er«, sagte Gnocchi. »Aber bin ich die Direktion? Geht zur Direktion, wenn ihr euch beschweren wollt. Entlassungen und Einstellungen sind nicht meine Sache.«

Mercadante nickte so energisch, daß sein Geleuchte ein Lichtmuster auf den gegenüberliegenden Seitenstoß des Förderwegs warf. »Sofort nach der Schicht«, erklärte er in amtlichem Ton, »geh ich zur Direktion und rede mit denen.«

»Und was wird das nützen?« fragte Tashlian bösartig. »Ohne Tarifvertrag?«

Gnocchi nahm an, der Schock sei ausgestanden. Er kehrte zu seinem Stempel zurück, lehnte sich wieder bequem mit dem Rücken dagegen und sagte: »Wenn ihr Leute euch streiten wollt, könnt ihr das nach der Arbeitszeit tun. Also, die folgenden gehen nach Kammer –«

Er unterbrach sich.

»Was tun *Sie* denn da, Webb?«

Alle wandten sich um. Webb hatte den Deckel seines Essenträgers abgenommen. Jetzt stellte er das Oberteil, das sein Essen enthielt, zur Seite und goß den Kaffee, der sich im Unterteil befand, langsam und mit Bedacht, auf das Liegende. Ein paar Sekunden sah man die schwarze Lache; dann war die Feuchtigkeit versickert.

»Sie sehen doch!« sagte Webb mit unnatürlich schriller Stimme. »Sie sehen doch, was ich tue!«

Kennedy überlief es kalt. Unter Tage in der Grube gab es keinen förmlichen Ruf zum Streik. Diese einfache Geste, das Getränk ausgießen, ohne das der Mann nicht arbeiten konnte, war das Signal. Es war mehr als Worte und wurde in jeder Sprache verstanden, von Schotten und Walisern, von Iren und Polen, von Tschechen, Ungarn, Ukrainern, Italienern, Griechen, Armeniern, Chinesen, Negern, von allen, die je eine Schaufel voll amerikanischer Kohle gefördert hatten.

Und auch Gnocchi verstand und begann hastig auf die Kumpel einzureden – vor allem auf Kennedy.

Kennedy schüttelte ihn ab. Mit einer kurzen Bewegung riß er den Deckel von seinem Essenträger und schüttete auch seinen Kaffee aus. Und überall um ihn herum war das Geklapper des Metalls und das Gluckern der Flüssigkeit.

Sie schickten Smith, er sollte die Lokomotive zurückholen. Die Lokomotive kam und wurde an den Zug gekuppelt, die Männer stiegen ein und fuhren den langen Weg zurück, den sie gekommen waren.

»Beim Telephon an der nächsten Weiche anhalten!« rief Kennedy dem Lokomotivführer zu. Dann, zu Mercadante gewandt: »Du benachrichtigst die andern Reviere! Ruf an und sag den Kollegen: Sarah Pritchett streikt!«

Lonsdale ließ sich in Mercadantes Lieblingssessel fallen und hörte sich zum zweitenmal den Bericht des Vorsitzenden der Gewerkschaftsgruppe an. Kaum eine Stunde war vergangen, seit Mercadantes aufgeregtes Telephonat ihn aus seinem Stuhl im Büro der Distriktsleitung Pittsburgh gerissen und mit Spitzengeschwindigkeit nach Goldsborough gebracht hatte. Bei der Wiederholung gewann Mercadantes Erzählung an Farbigkeit, und auch ein Sündenbock wurde genannt: Kennedy.

Lonsdale unterbrach ihn nicht mit Fragen. Wie die Sache angefangen hatte, interessierte ihn an sich nicht. Er hatte an genügend Streiks teilgenommen, spontanen wie auch nicht so spontanen, und kannte die Vorgänge. Er ließ Mercadante reden und ließ die eigenen Gedanken gelegentlich zu der Kleinen wandern und zu der kurzen Begegnung, die er auf dem Pennsylvania Boulevard zufällig mit ihr gehabt hatte. Er hatte sie gesehen, den Wagen gestoppt und sich auf der Stelle mit ihr verabredet. Die Kleine war viel zugänglicher, wenn man sie außerhalb ihrer Umgebung und ohne ihre Familie und Freunde traf.

»Entweder wir haben Streik oder wir haben keinen«, sagte Mercadante. »Du weißt ja, wie es ist: Jemand gießt sein Gesöff in den Dreck und die andern tun's ihm nach, denn wie würde es aussehen, wenn sie's nicht täten? Aber so geht das doch nicht, und ich kann auch die Verantwortung dafür nicht übernehmen, bis ich offiziell bevollmächtigt werde. Ich weiß ja nicht mal, was ich der Grubendirektion sagen soll!«

»So?« sagte Lonsdale, der seine eigenen Anweisungen zu befolgen und seine eigene Taktik in Betracht zu ziehen hatte. »Was willst du eigentlich vom Distrikt? Ohne Tarifvertrag können auch wir niemanden zur Arbeit zwingen!«

Mercadante runzelte die Stirn. Lonsdale war ihm völlig undurchsichtig. Wollte man im Distrikt den Streik oder nicht?

Er ging hinüber zur Anrichte und nahm eine Flasche kalifornischen Chianti für sich selber und ein Achtel billigen Rye für Lonsdale heraus. Während er Lonsdale ein Glas anbot, stellte er die Frage.

Lonsdale verzog den Mund. »Ich habe dir doch bereits auseinandergesetzt, Bruder Mercadante, daß der Distrikt die Kumpel nicht herumkommandieren kann. Die Leute müssen selber entscheiden. Für wann planst du dein Meeting? Du mußt doch eine Streikversammlung abhalten, nicht?«

»Für heute nachmittag!« sagte Mercadante. »Ich schätze, die meisten warten jetzt schon in der Polonia-Halle!«

Lonsdale hob sein Glas an die Nase. Das Zeug roch wie Medizin. »Wieso die Eile?« fragte er, trank vorsichtig und tat, als ob ihm der Whisky schmeckte. »Laß die Leute ruhig ein bißchen warten! Gib ihnen Zeit zum Nachdenken!«

»Aber je länger ich warte, desto mehr verbreitet sich die Unruhe. Wir sind eine Gewerkschaft. Ich bin Gewerkschaftsgruppenvorsitzender, und es muß alles seinen geregelten Gang gehen –«

Lonsdale hakte sein Knie über die Armlehne des Sessels. Der Sessel quietschte, Mercadante betrachtete das Möbel mit Besorgnis.

»Was wollten die Kumpel? Die Arbeit hinschmeißen«, erläuterte Lonsdale. »Jetzt haben sie's getan. Wenn das Meeting vierundzwanzig Stunden später stattfindet, sind sie immer noch im Ausstand. Das ist doch genau, was sie wollten, oder?«

»Aber warum der Aufschub?« Mercadante stand auf, trat ans Fenster und blickte hinaus auf den großen Buick vor seinem Hause.

»Der Wagen gehört mir leider nicht.« Lonsdale lachte kurz. »Der Distrikt stellt ihn mir nur zur Verfügung. Die wissen schon, warum sie mir ein gutes, schnelles Auto geben. Damit ich rasch zu dir herüberfahren kann und dich davon abhalte, die Dinge zu überstürzen, und die Kumpel davor bewahre, übereilte Entscheidungen zu treffen. Übereilte Entscheidungen sind nie gut. Du bist doch Amerikaner, Bruder Mercadante –«

Mercadante wandte sich vom Fenster ab. »Amerikaner. Jawohl!«

»– und in Amerika haben wir Demokratie und in unserer Gewerkschaft haben wir auch Demokratie. Aber das ist eine Demokratie des zwanzigsten Jahrhunderts, und die erfordert Psychologie, verstehst du, Bruder Mercadante, Psychologie!«

Mercadante setzte sich wieder. Er begann zu begreifen.

»Siehst du«, fuhr Lonsdale fort, »nimm mal einen gewöhnlichen Kumpel, irgendeinen Kumpel aus deiner Gewerkschaftsgruppe. Vielleicht denkt sich der Mann, daß es gar keine so hervorragende Idee für ihn ist, wenn er kein Geld mehr verdient, bloß weil ein alter Nigger und ein alter Polacke das Tempo nicht mehr durchhalten konnten und aufhören mußten. Vielleicht denkt er das – aber er würde sich trotzdem blöd vorkommen, wenn er an demselben Tag, an dem er seinen Kaffee gerade ausgeschüttet hat, nach Hause zu seiner Frau kommt und sie bitten muß, ihm den Essenträger nachzufüllen. Man muß den Leuten Zeit geben, damit sie selber ihre Gründe für das Richtige finden können. Korrekt?«

»Korrekt«, sagte Mercadante. »Warum hast du's denn nicht gleich gesagt!«

»Ich?« Lonsdale schüttelte den Kopf. »Ich habe überhaupt nichts gesagt.«

Mercadante lachte erleichtert und klatschte Lonsdale auf den stämmigen Rücken. »Stimmt – du hast überhaupt nichts gesagt – nur so was über Psychologie. Du hast's hübsch dick hinter den Ohren, das muß man dir lassen, Bruder Lonsdale. Wenn man bedenkt, daß du früher gesessen hast, wo ich jetzt sitze... Willst du nicht dableiben und was essen? Meine Frau ist bei ihrer Mutter, aber ich kann dir einen Ravioli kochen, wie du ihn noch nie im Leben vorgesetzt bekommen hast. Nicht so ein Dosenzeug, sondern echt! Meine Frau wird dir bestätigen, daß ich besser koche als sie.« Das Gefühl der Gastfreundschaft hellte sein Gesicht auf, und es tat ihm sogar leid, daß er nicht die Flasche guten Haig & Haig Scotch herausgeholt hatte, die ihm von der Italienisch-Amerikanischen Bruderschaftsloge anläßlich des zehnten Jahrestags seiner Tätigkeit als Schatzmeister gespendet worden war und die er für eine besondere Gelegenheit aufhob.

»Dein Ravioli lockt mich schon«, sagte Lonsdale, »aber in einer Stunde muß ich schon wieder auf einer Konferenz in Pittsburgh sein. Vielleicht glaubst du, meine Arbeit ist so leicht und angenehm? Von mir aus könntest du meine Stellung jeden Tag haben, Bruder Mercadante – jeden Tag!«

Mercadantes Gedanken kehrten zu dem eleganten Buick zurück, der vor seiner Tür geparkt stand. Er bezweifelte, daß Lonsdale seine Stellung so rasch aufgeben würde, besonders jetzt, da er mit ihm den Kumpels bei dem aufgeschobenen Meeting hätte gegenübertreten müssen.

»Aber was soll ich den Leuten dann sagen?« fragte er. »Wie ihnen erklären, daß wir die Versammlung verschieben müssen?«

»Erzähl ihnen was! Irgendwas!« Lonsdale stand auf und reckte sich. Dann legte er die Hand tröstend auf Mercadantes Schulter. »Erzähl ihnen, der Distrikt will einen Vertreter schicken, und heute wäre niemand zur Verfügung gewesen...«

»*Wirst* du denn morgen kommen?« fragte Mercadante hoffnungsvoll.

»Aber selbstverständlich! Ich werd doch einen alten Freund nicht im Stich lassen!«

Lonsdales Leutseligkeit verschwand in dem Augenblick, da die Tür zu Mercadantes Haus sich hinter ihm schloß. Mercadante dahin zu stoßen, wo man ihn haben wollte, war eine Kleinigkeit – aber die andern? Er sah das Spiegelbild seines sorgenvollen Gesichts in der Windschutzscheibe des Buicks, und er blickte sich instinktiv um; doch hinter den schäbigen Gardinen des schmutzigen hölzernen Hauses rührte sich nichts. Die Glocke einer Rangierlokomotive, die fünf oder sechs Güterwagen auf irgendeinem nahen Gleis hin- und herschob, läutete trostlos; Lonsdale ließ sich auf den Sitz hinter dem Lenkrad gleiten.

Fahren entspannte ihn, aber heute dauerte es länger als sonst. Die Verabredung mit der Kleinen als nächster Punkt auf der Tagesordnung war gar keine schlechte Sache. Auf seiner Uhr war es zehn nach drei. Wahrscheinlich war sie noch zu Hause und machte sich hübsch. Er hoffte, daß sie die Verabredung einhielt. Er konnte Ablenkung brauchen.

Vielleicht wäre es besser gewesen, er hätte bis zur verabredeten Zeit bei Mercadante gewartet, statt ziellos in der Stadt spazierenzufahren. Nein, er wollte verdammt sein, wenn er auch nur eine Minute länger als absolut notwendig mit Bruder Mercadante verbrachte. Mercadante hatte Angst, einfach Angst. Aber wenn er so viel Angst vor seinen eigenen Leuten hatte, dann hatte er kein Recht, Vorsitzender der Gewerkschaftsgruppe zu sein. Als er selber noch an Mercadantes Stelle saß, hätte ein Kennedy es sich zweimal überlegt, bevor er die Schnauze aufriß, ohne gefragt zu sein. Außerdem hatte Mercadante gar keinen Grund, sich in die Hosen zu machen. Die Mehrheit der Mitglieder in Gewerkschaftsgruppe 1769 waren solide, ruhige, gesetzesfürchtige Männer, und sobald sie sich beruhigt hatten, würden sie zu ihrer Arbeit zurückkehren und tun, was sie immer getan hatten: streiken, wenn die Anordnung dazu kam, und nicht eine Sekunde vorher – und das auch nur, wenn diese Anordnung auf dem richtigen Dienstweg eintraf, von dem Gewerkschaftspräsidenten in Washington über den Distrikt an die Gewerkschaftsgruppen.

Er hupte als Antwort auf Sergeant Haydens Gruß. Es hatte Zeiten gegeben, wo Hayden ihm eher eins mit dem Gummiknüppel über den Kopf gezogen hätte als vor ihm zu salutieren. Lonsdale lachte vor sich hin. Jetzt, da er einen weißen Kragen trug und in einem großen Auto fuhr und einen Packen Geldscheine in der Tasche hatte, war er ein angesehener Bürger. Was Kennedy und seinesgleichen nicht einsehen wollten, war, daß in Amerika ein Arbeiter dieselben Chancen hatte wie jeder andere Bürger. Aber entweder lernten solche Leute, was Amerika war, oder es würde ihnen eines Tages leid tun.

Er hatte die paar Geschäftsstraßen von Goldsborough schon mehrere Male durchfahren. Der große Zeiger auf der Uhr am Schaltbrett kroch auf drei Uhr dreißig zu. Lonsdale erreichte die breite, gerade Fahrbahn des Pennsylvania Boulevard, trat auf den Gashebel, der Wagen schoß vorwärts. Das Zentrum der Stadt lag schnell hinter ihm, die Häuser und Gärten des vornehmen Wohnviertels glitten an ihm vorbei, und dann hörte er das Singen der Reifen auf dem Zement der Chaussee.

Fast mit Bedauern bremste er ab und fuhr langsamer. Und wenn die Kleine doch nicht kam? Lächerlich! Hier war er, ein allgemein respektierter, erfolgreicher Mann, mit Spesenkonto, und hatte Herzklopfen wegen der Frage, ob so ein Mädel zu verabredeter Stunde am verabredeten Ort sein würde, oder ob sie oben auf Pritchett Heights in der Küche eines lausigen Arbeiterhauses ihren Leuten lachend erzählte, wie sie einen alten Bock zum Narren hielt.

Da war schon die Knüppelbrücke, auf der anderen Seite der Weg nach Pritchett Heights. Vor ihm, noch glänzend vom Regen, erstreckte sich die große Chaussee nach Pittsburgh. Er brauchte nur durchzutreten auf dem Gashebel, und in nicht ganz einer Stunde war er in seinem Hotel-Apartment zurück, konnte sich Jacke und Schuhe ausziehen und einen anständigen Scotch und Soda trinken.

Er stoppte.

Wo die Büsche dichter wuchsen neben dem sumpfigen Straßengraben, löste sich eine Gestalt aus dem Schatten. Er öffnete den Schlag. »Hallo, Mickie!« sagte er heiser. Sie lachte und schlüpfte neben ihm auf den Sitz.

»Lange gewartet?«

»Nein«, sagte sie. »Auf einen Mann warte ich nie lange.«

Eine geschickte Bewegung, und der Regenmantel glitt ihr von den Schultern. Sie hatte das Kleid an, das sie getragen hatte, als er ihr an jenem Sonntag das erstemal begegnete. Herb Lonsdale, sagte er zu sich selbst, hör auf, dich wie ein dummer Junge zu fühlen. Du hast schon wesentlich mehr Girls gesehen in deinem Leben, und sie hatten wesentlich weniger an.

»Nun«, sagte er, »ich bin ja hier. Wohin fahren wir?«

Sie verschränkte die Hände hinter dem Kopf, Ellbogen nach oben, ihre Brüste hoben sich. »Mir doch gleich...«

Draußen regnete es wieder, die Scheibenwischer kreisten. Es war kosig im Wagen.

»Musik?« fragte er.

»Langsame Musik«, sagte sie. »Guy Lombardo.«

Sie beobachtete ihn. Er schluckte.

»Musik, die ins Blut geht«, sagte sie.

Er stellte das Radio an, fand das Gewünschte. »Hübsches Auto?« fragte er.

»Neu?«

»Letztes Modell!«

Er versuchte, auf die Straße zu achten und nicht auf ihre Schenkel. Sie hatte es unterlassen, sich den Rock herunterzustreichen.

»Haben Sie Mühe gehabt, von Hause wegzukommen?«

»Nein«, sagte sie, »nicht sehr, Pa war zu Hause, aber er fragt einen ja nie. Die streiken, oder so etwas Ähnliches.«

»Das wird nicht dauern«, sagte Lonsdale. »Wieviel Zeit haben Sie?«

Sie zuckte die Achseln.

»Wollen wir nach Pittsburgh fahren? Das wäre vielleicht ganz nett...«

Die Zunge lag ihm schwer im Munde. Er sah sie vor sich, in seinem Zimmer...

Sie schüttelte den Kopf und lachte leise. »Ich habe Hunger!«

Das zerriß die Stimmung. Aber er konnte es abwarten. Er konnte abwarten, bis er sie in Wirklichkeit hatte. »Ich kenne da ein Rasthaus«, schlug er vor. »Nicht sehr groß, aber gutes Essen, gute Drinks. Ich mache dort manchmal halt.«

»Ich möchte ein Steak«, kündigte sie an. »Innen rot, mit Zwiebeln und Ketchup und frischen Pommes frites. Und guten Kaffee und Torte.«

»Steak«, wiederholte er, »und Pommes frites und Kaffee und Torte. Gemacht.«

Man muß ihn warmhalten, dachte sie. Immer nur ein kleines bißchen geben, nie alles auf einmal. Ihn immer hübsch an der Leine haben. Er war eine einzige große Gratis-Mahlzeit, und vielleicht konnte man sich diese Mahlzeit so einteilen, daß sie eine ganze Zeit vorhielt. Eventuell ließ sich sogar noch mehr aus ihm herausschlagen.

»Wie wäre es mit ein paar Cocktails vor dem Essen?« fragte er.

»Cocktails?...« sagte sie. »Einen.«

»Sie sehen aber nicht aus, als ob Sie so schnell umkippten.«

»Ein Mädchen muß sich in acht nehmen, Mr. Lonsdale. Daß ich von Pritchett Heights komme, bedeutet noch lange nicht –«

»Meine liebe Mickie – auch ich bin mal Arbeiter gewesen. Aber selbst als ich mit diesen zwei Händen noch Kohle förderte, war ich immer ein Gentleman, was die Damen betraf. Und es gibt nichts, was ich mehr verachte als eine Frau, die sich betrinkt. Bei mir müssen Sie keine Angst haben...«

Sie sah ihn mit einem Blick an, der, wie sie hoffte, Bewunderung und Vertrauen ausdrückte. Sie gestattete ihm sogar, ihr Bein in väterlicher Weise zu streicheln; aber als er versuchte, seine Hand auf ihrem Schenkel zu lassen, schob sie diese sanft hinweg.

Das Rasthaus war eine große Blockhütte mit rotkarierten Tischtüchern, Speisekarten, die in Holzrahmen steckten, und einem Kamin, in dem elektrische Birnen glühten und ein kleiner Ventilator Flammen aus rotem Papier aufwirbelte. Im Speisesaal saßen nur zwei ältliche Frauen, die wie Schullehrerinnen aussahen. Es war noch zu früh für den abendlichen Andrang; die frisch gebohnerte Miniaturtanzfläche vor dem Miniatur-Orchesterpodium glänzte.

Die Kellnerin begrüßte Lonsdale mit Namen. Er bestellte Cocktails; Daumen und Zeigefinger deuteten an, wie dick er die Steaks haben wollte.

»Sehen Sie, Mickie«, er hob seine Brauen, »in so einem Restaurant muß man bekannt sein. Dann kriegt man alles, wie man's haben möchte.« Er wies auf den mannshohen Musikautomaten in der Ecke. Prunkend-bunte Kaskaden aus rosa und grünen und purpurnen Lichtstreifen rotierten langsam hinter der Milchglasfassade. »Musik, die ins Blut geht, Mickie?«

Er wartete ihre Antwort nicht ab, ging hinunter zu dem Automaten und warf Geldstücke in den Schlitz. Dann drückte er hintereinander auf zehn Knöpfe, wobei er sich sorgfältig nach den getippten Titeln richtete, die neben jedem Knopf klebten. Die schwarzen Platten hinter dem Glas schwebten in die Höhe und fielen mit einem Schnappen auf den Spieler; die Nadel fand ihren Weg zur Rille, der ganze Raum füllte sich mit Klang.

»Guy Lombardo!« sagte Mickie und schloß die Augen.

»Guy Lombardo!« rief er ihr zu und grinste die beiden Schullehrerinnen an, die ihre Rechnung verlangten.

Später tanzte er mit ihr. Sie gestattete ihm, ihren Leib zu spüren, zog sich wohl auch manchmal ein wenig zurück, als wäre ihr die Intimität plötzlich zum Bewußtsein gekommen – nur um ihn wieder dicht an sich herankommen zu lassen. Sie dachte an Gary Cooper und dann an eine Szene in einem Film, dessen Titel ihr entfallen war: ein paar Menschen tanzten in einer Skihütte, draußen wütete der Sturm, und die Heldin des Films war eine Psychoanalytikerin, die sich in den Patienten, den sie heilen sollte, verliebt hatte. Ihr gefielen Filme, wo etwas von Wissenschaft drin war; das kindische Zeug war für Kinder.

»Ich glaube, ich könnte mich in dich verlieben, Mickie«, sagte er.

Sie blickte auf. Er atmete schwer. »Ach Gott, Mr. Lonsdale«, sagte sie, »ich bin richtig verhungert!«

»O.K.!« Er führte sie zum Tisch zurück. Sie wußte ganz genau, was er von ihr wollte und warum er sein Geld für sie ausgab und seine Zeit mit ihr verbrachte, und sie wußte, daß er wußte, was sie von ihm haben wollte. Sie spielten ein Spiel; und er war gern bereit, das Spiel mitzumachen. Und doch, als er sie so über den Tisch hinweg betrachtete und ihre klaren, jungen Augen sah und den weichgeschwungenen Mund, fühlte er sich alt und geschlagen.

Er aß nicht viel. Dafür trank er und sah ihr beim Essen zu und hatte seinen Spaß an ihrem gesunden Appetit und an der Hingabe, mit der sie das Fleisch herunterschlang und den Teller leerte. Kennedy konnte in diesen letzten Monaten nicht viel verdient haben, und er hatte eine Menge Münder zu füttern – Gott weiß, wann die Kleine zum letzten Male ein gutes Steak gesehen hatte. Er konnte schon verstehen, warum Kennedy sich auflehnte; es war eine Sünde und eine Schande, wie die Bergwerksgesellschaften die Lage ausnützten.

»Stück Torte, Mickie?«

Aber sie war satt. Sie lehnte sich zurück. Eine süße Mattigkeit breitete sich aus in ihren Gliedern, und ein großes Gefühl inneren Friedens durchströmte sie.

»Also nehmen Sie wenigstens einen Brandy«, forderte er sie auf. »Das hält den Magen in Ordnung.«

Sie nickte. Er bestellte doppelte Brandys. Sie trank ihr Glas brav herunter und kriegte das Schlucken und begann zu kichern.

»Noch einen Tanz?«

Sie antwortete nicht, schloß die Augen.

»Nur einen einzigen«, sagte er. Er spürte ein schreckliches Verlangen nach ihr.

Schließlich gab sie nach. Sie tanzte schleppend. Die Musik hörte auf. Eine neue Platte fiel auf den Spieler, ein Piano hämmerte Boogie-Woogie, eine Trompete jaulte. Sie entwand sich ihm und schwang ihren Körper im Rhythmus, sich ihm nähernd und wieder entziehend, ihre Hüften, Beine, Arme, ihr Kopf bewegten sich, als wären sie unabhängig voneinander, ihr rotes Haar schüttelte sich wild. Er versuchte mitzuhalten, aber seine Jahre hafteten an ihm; seine Beine gerieten ihm in den Weg. Jedesmal, wenn er sie berühren wollte, hatte sie sich ihm schon entzogen; sein Herz pumpte; er war sich bewußt, wie lächerlich er aussehen mußte. Aber er konnte nicht aufhören; er sah alles wie durch einen rosigen Film hindurch.

»Los doch!« forderte sie ihn heraus. »Tempo!«

Und dann war die Platte zu Ende. Er stand da, schwitzend und schwach in den Knien, sie aber lachte wie über einen ungeheuren Witz.

Dann sagte sie, sie müsse nach Hause.

Die Heimfahrt begann schweigsam. Lonsdale machte Inventur: Hatte sie ihn benutzt? Aber da bei dieser Theorie nichts zu gewinnen war, entschied er sich dagegen; und als sie ihren Kopf an die

Lehne legte und sagte: »Herrgott noch mal, hab ich einen Spaß gehabt!«, freute er sich sogar.

»Was hätte Ihr Freund Webb wohl gesagt, wenn er uns gesehen hätte!«

»Ach, der...« Sie blickte auf die dämmernde Straße hinaus. »Irgendwie bin ich froh, daß er uns nicht gesehen hat...«

Lonsdale ärgerte sich. Der Gedanke an Webb hatte den Gedanken an Kennedy im Gefolge und an den Streik und die Frage, ob Mercadante geradestehen würde, wenn er unter Druck geriet.

»Hier sind wir!«

Er stoppte den Wagen ein paar hundert Meter vor der Knüppelbrücke. Sie griff nach der Türklinke.

»Gehen Sie noch nicht, Mickie!«

»Warum nicht?«

»Wir haben doch eigentlich gar keine Zeit für uns selber gehabt. Essen und Tanzen, das ist eines, aber...«

Er legte den Arm um sie und zog sie an sich und versuchte, sie zu küssen.

»Mr. Lonsdale!« Sie wandte den Kopf ab. »Wir kennen uns doch kaum!«

Die Redensart kannte er. Er wollte sie festhalten, aber sie wehrte sich und drohte, sie würde sich nie mehr mit ihm treffen.

»Also gut, Wildkatze!« gab er nach. »Sitzen wir ganz ruhig und reden wir.«

Nur wußte er nicht, worüber er mit ihr reden sollte; und Mickie schien zufrieden zu sein, wenn sie nicht zu reden brauchte. Sie war angenehm müde. Sie überlegte sich, wie weit sie ihn gehen lassen sollte, damit er sie um eine andere Verabredung bat. Sie fragte sich, ob sie überhaupt ein Gefühl für ihn hatte, so oder so. Der Nachmittag war immerhin eine angenehme Unterbrechung gewesen in ihrem langweiligen Leben mit den Kindern und Angeline und Evaline und ihrem Vater, der nun auch noch im Haus blieb.

Sie spürte Lonsdales Hände; eine lag auf ihrem Oberschenkel, die andere streichelte ihr über Nacken und Schulter. Er tat das ganz zart; sie schloß die Augen und erschauerte ein bißchen und sah Robert Young vor sich und Gary Cooper – aber keinen von beiden sehr genau, sie schienen miteinander zu einer einzigen Gestalt zu verfließen – zu dem Manne, in den sie sich mit allen Fasern verlieben könnte und unter dessen Händen sie einfach vergehen und alle Besinnung verlieren würde.

Die Hand auf ihrer Schulter kroch weiter, die Fingerspitzen forschten im Ausschnitt ihres Kleids. »Mickie...«

Sie drückte die Türklinke herunter, die Tür öffnete sich. Bevor er protestieren konnte, hatte sie ihren Regenmantel in der Hand und war aus dem Wagen gestiegen und lief quer über die Chaussee und den Straßengraben entlang auf die Knüppelbrücke zu.

Er wandte den Wagen, holte sie ein, kurbelte das Fenster herunter. »Mickie! Wann sehen wir uns wieder?«

Sie lief weiter.

»Mickie! Wann?«

»In ein paar Tagen vielleicht, in einer Woche, irgendwann... irgendwo...«

»Mickie!«

Dann war sie jenseits der Brücke. Er hörte nur noch ihr Lachen, und bald war auch das vom Wind übertönt.

Sie warteten schon seit fast einer Stunde in der Polonia-Halle. Sie kamen, ein jeder, immer wieder zu Bilek und Jamieson und sagten ihnen, jeder auf seine Weise, daß sie zu ihnen stünden, die ganze Gewerkschaftsgruppe, solidarisch; morgen würde alles geregelt sein, morgen würden sie alle zusammen wieder einfahren – oder die Bergwerksgesellschaft würde eine mächtige Überraschung erleben. Pete Webb hatte man kräftig auf die Schulter gehauen und in die Rippen gestoßen und mit einer Menge Freibier traktiert. Er wünschte, Mickie wäre zugegen und könnte miterleben, was die Kumpel von ihm hielten. Immer wenn einer ihm sagte: »Na, Pete, das Ding hast du ins Rollen gebracht!«, antwortete er: »Jeder an meiner Stelle hätte dasselbe getan.« Man erwartete von ihm, daß er das sagte; trotzdem war er es, der gehandelt hatte, während andere, ältere und erfahrenere Kollegen, gezaudert hatten.

Das gab ihm den Mut, Kennedy auf gleich und gleich zu behandeln und lärmend zuzustimmen, wenn davon gesprochen wurde, daß die Streikversammlung endlich beginnen müßte, damit man ordentlich abstimmen und einen Ausschuß wählen könnte, um Mercadante bei der Aushändigung ihrer Forderungen an die Direktion der Sarah-Pritchett-Grube den Rücken zu steifen. Webb erinnerte sich, Mercadante war fast der letzte gewesen, der sich der Aktion angeschlossen hatte.

Als Mercadante dann kam und ankündigte, das Meeting könne erst morgen stattfinden, weil die Distriktsleitung einen Vertreter entsenden wollte, ereiferte sich Webb: »Wozu denn? Wozu brauchst du die Bonzen? Um dir das Sabberlätzchen zu halten?«

Und wenn es dem Mercadante nicht paßte: Webb fühlte sich sehr groß. Von jetzt an würde es ihm nicht schwerfallen, einen guten Kumpel für die Arbeit vor Ort zu finden.

Auf der Rückfahrt nach Pritchett Heights, in Kennedys Wagen, bestritt er so gut wie die gesamte Unterhaltung. Jamieson und Bilek, auf dem Rücksitz, sprachen wenig, die Vertagung der Versammlung machte ihnen und Kennedy Sorge. Wieso, fragte Webb; kein Brokken Kohle wurde in Sarah Pritchett gefördert, das war doch die Hauptsache. Und er dachte sich, daß er jetzt eine wunderbare Entschuldigung hatte, um Mickie zu besuchen, und er wünschte, er hätte sich darum gekümmert, welche Filme in der Stadt liefen.

Er begleitete Kennedy nach Hause. Von Evaline erfuhr er, daß Mickie ausgegangen war.

Seine gute Stimmung zerflatterte. »Wissen Sie, wo sie hin ist?«

»Woher soll ich das wissen?« Evaline lächelte mit ihren neuen Zähnen. »Die Prinzessin kommt, die Prinzessin geht. Es wird ein schlechtes Ende mit ihr nehmen, denken Sie daran, Pete, daß ich es Ihnen vorausgesagt habe.«

»Seit sie ihre Zähne hat«, sagte Kennedy, »redet sie mehr als je, bloß um den Mund offen zu halten. Tu mir einen Gefallen, Pete. Jag die Kinder heraus. Ich muß was arbeiten.«

Er ging zum Küchenschrank und holte sich einen Block liniiertes Papier und einen Bleistiftstummel und kehrte damit zum Tisch zurück.

»Es regnet draußen«, sagte Webb deprimiert.

Kennedy fing an zu schreiben.

»Es regnet!« wiederholte Webb.

»Also, dann halte die Kinder hier drin ruhig!« Kennedy stampfte mit dem Fuß. Die drei Kleinen flüchteten in die Ecke, wo Angeline in ihrem Schaukelstuhl saß, und begannen, auf ihrer Mutter herumzuklettern.

Webb unternahm einen schwachen Versuch, Donnie und Robbie und Sally zu beschäftigen, mit wenig Erfolg. Vom Helden des Streiks zum Kindermädchen, so schnell ging das – und wo blieb Mickie?

Evaline begann einen Streit mit Sally; Sally ihrerseits wurde von Donnie und Robbie lauthals unterstützt. Willie und Janie und Katie rutschten abwechselnd vom Schoß ihrer Mutter herunter, wobei sie vor Lachen schrien. Webb war hilflos. Kennedy schrieb und schrieb.

»Was schreibst du da?« fragte Webb.

Kennedy schreckte auf.

»Entschuldige –«, sagte Webb.

Kennedy blickte auf seine Kinder und seine ewig schaukelnde Frau. Dann rieb er sich die Stirn und blinzelte Webb an. »Ich werde morgen in der Versammlung aufstehen und ein paar Worte sagen, und es soll Hand und Fuß haben.«

Webb hatte Kennedy in mancher Versammlung sprechen hören und hatte sich stets gewundert, wie es kam, daß der Mann fast immer zur rechten Zeit das rechte Wort sprach.

»Es ist leicht, eine Sache anzufangen«, fuhr Kennedy fort, »aber viel schwerer, sie durchzuführen. Und wenn du willst, daß die Leute dir zuhören, mußt du vorher bedenken, was ihnen durch den Kopf geht, und mußt deine Antworten parat halten, bevor die andern überhaupt wissen, daß sie eine Frage haben.«

Webb war beeindruckt. Da saß dieser Mann im schlechten Licht einer müden elektrischen Birne, mit einer Frau in der Ecke, die ebensogut hätte tot sein können, mit einem Haufen schmutziger Kinder, die wild um ihn herumliefen, mit einer Schwiegermutter, die an ihrer Niederträchtigkeit Genuß fand – saß da und schrieb und rang mit sich, ohne daß dabei etwas für ihn persönlich heraussprang. Kennedy besaß kein Sparkonto, weil er nie Zeit gehabt hatte, sich nach Extra-Arbeit umzusehen. Und so hatte er nie die Gelegenheit gehabt, ein hübsches kleines Häuschen zu bauen und ein anständiges Heim für Mickie und die anderen Kinder zu schaffen.

Webb ging still hinaus und schloß die Tür zur Veranda sehr sacht. Er mußte Mickie finden, sich mit ihr aussprechen. Er hatte ihr einreden wollen, du gehörst nicht hierher, in diese Umgebung, in diese Familie, hier wirst du nie glücklich. Sie hatte recht gehabt, ihn auszulachen. Er würde ganz still und bescheiden versuchen, ihr klarzumachen, daß er ihr nur geben wollte, was auch ihr Vater immer für sie gewünscht hatte. Sie würde schon verstehen, und dann würde sie ihn so lieben, wie er sie liebte.

Draußen war es dunkel geworden. Das Regenwasser gurgelte zwischen dem Geröll der Straße hindurch. Irgendwo fuhr ein Auto an, der Motor heulte auf.

Er ging langsam bergab. Allmählich wurde er ungeduldig. Er hatte ihr so viel zu erzählen: über den Streik und über die neuen Gefühle, die er ihr und ihrem Vater gegenüber empfand – und wo war sie? Es gab Dutzende von Möglichkeiten: Nachbarn, Geschäfte, Kinos. Oder vielleicht war sie jemandem in der Stadt begegnet und war zu einem Drink eingeladen worden; sie hatte genug Bekannte, bei ihrem Gesicht und ihrer Figur. Seine Ungeduld wurde zu Besorgnis, dann zu Ärger; er dachte sich aus, wie er sie begrüßen würde, damit sie einen Anstoß zum Nachdenken bekam.

Aber als er ihren Schritt dann hörte, und wie sie vor sich hin lachte, blieben ihm die sorgfältig vorbereiteten Worte im Halse stekken. Kleine Hämmerchen schlugen von innen gegen seine Schläfen.

Sie kam auf ihn zu, streckte die Hände aus, packte ihn bei den Schultern und kicherte: »Na, Pete? Hast du auf mich gewartet? Willst du mich den Berg hinauftragen? Ich bin aber ziemlich schwer!...«

Ihr Regenmantel war aufgegangen. Er sah ihr eng anliegendes Kleid, bemerkte, daß die obersten Knöpfe offenstanden. Sie atmete hastig; er spürte ihren Atem im Gesicht.

»Du hast getrunken!«

»Hast du was dagegen?«

Er löste ihre Hände von seinen Schultern, hielt aber ihre Handgelenke fest. »Wo?«

»Irgendwo. Sehr hübsches Lokal. Ich hab's gut gehabt, Pete, besser als seit langem. Du tust mir weh, Pete!«

»Mit wem?«

»Was geht dich das an!«

Sie lachte. Es war das gleiche Lachen, das er gehört hatte, als er ihr von seinem Haus und seiner Rebhuhnzucht sprach. Nur daß ihr Lachen diesmal noch dazu betrunken klang. Es machte ihn verrückt. Also hatte Evaline recht, und all die Kerle, die schmutzige Geschichten über sie verbreiteten, hatten recht, und die schönen und wichtigen und tiefen und erregenden Gedanken, die er ihr hatte mitteilen wollen, waren purer Unsinn.

»Mit wem?!« sagte er noch einmal und preßte ihre Handgelenke zusammen.

Es tat ihr weh, aber sie fuhr fort zu lachen, und was Lonsdale über Webb gesagt hatte, fiel ihr wieder ein, und sie sagte: »Du bist ein Dummkopf, Pete. Und was für einer!«

Er ließ sie los. Sie hätte weitergehen können, aber sie war noch nicht fertig mit ihm; ihre Handgelenke schmerzten, und sie war wütend.

»Ich war mit Lonsdale zusammen«, sagte sie, »warum sollst du's nicht wissen. Und wir haben gegessen und getrunken und wir haben Spaß gehabt, und ich werde auch weiter ausgehen, mit wem ich will und wann ich will, denn ich will was von meinem Leben haben, und du wirst mich nicht davon abhalten und niemand!«

Die Wolken zerrissen, und der Mond brach durch. Webb sah ihr Gesicht, ihre blasse Haut, und die braungrünen Augen, und ihr wirres rotes Haar, und den dunkelrot bemalten, leicht verschmierten Mund. Er stellte sie sich vor, in Lonsdales Armen. Das Bedürfnis nach einer Zigarette überkam ihn plötzlich. Er suchte in seinen Taschen, fand keine. Wieder lachte sie.

Da packte er sie, bog ihr den Kopf zurück. Sie wehrte sich. Er dachte: Herrgott noch mal, Herrgott noch mal, wenn der sie schon gehabt hat und wenn die alle sie schon gehabt haben, dann hat sie ja recht, ich bin ein Dummkopf. Da sie schreien wollte, hielt er ihr die Hand vor den Mund, und als sie ihn biß, stieß er ihr die Hand tiefer zwischen ihre Zähne. Er riß an ihrem Kleid, die letzten Knöpfe sprangen auf, er fühlte ihre Brüste, ihre glatte Haut. Er war stark wie ein Ochs, und wütend. Ihr Biß ließ nach. Sie rang nach Atem, wurde auf einmal schlaff, klammerte sich an ihn und flüsterte: »Pete – Pete – bitte nicht –«

Er trug sie über den Straßengraben und durch das Gebüsch hindurch, dann legte er sie ins nasse Gras und riß ihr mit zitternden Händen die Sachen vom Leib. Er hörte, wie sie aufschluchzte, und hörte, wie sie seinen Namen sagte, und spürte, wie sie nachgab.

Später, als er ihr beim Ankleiden helfen wollte, stieß sie ihn zurück. »Ich hasse dich!« sagte sie. »Wenn ich könnte, würde ich dich umbringen!«

Dann stolperte sie fort durchs Gebüsch. Er blieb stehen, stumm, ohne sich zu rühren, bis er ihre Schritte nicht mehr hörte.

## *Siebentes Kapitel*

Je länger Kennedy beobachtete, wie Mercadante den Vorsitz führte, desto deutlicher wurde ihm, daß die Aufschiebung des Meetings kein Zufall gewesen war. Ein einfacher und doch schlauer Zug – diese vierundzwanzigstündige Abkühlungsfrist. Viel zu schlau, um auf Mercadantes eigenem Mist gewachsen zu sein. Der Kopf bei der Sache war Lonsdale.

Lonsdale, als Vertreter der Distriktsleitung, saß am Ende des Präsidiumstisches. Er spielte den neutralen Zuschauer; gelegentlich kritzelte er etwas auf einen Notizblock. Aber er war nicht neutral, und er war nicht nur der Vertreter der Distriktsleitung; in seiner Person saß auch der Parteiapparat im Vorsitz, und durch den Apparat waren die Unternehmer vertreten und die Polizei und die große Presse und die Kirche und die Lebensmittelgeschäfte und die Wohlfahrtsämter und die Kreditanstalten und alles, was sonst noch dazugehörte. Nicht daß der Zustand so neu oder ungewöhnlich wäre, sagte sich Kennedy; ob es ihnen bewußt war oder nicht, er und die

Kumpel hier hatten die Mächte hinter Lonsdale seit eh und je bekämpfen müssen; bemerkenswert war nur, daß Lonsdale schon so früh im Spiel in Erscheinung trat – anscheinend machten die großen Herren sich doch Sorgen über den Streik in der Sarah-Pritchett-Grube.

Kennedy versuchte, die Stimmung zu beurteilen. Tabakdunst, darin dicht an dicht die Gesichter, bis hin zu den Stahlträgern, die den Zementfußboden der Tanzhalle und des Restaurants über ihnen abstützten; auf den meisten der Gesichter Ungeduld und Mißbehagen. Kein Wunder – der Keller war feucht und schlecht geheizt, aber Mercadante konnte einfach nicht dazu bewegt werden, den oberen Saal zu mieten, weil der fünf Dollar mehr kostete. Und wenn die Leute den Husten bekamen und die feine, neue Fahne, die hinter Lonsdales Rücken hing, verschimmelte – Mercadantes Finanzbericht war wichtiger.

Die Neger saßen, zusammengedrängt um Jamieson, auf der linken Seite; sie sonderten sich ab, obwohl sie nie ausdrücklich in ihr Ghetto verwiesen worden waren. Der Mann neben Jamieson sprach, dicke Schweißtropfen auf der dunklen Stirn. Eine große Verbitterung klang durch seine Worte hindurch. Kennedy hatte genug mit Negern zu tun gehabt, um ihre Verbitterung nachempfinden zu können. Sie begann wie ein winziger Kratzer auf der Haut, sobald der Träger dieser Haut den Unterschied zwischen Schwarz und Weiß erkennen konnte, und es dauerte nicht lange, bis aus dem Kratzer eine tiefe, eiternde Wunde wurde.

Mercadante schlug mit dem Holzhammer auf den Tisch. »Bitte, halte dich an die Tagesordnung, Bruder Lucas!«

»Tagesordnung! Tagesordnung!...« Der Mann hieb mit der Faust auf die Lehne des Stuhls vor ihm. »Ich laß mich nicht herumstoßen, auch von dir nicht, Bruder Mercadante. Wir Neger sind schon viel zu lange herumgestoßen worden!«

Mercadante, sah Kennedy, hätte Lucas nur zu gern die Meinung gesagt, aber er beherrschte sich: heute war nicht der Tag, einen Mann mit Stimmrecht gegen sich aufzubringen.

»Niemand will dich herumstoßen, Bruder Lucas – und ich schon gar nicht.«

Mercadante deutete auf die Fahne. »Wir leben Gott sei Dank in den Vereinigten Staaten von Amerika, und du bist hier Bürger, und wir sind alle Mitglieder unsrer Gewerkschaft, und du hast genau die gleichen Rechte wie ich oder ein anderer.«

»Die großen Reden haben wir schon satt!« Lucas erregte sich noch mehr. »Es sind immer wir Neger, die zuerst herausfliegen und zuletzt wieder eingestellt werden.«

»So ist es!« kam das Echo von links, von den Negern.

»Und was taugt eine Gewerkschaft, die sich nicht für die Neger in ihren Reihen einsetzt? Jawohl, ich weiß, hier sind welche, die anders denken, aber ich warne euch: meist kommen wir Neger zuerst dran, aber ihr seid die nächsten. Und daher unterstütze ich den Antrag, daß wir auch weiterstreiken, nachdem wir einmal angefangen haben, und daß wir streiken, bis unser Bruder Jamieson wieder eingestellt ist, und Bruder Bilek gleichfalls, und zwar an ihrem alten Arbeitsplatz und mit dem gleichen Lohn wie vorher, und daß wir unsern Beschwerde-Ausschuß wieder ins Leben rufen und zur Direktion der Sarah-Pritchett-Grube schicken und dort sagen lassen, daß es Entweder–Oder ist, denn wenn wir jetzt nicht zusammenhalten, dann werden wir einzeln abgewürgt, und dann sind wir alle erledigt.«

Er setzte sich hin, so verbittert wie je.

Kennedy und Jamieson verständigten sich durch einen Blick: Lucas' Rede hatte eher irritiert als genützt. Auf jeden Fall, schloß Kennedy, würden die Neger in der Gewerkschaftsgruppe für den Streik stimmen, ebenso die älteren, noch im Ausland geborenen Kumpel, die ihre Gemeinsamkeit mit Bilek spürten, und die befürchten mußten, daß Bileks Schicksal auch sie jeden Tag treffen konnte.

»Bruder Oakley!« gab Mercadante dem nächsten Redner das Wort.

Kennedy wußte nicht zuviel über Oakley. Oakley war Ende der Zwanzig und trug seine alte Armeeuniform auf, die an den Ellbogen schon durchgewetzt war und am Hosensitz glänzte. Oakley arbeitete in einem anderen Revier der Grube, wohnte in einem anderen Teil der Stadt – beim Güterbahnhof, in der Nähe von Mercadante, und war im allgemeinen schweigsam.

»Vor dem Kriege –«, Oakley versuchte, sein strohblondes Haar glattzustreichen – »vor dem Kriege habe ich in einer Grube unten in Alabama gearbeitet. Dann schickte mich die Armee hier in die Gegend, und ich habe ein Mädchen aus Goldsborough kennengelernt« – er grinste und scharrte verlegen mit den Füßen –, »und ich hab sie geheiratet. So, das ist, warum ich jetzt hier arbeite.«

Ein paar Kumpel lachten anerkennend; die Mädchen von Goldsborough, na ja.

»Also, in meiner Grube da unten in Alabama«, begann Oakley wieder, »da mußten wir auf dem Bauch kriechen und auf den Knien arbeiten, und wenn Zahltag war, kriegten wir meistens nicht einmal genug, um die alten Eltern zu ernähren. Aber hier in Sarah Pritchett kann ich bei der Arbeit aufrecht stehen, und hier gibt's moderne Maschinen, und wenn ich mich ranhalte, krieg ich genug raus, auch für meine Frau und mein Kind; und wenn ich mein Geld nicht verspiele und versaufe, wie manche von euch, kann ich mir sogar was absparen und es den Eltern unten in Alabama schicken.«

Warte nur, bis du noch ein paar Kinder kriegst, dachte Kennedy.

»Nun, ich habe mich eurem Streik angeschlossen, weil Bruder Mercadante am Telephon angerufen hat und es gesagt hat und weil ich in der Gewerkschaft bin und meine Gewerkschaftsbrüder nicht im Stich lasse. Aber, wie Bruder Mercadante vorhin ausgeführt hat: Wir sind hier in den Vereinigten Staaten von Amerika, und das bedeutet, wir müssen realistisch denken. Die Direktion hat Jamieson nicht entlassen, weil er farbig ist; es gibt noch genug von euch farbigen Boys –«

»*Neger* heißt es!« sagte Jamieson scharf.

»Schon gut, schon gut! Genug von euch Negern, die weiter in der Sarah-Pritchett-Grube arbeiten.«

»Paßt dir wohl nicht, was?« rief Lucas.

Mercadante schlug den Holzhammer auf den Tisch.

Oakley zuckte die Achseln. »Auch Bruder Bilek ist entlassen worden, und der ist so weiß wie ich. Zwei Mann haben die Arbeit verloren, weil neue Maschinen in die Grube kommen, und für neue Maschinen braucht man Arbeiter, die jung und anpassungsfähig sind. So einfach ist das, und ihr könnt nichts dagegen tun und ich auch nicht. Und wenn euch die Maschinen nicht gefallen, dann müssen wir wieder so arbeiten wie vor zwanzig Jahren; und mein Vater war Bergarbeiter, und ich weiß, was der bezahlt bekam. Unser Land ist durch Technik aufgebaut worden, und darum ist es ein mächtiges Land geworden, und darum leben die Menschen hier besser als in irgendeinem andern Land der Welt.«

Oakley knöpfte seine Uniformjacke auf; es war ihm heiß geworden beim Reden.

»Die Arbeit hier in Sarah Pritchett ist gar nicht so schlecht – nicht schlechter als in anderen Gruben, die ich kenne. Und wenn ihr mich fragt, ob ich aufhören will zu arbeiten und meinen ehrlichen Lebensunterhalt zu verdienen, nur weil zwei Kumpel zu alt geworden sind, um ihr Tagewerk zu tun, dann sage ich euch, daß ich selber zwei alte Leutchen habe, für die ich sorgen muß, und wer wird die unterstützen, während ihr hier versucht, mit dem Kopf durch die Wand zu rennen –«

»Dazu muß ich was sagen!« Bilek war aufgesprungen. »Ich will nur erklären –«

Mercadantes Holzhammer fiel schwer auf die Tischplatte. Lonsdale unterbrach sein Kritzeln.

»Warst du fertig, Bruder Oakley?« fragte Mercadante.

»Ja, Sir«, sagte Oakley. Seine porzellanblauen Augen hefteten sich auf Jamieson, seine dünnen Lippen preßten sich zusammen.

»Bruder Bilek«, sagte Mercadante, »du hast das Wort.«

»Ich will nur erklären – wenn einer von euch der Meinung ist, er streikt meinetwegen und wegen Jamieson, dann fahrt lieber ruhig ein und vergeßt, daß ihr je habt streiken wollen. Ich habe es noch nie in meinem Leben nötig gehabt, um Solidarität zu betteln, und ich denke nicht daran, jetzt damit anzufangen. Und ich nehme an, Jamieson teilt meinen Standpunkt.«

»Recht hast du!« sagte Jamieson in dem Ton, in dem er sonntags das Amen sprach in seiner kleinen Kirche.

»Das wäre dann wohl alles...« Bilek setzte sich.

Mercadante blickte kurz auf Lonsdale. Lonsdale nickte unauffällig: schon genug Diskussion, laß endlich abstimmen! Aber Mercadante zögerte. Möglich, daß Lonsdale annahm, er hätte das Abstimmungsergebnis *gegen* den Streik bereits in der Tasche; aber Lonsdale kannte die Kumpel nicht mehr so gut, jedenfalls nicht so gut wie er – und daß Kennedy noch nicht gesprochen hatte, verunsicherte Mercadante. War Kennedy etwa des Glaubens, er habe eine so sichere Mehrheit *für* den Streik, daß er überhaupt nichts zu sagen brauchte?

»Noch jemand zum Antrag?« fragte Mercadante unentschlossen.

Kennedy erhob sich. »Nur eine Frage.«

»Frag.«

»Keine Frage an dich, Bruder Mercadante.«

Mercadante verstand nicht ganz.

»Eine Frage an Bruder Webb.«

Webb hob den Kopf und blinzelte. Er hatte zunächst gar nicht zu dem Meeting kommen wollen und war nur hingegangen, weil es komisch ausgesehen hätte, wenn der Mann, der als erster sein Getränk ausgegossen hatte, der Urabstimmung fernblieb. Aber er hatte abseits Platz genommen, so weit weg wie möglich von den Kumpels, die er kannte, und hatte Rede und Gegenrede kaum zugehört; seine Hand schmerzte noch von dem Biß und erinnerte ihn an den einen überwältigenden, wunderbaren Augenblick und an Mickies Worte: *Wenn ich könnte, würde ich dich umbringen.* Er hatte sich wie ein Vieh benommen. Da liebt man ein Mädchen, man will sie das ganze Leben lang auf Händen tragen. Und dann, in einer einzigen, gottverfluchten Minute, macht man so eine Schweinerei.

»Bruder Webb!«

Er brachte es nicht fertig, Kennedy ins Auge zu sehen. Er hatte den Streik in Gang gebracht, gewiß; aber das lag schon lange zurück, irgendwie, und seither war Entscheidendes geschehen.

»Wie alt bist du jetzt, Bruder Webb?«

Wie alt. War das schon Teil der wohlvorbereiteten Bemerkungen?

»Was ist denn los mit dir, Bruder Webb? Meine Frage ist doch nicht so kompliziert!«

Webb saß da und starrte auf seine Hand.

»Ich frage dich, wie alt du bist!«

»Einundzwanzig.«

Einundzwanzig, und ich hab immer regelmäßige Arbeit gehabt und Pläne für die Zukunft.

»Einundzwanzig. Und nun berichte uns mal, Bruder Webb: Glaubst du, daß es im Bergbau irgendeine Maschine gibt, die du nicht lernen könntest zu bedienen?«

Webb schien nicht verstanden zu haben. Oakley fing an zu lachen; auch andere lachten; Lonsdale riß das letzte Blatt seines Notizblocks ab, zerknüllte es, warf es fort und wandte sich Webb mit einem belustigten Ausdruck zu.

»Steh auf, wenn ich mit dir rede, Webb!« befahl Kennedy. »Wir haben beide das Wort.«

Webb gehorchte wie ein geprügelter Hund. »Ich hab schon verstanden. Natürlich läßt sich das alles lernen. Ich würde ein ganz guter Schrämer sein. Das hat mich mal interessiert; aber jetzt ist das ja alles unwichtig.«

»Jetzt hör mir gut zu, Pete Webb! Wenn es so ist, daß du jedes Fach in der Grube erlernen könntest – und jung und stark und gesund bist du ja auch –, warum bist du dann der erste gewesen, der seinen Kaffee, oder was es auch war, ausgeschüttet hat?«

»Warum?«

»Ja, *warum?*«

»Weil –«

Webb bemühte sich zu denken, den Nebel zu durchdringen, in dem alles verhüllt war, was vor dem Augenblick lag, da Mickie, kichernd und mit der Schnapsfahne vorm Mund, den Weg nach Pritchett Heights heraufkam.

»Weil – ich glaube –«

Dann hob sich der Nebel.

»Weil ich wohl daran dachte, was ich in meinem Leben erreichen wollte. Ich wollte mir ein kleines Haus bauen. Ich hatte mir das sehr schön geplant. Ich hatte auch ein bißchen Geld dafür gespart.«

Es wurde still um ihn.

»Und dann dachte ich an die beiden alten Kumpel – und dachte mir, vielleicht haben sie auch einmal Pläne gehabt –, und wie sie aus dem Verwaltungsgebäude herauskamen, ohne ihre Geleuchte, ohne Batterien, und wie sie dann fortgingen, und ich weiß nicht mehr im einzelnen, was sonst noch, aber ich bekam einen großen Zorn, und das nächste, woran ich mich erinnere, ist, wie ich unter Tage im Revier D den Deckel von meinem Essenträger abnahm... So war das, denke ich...«

»Danke, Bruder Webb. Danke für den Bericht.« Kennedy wandte sich den anderen zu. »Keiner von den Kollegen ist für Bilek und Jamieson persönlich in Streik getreten«, sagte er, »das wißt ihr ganz genau. Ihr hättet's für jeden anderen auch getan. Die zwei und ihre Entlassung sind nur der Anlaß, nicht mehr als mein Druck auf den Knopf beim Sprengen. Aber die Sprengladung im Kohlenstoß geht nur los, weil da vorher Sprenglöcher gebohrt und die Ladungen eingelegt und die Löcher besetzt und die Zünddrähte herausgeführt und das Kabel mit der Batterie verbunden worden sind.«

Kennedy spürte die Spannung, mit der man ihm zuhörte. Es gab ja auch keinen hier, der nicht schon beim Schießen am Kohlenstoß zugesehen hätte. Diese Männer waren mit ihrem täglichen Leben und ihrer Arbeit verwachsen, und genau da mußte man sie packen.

»Die Entlassung von Bruder Jamieson und Bruder Bilek, das war der Druck auf den Knopf – aber was dadurch explodierte, war schon lange vorher da. Seit wieviel Monaten arbeiten wir schon ohne Tarifvertrag? Und dabei hat's in unserer Gewerkschaft immer eine Regel gegeben, so bestimmt und klar wie das Amen in der Kirche: *Ohne Tarifvertrag keine Arbeit!*«

»Ohne Tarifvertrag keine Arbeit!« wiederholte Tashlian.

»Wann habt ihr zum letztenmal einen vollen Wochenlohn gekriegt? Wann habt ihr zum letztenmal genug Geld gehabt, um auszukommen?«

»Kann man sich schon nicht mehr dran erinnern!« sagte Tashlian.

»Und Bruder Oakley, wann hast du dir zum letztenmal ein paar Dollar beiseite legen können, um sie deinen alten Eltern da unten in Alabama zu schicken?«

Oakley schwieg.

»Wie viele sind hier, die nicht verschuldet wären?«

Von den über vierhundert Männern, die in diesem Kellerraum versammelt waren, hoben etwa zwei Dutzend die Hand.

»Hier unter uns sitzen Brüder, die zu alt zum Arbeiten sind. Sie haben ihre besten Jahre in diese Gruben gesteckt, und sie haben ein Anrecht auf Rente. Wir haben gekämpft und gestreikt und Opfer gebracht, damit sie ihre Rente bekommen. Wie lange ist es jetzt schon her, daß ihnen das letztemal Rente ausgezahlt wurde?«

Eine Hand, geschwollen in den Gelenken, die Finger verkrümmt, hob sich langsam. »Drei Monate ist das jetzt her, drei Monate und eine Woche.«

»Und wovon lebst du, Bruder?«

»Leben kann man das wohl nicht nennen«, sagte der Alte und kicherte.

»Und wer noch zur Arbeit unter Tage gehen kann – haben wir auch nur das geringste zu bestimmen über die Bedingungen, unter denen wir arbeiten? Wenn wir wenigstens einen richtigen Beschwerde-Ausschuß hätten, unterstützt von Bruder Mercadante und den anderen Funktionären der Gewerkschaftsgruppe! Ich selber fühle mich mitverantwortlich, daß wir den Ausschuß so verfallen ließen. Aber selbst wenn der Ausschuß funktionierte, was könnten wir im Augenblick damit ausrichten? Ohne Tarifvertrag haben wir keine Rechte. Wir müssen arbeiten, wohin man uns steckt, und tun, was man uns anordnet, ob es schädlich und gefährlich für uns ist oder nicht. Wer muckt, fliegt, sagen die Bosse. Unsere Gewerkschaft ist aber aufgebaut worden von Männern, die gerade das nicht länger dulden wollten, und die dagegen gekämpft haben, und die sich lieber umbringen ließen als sich zu beugen. Und das ist noch gar nicht lange her.«

Die verkrüppelte Hand zeigte sich wieder. »Sie haben uns kaputt geschlagen«, schepperte die Altmännerstimme, »und sie haben auf uns geschossen. Im Jahre zweiundzwanzig haben sie hier in Goldsborough drei Kumpel ermordet, gute Bergarbeiter sind das gewesen, junge, starke Männer…«

»Jawohl!« sagte Kennedy. »Bruder Mercadante und Bruder Oakley haben betont, daß wir hier alle Amerikaner sind. Genau das ist es, woran Bruder Webb gedacht hat, als er sein Getränk ausgoß, genau das ist es, warum wir in Streik getreten sind: weil wir Amerikaner sein wollen, Amerikaner in der vollen Bedeutung des Wortes. Amerikaner – das bedeutet, daß der Mann für einen Tag anständiger Arbeit einen anständigen Lohn erhält, daß er ein anständiges Dach über dem Kopf hat und sich und seine Familie anständig ernähren kann, daß er seinen Kindern eine anständige Erziehung verschaffen und in jedes Geschäft hineingehen kann, ohne sich wie ein Dieb an der Kasse vorbeischleichen zu müssen, daß er am Monatsersten die Rechnungen zahlen und kaufen kann, was er benötigt, und daß er alt werden kann, ohne die Angst, daß er am Ende seiner Tage noch um milde Gaben betteln muß...«

Mercadante sah die Versammlung seinen Händen entgleiten. Lonsdale versuchte, ihm einen Wink zu geben, ihm anzudeuten, daß Kennedy unter allen Umständen zum Schweigen gebracht werden mußte. Mercadante unterdrückte ein bitteres Lachen. Zu Lonsdales Zeiten als Gewerkschaftsgruppenvorsitzender war Kennedy ein ruhiger, fügsamer Mensch gewesen. Gut, daß Lonsdale einen Geschmack davon bekam, wie die Dinge jetzt lagen.

»Ich habe dich bisher reden lassen, Bruder Kennedy«, Mercadantes Stimme festigte sich, während er sprach, »aber du vergißt, daß ein Antrag vorliegt, also sprich gefälligst zum Antrag.«

»Sehr richtig!« warf Oakley ein. »Ist ja alles Propaganda!«

»Laßt ihn reden!« rief Joey Smith.

»Macht doch Schluß!« kam es aus einer anderen Ecke.

»Halt's Maul!«

Dreimal schlug der Holzhammer schwer auf den Tisch. Dann war wieder Ruhe.

»Ich habe zum Antrag gesprochen«, sagte Kennedy. »Als Mitglied dieser Gewerkschaft habe ich das Recht –«

Wieder der Holzhammer. Mercadante sprang erregt auf. Geschäftsordnungsfragen, wollte er sagen, wurden vom Vorsitzenden entschieden, und Kennedy könne sich sonstwohin scheren, wenn ihm die Regel nicht paßte. Aber er bemerkte Lonsdales warnenden Blick und beschränkte sich auf ein: »Dann faß dich bitte kurz!«

Kennedy freute sich, daß Mercadante endlich offen gegen ihn auftrat, selbst wenn es sich nur um einen Geschäftsordnungspunkt gehandelt hatte. Auch Geringfügiges mochte zur Klärung der Verhältnisse beitragen in einer Situation im Kohlenrevier, wo die eine kleine Aktion in Goldsborough größere Aktionen anderswo hervorrufen könnte. Bei einer derart geladenen Atmosphäre war selbst ein kleiner Streik, auch wenn er fehlschlug, besser als gar kein Streik; vielleicht lernten die Kumpel etwas dabei; und auf jeden Fall mußte die Verantwortung für das Abblasen der Sache auf die Schultern von Mercadante und Lonsdale gelegt werden.

»Als wir die Arbeit gestern niederlegten«, nahm er wieder das Wort, »hatte kaum einer von uns sich Gedanken über einen Streik gemacht. Ganz wie Bruder Webb – wir handelten, das war alles. Aber gerade dadurch, daß er die Streikversammlung verschob, hat uns Bruder Mercadante die Gelegenheit gegeben, unsere Gehirnzellen ein bißchen in Bewegung zu setzen. Ich glaube, es wird doch einige unter uns geben, die sich gefragt haben: Was wäre denn die Folge, wenn wir die Arbeit wieder aufnehmen? Ich will euch sagen, was die Folge wäre: Die Bosse würden von dem Moment an wissen, daß sie mit uns tun können, was sie wollen, und daß wir uns alles gefallen lassen werden. Es gibt Zeiten, wo man die Wahl hat, ob man kämpfen will oder nicht. Wir aber haben den Kampf aufgenommen, und wir können nicht zurück, ohne einzugestehen, daß wir nicht tauglich sind zum Kampf. Ja, es ist möglich, daß wir am Ende eine Niederlage einstecken müssen. Wir sind nur eine einzige Gewerkschaftsgruppe, und wir haben unsern Streik allein und auf uns gestellt angefangen, und wir können nur auf uns selber rechnen. Aber die Gründe, die uns veranlaßt haben zu streiken, die betreffen nicht nur uns. In New Pendleton und im ganzen Tal des Pokie-Flusses, in McKeesport und in Uniontown und auf der andern Seite der Staatsgrenzen, in Ohio und unten in West Virginia, haben die Kumpel ebensowenig einen Tarifvertrag wie wir, und keine Altersrente und kein Geld, und sie haben auch nur kurzgearbeitet. Es war kein Zufall, daß wir anfingen zu kämpfen, und vielleicht gibt es noch andere Kumpel, von denen wir gar nichts wissen, die aber in diesem Augenblick in gerade so einer Versammlung sitzen wie wir oder die morgen ihre Streikversammlung abhalten werden. Darum begrüße ich es, daß Bruder Lonsdale von der Distriktsleitung in Pittsburgh zu uns gekommen ist. Ich bin überzeugt, daß er nicht nur hier ist, um auf seinem Notizblock zu malen, sondern um uns mitzuteilen, auf welche Hilfe von seiten des Distrikts wir rechnen können und was der Distrikt uns an Unterstützung durch andere Gewerkschaftsgruppen verschaffen kann, und ob die Möglichkeit besteht, daß wir vielleicht Teil einer großen Bewegung sind, die jetzt überall losbricht. Das alles müßten wir wissen, damit wir in der Lage sind, vernünftig abzustimmen.«

Er nickte Lonsdale freundlich zu und setzte sich und beobachtete, wie die Äderchen auf Lonsdales Gesicht hervortraten und sein schiefer Mund zu zucken anfing.

»Bruder Lonsdale«, sagte Mercadante zögernd, »willst du auf die Frage eingehen?«

»Ich denke, ich muß schon.« Lonsdale zwang sich zu einem Lachen. »Dafür sind wir Distriktsorganisatoren ja da – um Fragen zu beantworten.« Er dachte an den Gewerkschaftspräsidenten in Washington, der die Regierung und das Taft-Hartley-Gesetz auf dem Halse hatte; und an Colloredo in Pittsburgh, der den Distrikt leitete und der von seinen Organisatoren erwartete, daß sie keine Dummheiten und Unbesonnenheiten duldeten, und an Lou Geoghan, dem gar nichts daran lag, daß der Ablauf seiner Geschäfte gestört wurde. Und er bedachte die Lage, in die Kennedy ihn hineinmanövriert hatte. Es war durchaus keine erfreuliche Lage; aber er fühlte sich ihr durchaus gewachsen.

Er erhob sich; und mit der Selbstsicherheit eines Fachmannes auf dem Gebiet der Menschenbehandlung sagte er: »Brüder, ich glaube, die meisten von euch kennen mich noch von damals her, als ich Vorsitzender eurer Gewerkschaftsgruppe war, und ihr wißt, daß ich meine Meinung immer geradeheraus sage und keine schönen Worte mache. Bei meiner Tätigkeit muß man offen und ehrlich sein, auch wenn's manchmal weh tut.«

Er steckte die Hände leger in die Seitentaschen seiner Jacke.

»Ich habe hier am Vorstandstisch gesessen, und ich bin aus einem Erstaunen ins andere gefallen. Befinde ich mich eigentlich noch in einer Gruppe der Vereinigten Bergarbeitergewerkschaft, habe ich mich gefragt, oder bin ich in irgendeinen Klub oder Verein von halbwüchsigen, unfrisierten, radikalen Roten geraten? Jawohl, ich meine dich, wenn ich das sage, Bruder Kennedy, und den politischen Kohl, den du uns vorgeredet hast. Wie du hier aufgestanden bist und darüber spekuliert hast, was möglicherweise in den Köpfen anderer Leute vor sich gehen könnte – und da erwartest du, daß normal denkende, nüchterne amerikanische Arbeiter sich daraufhin in wilde Abenteuer stürzen? Und ich weiß auch, wo du das Zeug aufgeschnappt hast –«

»Zur Geschäftsordnung!« sagte Kennedy trocken.

»Zur Geschäftsordnung?« fragte Mercadante.

»Ja, Bruder Vorsitzender. Vorhin hast du mich nicht weiterreden lassen. Jetzt möchte ich gern wissen, was Bruder Lonsdales persönliche Angriffe gegen mich mit dem Antrag zu tun haben, der zur Debatte steht.«

Mercadante hüstelte.

»Schon gut«, sagte Lonsdale. »Ich komme zum Antrag. Nämlich, eine Gewerkschaft ist kein politischer Klub. Eine Gewerkschaft ist eine Geschäftsorganisation wie jede andere, nur daß sie mit Arbeitskraft handelt. Und dabei wird es auch bleiben, wenigstens in unserem Lande. Eure Arbeitskraft gehört euch. Von mir aus könnt ihr streiken, wenn ihr wollt; ihr habt keinen Tarifvertrag, der euch bindet, und die Distriktsleitung wird euch nicht hindern am Streiken, und die Zentrale in Washington auch nicht. Aber wenn ihr mich fragt, ob ich den Distrikt Pittsburgh oder gar Washington dazu bringen kann, alle andern Mitglieder unsrer Gewerkschaft streiken zu lassen, bloß weil ein paar von euch Kumpels es sich in den Kopf gesetzt haben, die Arbeit hinzuschmeißen – dann muß ich euch sagen, ihr seid verrückt.«

Er nahm die Hände aus den Taschen und hob sie prophetisch.

»Ich werde euch sagen, was unsre Führer unten in Washington jetzt tun. Sie sitzen mit den Vertretern der Unternehmerverbände um einen großen Tisch herum und versuchen, für euch Kumpel einen Tarifvertrag herauszuholen. Sie kaufen sich die besten Juristen im Lande, um herauszufinden, wie man um das Taft-Hartley-Gesetz herumkommt, so daß uns die Regierung und die Bundesgerichte unser Gewerkschaftsvermögen nicht beschlagnahmen können, wenn es eines Tages doch zum Streik kommt. Und ihr verlangt von mir, daß ich hingehe und diesen Leuten sage: Entschuldigt bitte, Brüder, aber ich habe da in Goldsborough, im Staate Pennsylvania, ein paar kesse Burschen, die möchten gerne alles selbständig machen und die ganze Gewerkschaft übernehmen, und wollt ihr nicht die

Güte haben und ihnen den Gefallen tun? Das mach ich. Bestimmt. Und dann kauf ich mir auch gleich eine Fahrkarte ohne Rückreiseabschnitt zum nächsten Irrenhaus.«

Die Leute, die in Oakleys Nähe saßen, wurden lärmend vergnügt; aber auch die Männer, auf die Kennedy fest gerechnet hatte, schienen nachdenklich zu werden.

»Wenn ihr wollt, schließe ich mich morgen Bruder Mercadante an und gehe mit ihm zur Direktion der Sarah-Pritchett-Grube und versuche, was man für Bruder Bilek und Bruder Jamieson tun kann. Dazu bin ich als Vertreter der Distriktsleitung verpflichtet, und dazu bin ich auch bereit.«

Lonsdale legte seine Hände flach vor sich auf den Tisch.

»Aber jetzt sollten wir doch aufhören, uns wie wildgewordene Rote aufzuführen, und uns lieber wie amerikanische Gewerkschaftler benehmen. Einer von unseren Veteranen hier hat uns davon erzählt, wie unsere Gewerkschaft groß geworden ist. Ich bin auch kein Jüngling, und ich kann euch auch etwas darüber berichten. Unsere Gewerkschaft ist groß und mächtig geworden, weil unsere Mitglieder Disziplin hatten. Sie haben gestreikt, wenn die Telegramme aus Washington kamen, und keine Minute vorher und keine Minute nachher. Darum haben wir auch regelmäßig einen guten Tarifvertrag bekommen, und jeder neue Vertrag war besser als der vorherige. Darum sind unsere Löhne mit jedem neuen Vertrag in die Höhe gegangen. Darum haben wir eine Unfallversicherung und Renten und soziale Rechte und Arbeitsbedingungen erhalten, auf die jede andere Industrie stolz sein könnte! Und so sollten wir's auch weiter halten, wenn ihr meine Meinung wissen wollt.«

Er setzte sich in seiner ganzen, schweren Würde hin, rieb seine fleischige Nase und warf einen raschen Blick auf Kennedy und die andern und dachte: Gott verdamm mich, das war eine Leistung! Eine Stenotypistin hätte ich hier haben sollen, dann hätte ich Colloredo eine Nachschrift geben können, Wort für Wort, mit Kopie für Washington. Dann fragte er sich, ob Mickie vielleicht Stenographie schreiben könnte, und falls nicht, ob es ihr Spaß machen würde, die Sache zu lernen. Vielleicht könnte er Colloredo breitschlagen, ihm eine Sekretärin zu genehmigen; daß er eine brauchen könnte, war sicher.

»Noch jemand zum Antrag?« fragte Mercadante.

Keiner hob die Hand. Selbst das Flüstern in den hinteren Reihen hörte auf. Der lang erwartete Augenblick war gekommen.

Mercadante kündigte an: »Ich bringe den Antrag zur Abstimmung.« Er stand auf, um besser zählen zu können. »Nur Mitglieder, die ihre Beiträge voll bezahlt haben, dürfen abstimmen. Haltet die Mitgliedskarten hoch, um Ja oder Nein anzuzeigen. Jetzt also: Alle, die für den Antrag sind – das heißt für den Streik –, heben die Hand!«

Die Hände hoben sich, links, in der Nähe von Jamieson, ziemlich dicht; weniger dicht, wo Bilek saß; anderswo nur vereinzelt.

Mercadante zählte laut. Der Schriftführer, der während der ganzen Vorgänge stumm neben ihm gesessen hatte, zählte der Kontrolle halber mit. Auch Kennedy begann zu zählen, gab es aber bald auf und zündete sich eine Zigarette an.

»Schön«, sagte Mercadante, »jetzt die Gegenprobe – alle gegen den Antrag!«

Wieder die Hände und die Mitgliedskarten. Kennedy blickte sich um nach Bilek. Der hatte den Kopf gesenkt und betrachtete seine Knie.

»Der Antrag ist abgelehnt!« verkündete Mercadante. »Wird gewünscht, das Abstimmungsresultat in Frage zu stellen?«

Es wurde nicht gewünscht.

An diesem trotz der bereits wintrigen Sonne noch recht angenehmen Morgen entschloß sich Lou Geoghan, seinen Leibwachen freizugeben und seinen Wagen, dessen Nummer in Goldsborough zu bekannt war, nicht zu benutzen. Stattdessen rief er Bob Cummings an und sagte ihm: »Hör zu, mein Junge, würdest du so lieb sein und dich mir auf ein paar Stunden zur Verfügung stellen – mitsamt deinem Auto?« Geoghan kleidete seine Befehle gern in die Form höflicher Bitten.

Bob Cummings meldete sich pünktlich mit seinem unauffälligen Ford. Ebenso pünktlich trat Geoghan aus dem Rathaus und nahm neben Cummings im Wagen Platz. Cummings schloß die Wagentür.

»Wohin fahren wir, Onkel?«

Geoghan zog seine dürftigen Augenbrauen hoch. Jetzt war er also zum Onkel avanciert... Na ja, vielleicht, wenn man es nicht so genau nahm. Er war sich über den tatsächlichen Grad seiner Verwandtschaft mit dem jungen Mann am Steuer nicht ganz im klaren – Cummings war der Sohn einer angeheirateten entfernten Kusine. Vor etwa einem Jahr war er mit einem Brief der angeheirateten Kusine, oder was sie auch sein mochte, in Goldsborough aufgetaucht; und da ein ständiger Bedarf an stillen Leuten bestand, deren Gesichter in den Straßen und Geschäften und Billardsalons von Goldsborough unbekannt waren, war Cummings angestellt worden und hatte sich in der Zwischenzeit sehr hübsch eingearbeitet.

»Wohin fahren wir?« fragte Bob wieder und ließ den Motor an.

»Fahr nur geradeaus – ich werde dir schon sagen, wo wir abbiegen.«

Geoghan kroch in seiner Ecke zusammen. Cummings stellte die Heizung an.

»Danke, mein Junge«, sagte Geoghan. »Wenn du mal mein Alter erreicht hast, wird's bei dir auch nicht mehr so mit dem Kreislauf klappen.« Er betrachtete Cummings' klares Profil, der nette amerikanische Typ, dachte er, entstanden durch reichliche Fruchtsäfte und viel frische Luft und richtige Diät. Dadurch schießen sie so in die Höhe und entwickeln solch prächtige Physiognomien. Ich seinerzeit mußte die Kegel auf der Kegelbahn von Reillys Funland aufstellen, nur um was zu essen zu kriegen. So etwas behindert das Wachstum. »Jetzt nach links, und den Berg hinauf«, sagte er.

»Jawohl, Onkel.«

»Sag nicht immer Onkel.«

»Jawohl, Sir.«

Geoghan verzog das Gesicht. Bei Lichte besehen war er ein einsamer Mensch. Als es Zeit für ihn gewesen war, zu heiraten, hatte er nicht das Geld dafür gehabt, und als dann das nötige Geld vorhanden war, hatte er nicht die Zeit gehabt, zu heiraten.

»So habe ich's nicht gemeint«, sagte er. »Ich habe gemeint, du sollst mich Lou nennen. Ich gestatte meinen Freunden, mich Lou zu nennen.«

Bob Cummings lächelte. Er hatte ein hübsches jungenhaftes Lächeln, das großartig zu seinen ebenmäßigen, starken Zähnen und zu seinem offenherzigen Blick paßte. Der richtige Mann für die Frauenklubs, dachte Geoghan. Vielleicht bringe ich ihm vor den nächsten Wahlen noch bei, wie man Reden hält.

»Na, Bob, geht deine Arbeit gut voran?«

»Ich habe erledigt, was du mir aufgetragen hast. Hier in der Gegend bin ich ungefähr fertig; jetzt will ich im Kreis Westmoreland beginnen. Du steckst da eine hübsche Stange Geld hinein, Lou!«

»Sobald wir oben auf dem Berg angekommen sind«, sagte Geoghan, »fährst du rechts ab und bleibst auf der Straße, bis ich dir sage, wo es wieder abgeht.«

»Jawohl, Lou.«

»Ich habe deine Berichte gelesen – sie sind ganz gut. Aber du solltest die vielen technischen Ausdrücke vermeiden. Ich bin leider nicht so gebildet.« Geoghan lachte. »Ich habe weder die staatliche Bergakademie noch sonst eine Hochschule absolviert. Ich bin nur ein einfacher Geschäftsmann. Was ich wissen will, ist: Wieviel Kohle befindet sich unter jedem Stück Land, wie ist die Qualität der Kohle, und was wird es mich pro Tonne kosten, die Kohle im Tagebau zu fördern und nach Pittsburgh zu schaffen? Die andere Sache, um die du dich kümmern mußt, ist: Was für Maschinerie und Bauten stehen noch in den alten Tagebau-Gruben herum, was für Maschinen brauchen wir, wo können wir sie kaufen, und was kostet das Ganze? Das ist alles.«

»Jawohl, Lou.«

»Ausgezeichnet. So hab ich's gern. Keine überflüssigen Worte, kein Getue, nur die Tatsachen und Zahlen. Ab nächsten Sonnabend werden wir dein Gehalt etwas erhöhen. Nun, siehst du die Mauer dort? Fahr langsamer und bieg jetzt nach links ein und fahre der Mauer entlang. Wir werden zu einem Tor kommen. Dort halten wir an, und du wartest auf mich.«

Bob Cummings blickte kurz auf die hohe Feldsteinmauer. Über ihr erhoben sich die hohen Baumkronen, rostrot, braun und gelb. Er nickte in Richtung des Grundstücks. »Ich weiß, wem das gehört.«

»So?« sagte Geoghan gleichmütig. »Vergiß, daß du es weißt, vergiß die ganze Fahrt.«

»Verstanden, Lou.« Cummings zeigte wieder sein harmloses Lächeln. Er hatte eine angenehme Stellung und ein leichtes Leben, und die Bezahlung war mehr als zufriedenstellend, und er hatte keine Lust, das alles zu riskieren, indem er seine Nase in Angelegenheiten steckte, die ihn nichts angingen, oder über solche Angelegenheiten auch nur nachdachte.

Rechts vom Tor hing ein glänzendes Messingschild, auf dem das Wort *Everglades* in altmodischen Buchstaben eingraviert war. Unterhalb der Platte befand sich ein ebenso auf Hochglanz polierter Messingknauf. Geoghan zog den Knauf, irgendwo ertönte eine Glocke. Das Tor öffnete sich automatisch.

Geoghan schritt den breiten, kiesbestreuten Weg entlang, durch einen sorgfältig geplanten Park, in dem jeder Baum und jeder Busch an seinem vorgezeichneten Platz stand. Die sanft abfallenden Rasenflächen waren sauber geharkt. Um das Ganze instand zu halten, berechnete Geoghan, brauchte man mehrere Gärtner. Gärtner kosten eine Menge Geld, das man auch profitabler anlegen konnte. Der Weg machte eine plötzliche Biegung, die Bäume hörten auf. Nach rechts hin fiel der Berg steil ab. Am Fuß des Berges lag Goldsborough mit dem Pokie-Fluß, jenseits des Flusses Pritchett Heights. Von hier oben sah alles ganz anders aus. Die Landschaft war von den Bäumen rechts und links und von den bewaldeten Bergen nach Pittsburgh hin wie eingerahmt, und die Sonne übergoß alles mit einem Glitzern. Zu seiner Linken erhob sich ein weißes Haus mit einer Front von Säulen, die das keusche, griechische Dach des Vorbaus trugen. Es war, als existierten die Stadt und der Fluß und die Berge nur als Sockel für dieses Haus und diesen Vorbau und die hohen Fenster dahinter.

»Ist ja fast ein Palast!« murmelte Geoghan, »dagegen bin ich ein armer Schlucker.« Es war eine komische Sache um das Geld – man mußte es eine lange Zeit besitzen, bevor es einem selbstverständlich wurde.

Er unterdrückte Neid und Minderwertigkeitsgefühle, ging festen Schrittes auf das Haus zu und die Vortreppe hinauf und durch die lautlos sich öffnende Tür.

Sein Unbehagen stellte sich wieder ein. Weder gefiel ihm der schwere Geruch der Blumen in dem Marmorvestibül noch der Butler, der wie der Zeremonienmeister einer Begräbnisanstalt aussah und ihm seinen Hut und Mantel abnahm und feierlich verkündete: »Sie werden erwartet, Sir!«

»Warum so feierlich!« sagte Geoghan, nur um diese Stimmung aufzulockern. »Ich bleibe ja nicht lange!«

»Verzeihung, Sir?«

»Nichts! Unwichtig!«

Sie durchquerten das Vestibül. Der Butler öffnete eine getäfelte Tür; Geoghan fand sich einer langen Bücherwand gegenüber, dicke Buchrücken, Leder. Gesetzbücher, dachte er. Zu Hause in seinem Apartment am Pennsylvania Boulevard hatte er auch einen Wandschrank mit Büchern in Ledereinbänden – wenn man auf einen Geheimknopf drückte, ließen sich die Buchrücken zur Seite schieben, dahinter standen die Whiskyflaschen.

»Freue mich, Sie zu sehen, Mr. Geoghan!«

Das Panorama von Goldsborough, sichtbar durch das enorme Eckfenster, schien nur als Hintergrund zu existieren für Pritchetts schlaffe Züge.

»Nun, Euer Ehren, ich bin gekommen!« Geoghan trat auf den Richter zu. Er mochte diese Räume mit ihren hohen Decken nicht. Er wußte, daß er darin winzig erschien.

»Wollen Sie nicht Platz nehmen, Mr. Geoghan?« Eine kurze Geste der langen, weißen Hand. »Schnaps? Zigarren? Zigaretten?«

»Eine Zigarette, danke.«

Geoghan nahm Platz in einem Sessel, der für einen Hintern dreimal so groß wie seiner berechnet war; sämtliche Sitzgelegenheiten hier hatten solche Ausmaße.

»Es ist ein altes Haus«, bemerkte der Richter erklärend. »Heutzutage fühlen sich die Leute nicht wohl, wenn sie nicht alle paar Jahre umziehen. Aber ich finde es hier bequem. Mein Vater hat mir das Haus bauen lassen – als ein Hochzeitsgeschenk.« Er machte eine Pause. »Später, wenn Sie es interessiert, zeige ich Ihnen das Zimmer, wo Präsident Coolidge übernachtete. Es ist noch genau wie damals, nur das Bett ist natürlich gemacht worden.«

Von Coolidge herunter zu mir, dachte Geoghan, was für ein Abstieg. Was will er eigentlich? Eindruck machen? Ich würde hier nicht übernachten, und wenn er mich dafür bezahlte.

»Ich habe nie viel für Coolidge übrig gehabt«, sagte er. »Aber ich werde mich freuen, das Zimmer zu besichtigen.«

»Ach ja«, sagte der Richter. »Sie sind Demokrat.«

»Ich arbeite gewöhnlich mit der Demokratischen Partei zusammen«, sagte Geoghan leichthin, »aber die Republikaner sind auch brauchbar.« Ihm mit Coolidge zu kommen – als ob der Richter nicht genau wüßte, wie Präsidenten gemacht werden!

Der Richter überging den peinlichen Moment mit einem Lachen. »Also, Mr. Geoghan, ich habe Sie ja nicht hergebeten, um mit Ihnen über Politik zu reden – Parteipolitik, zum mindesten.«

Geoghan nickte. »Da ich gewöhnlich nicht auf Ihrer Einladungsliste stehe, Euer Ehren, war es nicht schwer zu erraten, daß es sich um Wichtiges handelte.«

Der Richter starrte auf ein Ölbild an der Wand gegenüber, ein Stilleben mit einem großen Vogel, der auf einem Tisch lag, ein wenig Blut an den braun und grau geperlten Federn, Schnabel und tote Augen auf einen schattenschwarzen Fußboden weisend; fast sah es aus, als müßte das Blut aus der Wunde am Hals des Tiers im nächsten Augenblick auf Geoghans glatten, kleinen Kopf herabtropfen. Es war ein Fehler gewesen, Geoghan nach Everglades kommen zu lassen.

Da es schien, daß der Richter sich noch nicht festzulegen wünschte, sagte Geoghan höflich: »Wenn ich etwas für Sie tun kann, Euer Ehren, und wenn es im Bereich des Möglichen liegt, können Sie auf mich zählen.«

Ganz entschieden ein Fehler, dachte der Richter. »Es ist wegen des Streiks –«, begann er.

Geoghans Gesicht belebte sich. »In der Sarah Pritchett-Grube?«

»Nun, ja...«

»Aber das ist doch schon vorbei, Euer Ehren. Die Leute sind zur Arbeit zurückgekehrt, und soviel ich weiß, hat es keine weiteren Unannehmlichkeiten gegeben.«

Der Richter lächelte müde.

»Gut!« räumte Geoghan ein. »Ich weiß, daß die Abstimmung

nicht überwältigend war. Aber immerhin ist sie günstig ausgefallen.«

»Wirklich?« sagte der Richter. »Erlauben Sie mir, freimütig zu sprechen.«

Geoghans Gesicht nahm den lauernden Ausdruck an, den es immer dann trug, wenn jemand vorgab, freimütig zu sprechen.

»Meine Ansicht ist«, sagte der Richter, »daß jeder von uns eine bestimmte Funktion im Leben hat. Ihre liegt in der Linie eines Dieners der Allgemeinheit, dessen Hauptaufgabe es ist, Störungen aus dem Wege zu räumen.« Er verschränkte seine Finger. »Natürlich kann man nicht verlangen, daß Sie immer Erfolg haben – siehe den Fall Silas Hale. Aber im großen und ganzen sollten Sie erfüllen, was wir von Ihnen erwarten.«

»Aber«, Geoghan fühlte sich durch das *Wir* als Sammelbegriff für die oberste Kaste ausgeschlossen, »ich weiß eigentlich nicht ganz, wovon Sie reden.«

»Ich werde es Ihnen erklären. Es wäre wünschenswert, wenn Sie Ihren Einfluß benutzten, um diese – diese Zwischenfälle zu verhindern, die nur unnütze Unordnung in das Geschäftsleben bringen.«

Geoghan drückte seine Zigarette aus. »Es hat Streiks schon gegeben, bevor ich Abteilungsleiter in der Stadtverwaltung von Goldsborough wurde, und ich nehme an, daß es noch Streiks geben wird, lange nachdem ich nicht mehr da bin. Außerdem kommen Streiks nicht nur in dieser einen Stadt vor –«

Der Richter unterbrach ihn. »Solche Streiks meine ich nicht, so unangenehm sie auch sein mögen. Wenn es sich um einen regulären Streik handelt, wird er auf geschäftsmäßige Art geführt, und wir können damit wie üblich verfahren. Ich spreche von diesen wilden Streiks, die jetzt allerorts auftauchen, und ich erwarte von Ihnen, daß Sie alles tun, um im Kreise Goldsborough und überall, wo Sie Ihre Verbindungen haben, diese Dinge zu unterdrücken.«

Geoghans nervöse Spannung ließ nach. »Vielleicht überschätzen Sie mich, Euer Ehren«, sagte er, die Lider halb gesenkt. »Tarife und Arbeitsbedingungen und Renten und alle die Fragen, wofür diese Leute ihre Streiks führen, sind nicht mein Fach...«

Pritchetts Ausdruck verhärtete sich. »In anderen Worten: Sie weigern sich?«

»Aber ich bitte, Euer Ehren – das habe ich keineswegs gesagt.«

»Meine Berichte, daß Sie auf einen großen Streik spekulieren, entsprechen also den Tatsachen?«

Geoghans Gesicht wurde zur Maske, nichtssagend. Hinter der Maske arbeitete es: Wer hat da wieder zuviel geredet? Und dann: Nein, Pritchett konnte es auf ganz andere Weise erfahren haben; alle Grundstücksverkäufe mußten beim zuständigen Gericht registriert werden.

»Sie haben stillgelegte Tagebau-Gruben aufkaufen lassen«, fuhr der Richter ruhig fort. »Schnelle Investition, schneller Umsatz, schneller Profit, während die regelrechten Bergwerksgesellschaften ihr Geld verlieren. Dabei sind es diese Bergwerksgesellschaften, von denen Sie finanzielle Beiträge erwarten, wenn es zu den Wahlen kommt.«

»Die Gesellschaften würden keinen Penny herausrücken, wenn sie nicht genau wüßten, daß wir bei den Wahlen die notwendigen Stimmen für die richtige Liste liefern. Wie sollen wir aber, bitte schön, die Wahlen beeinflussen, wenn wir in aller Öffentlichkeit Streikbruch betreiben und die Mehrzahl unsrer Wähler gegen uns aufbringen?« Geoghan seufzte. »Demokratie ist nun einmal so, Euer Ehren.«

»Sie brauchen mir nichts über Demokratie zu erzählen«, sagte der Richter. »Ich habe Geschichte zur Genüge studiert.« Jetzt, da er wußte, daß er nicht anordnen konnte, sondern verhandeln mußte, war seine innere Ruhe zurückgekehrt. »Diese Tagebau-Gruben, die Sie sich zugelegt haben – wie lange, glauben Sie, müßten Sie die in Betrieb halten?«

Geoghan räkelte sich in seinem Sessel. »Vier Wochen«, sagte er träumerisch, »ja, das wäre ungefähr die richtige Zeit.« Es war ein angenehmer Sessel. Man konnte es sich darin bequem machen und den ganzen Leib entspannen. »Vier Wochen. Sehen Sie, Euer Ehren, die Regierung wird sich wahrscheinlich eine vorläufige Verordnung beim Bundesgericht verschaffen und auf dieser Grundlage die Gewerkschaftsfonds mit Beschlag belegen. Das bedeutet, daß die Arbeiter nach vier Wochen das Hungern satt haben und bereit sein werden, die Arbeit wieder aufzunehmen. Jedoch –«

Er packte die Armlehnen des Sessels und zog sich hoch, so daß er nun aufrecht saß.

»Sie brauchten diese vier Wochen gar nicht zu verlieren, Euer Ehren. Wir könnten den gesamten Tagebau zwischen hier und Pittsburgh in unsere Hand bekommen. Mit Ihrem Geld und mit meiner Organisation!... Es ist zwar miserable Kohle, aber wenn's keine andre Kohle zu kaufen gibt, wird sie auf dem Markt den Preis bringen, den wir verlangen –«

Richter Pritchett stand auf und blickte zur Tür. »Mr. Geoghan, Politik ist per Definition unsauber. Aber im Geschäftsleben muß ich auf gewissen ethischen Grundsätzen bestehen.«

»Bitte«, Geoghan erhob sich gleichfalls, »es war nur ein Vorschlag.«

Draußen, vom Rande des Abhangs her, betrachtete er noch einmal das Haus, die weißen Säulen, die anmutigen Proportionen. Es war eine komische Sache um das Geld, dachte er wieder – je länger es in der Familie war, desto konservativer wurde es. Wie stellte sich Seine Ehren denn vor, daß sein Herr Papa die Dollars für all das zusammengescharrt hatte? Mit ethischen Grundsätzen?

Die zwei Fremden erschienen gegen fünf Uhr nachmittags. Der Förderkorb, auf- und niedersteigend im Schacht, spie immer noch Menschen aus. Die zwei waren unrasiert und sahen aus, als hätten sie in den letzten Nächten wenig geschlafen. Einer trug eine Jacke mit Reißverschluß, die schon seit langem gereinigt zu werden verdiente, und der andere hatte einen schäbigen grauen Mantel an, der viel zu leicht für den einsetzenden Winter war.

Gnocchi, der mit der letzten Gruppe aus seinem Revier über Tage gekommen war, bemerkte die beiden, wie sie dastanden und warteten.

»He, ihr da!« Er ging auf sie zu. »Das ist hier Privateigentum. Macht, daß ihr rauskommt!«

»*Ihr* Privateigentum?« fragte der Mann im Mantel freundlich.

Gnocchis laute Stimme hatte Aufmerksamkeit erregt. Kennedy und Joey Smith und noch ein paar andere kamen langsam herbei, einmal aus Neugierde, und dann auch, weil Streitereien, die Gnocchi anfing, oft zu Gewalttätigkeiten führten.

Zu anderer Zeit würde Gnocchi solchen Rückhalt begrüßt haben. Aber die Zeit jetzt war außergewöhnlich, und er hatte das Gefühl, daß die zwei Leute von außerhalb nicht zufällig aufgetaucht waren.

»Wenn ihr Arbeit sucht«, sagte er mit bereits geringerer Lautstärke, »dann geht dort hinein. Das ist das Verwaltungsgebäude, und die Personalabteilung ist hinter der dritten Tür im Gang.«

»Wir suchen keine Arbeit«, sagte der Mann im Mantel und klopfte die Absätze seiner lehmigen Schuhe gegeneinander.

Die Menge war größer geworden. Verschlossene Gesichter; man machte sich seine eigenen Gedanken über die zwei Männer und warum sie gekommen sein mochten; da Gnocchi aber zugegen war, stellte keiner Fragen.

Schließlich zog der Mann in der Jacke mit dem Reißverschluß ein abgegriffenes Kuvert heraus. »Ist unter euch ein Funktionär eurer Gewerkschaftsgruppe?«

Inzwischen hatten sich etwa sechzig oder siebzig Mann um die Fremden und Gnocchi gesammelt, und auf diese Frage hin rückten sie dicht heran.

»Ist keiner da«, sagte Gnocchi, »und ich hab euch zweien schon gesagt, ihr sollt machen, daß ihr wegkommt –«

»Wo ist Mercadante?« fragte Joey Smith und zerrte an seiner Lippe.

»Im Duschraum, natürlich!« sagte Tashlian. »Der ist doch immer der erste, der abhaut!«

Weder der stellvertretende Vorsitzende noch der Schriftführer, noch der Schatzmeister arbeiteten diese Schicht; soviel war bekannt. Jemand schlug vor: »Holen wir ihn eben unter der Dusche heraus!«

Smith stieß Kennedy an. Kennedy lächelte und trat vor. »Mein Name ist Carlisle Kennedy«, sagte er. »Ich bin Mitglied des Beschwerde-Ausschusses, der allerdings lange nicht getagt hat.«

Der Mann im Mantel bot ihm die Hand. »Ich heiße Duke Snyder«, und auf die Jacke mit dem Reißverschluß deutend, »der da ist Ignaz Cziechanewski – wir nennen ihn einfach Zeke.«

Zeke überreichte Kennedy das Kuvert. Kennedy nahm einen zerlesenen Brief heraus, dessen Ecken schon schwarz waren von den Abdrücken mit Schweiß und Kohle verklebter Fingerspitzen. Der

Brief war mit der Maschine geschrieben, aber man konnte erkennen, daß der Schreiber nicht viel vom Tippen verstand.

Kennedy las laut vor.

»Beglaubigung! Unsere Brüder Duke Snyder und Ignaz Cziechanewski sind Delegierte unserer Gewerkschaftsgruppe und hierdurch berechtigt, Euch mitzuteilen, daß wir in Streik getreten sind, um uns einen Tarifvertrag zu verschaffen und weil wir so, wie es jetzt ist, nicht weiterarbeiten können. Wir bitten Euch, Brüder, so gut zu sein und unsere Delegierten zu unterstützen, andernfalls sie Anordnung haben, vor Eurer Grube Streikposten zu beziehen. Mit brüderlichen Grüßen, gezeichnet, John Onderdonk, Vorsitzender, Gewerkschaftsgruppe 1701.«

»Das ist die Gruppe von der Zeche Sabina!« sagte Joey Smith beeindruckt.

»Ja«, sagte der Mann, der Zeke genannt wurde. »Sabina. Fünftausend Kumpel – und noch einige mehr – und alle haben wir die Arbeit hingeschmissen.«

»Ihr habt überhaupt kein Recht, hier zu sein!« schrie Gnocchi. »Ihr habt kein Recht, hier zu reden –«

Ein kleiner Bergarbeiter, der wie eingeschrumpft wirkte, reckte sich und klopfte Gnocchi auf die Schulter. »Geh weg, Gnocchi, geh weg«, sagte er sanft. »Das ist eine Gewerkschaftsangelegenheit, und du bist Reviersteiger, du gehörst gar nicht zu uns.« Und mit plötzlicher Schärfe: »Also jetzt, hau ab!«

Gnocchi wandte sich rasch um, lief zum Verwaltungsgebäude hinüber und verschwand drinnen.

Duke Snyder öffnete den Mantel; es schien ihm warm geworden zu sein. »Wir haben die Arbeit niedergelegt«, sagte er, »und zu dieser Stunde reden wohl ein paar hundert Delegierte von uns mit den Gewerkschaftsgruppen im Pokie-Tal und um Uniontown herum und drüben in Ohio und West Virginia, und wir haben Leute sogar bis nach Illinois und Alabama geschickt. Das alte Wort im Kohlenbergbau kennt ihr ja: Wie Sabina, so die Gewerkschaft.«

»Das ist wahr«, sagte Tashlian. »Genau so heißt es.«

Kennedy spürte die Entschlossenheit, die von den ihn umdrängenden Männern jetzt ausging. Sie wußten, sie standen nicht länger allein. Sabina war das größte Bergwerk im ganzen Lande, mit der größten Gewerkschaftsgruppe in der ganzen Gewerkschaft. Fünftausend Kumpel, solidarisch, im Ausstand – das bedeutete etwas! Ein Streik auf seiten der Sabina-Kumpel war ein Streik mit Aussicht auf Sieg. Zum Teufel mit den Bürokraten im Distrikt, zum Teufel mit der Zentrale in Washington – sollten sie mitmachen, wenn sie wollten; und wenn sie nicht wollten, was waren sie denn ohne die Arbeiter!

»Bruder Webb!« rief er.

Webb, untersetzt und stämmig, schob sich durch die Menge. Sein Gesicht war bleich unter dem Kohlenstaub.

»Hast du noch was zu trinken in deinem Essenträger, Bruder Webb?« erkundigte sich Kennedy, und seine Augen funkelten zwischen den geschwärzten Lidern.

Webb hob den Deckel von seinem Essenträger und nahm die leere Dose heraus, in der seine Brote gelegen hatten. »Ein paar Schluck, vielleicht«, sagte er, als müsse er sich entschuldigen.

Aus dem Verwaltungsgebäude kam Gnocchi eilig gelaufen, gefolgt von dem Manager in seinem sauberen Anzug und von Mercadante. Mercadante hielt mit einer Hand die Hosen hoch, mit der andern knöpfte er sein Hemd zu.

»Gieß das Zeug aus, Bruder Webb!« befahl Kennedy.

Webb stülpte seinen Essenträger um. Ein paar Tropfen fielen zur Erde.

»Halt!« schrie Mercadante und drängte sich zu Kennedy durch, ganz außer Atem. »Das ist nicht offiziell!«

Kennedy drückte Mercadante den Brief von Sabina in die Hand. »Lies das! *Uns* ist es offiziell genug!«

»Ich möchte euch danken, Brüder«, sagte der Mann, der Zeke genannt wurde.

»Zum Danken ist später Zeit«, sagte Kennedy. »Später, wenn der Streik gewonnen ist.«

Die Kumpel, einer nach dem andern, schütteten ihre Essenträger aus. Dann gingen sie, sich ein letztes Mal auf Kosten der Bergwerksgesellschaft heiß abzuduschen. Diesmal wird es lange dauern, dachte Kennedy, und bitter wird es werden.

## *Achtes Kapitel*

Die Männer am Tisch in Bileks Küche spielten um Spielmarken aus Plaste. Sie gehörten Bilek; Rosemary hatte sie ihm vor Jahren zum Geburtstag geschenkt. Er hatte bereits den Lohn von vier Monaten verspielt – einen Lohn, den er wahrscheinlich nie verdienen würde. Tashlian schlängelte sich gerade so an der Grenze des Bankrotts entlang. Joey Smith hatte eine Kleinigkeit gewonnen. Kennedy aber, mit seiner überlegenen Psychologie und seiner Strategie des geplanten Risikos, erbaute wunderbare vielfarbige Türme aus seinen Gewinnen. Aber die Vorspiegelung, daß die Spielmarken wirkliches Geld bedeuteten, ließ sich auf die Dauer nicht aufrechterhalten; es war, als wollte man von leeren Tellern essen. Kennedy gab seinen Türmen einen Stoß; die Spielmarken rollten über den Tisch.

Jamieson, der am Fenster saß, blickte von seinem Buch auf. »Habt ihr endlich genug?«

Tashlian mischte die Karten mechanisch. »Du hast's gut – du hast deine Bücher und den Kopf dafür. Lesen – ich hab's mir nie angewöhnen können. Und wieviel Zeit kann der Mensch mit einer Seite Comics in der Zeitung totschlagen?«

»Hör auf zu mischen«, sagte Kennedy. »Du machst mich nervös.«

Tashlian warf die Karten auf den Tisch. Kennedy betrachtete Tashlians Hände, die jetzt still auf der Tischplatte lagen, und starrte dann auf die eigenen. Der Schmutz, der sich in die Haut gefressen hatte, war bereits verblaßt. Man brauchte keinen Kalender, um festzustellen, wie lange der Streik schon dauerte. An den Händen konnte man die Zeit erkennen, und an dem Gefühl im Magen, und auch an den Gesichtern der Kinder war sie abzulesen.

»Bist du in der Polonia-Halle gewesen?« fragte er Smith.

Smith machte ein saueres Gesicht.

»Irgend jemand dort?«

Smith hob die Karten auf und ließ sie ziehharmonikaartig von einer Hand in die andere fallen. »Sieh mal einer an!« sagte er erstaunt. »Jetzt kann ich's wieder! Früher kannte ich Dutzende solcher Tricks.« Er breitete die Karten zum Fächer aus. »Soll ich euch die

Zukunft deuten? Nein, lieber nicht; kommt doch nichts Gutes dabei heraus.« Er scharrte die Karten wieder zusammen und ließ sie gegeneinanderschnappen. »Die Halle war voll, Leute sind genug dort; aber das Geschäft geht immer schlechter, sagt Simich. Die Männer sitzen bei einem Glas Bier und starren es an, bis ihnen die Augen krumm und schief werden, und zu Whisky langt es nur bei Geoghans Spitzeln. Und doch kommen die Kumpel hin. Wahrscheinlich immer noch besser, denk ich mir, als zu Hause bleiben und sich das Genörgel der Frau anhören.«

Bilek blickte sich schuldbewußt um, aber Martha war aus der Küche hinausgegangen.

Jamieson legte sein Buch zur Seite. »So kann es nicht weitergehen. Dieser Streik ist anders, als die Streiks früher waren, wo die Gewerkschaft die Leitung hatte und man sich nur einmal wöchentlich zu melden hatte, um die Streikunterstützung einzukassieren. Diesmal haben *wir* die Sache angefangen; aber wir haben sie fallengelassen, als ob sie uns nichts anginge, und keiner kümmert sich um den andern.«

»Na ja«, sagte Tashlian. »Der Mercadante sollte doch –«

»Mercadante!« Bilek lachte ironisch. »Der hat sich als Hilfskoch in Pintos Pizzeria an der Sechsten Avenue unten am Fluß Arbeit verschafft. Meine Frau hat ihn selber gesehen, mit einer weißen Mütze auf dem Kopf und einer dreckigen Schürze vorm Bauch. Mercadante geht's gut.«

»Das fette Schwein!« Smith war wütend, da er sich Mercadante inmitten der wunderbaren Gerüche italienischer Kochkunst vorstellte. Er wandte sich Jamieson zu. »Was soll man denn bitte schön tun? Streikposten stehen vor der Sarah-Pritchett-Grube, nur so zum Spaß? Wir haben ihnen die verdammte Zeche zugemacht, und keine Seele kommt herein mit Ausnahme der Leute, die wir der Direktion zur Instandhaltung und zum Pumpen zur Verfügung stellen.«

»Der Laden ist zu –«, bestätigte Bilek, »solange Gnocchi und die Direktion nicht versuchen, Streikbrecher heranzuholen.«

Tashlian winkte ab. »Streikbrecher – in einer Grube wie Sarah Pritchett? Wo will die Direktion denn Streikbrecher hernehmen mit genug Erfahrung, um die großen Maschinen zu bedienen und die schweren Züge zu fahren und am Stoß zu sprengen und die Kammern auszubauen und das Wasser abzupumpen...«

»Und da gibt's auch noch Gesetze!« fügte Smith mit Überzeugung hinzu. »In ein Untertage-Bergwerk dürfen nur Bergarbeiter mit gültigem Häuerschein einfahren. In unserer Gegend gehören alle, die den Häuerschein haben, zur Gewerkschaft. Glaubt ihr denn, daß der Manager oder Gnocchi oder sonst jemand verrückt genug sind, ihre Grube zu riskieren?«

»Entschuldigt den Ausdruck«, sagte Bilek, »aber wenn es darum geht, einen extra Dollar zu verdienen, scheißen sie dir auf Gesetz und Sicherheit.«

»Na ja, vielleicht«, gab Smith zu. Er kaute nachdenklich an seiner langen Oberlippe. Dann versicherte er: »Aber solange unsre Gewerkschaftsgruppe zusammenhält, können sie's eben doch nicht!«

»So?« Jamieson sprach zu dem fahlen Viereck Himmel im Fenster. »So sollen wir also hier sitzen und abwarten, bis die letzten Kartoffeln alle sind und die Gewerkschaftsgruppe nicht mehr zusammenhält? Ist das euer Vorschlag?«

Kennedy betrachtete Jamiesons knochige Handgelenke, die aus den zu kurzen Ärmeln seiner Jacke herausragten. Im Grunde paßte weder Jamieson noch irgendeiner von ihnen, Bilek eingeschlossen, in diese blitzblanke Küche mit ihrem neuen Elektroherd und ihrem weißglänzenden Kühlschrank. Die Küche war Martha, sie war Marthas Amerika, ein eifersüchtig gehütetes Eiland, bezahlt mit Jahren von Bileks Schweiß – ein Zufluchtsort, wo man sich in Frieden hinsetzen konnte und sicher war vor den Augen der Kinder und vor der Stimme Evalines und vor Angelines Schweigen. Und jetzt, sobald die letzte Kartoffel aufgegessen war, oder vielleicht schon vorher, würde auch dieses Eiland zerbröckeln. Wenn nicht –

»Wir müssen etwas organisieren«, sagte er.

»Vielleicht einen Pokerwettbewerb?« witzelte Tashlian. »Um die Meisterschaft des Pokie-Tals im Halsabschneiden?«

»Organisiertes Pokern ist immerhin noch besser als unorganisiertes Nichtstun«, unterbrach ihn Kennedy. »Wir müssen die Kumpel zusammenhalten, oder alles fällt auseinander. Der Zerfall hat schon eingesetzt. Seht euch doch uns selber an!«

Die Tür wurde aufgerissen: Pete Webb.

»Füße abtreten!« kam Marthas Stimme von irgendwoher. »Den Dreck vom ganzen Berge auf meinen frisch gewachsten Fußboden schleppen, was!«

Webb zog sich hastig zu dem Fußabstreicher auf der Veranda zurück. Dann kam er wieder herein und stand offenen Mundes da, noch ganz außer Atem. »Ich bin was gerannt – den ganzen – Berg herauf –«

»Setz dich«, sagte Bilek. »Zieh deine Joppe aus. So zu schwitzen, und dann rein in die warme Küche, und wieder raus in die Kälte, da kannst du dir ja den Tod holen, und vielleicht sogar Lungenentzündung!«

»Die fahren Kohle«, sagte Webb.

»Kennedy war aufgesprungen. »Was!«

»Wer fährt Kohle?« Jamieson verließ seinen Platz am Fenster und trat an den Tisch.

»Kohle von wo?«

»Wohin wird sie gefahren?«

»Laßt Webb doch reden!« mahnte Kennedy.

Bilek wiederholte: »Zieh dir die Joppe aus, Pete! Willst du ein Glas Tee? Martha!«

Martha kam; sie war noch dabei, sich die Schürze zuzubinden.

»Mach Pete Webb ein Glas Tee.«

»Wenn's weiter nichts ist!« Sie ging auf Filzsohlen zur Pumpe und ließ Wasser in einen blankgeputzten Topf laufen und kam zum Herd zurück und drehte am Schalter. »Wenn's weiter nichts ist! Tee willst du, Pete Webb? Ich dreh an dem Schalter hier, und eins zwei drei ist Tee fertig. So viel, wie du willst. So ist das in Amerika.«

Webb hatte endlich seine Joppe geöffnet und wischte sich die Stirn. »Ich war in der Polonia-Halle«, berichtete er, »und bin dann mit dem Bus zurückgefahren, und wie ich auf der Straße von der Endstation aus weitergehe, denk ich, ich seh nicht richtig. Ich sehe ein Lastauto –«

»Was für ein Lastauto?« wollte Kennedy wissen.

»Wenn du glaubst, es war so eine kleine alte Kiste mit irgendeinem kleinen Kerl am Steuer, der irgendwo ein paar Sack Hausbrandkohle aufgetrieben hat – dann irrst du dich. Ein Riesenlaster war das, ein Dreieinhalbtonner, für regulären Kohlentransport gebaut –«

»Beschriftung?«

»Konnte keine erkennen.«

»Kennzeichen?«

»Ist viel zu schnell vorbeigefahren.«

»In welcher Richtung fuhr er?«

»Pittsburgh, nehme ich an.«

»Was für Kohle hatte er geladen?«

»Abgesiebt war sie nicht – mir sah es aus, als ob die Kohle geladen worden wäre, wie sie eben kam. Aber das ist lange nicht alles!« Er hielt inne. Die Tatsache, daß es Mickies Vater war, mit dem er sprach, war ihm plötzlich zum Bewußtsein gekommen.

»Also!« sagte Kennedy. »Sitz nicht wie ein Ölgötze!«

»Es fuhren dann noch zwei Laster vorbei, beide so groß wie der erste«, sagte Webb schwerfällig. »Ich wußte nicht, was ich tun sollte. Ich dachte, vielleicht ist es am besten, ich gehe zur Halle zurück und sag es den Kumpels dort. Dann dachte ich mir, bevor ich zur Endstation laufe und auf den nächsten Bus warte und den ganzen Weg zurückfahre, das dauert zu lange, und du warst ja nicht in der Halle gewesen, als ich von dort wegging. So bin ich den ganzen Berg hinaufgerannt und zu deinem Haus gekommen, und Mickie hat mir gesagt, du wärst bei Bileks –«

»Und wie lange hast du bei Mickie herumgesessen?« erkundigte sich Kennedy.

Webb hatte seinen Tee bekommen. Die Hand, die das Glas hielt, zitterte.

»Ich bin ohne Aufenthalt hierhergekommen.« Er vermied Kennedys Blick. »Ich hab doch gewußt, wie wichtig die Sache ist...«

»Da hast du mal recht – äußerst wichtig!« Kennedy fühlte sich erleichtert, daß Webb wenigstens keine Zeit vertrödelt hatte – dann fiel ihm ein, daß er Webb seit Streikbeginn überhaupt nicht mehr in seinem Haus gesehen hatte... Aber wie dem auch sei, jetzt konnte er es sich nicht leisten, Webbs Gefühlsleben zu untersuchen. »Drei Laster?« fragte er. »Nur drei?«

»Ich habe nicht weiter gewartet«, sagte Webb.

»Die Frage«, erklärte Jamieson, »ist nicht: wie viele Fuhren. Darauf kann man sich verlassen – wenn drei vorbeigekommen sind, wird es dort, wo sie her sind, noch mehr geben. Die Frage ist: wie viele mehr werden noch kommen, und wo kommen sie her?«

»Von den Stahlwerken?« schlug Tashlian vor. »Die Stahlwerke haben ja in den ganzen letzten Monaten vor dem Streik Reserven angelegt...«

»Die Stahlwerke benutzen keine Lastautos zum Kohlentransport«, sagte Kennedy. »Bei den großen Mengen wäre das zu kostspielig. Die Stahlwerke transportieren ihre Kohle per Bahn oder auf dem Wasserwege.«

»Aber die Gruben sind doch alle durch den Streik geschlossen!« verteidigte Smith seine alte Theorie. »Was für Sarah Pritchett zutrifft, trifft für die Zechen in unserm Kreis und im ganzen Kohlenrevier zu.«

»Für die Untertage-Zechen«, sagte Bilek, »ja.« Seine Augen verkniffen sich nachdenklich. »Aber ich kenne hier Gegenden, wo man bloß ein paar Fuß Oberflächenerde wegschaufeln muß, und man ist an der Kohle. Gute Kohle ist das zwar nicht, aber wenn keine andere Kohle zu haben ist –«

»Wird sie einem gerne abgekauft!« beendete Kennedy den Satz. »Und zu hohen Preisen; und jede Tonne dieser Kohle, die auf den Markt kommt, bedeutet, daß es für uns um so schwerer wird.«

»Tagebau!« Smith schlug sich gegen die Stirn. Für Tagebau brauchte man keine gelernten Bergarbeiter mit Häuerscheinen.

»Natürlich, Tagebau!« sagte Kennedy. »Daran hätten wir längst denken sollen. Jeder Farmersjunge, der eine Spitzhacke schwingen kann, jeder Landstreicher, der eine Schaufel in die Hand zu nehmen bereit ist, jeder x-beliebige, der einen Exkavator oder einen Traktor oder ein Lastauto zu führen gelernt hat, wird zum Streikbrecher. Und da die großen Untertage-Gruben zu sind, macht sich die Streikbrecherarbeit bezahlt.«

Ihre Mienen verdüsterten sich. Alle hier wußten von den ungeheuren Kohlenflözen, die in diesem Teil des Landes dicht unter der Oberfläche lagen und an den Seiten der Hügel ausstrichen; sie wußten, daß jedermann, der sich am Abbau solcher Kohle rasch ein paar

Dollar verdienen wollte, es ohne Bedenken tun würde; und sie wußten, daß die lockenden Dollars eine Menge sonst ganz anständiger Menschen in Feinde verwandeln würden – in Feinde, die man irgendwie wirksam bekämpfen mußte, wenn man nicht selbst ausgehungert und geschlagen werden wollte.

»Wo wollt ihr hin?« Martha stand schützend vor ihrem elektrischen Herd, als drohte ihr jemand, ihn zu rauben. »Gott sei Dank, sage ich mir, nun geht mir der Mann doch nicht mehr zur Arbeit, wo ihm ein großes Gebirge über dem Kopf hängt; und jetzt läuft er doch wieder fort. Wo wollt ihr hin?«

»Sei still, Frau!« sagte Bilek, und nahm seine Mütze und seinen Schal von dem Kleiderständer in der Ecke. »Wir gehen mal weg, und ich weiß noch nicht, wann wir zurückkommen, und du kannst mir das Abendessen warm stellen.«

Im Verlauf ihres Lebens mit ihm hatte sie langsam gelernt, was dieser Ton bedeutete. Er sprach nur selten so, aber wenn er es tat und wenn sein Mund sich auf diese ganz besondere Art verkniff, dann war es sinnlos, noch weiter auf ihn einzureden. Und der Ausdruck auf den Gesichtern Kennedys und Jamiesons und der anderen Männer unterschied sich kaum von dem ihres Mannes.

Martha Bilek seufzte, und als er »Auf Wiedersehen, Frau!« sagte, nickte sie, konnte aber nicht sprechen.

»Auf Wiedersehen, Mrs. Bilek!« sagte Jamieson. »Wir gehen nur, um dem Vorsitzenden unserer Gewerkschaftsgruppe einen kleinen Besuch abzustatten und mit ihm ein bißchen wegen dieser Kohlenfuhren zu reden.«

»Auf Wiedersehen, und vielen Dank!« sagte Kennedy.

Bilek ging als letzter. In der Tür blieb er noch einmal stehen, als habe er etwas vergessen. Dann kam er hastig zurück zu Martha und küßte sie auf die faltige Wange.

Ein leicht abfallendes Feld erstreckte sich zwischen der Hintermauer von Pintos Pizzeria und den träge fließenden Wassern des Pokie. Während der Sommermonate wucherte Unkraut dort zwischen rostigen Blechdosen und anderem Kehricht. Im Frühling überflutete der Fluß das Feld und hinterließ darauf alles mögliche, von sonderbar geformtem Treibholz bis zu toten Hunden. Jetzt im Winter war die Erde gefroren, und ein kalter Wind blies darüber hin, Mercadante direkt ins Gesicht.

Er beeilte sich, den großen Abfalleimer auszuleeren, den Pinto ihm hinauszutragen befohlen hatte. Er wollte gerade schon ins Restaurant zurücklaufen, da hörte er, wie ein Automobil anhielt. Von der Straße her kamen Stimmen, die ihm bekannt erschienen. Er ging um das Gebäude herum nach der Straßenseite der Pizzeria. Keine Seele vor dem Laden, aber der am Bordstein geparkte Wagen war unverkennbar. Verflucht, dachte er, wozu müssen die auch noch hierher kommen! Er schob sich seine Kochsmütze nach vorn über die Stirn, wobei er fünf weitere fettige Fingerabdrücke den schon auf der Krone befindlichen hinzufügte, rieb sich die Hände an der Schürze ab und begrüßte die sechs Mann am Tresen mit der Herzlichkeit und dem Lächeln des berufsmäßigen Boulettenverkäufers.

»Freunde von Ihnen?« fragte Pinto von der Kasse her, mit einem bedeutungsvollen Nicken in Richtung von Jamieson.

»Freunde von mir!« sagte Mercadante. »Sehen Sie – ich bringe Ihnen Kundschaft!«

Pinto legte Wert auf ausschließlich weiße Kundschaft, gerade weil sein Lokal in unmittelbarer Nachbarschaft des Negerviertels lag. Aber es war noch früh am Nachmittag, der Mittagsandrang war vorüber, und die Abendgäste würden sich erst in ein paar Stunden einstellen. »Dann kümmern Sie sich um Ihre Kundschaft, Mercadante!« sagte er schlecht gelaunt.

Mercadante lehnte sich über den Tresen. »Nett von euch, daß ihr einen alten Kumpel mal besucht! Ich arbeite hier nur ein paar Stunden am Tag, um meinem Freund Pinto auszuhelfen. Er hat ein kaputtes Herz.«

»Hah!« Pinto unterbrach seine Addition der Mittagsrechnungen. »Hundert Jahre werd ich! Mein seliger Vater in der alten Heimat ist beinahe hundert geworden, und mein Großvater auch! Ein kaputtes Herz hat noch keinen Pinto umgebracht!«

Mercadante zwinkerte seinen Gästen zu und pochte sich dabei gegen die Schläfe. »Pizza für alle?« fragte er. »Wir backen die beste Pizza zwischen hier und Pittsburgh, und auch in Pittsburgh gibt's nur ein Lokal, wo sie so gut ist wie bei uns. Dreißig Cents die ganze Pizza. Frisch vom Ofen.«

»Du weißt doch, daß wir kein Geld haben!« Kennedy wollte verhindern, daß Webb auf den Gedanken kam, die ganze Gruppe freizuhalten. »Wir möchten mal mit dir reden.«

»In einem Restaurant muß was verzehrt werden!« sagte Mercadante, nicht sehr glücklich.

»Du hast deinen Posten in der Gewerkschaft doch nicht etwa niedergelegt?«

»Wieso – was meinst du!«

»Ich meine, wenn deine Mitglieder zu dir kommen, um mit dir über gewerkschaftliche Fragen zu sprechen, dann mußt du ihnen schon die notwendige Zeit einräumen.«

Das Schubfach der Kasse sprang mit großem Geklirr und Geklingel auf. »Was ist die Bestellung?« fragte Pinto.

»Sechs Pizzas!« rief Mercadante ihm zu.

»Gratis?« flüsterte Kennedy.

»Auf meine Kosten«, flüsterte Mercadante ärgerlich und schob Kennedy zwei Dollarscheine zu. »Die zwanzig Cents sind mein Trinkgeld.« Dann ging er nach hinten zur Küche und steckte sechs Pizzas in den Ofen.

Kennedy blickte längs des Tresen auf die Gesichter seiner Kumpel und sagte grinsend: »Wenn der Streik wirklich unangenehm wird, können wir dieses Lokal eventuell als Streikküche benutzen. Fünfhundert Pizzas täglich, und Mercadante kann dafür zum Engrospreis zahlen.«

»Was?« sagte Pinto.

»Nichts, Mr. Pinto. Wir sprechen nur über Gewerkschaftsfragen.«

Mercadante war zum Tresen zurückgekehrt, ließ aber den Ofen nicht aus dem Auge. »Was wollt ihr also? Und beeilt euch.«

»Wir machen's schon kurz.« Kennedy wischte das Besteck ab, das Mercadante ihm hingelegt hatte.

»Nun?« fragte Mercadante.

Kennedy stieß Webb an. »Erzähl ihm die Geschichte!«

Mercadante blickte mißbilligend auf Webb, seinen Partner, der in so schlechte Gesellschaft geraten war. Schon wieder läßt er sich benutzen, dachte er, und läßt sich von diesem lausigen Kennedy vorschieben.

»Na ja«, begann Webb, »ich bin in der Polonia-Halle gewesen –«

»Fang nicht mit Adam und Eva an«, sagte Kennedy. »Erzähl ihm, was du gesehen hast!«

»Lastautos mit Kohle beladen!« sagte Webb erregt. »Mit Kohle beladen bis zum Rand, auf der Chaussee nach Pittsburgh. *Das* hab ich gesehen!«

Er wartete auf irgendeine Äußerung Mercadantes, irgendein Zeichen, daß die Nachricht Eindruck auf ihn gemacht hatte.

Mercadante verteilte weiter Bestecke. »Pizza ißt man eigentlich mit der Hand«, sagte er, »aber manche Leute sind sehr eigen.«

»Ist das alles, was du dazu zu sagen hast?« fragte Jamieson.

»Ist das alles, was ihr mir zu berichten habt?« fragte Mercadante. »Deshalb seid ihr gekommen? Das ist die große Neuigkeit?«

»Vielleicht langt's dir nicht?« sagte Bilek.

Mercadante lächelte herablassend. »Ihr Leute von Pritchett Heights, ihr seid ja vom Dorfe, ihr wißt überhaupt nichts! Als ob das die ersten Laster mit Kohle gewesen wären, die durch Goldsborough gekommen sind! Mein Gott, ein paar von den Fahrern sind Jungens von hier, und sie kennen unser Lokal und sie haben hier am Tisch gesessen und Pizza gegessen!«

»Und du hast ihnen nicht ein bißchen Rattengift beigemischt?« fragte Smith.

Mercadante lachte gezwungen.

»Was ist da so komisch?« rief Pinto herüber. »Passen Sie lieber auf, daß die Pizzas nicht anbrennen.«

»Keine Sorge, Mr. Pinto!«

»Keine Sorge, Mr. Pinto!« äffte Kennedy nach. »Was, zum Teufel, glaubst du denn, was du bist, Mercadante? Und wofür, zum Teufel, glaubst du denn, daß wir streiken? Doch wohl, um zu verhindern, daß Kohle gefördert wird, oder? Und um zu verhindern, daß Kohle auf den Markt kommt, oder?« Er starrte Mercadante wütend an. »Antworte!«

»Mein Koch soll sich gefälligst um die Küche kümmern!« sagte Pinto.

Dünne Rauchringe drangen aus dem Ofen. »Jesus Maria!« rief Mercadante, »die Pizzas!« Er rannte in die Küche und drehte die Flamme ab und zog hastig die Backbleche heraus; er roch an der Pizza und rief ins Restaurant hinein: »Gerade richtig sind sie geworden! Schön knusprig und alles!«

»Dem alten Pinto in den Hintern kriechen«, sagte Smith, »das ist alles, was er kann.«

Mercadante brachte die Pizzas. »Vorsichtig«, warnte er, »sie sind noch heiß. Wollt ihr Pfeffer haben?« Er schwenkte den gläsernen Behälter mit den grob gemahlenen roten Körnern.

»Eine Antwort wollen wir haben.« Kennedy hob ein Eckchen seiner Pizza hoch und biß hinein, als täte er Mercadante damit einen Gefallen.

»Frag keine dummen Fragen, dann kriegst du keine dummen Antworten«, sagte Mercadante mürrisch. »Wofür hier gestreikt wird, das weiß doch jeder.«

»Wenn also irgendwo Kohle gefördert und nach Pittsburgh und Gott weiß wohin noch geschafft wird, was sollen wir deiner Meinung nach tun? Zur Arbeit in die Sarah-Pritchett-Grube zurückgehen oder uns aufhängen oder Mr. Pinto fragen, ob er uns nicht vielleicht als Tellerwäscher haben will?«

»Ich hab keine Arbeit für euch«, sagte Pinto. »Ich habe auch Mercadante nur Arbeit gegeben, weil er der Schatzmeister der Italienisch-Amerikanischen Bruderschaftsloge ist.«

»Wir sprechen nur über Gewerkschaftsfragen, Mr. Pinto!« sagte Mercadante, peinlich berührt. »Meine Freunde wollen keine Arbeit von Ihnen.«

»Das fehlte mir gerade noch«, sagte Pinto. »Ich habe Ihnen doch erklärt, Mercadante, ich kann nicht jedem Hinz und Kunz Arbeit geben. Meine Pizzeria ist ein erstklassiges Lokal.«

»Jawohl, Mr. Pinto.«

»Was *ist* also deine Meinung, Bruder Mercadante?« fragte Kennedy.

»Hierzulande gibt es Hunderte kleiner Tagebau-Gruben, und große gibt's auch. Kann ich vielleicht losgehen und sie sperren? Und wenn wir sämtliche Mitglieder unsrer Gewerkschaftsgruppe nähmen – könnten sie vielleicht den Tagebau verhindern? Und selbst wenn wir es fertigbrächten, ein paar von diesen Gruben stillzulegen – was machen wir mit all den andern? Und wenn wir Streikposten vor ein paar von den andern stellen, dann fangen uns die, die wir gestern zugemacht haben, wieder zu arbeiten an!«

»Aber versuchen könnten wir's wenigstens!« sagte Smith. »Immerhin wäre das noch besser, als die Streikbrecher mit Pizzas zu füttern.«

Pinto stieß die Schublade der Kasse zu. »Ein Kunde ist ein Kunde!« erklärte er laut. »Erzählen Sie meinem Koch nicht, wen er zu bedienen hat und wen nicht.«

»Paß mal auf, Mercadante!« Kennedy schob den größeren Teil seiner Pizza zur Seite. »Mich widert das langsam an – ein Kerl halb Gewerkschaftsvorsitzender und halb Tomatensauce und Käse.«

»Komm mir bloß nicht so!«

»Ich spreche nicht nur für mich selber. Ich spreche für die Kumpel, die mit mir hierhergekommen sind, und für viele andere auch, und du wirst dir anhören, was ich zu sagen habe. Die Streikbrecherkohle, die jetzt auf den Straßen herumgekarrt wird, ist eine Bedrohung für uns alle, eine viel zu große Bedrohung, als daß eine Gewerkschaftsgruppe allein mit ihr fertig werden könnte. Du gehst jetzt zum Telephon und rufst die Distriktsleitung an!«

»Die Distriktsleitung!« rief Mercadante aus. »Weißt du, was ich von der Distriktsleitung bekommen habe?« Er hob seine Schürze hoch, griff in seine Hosentasche und zog ein zerdrücktes, kleingefaltetes Telegramm heraus. »Bitte schön, lies selber!«

Das Telegramm war offensichtlich echt. Es war vom Distrikt ausgesandt worden, obwohl es die Unterschrift des Gewerkschaftspräsidenten in Washington trug. Kennedy las es und gab es weiter.

»So – er verlangt also, daß wir die Arbeit wieder aufnehmen!« sagte Tashlian, der das Telegramm als letzter in die Hand bekommen hatte.

»Er meint's wohl nicht ganz ernst«, sagte Mercadante entschuldigend. »Vielleicht ist er von der Regierung unter Druck gesetzt worden. Und ich hab auch in der Sache nichts weiter von der Distriktsleitung gehört.«

»Ob er's ernst meint oder nicht, kümmert mich einen Dreck«, sagte Tashlian, während er mit seinem letzten Stück Pizzakruste die Sauce vom Blech auftunkte. »Ohne Tarifvertrag arbeite ich nicht mehr. Wenn sie Kohle haben wollen, sollen sie selber kommen und sie aus der Erde herausscharren, der Bruder Gewerkschaftspräsident und unsre ganze Regierung.«

»Mach dir keine unnötigen Gedanken über ihn und die Regierung«, erklärte Mercadante in einem Ton, der andeutete, daß er mehr wußte, als er sagte. Er nahm Tashlian das Telegramm weg und steckte es ein. »Aber das ist der Grund, weshalb es keinen Zweck hat, bei der Distriktsleitung anzurufen.«

»Schön«, sagte Kennedy. »Bei der Distriktsleitung kannst du also nicht anrufen, weil man dir dort sagen würde, geh zurück an die Arbeit. Aber etwas anderes willst du auch nicht unternehmen?«

»Soll ich mich vielleicht auf die Chaussee stellen und versuchen, die Kohlenlaster aufzuhalten?«

»Ja!« In Kennedys Augen leuchtete es auf. »Das wäre gar keine so schlechte Idee! Ich glaube sogar, es ist genau, was du jetzt tun solltest – du, zusammen mit allen Mitgliedern unsrer Gewerkschaftsgruppe!«

»Ja!« sagte Smith gedehnt. »Die Laster anhalten und die Kohle von den Lastern schmeißen. Und wenn ein paar von den Lastern nicht eintreffen, wo man sie erwartet, werden die andern vielleicht überhaupt nicht losfahren!«

»Ihr seid wohl verrückt geworden!« Mercadante war plötzlich sehr blaß und lief hin und her hinter dem Tresen wie ein Gefangener in seiner Zelle. »Vollständig verrückt! Wir sind in den Vereinigten Staaten, wo jeder das Recht hat, auf den Straßen zu fahren. Was wollt ihr: die ganze Polizei auf uns hetzen?«

»Schau ihn dir an!« Tashlian lachte und schleuderte sein leeres Pizzablech auf Mercadante. Mercadante duckte sich hastig. »Schau ihn dir an, einen großen, starken Bergarbeiter – und hat Angst vor der Polizei!«

»Ich hab vor niemand Angst!« schrie Mercadante. »Aber ich werd mich hüten, mich gegen das Gesetz zu stellen! Wenn ihr alle verrückt geworden seid –«

Pinto kam eilig von der Kasse herüber. »Schöne Freunde haben Sie, Mercadante! Leute, die mit meinem Geschirr werfen und Nigger ins Lokal bringen und die Polizei umbringen wollen! Werfen Sie sie raus, auf der Stelle! Kassieren Sie ab und werfen Sie sie raus! Sonst zerschlagen sie mir noch mein Restaurant!«

»Mr. Pinto«, sagte Jamieson langsam, »das Wort heißt *Neger.*«

»Raus!« keifte Pinto. »Raus!«

Mercadante kam um den Tresen herum und verlangte seine zwei Dollar zurück und trieb die Männer zur Tür hinaus, alles fast gleichzeitig. Erst als er sah, daß sie alle sechs wieder in ihrem Wagen saßen, atmete er auf.

Kennedy ließ das Fenster herunter. »Schönen Dank für die Pizza!« rief er und ließ den Motor an.

»Was mich betrifft«, sagte Tashlian, »ich bin fertig mit Mercadante.«

Joey Smith zerrte an seiner Lippe. Dann sagte er: »Am besten übernimmst jetzt du die Leitung, Kennedy. Einer muß doch den Streik führen!«

Eine Anzahl von Männern trat gemächlich aus der Polonia-Halle heraus; sobald der eisige Wind sie aber packte, begannen sie zu laufen. Kennedy, der sie auf dem Parkplatz erwartete, schlug den Kragen seiner Joppe hoch und zählte die auf ihn zueilenden Figuren ab.

»Gut!« sagte er, als sie alle um ihn versammelt waren. »Ihr wißt, was wir vorhaben.«

Nach seiner Ankunft von Pintos Pizzeria hatte er sich die zuverlässigsten Kumpel unter den Anwesenden im Klub ausgesucht. Er hatte sie nicht einmal lange überzeugen müssen, daß etwas unternommen werden mußte, ganz gleich, wie Mercadante und die Distriktsleitung sich zu seiner Aktion stellten.

»Wenn unter euch noch einer ist«, erklärte er, »der sich die Sache überlegen will, soll er es jetzt sagen.«

Er blickte sie prüfend an, aber sie schienen nur ungeduldig zu sein, wollten nicht länger herumstehen in der Kälte und dem Wind.

Jamieson sagte: »Ich glaube, Jack Greene wollte etwas fragen.«

»Ja, Jack?« sagte Kennedy.

»Was denn! Was denn!« knurrte Greene. Greene war ein Schrämer, ein Mann von großer Kraft, trotz seiner bleichen Gesichtsfarbe und seines dauernden Hustens. »Hast du nicht selber gesagt, daß es nicht weiter schwer sein würde, und daß drei Wagen mehr als genug sind, um den Plan durchzuführen? Warum also das viele Gerede?«

»Weil wir ganz sichergehen müssen, daß wir uns auf jeden, der mitkommt, verlassen können. Wir werden auf uns allein gestellt sein–« Kennedy lächelte, als wollte er sich aus irgendeinem Grunde entschuldigen. Schließlich konnte er Greene nicht auf die Nase binden, daß er die Fragen nur stellte, um zu erfahren, wie die Kumpel reagierten; davon hing ab, wie er die verschiedenen Trupps zusammenstellte und auf die vorhandenen Autos einteilte... Jack Greene jedenfalls, der einen eigenen Wagen besaß, würde jemand brauchen, der ihn, wenn nötig, zurückhielt.

»Nun schön«, fuhr Kennedy fort, »wenn alles klar ist, verfahren wir in folgender Weise: Wir sind im ganzen fünfzehn Mann – das bedeutet, fünf Mann per Wagen. Ich nehme die Spitze, weil mein Karren der langsamste ist. Jack Greenes Auto ist Nummer zwei. Bilek – willst du und Tashlian und noch zwei Leute mit ihm fahren? Und jetzt zu dir, Len Bitterman – dein Wagen ist Nummer drei –«

»Nur eine Frage!« sagte Bitterman. »Was tun wir, wenn wir in Schwierigkeiten kommen und uns plötzlich verdrücken müssen – oder wenn wir gefaßt werden?« Bitterman sprach mit einer sehr belegten Stimme, und die fahlen Augen in seinem großen flachen Gesicht starrten vor sich hin, wie immer, wenn er sich Sorgen machte.

»Ich glaube nicht, daß wir große Schwierigkeiten haben werden.« Kennedy gratulierte sich im stillen, daß er Jamieson dem Trupp in Bittermans Wagen zugeteilt hatte. »Und sollte wirklich einer gefaßt werden, dann wär's wohl ich in meiner alten Kiste.«

Bitterman starrte immer noch.

»Vielleicht möchtest du lieber nicht mit von der Partie sein? Keiner würde es dir übelnehmen.«

Bitterman wurde gereizt. »Hab ich etwa was gesagt? Ich wollte nur wissen, falls –«

»Falls die Staatspolizei dazwischenkommt? Sehr einfach – du und Greene, ihr braust mit euren Leuten ab, und ich ziehe die Polizei auf mich. Soll mich die Polizei ruhig verhören; ich werden ihnen schon eine Geschichte erzählen. Aber warum soll die Polizei dazwischenkommen? Alles wird sich so rasch abspielen, daß wir schon über alle Berge sind, bevor überhaupt jemand weiß, was passiert ist.«

Er schwieg, wartete auf weitere Fragen. Aber es kamen keine, und so fuhr er fort mit der Aufteilung: Jamieson und Joey Smith zu Bittermans Trupp, und Pete Webb und Lucas zu seinem eigenen. Die andern durften ihre Plätze selber wählen.

»Worauf warten wir noch?« beschwerte sich Webb. »Mir ist kalt.«

Webb wäre lieber mit Bitterman oder mit Greene gefahren, aber es blieb ihm nichts übrig, als neben Kennedy auf dem Vordersitz des Chevrolets Platz zu nehmen. Er konnte Mickies Gesicht nicht vergessen und den Blick, den sie ihm zuwarf, als er ins Haus trat, um nach Kennedy zu fragen. Es war der gleiche Blick wie damals, als sie ihm sagte, sie möchte ihn am liebsten umbringen.

Durch die Nebenstraßen nach der Pittsburgher Chaussee hin fuhr Kennedy langsam. Aber auch auf der Chaussee schlug er ein nur mäßiges Tempo ein und ließ andere Automobile und die großen Überlandbusse und sogar Lastautos an sich und seiner kleinen Karawane vorbeifahren. An der immer wieder abreißenden, gezwungen klingenden Unterhaltung im Wagen nahm er nicht teil. Er dachte nach. Er wollte einen Aktionsplan entwickeln. Mehrere Ideen boten sich an, aber alle hatten sie ihre Mängel, alle hingen sie ihm zu sehr von Zufälligkeiten ab. Schließlich entschloß er sich, gar nichts vorauszuplanen und sich auf sein Urteil zu verlassen, wenn die Zeit zum Handeln käme. Das Ganze war überhaupt eher eine Frage von Menschen und Führung. Und hier war er sich nicht im klaren. Gewiß, beim Verlassen der Pizzeria hatte Joey Smith etwas von Übernahme der Leitung zu ihm gesagt, aber das war eine persönliche Bemerkung gewesen, nicht ohne Ironie. Kein Mensch hatte ihn wirklich bevollmächtigt; was er tat, unternahm er auf eigene Faust und in niemandes Namen, gegen alle Regeln und in Widerspruch zu allem, was in der Gewerkschaft üblich war. Und sollten Bittermans Befürchtungen sich bewahrheiten, sollte der Ausflug böse Folgen haben, dann hätte man dem Streik mehr Schaden zugefügt, als zehn Mercadantes bewirkt haben könnten.

Nein, es wird glatt gehen, versuchte er sich selbst zu überzeugen. Der Schlag gegen die Kohlentransporte würde völlig überraschend kommen; schon deshalb mußte er gelingen. Und damit war der Beweis erbracht, daß man nicht tatenlos zu warten brauchte, bis der Hunger einen in die Niederlage hineinzwang. War das aber einmal erwiesen, so ließ sich auch alles andere organisieren; und dann konnte auch die eigene Rolle, in die er mehr oder weniger zufällig hineingeraten war, irgendwie legalisiert werden. Denn offiziell hatte er keine Funktion, keinerlei Begründung für einen Anspruch auf Führung – nur seine Gegnerschaft zu Mercadante, sein lächerliches Pöstchen in dem einbalsamierten Beschwerde-Ausschuß und sein Glück beim Poker.

»Was lächelst du?« fragte Webb, der das Schweigen schwer erträglich fand. »Was macht dir solchen Spaß?«

»So, hab ich gelächelt?« Die Straße führte bergauf, und Kennedy schaltete auf den dritten Gang um. Über dem Husten und Spucken des eigenen Motors war das Brummen eines schweren Lasters zu hören. Kennedy blickte in den Rückspiegel. Der Laster fuhr hinter ihm und holte auf.

Kennedy winkte dem Laster, vorbeizufahren. Als der auf gleicher Höhe mit ihm war, sagte er plötzlich: »Aha!« und zu Webb: »Sieh dir ihn mal an!«

Es war ein Kohlenlaster; die hochgebauten Seitenwände, oben in einem fünfundvierziggradigen Winkel nach oben gebogen, ließen keine Zweifel zu.

»Leer!« sagte Webb.

Kennedy signalisierte Greene und Bitterman zu, sich näher anzuschließen. Dann trat er auf den Gashebel, bis sein eigenes Tempo genau dem des Lasters entsprach.

»Eine richtige Verfolgung!« Lucas lehnte sich gespannt nach vorn.

Kennedy spürte Lucas' Atem an seinem Ohr. »Ich hab ein Gefühl –«, sagte er zufrieden grinsend, »wo der herkommt, werden wir noch mehr von seiner Sorte finden!«

In dem Augenblick, da er erkannt hatte, mit welcher Art Laster er es zu tun hatte, war er innerlich ruhig geworden. Er sah und bemerkte alles – die gebeugte Figur des Tankwarts, der das vereiste Glas einer Benzinpumpe abwischte; die Risse auf einem großen Reklameschild, das links vorbeihuschte; die verrostete Karosserie eines Automobilwracks, das kopfüber am Fuß eines Abhangs lag; die Buchstaben, mit Kreide auf die Rückwand des Kohlenlasters geschrieben: *Pittsburgh-Expreß*. Zugleich formte sich in seinem Hirn der Plan, nach dem er vorher so erfolglos gesucht hatte, mit allen Einzelheiten, ein Schritt logisch zum nächsten führend.

Er kannte das Land hier. Er wußte, daß etwa zehn Meilen weiter südlich, jenseits der spärlich bewachsenen Hügel und der Felder, auf denen er Hasen geschossen hatte, sich ein paar verlassene Tagebau-Gruben befanden. Die Straße nach Richfield, die von der Pittsburgher Chaussee abzweigte, führte daran vorbei. Es war eine recht einsame Straße, die nur ein paar armselige Farmen berührte; erst kurz vor Richfield wurde der Verkehr wieder dichter. Bog der Laster rechts in die Straße nach Richfield ein, dann würde alles klar gehen. Wenn nicht – nun, auch dann würde er durchzuführen versuchen, was er sich zurechtgelegt hatte, denn irgendwo mußte der leere Laster doch seine Ladung erhalten.

Das schmutzige Gelb der Verkehrsampel, auf- und abblinkend wie ein entzündetes Auge, wurde in der Ferne sichtbar. An dem Laster flammten die Bremslichter auf. Kennedy streckte seine Hand aus dem Fenster und verlangsamte seine Fahrt. Im Rückspiegel sah er, daß auch Greene und Bittermann jetzt langsamer fuhren. Er wollte dem Laster einen guten Vorsprung lassen – es war besser, man erregte bei dessen Fahrer keinen Verdacht.

Und richtig! Der Laster bog nach rechts ab, auf die Chaussee nach Richfield. Kennedy bog gleichfalls ab und signalisierte seinem Geleitzug, zu folgen. Aber er ließ das Kohlenauto noch mehr Vorsprung gewinnen. Die Wolken hingen niedrig über der Erde, ein leichter Nebel breitete sich über das Land; der Laster war kaum mehr als ein grauer Punkt auf dem welligen Band der Straße.

Lucas stieß ihn an. »Mensch, Kennedy, du läßt ihn noch entwischen!« sagte er heiser. »Was ist denn los mit dir!«

Kennedy hielt die Hand warnend aus dem Fenster. Dann stoppte er, wartete, bis Greene und Bittermann herangekommen waren, lehnte sich auf seinem Sitz zurück, seufzte behaglich, steckte sich eine Zigarette an und sagte: »Wer mal austreten will – bitte schön!«

»Das versteh ich nicht!« Lucas schlug sich aufs Knie. »Da hatten wir ihn schon, ganz allein auf der Chaussee...«

Kennedy öffnete den Schlag, stieg aus und reckte sich. »*Was* hatten wir –«, fragte er, »ein leeres Lastauto?«

Jamieson und Greene und Bilek und Bitterman waren zu ihm getreten.

»Was ist los?« fragte Greene. »Hat dein Chevrolet nicht durchgehalten?«

Bitterman scharrte mit den Füßen. »Gott sei Dank, daß wenigstens der verfluchte Wind nachgelassen hat. Sieht nach Regen aus, nicht wahr?«

Webb war gleichfalls ausgestiegen und hatte sich den anderen hinzugesellt. »Bis zum Ende des Streiks kommt hier kein solcher Laster mehr vorbei«, prophezeite er. »Wir sollten zur Pittsburgher Chaussee zurückfahren.«

Kennedy deutete auf die Männer, die in einer Reihe am Straßenrand standen und pinkelten. »Pete Webb«, sagte er, »wenn du das Wasser nicht halten kannst, dort ist der Platz.«

»Hat doch recht, der Junge!« knurrte Greene. »Wir sind auf die falsche Fährte geraten.«

»Immer noch besser, als zu Hause die Daumen drehen«, erwiderte Jamieson. »Außerdem, Jack Greene, ist so ein Dreieinhalbtonner ja zu nichts nütze, wenn er nicht irgendwo beladen wird und dann nach Pittsburgh zurückfährt, wo die Kohle verkauft werden kann. Wenn der Kerl also in Richtung Richfield gefahren ist, muß er hier wieder vorbeikommen, stimmt's?«

»In meinem Dorf in der alten Heimat«, sagte Bilek, »war ein Gendarm, Rogoczinski hieß er, der trank immer in derselben Kneipe seinen Wodka und sein Bier. Und wenn er voll war, ging er immer auf demselben Weg zurück zur Polizeiwache. Wir brauchten nur am Weg zu warten. Er war eben blöd, dumm, der Rogoczinski, der Gendarm.«

»Und habt ihr lange auf ihn gewartet?« fragte Bitterman.

»Nicht lange«, sagte Bilek. »Und er hat's gehörig abbekommen, jawohl.«

Bitterman lachte verständnisinnig.

»Was war der Witz?« fragte einer von denen, die gerade vom Straßengraben zurückgekommen waren.

»Ach, eine von Bileks Geschichten.« Bitterman zuckte die Achseln. »Nicht so wichtig.«

Kennedy wartete, bis die gesamte Mannschaft wieder beisammen war. »Bis jetzt«, sagte er dann, »haben wir uns bei unsrer Landpartie im großen und ganzen auf unser Gefühl verlassen. Jetzt aber wissen wir, glaube ich, schon etwas mehr, und wir können beraten, was zu tun ist und wie wir es durchführen.«

»Nichts weiß ich«, sagte Greene.

»Der Kennedy weiß schon, was er will!« widersprach Bitterman. Wenigstens hoffte er es; die einsame Straße, das halbverfallene Farmhaus auf dem Hügel oben, das Rauschen der toten Blätter und das Gekrächze der Krähen auf den Feldern gaben auch ihm ein unbehagliches Gefühl.

»Wie Jamieson gesagt hat«, fuhr Kennedy ungerührt fort, »ist es mehr als wahrscheinlich, daß der Laster mit seiner Ladung auf dieser selben Straße auch zurückkehrt. Ich glaube, ich weiß, wohin der Bursche gefahren ist, und wenn man die Ladezeit mit einrechnet, müßte er in dreißig, höchstens vierzig Minuten wieder hier sein« – er blickte auf seine Uhr –, »also gegen fünfzehn Uhr dreißig, immer noch bei Tageslicht. Das erleichtert uns die Arbeit; unangenehm ist nur, daß man uns schon aus größerer Entfernung beobachten kann. Wir müssen also auf Autos aufpassen, die zufällig vorbeikommen können. Außerdem besteht die Möglichkeit, daß unser Laster nicht der einzige ist, der für die Streikbrecher fährt. Wir müssen also bereit sein. Zunächst schlage ich vor, daß wir unsere Wagen wenden, so daß wir in Richtung der Pittsburgher Chaussee geparkt sind –«

Green unterbrach ihn. »Warum stellen wir sie nicht einfach quer über die Fahrbahn und sperren die Straße?«

»Weil wir nicht allein auf der Welt sind. Oder möchtest du, daß ein Staatspolizist auf seinem Motorrad zufällig in unsere Barrikade hineinfährt? Außerdem wären wir schon von weitem sichtbar, der Fahrer des Lasters wäre gewarnt. Nein, je unauffälliger, desto besser. Wenn es nur seitlich der Straße ein Gehölz oder so etwas gäbe; aber es ist ja nichts da...«

Bileks Gesicht zog sich in die Breite. »Und wie wir dann dem Rogoczinski, dem Gendarm, begegnet sind, da haben wir getan, als ob wir alle besoffen wären. Gegen Besoffene, dachten wir, schöpft er keinen Verdacht.«

»Leider haben wir nichts zu trinken mitgebracht«, sagte Smith düster. »Nächstes Mal, wenn wir einen Ausflug in dieser Temperatur vorhaben, müssen wir einfach das Geld für ein paar Liter Schnaps auftreiben.«

Jamieson zog die Schultern hoch, gegen die Kälte. »Warum würden wohl drei Autos am Chausseerand stehen?« fragte er beinahe lehrerhaft. »Selbstverständlich, weil eins von ihnen kaputtgegangen ist und die Fahrer der andern beiden bei der Reparatur helfen. Bei allem Respekt, Kennedy, für deinen Chevrolet – aber du müßtest nur die Haube hochheben, und jeder Uneingeweihte wird glauben, der Motor ist herausgefallen.«

»Vielleicht könnten wir einen Mann unter das Auto legen, so daß die Beine gerade noch herausschauen«, schlug Webb vor und fügte, sofort wieder scheu geworden, hinzu: »Damit es echt aussieht.«

Kennedy schlug ihm auf den Rücken. »Echt – jawohl! Du hast dich in eine großartige Stellung hineingeredet, Pete!«

Alles lachte.

»Doch nicht die ganze halbe Stunde mit dem Rücken auf der Straße!« sagte Webb.

»Vielleicht dauert's nur fünfundzwanzig Minuten«, tröstete Kennedy und wandte sich Greene und Bitterman zu. »Wir werden den Laster an uns vorbeilassen. In dem Augenblick, wo er vorbei ist, steht Webb auf, und wir fahren los. Ich überhole das Lastauto sofort, fahre ihm eine halbe Länge voraus, halte mich rechts und zwinge es zur Seite, bis der Fahrer entweder anhält oder in den Straßengraben gerät –«

»Oder in dich hineinfährt«, sagte Jamieson langsam.

»Wird er kaum tun.« Kennedys Gesicht hatte einen harten Ausdruck. »Du, Greene, pirschst dich links neben den Burschen heran und bleibst an seiner Seite; Bitterman fährt hinter dem Lastauto auf, so daß der Fahrer auch nicht mehr nach rückwärts ausweichen kann. Das wäre ungefähr der Zauber. Was weiter kommt, hängt davon ab, was der Fahrer tut.«

»Klar genug«, sagte Greene und sah zum erstenmal heiter aus.

»Und noch eins«, schloß Kennedy. »Keine Gewalttätigkeit gegen den Fahrer, es sei denn, er versucht's mit Gewalt. Er ist zwar ein Streikbrecher, aber nur einer von den kleinen. Die großen Herren, die hinter den Tagebau-Gruben stecken, das sind die, denen wir's zeigen wollen.«

Er atmete tief, sog die kalte, feuchte Luft ein.

»He, Chef!« rief Greene ihm zu.

Kennedy blickte ihn überrascht an.

»Na ja, bist doch der Chef«, sagte Greene. »Gib ein bißchen auf dich acht, daß dir nichts passiert!«

Kennedy nickte. Es fiel ihm keine gute Antwort ein. Das Sonderbare war, daß Greene das nicht als Witz gesagt hatte; Greene hatte es ernst gemeint.

Das schwere, hoch beladene Lastauto hielt kreischend an. Das rechte Vorderrad hatte sich in die Erde neben dem Asphalt gewühlt; große Kohlebrocken hatten sich gelöst und waren auf die Straße gefallen.

Der Fahrer steckte den Kopf aus dem Fenster, das magere Gesicht wütend. »Wohl verrückt geworden! Warum paßt du nicht auf, wo du hinfährst, du Blödmann. Mach Platz da –«

Er ließ den Motor an, den er bei dem abrupten Bremsen abgewürgt hatte.

»Beeil dich gefälligst –«

Dann sah er die Männer, die aus dem Automobil ausstiegen und stumm auf ihn zukamen. Ein zweites Auto war links neben ihm aufgefahren.

Kennedy stellte den Fuß auf das Trittbrett des Lasters. »Wir möchten mal mit dir reden.«

»Und wer seid ihr?« sagte der Fahrer, wartete aber die Antwort nicht ab, sondern schaltete plötzlich den Rückwärtsgang ein und gab Gas. Jemand hupte. Ein hastiger Blick in den Rückspiegel: hinter ihm stand noch ein dritter Wagen und schnitt ihm den Rückzug ab.

Kennedy bedeutete dem Fahrer: »Absteigen.«

Der Fahrer sah, daß sein Laster von mehr als einem Dutzend

Männern umstellt war, von denen keiner den Eindruck machte, als verstünde er viel Spaß. Er kletterte von seinem Sitz herunter und fragte herausfordernd: »Was wollt ihr?« und blickte sich unauffällig um, aber die Straße war ein leeres Band, keine Hilfe in Sicht.

»Wer wir sind?« sagte Kennedy. »Was wir wollen?« Seine Ungeduld klang durch. Er wußte, daß zu dieser Stunde Kohlenlaster dieser Art sich durch das gesamte Kohlenrevier bewegten wie Wanzen über ein Gefängnisbett. »Hast wohl noch nie einen Bergarbeiter gesehen?« Er hielt dem Mann die Faust vor die Nase und öffnete sie langsam, damit der sich die Hornhaut und die Schwielen gründlich betrachten könnte. »Wir führen da einen kleinen Streik, falls du noch nichts davon gehört hast – oder hat dir schon jemand zufällig davon erzählt?«

Der Fahrer schluckte nervös. »Ich tue doch niemandem was. Ich hab den Job gekriegt. Ein Mann ist zu mir gekommen und hat mir gesagt, er will meinen Laster mieten, ich soll selber fahren. Ich muß mir mein Brot verdienen wie jeder andere auch –«

»Als Streikbrecher, was?« fiel Bilek ihm ins Wort.

»Wo die Kohle da herkommt, wird nicht gestreikt!« verteidigte sich der Fahrer. »Da wird gearbeitet, Tag und Nacht, und keiner sagt was von Streik... Laßt mich doch weiterfahren, Jungens – ich muß noch nach Pittsburgh –«

Jack Greene lachte tief aus der Brust heraus. Joey Smith höhnte: »Nach Pittsburgh? Warum soll er nicht nach Pittsburgh fahren – nicht wahr, Jungens? Nach Pittsburgh – aber leer!«

Jamieson sagte: »Was soll die Frotzelei! Ihm gehört die Grube doch nicht!«

»Laus bleibt Laus«, sagte Tashlian mit Überzeugung. »Ist doch *unser* Brot, das er stiehlt!«

Webb, der sich das Lastauto gründlich angesehen hatte, schlug zwei Haken an der Hinterwand hoch. »Der läuft automatisch!« rief er Kennedy zu. »Ganz einfache Sache. Nur den Hebel vorn drükken, und der Laderaum hebt sich, die Kohle wird ausgekippt. Soll ich?«

»Aber dann zahlt mir doch keiner!« jammerte der Fahrer.

»Glaubst du, *uns* zahlt einer?« fragte Bitterman.

»Lad ab, Webb!« ordnete Kennedy an. »Weißt du, welcher Hebel es ist?«

»Lastautos kenne ich aus dem Effeff, und –«, Webb beendete den Satz nicht. Ein kleines Lastauto, ein Häuschen, und die Rebhuhnzucht, und Mickie – aber das war alles vorbei. Schwerfällig kletterte er hinauf in die Fahrerkabine, fand den Hebel für den Lademechanismus, drückte ihn herunter. Das vordere Ende des Laderaums hob sich, die Kohle stürzte auf den Asphalt der Straße. Eine schwarzgraue Staubwolke wirbelte auf.

Ein rauhes Hurra kam von den Männern. Webb stieg aus. Beinahe wäre er über den Fahrer gestolpert, der dort stand und eine Zigarette zwischen den zitternden Lippen hielt.

»Jetzt kannst du nach Pittsburgh fahren!« sagte Kennedy.

Doch der Fahrer rührte sich nicht. Vielleicht hoffte er immer noch auf Hilfe, vielleicht wußte er einfach nicht, was er nun tun sollte.

Die Kumpel standen hinter dem Lastauto zusammen, bewunderten den Umfang des Kohlenhaufens, hoben ein paar Brocken auf und machten Bemerkungen über die schlechte Qualität der Kohle. Zwei kleine Jungen mit Eimern in der Hand kamen angelaufen. Jenseits des Straßengrabens blieben sie stehen.

»Na?« rief Kennedy ihnen zu.

Sie sprangen über den Graben. »Herrgott, Mister!« sagte der größere und zog seinen Rotz hoch, »gehört Ihnen die Kohle?«

Die Männer lachten.

Verängstigt wich der Junge zurück.

»Wo seid ihr her?« fragte Kennedy.

Der kleinere Junge zeigte auf ein Farmhaus oben auf der Anhöhe, hinter dessen Fenstern jetzt ein Licht aufleuchtete.

»Hat der Vater euch geschickt?« fragte Kennedy.

»Nein, die Mutter.«

»Und sie hat uns gesehen?«

»Wir alle haben euch gesehen!« sagte der kleinere Junge stolz.

Die Männer lachten nicht mehr.

»Also sagt eurer Mutter«, erklärte Kennedy, »und sagt ihr, sie soll's auch den Nachbarn sagen, die Kohle hier gehört der Bevölkerung. Sie ist umsonst, holt euch, soviel ihr braucht. Habt ihr verstanden?«

»Herrgott, Mister!« sagte der größere Junge. »Herrgott noch mal!« Dann ging ihm auf, daß er sich von der Kohle nehmen durfte. Hastig lud er seinen Eimer voll, als befürchtete er, Kennedy möchte sein Versprechen rückgängig machen.

»Auf Wiedersehen, Kinder!« sagte Kennedy, und zu seinen Leuten gewandt: »Zeit, daß wir hier wegkommen.«

Er trat zu seinem Wagen. Die Regenwolken hatten sich gelichtet, die im Westen trugen rosa Ränder. Der Widerschein auf dem Hinterfenster seines Autos aber stammte nicht von der sinkenden Wintersonne; das waren Scheinwerfer. Wir hätten nicht so lange warten sollen, dachte er und hoffte, daß der Mann am Steuer der rasch sich nähernden Limousine keine unnütze Neugier entwickelte.

Aber der Kerl bremste bereits und hielt hinter Bittermans Wagen an. Er war allein. Er stieg aus, ein noch junger Mann, schick angezogen, gut gebaut. Und er interessierte sich ganz außerordentlich für den Laster und die zwei Kinder und die Eimer. Sein Gesicht verzog sich ärgerlich. Er ging mit langen Schritten auf den Kohlenhaufen zu und riß dem kleineren Jungen den halb gefüllten Eimer aus der Hand.

»Mr. Cummings!« Der Fahrer des Lasters lief zu ihm hin. »Mr. Cummings, ich bin nicht daran schuld! Die Leute dort –«

»Wie ist das passiert?«

Ausgekippt! Sie haben mich angehalten und die Kohle ausgekippt!«

Der kleinere Junge fing zu heulen an. »Ich will meinen Eimer haben, Mister!« Die Kumpel murrten und kamen langsam auf Cummings und den Fahrer zu.

»Geht alles in Ordnung, Kerlchen«, sagte Kennedy zu dem Kleinen. »Du kriegst deinen Eimer zurück und auch deine Kohle.«

Cummings packte den Eimer mit beiden Händen und warf die Kohle darin mit Schwung zurück auf den Haufen. Dann befahl er dem Fahrer: »Machen Sie die Ladeluke auf!« und sagte in demselben dünnen Ton zu den Männern: »Mal ein bißchen mit der Eile! Ihr habt da zwei Eimer. Jetzt ladet ihr die Kohle wieder auf, und daß mir nichts davon auf der Straße liegenbleibt –« Kennedys leichtes Lächeln erregte seinen besonderen Widerwillen. »Ja, Sie dort! Zu Ihnen rede ich!«

Kennedy lächelte immer noch. Cummings, so hatte der Fahrer den Burschen genannt. Cummings, der die große Fresse fünfzehn Mann gegenüber schwang, von denen jeder einzelne ihn ohne weiteres zusammenschlagen konnte – der Mann war entweder von einer unglaublichen Arroganz oder er hatte mehr hinter sich, als es auf den ersten Blick schien.

»Diese Kohle da« – Kennedy nickte in Richtung des Haufens auf der Straße –, »was haben Sie denn damit zu tun?«

»Sie gehört mir.«

»Ach. Ihnen ganz allein?«

Cummings zögerte einen Augenblick. »Wollen Sie jetzt nun aufladen oder soll ich die Polizei rufen?«

»Wie denn?« fragte Kennedy. »Durch Gedankenübertragung?«

Die Kumpel hatten den Ring um Cummings geschlossen. Er begann sich unsicher zu fühlen, man sah es.

»Nicht doch, nicht doch –«, Kennedy hielt seine Leute zurück. »Zum Knochenzerbrechen ist immer noch Zeit...« Und zu Cummings: »Sagen Sie mal, junger Mann – Sie leiten also diesen Streikbrecher-Tagebau weiter südlich an der Straße nach Richfield?«

»Ich kaufe Kohle.«

»In wessen Auftrag?«

»Ich glaube, den Kerl hab ich schon mal in der Stadt gesehen!« sagte Greene in seinem kratzenden Baß.

Kennedy packte Cummings am Kragenaufschlag seines Trenchcoats. »Ich habe gefragt: in wessen Auftrag?«

»Sie haben kein Recht, mir Fragen zu stellen!« erregte sich Cummings. »Wer sind Sie überhaupt? Meine Kohle auszukippen –«

»Wir sind lauter kleine Waldelfen«, sagte Kennedy.

»Bergarbeiter aus Goldsborough sind das!« rief der Fahrer vom Führersitz seines Lastautos aus.

»Wer bezahlt Sie, Cummings? Und wer bezahlt den Laster dort?«

»Lassen Sie mich gefälligst los!« schrie Cummings. »Ich warne Sie –«

Er war blaß geworden; Kennedy erkannte es, obwohl es schon fast dunkel war. »Ich könnte die Wahrheit aus Ihnen herausprügeln, Cummings. Aber ich wende nicht gern Gewalt an.«

»Ich warne Sie!« sagte Cummings noch einmal, aber das klang schon hohl.

»Und ich warne *Sie*! Richten Sie Ihrem Auftraggeber etwas von uns aus. Und es ist mir bitter ernst damit! Sagen Sie ihm, er soll aufhören. Das ist ein hundsgemeines Geschäft, das er betreibt, und wir werden es nicht dulden. Sie haben sich gemerkt, was ich gesagt habe, Mr. Cummings?«

Er erwartete keine Antwort und erhielt keine. Er ließ Cummings' Kragenaufschlag los. »Und nun machen Sie, daß Sie fortkommen, und nehmen Sie sich in acht, daß wir Sie nicht wieder erwischen. Fünfzehn Mann haben Ihre Fresse gesehen und werden sie überall wiedererkennen.«

Die Arbeiter ließen Cummings passieren. Er rannte fast zu seinem Wagen.

»Mal ein bißchen mit der Eile!« rief Bilek ihm nach. »Ihr habt da zwei Eimer!«

»Jawohl!« schrie Tashlian. »Jetzt ladet ihr die Kohle wieder auf –«

»Und daß mir nichts davon auf der Straße liegenbleibt!« höhnte Joey Smith.

Kennedy hob den Eimer auf, den Cummings fallen gelassen hatte, gab ihn den beiden Jungen zurück und sagte ihnen, sie sollten ihn nur ruhig wieder füllen.

»Die Zähne hätten wir ihm ausschlagen sollen«, bemerkte Jack Greene ärgerlich, »und dem Streikbrecherfahrer auch!«

»Vielleicht werden wir's noch tun müssen«, nickte Kennedy. »Das war nur der Anfang heute, und er wird einigen Leuten zu denken geben. Und jetzt – fahren wir nach Hause und organisieren die Sache.«

## *Neuntes Kapitel*

Der Streik fraß sich in das Leben von Goldsborough hinein wie Ätzsäure in eine Kupferplatte. Selbst wenn Hale dem Druck der politischen Atmosphäre gegenüber nicht so empfindlich gewesen wäre, hätte er sich nicht in einen vorgetäuschten Normalzustand zurückziehen können. Er versuchte es mehrmals: er beendete die paar zahntechnischen Arbeiten, die er noch zu beenden hatte; er machte sein Laboratorium gründlich sauber, und wenige Tage darauf wiederholte er das Großreinemachen. Er teilte allen seinen Bekannten mit, daß er bereit sei, Kredit einzuräumen und dringende Fälle frei zu behandeln. Aber kaum einer nahm ihn beim Wort. Die Arbeiter schätzten die Arbeit des Menschen zu hoch, um sie umsonst in Anspruch nehmen zu wollen oder eine zahnärztliche Rechnung anwachsen zu lassen, deren Bezahlung der Streik auf eine nebelhafte Zukunft verschob – lieber ließen sie sich die Zähne im Munde verfaulen.

Er sah Lauffer zu, wie der die alten Zeitschriften im Wartezimmer durchlas, und er sah ihm beim Essen zu. Je weniger der Mann zu tun hatte, desto mehr aß er. Hale begann, die Mahlzeiten zu verabscheuen, bei denen Lauffer sich in nervöser Hast den Kropf vollstopfte, und ebenso die Stunden nach dem Abendessen, wenn Lauffer, lahme Entschuldigungen murmelnd, im Wohnzimmer erschien und blödsinnige Konversation machte.

»Warum machen Sie nicht Urlaub, warum fahren Sie nicht irgendwohin?« fragte Hale schließlich in seiner Verzweiflung. »Jetzt wäre doch die günstigste Zeit dafür!«

»Woher soll ich das Geld nehmen?« antwortete Lauffer mit verlegenem Grinsen. »Sie schulden mir noch über zweihundert Dollar!«

»Hab ich sie vielleicht? Fahren Sie doch zu Ihrer Tante in Harrisburg; die wird schon keine Hotelpreise verlangen.«

»Ich habe keine Tante in Harrisburg.«

»Stroudsburg, dann – mein Fehler. Wer soll diese Nester auseinanderhalten!«

Es endete damit, daß Hale fünfzig Dollar von Trelawney borgte, damit Lauffer die Fahrkarte bezahlen konnte und etwas Taschengeld hatte. Aber sobald Lauffer abgereist war, hatte Hale keinen Grund mehr, sich in seinem Laboratorium aufzuhalten, und nach ein paar Tagen, die er mit Lesen und Gin-Rummy-Spielen totschlug, hielt er es nicht mehr im Hause aus. Er lief ziellos durch die Straßen, hier und da blieb er stehen, um durch die Schaufenster hindurch in die Geschäfte zu starren, wo die Kunden längst ausgeblieben waren und die Verkäufer sich faul an den Verkaufstischen rekelten und Comic-Hefte durchblätterten. Der Streik war überall. Er zeigte sich in der Art und Weise, wie der Polizist an der Ecke seinen Gummiknüppel am Finger schwirren ließ. Er zeigte sich in der Stimmung der Menschen, die vor den Bars und Drug Stores zusammenstanden und über dies und jenes redeten – nie über den Streik – und dabei doch des öfteren über die Schulter blickten, um sich zu versichern, daß kein Unbefugter ihnen zuhörte. Auch aus dem flüchtig gemurmelten »Hallo!« der Bekannten Hales aus den besseren Klassen sprach der Streik – als ob sie nicht ganz wüßten, ob es noch richtig war, ihn überhaupt zu grüßen.

Er hatte auf diesen Streik gehofft und ihn erwartet; jetzt aber, da gestreikt wurde, fühlte er sich weder innerlich bestätigt noch besonders glücklich. Die Tage vergingen, ohne daß etwas geschah. Bei dem Zeitungsstand am Bahnhof kaufte er sich die Großstadtzeitungen, soweit sie nach Goldsborough gelangten; er durchsuchte sie nach Nachrichten über den Streik; was er fand, auch wenn es nur kleine Notizen waren, riß er heraus und behielt er; zu Hause ordnete er die Ausschnitte und klebte sie auf Bogen Papier, die er in einen Schnellhefter steckte. Und die Erinnerung an sein Gespräch mit Geoghan bedrückte ihn. Was für ein Esel war er gewesen, dem Mann auch noch groß anzukündigen, daß dieser Streik sich wie eine Bombe mit Spätzündung im Räderwerk des politischen Apparats auswirken würde! War es denn wirklich so – würde ein Streik je diese Explosivkraft entwickeln? Und weshalb mußte man es Geoghan überhaupt auf die Nase binden? Geoghan würde daraus nur schließen, daß dieser lästige Mensch, dieser Hale, eine Hauptrolle in einem höchst gefährlichen Stück spielte; und dabei hatte er, der großmächtige und gescheite Silas Hale, natürlich nicht das geringste damit zu tun. Bis jetzt hatte der Streik nichts Bemerkenswertes an sich, wenn man die Tatsache, daß er einfach irgendwie weiterging, nicht als bemerkenswert bezeichnen wollte.

Hales Spaziergänge endeten gewöhnlich im Polonia-Club. Es zog ihn dorthin, obwohl das Warten, keiner wußte worauf, dort am deprimierendsten war. Wenn Simich, der Barkeeper, ihm wieder ein Bier ankreidete, wie er es auch für die Streikenden tat, spürte Hale ein unangenehmes Prickeln in den Nerven, und seine Augenlider begannen zu zucken. Er hatte kein Recht, Simichs Gutmütigkeit auszunützen; er war kein Arbeiter, er streikte nicht. Die Arbeiter schienen sich weniger Gedanken zu machen; er dagegen sorgte sich: wo sollte das Geld herkommen, Frauen und Kinder mußten essen. Die Gewerkschaft, deren Präsident sich strikte unbeteiligt verhielt und deren Bankkonten durch Verordnung irgendeines Bundesrichters gesperrt worden waren, zahlte keine Unterstützungen. Bald würden die Lebensmittelgeschäfte nicht mehr anschreiben, und dann würden die Gesichter der Kinder noch magerer werden, die Augen groß und fragend.

Besser, man verließ das Lokal und dachte nicht an so etwas. Und doch blieb er. Was bedeutete ihm der Streik? Nun, wurden die Arbeiter geschlagen, so würde er es in seinem Geldbeutel spüren; sie waren seine Patienten. Aber es ging doch um mehr als das. Wie er Geoghan gesagt hatte: gewannen die Arbeiter den Streik – nicht durch einen Kuhhandel in einem Hinterzimmer in Washington, sondern durch ihre eigene Aktion –, so war das nicht nur eine Niederlage der Unternehmer. Irgendwie war dann auch der Boden unter Geoghan erschüttert und seinem Apparat von beruflichen Rechtsverdrehern und vollgefressenen Polizisten und Billardsalonbesitzern und Spielautomatengangstern und Bordellmüttern.

Aber wie sollten diese Arbeiter gewinnen Menschen ohne Führung, Menschen, die im Grunde nichts weiter wollten als den Bergwerksgesellschaften ein paar lausige Cents pro Tonne Kohle abzuringen. Und doch kam er immer wieder in die Polonia-Halle, saß dort stundenlang und hoffte, daß sich etwas ereignete, etwas Entscheidendes. Aber nichts ereignete sich; und das Warten wurde zur Qual in der sauer riechenden, mit dem Gefühl der schleichenden Niederlage durchtränkten Luft.

Auch heute war er wieder da. Ein paar streikende Arbeiter hatten sich ihm zugesellt und waren dann wieder gegangen. Ein paar von Geoghans Spitzeln standen an der Bar und hielten den einen oder anderen Kumpel frei. Allmählich verschwammen die Gesichter vor Hales Augen, wurden zu einer sonderbaren, amorphen Masse.

Endlich raffte er sich auf zu gehen. Er knöpfte sich schon den Mantel zu, da sah er Kennedy, der in die Halle kam, in seinem Gefolge Bilek, Jamieson, Webb und ein halb Dutzend anderer. Mehrere Kumpel im Saal standen auf und gingen, sie zu begrüßen. Geoghans Spitzel wandten die Köpfe, ließen ihre Schnäpse auf dem Schanktisch stehen und setzten sich in Bewegung.

Hale nahm wieder Platz. Er wollte nicht, daß es aussah, als liefe er Kennedy nach. Äußerlich gleichgültig, öffnete er seinen Mantel, zog die Zeitungsausschnitte, die er heute gesammelt hatte, aus der Tasche und blätterte sie durch. Dann sah er, daß Kennedy auf ihn zukam. Kennedys Gesicht war hager vor Müdigkeit, aber er lächelte, nicht sarkastisch wie sonst, eher kameradschaftlich.

»Gibt's was Neues?« fragte Hale.

»Was haben Sie denn da?« fragte Kennedy.

»Zeitungsausschnitte.«

Kennedy zog einen Stuhl heran. »Über welches Thema?«

»Über den Streik«, sagte Hale.

»Oh – den Streik. Sie sammeln das also?«

»Was kann ich denn sonst dabei tun?« sagte Hale ärgerlich.

»Ich weiß nicht.« Kennedy nahm ein paar von den Ausschnitten, überlas die Überschriften. »Ich lese jetzt kaum noch Zeitungen.«

»Wahrscheinlich sind Sie sowieso besser informiert. *Sie* sind an der Sache beteiligt.«

»Wir sind alle an diesem Streik beteiligt, Doc – jeder auf seine Weise.«

Hale warf ihm einen kurzen Blick zu. »*Das* wäre allerdings eine Neuigkeit.«

Kennedy kratzte sich das unrasierte Kinn. Nach einer Weile sagte er: »Hören Sie zu, Doc – Sie kennen doch die besseren Leute in unserer Stadt einigermaßen. Sind Sie zufällig schon einem Burschen namens Cummings begegnet? Ungefähr dreiundzwanzig Jahre alt, gut aussehend, ein Meter fünfundachtzig etwa, kurzes blondes Haar, fährt einen Ford-Wagen, Modell 1947. Oder haben Sie ihn je zusammen mit irgendwelchen Bekannten von Ihnen gesehen?«

»Cummings?« Hale dachte einen Augenblick nach. »Nein, ich glaube nicht. Was ist los mit ihm?«

»Heute nachmittag haben wir auf der Chaussee nach Richfield einen Laster mit Kohle ausgekippt, die angeblich ihm gehört, und dann haben wir in derselben Gegend noch zwei andere Laster leer gemacht, und die Kohle gehörte sehr wahrscheinlich auch diesem Cummings.«

»Ausgekippt – Laster – Kohle –« Hale versuchte, sich den Vorgang vorzustellen.

»Wir haben ein richtiges System entwickelt«, sagte Kennedy. »Motorisierte Streikposten, so könnte man es ungefähr nennen –«

Hale wurde erregt. Also hatte sich anscheinend doch etwas ereignet! Diese Menschen ohne Führung... »Das ist sehr wichtig für mich, Kennedy. Wie sind Sie auf diese Idee gekommen?«

Kennedy blinzelte vor Übermüdung. »Wir fanden eine neue Streikbruchmethode vor«, sagte er. »Also mußten wir eine neue Methode finden, um dem entgegenzutreten.«

»Richtig. Aber da ist doch noch mehr. Ich habe das Gefühl, Sie haben diesen Streik auf eine, sagen wir, höhere Ebene gebracht. Dadurch kann sich eventuell alles verändern –«

»Für wen?« fragte Kennedy schneidend.

»Vielleicht verstehen Sie mich nicht.« Hale hätte gern von dem gesprochen, was er Geoghan gesagt hatte, scheute aber davor zurück. »Die Menschen. Und auch ich bin mir nicht so sicher, daß ich alles ganz verstehe.«

»Wieso verstehe ich die Menschen nicht?« Kennedy blickte Hale an. »Wenn man ein Loch im Topf hat, Doc, versucht man es zu verstopfen. So haben wir wohl gedacht, und sonst steckt da gar nichts dahinter.«

Hale seufzte resigniert.

»Also Sie kennen Cummings bestimmt nicht?« sagte Kennedy.

Hale schüttelte den Kopf.

»Schade«, sagte Kennedy.

»Wo bekommt er seine Kohle her?« wollte Hale wissen.

»Tagebau. Wir haben ein paar von den Fahrern ein bißchen zum Reden gebracht. Es sieht nach einem beträchtlichen Unternehmen aus, mit Geld dahinter. Muß ja auch so sein. Die meisten Tagebau-Gruben in unserer Gegend liegen schon seit Jahren still.«

Hale rieb sich die Stirn. »Und Sie sagen, Cummings ist nur dreiundzwanzig Jahre alt? Das wäre eine unwahrscheinlich große Sache für einen so jungen Kerl. Eigentlich gibt es in Goldsborough nur eine einzige Organisation, die das Geld und die Leute hat, um so etwas zustande zu bringen...«

»Genau«, bestätigte Kennedy. »Ich hab mir gedacht, daß die Geschichte Sie interessieren würde.«

»Sie interessiert mich, jawohl.« Hale war heiser geworden. »Wissen Sie, vielleicht läßt sich die Angelegenheit sogar benutzen, um die ganze Bande auffliegen zu lassen – das heißt, wenn Ihre Vermutungen sich bewahrheiten!... Aber ich hab meine Zweifel. Geoghan kann nicht so dumm sein, sich an einem solchen Geschäft zu beteiligen. So etwas bleibt doch nicht geheim, und im nächsten Herbst sind wieder Wahlen...«

»Wahlen«, sagte Kennedy verächtlich. »*Mir* liegen diese Kohlentransporte auf der Seele, die zur Stunde über unsere Straßen laufen. Mich beschäftigt die Frage, Doc, wie Sie uns helfen können, ganz praktisch helfen –«

Er wartete auf Hales Reaktion. Es war noch nicht lange her, da hatte Hale sich beschwert, er wäre im Stich gelassen worden; und hatte ihm Nein gesagt auf seine Bitte.

Hale ließ einen durchnäßten Bierdeckel kreiseln. »Zeit hab ich, unbegrenzt.«

»Können Sie uns einen Raum zur Verfügung stellen«, sagte Kennedy, »in Ihrem Haus?«

»Weiter verlangen Sie nichts?«

»Für uns wäre das schon viel. Nur müßte ich gewiß sein, daß Sie diesmal nicht abspringen. Was Sie da über die neue Ebene gesagt haben, schön und gut – aber gerade auf dieser neuen Ebene wird der Streik kein Picknick sein. Wenn etwas platzen sollte, haben wir niemanden, der uns Schutz gibt – keine Gewerkschaft, keinen Trelawney, keine Seele.«

»Warum die Predigt?« fragte Hale.

»Weil es eine Vertrauensfrage ist.«

Hale wurde ärgerlich.

»Nicht nur eine Frage unseres Vertrauens zu Ihnen«, fügte Kennedy hinzu. »Auch Ihres Vertrauens zu uns.«

Hale zögerte. Dann erklärte er: »Ich habe da keine Befürchtungen.«

»In Ordnung«, sagte Kennedy. »Wegen Rosemary brauchen wir uns nicht zu unterhalten. Aber was ist mit Lauffer?«

»Ich habe ihn auf Ferien geschickt. Wofür wollen Sie das Zimmer benutzen?«

Er erhielt keine Antwort. Kennedy war auf einmal in die Betrachtung einer handgemalten Krawatte versunken, die sich am Halse eines sauber rasierten, langnasigen Individuums am Nachbartisch befand. »Ein echtes Kunstwerk!« bemerkte er schließlich.

»Fünf Dollar fünfundneunzig«, sagte der Mann. »Zum Engrospreis gekauft. Verbindungen, wissen Sie? Hier, passen Sie mal auf!« Er griff unter die Krawatte und bewegte seine Finger. Die nackte Dame auf der Krawatte wackelte mit den Hüften.

Kennedy stand auf, nahm die Krawatte in die Hand, betrachtete sie noch einmal bewundernd und schlug sie plötzlich dem Mann ins Gesicht.

Der protestierte: »He, was fällt Ihnen ein!«

»Kommen Sie, Doc«, sagte Kennedy und führte Hale quer durch den Saal zu Bilek und Jamieson und Webb, bei denen sich jetzt auch andere befanden, die nicht zu den regelmäßigen Gästen des Polonia-Clubs gehörten. Nach Gesicht und Haltung zu urteilen, waren sie Arbeiter.

Bilek war am Berichten. Hale hörte: »So fragt der Sauhund also, wer wir sind, und Kennedy sagt zu ihm: Wir sind lauter kleine Waldfeen!« Bileks Stirn legte sich in zahllose Fältchen. »Kleine Waldfeen – versteht ihr?« Dann brach er ab und meldete Kennedy in völlig nüchternem Ton: »Ich habe sie alle zusammengebracht, so wie du's vorgeschlagen hast. Wir haben Kumpel hier von New Pendleton und von Bullfinch und von Nord-Goldsborough und von vier oder fünf anderen Bergarbeitersiedlungen im Pokie-Tal. Sie sagen, die Sache hat sich schon herumgesprochen. Sie sagen, sie wären hier vorbeigekommen, um Näheres zu erfahren. Und dieser Kumpel hier, Zeke heißt er, der sagt, er kennt dich –« Bilek deutete auf eine fleckige Jacke mit Reißverschluß.

»Von der Zeche Sabina«, lächelte der Mann. »Erinnerst du dich?«

»Ich erinnere mich«, sagte Kennedy. »Wie geht's bei euch drüben, Bruder Cziechanewski?«

»So so«, sagte der Mann.

»Und was bringt dich hierher?«

»Dieselbe Frage, in der ihr schon etwas unternommen habt. Einige von unsern Leuten glauben, wir sollten da enger zusammenarbeiten. Habt ihr ein Telephon zur Verfügung?«

»Auf Pritchett Heights gibt's nicht ein einziges Telephon«, erklärte Bilek trocken. »Ich wollte mir mal eins zulegen, nur so als Jux, aber meine Frau ist gegen alles, worauf man nicht kochen kann, und die Telephongesellschaft hat gesagt, es wäre zu teuer, einen Anschluß zu uns hinaufzulegen.«

»Hier im Polonia-Club gibt's Telephon«, erwähnte Webb.

Der Mann mit der handgemalten Krawatte schien seinen Ärger überwunden zu haben. Gutmütigkeit ausstrahlend, kam er herbeigeschlendert.

»An dem Telephon kannst du dich nicht mal mit einem Mädel verabreden«, sagte Kennedy, »ohne daß man zehn Minuten später im Rathaus Bescheid weiß. Überhaupt kann man in diesem Lokal so gut wie gar nichts reden, was die im Rathaus nicht sofort zu hören kriegen.«

Er gab Hale einen Wink und verließ den Saal.

Die andern kamen in unauffälligen Gruppen nach. Auf dem Parkplatz traf man sich. Es war kalt, und Kennedy fing an auf die Spitzel zu fluchen, die in der Wärme der Polonia-Halle gemütlich ihren Schnaps tranken.

Jamieson, der als letzter hinzugekommen war, hob die Hand mit ihrer fast weißen Handfläche. »Du sollst den Namen Gottes, deines Herrn, nicht mißbrauchen«, sagte er, und dann: »Ich kann euch meine Kirche anbieten. Das heißt, wenn ihr nichts dagegen habt, daß es eine Negerkirche ist und daß ein paar von meinen Gemeindemitgliedern auch darin wohnen. Wir haben einen ziemlich großen Raum, und ich nehme an, der da oben wird nichts dagegen haben, wenn wir sein Haus für einen guten Zweck benutzen. Außer sonntags – jederzeit.«

Hale spürte fast körperlich, was in Jamieson vorging – was es ihn gekostet haben mußte, diesen Raum anzubieten, der für ihn als Neger von noch persönlicherer Bedeutung war als das eigene Haus; dabei mußte er wissen, daß das Angebot wahrscheinlich in einer Weise abgelehnt werden würde, die ihn verletzen mußte, und daß, wurde es dennoch akzeptiert, zwischen Schwarz und Weiß unvermeidlich Peinlichkeiten und Zwischenfälle entstehen würden, und seien es auch nur gönnerhafte oder geringschätzige Bemerkungen.

»Bruder Jamieson –«, Kennedy sprach mit großem Ernst – »wir würden uns geehrt fühlen, zu kommen und uns in deiner Kirche zu treffen – wir alle, die Mitglieder unserer Gewerkschaftsgruppe wie auch die Brüder, die hierher nach Goldsborough gefahren kamen, um mit uns über den Streik zu beraten. Ich möchte aber, daß du selber entscheidest. Wenn ich Bruder Cziechanewski richtig verstehe, handelt es sich darum, eine Art ständiges Streikhauptquartier zu schaffen, wo die Kumpel sich ungehemmt einstellen und ihre Berichte geben und ihre Instruktionen in Empfang nehmen können und wo wir ein Telephon haben, um sofort mit den Gruppen außerhalb von Goldsborough in Verbindung zu kommen. Glaubst du, daß deine Kirche dafür der richtige Ort ist?«

Jamieson schluckte. »Ich verstehe...«

»Weiß denn einer«, sagte Hale, »welche Hautfarbe der liebe Gott hat?«

»Nein«, sagte Jamieson, »aber trotzdem war es kein guter Gedanke. Die Polizei würde sich bald zu wundern beginnen, wieso plötzlich Weiße zu mir in die Kirche kommen; wir können uns das nicht leisten. Bei einem Weißen ins Haus zu dringen, brauchen sie einen Gerichtsbefehl; bei uns geht das ohne Formalitäten.«

»Kommt doch zu mir!« sagte Hale. »Mein Haus ist immer offen gewesen, für jeden.«

»Danke schön, Doc«, sagte Kennedy. Und dann: »Für die, die ihn noch nicht kennen, laßt mich vorstellen: Doc Hale. Doc ist in Ordnung.«

»Freue mich, Sie kennenzulernen«, sagte Cziechanewski; die andern nickten bloß oder sagten: »Hallo, Doc!«

»Vor allem habe ich ein Telephon, und der Polizei ist bekannt, daß alle möglichen Leute bei mir ein- und ausgehen, Neger wie Weiße.«

»Für die Benutzung des Telephons zahlen wir selbstverständlich«, sagte Kennedy.

Hale zwinkerte ärgerlich. »Sie können sich darauf verlassen, ich schicke Ihnen die Rechnung zu.« Zu den andern sagte er: »Dort entlang geht's zu meinem Hause – zu euerm Hauptquartier, wenn ihr so wollt«, und drehte sich um und ging voraus.

Die Pumpe in der Küche quietschte immer noch; jedesmal, wenn Kennedy Wasser pumpte, um sich zu waschen und die Zähne zu putzen, befürchtete er, das ganze Haus würde aufwachen.

Es war gegen zwei Uhr morgens. Seine Knochen schmerzten, so müde war er; aber er war noch zu angeregt, um zu Bett zu gehen. Blieb nur die Flasche. Der Whisky formte einen kaum fingerbreiten Ring um den gewölbten Flaschenboden herum. Das war der ganze Rest und würde auch lange Zeit der letzte Schnaps sein, den er sich leisten konnte. Er trank, wischte sich die Lippen, und warf die Flasche, leer, in den Abfalleimer.

Das harte Licht der elektrischen Birne war unerträglich. Er schaltete das Licht ab und saß im Dunkeln. Die Eisblumen am Fenster, weißlich im fahlen Schimmer des Mondes, erinnerten ihn an etwas Wunderschönes, ein Traumbild, unreal, das er einmal gesehen hatte. Sentimental werd ich auch noch, dachte er.

Er massierte sich den Schädel. Es war viel geredet und viel geraucht und Kaffee getrunken worden – Rosemary duldete nicht, daß die Kanne je leer wurde –, und die Luft in Hales Laboratorium war dick und dunstig gewesen. Aber als die Besprechung schließlich zu Ende war, hatten alle gewußt, was sie zu tun hatten: die Kumpel von New Pendleton und von Bullfinch und von Nord-Goldsborough und von den anderen Bergarbeitersiedlungen, und Cziechanewski von der Zeche Sabina, der der wichtigste Verbindungsmann war, denn Sabina war die größte Grube im Lande. Kennedy dachte nach über diese Menschen. Wenn es notwendig wurde, dann waren sie durchaus imstande, auch die schwersten Probleme in Angriff zu nehmen und zu lösen. Ihr großer Mangel war, daß sie erst bis zu dem Punkt getrieben werden mußten, wo sie erkannten, daß sie das Problem entweder lösten oder verloren waren. Schließlich war man sich einig geworden; jeder, von seinem Standpunkt aus, hatte Nützliches und Wichtiges gesagt. Jetzt konnte man ein gutes Gefühl haben – die Gewißheit, daß es nun im ganzen Kohlenrevier organisierte Gruppen gab, die nach dem gleichen Plan arbeiteten.

Ohne Hale wäre es nicht so glatt gegangen; das mußte man zugestehen. Doc hatte ein ausgesprochenes Talent für Strategie; er hätte ein großer General oder auch ein großer Gangster werden sollen, statt falsche Gebisse zu bauen. Doc hatte eine Automobilstraßenkarte neben sein Universitätsdiplom an die Wand geheftet. Dann hatte er eine Anzahl Buntstifte aus seinem Schreibtisch geholt, mit denen er, wie er sagte, den ganzen Krieg von der Normandie bis an die Elbe geführt hatte. Aus dem Hin und Her von Informationen und Vorschlägen hatte er eine regelrechte Kriegskarte entwickelt, auf der alles eingetragen war: die wichtigsten Tagebau-Gruben, die Lage der einzurichtenden Befehlsstände und Sammelpunkte für die mobilen Streikposten, Nachrichtenzentren, und die Möglichkeiten für Straßenfallen, wo man die Transporte stoppen konnte. Als die Karte dann komplett war, mit blauen Kreisen und roten Linien und grünen Vierecken, wußten alle, daß es nun ernst wurde mit ihrem Unternehmen und daß es ein gewagtes und folgenschweres Unternehmen war; Rosemary versprach, die notwendigen Kopien der Karte anzufertigen.

Am liebsten wären sie sofort ausgezogen, die Aktion zu beginnen. Es war nötig gewesen, die Stimmung zu dämpfen, dachte Kennedy; so warf er die Finanzfrage auf, mit Unterstützung von Cziechanewski von der Zeche Sabina. Wo sollte das Geld herkommen – Geld für Benzin, für Kaffee und Sandwiches, für Telegramme und Telephonanrufe und Erste Hilfe und Motorreparaturen und Bestechung von Polizisten und Kaution vor Gericht, falls doch welche gefaßt wurden. Selbst Sabina, die große Gewerkschaftsgruppe der Zeche Sabina, hatte nicht mehr als ein paar hundert Dollar in ihrem Vermögen; alles andere war bereits als Streikunterstützung an die hungrigsten ihrer Familien gezahlt worden.

Man hatte auf den Distrikt und die Zentrale in Washington geschimpft; aber was half das. Dann war der uralte Vorschlag zum Aufbringen von Geldern gekommen: ein großes Tanzvergnügen mit viel Bier und Musik und einem Unterhaltungsprogramm. Aber um so etwas vorzubereiten, brauchte man mindestens einen Monat, und wer sollte wohl die Eintrittskarten und das Bier kaufen und das Orchester bezahlen? Doch wohl dieselben Leute, die kaum die paar Cents für das Brot des morgigen Tages hatten! Also blieb nur übrig, Geld zu schnorren, Sammellisten – aber bei wem sollte man anklopfen?

Nun, bei Weinberg gegenüber, zum Beispiel, hatte Hale gesagt. Wer kauft denn Weinbergs Hemden und Unterhosen? Arbeiter wie ihr. Soll er was beitragen, in seinem eignen Interesse! Und die Kneipe an der Ecke, wer trinkt dort? Und der Drug Store, wer kauft dort seine Zigaretten? Und das Schuhgeschäft, der Arzt, das Gasthaus, die Logiswirtin – von wem leben sie alle? Auch wenn's ihnen zur Zeit nicht so gut geht – aber ein paar von ihnen haben Reserven, und alle wollen sie wieder an euch verdienen, wenn der Streik vorüber ist. Organisieren wir einen Finanzausschuß. Jede Gewerkschaftsgruppe bestimmt, wer die Aufgabe hat, Geld zu sammeln, so wie wir für die Wahlkampagne von 1946 Geld gesammelt haben. Von den Banken oder von Geoghan oder von Richter Pritchett werden wir keins erhalten. Also gehen wir zu den kleinen Leuten. Wir werden einen Dollar hier und fünfzig Cents da bekommen, wir werden uns anstrengen müssen und uns die Hacken krumm laufen und uns die Zunge im Mund wund reden, aber wir werden Geld kriegen.

So beschlossen sie. Ja, man würde Geld aufbringen. Ja, die Autos würden fahren können. Ja, die Streikbrecherkohle würde gestoppt werden, von Uniontown bis Goldsborough, von Bullfinch bis New Pendleton, und bis nach Pittsburgh hinein.

Seine Augen brannten, aber er fühlte sich immer noch nicht schläfrig. Hatte man irgend etwas zu besprechen versäumt? Die Strategie war klar, auch die Geldfrage. Taktik! Die taktische Seite der Sache war ausgiebig behandelt worden; da hatte man ja bereits Erfahrungen. Aber heute hatte man noch auf das Element der Überraschung zählen können. Von morgen an, darauf hatte besonders

Jamieson hingewiesen, würden die Streikbrecher auf der Hut sein. Man würde sich tarnen müssen, immer andere Autos, andere Menschen, die Gruppen austauschen – die Leute von Bullfinch ein paar Tage im Umkreis von New Pendleton einsetzen, während die Kumpel von Nord-Goldsborough und Pritchett Heights in das Gebiet der Zeche Sabina verlegt wurden und die von Sabina die Straßen um Richfield und Goldsborough herum bearbeiteten – ein System unregelmäßiger Rotation, sozusagen, aber genau organisiert und nach Plan und Anordnung.

So beschlossen sie. Aber dann hatte Bilek gefragt, der der Telephongesellschaft nicht traute, wie er niemandem traute, der ihn je zu übervorteilen gesucht hatte: und was, wenn Docs Telephon abgehört wird? Doc stand auf Geoghans schwarzer Liste; aber auch ohne das würden die Behörden bald genug merken, daß irgendwo eine Stelle existierte, von der aus die Streikposten ihre Informationen und Weisungen erhielten. Also würden sie sich hinter die Telephongesellschaft stecken und sämtliche in Frage kommenden Telephone abhören lassen; und das wäre das Ende der schönen Nachrichtenzentrale in Docs Haus.

Darauf war Rosemary zum Schrank gegangen und hatte einen Stoß Pappkärtchen gebracht und diese verteilt. Die Kumpel hatten nichts damit anzufangen gewußt, auch er nicht – was sollte ihm die schematische Zeichnung des Ober- und Unterteils des menschlichen Gebisses, säuberlich gedruckt auf dem Kärtchen samt Raum für Eintragungen des Zahnarztes.

Ein Kode, hatte Rosemary gesagt. Jeder obere Zahn bedeutet eine unserer Gruppen, jeder untere die Ortsangabe. So verständigt man sich, ohne Namen zu nennen. Und ist es nicht ganz natürlich, daß Doc mit seinen Patienten über ihre Zähne spricht – sogar wenn Lauffer zufällig nicht in der Stadt ist?

Gescheit, diese Rosemary Hale. Bilek zeigte Vaterstolz, und mit Recht, dachte Kennedy, Bileks Tochter hatte den Bann von Pritchett Heights durchbrochen, war zur Hochschule gegangen, hatte einen gebildeten Mann geheiratet, und war doch ein Bergarbeiterkind geblieben. Man müßte versuchen, Mickie in dieser Richtung zu beeinflussen. Natürlich konnte man von einer Siebzehnjährigen nicht das

Verhalten einer Frau von vierzig erwarten. Vielleicht sollte er mal mit Rosemary sprechen und sie bitten, auf Mickie einzuwirken.

Er starrte auf den Fußboden. Machte er sich nicht Illusionen? Im Grunde wußte er, war Mickie einmal aus Pritchett Heights fort, kam sie nie wieder zurück. Sie würde vergessen, woher sie stammte, sie würde ihre Vergangenheit verbergen und ohne irgendwelche Skrupel vorwärtszukommen suchen in der Welt, und zum Teufel mit ihrem Vater und den Streiks und all den Dingen, die sie davon abhielten, das Leben zu genießen. Er konnte es ihr nicht mal übelnehmen; aber jetzt war es noch zu früh dafür; er würde sie einfach noch nicht fortgehen lassen, denn er hatte ja nichts Strahlendes, nichts Schönes um sich außer ihr, und sie erinnerte ihn so an Molly. Eines Tages jedoch würde sie ihm und Pritchett Heights den Rücken kehren. Er konnte sie nicht halten, und er wollte es auch nicht. Nur daß er eben nie die Stunde erleben würde, da sie den Menschen, aus deren Mitte sie kam, zur Seite stand wie Bileks Rosemary und ihnen half.

Der Gedanke tat ihm weh; und er wehrte sich dagegen. Mickie war ja nicht eigentlich herzlos. Es war ihm, als hörte er ihre Stimme: *Es ist schön, daß du schon da bist, Pa. Einen bösen Tag gehabt, Pa?* Und dann hatte sie ihm die Flasche aus dem Schrank geholt. Sie versuchte, gut zu sein, zu allen – solange es ihre eigenen Absichten nicht störte. Woran mangelte es ihr also? Bis zu dieser nächtlichen Stunde hatte er sie ziemlich kritiklos betrachtet: war sie nicht, wie er sie haben wollte – mehr als hübsch, und lustig, und leichtherzig? Und warum sollte sie denn nicht der Meinung sein, daß sie was Besseres verdiente als Pritchett Heights? Er hatte es ihr mehr als einmal selber gesagt.

Hatte Bilek seiner Rosemary das auch gesagt, als er sie auf die Hochschule schickte? Vielleicht. Aber Bilek würde es irgendwie anders ausgedrückt haben. Und hätte wohl auch etwas anderes im Sinn gehabt. Vielleicht war es gerade dieser Unterschied zwischen Bilek und ihm, der sich in Rosemary und Mickie widerspiegelte. Bilek war ein schlauer, solider Pole, der von der alten Welt her einen Haufen altmodischer Begriffe von ehrlicher Arbeit und Bildung mit sich brachte; während er, Carlisle Kennedy, im Innersten seines Wesens ein amerikanischer Vagabund war, unseßhaft wie sein Vater und ruhelos und zynisch, leider aber nun an seine Arbeit und sein lausiges Haus und seine Familie gefesselt. Bilek trank kaum und spielte nur, wenn man ihn dazu zwang, und er hatte es fertiggebracht, die Zahl seiner Kinder auf zwei zu beschränken – den Jungen, der jetzt als Straßenbahner in Pittsburgh arbeitete, und Rosemary. Daher konnte Bilek seine wacklige Holzhütte zu einer Art Heim ausgestalten und seiner Martha eine feine Kücheneinrichtung verschaffen und es Rosemary ermöglichen, die Hochschule zu besuchen. Auch wenn der Alte jetzt nie wieder Arbeit bekam und Haus und Küche verlor, Rosemary war seine Errungenschaft, und er hatte es in seinem Leben doch zu etwas gebracht.

Die Kakerlaken raschelten hinter Abwaschbecken und Küchenherd. Ich aber wohne in einem Saustall, mit einer Familie, aus der nicht viel Gutes kommen wird. Das lag wohl im Blut: die Frauen gaben sich ihm leicht, und er machte ihnen Kinder. Seit Molly gestorben war, hatte er insgeheim immer weglaufen wollen – und weil er nicht weglaufen durfte, hatte er davon geträumt, daß wenigstens Mickie diesem Dreck entfliehen sollte.

Er trat ans Fenster, preßte die heiße Stirn gegen das vereiste Glas; auf der Scheibe blieb ein schwarzer, länglicher, unscharf begrenzter Fleck, durch den hindurch er auf die schiefen, dunklen Silhouetten der Siedlungshäuser hinausblicken konnte, auf die bläulichweißen, glitzernden Dächer, die knorrigen, nackten, vom Wind zerzausten Bäume und die silbern geränderten, langsam dahintreibenden Wolken.

Kennedy gähnte herzhaft. Durch die Kühle, die sich von der Stirn aus durch den ganzen Körper verbreitete, begannen sich die überarbeiteten Nerven zu beruhigen. Er zog die Schuhe aus, streckte und beugte seine Zehen und schlich sich auf bestrumpften Füßen am Treppenaufgang vorbei in das Hinterzimmer. Lautlos öffnete er die Tür. Angeline murmelte und seufzte. Sie sprach viel in ihrem Schlaf, unzusammenhängende, halbgeformte Worte. Manchmal sang sie auch, Fetzen trüber Melodien, in einer hohlen, hohen Stimme, und dann mußte er sie anstoßen, knochige Finger in Wülste von Fett, und sie schütteln und ihr scharf zurufen: He, wach auf! Was es auch sein mochte, das ihr tagsüber die Zunge hemmte, es verschwand in der Nacht und gestattete ihr, zu klagen und lallend mit ihrem Schicksal zu hadern.

Er ließ seine Hosen zu Boden fallen und kroch unter die Decke. Ihn fröstelte. Der Tropfen Whisky hatte seine Wirkung längst verloren. Er kroch näher an Angeline heran. Ihre Füße mit ihren rauhen, hornhautbedeckten Sohlen bewegten sich, rieben sich an seinen Beinen. Dann drehte er sich zur Seite, ihr Arm kam über seine Schulter zu liegen, ihr Fleisch, breit und warm und zitternd, schien ihn einzuhüllen. O Gott! stöhnte er. Sie sagte irgend etwas, wiederholte es; aber er verstand nicht, und es würde ja sowieso keinen Sinn ergeben. Sie war wie ein Gebirge aus einer weichen Masse, die auf ihn hinabfloß, langsam, unerbittlich, wie die Lava herunterrollte von einem Vulkan, den er mal im Kino gesehen hatte in den Jahren, als er noch ins Kino ging. Er schloß die Augen. Er dachte an junge, schlanke Glieder, die er vor langer, langer Zeit geliebkost hatte, an kleine, feste Brüste, die seine Hand umfaßt hatte, an den herben Geschmack von Lippen, die Form gehabt hatten, an die Mädchen, die ihm auf ein Lächeln hin zugelaufen waren, an die Girls in Mutter Keeleys Bordell an der Zweiten Avenue unten am Fluß, und an die eine, die immer hohe schwarze Strümpfe getragen hatte und kein Geld von ihm nehmen wollte, und an Molly, als sie noch jung und schön und straff war, und wie sie ihm die Lippen zerbiß.

O Gott! stöhnte er.

Und dann fiel er zurück auf sein Kissen und wünschte bei allen Geistern der Hölle, daß noch etwas von dem verfluchten Whisky da wäre, um den Ekel herunterzuspülen, der ihn würgte.

Angeline lag in tiefem Schlaf und murmelte nicht einmal mehr.

Der Speck war alle. Auch Margarine gab es keine mehr, keine Konserven, keine Milch, und es war schon Wochen her, seit die letzte Tüte Kaffee aufgebraucht war. Zum Frühstück aß man wässerigen Haferschleim mit Zucker, der messerspitzenweise zugeteilt wurde, und altbackenes Brot, denn die Bäckereien verkauften das Brot von vorgestern für fünf Cents den Laib.

Ebensogut brauchte man gar keine Zähne zu haben, dachte Evaline. Sie schaute die Kinder an, die am unteren Ende des Tisches saßen und gierig auf ihre Schüsseln blickten, obwohl die längst abgeleckt waren.

»Schande ist das!« sagte sie.

Kennedy legte seinen Löffel hin.

»Die armen kleinen Würmer!« sagte sie. »Ich hab ja nichts dagegen, wenn du mich hungern läßt. Wer bin ich schon? Eine alte Frau auf dem Weg zum Grabe. Die guten Heiligen im Himmel werden mich entschädigen für das, was mir hier unten vorenthalten wird. Aber deine eignen Kinder, Carlisle Kennedy, dein eignes Fleisch und Blut!...«

»Wir stehen im Streik«, sagte er geduldig. »Hast du vielleicht davon gehört?«

Ihre Fingerknöchel tanzten auf Willies Schädel. »Hör auf, deine Schwester Janie zu stoßen!« Aber es gab im Augenblick besser geeignete Ziele für ihre spitze Zunge als Willie. »Gottlosigkeit ist das, wenn du mich fragst, Carlisle Kennedy. Gottlosigkeit und Gesetzlosigkeit! Ich hab mein Lebtag genügend Streiks erlebt, aber noch immer brachte ein Mann es fertig, die eigenen Kinder zu ernähren. Und wenn er's nicht mehr konnte, hörte er auf zu streiken.«

»Sie sind Bergarbeiterkinder«, sagte Kennedy langsam. »Sollen sie's lernen. Sollen sie lernen, was das bedeutet.«

Sally sagte: »Ich bin nicht hungrig, Pa.«

Donnie und Robbie sagten nichts. Sie saßen steif und gerade, den Kopf erhoben, das Kinn halsstarrig nach vorn geschoben, wie sie es bei ihrem Vater gesehen hatten. Aber sie schluckten.

Kennedy spürte ein plötzliches warmes Gefühl für sie alle. »Ich weiß. Hunger tut weh, Kinder. Aber es wird nicht mehr lange dauern. Wir werden siegen, keine Frage, und dann werden wir essen, große Steaks, so dick wie meine Faust, außen schön braun gebraten, und wenn man hineinschneidet, läuft der Saft und das Blut heraus –«

Er stockte. Schon wieder war er dabei zu tun, was er Mickie gegenüber immer getan hatte – er ließ die Phantasie spielen und gab den Kindern unmögliche Ideen ein. Er durchkramte seine Taschen und fand ein paar Münzen und schob sie über den Tisch Evaline zu und sagte: »Hier ist alles, was ich habe.«

»Alles?« sagte sie.

»Alles.«

Sie lachte schrill. »Das langt ja nicht mal für Brot für diese Familie!«

»Räum die Teller weg«, befahl er.

Während sie zwischen Tisch und Abwaschbecken hin und her pendelte, wollte sie wissen: »Gestern hast du noch Geld gehabt, Carlisle Kennedy, wenn ich mich nicht sehr irre. Was hast du den ganzen Tag angestellt? Hast's wohl beim Poker verspielt?«

»Jawoll«, sagte er.

Sie ließ die Schüsseln im Abwaschbecken stehen und hob, Geste plötzlicher Leidenschaft, die kleine Katie auf den Arm. »Der Sünder!« keifte sie. »Seine eigenen Kinder schwinden ihm vor den Augen hin, und er verspielt die paar Cents, die er hat, an diese elenden Kerle, diese Freunde von ihm!«

Katie drehte und wand sich. Immer, wenn Evaline sie an sich zog, passierte etwas Schmerzhaftes. Sie strampelte so heftig, daß Evaline sie loslassen mußte. Sie lief zu Kennedy.

Der lachte. Er stellte Katie auf den Tisch und schob dann seinen Stuhl zurück und zeigte auf seinen Schoß und rief: »Na spring, Katie!«

Katie zögerte. Es war weit bis hin zu ihrem Vater, weiter als je zuvor. Aber hatte er sie nicht stets sicher aufgefangen?

»Spring!«

Sie sprang, und sobald sie sich in seinen Armen fühlte, jauchzte sie auf und kletterte auf ihm herum, und ihr Glück ließ sie vergessen, daß tief in ihr etwas saß, das essen und essen und essen wollte.

Sie war schon wieder oben auf dem Tisch; diesmal war der Stuhl noch weiter entfernt.

»Spring!«

Evaline sah mißbilligend zu. Den Kindern Tricks und schlechte Angewohnheiten und Lachen und Schreien beibringen, statt auszugehen und einen ehrlichen Tagelohn zu verdienen! »Ich brauche Geld!« sagte sie wütend. »All diese Münder wollen gestopft werden.«

Kennedy setzte Katie auf den Boden. Seine Augen funkelten gefährlich. »Was meinst du wohl, Evaline Polowski, worüber ich die ganze Zeit nachdenke?«

»Vom Nachdenken bis zum Tun ist ein so langer Weg wie von deinem schwarzen Herzen, Carlisle Kennedy, bis zum Königreich des Herrn.«

»Morgen, Pa! Hallo, Kinder!«

Mickie war eingetreten, eine Flasche Nagellack in der Hand. Sie nahm Platz am Tisch, schraubte den Flaschenverschluß mit dem daran befestigten Pinselchen vorsichtig ab, spreizte ihre Finger und fing an sich die Nägel zu malen.

Die dürren Muskeln an Evalines Hals begannen zu zucken. Endlich brach es aus ihr heraus: »Schau sie dir nur an! Die ganze Familie hungert sich zu Tode, wegen diesem Vater von ihr, und sie bemalt sich die Nägel –«

»Laß Mickie in Ruhe!« warnte Kennedy. Gerade Evaline hatte nicht das Recht, den Moralrichter zu spielen.

»Jedem hier zerspringt der Kopf vor Sorgen – aber sie? Die Fingernägel, die Gott und ihre selige Mutter ihr gegeben haben, sind vielleicht nicht gut genug? Blutrot muß sie sie färben wie ein Tingeltangel-Girl!«

Kennedy stand auf. »Ich hab dir gesagt, laß sie in Ruhe! Sie tut dir doch nichts!«

Mickie blies sich auf die Nägel. Dann steckte sie das Pinselchen in die Flasche und schraubte den Verschluß fest.

»Und wo sie das Geld dafür herhat, möchte ich wissen!« fuhr Evaline fort. »Nagellack! Lippenstift! Dies! Das! Eitelkeiten! Wächst es etwa im Gras? Findet man's auf der Straße?«

Mickie verstaute das Fläschchen in ihrer Handtasche, holte ihren Mantel, zog ihn über und verließ das Haus.

»Bist du jetzt zufrieden?« fragte Kennedy. »Jetzt hast du sie vertrieben. Wer soll denn das auch aushalten! Gekeif und Geschimpf und Gejammer, von früh an!«

»Natürlich!« sagte Evaline. »Die Prinzessin kann es nicht vertragen. Sie ist zu fein dafür! Und warum ist sie so geworden? Wer hat sie dazu gebracht? Wer hat ihr die großartigen Ideen in den Kopf gesetzt?«

»Großartige Ideen!« Kennedy schob die Hände in die Hosentaschen. *Großartig.* Das war der Unterschied zwischen seinen Ideen und Bileks. Er lief hin und her, die Kinder gerieten ihm zwischen die Beine. »Nicht viel Großartiges hier!« Er sah sich wütend um, sein Blick fiel auf das einzige moderne Stück Möbel in der Küche, den Kühlschrank. Er stieß den Fuß gegen das Blech. »Wir haben sowieso nichts zu essen im Hause, da brauchen wir das wohl auch nicht.«

Evaline zerrte ihn weg. Nächst ihren Zähnen war es der Kühlschrank, der ihr das Leben lebenswert machte. »Was führst du im Schilde, Carlisle Kennedy?«

Er lachte. »Das Ding zu dem Laden zurückbringen, wo wir's gekauft haben, bevor sie uns jemanden schicken, der es uns wegholt!«

»Das werden sie nicht tun!«

»Doch, werden sie! Wenn die Ratenzahlung fällig ist und ich nicht zahlen kann, geht's zurück. Das weißt du so gut wie ich.«

Evaline weinte sonst nie. Es war, als wäre nicht genug Flüssigkeit dafür da in ihrem dürren Leib. Doch jetzt standen ihr Tränen in den Augen.

»Wenn ich das Ding selber zurückbringe«, sprach er erbarmungslos weiter, »erreiche ich vielleicht, daß ich nicht das ganze Geld verliere. Zehn Dollar habe ich angezahlt, und dann sechs Monate lang jeden Ersten zehn Dollar auf den Tisch des Hauses gelegt – da sollte man doch ein paar Dollar wenigstens zurückbekommen.«

»Nein«, sagte sie. »Nein...«

»Und warum nicht? Man braucht Geld, um all diese Münder zu stopfen. Du hast's doch selber gesagt.«

»Aber wenn du den Kühlschrank fortbringst, Carlisle Kennedy, dann ist überhaupt nichts mehr da im Haus. Nichts, auf das der Mensch ein bißchen stolz sein kann –«

»Jetzt möcht ich aber wissen«, fragte er ruhig, »wer dir die großartigen Ideen in den Kopf gesetzt hat?«

Ihr Ausdruck verhärtete sich wieder. Es war sinnlos, diesen Mann überzeugen zu wollen. »Wenn der Kühlschrank fortkommt«, erklärte sie, »geh ich auch.«

»Gut«, sagte er, »ausgezeichnet! Das ist dann *ein* Mund weniger,

bösartiges altes Weib. Und deine Geschwister sind noch zu klein. Als deine Mutter am Leben war, war es anders. Sie hat mich verstanden; ich hab ihr nicht viel zu erzählen brauchen, sie hatte so eine besondere Art. Es war nicht, *was* sie sagte, obwohl sie meistens recht hatte; es war, *wie* sie es sagte, und was man in ihren Augen erkennen konnte, und das Lächeln, das sie hatte. Du hast ihr Lächeln, Mickie, und ihre Augen, auch wenn deine Augen eine Farbe haben wie meine. Ich hab doch nur dich; und wenn ich arbeite, hab ich nicht die Zeit, mich um dich zu kümmern; und jetzt, wo wir streiken, hab ich auch keine Zeit...«

Seine plötzliche Güte überwältigte sie. Fast wäre es ihr lieber gewesen, er hätte sie angeschrien oder geschlagen. Sie fühlte sich ganz weich im Herzen, weich und still.

»Es ist Molly nicht leichtgefallen, von uns fortzugehen«, sagte er. »Sie hat gekämpft und sich dagegen gewehrt. Dann aber ging sie ruhig, so ruhig und leise, daß ich's gar nicht bemerkt habe..«

Jetzt, dachte sie, jetzt sage ich ihm alles... Nein, nicht jetzt... Jetzt hat er's zu schwer. Aber jeder Mensch hat's schwer. Er hat seinen Packen zu tragen und ich meinen. Aber meinen werd ich mir schon irgendwie erleichtern.

»Du bist noch ein halbes Kind, Mickie. Eine Weile bleibst du noch zu Haus; ein Jahr, ein paar Jahre vielleicht. Aber nimm dich vor dir selbst in acht! Du hast mein Temperament – und Mollys Sinnlichkeit...«

Gut, daß ich den Mund gehalten habe, dachte sie. Und was gab es im übrigen groß zu beichten? Was hatte sie denn Unwiederbringliches verloren?

»Hast du gehört, was ich gesagt habe?«

»Natürlich, Pa!«

»Du und ich, Mickie. Das ist doch was Schönes. Und für Leute wie uns gibt's nicht viel Schönes im Leben. Ich möchte es nicht gerne zerstört sehen.«

Sie lachte heiter, gelöst. »Warum sollt ich's denn zerstören wollen?«

Er drückte ihr die Hand. Dann gab er ihr einen leichten Schlag auf den Hintern, und lachte auch.

# *Zehntes Kapitel*

O meine armen Füße!

Bilek stöhnte, packte das Geländer fester und folgte Rosemary die Treppe hinauf. Jamieson wartete bereits auf der ersten Etage.

»Ich weiß nicht«, sagte Bilek, »Kohlen fördern kann ich acht Stunden am Tag; aber dieses Treppensteigen bringt mich um...« Er stand da, um Atem ringend.

Jamieson wies auf das Namensschild über der Klingel. »Gamble wohnt hier, P. J. Gamble.« Dann drückte er auf den Knopf.

Pantoffeln schlurften. Die Tür öffnete sich um ein paar Zentimeter, ein grauer Haarschopf wurde sichtbar, ein schlafgeschwollenes, mißtrauisches Auge.

»Mrs. Gamble?« fragte Rosemary.

»Was wollen Sie?«

»Mrs. Gamble, diese beiden Herren und ich, wir vertreten den Unterstützungsfonds der Bergarbeiter des Pokie-Tals. Sie wissen vielleicht, daß unsere Bergarbeiter –«

»Was wollen Sie mir verkaufen?«

»Wir möchten Sie bitten –«

»Den ganzen Tag klingelt's hier. Den ganzen Tag kommen die Leute und wollen mir Staubsauger verkaufen oder Bürsten oder Bücher. Man kriegt überhaupt keine Ruhe. Ich brauche nichts. Kein Interesse!«

Die Tür fiel krachend ins Schloß.

Rosemary seufzte.

»Sie lassen sich zu schnell entmutigen«, sagte Jamieson. Er klingelte wieder.

Ein schwacher Schlitz diesmal nur. »Ich hab euch doch gesagt, ihr sollt weggehen! Hört auf mit dem Geklingel!«

»Ich habe einen Paul Gamble gekannt«, sagte Bilek. »Hat in den Gruben um New Pendleton herum gearbeitet. Sind Sie verwandt mit dem?«

»Paul Gamble war mein Mann.«

»Was?«

»Er hat sich die Lunge aus dem Leibe gehustet und ist gestorben.«

»Aber warum ist er gestorben?«

»Warum! Warum!«

»Ich könnt's Ihnen vielleicht sagen...«

Die Tür öffnete sich weit.

Sie folgten Mrs. Gamble in die Stube. Rosemary faltete das sauber geschriebene und ordentlich von seinem Vorsitzenden, Elijah Jamieson, signierte Beglaubigungsschreiben des Unterstützungsfonds der Bergarbeiter des Pokie-Tals zusammen und verstaute es in ihrer Handtasche. Das Dokument wurde nicht mehr gebraucht in diesem Falle.

Mrs. Gamble schien im Lauf der Jahre auseinandergeflossen zu sein, und das vom Schlaf geschwollene Gesicht machte sie nicht attraktiver. Sie setzte sich auf ihr Bett und wies ihren drei Besuchern Platz auf den verschiedenen Stühlen an, mit denen ihr Zimmer vollgepfropft war.

»Stühle hab ich ja, bei Gott!« sagte sie. »Ein Stuhl ist wie ein Mensch. Jemand rangiert einen alten Stuhl aus, und ich sage, der ist doch zu schade zum Wegschmeißen, gebt mir das Ding. Was haben Sie da über meinen Paul gesagt und warum er gestorben ist?«

»Wir sind auch Bergarbeiter«, sagte Bilek. »Das hier ist meine Tochter Rosemary.«

Mrs. Gamble strich ihr Kissen glatt. »Schreckliche Unordnung hier – ich habe keine Gesellschaft erwartet. Was können *Sie* mir erzählen, warum mein Paul gestorben ist. Er hat's mir selber erzählt, und so verbittert wie der hat noch keiner gesprochen. Es ist nur –«

»Ja, Mrs. Gamble«, sagte Jamieson, »was ist?«

Sie stand auf. »Wollt ihr Kaffee? Ihr seht alle aus, als könntet ihr einen brauchen.« Aber sie machte keine Anstalten, in ihre Küche zu gehen. »Von Rechts wegen dürfte ich überhaupt nicht mit euch reden«, fuhr sie fort. »Wie mein Paul tot war und Pater Ryan von der St.-Patricks-Kirche ihn begraben hatte, bin ich hingegangen zu dem Pater und hab ihm gesagt: Ich bin jetzt ganz allein, Pater, und der Arzt und die Medizin und das Begräbnis haben den letzten Cent aufgefressen, den wir noch hatten. Da hat er mir denn diese Arbeit verschafft, und ich darf unsern Herrn Politikern im Rathaus den

Dreck nachräumen, und frühmorgens um drei geh ich hin und um acht Uhr bin ich fertig, und dafür krieg ich dreiundzwanzig Dollar in der Woche abzüglich Sozialversicherung und Steuern und was ich sonntags in der St.-Patricks-Kirche in den Klingelbeutel werfen muß, und von dem Augenblick an, wo ich euch gesehen habe, hab ich gewußt, was ihr von mir wollt –«

Sie erhob sich schwerfällig und ging zu der alten Kommode, die in der Ecke stand, zog das oberste Schubfach auf und nahm eine schwarze Handtasche heraus. Einen Moment später lag die Handtasche wieder im Schubfach und der Schub war geschlossen, und Mrs. Gamble kam mit einem Geldschein in der Hand auf Rosemary zu.

»– und wenn ihr einer lebendigen Seele, einschließlich Pater Ryan, ein Wort von meinem Beitrag hier verratet, verliere ich meinen Job.«

Sie zog ihren Schlafrock zusammen.

»Im Namen des Unterstützungsfonds der Bergarbeiter des Pokie-Tals –« Rosemary konnte ihre sorgfältig zurechtgelegten Worte nicht zu Ende sprechen. »Danke«, sagte sie kurz.

»Und jetzt macht, daß ihr hinauskommt!« trieb Mrs. Gamble sie zur Eile an. »Gott segne euch. Und wenn ihr aus dem Haus geht – nicht alle auf einmal.«

»Verstanden«, sagte Jamieson.

Auf dem Treppenflur wandte er sich Bilek zu: »Immer noch müde?«

»Nein!« sagte Bilek.

Jamieson verließ das Haus als erster. Rosemary und Bilek gaben ihm ein paar Minuten Zeit, dann erst traten sie auf die Straße. Drei Ecken weiter, schon in Sicht der Neon-Buchstaben DOC HALE, trafen sie sich wieder.

»Wieviel haben wir zusammengebracht?« erkundigte sich Rosemary.

Jamieson leerte seine Taschen aus. »Etwas über elf Dollar. Sollen wir Schluß machen für heute vormittag?«

»Kommt doch zu mir!« schlug Rosemary vor. »Ich glaube, ich hab genug im Haus; wir können zusammen Mittag essen.«

Sie machten sich auf den Weg. Ein schwarzer Zweisitzer war um die Ecke gekommen, rollte langsam neben ihnen her. Bei Weinbergs

Herrenartikelgeschäft, als sie die Straße überqueren wollten, fuhr der Wagen an den Bordstein heran. Ein Uniformierter stieg aus.

»Tag, Rosemary!« Der Mann hob zwei Finger zum Schild seiner goldbestickten Mütze.

»Ach – Captain Bodenheimer!« sagte sie freundlich lächelnd.

Auch der Captain lächelte, allerdings etwas befangen. Sein Gesicht färbte sich rosa.

»Sie kennen doch Mr. Bilek, meinen Vater«, sagte Rosemary. »Und darf ich Ihnen Mr. Jamieson vorstellen?«

»Kenne die Herren.« Bodenheimer betastete die Patronen in seinem Gurt. »Ich hätte gern mit Ihnen gesprochen, Rosemary.«

Ihr Herz schlug schneller. Sie hatte nicht eigentlich Angst, schon gar nicht vor diesem Gorilla. Aber irgend etwas, das spürte sie, zog sich drohend zusammen.

»Captain Bodenheimer, ich wüßte nichts, was Sie mir so Geheimes zu sagen hätten.«

Bodenheimer senkte den Kopf und betrachtete seine großen, platten Füße. »Es wäre mir aber doch lieb, Rosemary... Es ist ja nichts Amtliches... Und ich habe schon seit ein paar Tagen versucht, mit Ihnen in Verbindung zu kommen... Und da ich Sie schon so lange kenne, noch von der Schulbank her...« Er lachte gezwungen.

Jamieson zeigte Bodenheimer jene absolute Gleichgültigkeit, die Menschen seiner Hautfarbe der Polizei gegenüber an den Tag legen. Bilek sagte: »Unterhalt dich ruhig mit dem Captain, Rosemary! Es kann nie was schaden, wenn man mit dem Gesetz auf gutem Fuß steht.«

Captain Bodenheimer lachte. »Da haben Sie verdammt recht, Mr. Bilek!« Er ließ Rosemary den Vortritt und ging schweigend neben ihr, bis sie außer Hörweite waren. »Ich möchte als Freund zu Ihnen sprechen«, begann er dann, und betastete wieder seine Patronen. »Erinnern Sie sich noch, wie die Jungens im Schulhof damals die kleine Blindschleiche fanden und sie zu Tode quälten, und wie Sie weinend gerannt kamen und riefen, die Blindschleiche wäre doch auch eine von Jesu Kreaturen! Ich hab das nie vergessen können. Und vielleicht hat Ihnen jemand berichtet, was ich damals getan habe. Eine von Jesu Kreaturen umbringen – ich hab's ihnen eingetränkt. Sie selber haben's ja nicht mehr gesehen. Sie waren schon weggelaufen.«

Bodenheimer hatte ehrlich und sogar mit Gefühl gesprochen. Gott weiß, dachte Rosemary, vielleicht war das eine der wenigen edlen Taten seines Lebens gewesen, und er war stolz darauf, obwohl er das halbtote Vieh nur gerettet hatte, um sie zu beeindrucken.

»Man hat mir's erzählt«, sagte sie. »Auch wenn die Anerkennung verspätet kommt, es war nobel von Ihnen.«

»Sehen Sie, Sie können mir also trauen, wenn ich gerade mit Ihnen spreche.«

»Ja?«

»Betrachten Sie sich mal selber, Rosemary – Sie gehören doch zu den besseren Kreisen, Sie haben sogar die Hochschule besucht – und betrachten Sie die Gesellschaft, mit der Sie sich eingelassen haben. Mit Niggern laufen Sie herum, gehen von Haus zu Haus betteln – nein, nein!« er hatte die Handbewegung bemerkt – »Sie müssen mich anhören, bevor –«

»Bevor? Warum reden Sie nicht weiter?«

»Lassen Sie die Gewerkschaft ihre eigenen Angelegenheiten regeln, Rosemary!« Seine Stimme war schroff geworden. »Sie ziehen sich da eine Menge Unannehmlichkeiten zu. Gehen Sie nach Haus und bleiben zu Haus und sagen Sie Doc, auch er soll sich lieber in diese Sachen nicht einmischen, wenn er weiß, was gut für ihn ist –«

Sie drehte sich abrupt um und kehrte zu Bilek und Jamieson zurück. Bodenheimer brauchte ein paar Sekunden, bis er sie eingeholt hatte.

»Also, Captain!« forderte sie ihn auf, »würden Sie bitte in Gegenwart von Mr. Jamieson und meinem Vater wiederholen, was Sie mir eben gesagt haben?«

Bodenheimer zuckte die Achseln. Dann ging er zu seinem Wagen, setzte sich hinein, warf den Schlag zu und fuhr ab.

»Was hat er dir denn gesagt?« fragte Bilek besorgt.

Sie zögerte. »Ach – irgendwelchen Unsinn über Blindschleichen und Jesu Kreaturen...«

»Wenn ein Polizist es mit der Religion kriegt«, sagte Jamieson, »hüte dich vor ihm.«

»Du hast doch mit ihm nicht nur über die Tierchen und Jesus gesprochen –«, sagte Bilek scharf. »Hat er dir gedroht, der Sauhund?«

Aber sie hörte nicht. Sie schien nachzudenken. Plötzlich entschlossen, drückte sie die Tür zu Weinbergs Herrenartikelgeschäft auf und überließ es ihrem Vater und Jamieson, ihr zu folgen oder nicht.

Der alte Weinberg war allein. Seinen Bauch auf die Kasse gestützt, durchlas er stirnrunzelnd die Anzeigen im *Goldsborough Daily Eagle.* Er blickte auf. »Mrs. Hale!« grüßte er, »das ist aber eine Freude! Und Ihren Vater haben Sie auch mitgebracht und –« Er wußte nicht, was er von Jamieson zu halten hatte. »Vielleicht wollen Sie ein Weihnachtsgeschenk für den Herrn Papa kaufen und haben ihn gleich mitkommen lassen, damit er sich's selber aussuchen kann. Das ist sehr gescheit. Da muß er gar nicht erst nach Weihnachten herlaufen und es sich umtauschen. Nun, ich habe ein paar wunderschöne Krawatten bekommen, direkt vom Broadway in New York –«

Er nahm eine der grellgemusterten Krawatten vom Ständer, knotete sie geschickt um seinen Finger und hielt sie Bilek unters Kinn. »Perfekt, nicht?«

Bilek zweifelte.

»Nein, sie paßt doch nicht ganz.« Mit der freien Hand streichelte Weinberg sich die Glatze. »Vielleicht ein etwas konservativeres Dessin –«

»Wir sind nicht hergekommen, um einzukaufen«, sagte Rosemary.

»Dann vielleicht ein andermal?« fragte Weinberg.

»Mr. Weinberg, ich möchte Ihnen Mr. Elijah Jamieson vorstellen«, sagte Rosemary. »Mr. Jamieson ist zum Vorsitzenden des Unterstützungsfonds der Bergarbeiter des Pokie-Tals gewählt worden. Er und mein Vater und ich, wir sind zu Ihnen gekommen, Sie um einen Beitrag zu bitten –«

»Sie wollen Geld«, sagte der alte Weinberg. »Von mir?« Er kraulte die weißen Löckchen hinter den Ohren. Er versuchte zu lächeln, aber sein Blick war unruhig. »Meine liebe Mrs. Hale, ich gebe regelmäßig für wohltätige Zwecke. Ich zahle Beiträge an die Gemeindewohlfahrtskasse und an den Wohltätigkeitsverband der Polizisten und Feuerwehrmänner und an die Vereinigte Jüdische Wohlfahrt. Aber seit der Streik angefangen hat, habe ich nichts verdienen können –«

»Die Bergarbeiter, die jetzt streiken, waren immer Ihre besten Kunden«, sagte Rosemary, »und sie werden auch wieder Ihre besten Kunden sein.«

»Mrs. Hale«, seine Hände flatterten auf dem Ladentisch, »bitte, verlassen Sie mein Geschäft!...«

Rosemary starrte den alten Mann an. Sein Gesicht, sonst immer so ruhig und abgeklärt, war angstverzerrt, und in den Augen stand die Furcht vor brennenden Häusern und dem brüllenden Mob und dem Pogrom und der Flucht.

»Wir wissen schon ungefähr, was los ist«, sagte Jamieson. »Es tut uns leid.«

»Mir auch«, sagte Weinberg. »Sehr leid.«

Er begleitete sie zum Ladenausgang. Dann, bei weit geöffneter Tür und mit übertrieben lauter Stimme, sagte er: »Also nächste Woche, Mrs. Hale, hoffe ich eine ganz neue Auswahl zu haben –«

Vor dem Schaufenster standen zwei städtische Polizisten.

»Danke schön, Mr. Weinberg«, sagte Rosemary. »Ich werde wieder vorbeikommen.«

Weinberg nickte. »Guten Morgen, Wachtmeister Donato«, sagte er, »und schönen guten Morgen, Sergeant Hayden.« Dann kehrte er zurück in seinen Laden und schloß die Tür.

Die Polizisten, die Weinberg so übertrieben herzlich begrüßt hatte, folgten Rosemary und Bilek und Jamieson bis zum Fahrdamm. Der Sergeant, ein hagerer Mensch mit einem dyspeptischen Gesicht, pfiff dabei leise durch die Zähne. »He, ihr!« rief er plötzlich.

Rosemary, Jamieson und Bilek betraten den Damm.

»He, ihr da!« sagte Hayden. »Wenn ich euch rufe, bleibt mal gefälligst stehen!«

Sie blieben stehen.

»Sie kennen meinen Namen sehr genau, Sergeant Hayden«, sagte Rosemary. »Ich erwarte von Ihnen, daß Sie mich höflich anreden.«

Der Sergeant kratzte sich am Nacken. Es war nicht einfach, gleichzeitig gegen eine Dame und zwei Proleten vorgehen zu müssen.

Die Pockennarben auf Donatos bräunlichem Gesicht bewegten sich. Das war seine Art zu lächeln. »Haben Sie eine Genehmigung, gnä' Frau?« fragte er.

»Genehmigung? Wofür?«

»Sie haben doch Geld bei den Leuten gesammelt, oder?« Hayden hatte seine Fassung wiedergewonnen. »Hier in Goldsborough gibt es eine städtische Verordnung: öffentliche Geldsammlungen erfordern eine amtliche Genehmigung.«

»Jetzt schlägt's dreizehn!« sagte Bilek.

Nach all den Erlebnissen des Morgens auch das noch, dachte Rosemary; aber sie beherrschte ihre Nervosität. »Seit wann gibt es eine solche Verordnung, Sergeant Hayden?« sagte sie trocken.

»Woher soll ich das wissen?« sagte der Sergeant. »Ich weiß nur, daß ich Befehl habe, festzustellen, ob Sie eine Genehmigung haben. Und wenn Sie keine haben, müssen Sie aufhören mit Ihrem Sammeln, und wenn Sie nicht aufhören, muß ich Sie verhaften. Das ist doch deutlich genug, nicht?«

»Sehr deutlich«, sagte Jamieson.

Donato blickte ihn an und ließ seinen Gummiknüppel lebhafter pendeln.

»Als Vorsitzender des Unterstützungsfonds der Bergarbeiter des Pokie-Tals –«, begann Jamieson.

»Das können Sie vor Gericht erzählen!« Der Gummiknüppel pendelte noch schneller.

»Gehen wir essen«, schlug Bilek vor und nahm Rosemarys Arm. »Wirst du uns auch was Gutes vorsetzen?«

»Einen Augenblick, Pa.« Mit großer Freundlichkeit wandte sie sich an den Polizisten. »Und wo wird so eine amtliche Genehmigung erteilt, Sergeant Hayden? Wie Mr. Jamieson Ihnen schon zu erklären versuchte, vertreten wir den Unterstützungsfonds der Bergarbeiter des Pokie-Tals. Das ist eine Wohlfahrtsorganisation, die auf völlig demokratischer Grundlage organisiert ist und die selbstverständlich ein Anrecht auf eine amtliche Genehmigung zum Geldsammeln hat.«

Hayden wurde ärgerlich. »Keine Ahnung, gnä' Frau! Ich nehme an, auf dem Rathaus.«

»Dann verlange ich von Ihnen, Sergeant Hayden, daß Sie und der Wachtmeister hier uns zu dem Beamten im Rathaus führen, der für eine Genehmigung dieser Art zuständig ist. Wir wollen diese Frage jetzt ein für allemal regeln.«

»Aber, Mrs. Hale –«, sagte der Sergeant.

»Gesetz ist Gesetz«, lächelte sie. »Wir beabsichtigen, das Gesetz zu befolgen, und wir verlangen, daß Sie uns dabei behilflich sind.«

Sergeant Hayden hatte keine Ahnung, auf welcher Amtsstelle man die Genehmigung bekam; er war sogar ziemlich überzeugt, daß seit dem Tage des Erscheinens der Verordnung – und weiß der Kukkuck, wie lange das her war – sich kein Mensch um den Kram gekümmert hatte. »In Ordnung«, sagte er grämlich. »Gehen wir also.«

Er versuchte, der kleinen Prozession den amtlichen Charakter zu nehmen, merkte aber bald, daß ihm das nicht gelang. So etwas mußte ja auffallen – ein alter Nigger, ein Polacke, geführt von zwei Uniformierten – und dann diese Frau, die ihren Kopf so hoch trug, als hätte sie den ersten Preis bei der Mastvieh-Ausstellung gewonnen. Die Leute auf der Straße machten Bemerkungen. Jetzt haben sie auch noch Doc Hales Frau verhaftet; es wird ja immer schlimmer hier; ein Skandal ist das. Auf dem Pennsylvania-Boulevard schlossen sich eine Menge Neugierige der Prozession an. Sergeant Hayden bemühte sich, schneller voranzukommen, aber die Hale hielt das Tempo absichtlich zurück. Schließlich schrie er die Leute an: »Auseinandergehen! Das ist keine Varietévorstellung hier! Auseinandergehen!« Doch die Menschen folgten immer noch, wenn auch in etwas größerer Entfernung.

Erst im Rathaus atmete er auf, aber da fing die Frau auch schon wieder an, unangenehm zu werden. »So, wo gehen wir jetzt hin, Sergeant?« fragte sie. »Bitte zeigen Sie uns den Weg!«

»Schon gut, schon gut, gnä' Frau!« Sein ganzer Ärger saß ihm in der Stimme. »Nur mit der Ruhe!« Er wandte sich zu Donato. »Sie warten hier und passen auf die drei auf!« Dann ging er die Haupttreppe hinauf und verschwand.

Rosemary blickte die Korridore entlang, die von der Vorhalle aus nach rechts und links führten. Sie sah die numerierten Bürotüren und ein paar schäbige Individuen, die herumlungerten, rauchten und sich halblaut unterhielten. Die Wände hätten schon längst gestrichen werden müssen, die Fenster waren verschmutzt, mehrere Fußbodenfliesen waren gesprungen.

Sie bemerkte, daß ihre Nervosität verflogen war. Sie hatte den Stier bei den Hörnern genommen, und es hatte sich herausgestellt, daß das Tier ausgestopft war. Sie wünschte nur, Doc wäre auch hier, damit ihm dieser Spaß nicht entginge; aber Doc saß zu Hause am Telephon und verfolgte an Hand der einkommenden Anrufe die Kohlenautos auf den Landstraßen.

Ihr Vater stieß sie an. »Hast du großartig gemacht, Rosemary.« Er flüsterte, obwohl Wachtmeister Donato sein Interesse an dem Fall verloren zu haben schien und sich mit dem Beamten am Auskunftstisch unterhielt. »Sag Doc, er soll dir Poker beibringen; du würdest mindestens so gut spielen wie Kennedy.«

Jamieson jedoch war weniger fröhlich gestimmt. Er war sich bewußt, daß in diesem Rathaus, in dem er jetzt war, sich das Zentrum des örtlichen Machtapparats befand; von hier liefen die Fäden zu dem Negerghetto, zu den elenden Häusern auf Pritchett Heights, zum Rauschgifthandel, den Spielhöllen, den Überfallkommandos der Polizei, der Redaktion des *Goldborough Daily Eagle.* »Es ist aber kein Pokerspiel«, sagte er, »an dem wir uns hier beteiligen. Es ist eine Art Krieg.«

»Gewiß«, sagte Rosemary. »Aber wir haben den Krieg ins feindliche Lager getragen!«

Jamieson lächelte. Er mochte diese Frau gern. Wenn er mit ihr zusammen war, geschah das Seltene, das fast Unmögliche – er konnte vergessen, daß er ein Neger war. Das war der Fall weder in seiner Beziehung zu Hale noch in seinem Verhältnis zu Kennedy. Vielleicht kam es daher, daß sie Bileks Tochter war, oder vielleicht ergab es sich aus ihrem besonderen Charakter, und vielleicht erklärte es sich einfach dadurch, daß Frauen eben auch zu den Unterdrückten der Menschheit gehörten.

Von der Treppe her rasche Schritte. Sergeant Hayden kam die Stufen heruntergelaufen; ihm auf dem Fuß Lonsdale, erregt und mit rotem Gesicht.

»Wo kommt denn *der* her?« fragte Bilek halblaut.

Lonsdale fing sofort an zu schimpfen. »Was ist das wieder für ein Unfug! Genehmigung! Wer hat euch überhaupt ermächtigt, loszugehen und Geld zu sammeln?«

Jemand mußte ihm gehörig zugesetzt haben, dachte Rosemary. Und was hatte der Distriktsorganisator der Gewerkschaft zu dieser Zeit eigentlich im Rathaus zu schaffen?

»Wer uns ermächtigt hat?« Jamieson sprach sehr sanft. »Ich bin der Vorsitzende des Unterstützungsfonds der Bergarbeiter des Pokie-Tals, Bruder Lonsdale, und ich würde es außerordentlich schätzen, wenn du uns in der Angelegenheit dieser amtlichen Genehmigung zur Seite stündest.«

Ein paar von den Neugierigen, die sich ihnen auf der Straße angeschlossen hatten, waren in die Vorhalle eingedrungen; auch die Nichtstuer im Rathaus waren durch Lonsdales Gezeter angelockt worden. Jamieson erkannte, daß er ein Publikum hatte und daß die vielen Zeugen Lonsdale unangenehm waren. »Da du scheint's im Rathaus ein- und ausgehst, Bruder Lonsdale«, sagte er, »könntest du vielleicht beim Bürgermeister vorsprechen und ein gutes Wort bei ihm einlegen...«

Lonsdale merkte, in welche Zwickmühle er geraten war. Und die Menge der Zuhörer wuchs noch immer an.

»Der Sergeant hier«, fuhr Jamieson fort, »war so freundlich, uns zum Rathaus zu begleiten, weil er weiß, daß wir die Gesetze genau befolgen wollen.«

Lonsdale nahm eine Zigarette aus seinem Etui. »Ich wollte euch nur ein paar Unannehmlichkeiten ersparen. Ich war zufällig hier, und da hörte ich, daß Mitglieder der Gewerkschaft verhaftet worden sind...«

»Nein, wir sind freiwillig gekommen«, sagte Rosemary.

»Sie, gnädige Frau, gehören nicht dazu.« Lonsdale zerkrümelte die Zigarette zwischen seinen Fingern. »Und was die Gewerkschaft betrifft«, fügte er hinzu, »so ist uns von einem Unterstützungsfonds der Bergarbeiter des Pokie-Tals nichts bekannt –«

»Von einem Streik ist Ihnen wohl auch nichts bekannt?« fragte Rosemary.

»Gnädige Frau, ich empfehle Ihnen, überlegen Sie sich, was Sie hier sagen. Der Sergeant hat mir mitgeteilt, er muß Sie allesamt wegen unerlaubten Geldsammelns in Haft nehmen, und ich versuche, Ihnen aus der Patsche zu helfen; aber Sie erschweren es mir unnötig, meinen Gewerkschaftsbrüdern beizustehen –«

»Und ich empfehle Ihnen –«, Rosemary konnte nicht weitersprechen, so sehr ärgerte sie sich; am liebsten hätte sie ihm das aufgeschwemmte, selbstzufriedene Gesicht zerkratzt.

»Lassen Sie mich machen, Rosemary«, hörte sie Jamieson sagen.

Aber Bilek kam Jamieson zuvor. Bilek war nicht der Mann, der seine Streitigkeiten von Frauen, und schon gar von der eigenen Tochter, ausfechten ließ. »Also gut, Lonsdale«, sagte er, scheinbar einlenkend. »Sag den Burschen ruhig, sie sollen uns verhaften. Vielleicht merken die Kumpel dann, warum wir um Geld betteln müssen. Vielleicht merken sie dann, wer die Streikgelder zurückhält, für die uns jahrelang die Beiträge abgezogen wurden! Und vielleicht merken sie auch, warum wir keine Wohlfahrtsunterstützung von der Stadt bekommen, obwohl wir jedes Jahr dicke städtische Steuern gezahlt haben. Vielleicht –«

»Vielleicht«, unterbrach ihn Lonsdale, »wird es euch interessieren zu erfahren, daß ich gerade von einer Konferenz mit Bürgermeister Purdy und dem Stadtrat für Wohlfahrtsangelegenheiten komme, auf der wir besprochen haben, wie wir bedürftigen Bergarbeiterfamilien Mehl aus Regierungsreserven zukommen lassen können.«

»Wirklich?« sagte Rosemary. »Und wann soll das Mehl verteilt werden?«

Lonsdale überging diese Frage; möglich auch, daß er sie tatsächlich nicht gehört hatte. Die Regierungsreserven, die in Goldsborough lagerten, waren ihm so eingefallen, und die Frage beschäftigte ihn, wie er Geoghan überzeugen könne, das Mehl nun auch herauszugeben. »Sergeant Hayden!« sagte er. »Lassen Sie die Leute laufen. Ich werde das mit dem Bürgermeister in Ordnung bringen.«

Er wollte gehen, aber Jamieson hielt ihn fest. »Und was wird mit der amtlichen Genehmigung, Bruder Lonsdale?«

»Welche Genehmigung?... Ach, das! Na ja, ihr wißt doch, wie man in solchen Fällen vorzugehen hat! Wenn eure Gewerkschaftsgruppe sich außerhalb der eigentlichen gewerkschaftlichen Belange zu betätigen wünscht, so muß euer Gewerkschaftsgruppenvorsitzender sich mit der Distriktsleitung in Verbindung setzen, und dann wird die Distriktsleitung die Frage bei der nächsten Distriktskonferenz auf die Tagesordnung setzen, und wenn die Konferenz euren Pokie-Tal-Fonds, oder wie das Ding heißt, billigt, dann nehme ich an, daß der Bürgermeister nichts gegen die Erteilung einer Genehmigung einzuwenden haben wird.«

Er zog seinen schiefen Mund noch etwas schiefer, drehte sich um und ging die Treppe wieder hinauf.

»Also jetzt – auseinandergehen! Auseinandergehen!« rief Sergeant Hayden. »Herumlungern im Rathaus ist verboten!«

Wachtmeister Donato wies mit dem Gummiknüppel in Richtung der Tür.

Mickie schleppte sich den Berg hinauf. Dünne graue Rauchwölkchen kräuselten sich gegen das Blaßblau des Himmels über Pritchett Heights; der aufsteigende Rauch war das einzige Zeichen von Leben. Die fein verästelten Sträucher rechts und links des holprigen Weges waren wie schwarzes Filigran. Die Tümpel in den Löchern der Straße waren gefroren, und wenn sie ausrutschte, krachte und zersprang das Eis, und ihr Absatz brach durch die Kruste bis zu dem trockenen, splitterbedeckten Boden der Vertiefung.

Die Augen tränten ihr von der Kälte; ihre Hände, die den Sack festhielten, waren steif geworden, und die Arme taten ihr weh von der Last der Tüten mit Lebensmitteln, die sie umklammerten. Aber die Wangen brannten ihr wie von einem inneren Feuer. Sie freute sich über sich selber, über ihre Einkäufe und besonders über das, was sich in dem Sack bewegte und ihr gegen die Beine schlug. Vor allem freute sie sich über die Tatsache, daß all das ausschließlich ihre eigene Idee gewesen war und zu so glänzenden Resultaten geführt hatte, gerade weil sie ihre Gedanken für sich behalten und ihren eigenen, ihr von Gott verliehenen Verstand benutzt hatte.

Das Gesicht des Farmers, als sie ihm den Zehndollarschein unter die Nase hielt! Das hatte er nie erwartet. Er hatte geglaubt, sie würde ihm irgendeine Jammergeschichte vorsetzen, daß sie jetzt nicht zahlen könnte, und wann und wie sie zu zahlen gedächte. Er hatte lange gebraucht, bis er sich genügend erholte, um die zwei Enten zu bringen, die sie sich ausgesucht hatte – eine perlgrau und braun, die andere mit blauen und weißen Streifen an den Flügelspitzen – und um sie zusammenzubinden und in den Sack zu stecken. Und der Mann im Lebensmittelgeschäft hatte auch ganz anders ausgesehen, nachdem er ihr dickes Portemonnaie erblickt hatte. Er suchte die besten Kartoffeln heraus, und die schönsten getrockneten Zwetschgen und Rosinen, und Butter und Brot und Zucker und Eier und Backfett und Kaffee, und hätte beinah noch jede Tüte gestreichelt, bevor er sie ihr gab. Und der Schnapsbudiker wollte ihr gleich sein halbes Geschäft zusammen mit der Flasche Whisky verkaufen, die sie verlangt hatte. Geld, dachte sie und schwang den Sack fröhlich hin und her, so daß die halbbetäubten Enten protestierend schnatterten, Geld ist das beste und stärkste Argument in der Welt.

Es gab jedoch verschiedene Sorten Geld. Da gab es das Geld, das man verdiente, indem man sich acht oder zehn Stunden am Tag die Haut vom Leibe schwitzte – die Sorte Geld, die ihr Vater mit nach Hause brachte –, und dieses Geld klebte einem an den Fingern. Weiter gab es eine Art Tauschgeld, das man erhielt, indem man etwas hergab, was andere Leute haben wollten – sagen wir, im Austausch für eine elektrische Uhr, wie Martha Bilek sie gestern zur Pfandleihe getragen hatte, oder indem man als Taxigirl in so einem Lokal tanzte, oder wenn man das Schlafen mit Männern als Geschäft betrieb. Sie hielt nicht viel von dieser Art Geld. Aber dann gab es noch eine dritte Sorte Geld. Ihr Vater hatte unrecht. Man *konnte* nämlich auch verdienen, ohne etwas dafür zu geben – weder Arbeit noch elektrische Uhren, noch den eigenen, mehr oder weniger begehrenswerten Leib. Das war das Geld, das die großen Herren dafür bekamen, daß sie große Herren waren; aber jeder, der es einigermaßen verstand, mit Menschen umzugehen, konnte es sich ebenso verschaffen. Das war die beste Sorte Geld; leicht gewonnen und leicht ausgegeben; sie brauchte Lonsdale nur auf eine gewisse Weise anzuhimmeln und ihm zu erzählen, lieber stürbe sie, als daß sie einen Cent von ihm nähme, und er zwang ihr das Geld direkt auf.

Kinos und Revuen und Nachtklubs und im Restaurant essen und

sich amüsieren war gut. Aber Geld war besser, denn Geld bedeutete all diese Dinge zusammen, und mehr. Lonsdale war ja verrückt. Ein Mann mußte verrückt sein, mit dem Geld so um sich zu schmeißen wie er; aber die Kunst war, ihn ihretwegen verrückt zu machen und ihn in diesem Zustand zu halten, ohne daß ihm der Verdacht kam, er möchte am Ende keinen Gegenwert von ihr bekommen. Eigentlich müßte sie es ihrem Vater mal erklären – wie falsch er getippt hatte mit seinem: *Nur Huren nehmen Geld von Männern.* Immerhin, ohne den Streik hätte sie es auch nicht erreichen können. Der Streik bedeutete, daß Lonsdale sich kaum in seinem Büro in Pittsburgh aufhielt. Er war dauernd unterwegs, aber fast jeden Tag führte ihn der Weg durch Goldsborough, und er war nur zu begierig, sich mit ihr zu treffen. Der Streik hielt ihr Pete Webb vom Halse. Am Anfang hatte sie ihn noch ums Haus herumschleichen sehen, mit hängendem Kopf, die Augen zu Boden gerichtet; wahrscheinlich hatte er darauf gehofft, daß er ihr begegnen und mit ihr sprechen und sie um Verzeihung bitten könnte; jetzt aber war er anderweitig beschäftigt und hatte keine Gelegenheit, ihr nachzutrotten. Und ihr Vater war auch mehr außerhalb als daheim; und kam er nach Hause, war er so todmüde, daß er sich aufs Bett warf und wie ein Klotz Holz schlief. Daher konnte sie ausgehen, so oft sie wollte und so lange sie wollte, und niemand außer Evaline machte sich darüber Gedanken.

Evaline jedoch schwieg sich aus. Mickie runzelte die Stirn. Evaline beobachtete heimlich und lauerte, wie eine Schlange im Gras oder wie die Tiger im Film auf der Lauer lagen, bis Mrs. Tarzan vorbeikam. Evaline spionierte und wartete auf eine große Explosion, eine Entdeckung, einen Skandal. Dann würde sie ihr Maul schnell genug aufreißen: Ich hab's ja die ganze Zeit gewußt – aber niemand will mich anhören – und besonders du nicht, Carlisle Kennedy – das Mädel ist beinahe jede Nacht außer Haus gewesen, Gott weiß, mit wem sie sich herumtreibt, Gott weiß, wann sie immer zurückkommt!

Die scharfe Stimme in der Stille des Nachmittags brach ab. Mickie blieb stehen, stellte ihre Last ab und rieb sich die Hände. Die Arme zitterten ihr. Dann lachte sie plötzlich auf: Sie hatte ihre eigene Stimme gehört, die genörgelt hatte wie Evaline. Es gab nichts zu entdecken, keine Sensation, die sich auszuspionieren lohnte. Sollte Evaline lauern, bis sie blau wurde im Gesicht.

Die Enten rührten sich im Sack, sie waren noch ganz schön lebendig. Mickie wandte den Blick ab. Der Weg, den sie hinauf- und hinunterging, zog sich doch in die Länge. Die Rauchwölkchen standen immer noch in der Ferne.

Es war ja nichts vorgefallen zwischen ihr und Lonsdale. Man war eben befreundet, alles durchaus in Ehren. Ihr Vater würde sich königlich amüsieren, wenn sie ihm eines Tages erzählte, wie sie Lonsdale ausgequetscht hatte.

Sie griff nach dem Sack und ließ ihn wieder fallen. Die Hitze im Gesicht war wieder da; sie spürte, wie ihr der Schweiß auf der Stirn ausbrach. In ihrem Bauch wühlte es. Jesus, dachte sie, da bringe ich die erste gute Mahlzeit seit langem nach Hause, und der Magen macht mir Sperenzchen. Nein, es sind die Nerven, dachte sie dann; kein Wunder, ich führe ja ein regelrechtes Doppelleben, genau wie Joan Crawford im Kino. Joan Crawford hatte solche große, traurige Augen. Sobald sie auf die Leinwand kam, wußte man, daß sie es schwer haben würde.

Mickie seufzte. Sie hob die Enten und die Tüten auf und ging langsam weiter. Ein Doppelleben konnte ganz lustig sein; aber es wurde weniger lustig, wenn man, nachdem man eine Stunde vorher noch ein gutes Steak verdrückt hatte, sich zu Haus an den Tisch setzen und zusehen mußte, wie die Kinder die wenigen Kartoffeln, die ihnen abgezählt auf den Teller gelegt wurden, herunterschlangen. So etwas verschlug dem Menschen das ganze bißchen Appetit, da konnte man einfach nicht mit zulangen – und das war das einzige, was ihr Vater bemerkte, wenn er zufällig zur Mahlzeit da war. Du mußt doch was essen, Mickie! sagte er dann wohl. Und es lohnt sich doch nicht, sagte er, deine paar Kartoffeln an die Kinder zu verteilen; satt werden sie davon auch nicht. Mickie, sagte er, du magerst mir zu sehr ab. Aber sie magerte gar nicht ab. Im Gegenteil, sie nahm zu, erst neulich hatte sie sich auf der Waage in der Apotheke gewogen, und wenn es so weiterging, würde sie anfangen müssen, auf ihre Figur zu achten.

Sie wußte, daß die vierzig Dollar, die er für den Kühlschrank zurückerhalten hatte, längst ausgegeben waren, obwohl er sie Evaline in winzigen Summen ausgehändigt hatte. Sein Gesicht wurde auch immer gespannter und knochiger; das Herz tat ihr weh, wenn sie ihn ansah. Er arbeitete sich zuschanden. Was er tat, sagte er nicht. Wenn Lonsdale sie danach fragte – und Lonsdale fragte regelmäßig danach –, konnte sie ihm nur antworten, daß er viel außer Haus war. Aber es war hart, zusehen zu müssen, wie er sich kaputt rannte und dabei noch hungerte, während sie es sich wohl sein ließ.

Es war hart, das hübsche Tannenbäumchen sehen zu müssen, das er im Wald abgeschnitten und nach Hause gebracht hatte. Das Bäumchen stand in der Küche, mit dem Schmuck vom letzten Jahr behangen – aber ohne Kerzen; und es war auch nichts da, was man den Kindern als Weihnachtsgeschenk in ihre Strümpfe stecken konnte, die sie heute abend am Küchenschrank aufhängen würden; und für das Weihnachtsfestessen morgen war nichts im Hause, nur die alten Kartoffeln, aus denen man mehr herausschneiden mußte, als zu essen dran blieb.

Eine Überraschung würde das geben! – die Flasche für ihn und das reichliche Essen für sie alle. Zuerst hatte sie einen Truthahn kaufen wollen; aber da nicht einmal genug altes Brot für die Füllung in der Speisekammer war, hätte sie alle Zutaten für ein Truthahnessen kaufen müssen, und da wären zehn Dollar nicht genug gewesen. Enten waren billiger, wenn man sie direkt vom Farmer kaufte, und von der Entensuppe, die Evaline daraus machen würde, konnte die Familie zweimal satt werden. Diese Suppe hatte einen ganz eigenartigen Geschmack, schwer und süßlich, und das Fleisch, das darin schwamm, war saftig und zart. Evaline kochte das Ganze auf polnische Art nach einem Rezept, das die Polackenfrauen in der alten Heimat seit Jahrhunderten benutzten. Sie nannte das Gericht *Battle Soup*, Kampfsuppe, und sie kicherte: Weißt du, warum es so heißt? Von wegen der Enten, denen gefällt nicht, was ihnen passiert, und manchmal liefern sie einem einen regelrechten Kampf, bevor man mit ihnen fertig wird.

Der Sack bewegte sich, Mickie griff fester zu. Natürlich gefiel es den Enten nicht. Sie hatten zwar nichts dagegen, daß sie in Streifen geschnitten und in Essig und ihrem eignen Blute zusammen mit Zwetschgen und Kartoffeln und anderen Zutaten gekocht wurden – denn das geschah, nachdem sie gründlich tot waren. Was ihnen gegen den Strich ging, war das Ausgeblutetwerden. Mickie fühlte, wie ihr wieder übel wurde. Sie versuchte, an etwas anderes zu denken, aber es gelang ihr nicht. Sie hatte Evaline vor Augen, wie sie das große Küchenmesser zur Hand nahm und die Schneide an ihrer Fingerspitze prüfte. Dann würde sie die Ente hernehmen und ihr den Schädel spalten und das Tier kopfabwärts halten. Die Ente wehrte sich noch, und Evalines Finger, starke, spinnenartige, unbarmherzige Finger, griffen fest in die Federn. Das Blut floß in die Pfanne, schwärzlich rot, schwer. Ein paar Tropfen blieben an den Federn hängen und verfärbten und verklebten sie.

Die Landschaft vor Mickies Augen begann zu schwanken, in ihrem Bauch wühlte es, etwas preßte ihr gegen die Luftröhre, sie bekam keine Luft.

O Gott, o Gott, dachte sie, ich werd noch krank werden. Dann ließ sie ihre Tüten und die Enten zu Boden fallen und beugte sich vor und übergab sich.

Am Weihnachtsmorgen wachte Kennedy erst spät auf, nach elf Uhr, wie der Wecker auf dem Nachttisch zeigte. Er reckte sich, dankbar, daß er das ganze Bett für sich allein hatte. Das Bett knarrte, der Wekker tickte. Irgend etwas stimmte nicht. Irgend etwas fehlte.

Wo waren die Stimmen, der alltägliche Lärm? Durch die dünnen Bretterwände des Hauses hörte man jeden Ton – wo waren denn alle? Vielleicht hatte Evaline die ganze Familie zur Messe geschleppt. Es war Feiertag heute, obwohl er bisher nicht viel davon gemerkt hatte. Bis gestern abend spät waren sie einem Laster nachgejagt, beinahe hatten sie ihn eingeholt, da war ein Staatspolizist auf seinem Motorrad aufgetaucht, und der Laster war ihnen entwischt. Stille Nacht, Heilige Nacht, die Polizei kam mit heulender Sirene angebraust, und die Hölle war los auf den Straßen. Aber was konnte man schon tun? Die Streikbrecher stellten ihre dreckige Tätigkeit auch keineswegs ein, bloß weil Christus den Menschen geboren ward.

Und doch war sie irgendwie rührend, dachte er, die Geschichte von dem Kind in der Krippe. Er war abgebrüht, jawohl, und tat sich was drauf zugute; man lebte in einer Welt, in der die Menschen sich gegenseitig das Messer an die Kehle setzten, und der Teufel holte diejenigen, die bei dem großen Rennen hintanblieben; und doch gab es Momente, wo man innerlich weich wurde. Spät nachts war er nach Hause gekommen und da, am Küchenschrank, hingen die Strümpfe der Kinder – die drei kleinen, und die drei größeren, und der Nylon Mickies. Er hatte seine Rührung beherrscht. Er hatte sich hingesetzt und an Molly gedacht – nicht, wie sie am Ende ausgesehen hatte, sondern als sie noch jung und voller Leben war, und wie sie zu lachen pflegte, richtig von Herzen. Dann hatte er schrecklichen Durst bekommen; er war zum Schrank gegangen und hatte im Regal gesucht; dabei wußte er, daß die Flasche schon seit Wochen nicht mehr da war. Komisch, dachte er, auch nur eine Angewohnheit, wie alles andere.

Danach hatte er die Strümpfe gefüllt. Er hatte sechs Apfelsinen und sechs Tütchen Süßigkeiten, und für Mickie ein Glashalsband von Woolworth. Vielleicht war es nicht richtig gewesen, daß er von Katies und Janies und Willies und Donnies und Robbies und Sallys Zuteilung je fünf Cent abgezogen hatte, um Mickie das Halsband kaufen zu können. Aber er hatte im ganzen nur einen Dollar fünfundsiebzig zur Verfügung; fünfundzwanzig Cents hatte der Unterstützungsfonds pro Kind gezahlt; und bis zum Tag vor Weihnachten hatte es ausgesehen, als ob es überhaupt kein Geld geben würde.

Diese Weihnachtszuteilung war Jamiesons Vorschlag gewesen. Das Komitee hatte lange und heftig darüber diskutiert. War es für den Unterstützungsfonds zulässig, Gelder für Geschenke auszugeben, wenn die paar Dollar, die gesammelt worden waren, für so viel notwendigere Dinge gebraucht wurden? Jamieson hatte von Kampfmoral gesprochen; Jamieson hatte es immer mit der Theorie. Aber abgesehen von Moral und Theorien, wäre es doch ein recht trauriges Weihnachten gewesen, so ganz mit leeren Händen – traurig für ihn wie auch für die Kinder. Er kannte solche Weihnachten, kannte sie nur zu genau. Er wußte, wie einem Kinde zumute ist, das die Zähne zusammenbeißt gegen Einsamkeit und Enttäuschung. Er hätte mit der ganzen Familie zum Gottesdienst in Jamiesons Kirche gehen sollen – das hätte was bedeutet; aber das fiel ihm erst jetzt ein. Wenn die Priester und die Pfarrer und die Rabbiner eines Tages Seite an Seite mit den Arbeitern in den Gruben und Fabriken arbeiten werden, dann werden wir anständige Kirchen haben und einen Gott, an den man glauben kann.

Jetzt würden die Kinder ihre Geschenke schon erhalten haben. Hatten sie wahrscheinlich gleich aufgegessen. Er hatte auch Hunger. Er stand auf, zog sich die Hosen über, öffnete die Tür.

Duft schlug ihm entgegen, alles überwältigender, alles umhüllender, lockender, lieblicher Essensduft, Duft kochenden Fleischs und brodelnder Säfte und Gewürze. Allesamt umstanden sie den Herd, die Kinder und Angeline, stumm blickten sie auf den großen Topf und auf Evaline, die umrührte. Nur Mickie saß am Tisch und wand sich ihr Halsband um die Finger.

Er hob eine blauweiße Feder vom Fußboden auf. »Fröhliche Weihnachten!« sagte er.

Mickie sprang auf. Plötzlich hatte sie eine Flasche in der Hand, und er wußte, Whisky, und sie kam ihm entgegen und hielt ihm die Flasche hin und sagte: »Fröhliche Weihnachten!«

»Fröhliche Weihnachten!« riefen die Kinder und rannten zu ihm hin, und Katie kletterte ihm am Bein hinauf.

»Fröhliche Weihnachten«, bemerkte Evaline und rührte weiter im Topf.

Er sagte nichts. Er spürte ein Würgen in der Kehle, und dann kam ihm ein Gedanke, eine Frage, und ein sonderbares Gefühl, das er rasch von sich abtat. Er hielt die Flasche noch immer in der Hand und kratzte mit dem Daumennagel an dem Stanniol herum, das den Korken schützte. Dann riß er das Stanniol ab. Mickie brachte ihm Korkenzieher und Glas. Er schenkte sich ein, trank.

»Sehr guter Whisky, Mickie!« sagte er schließlich. »Soll ich mich bei dir bedanken oder bei Pete Webb, oder bei wem?«

Sie spürte die plötzliche Blutleere im Kopf. Aber er war bereits, die Flasche in der Hand, hinübergegangen zu Angeline und gab ihr einen Kuß auf die Wange. »Hallo, Angel!« sagte er. »Fröhliche Weihnachten dir auch! Hörst du mich? Fröhliche Weihnachten!«

Sie murmelte etwas.

»Was hast du gesagt, Angel?«

Ihre Nasenflügel zitterten. Sie sog den Duft des Bluts und des Fleischs und der Zwetschgen ein. »Gut!« sagte sie. »Gut!«

»Hungrig, was?« Er goß sich nach. »Alle sind wir hungrig. Das ist das Übel mit uns.«

Er setzte sich in Angelines Schaukelstuhl, hakte das Bein über die Armlehne und ließ seinen Pantoffel von den Zehen herunterhängen. Er trank langsam weiter und sah zu, wie der Tisch gedeckt wurde.

Mickie betätigte sich dabei. Sie war blaß und in Gedanken und vermied es, ihn anzublicken. Er versuchte, sich die peinliche Frage aus dem Kopf zu schlagen. Der Whisky war doch ausgezeichnet, also zum Teufel damit, wo er herkam! Und ein großartiges Essen wird es werden, und wir werden alle satt werden und gehörig aufstoßen hinterher.

»Mickie!«

Sie wandte sich hastig um. »Ja, Pa?«

»Gefällt dir dein Halsband nicht?«

»Wunderbar!« sagte sie.

»Dann häng's dir um!«

Sie hängte es sich um.

»Laß mich sehen!« sagte er.

Nein, dachte er, sie ist mir fremd geworden. Früher kannte ich sie, und jetzt nicht mehr. Früher verstand ich sie, und sie verstand mich, wir verständigten uns mit einem Augenzwinkern.

»Es ist nicht viel wert«, sagte er.

»Nein!« widersprach sie. »Es ist wirklich sehr schön.«

»So eine Flasche«, sagte er, »kostet wesentlich mehr.« Er trank noch einen Schluck. »Was ist los mit dir? Ist dir nicht gut?«

»Doch, Pa!« sagte sie. »Ich kann nur diesen Geruch nicht ertragen.«

»Wenn du den Geruch von gekochter Ente nicht verträgst, warum hast du Ente gekauft?«

Sie antwortete nicht.

»Also, mach schon und deck den Tisch«, sagte er.

Dann war das Essen fertig und alle saßen am Tisch und Evaline beeilte sich mit dem Tischgebet und war schon dabei, Kennedy aufzulegen. Aber er schüttelte den Kopf: »Noch nicht! Wir können noch nicht anfangen!«

»Na, ich muß schon sagen!« protestierte Evaline. »Den ganzen

Weihnachtsmorgen steh ich am Herd, während er sich im Bett herumsielt und sich um nichts kümmert und nur sein Gift säuft – und jetzt auf einmal will er uns das Essen verbieten!«

»Müssen wir nicht auf *ihn* warten?« fragte er.

»Ihn?« empörte sich Evaline. »Hast du etwa jemand eingeladen? Das ist unsre erste anständige Mahlzeit, seit du damals den Hasen geschossen hast, und da lädst du noch Gäste ein!«

»Ich dachte, *wir* wären die Gäste«, sagte Kennedy. »Es gehört sich doch wohl, daß wir unser Mahl mit dem Menschen teilen, der für das alles bezahlt hat. Mickie, glaubst du nicht, du solltest noch einen Teller und Messer und Gabel auflegen?«

Er stand auf, nahm seine Jacke vom Haken an der Tür, und verließ das Haus.

Evaline tat den Deckel auf den großen Topf, in dem sich die schwärzlich-rote, dicke, duftende Kampfsuppe befand. Sie klappte ihre Zähne zusammen und setzte sich wieder; ihr Mund verzog sich zu einer dünnen Linie. Sie konnte es abwarten.

Schweigen herrschte. Sogar Katie, deren Augen nicht von dem Suppentopf wichen, spürte, daß sich eine Art Gewitter über den Köpfen der Erwachsenen zusammenzog und daß jedes Geheul wegen der Verzögerung des Essens sinnlos war. Dann waren da Schritte auf dem Pfad zum Hause. Aller Blicke wandten sich zur Tür. Das Fußabwischen auf dem Sacktuchfetzen auf der Veranda schien eine Ewigkeit zu dauern.

Endlich wurde die Tür aufgestoßen; Kennedy schob Webb in die Küche. »Aber ihr habt doch auch nicht so viel!« wehrte sich Webb. »Warum ausgerechnet mich herschleppen? Mein Weihnachtsessen steht bei meiner Wirtin auf dem Tisch –«

»Setz dich«, sagte Mickie. Er blickte Mickie an: ihr Gesicht war ganz spitz und schmal.

»Fröhliche Weihnachten, Mickie!« sagte er, und nach einer Pause: »Fröhliche Weihnachten, alle zusammen!«

Mickie holte einen Teller und Messer und Gabel und Löffel für ihn. Sie hatte sich schon heute früh einmal übergeben müssen, und sie befürchtete, daß es ihr bald wieder passieren würde.

»Setz dich, Pete!« sagte Kennedy. »Gutes Essen, was! Ich nehme an, daß ich dir dafür Dankeschön sagen muß, und auch für meine Flasche Whisky. Aber vielleicht hat Mickie das Danken bereits zur Genüge besorgt.«

»Pa!« rief Mickie.

Webb sah Kennedy verständnislos an. »Jesus«, sagte er, »ich weiß wirklich nicht –«

»Du hast ihr doch das Geld gegeben, Pete, oder?«

»Was für Geld?«

»Aber Pete!« In Kennedys Stimme klangen die Zweifel mit, die er immer noch zu unterdrücken suchte. »Tu doch nicht so unschuldig!«

Der Teller fiel klirrend aus Mickies Hand. Webb runzelte die Stirn. Jemand hatte ihr Geld gegeben. Wofür gab einer einem Mädchen Geld, einem Mädchen wie Mickie?

»Bist doch du gewesen, der ihr das Geld gegeben hat, Pete, oder?« sagte Kennedy. »Gottverflucht noch mal! Antworte!«

»Vielleicht ja, vielleicht nein!« lachte Evaline und fügte liebenswürdig hinzu: »Gib mir deinen Teller, Janie, mein Kind!«

Kennedy wandte sich ihr zu: »Was weißt du davon, Evaline?«

Evaline gestikulierte mit dem Schöpflöffel, Suppe tropfte auf den Tisch. »Weiß es einer bei der Prinzessin? Ich weiß nur, sie treibt sich jede gesegnete Nacht außer Hause herum, der Teufel weiß, mit wem! Vielleicht mit *dem* da, vielleicht mit jemand anders!...«

»Pete!« sagte Mickie, totenbleich. »Sag's ihm doch, Pete!«

Eine Hure war sie. Webb stöhnte innerlich. So jung und so schön sie war – eine Hure war sie. Aber wer hatte sie dazu gemacht? Er sah sie an, und es war ihm, als wollte sein Herz bersten. Und wenn sie die schlimmste Hure der ganzen Welt wäre, dachte er, ich liebe sie.

»Ich hab ihr das Geld gegeben«, sagte er, »natürlich.«

Mickie setzte sich, total erschöpft. Nein, sie würde nicht losheulen, diesen Gefallen würde sie ihrem Vater nicht tun.

»So, du hast's ihr also gegeben«, sagte Kennedy langsam. »Warum? Wofür? Was hat sie dir dafür gegeben?«

»Er hat's mir gegeben, weil ich's von ihm verlangt habe«, sagte

Mickie. »Und warum auch nicht! Er hat's doch!« Sie haßte Pete Webb – nicht, weil er sie einmal geküßt und gehabt hatte –, sondern weil er nach soviel Edelmut eine Art Anrecht auf sie hatte. Und ebenso haßte sie ihren Vater. Zum erstenmal in ihrem Leben haßte und verachtete sie ihn, gerade weil sie ihn so geliebt hatte und weil sie ihm diesen Whisky und der Familie diese Mahlzeit geschenkt hatte, ohne irgendeinen Hintergedanken – und was hatte es ihr eingebracht?

»Er hat doch Geld«, fuhr sie mit spitzer Stimme fort. »Warum soll ich ihn überhaupt zu bitten haben? Kann er nicht selber sehen, wie wir hier leben? Kann er nicht sehen, wie mir zumute ist? Hier – sieh dir das an!« Sie stand auf, war mit zwei Schritten bei Webb und griff ihm in die Tasche, in der er, wie sie wußte, sein Sparkassenbuch trug. »Sieh dir das an!« Sie zog das Sparkassenbuch heraus, öffnete es und hielt es Kennedy vor die Nase. Kennedy vergaß Mickie momentan. Er stieß einen bewundernden Pfiff aus. Der Junge besaß tatsächlich an die achthundert Dollar!

Webbs Schultern sackten nach vorn. Schließlich war es noch kein Verbrechen, ein bißchen was zu haben, und doch fühlte er sich wie ein Verbrecher. Er hatte das Geld für das Haus gespart, das Haus, das er an der Straße nach New Pendleton hatte bauen wollen, das Haus mit der hübschen Küche und der erstklassigen Installateurarbeit und allem Zubehör und mit dem Garten für die Rebhühner. Das Haus für Mickie. Das Haus, das nie gebaut werden würde.

»Kannst das Geld haben«, sagte er tonlos. »Nimm's nur, Kennedy. Nimm alles ...«

Kennedy klappte das Sparkassenbuch zu. Er hatte einen schlechten Geschmack im Munde und erinnerte sich, daß er eigentlich großen Hunger hatte, denn sein Frühstück hatte aus nichts als zwei Gläsern Whisky bestanden. Ein Hundsfott bin ich, dachte er, ein regelrechter Hundsfott. Arme Mickie. Und dann dachte er, der Junge braucht doch gar nicht so viel Geld, wo es so bitter nötig für den Streik gebraucht wird.

»Du könntest dem Komitee eine Anleihe machen, Pete«, sagte er und gab ihm das Sparkassenbuch zurück. »Bring's morgen zu Jamieson, und laß ihn das Geld von der Bank abheben. Wir haben uns schon große Sorgen wegen des Benzins gemacht; jetzt kommen wir wieder ein Stück weiter.«

Dann tauchte er seinen Löffel in die Suppe. »Essen wir!« sagte er. »Fröhliche Weihnachten!«

## *Elftes Kapitel*

Die zweite Hälfte des zwanzigsten Jahrhunderts begann mit dem Geläut der Glocken und dem Gekreisch der Blechtrompeten und Trillerpfeifen auf dem Times Square in New York. Per Radio und Fernsehfunk drangen die Glockenschläge und der ungeheure Willkommenslärm in jedes Haus im ganzen Lande. Die Rundfunkkommentatoren, die nach dem letzten Glockenschlag der Mitternacht des beendeten Jahres ans Mikrophon traten, begrüßten die Ankunft des Jahres Neunzehnhundertundfünfzig. Ihre Reden unterschieden sich kaum von den Neujahrs-Leitartikeln im *Goldsborough Daily Eagle*, in den Pittsburgher Zeitungen und in der Presse der gesamten Vereinigten Staaten. Man betonte den Fortschritt, den Amerika seit dem Zeitalter der Pferdekutsche gemacht hatte: zwei gewonnene Weltkriege und Millionen Automobile, die Millionen Amerikanern gehörten; mehr Arbeitsplätze und mehr Arbeit als je zuvor; Profite höher als in irgendeinem Jahr der Geschichte des Landes; und keine andere Nation auf Erden, die so große Vorräte an Atombomben besaß. Die Horizonte waren grenzenlos.

Jawohl, man ging großartigen Zeiten entgegen, so wurde gesagt, obwohl es im Ausland finstere Verschwörer gab, die das Glück und den Reichtum und die Freiheit des amerikanischen Volkes und der westlichen Welt überhaupt mit scheelen Augen betrachteten! Diese Dunkelmänner schmiedeten Pläne und rüsteten sich und sandten Agenten aus, um das amerikanische Volk seiner Freiheit und seiner Arbeit, seiner Religion und seiner Profite, seiner Automobile und Fernsehapparate und Kühlschränke und seiner mit Sahnezusatz versehenen Milch zu berauben und die ganze Menschheit auf das Elendsniveau des russischen Muschiks herabzudrücken. Aus diesem Grunde würde die Stärke der Armee und der Flotte und der Luftwaffe, sowieso die größte in irgendeinem Friedensjahr der Geschichte der Vereinigten Staaten, noch weiter heraufgesetzt werden. 1950 würde das Jahr sein, in dem jeder gute Bürger Onkel Sam unter die Arme greifen müßte: indem er persönliche Opfer brachte, mehr Steuern zahlte, Lohnforderungen herabschraubte und alle verdächtigen Personen, Äußerungen und Versammlungen der nächstgelegenen Zweigstelle der Bundesgeheimpolizei mitteilte, deren Adresse und Telephonnummer in jeder Stadt deutlich und für alle lesbar auf der Innenseite des Umschlags des Telephonbuchs abgedruckt waren.

»Das ist ja schon ekelhaft!« sagte Hale und drehte das Radio ab.

Er hob sein Glas und blickte über den Rand des Glases hinweg auf Rosemary. Das sanfte Licht, das unter dem Lampenschirm in der Ecke hervordrang, verwischte die Spuren, die die Jahre auf ihrem Gesicht hinterlassen hatten; weich und jugendlich, stand dies Gesicht in sonderbarem Gegensatz zu dem bereits ergrauenden Haar; und ihre Schultern erschienen bernsteinfarben durch den Wein.

»Auf unser Glück!« sagte er.

»Glück und Liebe!«

Sie stießen an.

»Wo bleibt Jamieson?« fragte Hale.

Ohne Jamieson konnte man die regelmäßige Wochenversammlung des Unterstützungsfonds der Bergarbeiter des Pokie-Tals schlecht eröffnen. Obwohl der Fonds keine schriftlich festgelegte Verfassung, keine festen Regeln hatte, hielt sich das leitende Komitee genauestens an die Formen der Demokratie und des Parlamentarismus. Das Komitee bestand aus Delegierten, die von den Mitgliedern der streikenden Gewerkschaftsgruppen des Pokie-Tals in direkter Wahl bestimmt worden waren; die Delegierten wiederum hatten aus ihrer Mitte eine Exekutive mit Jamieson als Vorsitzendem und den üblichen Schatzmeister-, Schriftführer- und anderen Posten erwählt.

Jedesmal, wenn Hale die Männer betrachtete, die sich da in seinem Haus versammelten, wurde er sich der Widersprüchlichkeit seiner Situation bewußt. Er war der Hauswirt, der Beobachter, bestenfalls der technische Berater, mehr nicht. Die Arbeiter aber, die sich hier trafen, um Gelder für ihren Streik aufzubringen und für eine gerechte Verteilung dieser Gelder zu sorgen, waren, unbeabsichtigt und fast unbemerkt, eine ganz andere Art von Kollektiv geworden. Das war nicht durch ein Wunder geschehen; die Entwicklung hatte ihre eigene Logik. Es mußte einer schon einen gewissen Ruf und Charakter besitzen, wenn ihm seine Kumpels in Geldfragen trauten; so kam es, daß die Arbeiter, die hier in seinem Wohnzimmer saßen, zumeist auch die tatsächlichen Führer des Streiks in ihren Heimatorten waren; und als Ganzes, als Komitee, stellten sie die de-facto-Streikleitung im gesamten Pokie-Tal und die einzige konkret vorhandene Streikorganisation dar.

So war es keineswegs geplant gewesen. Keiner hatte vorausgesehen, daß das Komitee zur Verwaltung des Unterstützungsfonds den Geldfragen den geringsten Teil seiner Zeit widmen und sich im übrigen mit Besprechungen und Entscheidungen über die Durchführung des Streiks befassen würde. Und das für Hale Überraschende war, daß im allgemeinen die Besprechungen sachlich und die Entscheidungen höchst vernünftig waren. Hale begann zu erkennen, daß diese Menschen, auf sich selber angewiesen, sich viel klüger verhielten, als er von ihnen erwartet hatte – die Erkenntnis widersprach seinen früheren Erfahrungen. Aber hatten nicht auch die Korrespondenzkomitees der amerikanischen Revolution mit sehr begrenzten Arbeitszielen begonnen und sich, gezwungen durch die Situation, zu etwas ganz anderem entwickelt?

Doch das war schon lange her; und die Menschen, mit denen er es zu tun hatte, waren nicht die mit allen Wassern gewaschenen und an selbständiges Denken gewöhnten Farmer und Händler aus der Kolonialperiode; sie waren amerikanische Bergarbeiter von heute, die nur die Frage von Lohn und Arbeitszeit sahen. Kennedy war ein lebendiges Beispiel: Man versuchte ihm klarzumachen, daß seine motorisierten Streikposten und seine Aktionen gegen die Tagebau-Unternehmer den Streik auf eine höhere Ebene, nämlich direkt in die Politik brachten – und was antwortete er einem? *Mir liegen die Kohlentransporte auf der Seele, die zur Stunde über unsere Straßen laufen.*

Vielleicht war es tatsächlich so, daß diese Arbeiter, sobald es um ihre unmittelbaren Interessen ging, eine größere Klugheit entwikkeln konnten, als von ihnen zu erwarten war; aber weder Kennedy noch sonst einer von ihnen hatte eine Ahnung davon, was sich aus diesem Streik entwickeln mochte – und welche Entwicklung man fördern mußte. Sie hatten keine Ahnung von ihren eigenen Möglichkeiten. Sie sahen auch die Gefahr nicht, die darin lag, daß sie alles vom Praktischen her improvisierten. Wie hätten sie es auch sehen sollen! Sie waren halbe Analphabeten, verstanden nichts von Politik, nichts von Geschichte, sie hatten sich noch nicht einmal in irgendeiner Kleinstadt-Wahlkampagne betätigt, aus der sie gelernt haben könnten, daß man einen großangelegten Plan haben muß und daß Menschen, die sich auf einen Kampf einlassen, ihr Endziel kennen müssen. Sie wußten nicht einmal, was in ihren Köpfen vorging und wie es darin aussah. Wie hatte es zum Beispiel geschehen können, daß sie Elijah Jamieson, einen Neger, zum Vorsitzenden ihres Komitees wählten! Als Kennedy Jamieson für den Posten vorschlug, hatte er betont, daß sein Kandidat nicht nur ein Bergarbeiter, sondern auch ein Prediger war. Möglich, daß die Kumpel an den persönlichen Anstand der Geistlichkeit glaubten, wenigstens, was Geldangelegenheiten betraf; aber dieser Geistliche trug eine schwarze Haut, und das erschwerte alles. Daraufhin angesprochen, hatte Jamieson ihm lachend gesagt: Wenn's hart auf hart geht, Doc, dann verblaßt der Farbunterschied... Es war keine wirkliche Antwort. Alles war widersprüchlich, auch die Stellung des Zahntechnikers und bankrotten Politikers Silas Hale in dem Ganzen. Er war kein Bergarbeiter, er gehörte keiner Gewerkschaft an, und schon gar nicht dem Exekutivkomitee des Unterstützungsfonds, und doch trafen sich dessen Mitglieder in seinem Haus und ließen ihn an ihren Sitzungen teilnehmen, als wäre er einer von ihnen. Natürlich half er ihnen, am Telephon und überhaupt. Aber das war Kleinarbeit, nichts Besonderes. Andererseits glaubte er gewisse Dinge zu wissen, und er hatte gewisse Ideen, und trotz seiner früheren Enttäuschung und seines Mangels an Vertrauen hatte er diese Menschen so weit kennengelernt, daß es ihn danach juckte, seine Ideen an ihnen und mit ihnen auszuprobieren.

»Wo steckt Jamieson also?« fragte Hale zum zweiten Mal.

Jack Greenes heiserer Baß übertönte das Stimmengewirr. »Heute nachmittag bin ich ihm in der Nähe von Bullfinch begegnet. Ihm und Webb und dem Negerkumpel Lucas und noch einem – sie fuhren in Bittermans Wagen. Vielleicht haben sie eine Panne gehabt.«

»Dann würde er angerufen haben«, sagte Hale. »Jamieson ist ein pünktlicher Mensch und gewissenhaft.«

»Pünktlich wie ein Uhrwerk!« bestätigte Bilek.

»Wir haben nichts von ihm gesehen oder gehört!« berichtete der Delegierte der Gewerkschaftsgruppe von Bullfinch, »aber es war schon dunkel, als wir herfuhren...«

»Warten wir auf ihn«, unterbrach Kennedy ihn vom Fenster her. Er durchblätterte gerade einen Schnellhefter mit Zeitungsausschnitten, den er auf dem Fensterbrett gefunden hatte.

»Interessant, nicht?« Hale wies auf die Ausschnitte. »Meine Privatsammlung.«

Das Licht im Zimmer warf Schatten auf Kennedys Gesicht und gab diesem einen merkwürdig verschlossenen Ausdruck.

»Ich wollte schon mal darüber sprechen«, fuhr Hale fort, »nicht nur mit Ihnen, Kennedy – mit allen Komiteemitgliedern.«

Kennedy klappte den Schnellhefter zu. »Wirklich?«

Hale ärgerte sich. Auch Rosemary am anderen Ende des Zimmers blickte auf.

»Geben Sie mir das Ding mal her«, sagte Hale.

Kennedy reichte ihm den Schnellhefter hin.

Hale öffnete den Verschluß, nahm die Ausschnitte heraus und breitete sie auf dem Tisch aus. »Ich bin noch nie geflogen«, sagte er, »hatte nie das Geld dafür. Aber ich habe Bilder gesehen, wie die Erde von oben aussieht. Eine Stadt wie Goldsborough ist nur ein Klecks, durchschnitten von ein paar Straßen, und die Gruben, in denen ihr alle arbeitet, sind Pünktchen auf der Landschaft, nicht mehr, und die Menschen – die Menschen kann man überhaupt nicht sehen. Da merkt man, wie groß das Land ist, und daß außerhalb des Pokie-Tals noch allerhand existiert, woran wir manchmal nicht denken.«

Er unterbrach sich und schob die Lippen vor. Wahrscheinlich langweilte er diese Leute, und sie waren nur zu höflich, es ihm zu zeigen. Ein falscher Anfang, dachte er, fuhr aber hartnäckig fort: »Ich habe mir Gedanken darüber gemacht, daß wir mitunter zu sehr mit den Tagesaufgaben, die jeder von uns jetzt zu bewältigen hat, beschäftigt sind, um die Gesamtwirkung des Streiks zu beurteilen. Deshalb würde ich Ihnen ganz gern ein paar von diesen Sachen vorlesen –«

»Nachher, Doc, wenn Sie nichts dagegen haben«, sagte Kennedy. »Ich glaube, wir sollten doch mit der Sitzung anfangen.«

Hale zwinkerte nervös. Glaubte Kennedy denn, daß er völlig albern war und nicht vorher über das, was er sagen wollte, und darüber, wie er es sagen wollte, nachgedacht hatte? Aber bevor Hale Kennedy die gebührende Antwort geben konnte, erwähnte der Schatzmeister: »Jamieson hat die Tagesordnung bei sich«, und das entschied die Frage. Man wartete weiter, da keiner sich die Mühe machen wollte, eine neue Tagesordnung zusammenzustellen.

»Der Streik«, sagte Hale mit einem ärgerlichen Blick auf Kennedy, »hat seine Kreise gezogen, wie ein Stein, den man ins Wasser wirft, und diese Kreise haben sich beträchtlich ausgeweitet...«

Er las aus den Ausschnitten vor und suchte sich, während er las, die wichtigsten Überschriften, Nachrichten und Zitate zusammen. *Eine schleichende Krankheit,* lautete eine Überschrift. Die Kohlenreserven des Landes schmolzen zusammen. Die Eisenbahnen mußten einen Teil ihrer Züge einstellen. Die Stahlwerke ließen die Hochöfen ausgehen. Washington machte sich Sorgen über die mangelnden Fortschritte des Rüstungsprogramms. *Schadenfreude in Moskau!* war eine andere Überschrift, die er auswählte; auch ein paar Zitate aus Leitartikeln, die an den Patriotismus des amerikanischen Bergarbeiters appellierten. Die Regierung wurde scharf angegriffen, weil sie den Streik überhaupt duldete. Der Präsident der Gewerkschaft, der in seinem großen Büro in Washington saß, wurde einerseits als der Mann dargestellt, der hinter den Kulissen den Streik anspornte, andererseits wurde ihm vorgeworfen, er habe die Macht über seine Mitglieder verloren.

Schließlich legte Hale die Ausschnitte wieder zusammen. Er hoffte, es war ihm gelungen, bei den Komitee-Mitgliedern das Bewußtsein zu schaffen, daß – ob sie es wollten oder nicht – ihr Kampf bereits ins Politische übergegangen war, und nicht einmal so sehr ins Lokalpolitische des Kreises Goldsborough als sogar in die große Weltpolitik.

»Sie sehen also«, erklärte er abschließend, »daß wir das alles wissen müssen. Die Zeitungen schreiben nicht zu ihrem Privatvergnügen. Anschauungen, wie ich sie hier vorgelesen habe, werden Sie wahrscheinlich bald auch von den Kollegen in Ihren eigenen Gewerkschaftsgruppen zu hören bekommen, und Sie müssen Ihre Antworten parat haben. Außerdem beweisen uns die Zitate, daß wir stärker sind, als wir vielleicht selber glauben, und daß wir die Zustände, die uns bedrücken, verändern können, wenn wir nur wollen – hier im Pokie-Tal und darüber hinaus auf dem großen Bild, das man vom Flugzeug aus sieht und durch das man erst die richtige weite Perspektive erhält.«

Er hatte sich in sein Thema verbissen und merkte erst jetzt, wie unbehaglich seinen Zuhörern zumute war. Ein Teil des Materials war für sie schwierig zu verstehen gewesen, besonders da, wo Zahlen und Begriffe und Namen vorkamen, mit denen sie nicht vertraut waren. Dennoch hatten sie genug verstanden, um sich Gedanken zu machen, die ihnen unbequem waren.

»So –«, sagte Joey Smith, »ich unterstütze also Joe Stalin?«

Hale sah, wie Smith wieder an seiner Oberlippe zerrte; die Angewohnheit begann ihm lästig zu werden. »Unsinn!« erwiderte er. »So etwas wird doch nur geschrieben, um die Kumpel zu verunsichern.«

Smith bestand aber auf seiner Interpretation der Zeitungsberichte. »Mit Joe Stalin will ich nichts zu tun haben«, erklärte er, »und mit den Kommunisten auch nicht –«

Kennedy lachte ironisch; Hale nahm an, auf seine Kosten.

»Lonsdale behauptet ja schon, ich wäre Kommunist«, sagte Kennedy, »und ein ganz gefährlicher Roter.«

»Quatsch!« Tashlians dunkle Augen funkelten. »Ich kenn dich doch, und ich weiß, du hast sieben Kinder zu ernähren, und das ist das Ganze. Die und ihre Politik und ihre Politiker! Einen anständigen Tarifvertrag – das wollen wir, und bis wir ihn haben, wird gestreikt, und wenn wir ihn haben, ist der Streik vorbei!«

»Diese Panzer, von denen Sie uns da vorgelesen haben, Doc, und diese Kanonen...« Greene schüttelte den knochigen Schädel. »Was geht mich das an, ob sie Panzer und Kanonen machen oder nicht. Und wenn ich als Stahlwerker arbeite, würde ich mich auch nicht darüber aufregen, solange sie mir Gewerkschaftstarif zahlen und fünfzig Prozent über Tarif für Überstunden. Panzer oder Autos – irgendwas müssen sie schließlich bauen!...«

»Mit Panzern«, sagte Bilek, »schießt man.«

»Und mit Autos«, sagte Greene, »überfährt man kleine Kinder. In den Kriegsjahren, hab ich gelesen, sind mehr Amerikaner durch Autounfälle umgekommen als auf den Schlachtfeldern.«

Bilek blickte Greene spöttisch an. »Jedenfalls überfährst du die Menschen nicht absichtlich«, sagte er. »Ich meine, wenn keiner Profit am Krieg machen würde, gäb's keine Kriege, so wahr ich hier sitze.«

»Profit muß sein«, erklärte Greene, als verkündete er ein Naturgesetz. »Wer würde sich denn die Mühe nehmen, ein Geschäft anzufangen, wenn er nicht ein paar ehrliche Dollar dabei machen könnte?«

»Ein paar Dollar!« Bilek sprang auf. »Das, was Pritchett aus uns herausholt, sind vielleicht ein paar Dollar? Was krieg ich denn für die Tonne Kohle, und was kriegt der Richter, wenn er sie verkauft?«

»Wir kommen vom Wichtigsten ab!« wollte Hale die Diskussion auf das von ihm gewünschte Gleis zurücksteuern. Zugleich versuchte er, Kennedys vielsagendes Grinsen nicht zu sehen. »Wir müssen in Betracht ziehen, daß der Streik uns unsere eigene Kraft zeigt, und daß unsre Gegner aus diesem Grunde nicht faul beiseite sitzen und uns gestatten werden –«

Niemand hörte ihm zu.

»Die Grube gehört nicht mal dem Richter!« trumpfte Greene auf. »Es ist ja eine Aktiengesellschaft!«

»Und was ist der große Unterschied?« verteidigte sich Bilek. »*Jemand* macht den Profit dabei!«

Greene verzog sein Gesicht. »Ist doch genau, was ich gesagt habe!«

Bilek fiel die richtige Antwort nicht sofort ein. Etwas war falsch an Greenes Behauptung, so viel wußte er; wo aber der Fehlschluß lag, verbarg sich ihm. »Schön«, gab er scheinbar gleichmütig zu, »von mir aus könnt ihr ruhig sagen, ich bin nur ein dummer Polacke. Meine eigene Frau denkt's ja auch... Aber da, wo die dummen Polacken herkommen, da gibt es keine Pritchetts mehr, und keine Aktiengesellschaften, denen die Gruben gehören –«

»Da gehören sie dem Stalin«, fiel Smith ihm ins Wort.

»Nein!« rief Bilek. »Den Arbeitern!«

»Vielleicht bist du dort gewesen und hast's gesehen?« fragte Tashlian, der nur zu gut wußte, daß Bilek nie über Pittsburgh hinausgekommen war, seit er sich vor Jahren in Goldsborough niedergelassen hatte. »Der Lonsdale sollte dich mal reden hören – da würdest du keinen Tag Arbeit mehr kriegen und könntest dir nach deiner Rente die Finger lecken!«

»Den Arbeitern sollen die Gruben gehören?« fragte Greene in seinem tiefsten Baß. »Wer holt denn dann die Kohle aus der Erde? Wenn mir so eine Grube gehörte – so eine klitzekleine nur –, ich würde morgen aufhören zu arbeiten und nach Florida fahren und mich an den Strand setzen und mit meinen Aktienkupons spielen.« Er lachte, bis ihn das Husten ankam, lachte über die komische Vorstellung von sich selbst in Miami, wo ihm die Sonne die Haut wärmte und die Brise vom Ozean herüberwehte und seine zerquälten Lungen kühlte.

»Bilek ist auch so ein Roter«, sagte Smith mit Überzeugung, aber ohne Feindseligkeit. »Wenn's ihm so gut gefällt, was die da machen, wo die dummen Polacken herkommen, warum geht er nicht dorthin zurück?«

Bileks sonst so gutmütiger Ton hatte sich geändert. »*Die* Redensart kenn ich – geh zurück, wo du hergekommen bist!«

Schweigen.

Kennedy blickte Hale an, und Hale wußte, was der Mann dachte: Warum hast du mit dem Kram angefangen? Weißt du immer noch nicht, wie ihre Gedanken laufen? Weißt du immer noch nicht, daß sie nur bis zu einem bestimmten Punkt zusammenhalten?

»Jawohl«, erklärte Bilek heiser, »ich werd euch sagen, warum ich hier in Amerika bleiben werde, bis man mich hier begräbt. *Mein* Schweiß ist in diese amerikanische Erde geflossen. Mit *meinem* Schweiß ist diese amerikanische Stadt aufgebaut worden – vierzig Jahre, rechnet euch aus, wieviel hundert Liter Schweiß. Und ich möchte ein bißchen mehr für mich selber haben von dem, was aus meinem Schweiß gewonnen wurde, und deshalb geh ich nicht zurück, wo ich hergekommen bin, und deshalb laß ich mich auch nicht zum alten Kehricht werfen hier in diesem Lande. Und wenn mich das zu einem Roten stempelt – bitte schön, dann ist Rot meine Farbe!«

»Ach, Mensch!« Smith versuchte zu lachen, »hör doch auf! Wir haben's ja nicht so gemeint.«

Bilek richtete sich auf. »Und ich will euch noch was sagen: Ich bin froh und dankbar jedesmal, wenn einer ihrer gottverfluchten Panzer liegenbleibt, weil sie von uns keine Kohle bekommen. Sollen sie doch Kühlschränke oder Autos oder irgend etwas produzieren, was den Menschen nützlich ist!«

»Ist ja schon gut...«, beschwichtigte Tashlian, »sie produzieren ja auch Autos.« Der alte Mann nahm sich das alles viel zu sehr zu Herzen. Rosemary reichte ein Glas Wasser herüber. Tashlian gab es ihm. Bilek trank in großen, hastigen Schlucken.

Hale sagte: »Es tut mir leid.« Er wußte nicht, was ihn am schwersten traf: die Sinnlosigkeit des Streits, die Angriffe gegen Bilek, seine eigene Unfähigkeit, die große politische Lehre klarzumachen, oder die mangelnde Bereitwilligkeit dieser Menschen, Erkenntnisse, die eigentlich selbstverständlich sein sollten, zu akzeptieren.

»Es scheint, wir haben eines übersehen, was Doc hier gesagt hat –«

Alle wandten sich Rosemary zu, die auf der Armlehne des Sofas saß, über ihr an der fleckig grünen Wand die gekreuzten, silbern glänzenden Läufe von Hales Jagdgewehren. Sie hatte leise gesprochen, der Anflug eines Lächelns lag noch auf ihrem Gesicht.

»Nun ja!« Sie zuckte die Achseln. »Das kann schon passieren – Männer denken nicht immer folgerichtig.«

In ihrer Art lag etwas Beruhigendes; und sie brachte es fertig, die Gefühle zu verbergen, die sie bei den erregten Worten ihres Vaters empfand und bei den vergeblichen Versuchen ihres Mannes, diesen Menschen eine neue Denkrichtung zu geben.

»Doc hat uns zeigen wollen«, fuhr sie fort, »daß außerhalb des Pokie-Tals noch einiges andere existiert. Unser Komitee hat alles mögliche unternommen; viele von uns sind in Goldsborough und anderenorts im Pokie-Tal von Tür zu Tür gegangen. Die Leute haben's einfach nicht, oder sie fürchten sich; und die mit den fetten Brieftaschen sind sowieso gegen uns. Jetzt aber wissen wir durch die Zeitungsausschnitte, die Doc vorgelesen hat, daß es auch anderswo im Land, selbst da, wo keine Kohlengruben sind, Menschen gibt, die von unserm Streik gehört haben. Sie mögen nicht die ganze Wahrheit kennen, die wird ja nie gedruckt – oder habt ihr bemerkt, daß die Zeitungen die Nöte und Forderungen der Bergarbeiter auch nur erwähnt hätten? Und dennoch – die Menschen, die das gelesen haben, sind großenteils Arbeiter wie ihr, oder kleine Geschäftsleute, oder sie stehen in freien Berufen wie Doc, und wenn sie die Wahrheit erfahren könnten, so würden sie uns helfen, uns Lebensmittel oder Kleidung geben, vielleicht sogar Geld...«

Rosemary sprach nicht weiter. Was sollte sie noch sagen? Die Gedanken waren ihr gekommen, während sie redete, aber die Grundidee mußte in ihr gesteckt haben, wahrscheinlich seit Doc ihr von seinen Zeitungsausschnitten erzählt hatte.

»Auf jeden Fall«, schloß sie, »ist es ein Vorschlag.« Und war plötzlich verlegen, und befürchtete, Doc könnte sich über ihre Einmischung ärgern.

»Das ist was ganz anderes!« sagte Smith erleichtert. »Warum hat Doc das nicht sofort gesagt! Darüber kann man reden! Also bitte, Doc, erklären Sie mal genauer!«

»Genauer...« Hale zögerte. Er wußte auch nicht mehr, als daß Rosemary mit der rettenden Idee gekommen war, mit der Idee, die die Komiteemitglieder wieder vereinigte, gerade als es bedrohlich nach Spaltung roch. Tatsächlich war Rosemarys Vorschlag das einzig Realistische, einzig Vernünftige, das sich aus seinen hochtrabenden Reden ergab. Nein, korrigierte er sich sofort, nichts von dem, was er gesagt hatte, war hochtrabend oder gar unrealistisch gewesen. Nur verhielt es sich leider so, daß die Arbeiter für seine Gedanken nicht reif waren, und Gott allein wußte, wann sie dafür reif sein würden. Und er hätte genug Verstand haben sollen, das zu erkennen und rechtzeitig in Betracht zu ziehen und selbst etwas Ähnliches wie Rosemarys Vorschlag vorzubringen. Es hatte aber einer Frau bedurft, dachte er ironisch.

»Glauben Sie, Doc, es ist wirklich möglich, daß wir uns an Menschen außerhalb des Reviers wenden?« fragte Smith.

»Warum nicht?« Kennedy trat vor. »Schade, daß Jamieson noch immer nicht da ist – aber den Punkt können wir wenigstens jetzt schon besprechen. Wir müssen eine Abordnung des Unterstützungsfonds der Bergarbeiter des Pokie-Tals wählen, unsern erwählten Vertretern die richtigen Beglaubigungsschreiben ausstellen, und sie nach den Städten im Osten schicken...«

Dann sprach er über die praktische Durchführung des Vorschlags. Der Schatzmeister des Fonds hatte Bedenken, die Kosten für eine derartige lange Reise von zwei oder drei Mann würden die vorhandenen beschränkten Mittel übersteigen; Kennedy überzeugte ihn, daß die Ausgaben durch die voraussichtlichen Einkünfte mehr als gedeckt sein würden. Greene erklärte, man könne unmöglich ein Auto entbehren, denn alle vorhandenen Wagen würden für die motorisierten Streikposten gebraucht; Kennedy erwiderte, die Delegation solle nur die Eisenbahn benutzen, auch wenn sich die Fahrt dadurch verteuerte. Er ereiferte sich. Es war, als wollte er jetzt das Schweigen wettmachen, in das er sich gehüllt hatte, während Hale über die Zusammenhänge zwischen Streik und Politik dozierte.

Daß diese Zusammenhänge bestanden, war Kennedy seit seinem ersten Gang zur Wahlurne klar gewesen. Damals hatten die Republikaner ihm fünf Dollar bezahlt und ihn verpflichtet, für ihre Kandidaten zu stimmen, und die Demokraten hatten ihm zehn Dollar für die entsprechende Leistung zu ihren Gunsten gegeben; er hatte seine Meinung über beide Parteien in den saftigsten Bergarbeiterausdrücken auf den Stimmzettel geschrieben und diesen, derart verschönert, in den Schlitz der Urne gesteckt. Aber ebenso klar war es ihm heute, daß Hale sich im Irrtum befand, wenn er den Leuten Weisheiten eintrichtern wollte, die sie nur durch ihre eigenen Erfahrungen lernen konnten. Vielleicht würden sie durch die Schule dieses Streiks um einiges weiterkommen; aber um den Streik überhaupt fortsetzen zu können, und um selbst in der Führung zu bleiben, konnte er es sich nicht leisten, sich durch sein Wissen um die Zusammenhänge entfremden zu lassen von Menschen wie Greene und Smith und Tashlian, die in dem Glauben lebten, daß Löhne und Tarifverträge nichts zu tun hatten mit Mr. Geoghan in seinem Rathaus, Mr. Pritchett in seinem Hohen Gericht und Mr. Truman in seinem Weißen Haus.

»Unsere Gewerkschaft hat die Arbeiter anderer Industrien unterstützt, wenn sie streikten, und da können wir jetzt auf Unterstützung von ihnen rechnen«, sagte er.

»Die CIO hat ja bereits eine halbe Million Dollar gestiftet«, erwähnte der Schatzmeister.

»Stimmt«, sagte Kennedy. »Aber die CIO-Führung hat den Scheck vorsichtigerweise auf den Namen unserer Gewerkschaft ausgestellt, so daß diese halbe Million zusammen mit unsern eigenen Millionen an Streikgeldern auf einem Konto steht, an das wir nicht herankönnen, weil es von der Regierung blockiert ist. Ein Trick – gerade als gäbe man einem Hungernden einen Brotlaib aus Pappe... Nein, wir werden zu den Arbeitern selber gehen und sie direkt um Hilfe bitten müssen.«

Wer aber sollte gehen? Es gab in diesem Raum wohl kaum einen, der auch nur eine Sekunde gezögert hätte, durch fallendes Gestein zu gehen oder durch einen Brand unter Tage, wenn ein anderer Kumpel in Gefahr war. Aber die gewohnte Umgebung zu verlassen, sich unter fremde Menschen zu begeben, noch dazu, um sie anzuschnorren – das war etwas anderes. Stell dir vor, du bist in einer großen Stadt, die du noch nie gesehen hast; in deiner Tasche befinden sich ein paar wenige Dollar, die deine Kollegen nicht mal vom eigenen Munde, nein, vom Munde ihrer Kinder abgespart haben – und bei Lichte besehen, bist du nicht viel mehr als ein dummer Bauer vom Dorfe. Du trittst also aus dem Bahnhof heraus und siehst die Leute vorbeieilen, alle mit ihren eigenen Angelegenheiten beschäftigt. Kannst du etwa einen anhalten und ihm sagen: Entschuldigen Sie bitte, Mister, ich komme aus dem Pokie-Tal, und wir haben da einen Streik, können Sie mir nicht eine Kleinigkeit geben? Oder sollst du zum nächsten Verkehrspolizisten gehen und ihn fragen: Herr Wachtmeister, wissen Sie vielleicht, wo ich jemanden finden kann, der ein paar tausend Bergarbeitern helfen würde, die ihre Arbeit niedergelegt haben? Oder suchst du dir eine Straße aus und gehst in eins dieser Riesenwohnhäuser und klingelst an den Türen? Wahrscheinlich würdest du nicht mal bei dem Portier in der Vorhalle vorbeikommen. Gewiß, es gibt auch dort Gewerkschaften, und die eine oder andere hat vielleicht zufällig ihre Versammlung. Aber wie willst du das erfahren? Und werden sie dich sprechen lassen? Und eventuell sind es solche Gewerkschaften, die aus Prinzip keine Solidaritätsaktionen mit anderen Gewerkschaften gestatten oder die in ihrer Satzung einen Paragraphen gegen Geldsammlungen haben oder die von Gangstern geleitet werden, denen es durchaus nicht in den Kram paßt, wenn das Geld der Mitglieder nicht in die Gangstertaschen fließt... Wenn einer in diesen großen Städten nicht Bescheid weiß, kann er sich dort wochenlang aufhalten und wird nichts erreichen, und inzwischen sind die paar Dollar in deiner Tasche längst ausgegeben, und deine Kumpel zu Hause, die dir das Reisegeld anvertraut haben, warten immer noch auf dich und sagen: Der Hundsfott, der elende, der läßt sich's wohl sein auf unsere Kosten... Und dann kommst du irgendwie per Anhalter zurück, mit leeren Händen. Nein, danke schön, Bruder, ohne mich! Soll lieber ein anderer die schöne Reise machen!

»Wir müssen jemanden schicken, der sich dort zurechtfindet«, sagte Tashlian. »Wie wär's mit dir, Kennedy?«

Kennedy traute sich wohl zu, daß er an die richtigen Stellen kommen und einige Gelder auftreiben würde. Aber er wußte, er wurde hier in Goldsborough noch mehr gebraucht; ohne ihn stand die lose gefügte Streikorganisation in Gefahr, zu zerfallen.

»Doc«, sagte er, »Sie haben in den großen Städten gelebt, dort studiert. Können Sie für uns hinfahren?«

»Und wer würde meine Arbeit hier tun?«

»Rosemary«, sagte Kennedy. »Rosemary hat einen klaren Kopf – so klar wie Ihrer, Doc, manchmal vielleicht noch klarer. Würden Sie Doc gestatten, daß er die Reise macht, Rosemary?«

Rosemary überlegte. Sie und Doc waren nur selten voneinander getrennt gewesen, und wenn, dann nur für kurze Zeit. Sie dachte an die Tage und die Nächte allein in diesem Haus, am Telephon. Aber dann dachte sie: Wenn hier in Goldsborough etwas passieren sollte, und wenn sie kämen, Doc abzuholen, dann ist es mir lieber, er ist nicht da.

»Natürlich«, sagte sie. »Von mir aus kann er fahren.«

»Aber das ist doch lächerlich!« Hale vermutete, Kennedy und Rosemary wollten ihn auf diplomatische Weise loswerden, da er gegen ihren Wunsch die politische Seite des Streiks in den Vordergrund geschoben hatte. »Einen schönen Vertreter der Bergarbeiter würde ich abgeben! Ich habe Gips unter meinen Fingernägeln, nicht Kohlenstaub!«

»Wenn man an die Leute in der Stadt herankommen will, muß man ihnen einen Großstädter schicken. Wenn man an Akademiker und Intellektuelle heran will, muß man einen gebildeten Menschen vorsprechen lassen...« Kennedy gestattete sich ein Lächeln. »*Sie* waren es doch, Doc, der uns belehrt hat, daß wir aus unserm engen Kreis herausgehen müssen! Nun, Sie sind der einzige, der uns dafür zur Verfügung steht. Unsereins kann ja nicht einmal die Suppe auf gebildete Weise löffeln.«

»Das läßt sich lernen«, erwiderte Hale. »Wir müssen alle lernen. Eine Bergarbeiterdelegation ohne Bergarbeiter –«

»Oh – einen Bergarbeiter geben wir Ihnen schon mit. Sie segeln das Schiff, und unser Kumpel ist die Gallionsfigur.«

Kennedy hatte doch wohl irgendwelche Seeromane gelesen, dachte Hale und begann, die Möglichkeiten der Sache zu sehen. Und er sah noch mehr. Gelang es ihm, Unterstützung von draußen für diesen Streik zu organisieren, so würden die Arbeiter hier vielleicht einsehen, wer ihre Freunde waren und wer ihr Feind, und auf dem Umweg über die Solidarität mochte die große Lektion, die sie lernen mußten, ihre dicken Schädel durchdringen.

»Und wer würde mich begleiten?«

Kennedy blickte sich um im Kreis. »Bilek!« schlug er vor.

»Du bist ja verrückt!« widersprach Bilek. »Ich rede wie ein dummer Polacke, und Smith sagt, daß ich ein Roter bin, und außerdem würde meine Frau mich nicht gehen lassen.«

»Ich werde mit Mutter sprechen«, sagte Rosemary.

Smith stand auf und hieb Bilek auf die Schulter. »Du bist genau der richtige Rote, den wir brauchen, um den Leuten das Geld aus der Tasche zu ziehen. Das ist doch sowieso, was die Roten vorhaben, nicht?«

Bilek kratzte sich den Kopf. »Moment mal, Moment mal!« bat er. »Ich bin nicht in Amerika geboren. Wenn ich's Maul aufmache, kommt ein ausländischer Akzent heraus. Wenn ich aufstehe und was sage, klingt es komisch, und ich kann mich doch nicht hinstellen wie ein Taubstummer ...« Er wehrte die Widerreden der andern mit ein paar Handbewegungen ab. »Also schön. Wenn Jamieson auch denkt, daß ich fahren soll, und wenn mir Doc fest verspricht, daß er alle Reden halten wird –«

Er verstummte. Vom Treppenflur her hörte man schwere Schritte und ein halb unterdrücktes Stöhnen; jemand sagte: »Vorsichtig jetzt – nicht so grob – nicht so grob ...«

»Jamieson!« sagte Bilek und lief zur Tür.

Webb trat herein. Er stützte Jamieson, dessen anderer Arm um Lucas' Schulter gehakt war. Auf Lucas' Jacke waren Blutspritzer, Jamiesons Mantel wies große Blutflecken auf, sein Hemd war blutdurchtränkt. Hinter den dreien zeigte sich Len Bittermans flaches Gesicht, fahler noch als sonst.

»Es ist weiter nichts –«, das waren Jamiesons erste Worte, »nur eine Fleischwunde.«

Hale führte ihn zu dem großen Lehnstuhl, riß ihm das Hemd auf und untersuchte blinzelnd das schartige, glänzende, dunkelrote Loch in der schwarzen Haut.

»Die Kugel sitzt noch drin«, sagte er. »Sie müssen zu einem Arzt, Jamieson.«

»Zum Arzt!« Jamieson biß sich die Lippen. »Der Arzt schickt einen ins Krankenhaus – die Polizei kommt zum Krankenhaus – stellt Fragen –« Er versuchte zu lachen, keuchte. »Sie müssen mir die Kugel rausholen, Doc – Sie können das schon.«

Hale nickte. »Machen Sie sich keine Sorgen, Jamieson. Wir liefern Sie keinem fremden Arzt aus.« Er wandte sich an Rosemary. »Hast du einen Schnaps für ihn?«

»Es ist nichts im Haus«, sagte Rosemary. »Ich geh ein paar Instrumente auskochen.«

Die Männer drängten sich um Jamieson. »Wie ist das denn passiert, Webb?«

Bevor Webb antworten konnte, brach es aus Len Bitterman heraus: »Wie das passiert ist? Geschossen haben sie auf uns! – Die fahren nicht mehr einzeln! Die fahren in Geleitzügen, und neben jedem Fahrer sitzt noch einer, und beide sind bewaffnet, und da sind wir hineingeraten! Allmächtiger Jesus! – Und ich hab eine Familie zu Hause –«

»Hat Jamieson auch!« schnitt Kennedy ihm das Wort ab.

»*Mich* kriegt ihr nicht wieder auf die Straßen hinaus!« sagte Bitterman heiser. »Gewehre haben sie, und Revolver auch, und nicht zum Spaße.«

Kennedy war zum Sofa gegangen. »Die beiden Gewehre hier an der Wand, Doc – sind die in Ordnung?«

Hale blickte auf. Kennedy war auf das Sofa gestiegen und nahm die Gewehre von den Wandhaken herunter.

»Man wird damit schießen können«, sagte Hale sachlich.

Kennedy hatte den Kammerstengel des einen Gewehrs zurückgeschoben und prüfte das Magazin. »Sie haben doch nichts dagegen, Doc, daß wir die Gewehre borgen?«

»Zu welchem Zweck?«

»Zum Jagen«, sagte Kennedy. »Die Jagdzeit ist hiermit eröffnet.« Er klemmte sich die Gewehre unter den Arm. »Ab heute«, ordnete er an, »fährt keiner unserer Wagen ohne besondere Genehmigung allein aus. Geleitzüge von drei Autos oder mehr sind die Regel. Jeder Wagen wird bewaffnet. Sprecht mit den Kollegen in euren Gewerkschaftsgruppen. Alle Jagdgewehre, alle Waffen, die sich die Männer aus dem Kriege behalten haben, alle Munition sind einzusammeln. Alle Truppführer sind dafür verantwortlich, daß die Waffen gleichmäßig verteilt und nur solchen Kumpels anvertraut werden, die damit umzugehen verstehen. Gefeuert wird nur in Notwehr – aber dann im Ernst. In den Wagen sind die Waffen versteckt, aber in unmittelbarer Reichweite zu führen. Für diejenigen, die nicht mit Schußwaffen versehen werden können, werden wir Baseball-Schläger und ähnliches beschaffen. Außerdem werden wir die Anwendung von Dynamitladungen gegen Kohlenlaster besprechen.«

Es war still geworden im Raum.

Kennedy schlug mit der Hand gegen den Kolben des einen Gewehrs. »Wir haben uns diese Art Kampf nicht gewünscht. Sie ist uns aufgezwungen worden. Aber wir nehmen die Herausforderung an, wie Bergarbeiter jede Herausforderung angenommen haben, seit die erste Kohle in den Bergen hier gefördert wurde. Und wir werden uns ebenso tapfer schlagen wie unsere Vorgänger.«

Rosemary kam ins Zimmer zurück. »Es ist alles vorbereitet, Doc«, erklärte sie ruhig.

»Kann mir jemand helfen, Jamieson ins Sprechzimmer zu bringen?« sagte Hale. Kennedy stellte die beiden Gewehre in die Ecke. Aber es waren mehr als genug Helfer da.

## *Zwölftes Kapitel*

»Aber was bleibt mir denn übrig, Pater!«

Pater Boleslav legte die Hand leicht auf Mickies gebeugtes Haupt. »Gottes Gnade ist unendlich«, sagte er, »und seine Liebe gleichfalls. Er wird dich nicht verlassen.«

Pater Boleslav war kein Freund von Strafpredigten; er zog es vor, Schmerz zu lindern und Trost zu spenden. Die Menschen kamen zu ihm, um Frieden zu finden, Frieden durch den Ton seiner Stimme und durch die Ruhe in seinem Arbeitszimmer, wo die heilige Jungfrau, gekleidet in Blau, Weiß und Gold, unter der Glasglocke auf dem Kamin milde hervorlächelte.

»Man muß glauben und vertrauen«, ermahnte er. »Unser lieber Herrgott hat sich kreuzigen lassen und damit die Sünden der gesamten Menschheit auf sich genommen.«

Mickie hob den Kopf. Ihre Augenlider waren geschwollen, das Rot auf ihren Lippen verschmiert.

»Na also«, sagte Pater Boleslav. »Die Hauptsache ist, daß du dir's vom Herzen geredet hast. Von jetzt an trägst du dein Kreuz nicht mehr allein.«

»Allein!« Der Ausdruck auf ihrem Gesicht verhärtete sich plötzlich. »Hilft mir's denn jemand tragen?« Sie zerrte an ihrem Taschentuch. »Aber ich werd das Ding schon loswerden!« sagte sie aufbrausend. »Andre Mädchen machen's ja auch. Ich werd mir das Geld verschaffen und einen Arzt finden –«

»Es handelt sich um ein Leben, um eine Seele, die du in dir trägst!« machte er geltend. »Wie willst du unserm Herrn Jesus Christus vors Angesicht treten, wenn das Ungeborene zu ihm aufschreit?«

»Wie werd ich den Menschen vors Angesicht treten?« antwortete sie. »Meinem Vater zum Beispiel?«

»Und warum heiratest du Pete Webb nicht?« fragte er. »Pete ist nüchtern und arbeitsam, und er kommt regelmäßig in die Kirche. Er würde seinem eignen Kind die Anerkennung nicht verweigern. Warum willst du nicht, daß ich mit ihm spreche?«

»Nein!« sagte sie. »Nein. Lieber geh ich in den Fluß.«

Er massierte sich seine rheumatischen Handgelenke. »Ich verstehe dich nicht, Mickie. Er liebt dich doch...«

Pete Webb war ein Sünder, dachte er, gewiß doch. Aber die Kleine mit ihren grünlichbraunen Augen, ihrem weichen, rötlichen Haar, ihrer weißen, fast durchsichtigen Haut war wohl auch eine große Versuchung gewesen.

»Kannst du ihm nicht vergeben?« fuhr er fort. »Hast du ihn nicht irgendwo doch lieb?«

»Ich hasse ihn!«

»Wir selbst sind oft am wenigsten geeignet, unsere Gefühle zu beurteilen«, setzte er ihr auseinander. »Du glaubst, ihn zu hassen; das ist schon eher richtig. Denn denkst du wirklich, er würde dir das angetan haben, wenn du ihm nicht Anlaß gegeben hättest zu der Annahme, daß er Verständnis findet bei dir?« Er wartete. »Also ist es so«, sagte er schließlich. »Und darum sagst du, du haßt ihn.«

Mickie vermied es, ihm in die Augen zu blicken. Er verwirrte sie nur. Sie hatte sich über Pete Webb lustig gemacht. Wie hätte sie sich denn verhalten sollen? Hätte sie sich das Gesicht schwärzen und einen alten Sack anziehen sollen, wenn er zu Besuch kam? Außerdem wußte sie jetzt, wo es zu spät war, was Pete beabsichtigt hatte: ihr das Baby machen, damit sie ihn heiraten und für ihn kochen und waschen und sich um seine Rebhühner und seine Kinder kümmern und wie alle andern Frauen auf Pritchett Heights werden *mußte*!

»Pater«, sagte sie, »Sie haben von dem Leben gesprochen, das ich in mir trage. Aber mein *eigenes* Leben, das zählt nicht?«

Der Pfarrer bewegte die Lippen, als wollte er erwidern, schwieg aber.

»Bedeutet mein eigenes Leben denn gar nichts?« Mickies Worte überstürzten sich. »Ich bin siebzehn Jahre alt, und was hab ich von meinem Leben gehabt? Kennen Sie unser Haus, Pater? Warum kommen Sie nicht mal nach Pritchett Heights und sehen sich die Kinder an und das Essen, das wir kriegen, und den Schmutz, in dem wir hausen, und alles geht kaputt, und Streit die ganze Zeit, und sehen sich Angeline an – und dann raten Sie mir, einen Bergarbeiter zu heiraten und Bergarbeiterkinder in die Welt zu setzen. Ich verlange ja nicht viel, Pater! Ich möcht nur auch ein bißchen Vergnügen im Leben haben, und ein paar nette Sachen. Ich möcht keinen Mann haben, der hundemüde und verdreckt nach Hause kommt und sein Essen herunterschlingt und dann ins Bett fällt, und am Sonnabend geht er aus und besäuft sich. Ich möchte den Rest meines Lebens nicht damit verbringen müssen, einen Laib Brot so dünn zu schneiden, daß er den Dienst von zweien tut, und hauszuhalten in einem Haus, das keins ist, und Kinder aufzuziehen, die nie hätten geboren werden sollen, und zu verrecken wie meine Mutter, oder stumm zu werden wie Angeline... Das halt ich nicht aus! Und ich will weg! Begreifen Sie das nicht, Pater? Warum helfen Sie mir nicht?«

Pater Boleslav griff nach dem Kruzifix an seinem Halse, als ob seine Hand dort Hilfe suche. »Pete Webb ist doch nicht so ein Mann. Er will dir ein hübsches Häuschen bauen, solid, keine baufällige Bude, wie sie auf Pritchett Heights stehen –«

»Und mein Pa, der hat sich kein hübsches Häuschen gewünscht? Glauben Sie, meinem Pa *gefällt* es da oben, oder irgendeinem von uns? Was glauben Sie, wofür gestreikt wird und gehungert? Aber es wird ja nur immer schlimmer. Und jetzt noch dieses – dieses Ding in mir drin –« Ihre Hände verkrampften sich über ihrem Unterleib.

»Mickie«, sagte er, »versündige dich nicht gegen den Willen Gottes«, und wußte doch, wie wenig seine Worte ihr bedeuten mußten, und daß die Zustände, gegen die sie rebellierte, nicht Gottes Wille sein konnten. »Wir sind nicht in diese Welt hineingeboren worden, nur um uns zu vergnügen.«

»Auch nicht das kleinste bißchen?« fragte sie und schneuzte sich kräftig. »Wofür denn sind wir geboren? Und wofür soll ich dann dieses Baby in die Welt bringen?«

Der alte Mann kannte sämtliche Antworten, die die Kirche gab auf diese Fragen; er kannte sie genausogut, wie Pater Ryan von der Kirche des Hl. Patrick sie kannte und Pater Barbieri von der Kirche des Hl. Lorenz; und er wußte, seine zwei Brüder in Christo würden in dieser Lage die ganze Litanei herunterbeten und hinterher glauben, sie hätten wohlgetan.

»Mickie –«, er seufzte – »Mickie, ich bitte dich, warte, denk noch einmal darüber nach. Ich werde mit deinem Vater sprechen –«

»Er würde mich umbringen«, sagte sie.

»Dann eben nicht«, sagte er resigniert. Doch dann erinnerte er sich seiner Pflichten. »Verheiratet oder nicht, Mickie, du wirst dieses Kind zur Welt bringen. Du wirst es nicht töten. Um deiner unsterblichen Seele willen wirst du ihm das Leben geben.«

»Ja, Pater«, sagte sie.

Nachdem sie fort war, setzte er sich an seinen Schreibtisch, um die morgige Predigt auszuarbeiten. Aber er kam nicht los von dem, was sie gesagt hatte, und von ihrem verweinten Gesicht, und wie sie die Schultern hatte hängen lassen. Sie würde diesen Pete Webb eben heiraten müssen, dachte er, und sie konnte noch froh sein, daß sie jemanden zum Heiraten hatte, und sie würde werden wie alle die Bergarbeiterfrauen, die zu ihm in die Kirche kamen, abgerackert und gealtert vor ihrer Zeit, und sie würde ihre Träume und ihre Eitelkeiten zu vergessen haben.

Er nahm die Feder zur Hand. Die Worte kamen ihm nur stokkend, und es waren nicht die richtigen Worte. Er gab es wieder auf.

Was ihn störte, war nicht nur seine eigene Hilflosigkeit diesem Mädchen gegenüber. Mickies Not war nur eine weitere bittere Manifestation eines Zustandes, der ihm auf der Seele lag seit dem Tag, da sein Bischof ihn angewiesen hatte, die arme Gemeinde des Heiligen Ignaz in Goldsborough zu übernehmen. Damals war er noch ein junger Mann gewesen. Aber die Jahre hatten die Schwierigkeiten nicht vermindert, obzwar er keine Mühe gescheut hatte. Sehr zum Kummer von Pater Ryan und Pater Barbieri war die Kirche des Hl. Ignaz die beliebteste katholische Kirche in der Stadt geworden. Nicht nur der alte Stamm der polnischen Bergarbeiter und ihrer Frauen kam zu ihm zur Beichte, besuchte die Messe, schloß sich dem Gemeindeklub und der Schwesternschaft an und erschien zu den Bingo-Spielen und Kirchbasaren: auch die jüngere Generation hielt dem Heiligen Ignaz die Treue. Er wußte, daß Pater Ryan und Pater Barbieri beim Bischof gewesen waren. Pater Boleslav, so hatten sie sich beschwert, weitete die päpstlichen Enzykliken über soziale Fragen zu sehr nach der sozialen Seite hin aus; reine Demagogie sei das. Es führe zwar dazu, daß die Arbeiter der Gemeinde des Hl. Ignaz zuliefen, aber auf lange Sicht könne es der Kirche als Ganzem schädlich und gefährlich werden. Hatte Pater Boleslav nicht erklärt, wenn die Menschen ihrer Armut wegen den Glauben verlören, sei es die Aufgabe der Kirche, sie für Christus zurückzugewinnen, indem man sie bei der Verteidigung ihrer sozialen Interessen unterstützte? Pater Boleslav wußte, daß der Bischof mit seiner Strafversetzung nur zögerte, weil zu erwarten war, daß Alter, Krankheit oder gar der Tod das Problem bald genug lösen würden.

Vielleicht aber, dachte Pater Boleslav, würden sein Herz und seine Gelenke, die ihm oft solchen Schmerz zufügten, noch ein Weilchen länger durchhalten. Sein Vater und seine Brüder waren Bergarbeiter gewesen; sie hatten schwerer zu arbeiten gehabt als er und hatten sich doch Zeit genommen mit dem Sterben. Er war kein Demagoge; aber er hatte nicht vergessen wollen, daß der Sohn der Heiligen Jungfrau ein armer Zimmermann gewesen war, der, wäre er heute zugegen, wahrscheinlich mit den streikenden Bergarbeitern sympathisieren würde.

Was er auch Pater Ryan und Pater Barbieri auseinandergesetzt hatte, als sie ihn gestern abend besucht hatten. Sie waren gekommen, ihm mitzuteilen, daß er endlich eine klare Stellung beziehen müsse gegen die unchristlichen und unamerikanischen Wege, die einige seiner Gemeindemitglieder einschlugen. Pater Ryan hatte seine Augen nach oben gekehrt, als wäre er einer der braven Heiligen mitten beim Gesteinigtwerden, und hatte mit zitternder Stimme verkündet, wo öffentliche Ordnung und Privateigentum mit Verachtung behandelt würden, sei auch die Kirche in Gefahr. Pater Barbieri, mit seinen fetten Händchen und seinen schlauen Äugchen und seinem lustigen runden Näschen, hatte es noch deutlicher ausgedrückt. Jawohl, auch er sei für den Arbeitsmann, genau wie und vielleicht noch mehr als Pater Boleslav. Darum betätigte er sich so eifrig in der Assoziation Katholischer Gewerkschafter – um nämlich die Menschen davor zu behüten, von den Roten mißleitet zu werden. Die Assoziation sei gegen den Streik. Der Streik spiele den Roten in die Hände; und er, Pater Boleslav, absichtlich oder nicht, tue das gleiche. Und jetzt sabotierten diese Menschen sogar Kohlentransporte und verletzten die Gesetze, und es war zu Schießereien gekommen – billige er, Pater Boleslav, derart Gewalttätigkeit?

Pater Boleslav billigte sie nicht. Aber Pater Barbieris wortreiche Empörung hatte ihn geärgert, und er hatte die Frage gestellt, ob Pater Barbieri die gleichen Einwände auch gegen die Vertreibung der Geldwechsler aus dem Tempel durch Jesus Christus erhebe – einen klaren Akt der Gewalttätigkeit, wobei die Wechseltische umgekippt und die Geldmünzen verstreut und die Bärte und die seidnen Kaftane in große Unordnung gebracht worden waren.

Darauf waren sie plötzlich weggegangen, Pater Ryan und Pater Barbieri, und Pater Boleslav fühlte sich traurig deswegen, denn es war seine Pflicht, seine Brüder in Christo zu lieben, und er brachte es nicht fertig, und er befürchtete, daß dies nur der Anfang der Verdrießlichkeiten war.

Er blickte auf das leere weiße Papier vor sich auf dem Schreibtisch. Er sollte wohl zur Mäßigung aufrufen. Man gewann ja nichts, indem man noch mehr Blut vergoß, als schon geflossen war – selbst wenn es das Blut eines Negerpredigers war, der irgendwelche protestantischen Häresien verbreitete.

»Pater Boleslav?« – die leise Stimme seiner Haushälterin.

»Was ist denn?« wandte er sich ärgerlich um. »Ich habe Ihnen doch gesagt, ich möchte bei der Arbeit nicht gestört werden, bis Mrs. Hale um fünf Uhr kommt!«

»Ein Herr möchte Sie sprechen –«

»Er soll ein andermal kommen!«

»Es ist Mr. Geoghan!«

»Ein andermal –« Er unterbrach sich. »Mr. Geoghan?« Eigentlich sollte man ihn wirklich wieder fortschicken. Lou Geoghan war auch nichts weiter als ein katholischer Laie, und zwar einer, der seine religiösen Verpflichtungen sehr auf die leichte Schulter nahm. »Also gut«, sagte er mißgestimmt, »sagen Sie ihm, ich werde ihn empfangen.«

Er schraubte den Füllfederhalter zu und legte seine Papiere zusammen.

»Hallo, Pater!« sagte Geoghan. »Lange Zeit nicht gesehen, was? Sie müssen mir schon verzeihen – in meiner Stellung muß ich mich auf drei Kirchen verteilen. Es darf schließlich nicht heißen, ich ziehe den Heiligen Ignaz dem Heiligen Patrick oder dem Heiligen Lorenz vor – oder umgedreht!«

»Gott ist allgegenwärtig«, sagte Pater Boleslav. »Er wird Ihr Gebet hören, wo immer Sie niederknien.«

»Gut gesagt!« lachte Geoghan, und nahm Platz. »Ich habe stets gewußt, was ein guter Pfarrer werden will, muß auch ein guter Politiker sein. Darin sind wir Katholiken den andern überlegen. Wir betreiben das Geschäft schon so lange, daß wir nicht erst viel überlegen müssen, um das Richtige zu tun.«

»Ich befürchte, ich bin ein schlechter Geschäftsmann.« Pater Boleslav musterte Geoghans scharfe Züge. »Und auch kein sehr guter Politiker.«

Die Würde, die der alte Mann zeigte, beeindruckte Geoghan denn doch. Es war die geistige Würde der Kirche und hatte nichts mit ihren weltlichen Belangen zu tun. Geoghan hatte wenig Hemmungen; dem Pater Ryan oder Pater Barbieri, und sogar dem Richter Pritchett, sagte er einfach, was er wünschte; aber hier zögerte er.

»Es handelt sich um folgendes, Pater«, begann er.

»Ja?« sagte Pater Boleslav.

»Es gibt Leute, die behaupten, ich hätte kein Herz für die Menschen. Ich ginge über Leichen, aber das ist eine Lüge, und *Sie* haben ja die Erfahrung gemacht, Pater, daß meine Freunde und ich immer die ersten sind, die ihr Scherflein zu einer guten Sache beitragen. Zum Beispiel den Fonds für den Religionsunterricht, den Ihre Kirche unterhält, und den Baufonds, und die Caritas –«

»Ihr Geld ist den besten Zwecken zugeführt worden«, sagte Pater Boleslav. »Sie mögen sich glücklich preisen, daß Gott Ihnen die Mittel gewährt hat, anderen zu helfen.«

»Tu ich, tu ich«, sagte Geoghan, »darum wende ich mich an Sie mit meinem Vorschlag, denn die Leute in Ihrer Gemeinde gehören zu den Ärmsten der Armen und sind durch ihren Streik am härtesten betroffen. Mißverstehen Sie mich nicht – ich will mich nicht einmischen in einen Arbeitskonflikt. Der Streik als solcher ist mir gleichgültig. Aber manchmal denk ich so an die Kinder. Ich bin selbst ein armer Junge gewesen; mußte Kegel aufstellen in einer Kegelbahn. Also – wenn ich Ihnen einen anständigen Scheck ausstellte, würden Sie in der Lage sein, das Geld denjenigen Ihrer Gemeindemitglieder zukommen zu lassen, die es am nötigsten brauchen?«

»Würde ich!« Doch sofort hielt Pater Boleslav sich zurück. Geoghan gab sein Geld nicht aus, ohne Gegenleistungen zu erwarten.

»Es sind keine Bedingungen an meine kleine Spende geknüpft«, sagte Geoghan, hob seine weißlichen Brauen und lächelte den Pater an.

»Aber das hieße doch, daß Sie den Streik unterstützen!« Pater Boleslav war überrascht, besonders in Anbetracht der Unterhaltung mit Pater Ryan und Pater Barbieri gestern abend: der Streik und alles, was er mit sich brachte, paßte weder seinen zwei Brüdern in Christo noch Geoghan ins Konzept... »Hieße sogar, daß Sie den Streik verlängern!...«

Geoghan lehnte sich bequem zurück. Ein angenehmes Arbeitszimmer hatte der Mann, ruhige Atmosphäre, und die Madonna in Blau und Weiß und Gold gefiel ihm.

»Es gibt Argumente für den Streik wie auch dagegen, Pater. Wie die Kirche, bin auch ich in diesen Fragen neutral; ich möchte nur nicht, daß die Unschuldigen darunter zu leiden haben – die Kinderchen, wissen Sie! Und natürlich bin ich dagegen, daß Unordnung einreißt, daß Menschen erschossen werden und die Kohle auf die Straße geschüttet wird. Das ist schlecht. Das ist das Werk der Roten, und ich glaube, Pater, daß Sie Ihr Bestes versuchen sollten, um dem Einhalt zu gebieten; denn wo keine Ordnung ist, da ist keine Religion, und der nächste Schritt führt zu blutigem Bolschewismus, zum Plündern von Kirchen, zur Vergewaltigung der Nonnen, wie es in Spanien war und wie es jetzt in Rußland und in Polen und solchen Ländern stattfindet. Und Sie können mithelfen, das zu stoppen, Pater, denn Ihre Gläubigen setzen großes Vertrauen in Sie, und wenn Sie oben auf der Kanzel stehen, dann hören sie Ihnen zu, als wären Sie einer der Apostel. Ich hab's selber gesehen. Ich bin in Ihrer Kirche gewesen.«

Geoghan hustete. Ein Anflug von echtem Gefühl klang mit in seiner Stimme. Er glaubte ja auch an das, was er da gesagt hatte. Aber noch intensiver glaubte er an das Prinzip, daß man Schwierigkeiten am besten bekämpfte, bevor sie überhaupt auftraten – und er würde Schwierigkeiten bei den nächsten Wahlen haben, wenn es zu neuerlichen Gefechten um die Kohlentransporte kam. Schießereien konnten tödliche Folgen haben; es konnte zu Untersuchungen kommen, bei denen die Frage, wem die Tagebau-Gruben gehörten, eine Rolle spielen mochte. Cummings hatte ihm gesagt: Wir haben doch schon einen Haufen Geld gemacht, Lou – hören wir lieber auf, bevor sich die Lage noch mehr zuspitzt. Cummings' Nerven wurden anscheinend schwach; vielleicht sollte man ihn durch jemand anderes ersetzen. Solange das Geldmachen so leicht war, hörte man nicht auf. Aber man traf die notwendigen Maßnahmen.

Die Stille im Zimmer wurde bedrückend; Geoghan blickte auf: Pater Boleslav starrte noch immer vor sich hin. »Wenn es irgendwie möglich ist«, sagte Geoghan, »möchte ich helfen.«

»Die Not ist groß, Mr. Geoghan«, sagte Pater Boleslav endlich, »und die Not ist jetzt.«

»Ich verstehe«, sagte Geoghan, »und wer sofort gibt, gibt doppelt. Aber leider habe ich mein Scheckbuch nicht bei mir, und außerdem ist heute Sonnabend und die Banken sind schon geschlossen.« Er nickte wohlwollend. »Morgen komme ich zu Ihnen in die Kirche. Machen Sie's gut und kräftig, Pater – eine gute Sache ist starker Worte wert – und am Montag haben Sie Ihren Scheck.«

Pater Boleslav lächelte. »Ich werde nichts sagen, Mr. Geoghan, das ich nicht vor Gott und meinem Gewissen verantworten könnte.«

»Etwas anderes hätte ich von Ihnen auch nicht erwartet, Pater!« sagte Geoghan.

Dann war er gegangen. Pater Boleslav saß lange, ohne sich zu rühren. Er hatte sich zu nichts verpflichtet, gewiß; aber spätestens morgen, wenn er die Kanzel bestieg, würde er Stellung nehmen müssen. Geoghans plumpen Bestechungsversuch abzulehnen oder Pater Ryan und Pater Barbieri nach Haus zu schicken, das war nicht schwer. Schwerer war die Beantwortung der Frage: *Wo stand* er eigentlich, als Hirte seiner Herde, als Vertreter seiner Kirche, und als Mensch? Und war es nicht bereits eine Verfehlung vor den ihm anvertrauten Menschen, daß er es bisher versäumt hatte, eine unzweideutige Erklärung über seinen Standpunkt abzugeben? Er hatte die Gemeinde des Hl. Ignaz nicht durch Halbheiten zur größten in ganz Goldsborough gemacht und nicht dadurch, daß er sich hinter irgendwelchen Texten versteckte, die man so oder so auslegen konnte; er war immer ein echter Leutpriester gewesen, eng verbunden mit den Bergarbeitern und ihren Nöten, und Jesu Christo dienend, indem er die gerechten Forderungen seiner Schäfchen unterstützte, soweit die Grundsätze seiner Religion und die Regeln seiner Oberen es zuließen. Und manchmal vielleicht darüber hinaus.

Er sah auf die Uhr an der Wand. Er hatte noch etwas Zeit zum Arbeiten. Er breitete seine Papiere aus und begann zu schreiben.

Gewalttätigkeit war von Übel, und aus Übel erwuchs nichts Gutes. Jesus hatte zwar die Geldwechsler aus dem Tempel vertrieben, aber er hatte auch Ergebenheit gepredigt und das Darbieten der anderen Wange. Es konnte kein Widerspruch bestehen zwischen seinen Taten und seinen Worten; und es bestand auch keiner. Das Haus Gottes vor Entheiligung zu bewahren war ganz etwas anderes als Kohlenlaster auszukippen und Feuergefechte mit ihren Fahrern zu beginnen...

Wäre Pater Barbieri nicht so saudumm, dachte Pater Boleslav, so hätte er diesen Punkt gestern abend als Argument benützt; aber Pater Barbieri erhielt seine Erleuchtungen von Traktätchen und von den Anweisungen, die die Assoziation Katholischer Gewerkschafter herausgab.

Gut und schön – mit dem bisher Gesagten würde der Bischof und sogar Mr. Geoghan übereinstimmen. Pater Boleslav erlaubte sich eine kleine Abschweifung. Wie groß würde die Summe auf Geoghans Scheck wohl sein, und wie vielen der Streikenden konnte man damit wohl helfen? Sobald er den Scheck erhielt, würde er ihn indossieren und an Rosemary übergeben. Deshalb kam sie wohl zu ihm: sie wollte Geld von ihm haben für ihren Unterstützungsfonds der Bergarbeiter des Pokie-Tals, und am Montag würde er ihr helfen können. Er stellte sich ihr erstauntes Gesicht vor und das von Doc, wenn sie die Scheckunterschrift entzifferten. Streik schafft sonderbare Verbündete, und es war ja im Bereich der Möglichkeit, daß Lou Geoghan diese Methode wählte, um Richter Pritchett einen Hieb zu versetzen. Wer wußte schon, was für Intrigen die Herren gegeneinander spannen, und wen interessierte es auch, solange das Geld an die richtigen Leute kam?

Der Pater durchlas seine Notizen. Mehrere Bogen hatte er mit seiner holprigen Schrift bedeckt; die Fingergelenke taten nicht mehr so richtig mit.

Was für eine merkwürdige Institution war doch die Kanzel! Man sprach, die Menschen hörten zu oder auch nicht, sie konnten nicht antworten, eigentlich wußte man nie genau, was sie dachten. Vielleicht dachten sie: Pater, es ist nicht Ihre Wange, die geschlagen wird, sondern unsere! Pater, wir glauben an die ewige Seligkeit drüben, aber solange wir in dieser Welt sind, müssen wir und unsere Kinder zu essen haben! Pater, wir sind gewillt, der Obrigkeit zu gehorchen, aber wie sollen wir diesen Streik gewinnen, ohne zu kämpfen! Pater, Sie haben die Soldaten gesegnet, die in den Krieg zogen, und werden es möglicherweise wieder tun müssen; dies ist unser Krieg, warum geben Sie dann nicht auch uns Ihren Segen?

Seine Hand flog über das Papier. Es war nicht an ihnen, zu rechten – eine Sünde blieb eine Sünde, und die schwerste Sünde war es, sich Unfehlbarkeit anzumaßen. Seien wir demütig und beten wir, daß Gott uns unseren Weg erhelle –

»Mrs. Hale, Pater«, sagte die Haushälterin.

»Bitte? – O ja. Treten Sie ein, Rosemary!«

Er stand auf und ging ihr entgegen und sagte: »Ich freue mich von Herzen, Sie wiederzusehen. Sie müssen in der letzten Zeit wohl sehr beschäftigt gewesen sein, sonst hätte ich Sie öfter in der Kirche bemerkt. Wie geht's Doc?«

Er half ihr, den Mantel abzulegen, und führte sie zu dem Stuhl neben seinem Schreibtisch. Und während er sich wieder in seinem Arbeitsstuhl niederließ, betrachtete er seine Besucherin, und sagte dann: »Aber die viele Arbeit scheint Ihnen zu bekommen, Rosemary. Sie werden immer jünger und hübscher –« Und fügte hinzu: »Was mehr ist, als ich von mir selber sagen kann.«

»Erstens werde ich nicht jünger«, lächelte sie, »und dann ist es auch nicht gut, wenn man einer Frau schmeichelt, Pater. Sie kennen mich nun seit meiner ersten Kommunion. Und auch damals war ich nicht gerade, was man eine Schönheit nennt.«

»Mir gefielen Sie jedenfalls.« Auch er lächelte. »Und was macht Doc? Auch so sehr beschäftigt?«

»Ja, Pater.« Daß Doc Protestant war und sich weigerte, sich bekehren zu lassen, und in der Tat überhaupt in keine Kirche ging, war ein heikles Thema für sie und den Pater, und man war stillschweigend übereingekommen, über Doc nicht mehr zu sagen als: *Wie geht's ihm?* und: *Danke, gut.* Selbst nach dem Prozeß und Docs Dankbesuch bei Pater Boleslav galt das noch.

Heute aber ließ Pater Boleslav das Thema nicht fallen. »Wie kann Doc derart beschäftigt sein«, rügte er milde, »wenn gestreikt wird und die Leute kein Geld für ihre Zähne haben?«

Rosemary zögerte. »Er macht sich eben zu schaffen. Doc ist so ein Mensch.«

Der Pater nickte. Dann sagte er: »Wollen wir nicht offen miteinander reden?«

Sie spielte mit ihrer Handtasche. Vom Beichtstuhl her war sie gewöhnt, ihm ihre Sorgen darzulegen, ihre Versuchungen, und was sie als ihre Sünden betrachtete. Aber sie war nicht im Beichtstuhl, sie war in des Paters Arbeitszimmer; und die Gründe, die sie hierher geführt hatten, waren nicht persönlicher Natur.

Schließlich öffnete sie die Handtasche und zog eine vervielfältigte, numerierte Sammelliste heraus und legte sie vor ihm auf den Schreibtisch und sagte: »Ich bin nicht um meinetwillen gekommen, Pater, sondern in Sachen des Unterstützungsfonds der Bergarbeiter des Pokie-Tals. Ich weiß, es ist ungewöhnlich, dort um Geld zu bitten, wo man immer Geld beiträgt – ich weiß aber auch, daß Sie mir's nicht verweigern werden, und für die Menschen, in deren Namen ich spreche, bedeutet jeder Dollar mehr, als ich ausdrücken könnte –«

Pater Boleslav sah sich die Liste lange an – mit Bleistift gekritzelte Namen, manchmal nur Anfangsbuchstaben, manchmal das Wort: *Ein Freund,* und dann die Summen, jämmerlich, die Pennies der Armen.

»Wenn Sie mich nicht heute früh angerufen hätten, Rosemary«, sagte er gewichtig, »so hätte ich Sie anrufen müssen.«

Sie horchte auf: War etwas nicht in Ordnung?

»Zunächst aber dies –« Er nahm die Liste zur Hand. »Mir gefällt die Zeile hier: *Ein Freund.* Am Montag, so Gott will, werde ich von *einem Freund* einen Scheck für Ihre Zwecke erhalten, den ich Ihnen sofort für den Fonds übergeben werde. Vielleicht sogar einen Scheck in beträchtlicher Höhe.«

»Das wäre ja wunderbar, Pater –«

Er hob die Hand. »Aber lassen Sie das bitte das Äußerste sein, das Sie in Sachen dieses Streiks tun.«

»Wie meinen Sie das, Pater?«

»Ich will nicht wissen, was Sie und Doc in der letzten Zeit getan haben, Rosemary. Ich habe von dem Zwischenfall mit Ihnen im Rathaus gehört. Und ich habe erfahren, daß es Schießereien gegeben hat; ein Mann wurde gar verwundet. Und wie ich Doc kenne, und ich glaube, ich kenne ihn ganz gut, wird er irgendwie verwickelt sein in diese unschönen Dinge. Ich mache mir Sorgen um Sie beide; andere Leute sind genauso gescheit wie ich und durchaus in der Lage, Docs Aktivitäten zu verfolgen; und nächstes Mal werden wir kaum eine Evaline Polowski zur Verfügung haben, auf die ich Einfluß nehmen kann... Sehen Sie die Gefahr denn nicht, Rosemary, für alle Beteiligten? Die Gefahr ist so groß, daß ich« – er knipste die Schreibtischlampe an; die Madonna in Blau und Weiß und Gold schimmerte auf – »daß ich morgen wahrscheinlich darüber predigen werde.«

Rosemary nahm die Sammelliste wieder an sich. Sie dachte an Doc, der zu Haus am Telephon saß, Eintragungen auf der Straßenkarte machte, mit den Arbeitern sprach, ihr Vertrauen genoß, und sie erinnerte sich, wie er vor Gericht gestanden hatte, Evaline im Zeugenstuhl, und wie das Gewebe aus Lügen und Fälschungen und Provokationen sich um ihn verstrickte. »Ihre Warnung, Pater, ist nicht die erste, die mir zugekommen ist«, sagte sie. »Auch Captain Bodenheimer hat mir –«

»Ich pflege keine Verbindung zur Polizei.« Pater Boleslav unterdrückte seinen Ärger. In gewisser Hinsicht hatte er eben doch Verbindung mit der Polizei – oder vielmehr mit dem Mann, der über die Polizei in Goldsborough verfügte. Es mochte besser sein, ihr nicht den Scheck zu geben, sondern das Geld bei der Bank abzuheben und es ihr bar auszuhändigen. »Aber wie es scheint, bin ich nicht der einzige, der meint, daß Sie und Doc sich ein wenig zurückhalten sollten.«

»Ich habe Doc seit langem nicht so froh und ausgeglichen gesehen wie jetzt«, sagte sie, »nicht seit dem Ende des Prozesses.«

»Narrenparadies!«

»Pater«, sagte sie bittend, »Sie sind immer auf seiten der kleinen Leute gewesen – ebenso wie Doc...«

»Bin ich jetzt auch noch, Rosemary!«

»Gestern«, sagte sie, »war ich bei dem Mann, den sie angeschossen haben. Er wohnt in Pritchett Heights, ein älterer Arbeiter, kein Raufbruder, der einzige Neger dort. Und anschließend habe ich meine Eltern besucht. Sie kennen das Haus ja, und Sie wissen, was es mir bedeutet: Geborgenheit, Wärme, Gastfreundschaft. Meine Mutter, in der Art der Menschen aus der alten Heimat, ist sehr stolz auf ihre Kochkunst. Nun, gestern hat sie geweint: Sie hat sich so geschämt, daß sie mir nur ein paar Kartoffeln anbieten konnte. Und dann hat sie meinem Vater Vorwürfe gemacht – warum hat er sich sein ganzes Leben lang abgerackert, wenn es am Ende nicht mal reichte, der eigenen Tochter eine Mahlzeit vorzusetzen? Dabei, Pater, gehören meine Eltern noch nicht zu den völlig verarmten – der elektrische Herd steht noch da, und der Kühlschrank – obwohl der jetzt auch verkauft werden soll. Bitteschön, Pater, sie beklagen sich nicht; und auch ich beklage mich nicht. Aber was bleibt ihnen denn, als zu kämpfen? Und soll ich da untätig beiseite stehen?«

Pater Boleslav schwieg.

»Ich bin als Bergarbeiterkind aufgewachsen«, fuhr sie fort, »und ich kann mich nicht ummodeln. Sie sollten das verstehen, Pater.«

»Ich verstehe«, sagte er.

»Doc glaubt, daß der Streik viele Veränderungen mit sich bringen wird. Ich weiß nicht, ob das stimmt oder nicht. Aber vielleicht gibt es Leute, die vor solchen Veränderungen Angst haben und die befürchten, die Bergarbeiter könnten sich ihrer eigenen Kraft bewußt werden. Hat meine Kirche auch Angst davor, Pater?«

»Ich habe keine Angst«, sagte er.

»Ich glaube an die Kirche«, fuhr sie fort, in einer Art Beichte. »Die Kirche hat mir viel geholfen, am meisten damals, als mein Kind tot zur Welt kam. Sie hat mein Leben reicher und besser gemacht. Aber ich glaube auch an die Menschen und an Doc, und daß das, was er jetzt tut, gerecht und gut in den Augen Gottes ist –«

Pater Boleslav erhob sich. »Es kann kein Widerspruch bestehen zwischen den Lehren der Kirche und dem moralischen Sinn im Menschen!« erklärte er und nahm sich vor, diese Erkenntnis Pater Ryan und Pater Barbieri gegenüber und, wenn nötig, auch gegenüber seinem Bischof zu vertreten.

Er sah, daß sie aufbrechen wollte. Er öffnete sein Schreibtischfach und nahm einen Fünfdollarschein heraus und gab ihn ihr. »Für den Fonds.«

»Aber das ist doch nicht notwendig!« widersprach sie. »Sie haben doch gesagt, daß Sie am Montag einen Scheck haben würden –«

Pater Boleslav kratzte sich die Wange. »Wenn ich's richtig bedenke, kommen mir doch Zweifel, ob ich diesen Scheck bekommen werde – sogar große Zweifel.«

Allein geblieben, nahm er die Blätter von seinem Schreibtisch und warf sie ins Feuer und sah zu, wie sie verbrannten. Ein Windzug wirbelte ein paar Aschenflöckchen in den Kamin. Für das, was er morgen von der Kanzel zu sagen haben würde, benötigte er keine Notizen.

Elijah Jamieson saß gegen sein Kissen gelehnt im Bett, den Arm in der Schlinge, die mageren Rippen sichtbar, wo die rotgestreifte Pyjamajacke nicht schloß. Der Schmerz nagte in der Schulter, wo die Wunde zu heilen begann.

Er hörte den leichten Schritt seiner Frau und legte das Buch, in dem er zu lesen versucht hatte, auf die Bettdecke. Sie trat ein, in der Hand eine Schüssel Brühe, auf der die Fettaugen schwammen.

»Schönen Dank, Jessie«, sagte er.

Sie setzte sich auf sein Bett und hielt ihm das Tablett, während er mit dem gesunden Arm die Suppe löffelte. Sie war noch jetzt schlank. Als sie beide jung gewesen waren, in Georgia, und zu Picknicks aufs Land gingen, hatte er es für einen großartigen Scherz gehalten, das zartgliedrige Persönchen plötzlich hochzuheben und wie ein Baby auf den Armen zu halten. »Eli!« hatte sie lachend protestiert, »ich bin die Pastorsfrau!«, und er hatte geantwortet: »Der liebe Gott hat nichts dagegen, wenn zwei Menschenkinder sich freuen...« Seither hatte sie ihm drei Söhne geboren; zwei davon waren am Fieber gestorben, als sie noch klein waren, und der dritte –

»Warum ißt du nicht, Eli? Fühlst du dich nicht wohl?«

Er aß gehorsam.

»Beste Hühnersuppe, die du je gekostet hast!« ermahnte Jessie ihn. »Die Küstersfrau hat's selber hergebracht, ist den ganzen Weg von zu Haus bis Pritchett Heights gelaufen, und sie läßt ausrichten, daß sie und der Küster zusammen mit noch ein paar anderen von der Gemeinde heute abend vorbeikommen werden...«

»Ich hab's schon satt, mich pflegen zu lassen«, sagte er.

»Männer lassen sich immer gerne pflegen«, lächelte sie; aber ihre Augen zeigten einen bekümmerten Ausdruck.

»Schon gut, Jessie«. Er streichelte ihre kleine, harte Hand. »In ganz kurzer Zeit werde ich wieder auf den Beinen sein.«

»Nächstes Mal bringen sie dich um«, flüsterte sie. »Unten am Fluß reden die Leute schon davon; sie sagen, die weißen Bosse haben's auf dich abgesehen; die Polizei macht ihre Runden nur noch zu zweit; und die Leute fürchten sich.«

Er legte den Löffel in die leere Schüssel. »Eine gute Suppe war das. Sie wird mir Kraft geben und eine Menge nützlicher roter Blutkörperchen. Ich werde mich bei der Küstersfrau bedanken, wenn sie heute abend kommt.«

»Warum mußtest du hinausfahren auf diese Landstraßen?« sagte sie. »Laß doch die weißen Männer es machen. *Die* haben's nicht abgekriegt.«

Sie hatte ein schönes braunes Gesicht, noch immer faltenlos, das kaum etwas von dem erkennen ließ, was sie in ihrem Leben durchgemacht hatte. »Jessie«, sagte er, »es ist sinnlos, so zu sprechen. Jetzt laß mich etwas lesen. Ich muß viel nachholen, und nun hab ich die Gelegenheit dafür.«

Sie beugte sich zu ihm und küßte ihn und ging. Er blickte ihr nach, sah den kleinen, sauber geknüpften Haarknoten an ihrem Hinterkopf, ihren dünnen Hals und ihre Schultern, noch kaum gekrümmt. Dann fiel die Tür knarrend ins Schloß.

Er nahm sein Buch wieder zur Hand, das von der Entstehung wirtschaftlicher Krisen handelte. Er konnte sich nur schlecht konzentrieren. Seine Augen wanderten von den Zeilen des Buches fort, durch das vollgepfropfte Hinterzimmerchen, das er gerne als seine Bibliothek bezeichnete, über die Wände, auf denen die Feuchtigkeit ihre Flecke hinterlassen hatte, zu dem wackligen Möbelstück, das ihm als Schreibtisch diente, und wieder zurück zu dem Buch in seiner Hand. Er hatte sein Bett in dieses Zimmer stellen lassen, damit er der Familie im Haus nicht im Wege war, und um in der Nähe seiner Bücher zu sein. Doch immer öfter – ob es nun an seinen Schmerzen oder den Befürchtungen seiner Frau lag, die ihm durch den Kopf gingen – ertappte er sich dabei, daß er eine Seite umblätterte, ohne begriffen zu haben, was er gelesen hatte.

Er blickte hinüber zu dem Photo auf seinem Tisch, dem Porträt eines jungen, lächelnden Negers, der eine Offiziersmütze trug. Leutnant der Infanterie James Jamieson, vierundzwanzig Jahre alt, im Kampf gefallen auf einer dieser pazifischen Inseln mit sonderbaren Namen. Na, mein Junge, dachte er, da wäre ich dir beinahe nachgefolgt, wo immer du auch jetzt sein magst. Nur ein paar Zentimeter weiter nach rechts, und das wäre das Ende gewesen. Es war ihm, als hätte die Kugel, die ihn verwundete, ihn irgendwie seinem Sohn wieder nahegebracht. Eine Kugel ist eine Kugel; sie pfeift genauso scharf auf der Autostraße nach Richfield, Pennsylvania, wie auf dem heißen Strand eines Fleckens Land im Ozean. Bis diese Kugel ihm ins Fleisch schlug, hatte Elijah Jamieson trotz seines Glaubens an die unendliche Weisheit Gottes es seinem jüngsten Sohne übelgenommen, daß er in den Krieg gezogen war und sich totschießen ließ und seine drei Kinder und seine junge Frau Anna May verwaist zurückgelassen hatte. Es ist ein Krieg der Weißen, so hatte er seinem Sohn gesagt; sollen sie es auskämpfen; und wenn sie dich zur Armee einziehen, was nicht sehr wahrscheinlich ist mit deinen zwei Kindern und dem dritten schon auf dem Wege, dann benimm dich vernünftig, versprichst du's mir? Sie werden dir die dreckigste, gemeinste Arbeit zuschieben, wie sie's immer mit uns Negern machen, und bei dieser Arbeit bleibst du, selbst wenn du den ganzen Krieg hindurch Teller wäschst oder Schuhe putzt oder Gräben aushebst.

Was noch hätte er ihm sagen können? Um wieviel klarer hätte er es noch ausdrücken können?... Zwanzig Jahre braucht man, um so einen Jungen großzuziehen, und eine kurze Sekunde, um ihn zu verlieren. Eine Nacht braucht man, da man ihn in eine Decke wickelt und die Frau beim Arm packt und mit einem Pappköfferchen in der Hand nach Norden hinauf flieht, weil unten in Georgia die Weißen vor Lynchlust besoffen sind, und das ist keine Gegend, in der ein Kind aufwachsen kann. Kinder müssen frei und stolz aufwachsen können, und ein Prediger braucht eine lange Zeit, um vergessen zu können, daß er sein hölzernes Kirchlein und die kleine Messingglocke im Turm und seine Gemeinde im Stich gelassen hat. Kinder müssen gesund und stark werden, und man braucht mehr als guten Willen, um Arbeit zu finden; man muß auf dem Bauche kriechen und sich auf den Nacken treten lassen, damit man ihnen Milch und Orangensaft geben kann. Kinder müssen etwas lernen, und man braucht Selbstentsagung, um sich die eignen Träume aus dem Kopf zu schlagen und den eignen Durst nach Wissen zu unterdrücken, damit der Junge zur Schule gehen kann und ein paar Hosen und Schuhe zu tragen hat und damit die Schulmittagessen und die Bücher bezahlt werden können.

Aber dies sind Dinge, die man dem eignen Sohn nicht erklären kann. Oh, er war ein braver Junge. Aber er hatte Ideen, verrückte

Ideen. Manchmal sprach er darüber, und über die Männer, die diese Ideen niedergeschrieben hatten, so daß jeder sie lesen konnte – ein gewisser Marx und ein gewisser Engels und ein Mann namens Lenin, der eine große Revolution gemacht und ein neues Land gegründet hatte, wo alle, schwarz oder weiß oder braun oder gelb, angeblich gleich waren und wo es keine Bosse geben sollte, die einem befehlen konnten, da darfst du nicht gehen und hier darfst du nicht sitzen und dort darfst du nicht arbeiten. Sie hörten sich gut an, diese Ideen und diese Geschichten, zu gut, um wahr zu sein; aber sein Sohn James Jamieson, der hatte fest daran geglaubt. Und als die Deutschen gegen das neue Land zogen, da ließ sich der Junge nicht mehr halten. Er gab seine schöne Stellung im Büro dieses Negeradvokaten in Pittsburgh auf. Er sagte auf Wiedersehen zu seinem Vater und seiner Mutter, zu seinen zwei Kindern und zu Anna May, die mit dem dritten schwanger ging, und meldete sich freiwillig. Er benahm sich nicht vernünftig. Er gab keine Ruhe, und er hielt sich nicht an das, woran er sich in einer Armee der Weißen hätte halten sollen. Er brachte es fertig, in eine Offiziersschule zu kommen. Er wurde wie der letzte Dreck behandelt, das Leben wurde ihm zur Hölle gemacht, aber er war ein so verdammt guter Soldat, daß sie ihn einfach nicht durchfallen lassen konnten.

Die goldnen Leutnantsabzeichen auf seinen Schultern, und der goldne Adler an seiner Mütze! Wie stolz er darauf gewesen war, James Jamieson, wie stolz! Er trat aus seines Vaters Haus, der übelsten der Holzhütten auf Pritchett Heights, ganz am Ende der Siedlung, und er gestattete den weißen Nachbarn, ihm die Hand zu schütteln, und er sagte: »Jetzt geht's nach Europa, und ich werd mithelfen, die zweite Front zu eröffnen.« Statt dessen schickten sie ihn nach dem Pazifik. Sie gaben ihm das Kommando über einen Zug Infanterie, einen Zug von Negersoldaten, wie er einer war, und es war ein Himmelfahrtskommando, wie sie es einem Weißen nie gegeben hätten, und er und seine Soldaten wurden niedergemacht mit Ausnahme eines einzigen, der zu den zerfallenden Häusern des Negerghettos unten am Fluß in Goldsborough zurückkehrte, um zu berichten.

Elijah Jamieson griff nach seinem Buch, seines Sohnes Buch, mit dem Namen seines Sohnes auf der Innenseite des Umschlags. Er hatte seines Sohnes Bücher ins Haus genommen, und seines Sohnes drei Kinder, und Anna May, und nun standen die dünnen Bändchen neben der Bibel und dem alten Lexikon.

Die Bücher eines Mannes sagen viel aus über diesen Mann. Elijah Jamieson hatte in den Büchern, die seinem Sohn gehörten, zu lesen begonnen, teils, um ihn zu verstehen, und teils aus einem merkwürdigen Gefühl heraus, das weder Trauer noch Zorn war, sondern eine Mischung von beiden. Er wollte die Argumente in diesen Büchern entkräften, so wie er versucht hatte, die Argumente seines Sohnes zu widerlegen. Aber die Bücher hatten ihre eigene Logik, und diese Logik war verführerisch. Was in den Büchern da stand, entsprach den Tatsachen seines Lebens; darin lag die Schwierigkeit.

Und dann war die Kugel gekommen auf der Chaussee nach Richfield. In dem Augenblick, als der riesige Laster auf ihn zurollte, als die Windschutzscheibe zersplitterte und er den Schlag gegen seine Schulter erhielt, wußte Elijah Jamieson plötzlich, was sein Sohn empfunden haben mußte auf dem einsamen Sand jener Insel. Leutnant James Jamieson, Neger, gefallen während einer Landungsoperation im Pazifik, hatte recht gehabt, auch wenn er dem eignen Vater und dem eignen Vaterland voraus gewesen war. Keine Kugel unterscheidet Weiß von Schwarz; kein Kampf ist ausschließlich des weißen Mannes Kampf; und wo es Leute gibt, die Weiß von Schwarz zu spalten suchen, muß man ihnen entgegentreten und die Maske vom Gesicht reißen.

Er klappte das Buch zu. Es war zu dunkel geworden zum Lesen, und er wollte etwas ruhen.

»Wie geht's, alter Junge? Fühlst dich besser?«

Kennedy steckte den Kopf zur Tür herein, und als er sah, daß Jamieson ihm zuwinkte, trat er mit übertrieben sorglosem Gehabe ein und zog einen Stuhl ans Bett.

»Du solltest deine Zeit nicht mit Krankenbesuchen vergeuden«, sagte Jamieson. »Was macht die Welt draußen? Hat's noch mehr Zwischenfälle meiner Art gegeben?«

Kennedy grinste. »Nein. Wenn wir jetzt etwas unternehmen, ziehen wir so starke Kräfte zusammen, daß die andern lieber nichts riskieren.«

Jamieson lehnte sich ins Kissen. »Ich hatte mir Sorgen gemacht, daß einige von unsern Leuten nach dieser Sache abspringen würden. Nicht, daß sie nicht genug Mut hätten –«

»Mut ist relativ«, sagte Kennedy. »Wir hätten zur rechten Zeit bedenken sollen, daß der Gegner unfein werden würde. Nun, wir haben die Scharte ausgewetzt. Tags darauf haben wir wieder ein paar Laster gestoppt und dabei vier Kurzgewehre samt Munition erbeutet. Nichts stärkt den Mut so wie ein kleiner Erfolg.«

»Und die Polizei?«

»Warum fragst du?«

Jamieson kratzte sich die Brust; die Wunde juckte unerträglich. »Ich höre so manches.«

»Ich werd dir sagen –« Kennedy griff nach Jamiesons Buch, las den Titel, legte das Buch zurück aufs Bett, »es ist ungefähr so: Die Polizei unternimmt noch nichts, und ich glaube auch nicht, daß sie etwas unternehmen wird, aber sie tut, als hätte sie die Absicht. Wir sollen Angst bekommen.«

»Suchen sie nach mir?«

»Es weiß doch außer Doc und dem Komitee und Len Bittermans Trupp keiner, wen's bei der Schießerei erwischt hat.«

Jamieson vergaß seine Verwundung und zuckte die Schultern; der Schmerz benahm ihm den Atem. »Meine Gemeinde weiß es«, sagte er mühsam. »Und ganz Pritchett Heights.«

Kennedy mußte ihm recht geben.

»Unter irgendeinem Vorwand«, sagte Jamieson, »können sie kommen und mich verhaften und verhören...«

»Soll ich dich in meinen Wagen setzen und nach Uniontown bringen?« sagte Kennedy. »Cziechanewski wird sich um dich kümmern. Die Gewerkschaftsgruppe der Zeche Sabina hat fünftausend Mitglieder, also fünftausend Häuser, in denen du verschwinden kannst –«

»Danke für das Anerbieten, aber –« Jamieson unterbrach sich. Jessie und Anna May standen in der Tür, hinter ihnen der Küster und die Küstersfrau und Lucas. Der Küster, ein kleiner, dicker Neger mit lebhaften Gesichtszügen, sah den weißen Besucher und zögerte, aber Lucas schob ihn ins Zimmer.

Jessie stellte vor: »Carlisle Kennedy, einer unserer Nachbarn – und das ist Mr. Brewster, der Küster unserer Kirche, und Mrs. Brewster.«

Man schüttelte sich die Hände. Mrs. Brewster war lang und dürr und schien ihren Mann unterm Pantoffel zu haben.

»Nun«, sagte Jamieson, »das sieht ja aus wie Besuchsstunde im Krankenhaus. Setzt euch, nehmt Platz. Und danke Ihnen recht schön für das Süppchen, Schwester Brewster. Die beste Hühnersuppe, die ich je zu kosten bekommen habe, und dabei kocht meine Jessie auch nicht schlecht.«

»Kleinigkeit!« sagte Mrs. Brewster. »Mehr als Hühnersuppe notwendig, um *das* da zu züchten!« Sie wies auf den Bauch ihres Mannes und lachte.

Anna May brachte Stühle. Ihre Haut war olivfarben; sie hatte eine beinah katzenhafte Anmut. Sie trat ans Bett, stützte Jamieson den Rücken und schüttelte sein Kissen auf. Sehr hübsche Maus, dachte Kennedy, wie hält so eine es in Pritchett Heights aus? Vielleicht kommt dieser Lucas eher ihretwegen als wegen Jamieson; und er fragte sich, ob der Tropfen Indianerblut, der angeblich in seinen eignen Adern floß, ihn in einem gewissen Sinne nicht auch in die Kategorie der Farbigen versetzte. Er hatte Jamiesons Anwesenheit in der Siedlung stets als Selbstverständlichkeit betrachtet, mehr oder weniger. Die Bergwerksgesellschaft hatte Jamieson gestattet, das Häuschen hier zu mieten, weil es von allen das elendeste war, und dann hatten sie ihn gezwungen, es zu kaufen. Und plötzlich kam Kennedy darauf, daß Jamieson nicht etwa hier wohnen durfte, weil die Bergwerksgesellschaft den Negern gleiche Rechte einräumte – nein, dieses eine Haus, in dem Jamieson lebte, war das Negerghetto von Pritchett Heights, so wie es ein Negerghetto in Goldsborough gab und in Pittsburgh und in jeder anderen Stadt im Lande.

Er war der Unterhaltung nicht gefolgt. Man hatte halblaut von Verschiedenem gesprochen – was man eben in einem Krankenzimmer sagt –, und er fragte sich, wie er am besten verschwinden könnte, ohne die empfindlichen Gefühle dieser Menschen zu verletzen. Doch da stieß die dürre Küstersfrau erst ihren Mann und dann Lucas an.

Lucas raffte sich auf. »Es ist ganz günstig, daß Bruder Kennedy zufällig hier ist.« Seine dicken Lippen bewegten sich schwerfällig. »Was ich sagen möchte, betrifft nämlich die Gewerkschaft genauso wie Bruder Jamiesons Kirche, und ich bin ja Bergarbeiter und Christ und Neger, alles in einer Person.« Er blickte Anna May an, als erwarte er irgendein Stichwort von ihr, aber sie reagierte nicht.

»Ich hab dir doch schon erzählt, Eli...«, sagte Jessie händeringend.

»*Ich* werd's erklären.« Der Küster richtete sich auf. »Unsere Leute unten am Fluß leben in Angst, großer Angst. Die Polizei und Geoghans Leute gehen herum und sagen ihnen, sie sollen im Hause bleiben und sich nicht rühren, oder es wird ihnen etwas passieren –«

»Und so bleiben sie im Hause und halten die Fenster geschlossen und schlottern in den Hosen!« sagte Anna May verächtlich. »Mein Jimmie war immer dagegen, daß –«

»Sie haben gut reden!« fiel Mrs. Brewster ihr ins Wort. »Sie wohnen hier oben in Pritchett Heights, wo niemand hinkommt, wir aber leben unten am Fluß, und wenn etwas passiert, dann uns!«

»Es gibt doch genug Gesindel in der Stadt«, sagte Lucas. »Für fünfzig Cent und ein Glas Whisky von Geoghan veranstalten die ein Negerpogrom, so schlimm, wie wir's in Chicago oder Detroit gehabt haben. Es wäre auch nicht das erstemal.«

»Bruder Jamieson!« Der Küster sprach mit der ganzen Würde seines Amtes. »Im Namen unsrer Gemeinde ersuche ich Sie, öffentlich zu erklären, daß keiner von unsrer Rasse etwas mit den bedauerlichen Geschehnissen auf den Landstraßen zu tun gehabt hat, und bitte Sie, sich in Zukunft auch nicht daran zu beteiligen!«

»Und Ihre Meinung, Bruder Lucas?« fragte Jamieson.

Lucas war verlegen. »Mir ist nicht wohl bei der Sache, so oder so...«

Jessie sah Jamieson bittend an.

Kennedy war sehr versucht, etwas zu sagen. Die Methode war durchsichtig genug: den schwarzen Arbeitern Panik einjagen, um die weißen Kumpel desto leichter zu schlagen. Aber da sah er, daß Jamieson sich die Decke über den Knien glattstrich.

»Einmal in meinem Leben«, sagte Jamieson, »bin ich davongelaufen. Nie wieder! Bruder Brewster, ich wäre Ihnen verpflichtet, wenn Sie in der Kirche am Schwarzen Brett anschlügen, daß ich den Gottesdienst morgen selber leiten und selber predigen werde. Das Thema der Predigt wird sein: Mein Sohn James Jamieson; und wofür der Mensch das Leben einsetzt; und ehret das Andenken der Toten.«

Brewster sah ihn verwirrt an. Doch dann wurde ihm klar, in welche Richtung die Predigt morgen gehen würde, und auch Kennedy und Anna May und Lucas und Jessie und Mrs. Brewster wußten es.

»Sie sollten lieber noch nicht aufstehen«, sagte Brewster ohne Überzeugungskraft. »Sie sind verwundet, Bruder. Sie sind krank!«

»Sie haben gehört, was ich gesagt habe, Bruder Brewster!« erwiderte Jamieson. Und bat Kennedy: »Würdest du mir morgen dein Auto leihen, damit ich zu meiner Kirche kommen kann?«

»Ich selber werde dich hinfahren«, sagte Kennedy.

## *Dreizehntes Kapitel*

Die Verbindung war schlecht. Im Telephonhörer klang ein unangenehmes Rauschen mit, und der Ton war oft so schwach, daß man kaum verstehen konnte.

»Ja, ich wiederhole!« schrie Hale. »Also – an Ihrem oberen rechten Schneidezahn –« Er schrieb ein paar eilige Zahlen auf den Notizblock, den er neben sich liegen hatte. »Wie lange haben Sie die Zahnschmerzen schon?«

Die Stimme im Apparat verflüchtigte sich wieder in der Entfernung.

»Was? Sprechen Sie lauter!«

Es knackte im Telephon. Die Stimme wurde hörbar.

Hale war in Schweiß gebadet. »Nach dem, was Sie mir erzählen«, sagte er in beinahe normalem Ton, »kann der Zahn gerettet werden.

Wenn die Schmerzen nicht aufhören, lassen Sie sich in der Apotheke Aspirin geben. Ich erwarte meinen Zahnarzt in ein oder zwei Tagen zurück. Kommen Sie dann vorbei, und er wird Sie behandeln.«

Die Stimme bedankte sich.

»Und machen Sie sich keine Sorgen um den Zahn... Der wird in Ordnung kommen. Auf Wiederhören!« Nachdenklich legte Hale den Hörer aufs Telephon zurück. Dann riß er das oberste Blatt des Notizblocks ab, stand auf und trat an das Regal, auf dem seine Papiere und Landkarten fertig verpackt und zusammengerollt lagen, bereit zur Übergabe an Kennedy.

»Rosemary!«

Er hatte die Karte, die er brauchte, gefunden und hielt sie gegen die Wand. Die Karte rollte sich immer wieder zusammen.

»Rosemary!«

Sie kam aus dem Schlafzimmer, die zwei Hemden, die sie ihm in den Koffer packen wollte, noch über dem Arm.

»Halt doch die Karte mal bitte fest, ich muß etwas prüfen.«

Sie legte die Hemden zur Seite. »Tu die Karte doch auf den Tisch!«

Er runzelte die Stirn. »Oh – also gut, auf den Tisch...« Und fügte hinzu: »Aber Landkarten gehören eigentlich an die Wand. Und warum hast du sie erst so fest zusammengerollt?«

Sie zog es vor, nicht zu antworten. Sie glättete die Karte und legte sie flach auf den Tisch. Er beugte sich darüber, blinzelte, verglich mit seinen Notizen, dann hielt er die breite Fingerkuppe auf eine Stelle, wo zwei punktierte Linien, zwei Sekundärstraßen, aufeinandertrafen und das ungebrochene Schwarz eines Eisenbahngleises kreuzten.

»Peters Junction«, sagte er.

»Peters Junction«, wiederholte sie. »Und?«

Ihr Ton mißfiel ihm. Es war die letzte Nacht, da er Dienst in seiner selbsterrichteten Nachrichtenzentrale tat; in ein paar Stunden mußte er sich auf den Weg zu den großen Städten im Osten machen, und sie wußte das ganz genau. Und nun war dieser Anruf gekommen, und alles, was sie ihm unter diesen Umständen zu sagen hatte, war ein trockenes: *Und?*

Sie mußte lachen. »Liebster – ich weiß doch überhaupt nicht, worum sich's handelt!«

Das entwaffnete ihn. Auch er lachte unsicher. Dann zog er sie zu sich, bog ihr den Kopf zurück und küßte sie leicht auf Augen und Lippen. »In diesem Augenblick«, sagte er, »wird in Peters Junction ein ganzer Güterzug mit Streikbrecherkohle beladen.«

Ihr Gesicht war plötzlich voller Falten.

»Üppig werden die!« sagte er, die Karte unbeholfen zusammenrollend. »Die Sache derart im großen zu betreiben! Ich muß sofort nach Pritchett Heights, zu Kennedy.«

»*Ich* werde gehen«, sagte sie.

»Wieso –?« fragte er, »wie spät ist es denn schon?«

»Zu spät, wenn du den null Uhr fünfundzwanzig nicht verpassen willst.« Die Falten hatten sich wieder geglättet. »Mein Vater wartet wahrscheinlich jetzt schon auf dem Bahnhof. Die Sachen, die du mitnehmen mußt, liegen sämtlich auf dem Bett, du brauchst sie nur noch in den Koffer zu stecken; und vergiß die zwei Hemden hier nicht, und –« Sie konnte nicht weitersprechen.

»Wir wollten aber doch –«, sagte er.

»Ja, wir wollten.« Auch sie hatte auf diese letzte Stunde gehofft, da er fertig gepackt und rasiert und zur Abreise bereit war und sie zusammensitzen und eine Zigarette rauchen und noch einmal miteinander sprechen konnten; nichts Wichtiges, einfach sprechen. Den ganzen Tag hatte sie sich beeilt, um diese Stunde zu gewinnen.

»Ich bestelle ein Taxi«, bot er ihr an. »Damit bist du in fünfzehn Minuten in Pritchett Heights und in noch einmal fünfzehn Minuten zurück, dann bleiben uns –«

»Dafür haben wir nicht das Geld«, sagte sie.

»Dieses eine Mal werden wir es eben haben!« Er war schon am Apparat und rief die Taxi-Haltestelle an.

Sie ging hinaus, sich Hut und Mantel zu holen.

Als sie zurückkam, stand er nervös zwinkernd da. »Gott verdamme diese Taxis! Immer, wenn man eins braucht –«

»Ich komme schon mit dem Bus hin«, sagte sie. »Gute Reise, Liebster, und erledige alles, und kümmere dich ein bißchen um meinen Vater. Und falls ich nicht rechtzeitig zum Bahnhof komme –«

Sie nahm seine Hand, er spürte den Druck ihrer Finger.

»Auf Wiedersehen, Liebster.«

Sie ging hastig, die Karten und Papiere unter dem Arm.

Nach all diesen Jahren liebe ich sie immer noch, dachte er, und dann, sie schafft das nie, aus Pritchett Heights vor Abfahrt des Zuges noch zurück zu sein. Die letzten Wochen waren ein einziges Durcheinander gewesen. Man hatte im selben Haus gelebt, aber es war kein richtiges Zusammenleben gewesen. Und Gott weiß, was sich jetzt weiter in Goldsborough entwickeln würde. Es fiel ihm schwer, sie allein zu lassen.

Er nahm seine Hemden und trug sie hinüber ins Schlafzimmer. Entmutigt stellte er fest, daß die Größe seines Köfferchens in keinerlei Proportion stand zu der Menge der Sachen, die Rosemary ihm zum Mitnehmen herausgelegt hatte. Möglich, daß sie das alles gepackt haben könnte; jedenfalls hatte er sich auf sie verlassen. Aufseufzend betrachtete er seine Habe. Seine Unterhemden waren am Zerfallen, seinen Socken ging es nicht viel besser, und einen neuen Pullover brauchte er auch dringend. Er versuchte, jedes Paar Socken zu einem sauberen, flachen Ballen zusammenzulegen, wie Rosemary sie immer formte; vergebens; schließlich verlor er die Geduld und stopfte einfach in den Koffer, was hineinging. Außerdem war er überhaupt nicht in der Lage, sich auf sein Packen zu konzentrieren. Seine Gedanken waren bei Rosemary, bei den Arbeitern. Da hatte er Tag für Tag am Telephon gehockt, bis der zahnärztliche Kode ihm in Fleisch und Blut übergegangen und die Nachrichtenübermittlung zur Routine geworden war – und nun, in der letzten Nacht, platzte die große Sache, und er mußte fort.

Er preßte die wirre Masse in sein Köfferchen und versuchte, den Deckel zu schließen. War es wirklich Routine gewesen? Sein Teil dabei – sicher. Aber was die Streikenden betraf – man mußte die Menschen sehen, die Organisation, die sie sich schufen, das Risiko, das sie auf sich nahmen: auf einsamen Straßen kreischende Bremsen, Handgemenge, Schüsse vielleicht. Im Verlauf der Wochen, die er an seinem Telephon festsaß, hatte er versucht, das alles zu durchdenken und festzustellen, wie weit es seine eigene Einstellung betraf und veränderte. Eine Art Armee war aus dem Nichts entstanden, ohne

Geld, ohne Apparat, ohne Erfahrung. Wenn diese Menschen nur ein Zehntel soviel über das *Warum* ihres Tuns nachdächten, wie sie sich über das Tun selbst und die Vorbereitungen dazu Gedanken machten! Aber vielleicht dachten sie auch darüber nach und konnten ihre Gedanken nur nicht formulieren?

Er glaubte, einen Schlüssel in der Haustür zu hören. Er lauschte. Er hatte sich wohl geirrt: Rosemary konnte noch nicht zurück sein von Pritchett Heights; und daß sie etwas vergessen hätte, stand außer Frage, da sie niemals etwas vergaß.

Er wischte sich die Stirn. Wenn nun der Kohlenzug schon beladen und abgefahren war, bevor Kennedy und seine Leute Peters Junction erreichten? Und selbst wenn sie zur rechten Zeit hinkamen, was würden sie tun können? Er hätte Rosemary auftragen sollen, ihm zu schreiben. Aber er hatte ja nicht mal eine Adresse; außerdem war es besser, wenn gewisse Mitteilungen nicht durch die Post der Vereinigten Staaten gingen.

»Hallo!... Wer ist da?«

Es war doch jemand im Hause. Er öffnete die Schlafzimmertür. Im Halblicht des Korridors wurde eine dunkle Figur sichtbar.

»Ich bin's, Doc – Lauffer!«

»Oh.« Hale wandte sich seinem Köfferchen wieder zu. An Lauffer hatte er gar nicht mehr gedacht. »Na, kommen Sie schon rein, Mann!« forderte er ihn auf.

Lauffer trat ein, blieb stehen, suchte die Lage abzuschätzen. »Wie geht's Ihnen, Doc?«

Hale brummte irgend etwas. Ein Glück, dachte er, daß wir gerade heute Schluß gemacht haben und daß die Karten und anderen Papiere außer Haus sind! »Sie sind ein paar Tage früher als angekündigt zurückgekommen!« sagte er. »Hat Ihre Tante in Harrisburg Sie hinausgeschmissen?«

»Stroudsburg!« sagte Lauffer. »Sie wohnt in Stroudsburg.«

»Also Stroudsburg. Hat sie Sie hinausgeschmissen?«

»Meine Tante ist eine sehr liebenswürdige und gebildete Dame und würde nie daran denken, mich hinauszuwerfen.« Lauffers Brille hatte sich in der Wärme des Zimmers beschlagen; er war halb blind. Bei dem Jubel, mit dem er hier empfangen wurde, hätte er auch in

Stroudsburg bleiben können; aber seine Tante hatte ihn zu Tode gelangweilt, und Geld, um sich zu amüsieren, hatte er auch keins gehabt. Er unternahm einen zweiten Versuch, bei Hale einen Funken menschlicher Wärme herauszuschlagen. »Komischer Zufall!« sagte er mit einem erzwungenen Lachen, »ich komme gerade an, und Sie gehen auf Reisen...« Dann fiel ihm plötzlich ein, daß Doc ja nicht ohne Geld auf Reisen gehen konnte und daß daher während seines Aufenthalts in Stroudsburg Geld eingekommen sein mußte, von dem die Hälfte ihm zukam.

Hale schloß sein Köfferchen, hob es vom Bett und stellte es auf den Fußboden. Zum ersten Male würdigte er Lauffer eines Blicks.

»Eine größere Reise?« fragte Lauffer, gegen den Türpfosten gelehnt. »Nicht, daß Sie sich Ihre Ferien nicht verdient hätten; und besser jetzt, solange der Streik andauert, als nie!« Er lachte wieder. »Sie könnten mir wohl etwas von dem Geld geben, das Sie mir noch schulden?«

»Nein.«

Lauffer säuberte seine Brille. »Da haben Sie vielleicht auch irgendwo eine Tante, die Sie eingeladen hat und die Ihnen noch dazu die Reisespesen bezahlt?«

Hale musterte ihn. Lauffer war dick geworden. Solange er's umsonst bekam, hatte er sicher wie ein Vieh gefressen; und da ihn niemand zusammengestaucht hatte, war er arrogant geworden. »Ich freue mich«, sagte er, »daß Sie zurückgekommen sind. So kann ich Ihnen Mrs. Hale anvertrauen. Sie wird bald wieder zu Haus sein; sie ist nur zu ihren Eltern gegangen. Was nun meine Reise betrifft, so fahre ich nicht zu meinem Privatvergnügen. Und das Reisegeld wurde mir aus den Pennies der Bergarbeiter zur Verfügung gestellt, und ich hoffe, daß ich's ihnen mehr als reichlich zurückvergüten kann – wenn das Ihr Begriffsvermögen nicht übersteigt, Dr. Lauffer.«

Dann nahm er seinen Koffer, griff nach Mantel und Hut und ließ Lauffer stehen.

Vier Mann hoch saßen sie in dem alten Chevrolet. Mit Ausnahme von Kennedy, der fuhr, saßen sie angespannt da, die Finger an den Läufen ihrer Gewehre.

Es war nicht möglich gewesen, das Unternehmen mit dem Komitee zu besprechen. Der Gegner war gesichtet worden, der Gegner wollte sein bisher größtes Unternehmen durchführen; entweder man verhinderte es, oder man gab sich geschlagen. Ein Bergarbeiterstreik, bei dem ganze Kohlenzüge durchkamen, war zu drei Vierteln verloren. Es gab Zeiten, wo man sich zurückhielt, und Zeiten, wo man sofort handelte, auch ohne auf Verstärkung zu warten.

Ein trauriger, feuchter Wind hatte um Kennedys Haus gestrichen, während Rosemary, noch atemlos vom schnellen Anstieg nach Pritchett Heights, von dem Güterzug in Peters Junction berichtete. Die Männer hatten sich ohne zu zögern entschieden. Jetzt aber, da sie im Wagen saßen, der sich durch Berg und Gehölz hindurchfraß, vorbei am grellen Neonglanz einsamer Tankstellen und an dem mageren Licht gelegentlich auftauchender Farmhäuser, jetzt, da der Stahl der Gewehrläufe sich unter dem Druck ihrer Hand erwärmte, empfanden sie das Ausmaß des Wagnisses.

Joey Smiths Schwager, der in einem Rangierbahnhof in Cincinnati arbeitete, hatte ihm einmal erzählt, die Eisenbahnen unterstünden, da sie die Grenzen der einzelnen Bundesstaaten überschritten, dem Schutz der Bundespolizei; Smith hatte einen tiefgehenden Respekt vor der Bundespolizei, denn jeden Tag zeigten ihm die Comics im *Goldsborough Daily Eagle*, was für tolle Burschen die Mitarbeiter des FBI waren, richtige Übermenschen. Die städtische und die staatliche Polizei waren nicht so ernst zu nehmen. Die kannte er persönlich – Kerls, die vor jedem wirklichen Kampf davonliefen, wenn sie sich nicht vorher genau versichert hatten, daß sie ihren Gegnern an Zahl und Bewaffnung ums Doppelte überlegen waren. Aber J. Edgar Hoovers Jungens vom FBI, das war ganz etwas anderes – jugendliche, sauber gewaschne, gescheite, athletisch gebaute Männer, die immer siegreich waren und die auch ihn gegen dunkle, unheimliche Machenschaften schützten, gegen Kidnapper und Spione und internationale Verschwörer. Und hier in seiner eigenen Hand hielt er jetzt ein Gewehr, das er vielleicht gegen diese Polizei zu benutzen haben würde. Wie war er nur in diese Sache hineingeraten? Immer wieder kehrten seine wirren Gedanken zu ihrem Ausgangspunkt zurück: zu dem Zug, der in Peters Junction stand und in dessen Wagen sich die schwarze Kohle der Streikbrecher in diesem Augenblick ergoß.

Tashlians Körper schwankte mit den Schwankungen des kaum gefederten Wagens mit. Der Gewehrlauf in seiner Hand, diese ganze Fahrt ins Ungewisse riefen Erinnerungen in ihm wach, die er gewöhnlich sorgfältig begraben hielt. Er vergaß Smith, dessen Profil gespenstisch im Scheinwerferlicht eines entgegenkommenden Lasters aufleuchtete; er vergaß Webb, dessen stämmige Schultern ihm die Aussicht nach vorn nahmen; vergaß auch Kennedy, der am Steuer saß und vor sich hinsummte. Tashlians rechte Hand glitt am Gewehrlauf hinab bis zur Verdickung des Kolbenansatzes, bis zum Abzug. Seine Vernunft sagte ihm, daß Kolben und Abzug trocken waren, vollständig trocken, und doch prüften seine Finger immer wieder nach. Wenn er die Augen schloß, sah er die tiefschwarzen Risse in dem sonnüberbrüteten Felsen unter einem weit, weit entfernten Himmel, und sah sich selber, einen barfüßigen Jungen, zitternd vor Hunger, die durstgeschwollene Zunge am Gaumen klebend, und wie dieser Junge seinen schmerzenden Leib den schmalen Felsengrat entlangschob und mit letzter Anstrengung den Arm ausstreckte und das Gewehr packte, das klebrig war vom Blut des toten Mannes, und dieses Gewehr der Hand des Toten entriß, und wie er dann, die Wange gegen die halb geronnene schmierige Masse auf dem Kolben gepreßt, zielte und über die Kante des Abgrunds nach unten feuerte, und immer wieder feuerte, bis das Magazin leer war und der Abzug vergeblich knackte. Dann kamen die Schreie der Türken, und das dumpfe Echo von Leibern und Gesteinsbrocken, die tief unten aufschlugen. Ihm selbst war schwindlig geworden, vielleicht war er sogar in Ohnmacht gefallen. Was zwischen diesem Erlebnis lag und dem Erwachen im dunklen Laderaum des Schiffes und dem Geräusch der Wellen, die gegen die Stahlplatten schlugen, war ausgelöscht in seinem Hirn. Aber selbst damals, und er war ja noch ein Kind gewesen, hatte er gewußt, daß die Schlacht verlorengegangen war, und mit der Schlacht der Berg, und daß er sein grünes Dorf in seiner armenischen Heimat nie wiedersehen würde.

Er öffnete die Augen. »Kennedy?« fragte er.

»Was denn?« sagte Kennedy.

»Wie viele werden wir gegen uns haben heut nacht?«

»Wie soll ich das wissen!« sagte Kennedy. »Wir werden's schon sehen.«

Tashlian lachte vor sich hin. »Da werden wir wenigstens Beschäftigung kriegen.«

»Wir werden uns mit der Kohle beschäftigen«, sagte Kennedy, »und mit nichts anderem. Das hab ich von Anfang an erklärt, und wir waren uns einig darüber.«

Tashlian schwieg.

Webb nahm eine Zigarette aus der Tasche. Das Streichholz machte ihm Schwierigkeiten. Kennedys Zurückhaltung fand seinen Beifall, und er dachte, wie merkwürdig Kennedys Anweisungen von heute abend doch mit Pater Boleslavs Predigt vom vergangenen Sonntag übereinstimmten – und das, obwohl Kennedy nicht in der Kirche gewesen war; er ging ja nie zur Kirche. Natürlich hatte Pater Boleslav es in andere Worte gekleidet, schöne, wohlklingende Worte, wie ein Gedicht. Aber trotzdem, als man nach der Predigt am Weihbecken vorüber ins Freie ging, hatte er das Gefühl gehabt, daß der alte Herr einem versichert hatte: Euer Streik ist eine gerechte Sache und ziehet hinaus und kämpft und hier habt ihr meinen Segen, aber seid bitte schön vorsichtig und laßt euch nicht provozieren.

Das war ein befriedigendes Gefühl; aber auch ohne das hätte Webb sich keine übermäßigen Sorgen gemacht. Er selbst, was war er schon wert; und wie man mit den Wachen verfahren und den Transport verhindern sollte, die Frage überließ er Kennedy. Kennedy würde das schon machen; Kennedy würde auch dafür sorgen, daß seine Mannschaft gesund wieder nach Hause kam. An Kennedys Seite war man sicher; jeder Tag des Streiks bewies das.

Webb spürte, wie seine Lippen plötzlich festklebten am Papier der Zigarette. Und diesen Mann hatte er verraten. Vielleicht sollte ich ihm alles sagen, dachte er. Vielleicht sollte ich ihm sagen: Ich hab's mit Mickie getrieben; du kannst mit mir machen, was du willst; aber schaffen wir klare Verhältnisse. Möglich, daß Kennedy ihm die Einwilligung gab, Mickie zu heiraten; möglich aber auch, daß er ihm einfach sagte: Verschwinde aus Pritchett Heights und laß dich hier nie mehr blicken! Und dann würde er fortgehen müssen und würde für immer die einzigen zwei Menschen verlieren, an denen er hing.

Kennedy stieß ihn an. »Siehst du den Wagen dort?«

Webb fuhr zusammen. Rote Schlußlichter glänzten seitlich der Straße auf, die Silhouette eines Autos, geparkt unter einer Gruppe von Bäumen, huschte vorbei.

»Ein paar hundert Meter weiter stoppe ich«, sagte Kennedy. »Wir sind schon zu nahe bei Peters Junction; mal sehen, wer da steht, könnte ja Polizei sein. Du gehst also zurück zu dem geparkten Wagen und stellst fest, wer drin ist; und paß auf, daß man dich nicht sieht.«

Webb nickte. Der Chevrolet bremste. Webb öffnete die Tür.

»Und laß das Ding hier!« Kennedy griff nach Webbs Gewehr. »Dummer Junge!«

Kennedy schaltete die Beleuchtung des Chevrolets ab. Webb stand auf dem Schotter neben dem Fahrdamm, vertrat sich die steif gewordenen Beine und wartete, bis seine Augen sich an die Dunkelheit gewöhnten. Er sah den Graben an der anderen Seite der Straße und das Gebüsch dahinter. Dieses Gebüsch zog sich bis hin zu den Bäumen, wo der verdächtige Wagen stand. Es würde nicht schwer sein, sich da heranzuschleichen, ohne bemerkt zu werden.

Er sprang quer über den Graben und arbeitete sich durchs Gebüsch. Dornen zerkratzten ihm das Gesicht. Ein paar Zweige knackten. Dann war Stille. Er begann zu laufen, die Füße sackten in den schlammigen Boden des Felds. Von irgendwoher kam der Schrei einer aus dem Schlaf geschreckten Krähe.

Er erreichte die Baumgruppe schneller, als er erwartet hatte. Von Stamm zu Stamm schob er sich immer näher an den Wagen heran. Für eine kurze Sekunde trat der Mond aus den Wolken. Webb sah die elegante Form des Wagens, das viele Chrom. Polizei? Wahrscheinlicher jedoch ein Pärchen, das da knutschte. Polizisten würden rauchen und reden und sich bewegen und die Flasche herumgehen lassen, und man würde Messing aufblinken sehen an Mützen und Uniform, es sei denn, sie waren Detektive in Zivil.

Wenn überhaupt jemand im Wagen saß, so waren die Betreffenden sehr intensiv miteinander beschäftigt. Webb schluckte. Jesus

Christus, nicht weit von hier wurde ein ganzer Eisenbahnzug mit Kohle beladen, und er stand hier mit steifem Schwanz, und sein ganzes gottverfluchtes Elend brach über ihn herein.

Hinter der Windschutzscheibe leuchtete es auf. Ein Mann und ein Mädchen, natürlich. Der Kerl hielt dem Mädchen ein Feuerzeug vor die Nase, sie bekam die Zigarette nicht gleich in Brand, es dauerte zwei oder drei Sekunden, bis die Flamme erlosch...

Webb klammerte sich an den Baumstamm, spürte den Druck der rauhen Borke gegen die verschwitzten Handflächen. »Das Luder!« sagte er, und erschrak vor der eigenen Stimme. »Das Luder das Luder das Luder!« Dann tauchte kurz Lonsdales fettes Gesicht, zwischen den Lippen obszön die Zigarette, im Schein des Feuerzeugs auf. Webb stolperte davon. Er war schon halb wieder bei Kennedys Chevrolet, da begann er zu lachen. Er mußte lachen. Das Lachen quoll aus ihm heraus wie Eiter aus einem überreifen Geschwür.

Immer noch grinsend und vom Schlucken gequält, kroch er zurück auf den Sitz neben Kennedy.

»Was gab's denn so Lustiges?« wollte Smith wissen.

»Lustiges?« sagte Webb. »Da haben zwei gevögelt.«

»Warum hast du dann so lange gebraucht?« fragte Kennedy. »Konntest dich wohl nicht losreißen, was?«

Und startete den Motor.

Peters Junction war kein Knotenpunkt, wie der Name besagte, noch war da ein Bahnhof. Eine Sägemühle hatte einst hier gestanden. Sie hatte einem Manne namens Peters gehört, und dieser Peters hatte die Pennsylvania Railroad überredet, ihm ein Gleis bis zum Tor seines Unternehmens zu legen. Dann waren die Wälder in der Umgebung abgeholzt, und niemand hatte sich bemüht, sie aufzuforsten, und Peters war gestorben, seine Erben hatten die Maschinen verkauft und die Gebäude dem Regen, dem Wind und dem Frost überlassen. Die Pennsylvania Railroad vergaß ihr Gleis. Ein untergeordneter Beamter in ihrer Pittsburgher Bahndirektion hatte im letzten Jahr des Krieges vorgeschlagen, die verrosteten Schienen des Gleisanschlusses als Schrott zu verkaufen; aber der Krieg war zu Ende gegangen, und der Preis für Schrott fiel unter den Kostenanschlag für den Abbau der Schienen. Im Verlauf seiner Suche nach stillgelegten Tagebau-Gruben war Bob Cummings auf dieses alte Gleis und auf die Verladeplattform bei Peters' Sägemühle gestoßen. Und da sich seinem Hirn Einzelheiten dieser Art automatisch einprägten, war ihm Peters Junction eingefallen, als Geoghan ihn fragte, ob man nicht für eine größere Menge Kohle, zu einem glänzenden Preis, die Lieferung per Lastauto vermeiden könnte; infolge der Störaktionen der gottverfluchten Streiker hätten die Versicherungsgesellschaften nämlich ihre Prämien heraufgesetzt.

Das verwitterte Holz der Ladeplattform knarrte und bog sich unter den schweren Rädern der Laster, die von drei oder vier verschiedenen Tagebau-Gruben zu ihrem nächtlichen Rendezvous mit dem Kohlenzug zusammenströmten. Die Plattform, an beiden Enden zu Rampen abgeschrägt, war hoch genug, um den Lastern zu gestatten, ihre Ladung in die auf den Gleisen stehenden offenen Güterwagen zu kippen, und genügend lang, um sechs Kohlengüterwagen gleichzeitig zu beladen; dadurch konnte Cummings die Kosten für die Lokomotive sparen, die sonst die Wagen hätte hin- und herschieben müssen; so aber brauchte die Lokomotive erst zu kommen, wenn der Zug beladen war, konnte sofort ankuppeln und abfahren. Dazu die Einsamkeit, die den verlassenen Gleisanschluß umgab – Peters Junction war geradezu ideal als Verladeort, und die Eisenbahngesellschaft kooperierte bestens.

Cummings stand vor dem offenen Feuer, das die Fahrer neben der Ausfahrtrampe angelegt hatten, und versuchte, sich die Füße zu wärmen. Um das Feuer herum war ein ständiges Kommen und Gehen. Die Fahrer und ihre Beifahrer, der Sicherheit der Laster wegen angestellt, sammelten sich am Feuer, sobald sie abgeladen hatten, blieben eine Weile, fluchten, zitterten vor Kälte, kippten einen und tranken Kaffee aus großen Thermosbehältern, die Cummings organisiert hatte. Cummings wünschte, das ganze Geschäft wäre schon beendet. Die Vertraulichkeit der Leute ihm gegenüber, erwachsen aus der Dunkelheit der Nacht, dem Geheimnisvollen der Arbeit, dem Alkohol, mißfiel ihm. Warum mußte ausgerechnet er diesen kalten, dreckigen, lärmenden Betrieb beaufsichtigen, als ob Geoghan für so etwas nicht genug Gorillas an der Hand hätte!

Man war jetzt dabei, die letzten beiden Wagen zu beladen, und es war auch höchste Zeit. Cummings zog die Hand aus der Manteltasche und schob den Ärmel zurück. Es war gegen drei Uhr dreißig. Um zehn Uhr fünfzehn abends hatte man angefangen zu laden; er schätzte, daß um viertel nach vier oder halb fünf alles fertig sein würde. Das Dumme war nur, daß die Eisenbahngesellschaft sich nicht auf eine genaue Zeit hatte festlegen wollen: die Lokomotive, so war ihm von der Bahnfrachtdirektion gesagt worden, würde irgendwann zwischen fünf und sechs Uhr früh eintreffen, vielleicht auch etwas später, und wieso die Eile? Der Zug würde schon nach Pittsburgh kommen. Die Pennsylvania Railroad, so mußte er sich sagen lassen, hätte schon viel längere Züge ohne Zwischenfall über viel größere Strecken gebracht, wirklich und wahrhaftig, Mr. Cummings.

So fiel die Last wieder auf seine Schultern. Er hatte mit mehreren Fahrern gesprochen, die er persönlich kannte: die sollten zusammen mit ihm warten, bis die Lokomotive kam. Aber samt und sonders hatten sie ihm erklärt, sie hätten eine kleine Frau zu Hause, die voller Sehnsucht und mit liebenden Armen ihrer harrte, und daß die kleine Frau ihnen Unannehmlichkeiten machen würde, wenn sie nicht sofort nach der Arbeit nach Hause kämen, und daß es eine Stange Geld kosten würde, die kleine Frau wieder zu versöhnen – und wieviel wäre Mr. Cummings bereit, dafür auszugeben? Aber Geoghan, der innerhalb seiner Organisation großen Wert auf genaue Buchführung legte, würde derart Unkosten nie billigen; und Cummings wollte verdammt sein, wenn er für den Profit seines Onkels in die eigene Tasche griff.

So schlug er also den Mantelkragen hoch und zog sein Kinn, so tief es ging, in den Aufschlag. Er fühlte sich erniedrigt und ausgebeutet. Nach der Abfahrt des letzten Lasters begann es zu allem Überfluß noch zu schneien, große feuchte, unangenehme Flocken.

Kennedy sah die einsame Silhouette vor der flackernden Glut des sterbenden Feuers nahe der Rampe. Sie erschien ihm vertraut. Der Mann blickte sich des öfteren um, als sei ihm das Dunkel um ihn herum nicht ganz geheuer. War er allein und hatte Angst? Oder diente er als Köder und vergewisserte sich nur, daß seine Komplizen noch da waren?

Tashlian, rechts neben Kennedy, flüsterte: »He – das ist doch der Kerl!«

»Glaubst du?«

»Der von der Straße nach Richfield, dem wir damals die Kohle ausgekippt haben und der gesagt hat, wir sollen sie gefälligst wieder aufladen...«

»Möglich.«

Tashlian rieb sich die Hände. »Wollen wir?«

»Nein, wir wollen nicht!«

Kennedy hörte Tashlian seufzen, dann das saugende Schmatzen der Stiefel auf sumpfigem Boden, dann nichts mehr.

Er horchte angespannt. Solange die Lokomotive nicht kam, war noch Zeit. Die Kohlenwagen, alle sechs, standen schwarz und friedlich, hochbeladen. Sie sahen aus wie Urzeittiere, die verschlossenen Entladungsklappen unter ihren Bäuchen glichen riesigen Eutern. Diese Klappen interessierten Kennedy besonders. Höchst nützliche Mechanismen waren das, und er segnete im stillen jenen unbekannten amerikanischen Eisenbahner, der den Gedanken gehabt hatte, daß man Kohle auf zweierlei Weise aus Güterwagen entladen konnte – einmal, indem man sie herausschaufelte, zum anderen aber, indem man sie einfach fallen ließ –, und der so den Fallbodenwagen erfunden hatte.

Der Mann am Feuer hustete. Er versuchte, seinen Husten zu unterdrücken, aber es gelang ihm nicht; der Husten schüttelte ihn. Schließlich spuckte er aus, fluchte, und fing an, mit den Füßen zu stampfen. Noch einmal brachte ein Windstoß das Feuer zum Aufglühen, und Kennedy erkannte das Gesicht. Es *war* Cummings, und Cummings hielt ungeduldig Ausschau entlang des Gleises.

*Wollen wir?* hatte Tashlian gefragt. Nein, wir wollen nicht, dachte Kennedy. Vielleicht würde es Cummings zu langweilig werden, und er trollte sich von allein. Wenn nicht, dann würde es hart werden, dann mußte man sich dazu entscheiden, ihn endgültig verschwinden zu lassen. Ein ganzer Eisenbahnzug war ein zu großes Objekt, um sich edelmütig zu verhalten und den jungen Mann mit einer Tracht

Prügel nach Hause zu schicken. Ein Cummings, der sie sah und später identifizieren konnte, bedeutete für jeden von ihnen lange Jahre in einem Bundeszuchthaus.

Kennedy begann, die Kälte in allen Gliedern zu spüren. Seine Schuhe waren durchnäßt, und seine Gelenke schmerzten ihn, so lange hatte er nun schon hinter diesem halb zerfallenen Holzstoß gehockt. Wann würde die Lokomotive endlich kommen, und wie ertrugen Webb und Tashlian und Smith dieses Warten, das schlimmer war als die eigentliche Aktion, viel schlimmer.

Wieder aufblickend, sah er nur noch die glühende Asche, ein rötliches Häufchen, das rasch zusammenschrumpfte. Von irgendwo jenseits der Plattform, aus der Gegend der Sekundärstraße, auf der die Laster nach Peters Junction geholpert waren, kam das Echo einer ins Schloß fallenden Automobiltür. Ein scharfer Lichtkegel blinkte auf, der Starter heulte mehrmals.

Kennedy atmete auf. Er erhob sich, reckte sich und streckte die Beine. Das halblaute Krächzen einer Krähe, dreimal hintereinander. Er beantwortete den Ruf gar nicht. Aufrecht ging er auf das Gleis zu. Cummings hatte es offensichtlich vorgezogen, nicht länger zu warten, und sollte ein anderer Wachtposten am Zug geblieben sein – nun, man würde es ja bald genug erfahren. Er gab Webb einen Wink, sich ihm anzuschließen, und kroch unter den ersten Wagen. Gleichzeitig sah er, wie Smith und Tashlian schattenhaft unter dem zweiten verschwanden. Er tastete sich an dem schlüpfrigen, kalten Stahl der Klappe entlang. Rost zerschürfte ihm die Haut. Die Dunkelheit, die ihn bisher geschützt hatte, wünschte er jetzt zum Teufel.

»Hier!« Fast ein Aufschrei. Webb hatte den Hebel gefunden. »Hier! Hilf mir!«

»Bewegt sich nicht?«

»Nein.«

»Vielleicht andersherum?«

Kennedys Fingerspitzen glitten den Hebel entlang. Nein, man konnte ihn nur in einer Richtung bewegen, und Webb hatte recht gehabt. Das Ding stak fest, eingerostet.

»Es *muß* gehen!«

Er packte den Hebel mit beiden Händen und warf sein ganzes

Gewicht nach rückwärts. Er spürte, wie ihm die Adern an Hals und Stirn anschwollen, wie seine Augen aus den Höhlen traten, seine Bauchwand sich spannte, der Schweiß ihm durch die Haut drang. Aber das Ding bewegte sich nicht.

Er ließ los. Er wischte sich die Tränen aus den Augen und rieb sich keuchend die Hände. Dann war plötzlich Smith neben ihm und sagte: »Eures sitzt auch fest?«

Webb zupfte ihn am Ärmel. »Beide zusammen, ja?«

»Dafür ist der Hebel nicht lang genug.«

Webb war schon wieder unter den Wagen gekrochen. Man hörte sein Stöhnen, wie ein gepeitschtes Pferd.

Eine Lokomotivpfeife. Die Schienen begannen zu tönen; aus dem schwarzen Nebel in der Ferne tauchte ein Lichtfleck auf und wuchs.

Tashlian war jetzt auch unter den Wagen. Webb zur Seite schiebend, hämmerte er mit dem Kolben seines Gewehres gegen den Hebel, immer wütender, – bis er plötzlich nur noch den Lauf in der Hand hielt und der Kolben lose am Riemen hing.

Das Zischen der Lokomotive war bereits klar zu hören. Der Scheinwerfer im Dunst sah aus wie ein Heiligenschein.

»Einen Stein!« rief Kennedy. »Einen großen Stein!«

Webb fand ihm den Stein. Halb gebückt schwang Kennedy den schweren Stein gegen den Hebel.

Der Hebel gab nach.

Kennedy warf sich zurück; beinahe hätte die aufspringende Klappe ihn erdrückt. Rauschend rollte die Kohle zur Erde, füllte den Raum zwischen den Schienen, floß darüber hinweg und kam schließlich zwischen den Achsgestellen zur Ruhe.

Die Lokomotive verlangsamte ihre Fahrt. Der Scheinwerfer trat aus dem Nebel heraus, ein gelbes Auge. Der Lokomotivführer zog wieder am Pfeifenstrang.

Sie arbeiteten bereits am zweiten Wagen, und dann am dritten, am vierten.

Sie spürten den Stoß, mit dem die Lokomotive auf die Puffer des ersten Wagens auffuhr; die Räder des Zuges schoben sich tiefer hinein in die knirschende Kohle. Vorne schlug Metall auf Metall – der Heizer kuppelte den Tender an den ersten Wagen.

»Den Rest noch, rasch!« flüsterte Webb. Er hatte einen zweiten solide aussehenden Stein herangeschafft.

»He – was ist denn dort hinten los! Jemand da?« rief der Heizer. Die Kohle polterte, einzige Antwort. Dann machten sie sich davon. Keine Lokomotive, keine zehn Lokomotiven würden den Zug da herausziehen können. Und er fühlte, daß mehr als Kameradschaft ihn mit den Schatten an seiner Seite verband.

Rosemary begleitete die drei Männer zum Wohnungseingang und hielt die Tür offen, bis das intensive Blau von Bodenheimers Serge-Uniform um den Treppenabsatz herum verschwunden war. Dann schloß sie die Tür, sehr leise, kehrte ins Wohnzimmer zurück und sank in Docs breiten Lehnsessel. In ihrem Hinterkopf hämmerte es, ihre Augen brannten.

Nach einer Weile ging sie in die Küche und machte sich eine Tasse Tee. Der Tee wärmte sie, die Nervosität wich von ihr. Sie hatte sich tapfer gehalten. Sie hatte die beiden glattgelackten, schleimigen Burschen und Bodenheimer, der zusammen mit ihnen gekommen war, in die Verteidigung gedrängt und sie am Ende gezwungen, sich unter Entschuldigungen zurückzuziehen.

Bodenheimer war sehr gehemmt gewesen; er hatte gestottert, sich häufig geräuspert und es nie klargemacht, ob es sich bei dem Besuch um ein offizielles Verhör, ein Sondieren des Terrains oder eine getarnte Haussuchung handelte, oder worum es überhaupt ging. Offensichtlich war den dreien bekannt gewesen, daß Doc nicht in Goldsborough war; wahrscheinlich waren sie deshalb gerade zu diesem Zeitpunkt gekommen. Die beiden Glattgelackten, die sanfte Fragen stellten und einen beträchtlichen Mangel an Sitzfleisch zeigten, unterschieden sich dennoch voneinander. Der eine, der ihr seinen FBI-Ausweis gezeigt hatte, sah wie ein junger Universitätsdozent aus; ein richtiger Buchgelehrter. Sein Hauptinteresse schien daher auch Docs Bücherregalen zu gelten. Während er seine Fragen stellte, nahm er spielerisch das eine oder andere Buch heraus, blätterte es durch, und stellte es wieder an seinen Platz, offenbar ein Mann, der gelernt hatte, Bibliotheken, Schreibtische und Aktenablagen zu durchstöbern, ohne Spuren zu hinterlassen. Der andere kam vom Amt Pittsburgh der Bahnpolizei. Er war sorgfältig gekleidet, rasiert und frisiert; aber seine Fäuste waren dick und massig, und seine Grammatik entsprach mitunter nicht ganz den Regeln. Mitten im Gespräch erkundigte er sich plötzlich nach der Toilette. Sie bot ihm an, ihm den Weg zu zeigen, aber er bedankte sich, er würde schon selber hinfinden, und bat, sich nicht zu bemühen. Er verschwand auf seinen dicken Gummisohlen und blieb eine lange Zeit fort und war so vorsichtig, die Toilettentür offen zu lassen beim Spülen.

Der Mann vom FBI befragte sie sehr ruhig und überlegt; mitunter klang ein arroganter Ton mit. Er wollte viel wissen über Docs Arbeit. Anscheinend verstand er etwas von Zahnheilkunde; oder er hatte sich vor dem Besuch orientiert. Er benutzte die korrekten wissenschaftlichen Bezeichnungen der Zähne und beobachtete ihre Reaktionen. Da sie aber auch bei der besonders betonten Erwähnung des oberen rechten Schneidezahns nur höflich nickte, gab er das Thema auf und kehrte zurück zu seinen Fragen über den Zweck der Reise, die Doc und ihr Vater unternommen hatten.

Sie machte kein Hehl daraus. Die Bundesgeheimpolizei konnte leicht genug feststellen, wo Silas Hale und Fred Bilek sich in diesem und jedem zukünftigen Augenblick befanden, was sie taten und was sie sagten. Also sprach sie von der Notwendigkeit wohltätiger Hilfe, von den Kindern der Bergarbeiter, die Hunger litten, und brachte ihre Besucher dazu, ihr zuzustimmen, daß, jawohl, das menschliche Elend, das diese Wirtschaftskonflikte im Gefolge hatten, beträchtlich war.

»Immerhin«, sagte der Bahndetektiv, »Wohltätigkeit ist eine Sache – aber Überfälle auf Eisenbahnzüge und Schienen blockieren, das ist was anderes!«

»Überfälle auf Eisenbahnzüge!« Sie war schockiert gewesen. »Das ist ja unglaublich!« Im Verlauf des zweieinhalbstündigen Verhörs war dies der einzige Moment, in dem sie sich wohl in ihrer Haut gefühlt hatte.

»Unglaublich«, sagte der Bahndetektiv, »aber wahr!« Der Mann vom FBI hatte das Buch, in dem er blätterte, laut zugeklappt und, immer noch vom Regal her, das Verhör wieder aufgenommen.

Sie stellte die leere Teetasse auf den Tisch und schüttelte den Kopf. Welche Situation! Rosemary Hale, gute Bürgerin und gesetzesfürchtig, gläubige Katholikin, die regelmäßig zur Beichte ging, Frau eines unabhängigen Gewerbetreibenden, die weder in Erscheinung, Benehmen noch Gewohnheiten sich unterschied von den anderen amerikanischen Kleinstadtfrauen der Mittelklasse, saß in ihrer Wohnung, ausgelaugt und erschöpft, nachdem sie soeben, und zwar allein, dem Druck der Regierungsmacht standgehalten hatte. Und was hatte sie denn getan, daß ihr drei verschiedene Sorten Polizei ins Haus kamen, sie zu verhören? Sie war nicht abgewichen vom Pfad dessen, was recht und billig war, und es waren die Behörden selber, die die Bürger zwangen, sie zu belügen und zu täuschen, zu fürchten und zu bekämpfen. Nein, sie würde sich nicht einschüchtern lassen. Es herrschte eine Art Krieg, der keinen verschonte, und keiner konnte sich davor drücken. Sie wünschte, sie könnte zu Doc darüber sprechen – jetzt, da sie plötzlich alles so klar sah.

Ein dumpfer Aufschlag, als sei ein schwerer Körper zu Boden gefallen, riß sie aus ihren Gedanken. Irgend etwas wurde quer über den Fußboden gezerrt. Eine Tür fiel ins Schloß; dann schlurfende Schritte.

Die Geräusche kamen von Lauffers Zimmer. Erst jetzt fiel ihr auf, daß weder Bodenheimer noch der Mann vom FBI, noch der Bahndetektiv irgendein Interesse an Lauffer gezeigt hatten; und doch hätte jede ernsthafte Untersuchung der Frage, ob und wieweit Silas und Rosemary Hale an der Blockierung eines mit Kohle beladenen Güterzuges beteiligt waren, ein Gespräch mit Lauffer bedingt. Und Lauffer selbst – obwohl er neugierig wie eine Katze war und seine Nase sonst in alles hineinsteckte – hatte sich überhaupt nicht gezeigt.

Sie seufzte und entschloß sich zu einem Besuch bei ihm.

Das kleine Zimmer, nie sehr sauber, wenn Lauffer anwesend war, befand sich in fürchterlicher Unordnung. Die Schübe der Kommode standen offen, die drahtenen Kleiderbügel hingen in dem Wandschrank wie Telephonkabel nach einem Orkan, Schuhe lagen auf dem Kissen, Pyjamas auf dem Fußboden, und in seinem Koffer war aller mögliche Krimskrams wild durcheinandergeworfen.

»Kann ich Ihnen vielleicht helfen?« bot sie ihm an.

Er starrte blöd.

»Ich meine«, fuhr sie fort, »ich packe auch immer für Doc...«

»Rühren Sie meine Sachen nicht an!«

Sein Ton war so drohend, daß sie unfreiwillig zurückwich.

»Ich habe nichts mit Ihnen und Ihrem Mann zu tun! Und ich bedaure, daß ich je meinen Fuß in dieses Haus gesetzt habe –«

Da sie schwieg und nur ihre Brauen leicht hob, fühlte er sich bemüßigt, sich weiter zu verteidigen. »In meinem Übereinkommen mit Ihrem Mann steht kein Wort davon, daß ich verpflichtet bin, mich zu solidarisieren mit jemandem, nach dem das FBI fahndet! Ich hab schon einmal Kopf und Kragen für Doc riskiert, ich bin vor Gericht als Zeuge für ihn aufgetreten, und was hat mir das genützt – aber ich gebe mich nicht als Deckmantel her für Sabotage und Verschwörungen und umstürzlerische –«

Sie wandte sich zum Gehen. Das alles war widerlich, und sie war müde. Aber er blockierte die Tür. »O nein!« sagte er, und zerrte an seinem ungewaschenen Kragen. »Diesmal werden Sie mich anhören! Ich hab mir von Ihnen und Doc auch allerhand sagen lassen müssen, seit ich hier arbeite. Und dabei bin ich ein loyaler Freund gewesen, Treue geht mir über alles, jeder kann Ihnen das bestätigen, aber Sie und Doc, Sie sind ja nichts als Kommunisten und Rote, und es wird kein gutes Ende nehmen mit Ihnen, und ich habe nicht die Absicht, mich da hineinziehen zu lassen –« Er mußte Atem holen. Er nahm seine Brille ab und rieb sich die blutunterlaufenen Augen. »Sehen Sie denn nicht ein, Mrs. Hale«, sagte er auf einmal weinerlich, »ich kann nicht bleiben – ich kann doch nicht...«

»Ich habe Sie nicht gebeten zu bleiben«, sagte sie.

»Nicht gebeten«, wiederholte er, »ja, das stimmt sogar.« Er begann zu lachen. »Sie sind zu stolz, Rosemary. Aber Hochmut kommt vor dem Fall. Sie haben geglaubt, wer ist Geoghan schon – *eine* Stadt, *ein* Kreis, *ein* Teil *eines* Staats der Vereinigten Staaten vielleicht...« Seine kurzsichtigen Augen kniffen sich bedeutungsvoll zusammen. »Aber das FBI...«

»Sie brauchen sich nicht zu entschuldigen, Dr. Lauffer. Ich verstehe Sie. Und jetzt, würden Sie mir bitte aus dem Wege gehen –«

»Sie schulden mir noch Geld.«

»Ich weiß. Aber ich habe keins.«

»Das höre ich immer von Ihnen. Aber wenn Sie was für sich selber brauchen, Sie und Doc, dann haben Sie stets irgendwelches Geld. Gut, jetzt brauchen Sie eben Geld – nämlich für mich!«

Sie wußte, auch ohne in den Spiegel zu blicken, daß ihr Gesicht sich grau verfärbt hatte. »Ich habe kein Geld«, sagte sie mit fester Stimme. »Wollen Sie mich oder das Haus durchsuchen?«

»Ich will haben, was mir zukommt!« sagte er verbissen. »Ich habe mehrere hundert Dollar bei Ihnen stehen. Wenn Sie sich um völlig fremde Leute, denen es schlecht geht, so sehr bemühen, warum dann nicht um einen Menschen, der treu und ehrlich für Sie gearbeitet hat? Es wäre weiß Gott besser für Sie und für Doc, wenn Sie Ihre Schulden zahlten, bevor Sie daran gehen, die Welt auf den Kopf zu stellen und die gesetzmäßige Regierung zu stürzen und Mord und Totschlag auf den Landstraßen und auf den Eisenbahnen zu organisieren –«

Er bemerkte ihre zusammengepreßten Lippen.

»Tun Sie nicht so überrascht, Mrs. Hale. Ich glaube, ich weiß mehr, als Sie glauben, daß ich weiß. Ich glaube –«

Sie nahm den Rest ihrer Kraft zusammen. »Jetzt fordere ich Sie auf, das Haus zu verlassen, Dr. Lauffer. Auf der Stelle, bitte.«

»Und mein Geld?«

»Das werden Sie bekommen, nachdem Doc zurück ist.«

»Sagen Sie Doc« – er versuchte, den kleineren seiner Koffer zu schließen – »sagen Sie ihm, er soll sich beeilen. Ich nehme mir nämlich ein Zimmer im Goldsborough Palace Hotel und lasse die Rechnung auf seinen Namen ausstellen.«

Sie ging.

»Der Mensch muß doch schließlich ein Dach überm Kopf haben«, rief er ihr nach, »und seine drei Mahlzeiten am Tag...«

Eine Weile später hörte sie, wie er seine Koffer an ihrer Tür vorbei und die Treppen hinunterschleppte. Sie trat ans Fenster und blickte hinaus. Er ging gerade über den Fahrdamm, in jeder Hand einen großen Koffer, den kleineren unter den Arm geklemmt. Eine mitleiderregende Figur, wie er so gegen den Wind und den Verkehr ankämpfte; sie konnte es nicht über sich bringen, ihn zu hassen. Als er Weinbergs Herrenartikelgeschäft erreicht hatte, tauchte ein vierschrötiger Typ auf und kam auf ihn zu. Der Vierschrötige grüßte ihn mit einem flüchtigen Nicken und begleitete ihn, dachte aber gar nicht daran, ihm das Gepäck tragen zu helfen.

In diesem Augenblick klingelte das Telephon in Docs Laboratorium. Rosemary lief zum Apparat und nahm den Hörer ab.

»Ist Dr. Lauffer da?« fragte jemand. »Kann ich ihn sprechen?«

Die Stimme kam ihr bekannt vor.

»Dr. Lauffer wohnt hier nicht mehr«, sagte sie.

»Oh. Danke sehr.«

»Sind Sie das nicht, Mr. Geoghan?« fragte sie.

Keine Antwort. Der Teilnehmer hatte aufgehängt.

## *Vierzehntes Kapitel*

Der Zug fuhr in das unterirdische Gewölbe ein, das den Namen 30th Street Station führte. In dem staubigen Personenwagen roch es nach kaltem Zigarettenrauch, Orangenschalen, Desinfektionsmitteln und Schweißfüßen.

»Philadelphia!« sagte Hale. »Wach auf!«

»Philadelphia –« Bilek öffnete die Augen und gähnte. »Schon?«

Die Leute zogen sich die Mäntel an, hoben ihre Kinder von den Sitzen und ihr Gepäck aus den Netzen, und stellten sich im Gang an.

Bilek massierte sich den steif gewordenen Nacken, und zog seinen Schlips gerade. »Ich muß wohl geschlafen haben«, sagte er entschuldigend.

»Von Harrisburg an«, sagte Hale, »und bist nur lange genug aufgewacht, um zu essen. Eine Natur wie ein Pferd.«

Bilek zuckte die Achseln. »Hat ja auch niemand gesagt, daß ich ein Gänseblümchen bin.« Er schlüpfte in seine Joppe, die Hale aus dem Gepäcknetz genommen hatte und ihm hinhielt. »Wo ich herkomme, züchtet man keine Gänseblümchen – nur Getreide und Schweine und kleine zähe Pferde, die in den Sielen sterben.«

Hale blickte ihn an. In dem grellweißen Licht im Innern des Wagens waren die geschwollenen Tränensäckchen, die lose hängende Haut, die faltigen Lippen und die dick geäderten Hände besonders auffällig, und Hale dachte: Wie der Mann gealtert ist! Die Arbeit verlieren und, selbst wenn der Streik siegreich sein sollte, kaum Aussicht auf Arbeit haben, das nimmt den Menschen mit, das ist wie ein Todesurteil. Aber das Urteil war eigentlich gefällt worden, als Bilek zum erstenmal zur Arbeit in ein Bergwerk einfuhr. Diese Arbeiter wurden allmählich hingerichtet, aber gründlich, als begrübe man sie unter fallendem Gestein oder ließe sie zu Tode brennen in explodierenden Wettern. Nur war man an gewöhnlichen Tagen zu sehr von anderen Dingen beansprucht, um die fast unmerklichen Veränderungen auf den Gesichtern der Kumpel zu erkennen.

Dann dachte er an die Enttäuschungen, die ihnen beiden wahrscheinlich bevorstanden, und wünschte, er hätte einen jüngeren, geistig elastischeren Mann auf die Reise mitgenommen. Aber die Jüngeren wurden auf den Landstraßen und an den Sammelpunkten der Streikposten und an Orten wie Peters Junction gebraucht.

Der Zug ruckte ein paarmal und kam zum Stehen. Der Wagen leerte sich rasch. Er und Bilek wurden hinausgeschoben auf den schlecht erleuchteten, überwölbten Bahnsteig, über den ein kalter, feuchter Luftzug hinwegstrich. Am Ende des Zuges, wo die aluminiumbeschlagenen Pullman-Wagen angekuppelt waren, drängten sich die Gepäckträger; kein Träger kam hierher zu den gewöhnlichen Wagen, zu deren Seite die Masse der Passagiere dem Ausgang zuhastete.

Bilek war nervös und unsicher. Er hielt sich dicht hinter Hale, hatte Angst, ihn zu verlieren. Hale folgte der Menge, deren Tempo sich verlangsamte, je näher man der Rolltreppe kam. An der Rolltreppe zögerte Bilek.

»Los, komm!« rief Hale, der bereits aufwärtsschwebte.

Bilek blickte sich vergeblich nach einer solideren Treppe um; dann wurde er vorwärtsgestoßen. Er fühlte, wie seine Füße ihm entglitten; er schwankte, verlor das Gleichgewicht.

»Passen Sie doch auf!« sagte jemand wütend.

Hale suchte ihn zu stützen, aber Bilek hatte den Gummistrang gepackt und fühlte, wie er anstrengungslos nach oben getragen wurde, und stellte sich vor, wie Martha vor ihrem elektrischen Herd stand und den Mund vor Erstaunen aufsperren würde, wenn er ihr von dieser Treppe erzählte, die das Steigen für einen besorgte. Kaum auf Straßenhöhe angekommen, hieb er Hale auf die Schulter und sagte: »Weißt du, Doc, Leute wie wir führen nicht das richtige Leben. Wir müßten mehr herumkommen, die Welt sehen, etwas kennenlernen...«

In einer dunkelgrünen, stark schaukelnden Straßenbahn fuhren sie ins Zentrum der Stadt und fanden nach einigem Suchen das Bürohaus, in dem sich die Leitung der CIO-Gewerkschaften von Philadelphia befand. Die Empfangsdame teilte ihnen mit, Mr. Quayle sei der Mann, dem sie ihr Anliegen vorbringen müßten.

Mr. Quayle war ein untersetzter, gepflegt aussehender Herr mit überentwickelten Kinnbacken und angehender Glatze. Er drückte ihnen herzlich die Hände und lud sie ein, sich in zwei riesigen Ledersesseln niederzulassen, die seinem Schreibtisch gegenüberstanden. Er strömte kameradschaftliches Wohlwollen aus und entschuldigte sich sehr, daß er ihnen leider nicht viel Zeit einräumen könne. Er sei gerade von einer langen Konferenz zurückgekehrt, und in wenigen Minuten müsse er schon wieder zu einer Konferenz.

»Unsereiner hat keine Sekunde Ruhe«, sagte er mit kaum hörbarem irischen Akzent. »Dieses Gewerkschaftsgeschäft macht einem mehr Kopfschmerzen als jedes andere. Eine Heidenarbeit, so eine große Organisation zu jedermanns Zufriedenheit zu leiten. Aber –«

»Was für ein Geschäft haben Sie denn vorher betrieben?« erkundigte sich Hale.

»Oh, ich bin von Beruf Rechtsanwalt«, sagte Mr. Quayle, griff nach einer Zigarette, zündete sie aber nicht an. »Heutzutage befaßt sich ja fünfundsiebzig Prozent aller Gewerkschaftsarbeit mit dem Gesetz. Aber ich nehme an, Sie sind nicht deshalb zu mir gekommen...« Er seufzte, legte die Zigarette hin, und nahm das Beglaubigungsschreiben, das Hale durch die Empfangsdame hereingesandt hatte, zur Hand.

»Nein«, sagte Hale, »wir sind nicht deshalb gekommen. Wir möchten Sie um Ihren Beistand ersuchen. Wir möchten –«

Quayle unterbrach ihn mit einer Handbewegung. »Dieser Unterstützungsfonds der Bergarbeiter des Pokie-Tals – was ist das eigentlich?«

»Das ist die Organisation, die Gelder aufbringen soll für die Bergarbeiter-Gewerkschaftsgruppen im Tal des Pocahontas-Flusses – des Pokie, wie wir ihn gewöhnlich nennen. Sie wissen wohl, daß die Bergarbeiter sich im Streik befinden –«

»Ja, ich weiß.« Quayles Ton hatte sich merklich abgekühlt. »Aber Ihr Pokie-Tal – das gehört doch zum Distrikt Pittsburgh, nicht wahr?«

»Das stimmt schon«, sagte Bilek und schob, ohne aufzublicken, seine Mütze von einem Knie zum anderen. »Aber ich hab immer geglaubt, daß Arbeiter in Philadelphia so ähnlich sind wie bei uns in unserem Teil von Pennsylvania –«

»Bitte!« ermahnte Hale, »laß mich das erledigen!« Und zu Quayle: »Sie können ja selbst sehen, Bruder Bilek ist Bergarbeiter; und er steht mitten im dicksten Dreck dieses Kampfes, und neigt daher zur Ungeduld –«

»Sie sind also kein Bergarbeiter?«

Hales Augenlider begannen zu zucken. »Nein«, sagte er so liebenswürdig wie möglich, »ich bin Zahntechniker.«

»Oh.«

»Und ich fühle mich sehr geehrt durch das Vertrauen, das die Bergarbeiter mir erwiesen haben, indem sie mich zusammen mit Bruder Bilek hierher sandten, um unsern Fall dem CIO-Verband vorzutragen.«

»Ich verstehe«, sagte Quayle, »aber es ist irgendwie gegen die Regel.«

»Wie können Sie das sagen!« Bilek war aufgesprungen. »Sie selber sind ja auch Rechtsanwalt, das haben Sie uns gerade erzählt – und Sie werden noch dazu von den Arbeitern dafür bezahlt, daß Sie da auf Ihrem Stuhl sitzen. Doc Hale dagegen hat nie einen roten Cent von den Kumpels genommen; im Gegenteil, er hat selber Geld beigesteuert; er und seine Frau, das ist meine Tochter, haben sich die

Absätze schief gerannt, um ein paar Dollar aufzutreiben, damit unsere Leute was zum Essen hätten – und jetzt gibt's kein Geld mehr im Pokie-Tal, an das wir heran könnten; und Sie sagen uns: Euer Pokie-Tal gehört doch zum Distrikt Pittsburgh –«

»Genau«, sagte Quayle. »Das ist genau der Grund, weshalb ich nicht viel mehr tun kann, als Ihnen ein paar Ratschläge zu geben. Und –«

Bilek ließ ihn nicht aussprechen. »Wir wollen keinen Rat von Ihnen, Mr. Quayle. Von Ihnen wollen wir überhaupt nichts. Wir wollen zu den Arbeitern gehen, zu ihnen wollen wir sprechen. Die Arbeiter werden uns schon anhören; die wissen doch, wie's ist.« Er setzte sich wieder hin und wischte sich mit dem Handrücken die Stirn.

Quayle lächelte. »Sie haben ganz recht gehabt, Mr. Hale. Ihr Mitdelegierter *ist* etwas ungeduldig. Aber ich nehme an, er hat auch Ihre Wünsche zum Ausdruck gebracht?«

Hale musterte das glatte Gesicht des Mannes. Jüngerer Abteilungschef, hatte er wohl nur beschränkte Macht und war in der Hauptsache ein besserer Büroangestellter, eine Art eleganter Schaufensterreklame. »Falls der CIO-Rat von Philadelphia nicht auch selbst einen Beitrag zu leisten wünscht«, sagte er, »möchten wir Sie um Erlaubnis bitten, einige Versammlungen der Ihnen angeschlossenen Gewerkschaften besuchen zu dürfen, um selber zu berichten, wie es mit dem Streik aussieht.«

»Es ist Ihnen natürlich bekannt, daß Präsident Murray von der CIO aus unserm Gewerkschaftsvermögen der Bergarbeitergewerkschaft eine halbe Million Dollar überwiesen hat?«

»Wovon kein Bergarbeiter auch nur einen Penny gesehen hat«, sagte Hale. »Oder hast du was davon ausgezahlt bekommen, Bruder Bilek?«

Bilek lachte ironisch.

»Sie können uns doch wohl nicht dafür verantwortlich machen«, sagte Quayle, »daß die Regierung durch eine vorläufige Gerichtsverordnung das Bankkonto der Bergarbeitergewerkschaft gesperrt hat.«

»Aber Phil Murray hätte die Möglichkeit in Betracht ziehen können, als er den Scheck ausstellen ließ!« sagte Hale, und fragte sich gleichzeitig, ob dies nun Quayles letzter Rückzieher gewesen war, und wann der Mann sich endlich dazu bequemen würde, ja oder nein zu sagen.

»Das ist alles sehr bedauerlich«, erklärte Quayle mit einem Anflug von Mitgefühl. »Ich wünschte, es hätte in meiner Kompetenz gelegen, den Präsidenten der CIO in dieser Frage zu beraten. Leider war das nicht der Fall.«

»Also gut!« sagte Bilek. »Wann fangen wir dann an, und wohin gehen wir zuerst? Sie sagten doch, Sie müßten zu irgendeiner Konferenz, Mr. Quayle. Vielleicht können wir da gleich mitkommen –«

Quayle lachte betont herzlich, als wollte er sagen: Was bist du für ein Kerl, Bruder Bilek – rauhe Schale, aber ein Herz von Gold!... Das Lachen überzeugte Hale, daß sie hier nichts als leere Vertröstungen bekommen würden.

»Wie ich wünschte, ich könnte Sie mitnehmen!« sagte Quayle. »Es würde den Leuten, mit denen ich zu verhandeln habe, gut tun. Aber –«, er griff noch einmal nach dem Beglaubigungsschreiben, überlas es wieder, und gab es Hale zurück. »Sehen Sie, ich glaube Ihnen. *Ich* glaube Ihnen, daß es einen Unterstützungsfonds der Bergarbeiter des Pokie-Tals tatsächlich gibt, und daß alles, was Sie mir erzählt haben, der Wahrheit entspricht. Aber nun betrachten Sie die Sache mal vom Gesichtspunkt meiner Kollegen Funktionäre. Sie vertreten keine offiziell anerkannte Organisation. Sie haben keinen Brief von der Distriktsleitung Pittsburgh Ihrer Gewerkschaft oder von Ihrer Gewerkschaftszentrale in Washington, Sie haben kein Dokument, in dem steht, daß Sie dazu berechtigt sind, bei anderen Gewerkschaften Gelder zu sammeln. Was würde schließlich irgend jemanden davon abhalten, Briefbogen mit einem wahrscheinlich klingenden Briefkopf drucken zu lassen und eine hübsche Beglaubigung darauf zu tippen, und dann hierherzukommen und die Erlaubnis zu verlangen, bei unsern Mitgliedern Geld zu sammeln? Wenn wir Sie damit anfangen lassen – wo würde das aufhören?«

»Sie können unsere Echtheit leicht genug überprüfen«, sagte Hale müde.

Quayle zuckte die Achseln. »Soll ich vielleicht bei der Pittsburgher Distriktsleitung Ihrer Gewerkschaft anrufen? Dort würde man mir nur sagen, daß niemand in der Distriktsleitung etwas mit dem Streik zu tun hat, und schon gar nicht mit irgendwelchen Leuten, die Geld dafür auftreiben wollen. Es ist eben sehr bedauerlich, wie ich schon vorhin sagte – diese ganze Situation. Aber im Endeffekt müssen auch wir uns an das reguläre Verfahren halten, wie bei jedem anderen Geschäft; und wir müssen vor allem die Interessen unserer eigenen Mitglieder wahren, dafür sind wir ja hier. Sie verstehen?«

»*Jetzt* versteh ich!« sagte Bilek. »Ich hab mich schon, seit ich in Ihrem Büro sitze, gewundert, wozu Sie hier sind.«

Quayle zündete seine Zigarette an. Dann griff er in seine hintere Hosentasche. »Aber ich würde mich sehr freuen, wenn Sie fünf Dollar von mir entgegennehmen würden –«

»Nein«, sagte Hale, und erhob sich. »Danke, nein.«

Draußen sagte Bilek zu ihm: »Und warum hast du sein Geld eigentlich nicht genommen, Doc?«

»Nun hör aber auf!« schrie Hale ihn an.

Die Empfangsdame blickte auf.

»Braucht er denn die fünf Dollar so nötig?« sagte Bilek. »Vielleicht für eine neue Krawatte?«

»Seine Krawatten kosten mehr als fünf Dollar«, sagte Hale. »Du weißt eben sehr wenig von Qualität und Preisen.«

»Ja«, sagte Bilek gedehnt, »wie es scheint, weiß ich überhaupt immer weniger. Besonders was Gewerkschaften betrifft.«

Beim Zentralrat der AFofL-Gewerkschaften kamen sie erst gar nicht dazu, einen Funktionär zu sprechen. Man sagte ihnen, Mr. Sherman von der Damenschneidergewerkschaft, zu dessen Arbeitsbereich es gehöre, Verbindungen mit Gruppen außerhalb der American Federation of Labor zu halten, sei zu einer Tagung nach Omaha gefahren und nicht vor Mitte nächster Woche zurückzuerwarten. Nein, es sei niemand anders im Hause, mit dem sie verhandeln könnten. Als Hale auf seinem Verlangen bestand, erschienen zwei muskelbepackte Männer, und der größere der beiden sagte: »Raus!« Und um sich zu vergewissern, daß die Anweisung auch befolgt wurde, geleiteten sie Hale und Bilek im Lift bis zum Erdgeschoß und aus dem Gebäude hinaus.

So standen sie denn im frühen Dämmerlicht des Winternachmittags am Bordstein; der Matsch des Geschäftsviertels von Philadelphia fraß sich durch ihre Schuhsohlen; die vorbeirauschenden Autos bespritzten sie und ihre abgenutzten Köfferchen mit Kot. Sie sahen aus und fühlten sich wie ein paar heruntergekommene Handlungsreisende, die in ein Krisengebiet geraten waren. Dennoch weigerte sich Hale, zuzugestehen, daß das Ganze ein Fehlschlag war.

Bilek aber sagte: »Schade um das viele Geld!...«

»Wie meinst du?«

»Für die Eisenbahnfahrt, und was wir fürs Essen ausgeben müssen – ich seh Jamieson immer noch vor mir, wie er die Scheine abzählt – alles verpulvert.«

Hale betrachtete die vorbeieilenden Menschen. Ihre Gesichter waren verschlossen, nach innen gerichtet, auf sich selbst konzentriert. In so einer Großstadt ohne Verbindung dazustehen war, als ob man taubstumm wäre. Man konnte ja nicht irgend jemanden am Kopf packen und zu ihm sagen: Bitte, Mister, möchten Sie den Bergarbeitern im Pokie-Tal nicht ein wenig unter die Arme greifen?

»Weißt du«, sagte Bilek, »vielleicht sind wir in die falsche Richtung gegangen. Schau dir mal diese Wolkenkratzer an – wer hat sie gebaut? Oder diese Gosse – wer hat den Kanal angelegt, der darunter läuft? Schau dir alles hier an – wer hat es gemacht? Menschen, wie ich einer bin. Und irgendwo müssen diese Kumpel doch sein, wenn nicht in dieser Straße, dann vielleicht zehn Ecken weiter – die müssen wir finden und mit ihnen reden. Die Büros, die wir besucht haben, Doc, sind nur wie eine große Mauer zwischen uns und ihnen –«

Hale ergriff Bileks Koffer und machte sich ein momentanes Abflauen des Verkehrs zunutze, um den Damm zu überqueren. »Ich werd dir sagen, wo der Fehler liegt«, griff er das Thema auf, sobald sie die andere Straßenseite erreicht hatten. »Die Kumpel, von denen du sprichst, gingen, nachdem sie die Arbeit getan hatten, nach Hause, ein jeder in sein eigenes kleines Loch, und sie setzten sich ans Radio oder lasen die Zeitung oder hockten im Dunkel im Kino – aber jeder nur mit sich selbst, jeder allein. Und darum haben wir solche Gewerkschaftsbüros, wo feine Rechtsanwälte sitzen oder Bonzen, die plötzlich nach Omaha gefahren sind, und wo die Exekutivgewalt bei den Rausschmeißern liegt...«

»Alles richtig!« sagte Bilek, während er neben Hale einhertrottete. »Und doch müssen wir diese Arbeiter finden, ob sie nun am Radio sitzen oder im Kino sind oder in der Kneipe sitzen oder kegeln. Ich weigere mich, mit leeren Händen zurückzufahren... Wo gehen wir eigentlich hin, Doc?«

»Zu dem Drug Store da drüben, eine Tasse Kaffee trinken und uns aufwärmen.«

Dieser Drug Store war keiner jener modernen Läden, wo alles verchromt ist und selbst die Kaffeemaschine Stromlinienform hat, wo der Soda-Mann wie ein Assistenzarzt im Krankenhaus und das Mädchen an der Kasse wie ein minderer Filmstar aussieht. Der Drogist, in verschossenem, lavendelfarbenen Kittel, kam selbst hinter dem Drogentisch hervor, preßte sich an einem zweiten Ladentisch vorbei, auf dem billige Kinderspielzeuge, elektrische Birnen, Schuhspanner, abgegriffene 25-Cent-Bücher und Papiertaschentücher in zusammengewürfelter Brüderlichkeit lagen, und ließ den Kaffee aus einer zerbeulten Maschine ausfließen, die seit dem Herbst nicht mehr geputzt worden war.

»Wie geht das Geschäft?« fragte Hale, auf einem wackligen Schemel balancierend.

Der Drogist steckte die zwei 10-Cent-Stücke ein, die Hale auf den Kunstmarmor der Theke geworfen hatte, und zog die Schultern hoch. Da dem Mann nicht nach Gesprächen zumute zu sein schien, verzichtete Hale auf die Unterhaltung. Die niederdrückende Stimmung in dem Laden, der Ausdruck der düsteren Schicksalsergebenheit auf dem Gesicht des Drogisten paßten zu seinen eigenen Gefühlen. Er legte noch fünf Cents auf die Thekenplatte und langte nach einem der Abendblätter, von denen ein Stoß neben der Kasse lag. Während er den Zucker in der Tasse umrührte, las er die Überschriften. Die Sowjets benahmen sich schon wieder bockig. Ein Senator denunzierte einen untergeordneten Beamten im State Department als geheimen Kommunisten. Das Komitee zur Untersuchung unamerikanischer Umtriebe kündigte eine neue Serie von Verhören in Hollywood an. Die Gewinnchancen des Basketball-Teams der Staatsuniversität Pennsylvania im Spiel gegen die Universität New York wurden als geringfügig betrachtet. Nichts über den Streik. Nichts. Doch! Unten auf der zweiten Seite, versteckt zwischen ein paar Nachrufen und der Meldung über einen Automobildiebstahl auf dem Rittenhouse Square, befand sich die Ankündigung einer Versammlung, die heute abend über das Thema des Bergarbeiterstreiks im Blauen Saal des Hotels Belgrave abgehalten werden sollte.

Hale packte Bilek beim Arm. Die Tasse in Bileks Hand schwappte über. »Hier! Lies!«

Der Drogist wischte gleichgültig den vergossenen Kaffee von der Theke ab. Bileks Lippen formten die Worte, die er las, mit: *Bürger-Komitee zur Unterstützung der Bergarbeiter.*

»Wer ist das –«, fragte er schließlich, »Bürger-Komitee zur Unterstützung der Bergarbeiter?«

»Weiß ich nicht«, sagte Hale. »Mehr noch – ich frag gar nicht danach! Ich bin soweit, daß ich in jeden Saal gehe, blau, grün oder rosa, solange nur einer dort ist, der uns anhört.«

»Aber werden sie uns anhören?« fragte Bilek.

Hale spürte, wie die Wärme in seine Glieder zurückströmte. Er sah sich wieder an einem Rednerpult, das Publikum in seinem Bann, hörte die eigenen Worte, Auftakt zu einem hinreißenden Schluß. Nur daß es diesmal nicht um lächerliche städtische Wahlen in Goldsborough ging – wenn es möglich war, daß Menschen, die in Philadelphia wohnten, so weit entfernt vom Kohlenrevier, ein derartiges Interesse an diesem Streik zeigten, dann hatte er recht gehabt, und der Streik war ins Politische übergesprungen; und trotz der Schreibtischstrategen in den Büros der CIO- und der AFofL-Gewerkschaften waren den Auswirkungen des Streiks praktisch keine Grenzen gesetzt.

Es hatte sich schon gelohnt, in die Großstädte zu fahren.

Das Hotel Belgrave stand in einer ruhigen Nebenstraße in einer Gegend, die, einst vornehm, nun zu verkommen begann. Von den Familien der Aristokratie Philadelphias wohnten nur noch die, die ihr Geld verloren hatten in diesem Stadtteil. Juden und Griechen und

Italiener und Iren hatten sich bereits eingenistet. Noch zehn Jahre, und die Grundstücksmakler würden die Gegend völlig fallenlassen; die Neger würden einziehen; und das Belgrave würde nur noch ein großer Klotz mitten in den Slums sein.

Immer noch war die Fassade eindrucksvoll; aber die Teppiche in der Eingangshalle, sah Hale, waren abgetreten, die Sprungfedern in den Sesseln der Haupthalle durchgesessen, die Tapeten verschossen und rissig. Aber gerade das flößte ihm Vertrauen ein zu der Gruppe, die diese Versammlung einberufen hatte. Er wußte, ein wirklich erstklassiges Hotel vermietete seine Säle nur an Organisationen, die finanziell sicher und politisch stubenrein waren; ein echtes und ernst zu nehmendes Komitee zur Unterstützung streikender Bergarbeiter jedoch, so nahm er an, konnte weder das eine noch das andere sein.

Hale blickte sich in der Halle um. Dann steuerte er den zögernden Bilek auf eine große schwarze Tafel zu, auf der die heute im Hotel stattfindenden Versammlungen und Festivitäten mit weiß ausgeschnittenen Buchstaben vermerkt waren. *Bürger-Komitee – Blauer Saal,* las Bilek und sagte: »Mach du das lieber, Doc. Ich gehör da nicht hinein.«

»Die haben genausoviel Angst vor dir wie du vor ihnen.« Hale lachte, um seine eigene Unsicherheit zu verbergen. Vielleicht würde er wieder irgendeinem aalglatten Typ begegnen, der ihm sagte: Zeigen Sie uns ein Beglaubigungsschreiben aus Pittsburgh! Zeigen Sie uns ein Beglaubigungsschreiben aus Washington!

»Der Blaue Saal befindet sich im ersten Stock!« sagte ein ältlicher Page, der seinen Posten in der Haupthalle hatte, und dessen Aufgabe es war, zu erraten, wer wohin wollte. »Auf der rechten Seite. Sie haben aber noch Zeit«, fuhr er fort, »noch kaum jemand da.«

»Es ist schon nach acht Uhr!« sagte Hale.

Der Page zog eine Grimasse. »Die sagen acht und meinen halb neun und fangen viertel zehn an. Ist so bei den meisten Meetings. Muß wohl in der menschlichen Natur liegen.«

»Möglich«, sagte Hale. »Danke.«

Der Page lachte auf eine sonderbar lautlose Weise. Aber er hatte übertrieben. Der Blaue Saal, der seinen Namen augenscheinlich dem blauen Hintergrund eines Frieses verdankte, auf dem sich halbnackte dickliche Knaben und Mädchen rings um die Decke herum jagten, war keineswegs leer. Etwa hundert Leute saßen auf Klappstühlen in Gruppen und Grüppchen, meist in den hinteren Reihen; manche lasen Zeitung; andere, die sich von ähnlichen Versammlungen her zu kennen schienen, unterhielten sich halblaut. Im allgemeinen waren sie recht gut gekleidet; wenig Jugend. Sie machten einen ruhigen, bescheidenen Eindruck; keiner von ihnen schien ausgesprochen reich zu sein, keiner ausgesprochen arm, und keiner von ihnen sah wie ein Arbeiter aus und schon gar nicht wie ein Bergarbeiter aus Goldsborough.

Gegen neun Uhr hatte sich der Saal gefüllt. Zwei Damen und ein junger Mann, der zu seinem grauen Zivilanzug den hochgeschlossenen Kragen eines Geistlichen trug, betraten die Tribüne und nahmen auf den Stühlen hinter dem Rednerpult Platz. Nach weiteren zwei Minuten etwa schritt die korpulentere der beiden Damen zum Pult. Die Gespräche im Publikum flauten ab. Bilek gefiel die Frau. Sie hatte rosige Pausbäckchen und einen gutmütigen Mund, und der Hut saß gefährlich schief auf ihrem grauen Haar. Ihr Busen war beträchtlich, wie Marthas, aber ihre Hände und Füße waren im Verhältnis kleiner – städtische Hände, städtische Füße.

Sie setzte sich eine Brille auf die Nase. »Meine Damen und Herren!« begann sie mit hoher, hörbar erregter Stimme. »Es ist mir eine große Ehre, die erste Versammlung unseres Bürger-Komitees zur Unterstützung der Bergarbeiter zu eröffnen und Sie im Namen der Gründer des Komitees zu begrüßen. Wir sind sehr erfreut, daß Sie so zahlreich gekommen sind, wirklich ganz außerordentlich erfreut...«

Sie stockte. Bilek sah, wie sie heimlich zu der anderen Frau auf dem Podium hinüberblickte, die jünger und hübscher war, aber einen herrischen Eindruck auf ihn machte. Die jüngere nickte in Richtung des Mannes, der neben ihr saß.

»Nun befindet sich heute abend unter uns«, fuhr die Rednerin erleichtert fort, »eine wohlbekannte und hervorragende Persönlichkeit, einer unserer vorwärtsblickenden jungen Geistlichen, Reverend Frank Timmins. Mr. Timmins war so liebenswürdig, sich bereit zu erklären, unser Meeting mit einem Gebet zu eröffnen.«

Der Geistliche trat würdevoll vor. Er war noch sehr jung, und sein Gehabe ging Bilek gegen den Strich, ebenso wie die salbungsvolle Stimme, die orgelartig an- und abschwoll. Martha würde er vielleicht gefallen, dachte Bilek; die ist ja immer ganz hin von der Kirche und den feinen Leuten.

Er bewunderte Hale, der mit verschränkten Armen dasitzen und sich das alles halb dösend anhören konnte. Ihn selber juckte es am ganzen Körper, er rutschte auf seinem Stuhl herum und störte die andächtige Stille, die von dieser Stimme erzeugt wurde. Je länger Reverend Timmins sprach, desto mehr wuchs Bileks Verdacht, er und Doc möchten doch vielleicht am falschen Platze sein – wenn dieses Komitee tatsächlich Bergarbeitern helfen wollte, dann konnte es sich kaum um Bergarbeiter, wie er sie kannte, handeln. Sobald das Amen ertönte, stieß er Hale an und schlug vor: »Verdrücken wir uns!«

Hale blickte ihn ärgerlich an. »Warum?«

»Das ist doch nichts für uns«, flüsterte Bilek. »Diese Leute –«

»Sei still und sitz ruhig!« sagte Hale. »Wo willst du denn das Geld bekommen, das wir brauchen? Von deinen Arbeitern? Die sind doch damit beschäftigt, die Comics in den Zeitungen zu lesen und die Ratenzahlungen für ihre Fernsehapparate zusammenzuscharren, und überlassen es Leuten wie Quayle, ihre Interessen zu vertreten...« Er war verbittert. Vielleicht zu verbittert, dachte er. Die ihn aus Goldsborough hierher geschickt hatten, waren ja auch Arbeiter. »Die Leute hier«, sagte er in milderem Ton, »sind freiwillig zu diesem Meeting gekommen. Laß ihnen doch ihre Beterei, solange sie uns nur auch anhören...«

Der Reverend Timmins, leicht erhitzt und lächelnd, hatte wieder Platz genommen. Die Vorsitzende stellte die andere Dame auf der Tribüne vor: Miss Lydia Beasley, die Hauptrednerin des Abends, war die Vizepräsidentin der Ortsgruppe Philadelphia der Lehrergewerkschaft; alle guten und demokratischen Sachen fanden in Miss Beasley eine eifrige Verfechterin, und daher interessierte sie sich besonders für die Lage der Bergarbeiter im Staate Pennsylvania. Eine ganze Anzahl von Männern und Frauen, denen die Streiksituation in den Kohlenrevieren auf dem Herzen lag, hatten sich an Miss

Beasley gewandt und sie gefragt, was für Vorschläge sie hätte – aber vielleicht sei es besser, wenn Miss Beasley selbst berichtete, und eigentlich bedürfe Miss Beasley überhaupt keiner besonderen Einführung.

Wenn etwas im Wesen von Miss Beasley an ihre Tätigkeit im Klassenzimmer erinnerte, so war es die Art und Weise, mit der sie die Zügel der Versammlung übernahm. Sie gebrauchte kaum Gesten, und ihre Stimme blieb während ihrer ganzen Rede ruhig und gleichmäßig. Die präzise Logik, mit der sie ihre Gründe darlegte, ihre Fähigkeit, Tatsachen zu vermenschlichen, fesselten ihre Hörer. Mit trockenem Humor zeigte sie den Widerspruch auf, der darin lag, daß hier ein Streik stattfand, von dem jedermann – die Regierung, die Gerichte, ja die Bergarbeitergewerkschaft selbst – behauptete, er dürfe nicht stattfinden und es gebe ihn daher auch nicht, und der trotzdem den Staat Pennsylvania und das gesamte Kohlenrevier zutiefst erschütterte. Diese streikenden Arbeiter glaubten an etwas, das höher stand als die Erlasse des Präsidenten und die Gesetze des Kongresses und die Entscheidungen der Richter – sie glaubten an ihr Recht, den Zwangsverkauf ihrer Arbeitskraft zu von oben diktierten Preisen und unter von oben diktierten Bedingungen zu verweigern; in anderen Worten: sie glaubten an Demokratie.

»Jawohl, Demokratie!« sagte Miss Beasley, und ihre Augen leuchteten. »Das ist es ja gerade, was eine Anzahl Bürger in unserer Stadt und auch mich dazu veranlaßt hat, über die Menschen nachzudenken, die hinter diesem Streik stehen, und darüber nachzudenken, was man tun könnte, um ihnen zu helfen. Denn ihnen zu helfen bedeutet, die Demokratie in unseren Vereinigten Staaten zu stärken – unsere Demokratie, die wir unsere Kinder lehren, und die tagaus tagein untergraben wird.«

Im Licht der Lampe auf dem Rednerpult sah Hale, daß Miss Beasley eine klare, fast durchsichtige Haut und weiches Haar hatte, und einen wohlgeformten Hals. Miss Beasley begann, ihn zu faszinieren. Sie schien nicht nur die Kinder zu lieben, denen sie Demokratie beibrachte, sondern Menschen im allgemeinen, einschließlich der Bergarbeiter, die nicht gerade zu den liebenswertesten Typen gehörten. Es war kaum anzunehmen, daß sich aus dem Leben einer Schullehrerin in Philadelphia – selbst einer, die in dieser Damengewerkschaft tätig war – ein wirklich tiefer und echter Grund für eine derartige Einstellung ergeben könnte. Also war wohl eine Menge Affektiertheit dabei. Aber es lag gar nichts Affektiertes in der Art, mit der sie von der Lage im Kohlenrevier sprach und von den Menschen dort. Was war es dann – Wohltätigkeitsfimmel, Sentimentalität? Aber niemand, der aus solchen Motiven heraus handelte, würde fähig sein, die politischen Ursachen und Wirkungen des Streiks so einfach wie eine Lektion in der Fibel darzustellen und gleichzeitig so unentrinnbar wie eine Algebra-Regel. *Ihr* gelang es, diesem Publikum klarzumachen, was er den Bergarbeitern in Goldsborough klarzumachen nicht imstande gewesen war, obwohl diese Bergarbeiter im Zentrum der Handlung standen und die Ereignisse, auf denen Miss Beasley ihre Beweisführung aufbaute, selbst miterlebt hatten. Er bewunderte sie, eigentlich gegen seinen Willen. Er mußte zugeben, daß sie so war, wie sie sprach und sich benahm – und daß sie aus Erkenntnis reagierte und nicht, wie er, aus Instinkt. Und, dies gestand er sich nur zögernd, sie war besser informiert als er, und ihr Wissen und ihre Erkenntnis hatten eine bessere Grundlage.

In seine eignen Gedanken vertieft, hatte er die letzten Sätze ihrer Rede nicht gehört. Das Publikum applaudierte. Bei einem so ruhigen, wohlerzogenen, zurückhaltenden Publikum mußte der Applaus als stürmisch bezeichnet werden. Auch Hale klatschte lebhaft. Bilek sagte etwas; es war nicht zu verstehen; Hale hielt die Hand ans Ohr.

»Sieht aus, als ob wir doch am richtigen Ort sind!« wiederholte Bilek.

»Selbstverständlich...«, sagte Hale zerstreut. Er war dabei, zu einer Entscheidung zu kommen. Miss Beasley hatte dem Publikum alles Notwendige gesagt; er könnte zwar aufstehen und ein paar Einzelheiten hinzufügen, ein paar Farbtupfer; aber das würde im Vergleich zu ihren Ausführungen abfallen. Er mochte Redner nicht, die das vorher Gesagte noch einmal durchkauten; und er war zu eitel, die Rolle des unglücklichen Nachredners freiwillig zu übernehmen, selbst um der Erwähnung des Unterstützungs-Fonds der Bergarbeiter des Pokie-Tals willen.

Der Beifall ließ nach. »Jetzt sag was, Doc«, Bilek blickte ihn erwartungsvoll und ermutigend an. »Über uns!«

Die korpulente Dame war zum Rednerpult zurückgekehrt. Hale wußte, was nach allen Kunstregeln solcher Meetings jetzt kommen würde – der Apell an das Portemonnaie. Das Publikum wußte es gleichfalls. Die Leute bewegten sich auf ihren Stühlen und durchsuchten ihre Taschen nach Kleingeld.

Hale hob die Hand.

Die korpulente Dame versuchte, ihn nicht zu bemerken.

Hale stand auf.

»Die Diskussion folgt später«, sagte die Dame. »Jetzt haben wir einen anderen, sehr wichtigen Punkt auf der Geschäftsordnung –«

»Frau Vorsitzende!« sagte Hale. »Ich möchte Sie bitten, mir *jetzt* das Wort zu erteilen.«

Die Leute wandten sich um. Ein Provokateur, vermuteten sie. Eine Frau mit einem verwelkten Sträußchen im Knopfloch kam den Gang herunter auf ihn zugeeilt, ihr Gesicht besorgt und geschäftig.

»Ich verspreche Ihnen, Frau Vorsitzende, daß die paar Worte, die ich sagen möchte, sich als mindestens so wichtig erweisen werden wie das, was Sie geschäftsordnungsmäßig vorhaben.«

Bilek versuchte, sich unsichtbar zu machen. Wie konnte man einem Vorsitzenden vorschreiben wollen, was er zu tun hat, besonders wenn man ein Fremder und der Vorsitzende eine Dame war!

Die korpulente Dame zögerte. Hale nickte dem Komitee-Mitglied mit dem Sträußchen im Knopfloch beruhigend zu. »Sehen Sie, Frau Vorsitzende –«, er blickte aber, während er sprach, Miss Beasley an, »es würde Ihrer Sache doch helfen, wenn sich auch jemand hier äußerte, der mit den Vorgängen in direkter Berührung steht. Das ist doch richtig?«

»Nun – ja, gewiß«, sagte die korpulente Dame, die vor allem befürchtete, die Wirkung von Miss Beasleys Rede möchte verpufft sein, bevor das Geld eingesammelt war. »Aber wir müssen –«

»Mein Freund hier und ich«, sagte Hale nicht ohne dramatischen Effekt, »wir sind heute gerade aus dem Kohlenrevier eingetroffen – um genauer zu sein, aus dem Pokie-Tal, wo es einigermaßen heiß zugeht. Wir haben in der Zeitung gelesen, daß Sie diese Versammlung abhalten, und wir entschlossen uns hierherzukommen – und mein Freund Fred Bilek, der selber Bergarbeiter ist und in der Sarah-Pritchett-Grube gearbeitet hat, würde an Sie, meine Damen und Herren, gerne ein paar Worte richten –«

»Nein!« sagte Bilek, und starrte auf ein Stück Silberpapier, das neben seinem Fuß lag.

»Aber selbstverständlich!« rief Miss Beasley. »Hören wir uns einen der streikenden Arbeiter an!« Der Beifall, der an verschiedenen Stellen eingesetzt hatte, wurde allgemein.

»Du hast mir versprochen, Doc, daß du die Reden hältst!« flehte Bilek. »Ich kann nicht!«

»Und ob du kannst!« sagte Hale. »Hör dir das an! Die *wollen*, daß du sprichst!«

»Sie werden mich auslachen«, sagte Bilek heiser. »Ich werde alles verderben. Ich kann nicht…«

»Die Kumpel draußen auf den Landstraßen – die können kämpfen, aber du kannst plötzlich nicht mal das Maul aufmachen? Los, steh auf!«

Bilek erhob sich. Er war halb blind, seine Beine wollten ihm nicht gehorchen, Hale mußte ihn den Gang hinunter zur Tribüne führen. Wo immer er vorbeikam, klatschten die Leute.

»Wie blaß er ist, der arme Mensch!« sagte eine Frau.

Du würdest auch blaß aussehen an meiner Stelle, dachte Bilek. Er dachte an Martha. Er war eben nur ein dummer Polacke. Gebt mir Hacke und Schaufel, dachte er, und ein anständiges, fünf Fuß hohes Flöz, und meine Fäuste werden für mich reden…

»Paß auf die Stufen auf!« warnte Hale.

Dann spürte Bilek eine andere Hand, eine warme, freundliche Hand, und Miss Beasley sagte zu ihm: »Wir sind alle auf Ihrer Seite, Mr. Bilek. Erzählen Sie uns einfach, wie es dort im Pokie-Tal ist. Erzählen Sie uns über sich selber…«

Und dann stand er ganz allein, und die Tribüne war viel höher, als es vorher geschienen hatte, und tief unten waren die Leute. Bilek zwang sich, die Leute anzusehen. Seine Augen funktionierten wieder, und er sah die Erwartung auf den Gesichtern. Er mußte aufhören, von einem Fuß auf den anderen zu treten und seine Hände zu verstecken. Er mußte anfangen. Er trug eine große Verantwortung. Da war sein hölzernes Haus auf Pritchett Heights, wo Martha auf ihn wartete; und da war Rosemary; und da waren die Männer, die seine Nachbarn waren, mit ihren Familien, und der ganze gestrüppüberwucherte Berg, auf dem er Wurzel geschlagen hatte geradeso wie die zähen Sträucher, die den Abhang bedeckten; da waren die Gewerkschaftsgruppe und die Stadt, mit denen er im Laufe der Jahre verwachsen war – all dem gegenüber trug er Verantwortung.

»Meine Damen und Herren –«, sagte er.

Es klang nicht richtig.

»Freunde«, begann er wieder, »ich möchte Ihnen berichten –«

Er wischte sich den Schweiß von der Oberlippe. Dann, mit heiserer Stimme, sagte er: »Ich kann mich nicht gut an meinen Vater und meine Mutter erinnern. Sie sind beide jung gestorben. Die Menschen in der alten Heimat starben jung. Wir waren elf Kinder in der Familie, aber ich habe nie erlebt, daß mein Vater oder meine Mutter einen von uns geschlagen hätten. Meine ersten Schläge bekam ich von einem Polizisten, Rogoczinski hat er geheißen. Es war nach der Erntezeit. Ich muß ungefähr neun Jahre alt gewesen sein. Wie jedes Jahr, seit ich laufen konnte, bin ich auf die Felder gegangen, um die Körner zu sammeln, die beim Schneiden und Garbenbinden ausgefallen waren, und vielleicht auch ein paar Halme, die man hatte stehenlassen. In dem Jahr bildete ich mir ein, ich hätte großes Glück. Ich hatte zwei ganze Beutel Roggenkörner gesammelt. Und da kam dieser Rogoczinski, und er war ein hochgewachsener Mann in einer feinen Uniform, mit gewichstem Schnurrbart, einem langen Säbel und einem Gewehr. Er sagte, ich müßte ihm einen von den Beuteln geben – meine halbe Ernte, meine halbe Arbeit. Ich sagte nein, denn ich dachte mir, wenn er Getreide haben will, er ist doch groß genug und kann sich's selber zusammenlesen. Da griff er nach meinen Beuteln und brüllte, ich hätte sie gestohlen, und dabei war er doch die ganze Zeit darauf aus, sie von mir zu stehlen; aber ich ließ nicht los, und schließlich rissen die Beutel, und die Körner fielen auf den Boden, und er trat sie mit seinen Polizistenstiefeln in den Staub und schlug mich mit dem flachen Säbel.«

Er räusperte sich.

»Sie müssen entschuldigen«, sagte er. »Ich bin schon ein alter Mann, und Rogoczinski muß lange tot sein, aber ich kann es nicht vergessen. Manchmal frage ich mich, warum. Und ich denke, das ist, weil ich in der Nacht darauf etwas geträumt habe. Es war kein richtiger Traum – mehr eine Art Wunschtraum, wie Kinder ihn sich zusammenträumen, wenn ihnen das Herz weh tut. Jedenfalls, dies war mein Traum: ich würde in ein Land kommen, wo es keine Rogoczinskis gibt und wo die Menschen glücklich sein dürfen und wo man ihnen erlaubt zu behalten, was sie sich erarbeitet haben...«

Die Leute saßen sehr still. Der Mann da auf der Tribüne, mit seiner unbeholfenen Sprache, hatte an etwas gerührt, von dem sie alle geträumt hatten – den Traum von Amerika, den amerikanischen Traum.

»Ich ärgere mich dann«, sagte Bilek, »weil ich mein Leben damit verbracht habe, diesem Traum nachzulaufen. Ich hab noch mehr Schläge bekommen, drüben in der alten Heimat, und auch hier. Ich habe eine lange Zeit gebraucht, um herauszubekommen, daß es ein solches Land nicht gibt, wenn man es nicht selber erschafft; und man kann es nur erschaffen, wenn man dafür kämpft. Und dafür kämpfen wir jetzt, draußen in Goldsborough, wo ich wohne, und im ganzen Pokie-Tal und überall im Kohlenrevier.«

Er kratzte sich am Ohr. Er hatte diese Dinge noch niemals gesagt, und doch sprach er jetzt von ihnen, als hätte er eigentlich immer davon sprechen wollen. Der Mensch kann ein langes Stück Weg gehen, ohne zu wissen, warum er dieses oder jenes tut, aber er hat schon seine Gründe, und wenn diese Gründe plötzlich wie Geister aus der Flasche zum Vorschein kommen, dann geht es ihm durch und durch.

»Es wird gesagt, wir streiken für einen Tarifvertrag. Das ist schon wahr. Aber was ist schließlich so ein Vertrag? Er ist, was Rogoczinski davon abhält, mir meine zwei Beutelchen mit meinen Getreidekörnern wegzunehmen. Und manchmal glaube ich sogar, Rogoczinski ist nicht tot. Vielleicht trägt er keinen gewichsten Schnurrbart mehr, und auch keinen Säbel und kein Gewehr, und mitunter nicht mal eine Uniform. Aber er ist überall. Er fährt mit den Streikbrechern auf den Kohlenlastern, und er schießt auf uns aus Revolvern und Kurzgewehren. Er sitzt im Rathaus und verhindert, daß wir die paar Cent Wohlfahrtsunterstützung bekommen. Er sitzt in den Gerichten und bindet uns die Hände mit dem Gesetz. Er ist mit den Gangstern und den Erpressern und den Politikern; er ist selbst einer von ihnen. Er steht auf Du und Du mit den großen Gewerkschaftsbonzen, und stößt uns das Messer in den Rücken. Er hat zu schreiben gelernt und Reden zu halten, trotzdem man seinen Namen nicht in den Zeitungen findet und nicht über den Rundfunk hört. Und manchmal glaube ich sogar, er hat sich auch im Weißen Haus eingenistet.«

Hier und da lachte einer im Publikum, aber es war ein saures Lachen.

»Was soll ich Ihnen noch erzählen? Wie wir leben? Wie wenig wir zu essen haben? Das ist nicht so interessant. Aber vielleicht möchten Sie noch eines wissen: Die Kumpel, die im Kohlenrevier kämpfen, sind durch den Streik irgendwie miteinander verwachsen. Gute Leute sind das, ich könnte Ihnen Namen nennen, aber Sie würden's ja doch vergessen. Wir kämpfen mit all unserer Kraft und das werden wir auch weiter tun. Aber wir haben ein bißchen sehr allein gestanden. Manchmal habe ich ein Gefühl – und ich glaube, die meisten von uns haben es –, ein Gefühl wie damals, als ich auf dem abgeernteten Feld in der alten Heimat stand, ganz allein gegen jemanden, der sehr groß und mächtig ist. Deshalb bin ich sehr froh, daß Sie diese Versammlung einberufen haben, und daß mein Freund Doc Hale und ich hierher kommen durften und zu Ihnen sprechen konnten. Es hilft einem zu sehen, daß man doch nicht ganz so allein ist.«

Er brach ab. Er wußte, er hatte nichts mehr zu sagen. Er wandte sich um, um zu sehen, wohin er am schnellsten verschwinden könnte. Er sah, wie Miss Beasley aufstand. Sie trat zu ihm und ergriff mit ihren beiden Händen seine Hand.

Dann kam der Beifall. Die Leute stampften mit den Füßen und klatschten und riefen ihm zu und winkten, und sie winkten mit Dollarscheinen und Fünfdollarscheinen und Zehndollarscheinen und mit Schecks.

Hale stellte überrascht fest, daß auch er klatschte und bravo rief. Er war tatsächlich ergriffen. Er kannte Bilek seit mindestens zwanzig Jahren. Wo hatte der Mann nur seine Gabe versteckt, die Dinge zu durchdenken und die Menschen spüren zu lassen, was er empfand? Muß wohl an mir liegen, dachte Hale. Er hatte Bilek immer nur als seinen Schwiegervater betrachtet – einen gutmütigen alten Mann, aber geistig festgefahren und in seiner Arbeit steckengeblieben, und auch ein bißchen langweilig mit seinen ewigen Wiederholungen längst erzählter Anekdoten. Natürlich hatte er eine gewisse Wirkung von Bileks Auftreten erwartet, analog etwa der Wirkung der Waisenkinder mit ihren blassen Gesichtchen und ihren schäbigen Kleidern auf einem Wohltätigkeitsbasar. Deshalb hatte er den alten Mann auf die Tribüne geschickt; Bilek aber hatte nicht nur an Herz und Gemüt gerührt, er hatte politisch gesprochen, und zwar so, daß das Politische als Teil seines Lebens und des Lebens aller erschien. Woher hat er das nur? dachte Hale.

Und was für eine Kraft, dieser Mann, und diese neue Art Politik, die direkt aus dem Leben kam! Und was für eine Kraft, diese Menschen hier im Saal, die ihre Geldscheine hochhielten und darauf warteten, daß jemand vom Komitee kam, sie ihnen abzunehmen. Das kam von unten her, das waren der Boden und die Wurzeln, aus denen jede neue politische Bewegung in der Geschichte der Vereinigten Staaten erwachsen war. Und es mußte Tausende – nein, Millionen! – solcher Menschen geben, überall im Staat Pennsylvania und in den ganzen Vereinigten Staaten. Menschen, die noch nicht beherrscht waren vom politischen Apparat, Menschen, die noch frei waren, den Regungen ihrer anständigen Gesinnung zu folgen, Bergarbeiter, Lehrer, Ärzte, kleine Geschäftsleute, Menschen aller Klassen! Was für eine Kraft, wenn man sie nur richtig zusammenfaßte! Eine Massenbewegung! Eine neue Partei, vielleicht!

Unter Umständen, dachte er, könnte es ganz nützlich sein, diese Idee mit Miss Beasley zu besprechen.

Hale war rastlos. Er zündete sich eine Zigarette an und sah zu, wie Bilek sich ungeschickt entkleidete. Bileks Unterwäsche, eine wollene Kombination, war nicht gerade sauber. Der Hosensitz war ausgebeult und hing, ein lächerlicher Beutel, herunter.

»Hast du denn keine Pyjamas?« erkundigte sich Hale.

»So vornehme Sachen trag ich nicht«, knurrte Bilek. Er setzte sich aufs Bett, probierte die Matratze aus und gähnte. »Schön weich. Großartiges Hotel!... Das ist mal ein Komitee – verschafft uns das Zimmer und zahlt auch dafür.« Er ließ seine Socken auf den Bettvorleger fallen.

Hale sah, wie er die großen, hornhäutigen Zehen mit ihren schwarzen, mißgeformten Nägeln krümmte und streckte. »Zwei Einzelzimmer wären angenehmer gewesen«, sagte er verstimmt.

Bilek sagte: »Vielleicht war kein anderes Zimmer frei in dem Hotel. Und unseres kostet ja auch einen Haufen...«

»Warum hast du bloß so viel reden müssen, unten in der Cafeteria!« schimpfte Hale plötzlich. »Über dich selber, über Martha, über mich, über Rosemary! Man kam gar nicht dazu, ein Wort zu sagen. Das ganze Komitee saß da, Timmins und Miss Beasley und die Vorsitzende und die anderen – und du hast das Gespräch monopolisiert. Ist dir denn überhaupt nicht eingefallen, daß es vielleicht noch wichtigere Dinge zu besprechen gab?«

Bilek rieb sich die Augen und gähnte wieder. »Die haben mir doch zugehört«, sagte er friedfertig. »Die würden mir schon gesagt haben, ich soll aufhören, wenn sie's gewollt hätten... Ich nehm diese Seite vom Bett, in Ordnung?« Ohne eine Antwort abzuwarten, legte er sich hin und zog die Decke hoch. »Du solltest auch schlafen gehen, Doc«, fuhr er fort, halb schon ins Kissen sprechend. »Wir haben ein dickes Programm für morgen zurechtgemacht bekommen. Was werden wir eigentlich diesen Gewerkschaften und Vereinen erzählen, zu denen wir sprechen sollen? Ein wirkliches Komitee ist das, sag ich dir...«

»Ich bin nicht schläfrig.« Die Augen schmerzten Hale, er blinzelte. »Ich gehe noch mal runter in die Cafeteria und seh mir die Morgenblätter an.«

Bilek reckte sich und stöhnte wohlig.

»Hast du was gesagt?« fragte Hale, von der Tür her.

»Ich hab nichts gesagt«, antwortete Bilek. »Gute Nacht.«

Hale drehte das Licht aus.

Nur die Nachtbeleuchtung brannte im Korridor und im Treppenhaus. Hale ging langsam die Treppen hinunter. Er ärgerte sich über seine eigene Empfindlichkeit. Da willst du nun auf seiten der

Arbeiter kämpfen, sagte er zu sich selbst, und hast Angst davor, an ihrer Seite zu schlafen. Und dann, ganz ohne Zusammenhang, dachte er an die so saubere Miss Beasley und an ihre Haut und ihr Haar. Aber er verdrängte den Gedanken.

Vom Portier kaufte er sich eine Morgenzeitung und betrat die Cafeteria. Noch vom Eingang aus erkannte er den Tisch wieder, an dem er mit Bilek und den Mitgliedern des Komitees gesessen hatte. Eine Frau saß noch dort. Miss Beasley.

Hale faltete die Zeitung nervös zusammen und ging hin zu ihr. Die schmutzigen Teller und die Zigarettenstummel und Asche waren weggeräumt worden, und Miss Beasley hatte eine Tasse frischen, dampfenden Kaffee vor sich stehen.

»Aha!« sagte er, »das ist aber nett!« und zögerte. »Darf man sich zu Ihnen setzen?«

»Aber bitte!«

»Die anderen sind schon nach Hause gegangen?«

»Sie wohnen meistens in den Vorstädten«, sagte Miss Beasley. »Aber ich wohne hier in der Nähe, und ich komme nach meinen Versammlungen manchmal hierher – nur um mich ein bißchen abzuregen.«

Hale bestellte Kaffee. »Sie sind sehr aktiv auf sozialem Gebiet?« fragte er.

»Ich weiß eigentlich nicht.« Sie schob ihren Stuhl ein Stückchen zurück, um die Beine bequemer übereinanderschlagen zu können. »Es gibt immer so viel zu tun, und so wenige Leute, die es tun können.«

»Und warum tun *Sie* es dann?«

»Weil es getan werden muß. Ich suche mir meine Aufgaben auch nicht aus, wissen Sie.«

Hale schaute sie an. In Vorbereitung der Schließstunde war ein Teil der großen Lampen der Cafeteria bereits abgeschaltet worden; auf Miss Beasleys Gesicht lagen Schatten. »Jedenfalls gibt es wenigstens ein paar Leute hier, die Ihnen helfen«, sagte er. »In meinem Drecknest steh ich ganz allein da.«

»Aber doch zusammen mit den Arbeitern«, verbesserte sie ihn. »Ich habe schon viele Redner in meinem Leben gehört, aber selten einen, der so klug und so menschlich sprach wie Ihr Freund Bilek. Wenn sich unter Ihren Bergarbeitern noch mehr Leute wie Bilek befinden – ich beneide Sie, Mr. Hale.«

»Und wie kommen Sie darauf, daß es so ein Vergnügen ist, mit Bergarbeitern zusammenzuarbeiten?«

»Macht's Ihnen denn keine Freude?« verlangte sie zu wissen.

»Ich gebe Ihnen zu, Bilek hat mich überrascht. Aber trotzdem – ein wirkliches *Verständnis* der Dinge hat auch er nicht. Im allgemeinen lassen Sie mich Ihnen sagen: Selbst wenn diese Kumpel gewisse Gedanken im Kopf hätten – Gedanken politischer Natur meine ich –«, wüßten sie damit nichts anzufangen. Die haben ja keine Ahnung von ihren eigenen Möglichkeiten. Und wenn man's ihnen zu erklären versucht, bringt man sie nur durcheinander. Glauben Sie mir's; ich hab's versucht.«

Sie schwieg.

»Ich wollte Sie schon fragen«, begann er endlich wieder. »Bei der Einführung Ihrer Rede erklärte die Vorsitzende, daß die Leute hier zu Ihnen gekommen seien mit Fragen über den Streik, und daß Ihr Komitee zur Unterstützung der Bergarbeiter auf diese Weise entstanden sei. Wieso sind die Leute nun gerade zu Ihnen gekommen? Und weiter haben Sie selbst mir gesagt, daß Sie sich Ihre Aufgaben auch nicht aussuchen konnten... Ich verstehe das alles nicht ganz –«

Sie hob den Kopf. »Das war mein Parteiauftrag. Ich bin Kommunist.«

»Und die Kommunisten, die Ihnen Ihren Auftrag erteilten«, er rührte seinen Kaffee um, »diese Kommunisten haben Ihnen auch Ihre Informationen über die Streiklage gegeben?«

»Auch unter den Bergarbeitern gibt es Kommunisten. Vielleicht nicht sehr viele. Vielleicht nicht in Goldsborough. Aber sie existieren.«

»Warum geben Sie dann nicht Ihren kommunistischen Freunden das Geld, das Ihr Komitee gesammelt hat? Warum wollen Sie es uns im Pokie-Tal übergeben?«

Sie nahm ihm den Kaffeelöffel aus der Hand und legte ihn auf die Untertasse. »Wir sind nicht so engherzig, Mr. Hale. Die Gelder, die das Komitee zur Verfügung hat, wurden weder *von* Kommunisten noch *für* Kommunisten gesammelt. Die Gelder wurden von Menschen verschiedenster Einstellung für Bergarbeiter verschiedenster Art gespendet.«

»Dann war das heute abend also kein kommunistisches Meeting?« fragte er. »Und diese Leute im Blauen Saal waren keine Kommunisten?«

Sie lächelte. »Mein lieber Mr. Hale, wenn all diese Leute Kommunisten gewesen wären, dann hätten wir eine riesige Massenversammlung für die Streiker im größten Saal von Philadelphia organisiert. Wenn all diese Leute Kommunisten wären, dann wäre die ganze Lage anders, und weder in den Büros der CIO noch der AFofL hätte man gewagt, Ihnen eine Abfuhr zu erteilen...« Sie war ernst geworden. »Soviel ich weiß, ist niemand von den anderen Mitgliedern und den Gründern des Komitees Kommunist.«

»Und weiß man im Komitee, daß Sie Kommunist sind?«

»Ein paar werden's schon wissen. Die meisten aber nicht. Heutzutage geht man nicht herum und verkündet der ganzen Welt, daß man Kommunist ist.«

»Wegen Ihrer Stellung als Lehrerin?«

»Das auch. Aber das wäre nicht das Wichtigste, obwohl ich gerne unterrichte und auch glaube, daß meine Schüler mich gern haben.«

»Warum haben Sie's dann mir gesagt?«

Sie verzog die Stirn. »Weil ich momentan annahm, auch Sie wären Kommunist.«

»Zu Haus in Goldsborough hat man mich oft genug so bezeichnet.« Er lachte. »Im Grunde bin ich ein ganz gewöhnlicher Bürger, Miss Beasley, der es nicht gern sieht, wenn die kleinen Leute immer wieder getreten werden, und der auch selbst sich nicht gern treten läßt.«

»Dann sollten Sie doch unsere Komiteemitglieder verstehen können. Sie empfinden die Dinge ungefähr wie Sie.«

Seine Lider zuckten. »Aber für Sie persönlich ist das nicht genug?«

»Nein«, sagte sie, »der Mensch muß wissen, *warum* etwas geschieht, und *wohin* es führt. Nur so kann er es vermeiden, getreten zu werden; nur so kann er die Grundlage schaffen, um erfolgreich zurückzuschlagen; nur so kann er die Gewißheit erlangen, daß er am Ende siegen wird...«

Er nahm ihre Hand. »Sie können sich wenigstens noch begeistern.«

Sie entzog ihm ihre Hand.

»Vielleicht haben Sie auch recht«, sagte er hastig. »Jedenfalls ist es besser, wenn ich zu Hause nicht berichte, daß das Komitee, das uns so geholfen hat, von einer Kommunistin inspiriert wird.«

»Sie müssen die politische Lage in Ihrem Ort am besten beurteilen können, Mr. Hale.«

Er sah sich gezwungen, zu erläutern. »Unsere Menschen verstehen eben nicht, was das ist – ein Kommunist.«

»Aber *Sie* verstehen es?«

»Ich weiß nicht.« Die Unterhaltung hatte sich in einer ihm unangenehmen, von ihm nicht gewollten Richtung entwickelt. »Miss Beasley, Ihnen werde ich bekennen, daß ich durch keinerlei Theorien, weder wirtschaftlicher noch philosophischer, noch politischer Natur, beschwert bin. Ich versuche selbständig zu denken und ich beurteile die Menschen nicht nach irgendwelchen Etiketts, die sie sich selbst aufkleben, sondern nach dem, was sie tun. Erscheint Ihnen das nicht auch als das Vernünftigste?«

»Nein«, sagte sie.

»Nein?« wiederholte er enttäuscht. Dann würde sie wohl auch wenig Verständnis für den Gedanken zeigen, der seit der Versammlung in seinem Kopf Gestalt gewonnen hatte – der Gedanke einer großen, den ganzen Staat Pennsylvania oder vielleicht sogar das ganze Land umfassenden Vereinigung von Menschen wie die, die sich in dem Blauen Saal eingefunden hatten – der Gedanke, den er eigentlich mit ihr jetzt besprechen müßte. Man sollte diese Menschen zusammenfassen, ihnen aber nicht irgendwelche intellektuellen Thesen vorsetzen; man sollte sie zuerst in die Lokalpolitik einschalten und ihnen zeigen, wie man politisch arbeitet, und ihnen zu Bewußtsein bringen, daß sie eine Macht waren; zusammengesetzt einfach aus anständigen, aufrechten Männern und Frauen. Wie hatte denn die Republikanische Partei seinerzeit begonnen? Wie war

Abraham Lincoln zum Präsidenten gewählt worden? Auf diese und keine andere Weise.

»Nein«, sagte sie, »das wäre, als träte man untrainiert zu einem Boxkampf an mit einem Gegner, der jeden schmutzigen Trick kennt und benutzt. Oder als versuchte man eine Krankheit zu heilen, für die man nicht einmal die Diagnose hat. Und warum sind Sie nicht ehrlich mit sich selbst, Mr. Hale? Warum geben Sie nicht zu, daß Sie doch etwas erschraken, als Sie von mir hörten, ich sei Kommunist – nicht etwa, weil Sie Angst vor mir hätten oder vor Kommunisten im allgemeinen, sondern weil Sie das zwingt, Ihre eigene Stellungnahme zu überprüfen. Wie stehen Sie denn da, Sie und die Bergarbeiter, deren Sache Sie als gerecht betrachten? Von allen Seiten angegriffen, von jedermann im Stich gelassen, von den großen Gewerkschaften verraten, erfahren Sie, daß hinter der einzigen Gruppe, die Ihnen wenigstens etwas Unterstützung gewährt, *wer* steht: ein Kommunist. Selbstverständlich gibt Ihnen das zu denken. Sonst hätten Sie ja nicht erklärt, daß Sie genau das vor den streikenden Arbeitern bei Ihnen zu Hause geheimhalten wollen. Ich glaube Ihnen schon, daß es ursprünglich einmal ganz gewöhnlicher menschlicher Anstand war, der Sie zum Handeln trieb; aber –«, sie verzog ihre Lippen, »schauen Sie sich an, in welche Gesellschaft Sie dadurch geraten sind!«

»Sehr anziehende Gesellschaft«, sagte er, spürte aber sofort, daß die Floskel fehl am Platze war.

»Mißverstehen Sie mich nicht«, fuhr sie fort. »Ich bin kein Missionar, der Ihnen die einzig wahre und alleinseligmachende Religion einreden will. Ich versuche Ihnen zu helfen, denn Sie haben ja vorhin etwas davon gesagt, daß Sie in Ihrem Drecknest so ganz allein und auf sich selber angewiesen seien. Wenn Sie in diesem Gefühl so weitermachen, wird der Druck, unter dem Sie stehen, eines Tages so groß werden, daß Sie daran kaputtgehen.«

»Ich bin ziemlich zäh«, unterbrach er sie. »Zäher, als Sie annehmen, Miss Beasley.«

»Vielleicht«, sagte sie. »In früheren Zeiten mochte es ja genügt haben, wenn einer zäh war und Courage hatte. Aber jetzt ist es nicht mehr genug. Als die Menschen anfingen, quer über den Ozean zu segeln, war es nicht mehr genug, die Erde als einen flachen Teller zu sehen, um den die Sonne kreist. Man muß wissen, daß die Erde rund ist. Man muß eine Perspektive haben. Die Liberalen enden damit, daß sie mitten in der Luft hängen. Und ich meine: *hängen!*«

Sie blickte ihn streng an; ihre Unbedingtheit erweckte seinen Widerstand. Sie war eine alte Jungfer mit innerem Feuer, dachte er, der weiblichen Welt fürchterlichste Abart. Es war unsinnig, mit ihr die Idee seiner großen politischen Organisation diskutieren zu wollen. So sagte er denn: »Ich bin aber kein Liberaler. Ich bin ein nüchterner Politiker.«

Sie lachte, ein herzliches, frauenhaftes, verständnisinniges Lachen, das die Spannung von ihm nahm. »Ein Idealist sind Sie, Mr. Hale. *Das* ist Ihr Problem.«

Sie steckte ihre Handschuhe in die Tasche und ließ sich von ihm in den Mantel helfen. Sie gestattete ihm, dem gähnenden Kellner zu zahlen und sie zum Eingang des Hotels zu begleiten und dort mit ihr zu warten, bis der Portier ein Taxi beschaffte. Bevor sie einstieg, reichte sie ihm die Hand. »Eigentlich können Sie gar nicht so allein sein in Ihrem Drecknest«, sagte sie. »Sie haben doch Ihre Frau, und wenn Ihre Frau nur einigermaßen ihrem Vater, Mr. Bilek, ähnelt –«

»Kommen Sie gut nach Hause«, sagte er. »Und Dank für alles.«

Im Lift erinnerte er sich an Miss Beasleys Voraussage, daß er eines Tages unter dem Druck kaputtgehen würde. Unsinn, dachte er, reine Proselytenmacherei. Diese Kommunisten, dachte er. Da saßen sie in den großen Städten, wo es viel leichter war, die Menschen zu beeinflussen, und wo ein Mann mehr oder weniger anonym bleiben konnte – sollten sie doch mal in einen Ort wie Goldsborough kommen und versuchen, unter den Kumpels, die er dort kannte, zu arbeiten; sollten sie doch mal versuchen, gegen einen Typ wie Geoghan aufzutreten! Was würden ihnen dann ihre Theorien und ihre Bücher und ihre Losungen nützen – gegen die schmutzige Wirklichkeit des Alltagslebens? ... Und doch blieb bestehen, daß von all den Menschen, mit denen er im Verlauf des Streiks zu tun gehabt hatte, sie die Sache am klarsten gesehen – und etwas Entscheidendes unternommen hatte.

Die Sache verfolgte ihn bis in seinen Schlaf. Phantasiebilder bedrängten ihn, in denen Rosemary und Miss Beasley abwechselnd auftauchten, um ihn zu quälen. Und jedesmal, wenn sein Schlaf tief und traumlos zu werden versprach, bewegte sich Bilek oder begann zu schnarchen und weckte ihn auf. Es war ein Wunder, dachte Hale, daß ein Wesen wie Rosemary von diesem um sich stoßenden, schwitzenden Menschen neben ihm gezeugt werden konnte. Das zweite Wunder war, daß dieser Mensch irgendwie die Fähigkeit entwickelt hatte, über das Leben nachzudenken und diese Gedanken mit solchem Gefühl auszudrücken, daß andere Menschen innerlich berührt wurden. Und das dritte Wunder war seine eigene Entschlossenheit, es in diesem Bett auszuhalten.

Wahrscheinlich bin ich eben doch ein Idealist, dachte er.

## *Fünfzehntes Kapitel*

»Guten Tag, guten Tag, guten Tag!... Na, wie geht's unserm Pizza-Koch?«

Lonsdale, in blühender Gesundheit, mit rötlich angelaufenem Gesicht und wohl genährt, stand in der Tür, ergriff Mercadantes Hand und preßte sie.

Mercadante versuchte sich frei zu machen, um die Tür zu schließen, denn die kalte Zugluft von draußen wehte ihm ins Haus. »Komm rein!« sagte er ungeduldig. »Soll ich mir deinetwegen noch eine Lungenentzündung zuziehen?«

Lonsdale folgte der Aufforderung. Mercadante führte Lonsdale ins Wohnzimmer, wo der Radioapparat Orgelmusik ertönen ließ. Lonsdale rümpfte die Nase. Das Zimmer roch nach Knoblauch.

»Meine Frau macht mir gerade was zum Essen«, sagte Mercadante. »Der Mensch muß schließlich auch mal essen, bevor er zur Arbeit geht. Ich kann diese Pizzas schon nicht mehr ansehen.«

Lonsdale schob sich den Hut nach hinten, öffnete seinen Mantel und ließ sich in den Lehnstuhl sinken. Mercadante sah tatsächlich blaß aus; vielleicht ließ Pinto ihn gehörig in der Pizzeria schwitzen, vielleicht war das Pizza-Backen auch keine so angenehme Beschäftigung, obwohl es Arbeit über Tage war. Überhaupt Arbeit, dachte Lonsdale, das heißt körperliche Arbeit – davon ist noch niemand reich geworden.

»Freude macht's dir also nicht?« wollte er wissen.

Mercadante zuckte die Achseln. »Es hat eben nicht jeder so eine schöne, angenehme Stellung wie du, Bruder Lonsdale!«

»Wie kann meine Stellung schön und angenehm sein, solange Leute wie du Gewerkschaftsvorsitzende sind!« Lonsdales Mund wurde noch schiefer; das so entstehende Lächeln erhöhte Mercadantes Unbehagen.

»Was willst du also?« fragte er.

Lonsdale deutete mit dem Daumen. »Stell zunächst mal den Lärm ab.«

Die plötzliche Stille veranlaßte Mrs. Mercadante, eiligst zu erscheinen. Sie war eine abgemagerte Frau mit strähnigem Haar, in ihren Augen ein Ausdruck, als sei sie dauernd auf der Flucht. Sie erblickte den Gast, machte eine hastige Bewegung, als wollte sie sofort zur Küche zurück, wagte es dann aber doch, sich ihrem Mann zu nähern und ihm etwas zuzuflüstern.

Mercadante nickte. »Die Frau will wissen, ob du mit uns essen möchtest.«

»Danke«, sagte Lonsdale. »Ich habe schon gegessen.«

Mrs. Mercadante war nun erst recht ratlos und stand unentschlossen da.

»Na, warum gehst du nicht?« fuhr Mercadante sie an. »Kannst du nicht sehen, daß wir was zu besprechen haben, was nur Männer angeht?«

Mrs. Mercadante verließ das Zimmer so atemlos, wie sie eingetreten war.

»Du hättest ruhig bei uns essen können«, sagte Mercadante, der sich nicht entscheiden konnte, ob er beleidigt sein sollte oder nicht. »Das bißchen Fraß macht uns auch nicht arm.«

»Es handelt sich nicht ums Essen«, sagte Lonsdale, »sondern um die Zeit! Wenn man sich mal bei jemandem an den Tisch setzt, kann man nicht einfach alles herunterschlingen und dann weggehen, man kann den Gastgeber nicht beleidigen.«

»Und warum die Eile?« fragte Mercadante.

Lonsdales Worte, sein Ton, seine ganze Haltung irritierten Mercadante und erzeugten sogar gewisse Befürchtungen. »Was ist eigentlich wieder los!« sagte er erregt. »Du kommst hier hereingeschneit; du sagst nicht, was du von mir willst; du ißt nicht mal einen Teller Spaghetti mit mir; du machst alle möglichen Andeutungen; du führst dich auf wie der Mensch vom FBI, der neulich hier war, nur daß der Kerl sich wenigstens wie ein Gentleman benommen hat –«

»Red mir doch keinen Unsinn!« sagte Lonsdale, beschloß aber, sich die Mitteilung über den Besuch des FBI-Mannes bei Mercadante auf alle Fälle zu merken. »Ich will nur ein paar Fragen an dich stellen.«

»Zum Beispiel?«

»Zum Beispiel: Wie, stellst du dir vor, leitet man eine große Gruppe unserer Gewerkschaft? Zum Beispiel: Wer hat eigentlich die Führung über deine Leute? Zum Beispiel: Warum befindest du dich nicht bei den Streikposten, statt einem Mann wie Kennedy das ganze Geschäft zu überlassen? Glaubst du, deine Mitglieder sind blind? Oder daß sie kein Gehirn im Kopf haben, kein Gedächtnis, überhaupt nichts? Wer wird deiner Meinung nach der nächste Vorsitzende der Gewerkschaftsgruppe 1769 sein – ein gottverfluchter Hilfskoch in einem gottverfluchten dreckigen italienischen Restaurant etwa?«

Die Ader, die seitlich an Mercadantes Hals nach dem Ohr hin verlief, schwoll bläulich an, und seine Augen kniffen sich zusammen. Welches Recht hatte dieser verfressene, aufgeblasene irische Lump, ihn –

»Das ist nicht nur *meine* Meinung«, fügte Lonsdale gleichmütig hinzu. »So hört man's von den Kumpels.«

Dieser zusätzliche Hinweis beunruhigte Mercadante noch mehr. Zufrieden bemerkte Lonsdale, wie Mercadante innerlich zu kochen anfing.

»Allmächtiger Jesus Christus!« rief Mercadante aus und gestikulierte mit beiden Armen. »Was soll ich denn auf Streikposten stehen, wenn's gar keine Streikposten gibt, nur Banden, die Lastautos auf den Landstraßen überfallen und Eisenbahnzüge stoppen? Ich bin ein Gewerkschaftsfunktionär geradesogut wie du, Bruder Lonsdale, und ich bin nicht dazu da, mich gegen das Gesetz zu vergehen! Und mein Verhalten entspricht genau dem, was die Gewerkschaft fordert. Unser Gewerkschaftspräsident in Washington – was tut *er* denn? Führt *er* den Streik vielleicht? Hände weg von der Sache, das ist seine Politik! Und du, Bruder Lonsdale – ich hab noch von niemandem gehört, der gesehen hätte, wie du auf Streikposten stehst oder überhaupt etwas tust, um den Streik zu fördern – du hast ja noch nicht mal das Mehl aus der Regierungsreserve beschafft, das du seinerzeit im Rathaus versprochen hast und worauf die Leute immer noch warten! Aber dafür beziehst du ja auch ein fettes Gehalt von der Gewerkschaft, und was bekomme ich? Einen Dreck! Da muß ich eben Arbeit annehmen; und es ist ehrliche Arbeit; acht Stunden am Tag, und manchmal auch zehn oder elf, steh ich am heißen Ofen und backe Pizzas!...«

»Jaja«, sagte Lonsdale, »es ist überall kein leichtes Leben.«

Die Bemerkung reizte Mercadante weiter. »Jedenfalls streik ich genauso wie alle anderen!« verteidigte er sich. »Was willst du mehr von mir? Wenn gewisse Leute Lastautos umkippen und dunkle Sachen mit Güterzügen anstellen, das ist ihre eigene Angelegenheit – aber du willst mir doch nicht etwa sagen, unsre Gewerkschaftsgruppe und der Distrikt Pittsburgh und die Gewerkschaft sollen sich da beteiligen! Mein Gott, diese Bundespolizisten, die sind doch sogar hierher zu mir gekommen, und einer von ihnen hat dort auf dem Stuhl gesessen, wo du jetzt sitzt, und man hat mich verhört, als ob ich ein gemeiner Verbrecher wäre, aber ich hab ja alle Nachbarn zu Zeugen gehabt, daß ich in der Nacht damals zu Hause und in meinem Bett war. Stell dir doch mal vor – wenn die imstande gewesen wären, die Sache unserer Gewerkschaftsgruppe anzuhängen? Wo wäre ich dann gewesen, na?«

»Wo du dann gewesen wärst?« fragte Lonsdale. »In einer wesentlich besseren Situation, mein lieber Mercadante, als in der, worin du dich jetzt befindest.«

Das ging über Mercadantes Verstand. Wer hatte ihm denn ursprünglich empfohlen, den Streik zu verhindern und die Kumpels bei der Arbeit zu halten? – Lonsdale. Und wer machte ihm jetzt Vorwürfe, daß er nicht genug für den Streik tat? – derselbe Lonsdale. Vielleicht würde ihm Lonsdale auch noch empfehlen, das Kreisgericht oder das Postamt oder die First National Bank in die Luft zu sprengen!

»Wo du gewesen wärst –«, wiederholte Lonsdale, mißbilligend den Kopf schüttelnd. »An der Spitze deiner Gewerkschaftsgruppe wärst du gewesen, statt im luftleeren Raum. Kannst du denn nicht sehen, daß die Lage sich seit Beginn dieses Streiks gründlich verändert hat? Kannst du nicht sehen, daß man einen Streik, der schon so lange dauert und ungebrochen weitergeht, nicht dem Selbstlauf überlassen kann, und daß man die Kumpel nicht sich selbst überlassen kann, während du deine lächerlichen Tomatentorten fabrizierst? Der Streik gerät uns doch völlig aus der Hand! Wir haben doch jetzt schon kaum eine Kontrolle mehr! Es kann uns noch passieren, daß die Kumpel sich ihre eigenen Gedanken machen und ihre eigenen Forderungen aufstellen, und daß sie mehr fordern, als unser Gewerkschaftspräsident in Washington ihnen geben kann – und das würde ein schönes Durcheinander werden. Es kann uns noch passieren, daß die Kumpel nicht in die Gruben zurückgehen, wenn die Zeit kommt und wir ordnen an: Zurück zur Arbeit! Und was dann?! Und es kann uns auch noch passieren, daß der Vorsitzende der Gewerkschaftsgruppe 1769 platt auf dem Arsch sitzt, weil er sein Pöstchen verloren hat – und würde dir das so angenehm sein? Würde es dir angenehm sein, wenn unsere anständige amerikanische Gewerkschaft in die Hände einer Gesellschaft von Roten und Ausländern fiele? Hast du denn nur deine Pizzas im Kopf, daß du nicht merkst, worauf Leute wie dieser Kennedy hinarbeiten und was für Pläne sie haben, er und sein Freund Hale und noch ein paar andere? Wenn diese Radikalinskis eine Organisation auf die Beine stellen können, die die Straßen im ganzen Kreis Goldsborough und im Pokie-Tal und herunter bis nach Uniontown und nach Pittsburgh beherrscht – was soll sie dann davon abhalten, deine Gewerkschaftsgruppe und andere Gruppen in unserer Gewerkschaft zu schlucken, und was soll sie davon abhalten, die politische Macht in Goldsborough an sich zu reißen und vielleicht auch in anderen Städten und eine regelrechte Revolution zu machen? Was soll sie davon abhalten – kannst du mir das sagen, Bruder Mercadante?«

»Heilige Mutter Gottes!« sagte Mercadante und wischte sich seine verschwitzten Handflächen an den Hosen ab.

»Jawohl, mein Herr!« sagte Lonsdale, und schob sich seinen Hut noch weiter nach hinten. »Man muß dem einen Riegel vorschieben, und zwar jetzt, bevor alles gänzlich in Unordnung gerät.« Sein Gesicht zeigte auch nicht die Spur eines Lächelns mehr, obwohl der Mund schief nach oben gezogen war. »Also, Bruder Mercadante, als Vertreter des Distrikts unserer Gewerkschaft gebe ich dir den guten Rat: Binde dir mal die Schürze ab und benimm dich endlich als Führer deiner Gewerkschaftsgruppe, was nämlich eigentlich deine Funktion ist. Verstanden?«

»Aber –«, sagte Mercadante.

»Was heißt: *Aber?*«

»Du meinst doch nicht, ich soll – nun, daß ich – du kannst doch nicht von mir verlangen, daß ich auf die Landstraßen hinausgehe und diese Kohlenlaster stoppe und auf wildfremde Menschen schieße und mich anschießen lasse, und die ganze Gewalttätigkeit – das ist doch unamerikanisch, und wenn die Polizei kommt, die wissen ja nicht, daß ich ganz anders denke – denen ist's gleich; wer das Gesetz bricht, bricht das Gesetz, auch wenn man es bricht, um es zu verteidigen – verrückt ist das!...«

Lonsdale lachte.

»Und du, Bruder Lonsdale – ich hör dich reden und reden, aber tust du was?«

»Vielleicht tu ich auch was«, sagte Lonsdale. »Es wäre nicht das erstemal in meinem Leben, daß ich einer Pistole in die Mündung blicke...« Das stimmte übrigens; nur war er stinkbesoffen gewesen damals in dem Hotel in Pittsburgh, und die Pistole, die auf dem Tisch lag, hatte einem von Geoghans Jungen gehört, der ihm eine noch fast volle Flasche anbot und sagte: Bedienen Sie sich, Herr Bürgermeister *in spe*, und schlafen Sie ruhig wieder ein, wenn Sie wissen, was gut für Sie ist.

Mercadante stemmte die Ellbogen auf den Tisch und sein Kinn auf die Fäuste; er sah niedergeschlagen aus.

»Mach dir keine überflüssigen Sorgen«, tröstete Lonsdale. »Für jetzt verlange ich von dir nur eins: daß du mich in allem, was ich sagen werde, unterstützt.«

»Sagen werde – wem?«

»Kennedy«, antwortete Lonsdale, als ob das gar nichts wäre. »Ich habe Kennedy eingeladen, hierherzukommen.«

Mercadante fuhr auf. »Nein!«

»Du hast doch hoffentlich nichts dagegen!«

Mercadante schwieg. Erst nach einer Weile murmelte er: »Ich muß was zu essen haben.« Und rief dann: »Julia! Bring mir einen Teller Spaghetti! Und die Fleischsauce!«

Lonsdale sah zu, wie Mercadante schlang und sich den Schlund mit großen Schlucken schwarzen, schwer gesüßten Kaffees spülte. Nach jedem Schluck wischte er sich den Mund mit einer fettigen Papierserviette und stieß diskret auf. Ein Vieh, dachte Lonsdale, ein gieriges, dummes Vieh.

»Es wird dir noch leid tun, daß du nicht mitgehalten hast.« Mercadante tunkte seine Sauce mit einer dicken Scheibe Brot auf. »Ich sage dir, nach einem guten Essen sieht die Welt anders aus.«

Lonsdale knurrte etwas.

»Ich sage dir«, fuhr Mercadante fort, »ein richtiges gutes italienisches Essen kann man nur in Amerika kochen. Weißt du warum?«

»Woher soll ich das wissen?« sagte Lonsdale.

»Weil wir hier alles haben!« lachte Mercadante. »Drüben in Italien, da arbeiten die Leute im Schweiße ihres Angesichts und verdienen nicht mal genug für ein Stück Brot. Aber hier? In Amerika kann man noch immer einen ehrlichen Dollar machen, wenn nicht so, dann auf andere Art. Die dummen Hunde, die da herumjammern, daß sie ihre Familien nicht ernähren können, die haben einfach nicht genug Grütze im Kopf. Aber ich zum Beispiel, ich gehe zu meinem alten Freund Pinto, und ich sage zu ihm –«

Er würde seine Philosophie noch weiter entwickelt haben; aber draußen klingelte es. Es war Kennedy.

»Wie geht's, Bruder Lonsdale!« sagte Kennedy kühl.

»Danke der Nachfrage!« sagte Lonsdale. »Danke. Und dir, und den Kindern? Und was macht die schöne Mickie?« Das interessierte ihn tatsächlich; er hatte Mickie nicht gesehen seit – ja, seit einer Woche, einer vollen Woche jetzt; komisches Mädel, das sich plötzlich nicht blicken ließ; vielleicht wollte sie was von ihm, was wirklich Wertvolles, bevor sie sich auf den Rücken legte, eine Armbanduhr zum Beispiel oder Brillanten; man mußte herausfinden, wonach ihr der Kopf stand; aber die ganze letzte Woche hatte er alle Hände voll zu tun gehabt, Konferenzen mit Colloredo in Pittsburgh und Konferenzen mit Geoghan in Goldsborough und die Festlegung einer vollständig veränderten Taktik. Für einen Gewerkschaftsfunktionär war ein Streik leider nicht die beste Zeit, um sich eine neue Puppe aufzutun, besonders eine Puppe wie Mickie.

»Mickie geht's gut«, sagte Kennedy. »Den Kindern geht's auch gut. Sie kriegen nicht genug zu essen, um sich den Magen zu verderben; das ist auch ein Vorteil.«

Lonsdale lachte; auch Mercadante lachte, und stellte seinen leeren Teller hinter einen Blumentopf auf der Kredenz.

»Was zu trinken?« bot er an.

»Selbstverständlich«, sagte Kennedy.

»Immer«, sagte Lonsdale.

Mercadante offerierte den billigen Rye, und goß ein.

Kennedy trank sein Glas herunter und schüttelte sich.

»Mehr?« fragte Mercadante.

»Ich bin nicht gekommen, um mich vergiften zu lassen.«

Lonsdale, der seinen Schnaps nicht angerührt hatte, lachte wieder. »Nein, deshalb nicht, Bruder Kennedy. Ganz gewiß nicht.«

Kennedy nahm Platz. Er wußte, weshalb er gekommen war: um diesen beiden auf den Zahn zu fühlen. Gestern, nachdem Lonsdale in der Polonia-Halle hinterlassen hatte, er möchte sich doch zum Zweck einer Besprechung zu dritt bei Mercadante einfinden, hatte er Jamieson in die Sache eingeweiht. Jamieson und er hatten übereingestimmt, daß man die Aufforderung nicht einfach übergehen konnte. Jamieson drückte es so aus: Wo Rauch ist, ist die Schnapsbrennerei nicht weit. Und es war ja auch möglich, daß die streikenden Bergarbeiter durch ihren Kampf soweit an Bedeutung gewonnen hatten, daß der Distrikt und Lonsdale nicht länger so tun konnten, als gäbe es keine Streikorganisation. Auf jeden Fall war es das erste Anzeichen, daß auf der anderen Seite sich etwas rührte.

Lonsdale wartete auf eine Frage von Kennedy. Da keine kam, erhob er sich von Mercadantes Lehnsessel und klopfte Kennedy auf die Schulter. »Zunächst möchte ich dir gratulieren.«

»Wozu?« Kennedy zog die Brauen hoch. Er schob sein Schnapsglas Mercadante hin. »Ich glaube, ich nehme doch noch was von deinem Gift.«

»Zu dem sauberen kleinen Ding mit dem Kohlenzug«, sagte Lonsdale, »das ihr gedreht habt. Alle Achtung! Sogar im Distrikt in Pittsburgh hat man darüber gesprochen und gesagt: Stolz können wir auf diese Kumpel sein!«

Kennedy trank seinen Schnaps aus, setzte das Glas auf den Tisch und lächelte Lonsdale freundlich ins Gesicht. Von Lonsdale zu Geoghan, dachte er, von Geoghan zur Polizei. Für wie dumm hält der Kerl uns eigentlich? »Ja«, sagte er, »zu uns nach Pritchett Heights sind auch so ein paar liebenswürdige Herren gekommen und haben sich unterderhand erkundigt. Was ich in der berühmten Nacht getan hätte, und wo ich gewesen wäre. Bitte schön, ich lag zu Haus in meinem eigenen Bett. Wenn man so wenig zu knabbern hat wie wir in diesen Tagen, Bruder Lonsdale, dann braucht man seinen Schlaf in der Nacht, nur damit man am Tage nicht umkippt.«

Lonsdale nahm seinen Hut ab und zog sich den Mantel aus und warf beides auf den Lehnsessel. Dann stellte er sich vor Kennedy hin, breitschultrig und breitbeinig. »Du und ich, Bruder Kennedy«, sagte er im Brustton der Überzeugung, »wir haben manchmal auf verschiedenen Seiten gestanden, und das aus sehr guten Gründen. Aber wenn du hier andeuten willst, daß ich dich im Auftrag der Polizei aushorche, dann schlage ich dir die Fresse ein, und es soll mir dabei gar nicht darauf ankommen, ob ein paar von Mercadantes Möbeln mit in die Brüche gehen.«

Mercadante sprang auf. »Laß mir meine Möbel heil!« rief er besorgt. »Die sind alle voll bezahlt –«

»Beruhige dich!« sagte Kennedy zu Mercadante. Er hatte keine Absicht, sich mit Lonsdale herumzuprügeln; den Spaß konnte er jeden Tag haben. »Ich habe nichts andeuten wollen, Bruder Lonsdale. Ich habe dir nur gesagt, daß weder ich noch irgendein Kumpel, den ich kenne, etwas mit dem Kohlenzug zu tun hat, ob du's glaubst oder nicht.«

»Also schön«, sagte Lonsdale. »Solange wir uns gegenseitig verstehen.« Er zog einen Stuhl heran und drehte ihn so, daß die Lehne nach vorn zu stehen kam, und setzte sich rittlings darauf, obwohl ihm die Querleiste gegen den Bauch drückte. »Bleibt die Tatsache«, sagte er, »daß es eine Leistung war und uns außerordentlich genützt hat. Das ist genau die Art Aktion, die den Tagebau-Unternehmern beweist, daß sie mit ihren Streikbruchmethoden auf die Dauer nicht durchkommen werden.«

Mercadante erinnerte sich an seine Verpflichtung, Lonsdales Worte zu bekräftigen. »Bei Gott!« versicherte er, »nur so kann man's ihnen zeigen!«

Kennedy betrachtete Lonsdales Hintern, der zu zwei Dritteln über den Sitz des Stuhls hing. »Dann such dir doch selber einen Eisenbahnzug aus«, sagte er schließlich, »und treib damit deine Kinkerlitzchen, wenn du glaubst, daß das so eine wunderbare Idee ist.«

Lonsdale nahm eine Packung Chesterfields aus der Tasche und bot Zigaretten an. »Eine gute Idee wäre es schon«, sagte er, »aber bei weitem noch nicht die beste. Darum habe ich dich ja gebeten, hierher zu kommen, Bruder Kennedy – um genau diesen Punkt zu besprechen. Ich weiß, daß du dich in diesem Streik sehr eingesetzt hast; aber das haben wir alle getan, jeder auf seine Weise. Ich kann dir mitteilen, daß die Unternehmer bei unseren Stellen in Washington schon vorgefühlt haben. Sie wollten wissen, was wir fordern würden, um den Streik einzustellen. Und unser Gewerkschaftspräsident hat ihnen klipp und klar erwidert: Ihr wißt, was wir verlangen, und ihr habt es von Anfang an gewußt, und ihr habt es schon gewußt, lange bevor der erste Kumpel in den Gruben der Vereinigten Staaten die Arbeit einstellte... Das bedeutet also, daß die Unternehmer weich werden. Das bedeutet also, daß wir zusammenhalten müssen für den letzten Ruck, damit wir den Streik erfolgreich abschließen und gewinnen. Stimmt's?«

Kennedy klammerte die Hände um die Knie. Er mußte sich zurückhalten, damit er nicht aufsprang und Halleluja rief. Man war über den Berg, und es war ein schwerer Aufstieg gewesen; niemand außer ihm selbst und ganz wenigen anderen konnte wirklich ermessen, wie schwer es gewesen war; aber jetzt sah man das Ende des Weges schon und das Tal auf der anderen Seite des Bergs, und ein bißchen Sonne brach durch die Wolken. Der Druck seiner Hände ließ nach. Die Nachricht hörte sich gut an; aber man durfte nicht vergessen, *wer* sie brachte, und man mußte erfahren, *warum* sie ihm gerade jetzt mitgeteilt wurde. Gewiß, da die Kumpels gezeigt hatten, daß sie den Streik durchführen und die Gruben stillegen und den Tagebau-Unternehmern empfindliche Schläge versetzen konnten, war es natürlich, daß der Distrikt und Mercadante einhaken wollten. Das war die eine Möglichkeit. Doch gab es viele Möglichkeiten. Und ein paar hundet Arbeiter vertrauten ihm und er war ihnen gegenüber verantwortlich, und es war seine Pflicht, vorsichtig zu sein.

»Stimmt's?« wiederholte Lonsdale leutselig.

»Wie wär's, wenn du uns fürs erste etwas Geld zur Verfügung stellst?« sagte Kennedy. »Ein paar Millionen aus dem Streikfonds, den jemand uns vorenthält.«

Lonsdale rieb sich bedächtig die Nase. »Du weißt doch, Bruder Kennedy, daß das nicht in unserer Macht liegt. Du kennst die Gerichtsverordnung; und möchtest du, daß die Bundesgerichte und der Kongreß und der Präsident der Vereinigten Staaten alle zusammen uns an die Kehle springen?«

»Geld möchten wir«, sagte Kennedy.

Lonsdale seufzte. Er hatte nicht im Sinne, oppositionelle Fraktionen in seiner Gewerkschaft zu finanzieren; und auch Colloredo in Pittsburgh würde keine zehn Cents für so etwas bewilligen. »Ich werde versuchen, was ich kann«, sagte er. »Alles hängt ab von –«

»Wovon?«

»Oh – diesem und jenem ...«

Vielleicht will er mich kaufen, dachte Kennedy. Aber die Geldfrage war nicht von Lonsdale aufgebracht worden, sondern von ihm selber.

»Hör zu«, fuhr Lonsdale fort, »ich habe die schon vorhin erklärt, worum es geht. Ich habe dir einen Wink gegeben, daß die Arbeit mit den Kohlenlastern und dem Güterzug in der richtigen Richtung liegt. Aber es ist nicht genug. Es ist ein Treffer, aber noch nicht ins Schwarze. Kapiert?«

»Vielleicht.«

»Man muß den Gegner treffen, wo er am verwundbarsten ist.«

Lonsdale wartete; Kennedy aber blieb stumm wie ein alter Indianer.

»Verstehst du denn nicht? Man muß sie treffen, wo die Kohle herkommt! Direkt in den Tagebau-Gruben, direkt ins Herz!«

»Ins Herz!« unterstrich Mercadante.

Kennedy drückte den Stummel seiner Zigarette aus und nahm sich eine neue, die Lonsdale ihm hinhielt.

»Wer ist der größte Tagebau-Unternehmer hier in der Gegend?« sagte Lonsdale, und beantwortete die eigene rhetorische Frage: »Cummings! Das weißt du doch! Der Bursche hat sich hier breitgemacht wie ein Kuhfladen auf der Wiese. Nun, ich meine, wir sollten soviel Leute wie möglich zusammenbringen und mit einem großen Schlag ihm den Laden ein für allemal zumachen. Das wird die kleineren Krauter abschrecken, und danach werden wir Ruhe haben, und der Rest des Streiks wird uns leicht und einfach werden.«

»Glaubst du?« sagte Kennedy trocken.

»Anerkennung, wem Anerkennung gebührt!« Lonsdale wies auf Mercadante. »Eigentlich stammt der Gedanke von ihm, obwohl wir den Plan dann zusammen entwickelt haben. Ich betone das besonders, Bruder Kennedy, weil ich das Gefühl habe, du und Mercadante, ihr seid in letzter Zeit nicht so glänzend miteinander ausgekommen. Und ich meine auch, daß die Kumpels in eurer Gewerkschaftsgruppe von Mercadantes Beitrag unterrichtet werden sollten.«

Mercadante hüstelte bescheiden.

»Ich halte den Vorschlag für ausgezeichnet!« sagte Lonsdale.

»Ich verstehe nur nicht...«, sagte Kennedy nachdenklich.

»*Was* verstehst du nicht?« frage Lonsdale. »Ist doch nichts Kompliziertes dabei! Wenn man die Sache groß genug aufzieht, werden die Streikbrecher weglaufen wie die Hasen und werden sich ihr Lebtag nicht mehr auf einer von diesen verdammten Tagebau-Gruben sehen lassen!«

»Ich verstehe *dich* nicht«, sagte Kennedy. »Seit wann beschäftigt sich der Distrikt mit solchen Projekten? Ich hab immer gedacht, für euch in Pittsburgh und für die Zentrale in Washington existiert der Streik nicht!« Einen Augenblick lang zeigten sich die Zahnstummel in Kennedys Mund; dann war das Lächeln wieder verschwunden.

»Glaubst du wirklich, Bruder Kennedy«, fragte Lonsdale, »ein so großer Bergarbeiterstreik, bei dem praktisch sämtliche Mitglieder der Gewerkschaft beteiligt sind, könnte gegen den Distrikt Pittsburgh oder gegen den Präsidenten der Bergarbeitergewerkschaft in Washington geführt werden?«

Die Frage hatte ihre Berechtigung: Kennedy erinnerte sich an das Telegramm mit dem Befehl zur Wiederaufnahme der Arbeit, das Mercadante ihm und Bilek und Jamieson und den anderen an jenem Nachmittag in Pintos Pizzeria gezeigt hatte, und er erinnerte sich, welch geringe Bedeutung Mercadante dem Telegramm geschenkt hatte. Gewöhnlich wurde ein Dokument, gezeichnet mit den bekannten und berühmten Anfangsbuchstaben, nicht so leichthin abgetan.

»Es ist allerdings möglich«, sagte Kennedy langsam, »daß wir den Streik nicht *gegen* euch führen; aber ganz gewiß führen wir ihn *ohne* euch.«

Lonsdale schnappte nach Luft, sein Bauch schnellte zurück. Dann lachte er kurz auf. »Könnte es nicht sein, Bruder Kennedy, daß du doch nicht alles weißt? Könnte es nicht sein, daß wir im Distrikt und unsere Führer unten in Washington in dieser Lage einiges unternommen haben, wovon du nichts weißt und nie etwas erfahren wirst?«

»Könnte schon sein«, gab Kennedy zu.

»Schließlich werden wir nicht nur dafür bezahlt, daß wir am Schreibtisch sitzen!« sagte Lonsdale, und Mercadante nickte bekräftigend.

Kennedy hatte seine eigene Meinung über die Gründe, aus denen Leute wie Lonsdale ihr Gehalt erhielten. Er entnahm Lonsdales Packung eine dritte Zigarette, zündete sie in aller Ruhe an und sagte, während er das Streichholz noch hielt: »Jedenfalls, Bruder Lonsdale, ist es erfreulich, daß du dich bereit erklärt hast, überhaupt etwas zu tun. Die Frage, wieso du mit deinem Vorschlag gerade *jetzt* kommst, ist mir dabei ziemlich unwichtig; und ich wäre auch der letzte, einem geschenkten Gaul ins Maul zu schauen –« das Streichholz war bis zu seinen Fingerspitzen heruntergebrannt, und er ließ es in einen Aschenbecher fallen – »aber ich möchte eines wissen: Warum ausgerechnet Cummings?«

»Warum ausgerechnet *nicht* Cummings?«

»Cummings war der erste, der seine Kohlenlaster bewaffnet hat. Also liegt der Schluß nahe, daß jede seiner Tagebau-Gruben eine regelrechte Festung ist.«

Lonsdale zuckte die Schultern. »*Ich* habe keine Angst!...« Und sich Mercadante zuwendend: »Hast *du* welche?«

Mercadante lachte.

Kennedy wartete ab, bis Mercadante sein gekünsteltes Lachen einstellte. Dann sagte er: »Dieser Cummings ist uns schon ein- oder zweimal über den Weg gelaufen. Er stammt nicht aus Goldsborough, er ist auch nicht hier in der Gegend ansässig. Ein unbekannter junger Mann taucht von ungefähr ein paar Wochen, vielleicht auch ein paar Monate vor dem Streik hier auf. Frage: Wo kriegt er das Geld her, um sich mehrere Tagebau-Gruben zuzulegen? Frage: Wer gibt ihm bewaffneten Schutz? Frage: Wer stützt ihn, und für wen ist er der Strohmann?«

Gott verdamme Kennedy und sein Pokergesicht! dachte Lonsdale. Kennedy hatte zwar nur gefragt, was auf der Hand lag; aber es klang doch, als ob er mehr wüßte. Was aber konnte einer wie Kennedy schon wissen, tröstete sich Lonsdale. Nur zwei Menschen waren in das Geheimnis eingeweiht: Geoghan und er selbst – und die Türen, hinter denen sie die Sache besprochen hatten, waren doppelt verschlossen und absolut schalldicht gewesen.

»Das sind Detailfragen«, sagte er. »Die Hauptsache ist: schlagen wir Cummings, dann hören die andern von selber auf. Soll er Strohmann sein, für wen er will – *seine* Gruben sind die größten, und die müssen wir ihm zumachen.«

»Selbst wenn er der Strohmann für Lou Geoghan ist?« fragte Kennedy.

Auch Lonsdale konnte, wenn notwendig, ein Pokergesicht machen. Aber diesmal fiel es ihm schwer.

Ein eingeplantes Risiko, so hatte Geoghan zu ihm gesagt. Sie, mein lieber Lonsdale, werden den Überfall organisieren, und wir sorgen dafür, daß der Widerstand echt aussieht; im strategisch richtigen Augenblick ergibt sich Cummings; und nachher stehen Sie und Ihr Mann Mercadante als die Helden des Pokie-Tals da. Dann sollte es Ihnen doch ein Kinderspiel sein, Ihre Gewerkschaftsgruppe wieder in die Hand zu bekommen.

Ein Kinderspiel, jawohl, dachte Lonsdale. Aber wer garantierte ihm, daß Kennedy nicht die halbe oder auch die ganze Wahrheit erriet und den schönen Plan, über dem man so lange gebrütet hatte, vereitelte? Der elende Hundsfott! dachte Lonsdale, und gleichzeitig: nur nicht nervös werden, alter Junge – auch der Kennedy kann nicht Gedanken lesen – auch Kennedy ist im Grunde nur ein dummer Kumpel wie die andern.

»Du spinnst ja!« sagte er. »Du magst von Lou Geoghan denken, was du willst, aber für so blöd kannst du ihn nicht halten, daß er in Streikbruch macht, wenn er von den Wahlstimmen der Arbeiter lebt. Hilflose alte Frauen mag er bestechen und die letzten Pennies der Witwen und Waisen mag er sich einstecken; aber politischen Selbstmord begeht er nicht. Damit ist deine Theorie über eine Verbindung zwischen Cummings und Geoghan hinfällig.«

»Richtig.« Kennedy schien Lonsdales Gedankengang zu akzeptieren. Aber dann fügte er hinzu: »Und außerdem wäre es nicht wahrscheinlich, daß du dir besondere Mühe geben würdest, um Geoghan wehe zu tun.«

Der neue Angriff, hinterlistig, von der Flanke her, kam unerwartet. Aber Lonsdale faßte sich schnell. »Ich bin mit Geoghan befreundet«, erklärte er kategorisch, »weil die Gewerkschaft die Politiker ebenso braucht, wie die Politiker die Gewerkschaft brauchen. Außerdem bin ich Parteidemokrat; ich mache da gar kein Geheimnis draus. Aber vor allem und zunächst einmal bin ich Mitglied und Funktionär unserer Gewerkschaft; und zum Wohl und zum Besten der Gewerkschaft würde ich diese Tagebau-Grube stillegen, auch wenn sie meinem eigenen Bruder gehörte!«

Mercadante grinste und murmelte beifällig.

»Also bitte schön!« sagte Kennedy. »Hau die Grube in Klump,

wenn du willst! Meinen Segen hast du und nimm Mercadante auch gleich mit, wenn es ihn so glücklich macht, Kopf und Kragen zu riskieren!«

Kennedy bemerkte, wie es Mercadante das Grinsen verschlug. Aber das war ein geringfügiger Triumph und täuschte Kennedy nicht über die Gefahr hinweg, die darin lag, daß Lonsdale ihn beim Wort nehmen konnte. Der Überfall auf Cummings' Tagebau-Grube war eine Provokation. Wieso, war ihm noch nicht klar, auch nicht, wie die Provokation im Einzelnen durchgeführt werden sollte; aber daß es eine Provokation war, dessen war er sicher. Außerdem wußte er, daß Lonsdale und Mercadante, wenn sie jetzt zur Polonia-Halle fuhren und die Kumpel zur Aktion gegen Cummings' Grube aufriefen, genügend Leute mobilisieren würden, um es ihm unmöglich zu machen, sich dagegen zu stellen. Sie würden ihn in eine Lage hineinmanövrieren, in der jeder Widerstand gegen die Provokation so aussehen würde, als versuche er, die Reihen der Bergarbeiter zu spalten und den Streik nur nach seinem eigenen Gutdünken und zu seiner persönlichen Selbstbeweihräucherung zu führen. Vielleicht bezweckte Lonsdale unter anderem, ihn in diese Zwickmühle zu bringen...

Lonsdale packte die Lehne des Stuhls, stützte sich schwer darauf, und erhob sich. Ein vergnüglicher Gedanke war ihm gekommen: wir sitzen eben doch nicht beim Poker, Bruder Kennedy, und bei diesem neuen Spiel werde ich dich schlagen, weil ich nämlich weiß, wie die Karten liegen, aber du nicht. »Ich glaube, Bruder Kennedy«, sagte er ruhig, »wir werden nach Plan verfahren, obwohl du uns im Stich läßt. Zufällig habe ich bereits mit einigen führenden Männern in anderen Gewerkschaftsgruppen über Mercadantes Vorschlag gesprochen, und sie waren alle dafür, daß man so kräftig wie möglich gegen Cummings losschlägt... aber wenn du nicht mithalten willst – es kann dich keiner zwingen!« Er blickte Kennedy an. Kennedys kupferfarbenes Gesicht hatte einen Schuß ins Graue bekommen. Mit gespieltem Bedauern fügte Lonsdale hinzu: »Ich wollte dir unsere nächsten Schritte nur mitgeteilt haben, weil ich mit jedem zusammenarbeiten möchte, der etwas in diesem Streik geleistet hat... Komm mit, Mercadante! Wir fahren zur Polonia-Halle und reden dort mit den Kumpels und bringen die Sache in Gang!«

»Jetzt gleich?« sagte Mercadante.

»Jetzt gleich!«

Mercadante spürte die Spaghetti, die er gegessen hatte, wie einen Klumpen im Magen. Er hatte sich die ganze Zeit damit getröstet, daß Kennedy die Aktion leiten würde, wie er jedes gefährliche Unternehmen während des Streiks geleitet hatte; nun aber, da Kennedy ausschied, würde er selbst in der vordersten Linie stehen müssen, denn Lonsdale würde selbstverständlich den großen General markieren und sich nicht blicken lassen, wo die Kugeln flogen. Und Pinto wartete auf ihn in der Pizzeria, und wenn er nicht bald hinkäme, würde Pinto ihn entlassen...

Lonsdale zog sich den Mantel an. Er beobachtete Kennedy. Falls Kennedy auch zur Polonia-Halle kam und es sich in den Kopf setzte, den Arbeitern von dem Unternehmen abzuraten...

Kennedy griff nach seiner Mütze. »Ich hab mir's anders überlegt«, sagte er knurrig.

»Du wirst also doch mit deinen Leuten kommen und uns helfen, die Cummings-Grube stillzulegen?«

»Jawoll!« sagte Kennedy.

»Na endlich!« sagte Lonsdale im Ton männlich-freundschaftlicher Anerkennung. »Ich hab ja gewußt, daß du dich überzeugen lassen wirst!«

Kennedy war nicht wohl bei der Sache. Er hatte sich erpressen lassen müssen, denn bei all dem großen Gerede Lonsdales über die Aktion gegen die Grube blieb unausgesprochen die wirkliche Drohung – die Drohung, Gewerkschaftsgruppe 1769 und alle Gewerkschaftsgruppen im Pokie-Tal zu spalten. Er aber, um die Einheit zu erhalten und um den Streik fortsetzen zu können, mußte sich Lonsdale und Mercadante anschließen, obwohl er Gefahr lief, daß die Schuld auch auf ihn fallen würde, wenn etwas schiefging. Aber es war immer noch besser, an einer faulen Sache teilzunehmen und das Schlimmste zu verhüten zu suchen, als mit geknebeltem Mund und gebundenen Händen irgendwo abseits zu sitzen.

»Eine Bedingung aber!« forderte er.

»Wenn's nicht das Blaue vom Himmel ist –«, sagte Lonsdale, »genehmigt!«

»*Ich* führe die Kumpels von Goldsborough!«

Also hat er angebissen! dachte Lonsdale und zog seinen Mund schief. Hat angebissen und will sich gleich sein Fetzchen Renommee sichern!

»Das ist meine Bedingung!« sagte Kennedy.

»Aber selbstverständlich sollst du deine Leute führen«, versicherte ihm Lonsdale, »wer denn sonst?« Und dachte sich: nur so weiter, Bruder Kennedy, streich dir ruhig das Kleingeld ein – aber Mercadante kriegt die Gesamtleitung, und ich bin auch noch da mit dem gesamten Prestige des Distrikts hinter mir, und wer zuletzt lacht, lacht am besten.

»Bruder Kennedy!« Mercadante legte seine Hand auf Kennedys Schulter. »Du bist doch ein anständiger Kerl!«

Kennedy zuckte die Achseln, die Hand glitt ab.

Schon zahlenmäßig war es eine eindrucksvolle Demonstration. Mit einem Mal war Geld für Benzin dagewesen. Mercadante hatte es gegen Quittung ausgezahlt, und jetzt trafen die Wagen, einer nach dem anderen, am Treffpunkt ein.

Der Treffpunkt war eine Lichtung im Walde, die während des Sommers als Picknickgelände benutzt wurde, nahe der Stelle, wo die Straße nach Richfield steil abfiel. Die Straße durchschnitt hier schluchtartig den Berg, und wer den Blick dafür hatte, konnte zu beiden Seiten die grauschwarzen, verwitterten Ausstriche des Upper-Freeport-Flözes erkennen, desselben Flözes, das Cummings dreiviertel Meilen weiter westlich abbaute.

Kennedy mußte zugeben, daß der Treffpunkt gut gewählt war – nicht zu weit vom Ziel, von den Straßen aus leicht zu erreichen, und doch abseits und verborgen. Lonsdale mußte die Gegend hier gründlich ausgekundschaftet haben.

Bis jetzt verhielt sich Lonsdale keineswegs schlecht. Er gab sich selbstsicher, ohne dabei überheblich zu erscheinen. Er sprach ruhig und doch aufmunternd, und bei der Ankunft der Kumpel von den verschiedenen Gewerkschaftsgruppen fand er stets Gelegenheit, einen oder zwei von ihnen mit Namen zu begrüßen. Im ganzen machte er den Eindruck, als handele er nach einem gründlich durchdachten Plan und wisse genau, was er wollte. Mercadante, ein doppelläufiges Jagdgewehr über der Schulter, hielt sich neben ihm, gab Befehle wie ein General, und zeigte, wie unentbehrlich er war.

Jetzt verließ Mercadante seinen Posten und schritt quer über die Lichtung auf die Stelle zu, wo Kennedy mit Webb und Jamieson und Tashlian und Joey Smith und einigen anderen stand. »Lonsdale läßt dich zu sich bitten«, teilte er Kennedy mit. »Stabskonferenz!« Dann nickte er den anderen einen kurzen Gruß zu und wandte sich gewichtig zum Gehen.

»Arschloch!« sagte Tashlian.

Kennedy ließ sich seine Unruhe nicht anmerken. »Wir werden ja bald genug wissen, wann und wo wir uns in acht zu nehmen haben...«, sagte er, packte sein Gewehr, hing es sich mit dem Lauf nach unten über die Schulter, so daß die Mündung gegen den nieselnden Regen geschützt war, und folgte Mercadante.

Lonsdale stand im Schutz einer knorrigen Fichte. Er trug hohe Schnürstiefel, Breeches und eine pelzgefütterte Lederjoppe, am Halse offen, so daß sein schwarz-rot kariertes Wollhemd sichtbar war. Auf seinem Hinterkopf saß ein zerbeultes grünes Filzhütchen; das war aber auch das einzige Kleidungsstück, das nicht so aussah, als ob es erst gestern aus einem Sportgeschäft gekommen wäre. Er schüttelte Kennedy herzhaft die Hand und stellte ihm die beiden Männer vor, die bereits vor ihm zu dieser sogenannten Stabskonferenz erschienen waren. Sie seien die aktivsten Führer des Streiks in ihren betreffenden Gewerkschaftsgruppen, lobte Lonsdale. Kennedy, der die zwei bis dato weder irgendwo gesehen noch von ihnen gehört hatte, schloß aus Lonsdales Worten, daß sie in ihren heimischen Gefilden eine ähnliche Rolle wie Mercadante spielten.

»Ihr seid also die Truppführer«, begann Lonsdale. »Wir teilen unsere gesamten Kräfte in drei Trupps ein und nähern uns auch auf drei verschiedenen Anmarschwegen der Grube – das ist klar?«

Es war klar.

»Getrennt marschieren, vereint schlagen!« sagte Lonsdale. »Das nennt man Strategie.«

Die zwei Truppführer und Mercadante erklärten ihre Zustimmung zu dieser Konzeption von Strategie; Kennedy beschränkte sich aufs Zuhören.

»Vor ein paar Tagen habe ich mich hier ein bißchen umgesehen.« Lonsdale grinste schlau. »Die Grube sieht folgendermaßen aus: Auf einem Gelände ungefähr fünfhundert mal siebenhundert Meter hat Cummings die Erddecke abräumen lassen. Den Abraum hat man in drei hohen Kippen auf der Nordseite, der Westseite und der Südseite der Grube aufgeschüttet. Entlang der offenen Seite, also östlich der Grube, verläuft eine Zubringerstraße zur Chaussee nach Richfield. Ziemlich dicht seitlich der Straße befindet sich die Separationsanlage der Grube; auf der anderen Seite der Straße streckt sich eine von der Natur geschaffene Anhöhe. Die Grube ähnelt also einer Bratpfanne, wobei die natürliche Anhöhe und die Kippen den Rand der Pfanne darstellen.«

»Und in dieser Pfanne werden wir Mr. Cummings rösten!« verkündete Mercadante.

»Du bist jetzt nicht in der Pizzeria«, sagte Lonsdale.

Die zwei anderen Truppführer lachten; Kennedy hielt sich immer noch zurück; Mercadante kaute auf seiner Unterlippe.

»Dein Trupp ist Trupp Nummer eins«, instruierte Lonsdale den Mann zu seiner Rechten. »Trupp Nummer eins besetzt die Kippen nördlich, westlich und südlich der Grube und schneidet den Streikbrechern die Flucht über die Kippen ab.« Und zu dem andern gewandt: »Du führst Trupp zwei. Du teilst deinen Trupp und blokkierst die Straße nördlich und südlich der Grube, damit uns weder Lastautos noch Personenwagen durch die Lappen gehen; wir wollen diesmal alles fassen. Gleichzeitig bildet dein Trupp die Reserve, falls Reserven irgendwo gebraucht werden sollten.«

»In Ordnung«, sagte der erste Mann.

»Gemacht«, sagte der zweite.

»Und du, Bruder Kennedy – dein Trupp wird der stärkste sein, weil er den Angriff übernimmt. Du kommst von der Höhe östlich der Grube herunter, überquerst die Straße und gehst in Richtung der Separationsanlage vor.« Er machte eine Pause, kratzte sich die Nase und fragte sich, ob er irgend etwas vergessen habe. Aber er hatte alles, was er sich zu erwähnen vorgenommen hatte, erwähnt. »Das ganze Unternehmen«, sagte er abschließend, »könnte man als eine Einkesselung großen Stils bezeichnen. Colloredo in Pittsburgh sagt, es wäre der gescheiteste Plan, der ihm seit langem vorgekommen ist; aber meiner Meinung nach ist unser Manöver eine Selbstverständlichkeit, wenn man die Lage der Grube kennt.«

»Na schön«, sagte Kennedy, »kannst du uns aber vielleicht auch sagen, was wir tun sollen?«

»Ich dachte, ich habe dir das gerade auseinandergesetzt!«

»Nicht daß ich wüßte!...«

Lonsdale blickte Kennedy ärgerlich an. »Ich werd's dir also noch mal erklären. Wir bilden drei Trupps –«

»Das ist mir schon klar«, sagte Kennedy.

»Oh – du meinst den Zeitpunkt!« rief Lonsdale erleichtert. »Es ist jetzt vierzehn Uhr zwanzig. Nehmen wir an, wir marschieren vierzehn Uhr dreißig los. Wir brauchen ungefähr eine halbe Stunde, um zu Fuß durch den Wald hindurch in unsere Ausgangsstellungen zu kommen; um absolut sicherzugehen, sagen wir fünfundvierzig Minuten. Demnach gebe ich genau um fünfzehn Uhr fünfzehn das Signal – hier, mit dieser Pfeife –« Er zog eine funkelnagelneue, schnittig gebaute Pfeife hervor, die er an einer Schnur um den Hals trug. »Ich hab sie zu Hause ausprobiert. Die Toten könnte man damit aufwecken, sage ich euch...«

»Aber was *tun* wir, bitte schön?« fragte Kennedy stur. »Nachdem du in dein Blechdings geblasen hast?«

Lonsdale zögerte. Nach dem Signal – das war zwischen ihm und Cummings abgemacht, und auch das war bis in die letzte Einzelheit ausgearbeitet.

Schließlich beschwichtigte er: »Na ja, zunächst einmal jagen wir den Mistfinken dort gehörig Angst ein!«

»Und wenn sie sich keine Angst einjagen lassen?«

»Herrgott nochmal!« Lonsdale wurde ganz rot im Gesicht. »Wir haben mehr als dreihundert Mann zusammengeholt, jeder ein Bergarbeiter, der weiß, worum es geht, keiner ein Schwächling, und die in ihrer Grube sind höchstens fünfundzwanzig oder dreißig Mann... Vielleicht werden sie auszukneifen versuchen; das haben wir ihnen aber schon verbaut. Ist doch alles im Plan vorgesehen, Bruder Kennedy, und ich begreife nicht, worüber du noch diskutieren mußt –«

»Darüber, was wir tun werden!« sagte Kennedy und wiederholte mit Betonung: »*Nachdem* es gepfiffen hat, Bruder Lonsdale!« Und dachte: Jawohl, nachdem es gepfiffen hat. Dann kommt die Provokation.

»Heilige Jungfrau!« Mercadantes geheime Befürchtungen brachen plötzlich durch, »du beabsichtigst doch nicht, diese Leute so mir nichts, dir nichts umzulegen!«

»Nein«, sagte Kennedy. »Aber ich möchte verhindern, daß unsere Leute so mir nichts, dir nichts umgelegt werden.«

Lonsdale lachte laut. »Was du dir für Sorgen machst! Das ist doch ein armseliges Häufchen von Farmarbeitern und Arbeitslosen, die nichts weiter wollen als rasch ein paar Dollars verdienen. Aber ich sage dir, was wir tun werden. Wir werden die Grube stillegen, ganz wie ich dir neulich erklärt habe. Wir werden sie so stillegen, daß dort kein Brocken Kohle mehr gefördert werden kann, solange unser Streik dauert – und danach wohl auch noch.«

»Und wie soll das getan werden?«

Lonsdale überlegte einen Moment. »Wir können ja mit der Separation anfangen«, schlug er dann vor. »Und außerdem stehen da Maschinen herum, die keine allzu rauhe Behandlung vertragen...« Und dachte, während er sprach: der Cummings soll lieber aufpassen und nicht lange herumfackeln und sich beeilen mit der Übergabe. Sonst...

»In anderen Worten«, sagte Kennedy, »und so, daß alles eindeutig festliegt: Unsere Aufgabe, wie du sie siehst, ist anzugreifen, durchzubrechen, die Streikbrecher zu fassen, zu entwaffnen und die Grube so zuzurichten, daß sie bis zum Ende des Streiks nicht mehr in Ordnung gebracht werden kann.«

»Ja –«, sagte Lonsdale, nun doch etwas unsicher. »Ja, natürlich. Nur wenn –«

Kennedy wartete.

Lonsdale zerrte an der Pfeifenschnur. »Ganz wie du gesagt hast, Bruder Kennedy«, erklärte er mit plötzlich wieder fester Stimme. »Angreifen, durchbrechen, die Burschen fassen, entwaffnen, und alles kaputt schlagen!« – Was kam es schon darauf an, was er Kennedy sagte. Der Ablauf der Ereignisse war gründlich vorbereitet, die

Rollen waren sorgfältig einstudiert, und im übrigen würde er Kennedy schon an der Kandare halten. »Um vierzehn Uhr dreißig rükken wir ab!« sagte er. »Und Glück auf!«

»Um vierzehn Uhr dreißig«, bestätigte Kennedy.

Der Regen hatte aufgehört, als er über die Lichtung zu seinen Kumpels zurückging. Ein unangenehm frostiger Wind wehte; Kennedy zitterte vor Kälte.

Sie zogen am Rand eines Feldes entlang. Schnee lag in den Furchen. Dann kamen sie wieder in den Wald.

Es wurde nicht viel geredet, obwohl Kennedy noch keine Anordnung gegeben hatte, stille zu sein. Eigentlich brauchte er überhaupt kaum Befehle zu geben. Durch den Streik und den Kleinkrieg, den der Streik mit sich gebracht hatte, waren die Bergarbeiter von Pritchett Heights zu einer Art Einheit geworden; jeder war auf den anderen eingespielt. Dies gab Kennedy ein Gefühl der Kraft und des Vertrauens auf sich und seine Leute – trotzdem er in eine Sache hineinmarschierte, von der sich nicht sagen ließ, wie sie ausgehen würde.

Er hatte seine Befürchtungen nicht geheimgehalten. Eines hatte er in diesem Streik gelernt; je weniger man vor den Kumpels verbarg, desto freier fühlten sie sich, und desto mehr vertrauten sie einem. Vor dem Abmarsch vom Treffpunkt hatte er ihnen seine Bedenken mitgeteilt; nur könne er ihnen leider nicht genau sagen, was faul sei und aus welcher Richtung die Bedrohung kommen mochte. »Sonst haben wir immer gewußt«, hatte er ihnen erklärt, »worauf wir aus waren, und wir konnten uns daher ausrechnen, wie sich der Gegner verhalten wird. Aber die Veranstaltung heute liegt in den Händen von Bruder Lonsdale; und worauf *er* aus ist, darüber bin ich mir noch nicht ganz im klaren...«

Eine Weile hatten die Kumpel verdrossen dagestanden und geschwiegen. Viele von ihnen waren in der Tradition der Bergarbeitergewerkschaft aufgewachsen und kannten nichts Weiseres und Vertrauenswürdigeres als ihre Funktionäre; Kennedy erwartete die Frage: Was willst du uns eigentlich da andeuten? Oder: Wenn du derart im Dunkeln tappst, warum hast du uns in die Sache hineingezogen?... Dann hätte er ihnen seine Gründe dafür dargelegt: daß es nicht zwei verschiedene Gewerkschaften geben durfte, die zwei verschiedene Bergarbeiterstreiks nach zwei verschiedenen Richtungen hin führten...

Aber keiner stellte Fragen. Im Gegenteil, Joey Smith sagte plötzlich etwas sehr Anständiges. »Wir stecken alle zusammen in dieser Sache«, hatte er gesagt, »und solange wir zusammenhalten, wird es auch in Ordnung gehen.« Dann hatte er an seiner langen Oberlippe gezupft, als wollte er noch weiterreden. Aber Tashlian hatte für ihn gesprochen. »Bruder Kennedy«, hatte er gesagt, »wir schätzen das – daß du uns gesagt hast, wie es steht, und daß du dir selber nicht im klaren bist. Unter uns sind vielleicht welche, die sind dumm; aber so dumm ist keiner, daß er nicht wüßte, wenn ihm ein X für ein U vorgemacht wird. Wir werden eben die Augen offenhalten, und wenn jemand eine Provokation versucht, wird er bei uns an den Falschen kommen. Und danke schön für die Aufklärung.«

Jesus Christus, dachte Kennedy, wenn sie bloß immer so zusammenhielten – aber sobald der Streik vorbei war, würden sie wieder in ihr altes Verhalten zurücksinken, und die Zeitungen und Pater Ryan und Pater Barbieri und der Rundfunk und der brave Lonsdale würden wieder anfangen können, sie zu bearbeiten.

Ein niedrig hängender Zweig peitschte ihm ins Gesicht. Er fluchte. Hinter sich hörte er Jamiesons Keuchen. Jamieson hätte lieber zu Hause bleiben sollen; er trug immer noch einen dicken Verband unterm Hemd. Aber er hatte erklärt: Ich komme mit! Kennedy hörte Webbs rasche Schritte. Webb versuchte, an die Spitze des Zuges zu kommen. Kennedy wandte sich um: »Na, freust du dich auf die Rauferei, Pete?«

»Ja«, sagte Webb. »Ich freu mich schon darauf.« Jetzt war Webb neben ihm. »Wie geht's Mickie?« sagte er heiser.

»Gut, nehme ich an. Allerdings hab ich in der letzten Zeit nicht viel Gelegenheit gehabt, mich um sie zu kümmern.«

»Ich hab sie auch nicht gesehen«, sagte Webb.

Kennedy hörte nur halb hin. Seine Aufmerksamkeit galt den Geräuschen um ihn herum – dem schmatzenden Laut der Schuhsohlen auf dem schlammigen Boden, dem Flüstern der Stimmen, dem

Knacken der Zweige, dem Rascheln der toten Blätter. Jemand lachte, hörte auf zu lachen. Jemand zündete ein Streichholz an.

»Pete?«

»Ja?«

»Warum besuchst du Mickie nicht mehr?«

Webb schwieg.

Warum reizt es mich eigentlich immer, ihn zu hänseln? dachte Kennedy, und sagte: »Wenn wir heute abend heimkommen, Pete, nehm ich dich mit zu mir, eine Tasse Kaffee wird für dich übrig sein.« Und dachte: Pete Webb hatte Mut und Pete war treu. Pete hatte seinen Essenträger als erster geleert und damit den Streik in der Sarah-Pritchett-Grube begonnen. Wenn man sich Petes ein bißchen annahm und ihm die Marotte aus dem Kopf schlug, daß er ganz allein und aus eigener Kraft durch ehrliche Arbeit reich werden könnte, dann mochte sogar etwas Rechtes aus ihm werden. »Also«, sagte Kennedy, »abgemacht?«

Aber da lichtete es sich zwischen den Stämmen. Ein paar Meter vor ihm endete der Wald. Er blieb stehen und hob die Hand. Alles verstummte. Nur der Wind raschelte in den Zweigen; und irgendwo hackte ein Specht gegen eine Baumrinde.

Kennedy drang vor bis zum Waldrand. Tief unter ihm erstreckte sich ein schmutziges Band: die Straße. Die Strahlen der müden Sonne funkelten schwach auf den vereisten Pfützen in den Wagenspuren. Dann sah er einen verwitterten, hölzernen Bau mit winzigen Fenstern und Wellblechdächern: die Separationsanlage. Darunter stand ein Lastauto, in das die aus der Separation kommenden Kohlen fielen. Weiter draußen auf dem schwärzlichen Gelände der Grube kroch ein Exkavator hin und her auf seinen Raupenketten, tauchte gelegentlich seinen Löffel in die Kohle und hob ihn langsam wieder. Wenn sich außer der Bedienungsmannschaft des Exkavators und dem Fahrer im Führersitz des Lasters noch andere Menschen auf dem Gelände der Grube befanden, so hielten sie sich wahrscheinlich in einer Art Werkzeugschuppen auf, der in der Nähe der Separationsanlage stand.

»Sieht ganz friedlich aus, was?«

Das kam von Lonsdale, der sich die Hände rieb und die Szenerie philosophisch betrachtete. Lonsdale war zwischen den Bäumen hervorgetreten und stand, schwarze Silhouette gegen das zarte Grau des Himmels, am Grat des Abhangs, als mache es ihm nicht viel aus, ob er gesehen wurde oder nicht. Es war kurz vor fünfzehn Uhr fünfzehn.

Und auf einmal fiel es Kennedy wie Schuppen von den Augen – nicht daß er die nächsten Ereignisse in all ihren Einzelheiten voraussah, aber die neue Position der Fronten wurde ihm klar. Er und die Kumpel hatten den Streik so gut wie gewonnen. Daher war das, was *nach* dem Streik kommen würde, zur Hauptfrage geworden. Daher hatte die feindliche Front sich ausgeweitet und umschloß nun, neben den Kohlenbossen und den Streikbrechern und den Tagebau-Unternehmern und der Polizei und dem Hunger, jede Kräftegruppierung im Lande, die sich durch die wachsende Stärke der Bergarbeiter bedroht fühlte. Er dachte an Hales Sammlung von Zeitungsausschnitten. Doc hatte recht gehabt. Der Streik war nur ein Teil des Kampfes. Der Sieg im Streik war nur ein Teilsieg. Aber um wenigstens diesen Teilsieg zu sichern, mußte der Kampf weitergeführt werden, bis der Kumpel seines Stücks Brot und des Dachs über seinem Kopf sicher war, ganz gleich, was gegen ihn unternommen wurde.

Der Exkavator hatte angehalten. Ein Mann sprang aus der Kabine und rannte quer übers Gelände auf die Separation zu.

Kennedy blickte suchend über die Kippen hin. Auf den Kämmen dieser Gebirge, erzeugt von den Menschen aus dem die Kohle bedeckenden Erdreich und Geröll, zeichneten sich winzige Figuren ab – Trupp Nummer eins; und Trupp Nummer eins hatte sich zu früh bemerkbar gemacht. Lonsdale sah nervös auf seine Uhr. Dann blies er die Pfeife.

Kennedy setzte sich sofort in Bewegung. Das Gewehr vor der Brust, kletterte und sprang er den Hang hinab, mit den Absätzen Halt suchend in dem immer wieder nachgebenden Boden. Lonsdale rutschte auf seinem Hintern hinunter, Breeches und Lederjacke erhielten rasch eine Panzerung aus feuchtem Lehm. Vergeblich versuchte er, an Grasklumpen oder Steinen Halt zu finden, rief aber anfeuernd: »Vorwärts, Jungs!« Der ganze Abhang war bedeckt mit springenden, gleitenden, rollenden, fallenden Menschen; es sah aus, als sei der Berg lebendig geworden.

Kennedy erreichte die Straße als erster. Er sah sich um. Aus dem Schuppen in der Nähe der Separation waren mehrere Männer getreten; im Augenblick schienen sie lediglich überrascht zu sein; jedenfalls ließ sich nichts erkennen, was auf Widerstand hindeutete. Nur der Fahrer des Kohlenautos suchte seinen Wagen rückwärts unter der Separation herauszumanövrieren, aber da die Kohle immer noch rollte, konnte er nicht anfahren.

Neben Kennedy, aus dem Straßengraben heraus, erscholl Lonsdales schrilles: »Vorwärts, Jungs!« Für Kennedys Ohr klang der Schlachtruf etwas übertrieben, künstlich. Kennedy winkte seinen Kumpels zu und überquerte gemütlichen Schrittes die Straße. Die erste Welle der Bergarbeiter, mit Webb und Jamieson, Tashlian und Smith voran, folgte ihm.

Längs des Grabens auf der anderen Straßenseite lief ein Stacheldraht, flüchtig zusammengenagelt, die Pfosten nur lose eingefügt. Kennedy setzte den Fuß auf den obersten Draht und trat kräftig nach unten. Der Draht gab nach; der nächste Pfosten sank zur Seite. Plötzlich war da auch Lonsdale, schwer atmend, hüpfte mit bemerkenswerter Beweglichkeit über den Zaun und rief: »Vorwärts, Jungs! und drauf und dran!« und gestikulierte mit den Armen, als ob er ruderte.

Kennedy sah die Pistole in Lonsdales Hand. Aber auch beim Gegner wurden Gewehrläufe sichtbar. Kennedy hatte sich dem Schuppen und der Separationsanlage so weit genähert, daß er Gesichter erkennen konnte. Einige erschienen ihm bekannt. Er war ihnen in der Stadt begegnet, sogar auch in der Polonia-Halle. Geoghans Gangster... Jetzt kam Webb von hinten, überholte ihn und schritt vor ihm her, als wolle er ihn mit seinem eignem Leib decken. »Wohl verrückt geworden, Pete?!« Kennedy stieß ihn zurück.

In dem Augenblick trat einer vor aus der Gruppe bei der Separationsanlage – Cummings. Auch Cummings hielt eine Pistole in der Hand. »Halt!« rief er. »Stehen bleiben!«

Kennedy ging weiter vor, die neben ihm gleichfalls, eine breite, unregelmäßige Welle.

»Halt!« rief Cummings wieder. »Wer näher kommt als fünfzig Meter, kriegt eine Kugel in den Bauch!«

Kennedy stutzte. Irgendwie war ihm das alles vertraut, irgendwo hatte er das alles schon gehört und gesehen. Aber vielleicht war der Moment vor dem ersten Schuß immer der gleiche, wo das Gefecht auch stattfand. Dann fiel es ihm ein. Landschaft, Angriffsstellung, Personen – wie aus dem Western, den er vor ungefähr zwei Monaten im Criterion-Theater in Goldsborough gesehen hatte. Die freiwillige Hilfspolizei war von gerade so einem Abhang aus auf gerade so einen Schuppen vorgegangen, und der Sheriff feuerte sie an: *Vorwärts, Jungs!* und der verfolgte Desperado trat aus dem Schuppen heraus und rief: *Halt! Stehen bleiben! Wer näher kommt*... und so weiter – nur konnte sich Kennedy nicht erinnern, ob es sich auch im Film gerade um fünfzig Meter gehandelt hatte. Jedenfalls hatte der Sheriff auch den Arm gehoben und seinen Helfern befohlen –

Lonsdale hob den Arm. »Halt!«

Die Bergarbeiter murrten, aber sie blieben stehen.

Kennedy spürte die Lachhaftigkeit des Ganzen.

»Wer ist der Anführer bei euch?« rief Cummings.

»Ich!« proklamierte Lonsdale.

»Dann treten Sie vor, allein und unbewaffnet. Ich komme Ihnen auf halbem Wege entgegen, unbewaffnet. Ich will kein Blutvergießen. Ich werde mit dem verantwortlichen Führer verhandeln – aber nur mit ihm.«

Ein Spiel mit verteilten Rollen, dachte Kennedy, nicht einmal dumm für den Zweck. Er hing sich sein Gewehr über die Schulter. Cummings würde die Grube übergeben und eventuell auch den Exkavator opfern, der sowieso schrottreif war, und die halb verfallene Separationsanlage. Viel Kohle war sowieso aus der Grube nicht mehr herauszuholen, das ließ sich aus der Nähe deutlich erkennen, und für eine Tagebau-Anlage dieser Größe waren ein Exkavator und ein Lastwagen sowieso nur ein Witz. Und mit dieser aufgewärmten Komödie würden Lonsdale und Mercadante sich die Berechtigung verschaffen, auf Jahre hinaus mit ihrem Sieg über die Tagebau-Unternehmer zu prahlen, und es würden sich auch genug Leute finden, die ihnen das abkauften.

Cummings hatte seine Pistole demonstrativ einem seiner Leute zugeworfen. Lonsdale trat auf Webb zu, der sich immer noch dicht an Kennedy hielt. Lonsdale sah zufrieden aus. »Wir haben sie in der Falle!« sagte er, so daß alle um ihn herum es hören konnten. Plötzlich blickte er Webb fest ins Auge, und hielt ihm die Pistole hin. »Heb das gut für mich auf, Bruder Webb!« Und da Webb zögerte, fügte er leiser, aber dennoch für die Umstehenden deutlich hörbar, hinzu: »Ich hab eine Ahnung, der Hundsfott drüben führt etwas im Schild. Du deckst mich also mit deinem Gewehr, Bruder Webb, und bei der ersten drohenden Bewegung, die er macht, feuerst du!« Er schwieg einen Moment. »Ich gebe mein Leben in deine Hand, Bruder Webb!«

Dann machte er kehrt und ging schweren Schritts Cummings entgegen.

Webb stand etwas hilflos da, in der Linken Lonsdales Pistole, in der Rechten das eigene Gewehr. Kennedy schüttelte den Kopf. Bruder Lonsdale mußte seines Spiels doch sehr sicher sein, wenn er gerade diesen Augenblick wählte, um seine Privatscherzchen mit Webb zu treiben... Vielleicht etwas zu sicher...

Webb steckte Lonsdales Pistole in die Tasche. In seiner Erinnerung sah er wieder die Windschutzscheibe des großen Buick und das dahinter aufflammende Feuerzeug und, dicht beieinander, Lonsdales und Mickies Gesichter. Dann, plötzlich entschlossen, ließ er die Sicherung seines Gewehrs nach unten schnappen, spannte den Hahn, hielt die Waffe schußfertig im Arm und stand, den Blick starr auf den Punkt gerichtet, wo Lonsdale und Cummings einander begegnen mußten.

Armer Junge, dachte Kennedy, und war auf einmal wütend auf Mickie. Und dann passierte es, und zwar in so rascher Folge, daß Kennedy, sooft er es auch später versuchte, die Ereignisse nicht genau rekonstruieren konnte. Soviel jedenfalls war sicher: Webb hob das Gewehr; vielleicht hatte er tatsächlich etwas Verdächtiges bemerkt, irgendeine drohende Bewegung. Dann rief er etwas, es klang wie: »Lonsdale! Achtung! *Frame-up!*« Kennedy blickte hinüber zu der Separationsanlage, aber dort hatten sie alle irgendwelche Waffen in der Hand, und es ließ sich nicht erkennen, ob einer zum Schuß ansetzte. Er wollte Webb zurufen: Ruhig bleiben, es ist alles nur ein Spiel, abgekartet, ein lausiges Theater...

Webb feuerte.

Beim Schuppen drüben schrie einer auf. Dann kam eine ganze Salve vom Schuppen und von der Separationsanlage her. Webb brach zusammen. Kennedy packte den Jungen bei der Schulter, schüttelte ihn. Webbs Kopf sank zur Seite. Die Augen standen weit offen, kindlich und erstaunt. Ein wenig Blut tröpfelte vom Mundwinkel herab übers Kinn.

Die streikenden Arbeiter stürmten vorwärts, aus dem Laufschritt feuernd, blindwütig, mit heiserem Gebrüll, das interpungiert wurde von dem Stakkato der Schüsse und dem scharfen Pfeifen der Kugeln. Kennedy stürmte mit, den Kolben seines Gewehrs gegen die Rippen gepreßt. Zunächst liefen noch andere neben ihm, dann fand er sich allein, den anderen voran. Und während der ganzen Zeit sah er Webbs Gesicht vor sich, überlebensgroß, mit dem dünnen Blutgerinnsel am Kinn. Und sah durch das Gesicht hindurch: die Streikbrecher und Gangster in Deckung gehen und sich feuernd verteidigen und sich absetzen, erst einzeln, dann in Gruppen, sah sie ihre Waffen wegwerfen und über die offene Kohle hinweg fliehen; sah Cummings gestikulieren; sah Lonsdales vergeblichen Versuch, sich der Flut der anstürmenden Bergarbeiter entgegenzustemmen; sah Lonsdale stürzen; sah Smith und Tashlian, wie sie Cummings packten; sah Jamieson von irgendwoher auftauchen; sah das Lastauto unter der Separationsanlage in Flammen aufgehen und zerfallen, sah die Flammen überspringen auf die Separationsanlage; sah den Schuppen krachend zersplittern –

Und dann war alles still, nur die Flammen knisterten noch, und schwere Schläge auf Metall ertönten von dem Exkavator her, den die von den Kippen heruntergestiegenen Kumpel in Schrott verwandelten.

Kennedy machte sich auf den Weg zu Webb. Auf einmal war da auch Mercadante, und Mercadante sagte: »Na also, haben wir's ja doch gewonnen, wo ist Lonsdale?« Kennedy schob ihn zur Seite. Mercadante fluchte. Dann sah Kennedy den knienden Jamieson.

Jamieson kniete neben Webb. Man hatte Webb flach gebettet, jemand hatte ihm einen zusammengefalteten Mantel unter den Kopf gelegt und das Blut vom Munde gewischt, und auf dem Hintergrund der schwarzen Kohle sah das Gesicht sehr weiß aus und wächsern.

Jamieson stand auf. In seinen Augen glitzerte es. »Er hat die Kugel nicht gespürt«, sagte er. »Er war gleich tot.«

Kennedy nickte. Webb hatte die Kugel nicht gespürt, hatte geglaubt, bis zum letzten Moment, daß er Lonsdale schützte. Es war ein Spiel gewesen, dachte Kennedy, abgekartet, mit gezinkten Karten. Und um welchen Einsatz? Um anderer Leute Blut. Pete Webbs Blut zum Beispiel.

Er bückte sich und strich den Mantel glatt, auf dem Webbs Kopf ruhte. »Bitte, Bruder Jamieson«, sagte er, »sorg dafür, daß Pete zurückgetragen wird.«

Ein paar Kumpel hoben die Leiche auf und trugen sie zur Straße hin.

»Ich hab noch etwas zu erledigen, Bruder Jamieson«, sagte Kennedy.

»Soll ich mitkommen?« fragte Jamieson.

»Nein. Danke.«

Er ging. Hinter dem ausgebrannten Skelett der Separationsanlage traf er auf Smith und Tashlian. Smith hinkte schwer, und Tashlian stützte ihn.

»Wo ist Cummings?« fragte Kennedy.

»Durch die Lappen gegangen«, sagte Tashlian.

Smith sah den Ausdruck auf Kennedys Gesicht und zerrte unbeherrscht an seiner Lippe. »Ich sag dir, wie's war. Wir waren zu viele auf ihm. Ich allein, oder ich und Tashlian, wir würden ihn schon gehalten haben. Aber alle wollten sie's ihm heimzahlen, und so ist er entwischt, hat sich aus dem Haufen herausgewunden wie ein Wiesel.«

»Und wofür habt ihr eure Gewehre?« fragte Kennedy.

»Ich hab geschossen«, sagte Tashlian. »Zweimal. Aber er ist im Zickzack gelaufen, und dann war er weg über die Kippe.«

»Und die Leute, die auf den Kippen stehen sollten?«

»Die waren doch mit dem Exkavator beschäftigt. Smith und ich haben ein paar von den Gangstern erwischt. Die werden eine lange

Zeit unbrauchbar sein. Und der Mann, der die Separation machte, ist zufällig heruntergefallen und hat sich etliche Knochen gebrochen. Und der Exkavator-Maschinist –«

»Wo ist Lonsdale?«

Tashlian zeigte über seine Schulter.

Kennedy ging in der angedeuteten Richtung und fand Lonsdale. Lonsdale saß auf der Erde, gegen einen Zaunpfosten gelehnt. Mercadante hatte sein Hemd in Streifen gerissen und war dabei, eine Fleischwunde in Lonsdales Bein zu verbinden.

»Du weißt, daß Pete Webb tot ist?« sagte Kennedy.

»Ja«, sagte Lonsdale.

»Und?«

Lonsdale stöhnte. »Was heißt: *Und?«*

»Du und Geoghan, ihr zwei habt ihn umgebracht«, sagte Kennedy.

Lonsdale versuchte, sich aufzurichten, sank aber mit einer Schmerzgrimasse zurück. Er wies auf sein Bein. »Vielleicht hab ich mir die Wunde auch selber beigebracht? Wozu hat der verfluchte Narr denn schießen müssen? Er hat uns doch die ganze Sauerei erst angerichtet!... Und komm mir ja nicht noch mal mit deinen falschen Beschuldigungen, oder ich –«

Kennedy packte Lonsdale beim Kragen und hob ihn auf und stellte ihn in passender Entfernung hin und hielt ihn mit der linken Hand fest. Lonsdales Mund öffnete sich zu einem stummen Hilferuf. Kennedy ballte seine Rechte zur Faust und hieb Lonsdale mitten ins Gesicht.

Das Gesicht war merkwürdig weich. Kennedy sah das Blut auf seiner Faust und sah, wie Lonsdale zusammensackte. Mercadante flüchtete.

# *Sechzehntes Kapitel*

In dem trüben, gelblichen Licht, das von nirgendwo zu kommen schien, erkannte sie den Lautsprecher, der dezent und unauffällig in der Ecke des Raumes angebracht war. Der Lautsprecher war für die Musik da. Später am Nachmittag, wenn mehr Leute kämen, so hatte Kass Koznewski gesagt, würde er Orgelmusik spielen lassen. Eigentlich gab es das nur bei einem Begräbnis erster Klasse.

Sie war schon einmal vorn in der Nische gewesen und hatte rasch hingeschaut und hatte sich dann gesagt: So, jetzt hab ich's gesehen, jetzt hab ich's hinter mir. Aber man konnte schlecht hier im Sessel sitzen bleiben, so allein und doch nicht allein. Das Ding da vorn in der Nische war wie ein Magnet.

Mickie stand auf und ging zurück zu dem Sarg.

Das obere Drittel des Deckels war zurückgeklappt und ließ den bauschigen weißen Satin sehen, mit dem der Sarg ausgelegt war. Pete lag still und starr in seinem engen Bett, den Kopf auf einem kleinen, weißen Kissen. Man hatte ihm ein weißes Hemd angezogen und einen schwarzen Anzug, an den sie sich gar nicht erinnern konnte, und hatte ihm eine graue Krawatte umgebunden. Sein Gesicht zeigte eine gesunde Bräune; Kass Koznewski hatte Pete nur flüchtig gekannt und hatte die falsche Sorte Gesichtspuder ausgesucht. Doch das empfand Mickie noch nicht als störend. Unerträglich war der Umfang des Gesichts. Es war viel größer und runder als im Leben – als hätte es schon angefangen, auseinanderzufließen. Es sah überhaupt gar nicht aus wie Petes Gesicht, obzwar es seine Nase und seine Stirn und sein Kinn und seine Ohren hatte und über der Stirn sein steifes, widerborstiges Haar. Seine Lippen waren so dünn und streng, und seine Lider waren nicht geschlossen wie bei einem Schlafenden; sie waren eingefallen und flach. Zu einem solchen Gesicht konnte man nicht sprechen. Es war zu tot. Es schloß einen aus.

Und all die Dinge, über die sie mit ihm hatte sprechen wollen und die nun ungesagt bleiben mußten! Über das Haus und die Rebhühner und das kleine Lastauto – warum hatte er nur nicht einsehen wollen, daß sie nicht die Frau war für so etwas? Und darüber, was an dem Abend damals passiert war, als sie die Straße nach Pritchett Heights hinaufgestolpert kam – hatte er denn nicht gewußt, daß es nie dazu gekommen wäre, wenn sie es nicht gewollt hätte? Warum hatte er sich auch immer so unmöglich benehmen müssen, wie ein tapsiger junger Hund, und warum hatte er kein Gefühl dafür gehabt, wie ein Mann sich ihr gegenüber aufführen mußte und was sie an einem Mann haben wollte? Als ob er taub gewesen wäre in seinem Leben; und nun im Tode war er gleichfalls taub, und das Kind in ihr wuchs und wuchs und würde weiterwachsen, bis es ihren Bauch so weit nach vorn schob, daß alle Welt es sehen und Fragen stellen würde; und sie würde nicht mehr zu ihm kommen können, um ihm zu sagen: Pete, ich hasse dich, und ich schwöre dir, du wirst keine ruhige, frohe Minute mehr haben in deinem Leben, aber heiraten wir. Davor hatte er sich gedrückt. Er hatte es getan mit ihr und sie gehabt, und sie mußte die Folgen tragen, und sie konnte ihm nicht einmal mehr was vorheulen und ihm Vorwürfe machen, denn es war ja gar nicht er, der da lag in dem schwarzen Anzug und den Kopf auf das Kissen gebettet.

O Pete, Pete, warum mußtest du auch vornan stehen in der ersten Reihe und dich erschießen lassen? Wenn du mich geliebt hast, warum mußtest du dich so dumm anstellen dabei? Vielleicht hätte ich mich auch anders verhalten und wäre zärtlich gewesen zu dir – aber eine Frau will geliebt werden für das, was sie ist, und nicht für das, was der Mann in ihr sehen will.

Alles Rütteln am Sarg würde ihn nicht wieder aufwecken. Alles Jammern und Wehklagen würde nichts helfen; nichts half mehr. Es nützte auch nichts, daß sie ihm zuflüsterte: Pete, ich liebe dich, ich hab dich immer geliebt, sogar wenn du zu Besuch kamst und dich so ungeschickt aufführtest und mir lauter Gefälligkeiten tun wolltest, und wenn ich dich ausschimpfte und ärgerte und auslachte und aus dem Haus trieb.

Und jetzt, Pete, was soll ich jetzt tun? Was kümmert's dich, ob ich in den Fluß gehe. Die großen Versprechungen, die du mir gemacht hast! Und was hab ich von dir bekommen – ein Kind. Dein Kind, Pete Webb, und wie ich es durchbringen und aufziehen soll, das sagst du mir auch nicht. Hab ich dir denn so weh getan? Ich hab dir nicht mehr weh getan, als irgendeine Frau irgendeinem Mann weh tut. Aber du, du hast dich erschießen lassen müssen und hast mir das angetan, und jetzt liegst du da, und bist nicht einmal du.

»Nun, Miss Mickie, sieht er nicht schön friedvoll aus?«

Sie hatte Kass nicht kommen hören, so dick war der Teppich. Der kleine rundliche Mann in dem dunklen Anzug stand neben ihr und starrte mit leidtragendem und doch fachlich urteilendem Blick in den Sarg. Dann beugte er sich ein wenig vor und zupfte die Krawatte des Toten zurecht und schnipste ein winziges weißes Fädchen von dem Revers herunter. »Ganz wie im Leben, nicht?« fragte er, wieder zu Mickie gewandt. »Sie waren eine Nachbarin von ihm?«

»Ja, Mr. Koznewski«, sagte sie und wünschte ihn zum Teufel.

Er legte seine Hand auf den Rand des Sargs, als wäre dieser ein Möbelstück in seiner Wohnung. »Ja, das nenne ich gutnachbarlich«, sagte er, »daß Sie hergekommen sind, ihn zu besuchen. Mitunter liegen die Armen hier den ganzen Tag allein, weil die Verwandten und Freunde nur abends Zeit haben. Ich komme dann manchmal und bleibe ein paar Minuten –«, er zuckte die Achseln, »aber es ist nicht das Richtige. Ich komme ja beruflich, es gehört zu meiner Pflicht. Haben Sie ihn gut gekannt?«

»Ich habe ihn gekannt«, sagte sie.

»Warum wollen Sie eigentlich nicht weinen?« riet er ihr. »Sie werden sehen, Sie fühlen sich hinterher viel wohler. Meinetwegen genieren Sie sich nur nicht. Wenn ich fünf Cents hätte für jede Träne, die ich in meinem Geschäft schon hab fließen sehen, dann wäre ich Millionär. Ich sage immer, ein Begräbnisinstitutsbesitzer ist ein halber Pfarrer, und eine Begräbniskapelle ist fast wie eine Kirche. Nach dem, was man mir über ihn erzählt hat, war Ihr Liebster ein sehr feiner junger Mann –«

»Er war nicht mein Liebster, Mr. Koznewski!« sagte sie.

»Selbstverständlich, selbstverständlich. Aber für viele Leute war es doch ein Schock. So ein junges Leben, so plötzlich abgeschnitten. Es war gar keine Kleinigkeit, bevor ich ihn hierher kriegen und herrichten konnte, daß er nach was aussah. Die Polizei und die Untersuchungsbehörde haben auf ihm gesessen, sozusagen. Aber Mr. Geoghan hat sich sehr bemüht; er hat mich angerufen und gesagt:

Es war ein Unfall, ein tragischer Unfall, und tu für den armen Burschen, was du kannst, Kass, und spar nicht an ihm.« Er lächelte sie wehleidig an. »Als Kinder, sind Sie da zusammen zur Schule gegangen?«

»Er war schon erwachsen, als er nach Pritchett Heights kam und sich ein Zimmer mietete«, sagte Mickie mit schwacher Stimme.

»Ist Ihnen nicht gut?« Er griff in seine Westentasche und brachte ein Fläschchen Riechsalz zum Vorschein. »Hab ich immer bei mir«, sagte er. »Hier – bedienen Sie sich!«

»Ich bin schon in Ordnung, Mr. Koznewski, besten Dank.«

Er steckte das Fläschchen wieder ein. »Da haben wir ihn dann abgeholt und ihn hierher gebracht, und ich hab mir gesagt: Kass Koznewski, hab ich mir gesagt, hier ist dieser bemitleidenswerte Mann, der so einen tragischen Unfall gehabt hat, und wie man mir mitteilt, wohnt er irgendwo in Untermiete und hat keine Familie, nur entfernte Verwandte in der Nähe von Chicago, und auch keine kleine Freundin, wenigstens was mir bekannt ist. Aber er ist Gewerkschaftsmitglied gewesen, seit er zum erstenmal eingefahren ist in eine Grube, und seine Gewerkschaftsbrüder haben ihn gern gehabt, und wenn sie nur das Geld dafür hätten, würden sie ihm ein Begräbnis erster Klasse geben. Also, Kass, hab ich mir gesagt, halte du ihn frei. Mach ihm ein Begräbnis erster Klasse mit Orgelmusik und einem Sarg, der mit Satin gefüttert ist, und richte ihn her, daß er aussieht, wie er geleibt und gelebt hat, denn so etwas werden seine Gewerkschaftsbrüder nicht leicht vergessen; und wenn ihre Zeit abgelaufen ist, an wen werden sie sich wenden? An Kass Koznewski.« Er nickte der Leiche nachdenklich zu und blickte Mickie kurz an und sagte: »Das ist mein Beitrag zum Streik.«

Mickie suchte nach ihrem Taschentuch. Aber sie konnte es nicht finden.

»Und die, die ihn geliebt haben«, sagte der Begräbnisunternehmer, »werden es auch hochzuschätzen wissen.« Er wandte sich um. »Guten Tag, Mr. Kennedy!«

Mickie erschrak. Ihr Vater war gekommen, und Kass Koznewski ging auf ihn zu, die Hand mitfühlend ausgestreckt. Nach der Begrüßung verschwand er.

Kennedy trat neben sie. Er betrachtete Webb eine lange Zeit – wenigstens kam es ihr so vor –, schließlich hob er seine Hand in einer Geste, die halb Gruß, halb Ausdruck eines sonderbaren Bedauerns war.

»Schon lange hier, Mickie?« fragte er dann, nahm sie bei der Schulter und führte sie zum hinteren Ende des Raumes, wo die Stühle und die Sessel in diskreten Gruppen standen. Sie setzten sich einander gegenüber. Er trug seinen guten Anzug, der ihm zu eng geworden war, und schien sich unbehaglich zu fühlen. »Nun«, wiederholte er, »schon lange hier?«

»Ein paar Stunden.«

Die Fältchen an seinen Augen vertieften sich. »Manchmal kommt es mir vor«, sagte er, »als beachteten wir die Menschen erst richtig, nachdem sie tot sind. Die Toten sind still; das gibt einem die Möglichkeit, besser nachzudenken über sie... Aber gerade ihre Stille macht sie unwirklich.« Er nahm ein sauberes Taschentuch aus der Tasche und reichte es ihr. »Es tut mir leid um Pete«, fuhr er fort. »Und das Furchtbarste ist, daß keine Notwendigkeit bestand für seinen Tod und daß er für nichts und wieder nichts gestorben ist.«

Sie weinte leise vor sich hin.

»Aber ich will nicht, daß du dich deshalb so durcheinanderbringst. Du spielst dir da was vor, Mickie. Du hast ihn nicht geliebt, auch wenn du es jetzt glauben möchtest. Das bildest du dir jetzt nur ein – ich weiß nicht warum –, aber vielleicht gibt's dir eine gewisse Genugtuung.«

»Ach, laß mich in Frieden!« sagte sie.

Die Tränen traten ihr wieder in die Augen. Hätte er doch geschwiegen, ihr Vater! Als er neben ihr in der Nische am Sarg stand und ihr das Gefühl gab, daß sie sich auf ihn stützen konnte, war es gut gewesen. Da hätte sie ihm beichten können; aber jetzt hatte er es ihr unmöglich gemacht.

Er staunte. Sie war doch ein komisches Mädel. Sie hatte Pete niemals ernst genommen und sich nur lustig gemacht über ihn. Mitunter war es sogar ihm zuviel gewesen, wie sie den armen Pete behandelte. Jetzt aber, da es zu spät war, zog sie alle Register – Tränen, Schluchzen, rote Nase, nichts fehlte. »Ich werd dir mal erzählen«, sagte er, »wie du die Sache aufzufassen hast, damit du endlich reifer wirst und was lernst. Was meinst du denn, wie mir zumute ist, wenn ich ihn dort liegen sehe, so ausstaffiert und so tot? Er war mein Kumpel. Hast du eine Ahnung, was das bedeutet? Das bedeutet – wenn ich tief unten unter Tage verschüttet würde und wenn die Wetter explodierten und alles eine feurige Hölle wäre, würde er eingefahren sein und versucht haben, zu mir durchzukommen und mich herauszuholen. Und wenn es ihm einmal mißlang, würde er es wieder versucht haben und immer wieder. Und ich würde dasselbe für ihn getan haben. Kumpel – das bedeutet, daß er für mich kämpft und ich für ihn. Und jetzt haben sie ihn umgebracht. Ja, wenn er noch für etwas gefallen wäre, das Sinn hatte – das wäre eine andere Sache. Aber so einfach umgelegt werden – und weißt du, wer die Mörder sind? Die gleichen, derentwegen deine Mutter frühzeitig ins Grab mußte. Hassen soll man, nicht jammern.« Er verschränkte die Finger und preßte seine Hände zusammen. »Also weine nicht schon wieder!« befahl er. »Nichts ist dümmer als Weiber, die bei jeder passenden und unpassenden Gelegenheit losflennen.«

Nein, sie konnte nicht zu ihm sprechen.

»Gehen wir!« sagte er. »Hier herumsitzen hat auch keinen Zweck.«

Draußen, unter der dunkelblauen Markise mit der weißen Beschriftung *Koznewskis Begräbniskapelle* begegneten sie Rosemary. Rosemary hatte einen in grünes Seidenpapier gewickelten Trauerstrauß im Arm. »Ihr seid schon drin gewesen?« fragte sie, und nickte in Richtung der Markise.

»Wir haben ihn besucht«, sagte Kennedy.

Rosemary legte die Blumen auf den anderen Arm. »Könnten Sie auf mich warten?«

»Natürlich«, sagte Kennedy. »Warum nicht?«

»Ich bin nämlich sehr froh, daß ich Sie getroffen habe«, beeilte Rosemary sich zu versichern. »Ich habe überall nach Ihnen gesucht...« Dann ging sie rasch.

Kennedy führte Mickie vor der Begräbniskapelle auf und ab. Nach einer Weile kam Rosemary heraus, umarmte Mickie wortlos und streichelte ihr die Schulter. »Schrecklich«, sagte sie. »Es ist ganz schrecklich.«

Mickie blieb stumm. Rosemarys impulsive Geste ängstigte sie. Wußte oder erriet Rosemary etwas? Ich bin doch noch nicht so dick geworden, dachte sie. Oder war es möglich, daß Frauen es einem am Gesicht ablasen, an den Augen? Wie durch einen dicken Vorhang hindurch hörte sie Rosemary zu ihrem Vater sagen: »Ich hab Nachricht von Doc. Er hat telephoniert.«

»Das ist ja großartig!« sagte Kennedy.

»Er hat von Harrisburg aus, von einer öffentlichen Fernsprechzelle, angerufen –«

»Müssen wir denn hier herumstehen!« unterbrach Mickie. Ihr war plötzlich übel, und das Mitgefühl, das aus Rosemarys Miene sprach, war ihr widerwärtig. »Weiß Gott«, sagte sie, »ich bin schon lange genug hier gewesen! Ich will nach Hause!«

»So geh!« sagte Kennedy. »Verbietet's dir einer?«

Sie ging eilig, beinahe als flüchtete sie. Kennedy runzelte die Stirn. »Manchmal«, sagte er zu Rosemary, »fällt's einem wirklich schwer...«

»Ich glaube, ich weiß, was in ihr vorgeht«, beschwichtigte Rosemary.

»Glauben Sie?« Er verzog die Lippen. »Jedenfalls wüßten Sie dann erheblich mehr als Mickie selber.« Dann nahm er Rosemary beim Arm und ging mit ihr auf das Stadtzentrum zu. »Also Doc hat angerufen«, sagte er, wieder ruhig und ausgeglichen. »Und was hat er gesagt?«

»Er und mein Vater waren gerade dabei, mit einem großen Lastauto voll Lebensmittel und Kleidung und Medizin und allen möglichen guten Dingen auf der Autobahn Harrisburg-Pittsburgh loszufahren. Wenn alles glatt geht, sollten sie in drei oder vier Stunden eintreffen.«

Kennedy murmelte erleichtert: »Gott sei Dank«; dann fragte er: »Weiß außer uns noch jemand davon?«

»Sie sind der erste, der es erfährt.«

»Mit Ausnahme der Leute, die Ihr Telephon abhören.«

»Zugegeben«, lächelte sie.

»Hat Doc Ihnen auch mitgeteilt, welche Ausfahrt von der Autobahn er benutzen will und welche Einfahrtsstraße nach Goldsborough?«

»Er sagte, er käme auf kürzestem Wege.«

Kennedy schien seine Bedenken zu haben.

»War das ein Fehler von Doc?« fragte sie besorgt.

Er schüttelte den Kopf. »Im Grunde ist es gleich. Schwierigkeiten können sie uns auf jeder Straße machen.«

»Sollte man nicht eine Sitzung des Komitees einberufen?« schlug sie vor.

»Sollte man.« Er nickte. »Und man sollte auch sofort noch einiges andere vorbereiten...«

Sie hatten den Rathausplatz erreicht. Vor einem der Seiteneingänge des Rathauses hatte sich eine Schlange gebildet, die zusehends länger wurde. Vom Pennsylvania Boulevard her, von der Zweiten Avenue, aus allen Seitenstraßen, die in den Platz mündeten, strömten Bergarbeiter und Bergarbeiterfrauen auf das Rathaus zu, aufgeregt aufeinander einredend, Einkaufstaschen, Körbe, Pappkartons in Arm. Zerbeulte und nicht so zerbeulte Automobile kamen angefahren, hupten in allen Tonlagen und parkten auf dem fischgrätenartig eingeteilten Parkplatz zwischen dem Bürgerkriegsdenkmal und der Statue von Sam Trelawney, dem Gründer von Goldsborough.

Kennedy erkannte Len Bitterman in seinem Wagen und winkte ihm zu. Bitterman stoppte, steckte den Kopf aus dem Fenster.

»Was ist denn hier los?« wollte Kennedy wissen. »Warum der Auflauf?«

»Hast du denn noch nicht gehört?«

»Was soll ich gehört haben?«

»Das Mehl aus der Regierungsreserve wird ausgegeben. Die Stadtverwaltung verteilt es! Jetzt tu mir bitte den Gefallen, nimm den Fuß vom Trittbrett und laß mich weiterfahren. Ich muß mich doch anstellen. Meine Frau hat mir gesagt: Los jetzt, fahr hin und laß dir dein Teil aushändigen; viel wird's ja nicht sein, das bißchen Mehl, aber immerhin mehr, als wir seit langem gehabt haben... Und warum stellst du dich eigentlich nicht auch an? Oder haben's deine Kinder letzthin so reichlich gehabt?«

»Wer hat dir von dem Mehl erzählt?«

»Meine Frau!«

»Und wer hat's deiner Frau gesagt?«

»Weiß ich nicht! Ich weiß nur, auf einmal haben alle davon gesprochen. Schau dir's doch an da drüben! Die Schlange nimmt ja kein Ende, und dabei stehen sie schon zu dritt nebeneinander! War aber auch die höchste Zeit, daß die Stadt was tut –«

»Wann hast du zuerst von dem Mehl erfahren?«

Len Bittermans flaches Gesicht, sonst immer so fahl, wurde rot. »Ich hab's eilig, Bruder Kennedy, das merkst du doch! Und warum soll ich mir nicht nehmen, was ich kriegen kann? Ich bin nicht stolz! Ich bin hungrig!«

»Ich verlange ja nicht, daß du darauf verzichten sollst. Aber sag mir erst mal, wann hast du von der Mehlverteilung gehört?«

Bitterman rieb sich das unrasierte Kinn. »Vor einer halben Stunde etwa. Ja, viel länger her kann's nicht gewesen sein. Ich hab dir doch gesagt, alle haben davon geredet.«

Kennedy wandte sich an Rosemary. »Wann hat Doc angerufen?«

»Vor einer Stunde etwa«, sagte sie. »Glauben Sie –«

»Ich glaube, daß da sehr schnell gearbeitet wird«, sagte Kennedy. »Das ist vorläufig alles, was ich glaube.« Und zu Bitterman: »Komm, Len, wende mal deinen Wagen. Weißt du nicht, wo wir Greene finden können?«

»Zu Hause, nehme ich an – das heißt, wenn er noch nicht auf dem Weg hierher ist!... Bruder Kennedy, ich bin bereit, dir auszuhelfen, aber kann ich nicht wenigstens erst mein Mehl abholen –«

»Len, wir haben jetzt keine Zeit für Diskussionen. Ich verspreche dir, du wirst Mehl bekommen, und mehr als Mehl – Konserven und Fleisch und was alles zu einem guten Essen gehört! Aber du mußt uns sofort mitnehmen, und wir müssen Greene mit seinem Auto abholen, und dann fahren wir nach Pritchett Heights und suchen uns ein paar Kumpel zusammen – und gib um Gottes willen Gas!«

Er hatte den rückwärtigen Schlag des Wagens aufgerissen und half Rosemary beim Einsteigen. Er selbst setzte sich neben Bitterman.

Bitterman, immer noch voller Zweifel, aber gefügig wie immer, wenn ein festerer Mann als er die Zügel in die Hand nahm, wendete. »Worum handelt sich's denn eigentlich?« fragte er in einer letzten Aufwallung von Widerstand.

»Es handelt sich darum«, erklärte Kennedy, »daß Nahrungsmittel Munition sind so gut wie jede Patrone. Und jetzt schießt man auf uns mit Mehl. Daher die Eile – wir müssen sehen, daß wir unsere Munition bekommen.«

Bitterman blickte ihn verständnislos an.

»Doc kommt!« sagte Rosemary. »Doc und mein Vater – und sie bringen einen großen Lastwagen vollbeladen mit Lebensmitteln! Doc kommt, und wir müssen ihm entgegenfahren –«

In ihrer Stimme schwang ihre Erwartung mit, ihre Hoffnung, Jubel.

»Hätte er doch auch gleich sagen können!« Bitterman war böse auf Kennedy. »Statt all dem Unsinn über Patronen – immer ist es politisch bei ihm...«

Jamieson bekam den Auftrag, die anderen Gewerkschaftsgruppen im Tal zu benachrichtigen und eine Sitzung des Fondskomitees einzuberufen. Dann zog man aus: drei Wagen – Bittermans, Greenes und Kennedys – mit siebzehn Mann und Rosemary. Obwohl jeder Mann sein Gewehr in Reichweite hielt, und obwohl das Gewehr nur zu handgreiflich an Gewalt und Gefahr mahnte, herrschte im ganzen Geleitzug Feiertagsstimmung. Man sprach vom Essen und wieviel jeder zu essen bekommen würde, und was für Sachen zum Essen es geben mochte, und wie lange die Vorräte wohl vorhalten könnten. Das Mehl, das die Stadtbehörde sich endlich zu verteilen bequemt hatte, wurde zum Witz des Tages – wußten die Arbeiter doch, daß sie es den Politikern abgezwungen hatten. Solange kein anderer etwas zum Essen brachte, hatte man sie seelenruhig hungern lassen; nun aber sorgten sich die Herren plötzlich, daß auch ein Arbeitermagen am Tag der Wahlen ein Gedächtnis entwickeln könnte. Doc Hale war ein großartiger Kerl; Bilek auch; und in Kennedys Auto machten sie ironische Bemerkungen, für Rosemarys Ohren bestimmt, über die schicken Girls, deren Bilder immer in den Zeitungen abgedruckt waren und deren Reize Doc zweifellos in den großen Städten des Ostens genossen haben würde.

Sie war auch nicht auf den Mund gefallen und gab ihnen auf jede Anzüglichkeit eine gesalzene Antwort, und sie war stolz auf Doc und auf ihren Vater; aber sie konnte Webbs Gesicht nicht vergessen, das im Tode so erschreckend in die Breite gegangen war, und zwischen den Witzeleien und den Späßen und dem Gelächter gab sie der Jungfrau in der Kirche des hl. Ignaz das schweigende Gelübde, zwei extra große, schön gezogene und bemalte Kerzen zu stiften, wenn die Jungfrau mithülfe, Doc und ihren Vater und die kostbare Ladung sicher über die letzten paar Meilen nach Goldsborough zu geleiten. Natürlich wußte sie, daß Doc, erführe er von den Kerzen, sie auslachen und das Gelübde als reine Geldverschwendung bezeichnen würde; aber sie war bereit, das in Kauf zu nehmen, nur um wieder hören zu können, wie er lachte und sich über ihren angeblichen Aberglauben lustig machte. Immer wieder blickte sie suchend auf die Straße hinaus; und sooft sie ein parkendes Auto sah oder mehrere hintereinander fahrende Wagen, setzte ihr Herz einen Schlag lang aus. In solchen Momenten schaute sie rasch auf den Rückspiegel, in dem ein Ausschnitt von Kennedys Gesicht sichtbar war, und fand zu ihrer Erleichterung, daß auch er die Straße beobachtete; und selbst als es dämmerte und die Dunkelheit einsetzte, konnte sie immer noch an der Art, wie er seinen Kopf hielt, erkennen, wie wachsam er jede verdächtige Bewegung verfolgte.

Dann tauchten in der Ferne die bunten Lichter über dem Führerhaus eines großen Überlandtransporters auf. Kennedy nahm den Fuß vom Gas. Auch der Laster schien sein Tempo zu verlangsamen, und schließlich hörte man deutlich das scharfe, triumphierende Fauchen der Luftdruckbremsen.

Ungefähr auf der Höhe, wo Kennedy seinen Wagen zum Stehen gebracht hatte, stoppte auch das Lastauto.

Rosemary sah, wie ein Mann vom Führersitz herabsprang und vorsichtig näherkam; im Lichtkegel der Scheinwerfer erkannte sie das wirre Haar und das eigensinnige Profil. Sie riß die Wagentür auf, rannte quer über die Straße und ihm in die Arme.

»Rosemary!« sagte er, »ist ja alles gut! Alles! Wir sind wieder da!«

»Es war nur – eine so lange Zeit...« Sie küßte ihn. »Eine schrecklich lange Zeit.« Dann entdeckte sie ihren Vater. Er hatte einen städtischen Hut auf und trug wollene Handschuhe und sah gut genährt, fast wohlhabend aus.

»Sieh einer an!« sagte Bilek und ergriff ihre Hände, »ein regelrechtes Empfangskomitee! Wie geht's denn, Rosemary? Wie immer? – Aber du ißt nicht richtig. Na ja, wir haben ja was mitgebracht, für alle. Hast du schon mal so was gesehen – so einen großen Brocken? Der lädt zwanzig Tonnen – lauter gute Sachen, die die Leute uns mitgegeben haben!« Er konnte nicht aufhören zu reden, und ließ sich auch nicht von den Zwischenrufen der Arbeiter unterbrechen, die sich um ihn gesammelt hatten. »Die Menschen waren einfach wunderbar zu uns. Die einfachen Leute, meine ich. In Philadelphia, in Reading, in Trenton, in Elizabeth, Paterson, New Brunswick, Newark, Brooklyn – wenn du ihnen nur gesagt hast, du bist ein Bergarbeiter und kommst aus dem Streikgebiet, haben sie dir ihre Herzen geöffnet so weit wie die Kirchentüren zur Osterzeit. Und die Hotels, wo wir übernachtet haben! Wo ist Martha – ist sie nicht mitgekommen? Wart nur, bis ich ihr von den Betten erzähle!... He, Gus!«

Der Fahrer kurbelte das Fenster auf seiner Seite des Führerhauses herunter und lehnte den Kopf hinaus.

»Das ist unser Gus!« verkündete Bilek. »Der hat das Lastauto die ganze Strecke von Philadelphia hierher gefahren – und zwar umsonst! Hat einfach gesagt, er tut das für den Streik – hast du doch gesagt, Gus? Also, Gus – hier sind ein paar von unseren Kumpels: Jack Greene und Len Bitterman und Joey Smith und Tashlian und Lucas – sagt mal, wieso ist denn Pete Webb nicht hier? Das ist nämlich der Junge, Gus, der den Streik in unserer Grube ins Rollen gebracht hat... Und da drüben, ja, die da, die die Hand von Doc nicht loslassen will, das ist meine Tochter, meine Rosemary, von der ich so viel erzählt habe. Und die anderen alle – alles gute Kumpel, Gus, könntest dir keine besseren Kumpel bei einem Streik wünschen... Und alle sind sie gekommen, um uns das Geleit zu geben nach Goldsborough hinein, als ob sie Brautjungfern wären und wollten uns zur Hochzeit führen –« Er stockte. »Was nicht in Ordnung, Kennedy?«

»Alles bestens – aber die Reden halten wir lieber in der Polonia-Halle und nicht auf der Chaussee... Setz dich mit zu Greene ins Auto, und Doc und Rosemary fahren bei mir mit, und Smith und

Tashlian und noch zwei Mann steigen zu Gus auf das Lastauto – zwei im Führerhaus und je einer auf den Trittbrettern –«

Erst jetzt, als die Männer ihre Posten auf dem Lastwagen einnahmen, kam es Hale zum Bewußtsein, daß sie bewaffnet waren und daß Kennedys Begrüßungsdelegation ernsteren Zwecken diente. Die gemütlich-legalen, öffentlichen Versammlungen im Osten des Landes, die warmen Büros und die ruhigen Wohnhäuser, in denen er und Bilek vorgesprochen hatten, die gediegene, zivilisierte Umgebung von Menschen wie Lydia Beasley hatte ihn die Härte des Kampfes, der hier geführt wurde, ein wenig vergessen lassen. Stumm stieg er in Kennedys Wagen und nahm Platz neben Rosemary. Stumm beobachtete er, wie die Personenwagen sich schützend um den Laster gruppierten. Erst nachdem Rosemary seine Hand nahm und sich dicht an ihn anlehnte, erst nachdem Kennedy sich an die Spitze des Geleitzuges gesetzt und das Startsignal gegeben hatte, sagte er: »Es hat sich hier ein bißchen verschärft, was?«

Weder Rosemary noch Lucas, der im Vordersitz neben Kennedy saß, äußerten sich. Kennedy knurrte: »Es geht.«

Wie Bilek schon, fiel es dann auch Hale ein, daß Webb ständig in Kennedys Nähe gewesen war, wenn die Arbeiter von Pritchett Heights etwas unternahmen, und er fragte nach ihm. Wieder gab es eine Pause, wieder eine kurze Antwort, diesmal von Rosemary: »Webb hat sich nicht wohl gefühlt.«

Hale war hundemüde. Die Vorräte von den verschiedenen Lagerplätzen zusammenzuholen, die Beladung des Lastwagens zu beaufsichtigen, zukünftige Sammlungen und Sendungen zu organisieren und zu verabreden – all das hatte ihn während der letzten vierundzwanzig Stunden dauernd auf den Beinen gehalten. Jetzt wollte er die Nerven entspannen, seinen Arm um Rosemarys Schulter legen, fühlen, wie sie an seiner Seite war, und in die schläfrige Wärme des Heimkommens versinken. Aber es gelang ihm nicht.

»Was ist eigentlich damals aus dem Kohlenzug geworden, Kennedy?« fragte er. »Ich hab noch oft daran gedacht – sooft ich eine Minute Zeit zum Nachdenken hatte…«

»Welcher Kohlenzug?« sagte Kennedy.

Hale ließ das Thema fallen. Gut, dachte er, reden wir von harmlosen Dingen. »Wie steht's zu Hause, Rosemary? Wie bist du mit Lauffer ausgekommen?«

»Lauffer...«, wiederholte sie, und plötzlich war die Spannung, in der sie während dieser letzten Wochen gelebt hatte, zuviel für sie. Sie riß ihre Handtasche auf, nahm hastig ein Taschentuch heraus und knüllte es zusammen.

»Aber Rosemary!« sagte er. »Wir haben doch so viel mitgebracht, für jeden etwas. Das hilft uns doch, glaubst du nicht? Jede Familie wird ein großes Paket erhalten –«

Er streichelte ihr die Hand und fühlte sich ihr sehr überlegen und dachte: Was ist eine Frau schon ohne Mann – in Stücke geht sie... Und dann dachte er: aber Lydia Beasley ist aus anderem Stoff gemacht... Und verscheuchte den Gedanken.

»Sobald wir zu Hause sind«, sagte sie, »erzähl ich dir alles.«

»Ja«, sagte er tröstend, »tu das nur.«

»Aber ich möchte –«, begann sie dennoch. »Du mußt nämlich wissen –«

Sie brach ab. Auch sie hatte die schwarzen Schatten bemerkt, die eine Kette quer über die Chaussee hinweg bildeten. Sie sah Kennedy nach seinem Gewehr greifen, hörte das leise Schnappen der Sicherung an Lucas' Revolver. Die Sirene des Lastautos hinter ihr heulte zornig auf.

»Ducken, Rosemary!« befahl Kennedy. »Tief ducken! Sie auch, Doc!«

Dann gab er Gas. Der alte Chevrolet schoß vorwärts. Die Schatten sprangen zur Seite. Flüche, ein Schuß, aufs Geratewohl gefeuert – und die Sperre war gebrochen.

Hale richtete sich schwerfällig auf und pfiff durch die Zähne. »Ist ja direkt aufregend hier!« sagte er. Und Rosemarys Knie abstaubend: »Hast du dich erschreckt?«

Kennedy blickte zurück. Da die Straße eine Biegung machte, konnte er seinen Geleitzug sehen, in ungestörter Reihenfolge – das große Lastauto mit den Gestalten der beiden Kumpels auf den Trittbrettern und dahinter die zwei Personenwagen.

»Wir sind ein paarmal mit der Stinkbande aneinandergeraten, Doc«, sagte er erläuternd. »Aber ich glaube, jetzt sind sie schon de-

wegen – die von Jamieson war zu dunkel, und die seine zu dünn.

Jamieson führte ihn zum Tisch und lud ihn ein, Platz zu nehmen. »Doc Hale«, sagte er, »und Bruder Bilek! Als Vorsitzender des Komitees des Unterstützungsfonds der Bergarbeiter des Pokie-Tals erlaube ich mir, Sie daheim willkommen zu heißen, und Ihnen in unser aller Namen für das, was Sie getan haben, zu danken.«

Man applaudierte.

»Morgen oder vielleicht auch übermorgen werden wir eine weitere Sitzung einberufen, und wir hoffen, daß Sie uns dann einen ausführlichen Bericht über Ihre Reise geben werden und über die Menschen, die Ihnen und uns geholfen haben, und darüber, wie es Ihnen möglich war, eine ganze große Lastwagenladung bitter notwendiger Lebensmittel und anderer guter Dinge für uns aufzutreiben. Für jetzt und in Anbetracht der vielen Gewerkschaftsbrüder und ihrer Familienangehörigen, die hierher gekommen sind, um unsere Hilfe in Anspruch zu nehmen, schlage ich vor, unsere Tagesordnung auf einen einzigen Punkt zu beschränken: Wie verteilen wir, was wir haben, und wann verteilen wir's? Alle einverstanden?«

Alle waren einverstanden. Die Mitglieder des Komitees verspürten ja selber Hunger, und die Menschen im Saal standen so dicht gedrängt um das Komitee, daß die Beratung zu einer öffentlichen Angelegenheit wurde und jede andere Diskussion ausgeschlossen war.

»Also wie steht's, Doc?« fragte Jamieson. »Was haben Sie uns mitgebracht?«

Hale erhob sich. Er sah die Erwartung auf den Gesichtern der Kumpel und ihrer Frauen; die weiter hinten reckten die Hälse, um vielleicht auch einen Blick auf den Tisch werfen zu können – als ob auf diesem Tisch bereits die Schätze lägen, sichtbar und riechbar für alle. Aber da standen nur ein paar halb geleerte Gläser.

Hale war sich der Macht, die ihm die Nahrungsmittel gaben, vollauf bewußt. Wenn Geoghan mit all seinen Anhängern und Bodenheimer mit seiner gesamten Polizei und Richter Pritchett persönlich jetzt kämen und es wagten, auch nur einen Finger gegen ihn zu erheben, würden die Leute ihnen die Schädel einschlagen. Solch einen Augenblick sollte man auskosten. Aber hart auf diesen Gedanken kam die Erinnerung an Lydia Beasley und ihr merkwürdiges Lächeln und an ihre schlecht zu verdauenden Worte: *Warum geben Sie nicht zu, daß Sie doch etwas erschraken, als Sie von mir hörten, ich sei Kommunist... Weil Sie das zwingt, Ihre eigene Stellungnahme zu überprüfen...* Recht hatte sie, Gott verdammt noch mal! Die Macht war nicht seine Macht, diese Lebensmittel gehörten nicht ihm, er hatte sie von anderen Menschen für andere Menschen erhalten; und statt sich hier großspurig hinzustellen, sollte er lieber Vorkehrungen treffen, daß die Vorräte gerecht verteilt wurden.

»Nun«, sagte er, »die Leute, die Bilek und mir die Ladung anvertrauten, waren nicht kleinlich. Sie gaben, was sie konnten, und manchmal mehr als das. Meistens gaben sie Vorräte aus der eigenen Speisekammer; Geld wurde von den Organisationen, die uns halfen, für Einkäufe von weiteren, besonders ergiebigen Lebensmitteln benutzt. Es kam also eine ganze Menge herein und wurde an Sammelstellen gelagert und von dort zu einer zentralen Sammelstelle gebracht und dort auf unseren Laster verladen. Eine Ordnung besteht daher leider nicht. Wir haben große Kartons voll Konservenbüchsen neben ganzen Kleiderballen liegen, Dauerwürste neben Spielzeug, Nudeln und Reis und Speck neben Schuhen und Penicillin. Wir haben gebrauchte Sachen neben funkelnagelneuen. Wir haben Suppenkonserven und Rosinen und Zucker und, wenn ich mich recht erinnere, auch drei Paar Schlittschuhe. Die Menschen haben einfach gegeben, und wir haben alles angenommen. In Brooklyn und Philadelphia haben die Arbeiter aus den Schuhfabriken ihre Arbeitszeit beigetragen und haben uns alte Schuhe umsonst repariert, und die Schneider haben freiwillig und gratis gebrauchte Anzüge und Kleider in Ordnung gebracht. So ist es gewesen, und für uns war es ein großes Erlebnis, und ich wünschte nur, ihr alle hättet es miterleben können.«

Die Kehle war ihm trocken geworden. Er trank einen Schluck Bier. Seine Zuhörer waren sehr still; nicht einmal ein Hüsteln war zu vernehmen. Er sah Rosemarys Blick ein wenig fragend, nachdenklich: hatte er sich verändert – und wenn ja, woher diese Veränderung?

»Aber dieser Mangel an System, so unvermeidlich er war«, fuhr er fort, »schafft jetzt eine Schwierigkeit. Wir können nicht einfach die Türen des Lastwagens öffnen und den Kumpels sagen, sie sollen sich anstellen. Wenn wir die Verteilung so anfangen, würde der eine dies, der andere das bekommen, Dinge ungleich im Wert, wir würden allen gegenüber unfair sein; und alle würden sich beklagen, und mit Recht; und was würden die erhalten, die heute abend nicht hier sein konnten?...«

Die Enttäuschung war spürbar.

»Ich schlage vor«, sagte er, »wir entladen jetzt und lagern alles im Keller der Polonia-Halle. Morgen früh sollte unser Komitee, erweitert um je einen Vertreter von jeder Gewerkschaftsgruppe im Pokie-Tal, die Vorräte in Pakete von etwa gleichem Wert einzuteilen beginnen, die Zahl der Pakete entsprechend der Anzahl der notleidenden Mitglieder aus allen Gewerkschaftsgruppen. Morgen nachmittag sollten wir dann verteilen können.«

»Jawohl«, kam es langgezogen aus dem Hintergrund, »damit das Beste erst mal für die Bonzen im Komitee reserviert werden kann!«

»Du da!« – Kennedy war aufgesprungen – »versteck dich nicht! Zeig uns dein Gesicht! Laß uns mal sehen, wer du bist!«

Bruder Oakley verbarg sich hinter jemandes breitem Rücken. Wenn es noch andere gab, die seiner Meinung waren, so schwiegen sie nach Kennedys raschem Eingreifen. Aber die gehobene Stimmung war endgültig verschwunden. Die Einkaufstaschen wurden zusammengerollt, die Körbe über die Arme gehakt; erst einzeln, dann in Gruppen verließen die Leute die Halle, murrend die einen, die anderen mit hängenden Köpfen, als wären sie um etwas, das rechtens ihnen gehörte, betrogen worden.

Der Delegierte von Bullfinch sprach dann und auch der Schatzmeister des Komitees, der zugleich die Gewerkschaftsgruppe von New Pendleton vertrat, und beide betonten, daß die Gewerkschaftsgruppen außerhalb der Stadt dieselben Rechte haben müßten wie die von Goldsborough, und daß eine genügende Anzahl von Paketen beiseite gelegt werden müßten für Kumpel von außerhalb, die ihren Anteil nicht selber abholen könnten. Andere Komiteemitglieder beschäftigten sich ausführlich mit Detailfragen: wie man abzählen sollte, und abwiegen, und einteilen, und verteilen; die ganze Diskussion verlief sich in technischen Einzelheiten.

Bei Hale setzte mit der Erschöpfung auch die Depression ein; in seinen Händen juckte es, seine Augenlider zuckten müde. Der elende Alltag hatte wieder begonnen; die Glorie war kurz gewesen, und erborgt dazu.

Wie man auch damit experimentierte, die Jalousien schlossen nicht, und alle drei Sekunden barst das intensive Blau der Neon-Buchstaben, die Straße und Stadt den Namen DOC HALE verkündeten, ins Zimmer. Natürlich bestand die Möglichkeit, die ganze Leuchtreklame abzustellen; aber die Elektrizitätsgesellschaft hatte den Schalter im Keller montiert, und Rosemary konnte sich nicht dazu bringen, die ganzen Treppen hinunter- und wieder heraufzusteigen. So versuchte sie denn ihr Kissen als Schutzblende gegen das Licht zu benutzen; vergebens. Doc streckte den Arm aus über die Decke und nahm ihre Hand und streichelte sie.

Ich liebe ihn sehr, dachte sie. Da war noch das Nachgefühl von dem, was sie gehabt hatten. Vielleicht ist es eine Sünde, dachte sie, jemanden so zu lieben, und ließ ihre Fingerspitzen über den Rücken seiner Hand gleiten.

Draußen ratterte ein Lastauto vorbei, das Glas in den Fenstern klirrte. Dann war alles wieder still.

»Diese vier Wochen«, sagte er, »waren sie sehr schwer?«

Nicht zu schwer, wollte sie ihm sagen. Aber jetzt war es ja nicht mehr notwendig, sich selbst und der Welt etwas vorzumachen. Endlich konnte sie es sich leisten, sich zu ihm zu flüchten. Oder war auch das eine Illusion – denn sie kannte ihn ja und wußte, daß eigentlich sie ihn stets zu beschützen hatte; und außerdem nagte irgendwo in ihrem Hirn der Gedanke, daß er mit anderen Frauen zusammengewesen war. Lieber nicht nachdenken darüber. Wichtig war die Liebe, die man gab und die man zu empfangen glaubte, und daß er wieder da und bei ihr war.

»Du weinst doch nicht etwa?« fragte er leise.

»Dieses furchtbare Licht«, sagte sie, »die Augen schmerzen mir.«

»Ich werd hinuntergehen und es abschalten.«

»Nein, bleib. Bitte...«

»So – Lauffer ist also fort.« Er drehte sich auf die Seite und betrachtete die Silhouette ihres Profils. »Ab mit Schaden. Ich kenne einen Zahnarzt in Pittsburgh, einen jungen Burschen, der gerne arbeiten möchte. Morgen schreib ich ihm. Und wenn Lauffer glaubt, daß ich ihm die Hotelrechnung zahle...«

Er malte sich aus, was er Lauffer alles sagen würde, falls der Mann die Unverschämtheit besitzen sollte, zu kommen und Geld zu fordern. Dann bemerkte er, daß sie weinte. Sie hatte eine Art, lautlos zu weinen, die aus der Zeit stammte, da das totgeborene Kind kam, und die er fürchtete, weil sie ihm ein Schuldgefühl gab. Sein Taschentuch steckte in seiner Hosentasche, und seine Hosen lagen liederlich auf dem Stuhl neben dem Bett. Er zog den Stuhl heran, fand das Taschentuch, trocknete ihr die Wangen und sagte: »Nicht doch, Rosemary, nicht!...« immer wieder. Und wie stets, wenn er sich hilflos fühlte, begann er sich zu ärgern. Wie konnte man so leicht Tränen vergießen. Sie hatte es schwer gehabt, gewiß; aber seine Reise war auch kein Ferienaufenthalt gewesen. Überhaupt regnete alles viel zu schnell und viel zu dick auf ihn herab: sofort wieder neue Probleme, mit der Verteilung der Lebensmittel, und zu Hause auch. Konnte man ihm nicht wenigstens *eine* anständige Nachtruhe gönnen?

Rosemary sah seine zusammengepreßten Lippen. »Gib mir eine Zigarette«, sagte sie.

Er nahm zwei Zigaretten aus der Packung, die auf dem Stuhl lag, zündete sie beide an und reichte ihr eine. Eine Zeitlang rauchten sie wortlos. Allmählich entspannte sich sein Gesicht. Sie sagte: »Lauffer hat uns nicht nur einfach im Stich gelassen, er ist zu Geoghan übergegangen.«

Sie rauchten weiter.

Dann sagte er: »Ich denke, ich drehe die Nachttischlampe aus.«

Sie sah das glühende Ende seiner Zigarette; es bebte leicht. Sie legte ihren Kopf auf seine Schulter. »Vom FBI waren sie auch hier.«

»Was wollten sie?«

»Sich erkundigen. Hauptsächlich wegen des Kohlenzuges, aber für die lateinischen Namen der Zähne auf der Kartothekkarte interessierten sie sich auch sehr.«

»Ich muß die Zigarette ausdrücken«, sagte er. »Ich verbrenn mir die Finger.«

»Drück meine auch gleich mit aus.«

Er lehnte sich ächzend zu dem Aschbecher auf dem Fußboden hinunter. Dann sagte er: »Leg den Kopf wieder auf meine Schulter.« Und dann: »Haben sie dich sehr gequält?«

»Es war anstrengend«, sagte sie. »Aber ich glaube nicht, daß sie aus mir etwas herausbekommen haben.«

»Bestimmt nicht«, sagte er.

Das Neonblau von draußen beleuchtete ihre Züge. Ich hab sie doch sehr lieb, dachte er, und sagte dann: »Diese Mistkerle! Jetzt lassen sie nicht mal die Frauen in Ruhe.«

»Pete Webb ist tot«, sagte sie. »Morgen früh wird er begraben.« Sie spürte, wie er zusammenzuckte.

»Ermordet?« fragte er; aber in der Frage lag schon die Antwort.

»Erschossen. Es hat irgend etwas mit Lonsdale zu tun. Kennedy kann's dir ausführlicher berichten. Er wollte es dir schon heute erzählen, aber ich hab's ihm verboten.«

Vom Güterbahnhof her pfiff eine Lokomotive.

»Rosemary?«

»Ja, Liebster?«

»Du hast eine Menge mit dir herumzutragen gehabt.«

»Es war nicht leicht, ohne dich.«

»Hast du Angst?« flüsterte er.

»Hast *du* Angst?«

Er antwortete nicht. Später fragte er: »Noch mehr schlechte Nachrichten?«

»Nein, aber dafür eine gute. Kennedy meint, wir gewinnen den Streik.«

»Ja«, sagte er. »Der verstärkte Terror deutet darauf hin.«

Sie küßte ihn. »Solange wir nur zusammen sind...«

Dann schwiegen sie. Rosemary wurde schläfrig. Sie hörte noch, wie er fragte: »Glaubst du, daß du jetzt einschlafen kannst?«

Sie war eingeschlafen, bevor sie antworten konnte.

## *Siebzehntes Kapitel*

Der ganze Weg von der Kirche des hl. Ignaz durch die Sechste Avenue, dann über den Pennsylvania Boulevard, die Neunte Avenue entlang, bis zum katholischen Friedhof von Goldsborough hin, war von starken Polizeikräften gesichert. Einzeln oder in Paaren, immer aber in Gesellschaft von mehreren Leuten Geoghans, standen die Polizisten am Bordstein und sahen zu, wie der Leichenwagen mit seiner armseligen Ernte an Blumen und Kränzen vorbeifuhr, gefolgt von Koznewskis bestem Packard, in dem Pater Boleslav und die trauernden Hinterbliebenen saßen; argwöhnisch beobachteten sie die wenigen Autos der Bergarbeiter, die noch genug Benzin übrig hatten, um sich die Fahrt zum Friedhof erlauben zu können. Captain Bodenheimer, der befürchtete, die Prozession könnte sich leicht in eine Demonstration verwandeln, saß Ecke Pennsylvania Boulevard und Neunte Avenue im Vordersitz seines Funkwagens, das Mikrophon in der verschwitzten Hand, bereit, seine in den Nebenstraßen postierten Verstärkungen jeden Moment ins Gefecht zu führen.

Aber keinerlei Demonstration kam zustande; dafür sorgte Kass Koznewski schon. Er hockte vorn im Leichenwagen neben dem Fahrer; und jetzt stieß er ihn an und sagte: »Los! Gas!« Der Leichenwagen fuhr schneller und zwang den andern Trauerwagen sein Tempo auf; die Trauernden zu Fuß, im Stich gelassen von dem motorisierten Teil der Leichenprozession, gaben die Marschordnung auf, verstreuten sich übers Trottoir und begaben sich in kleinen Gruppen zum Friedhof. Aber gerade dadurch zogen sie mehr und mehr Menschen an sich, mehr jedenfalls, als in der Kirche gewesen waren – Neugierige und Sympathisierende und solche, die irgendwie von der Sache gehört hatten oder auch jetzt erst davon erfuhren.

Der Sarg stand auf zwei Balken, die quer über das offene Grab gelegt worden waren. Aus Gründen der Schicklichkeit hatte man den Familienangehörigen dirket am Grabe Raum gelassen. Dicht um die Verwandten des Toten herum drängten sich die Bergarbeiter und die Bergarbeiterfrauen, für die Webb und sein Ende eine wirkliche Bedeutung hatten. Inmitten dieser Menschen waren die Verwandten wie ein Fremdkörper im Auge – spitz, peinlich, lästig.

Die Verwandtschaft bestand aus drei Personen: einer Tante aus Gary im Staate Indiana; ihrem Sohn, einem Versicherungsagenten; und noch einem Cousin, einem Mann in mittleren Jahren, dessen Beruf unklar blieb. Der Versicherungsagent hatte sich bei seiner Ankunft freundschaftlich und leutselig genug gegeben; als er dann aber merkte, daß die Bergarbeiter hier für seine Policen kaum in Frage kamen, war er mürrisch geworden. Der andere Cousin hatte die Flasche bereits in der Hand gehabt, als er aus dem Zug ausstieg, und hatte fortgesetzt weitergesoffen, ohne allerdings das Stadium der Volltrunkenheit zu erreichen. Das also waren die glücklichen Erben, und sie waren schlechter Laune, denn sie hatten erfahren, daß sämtliche Ersparnisse Webbs in dem Streikfonds steckten und in der Tat längst verbraucht waren.

Die Anwesenheit solcher Hinterbliebener vertiefte noch die Trostlosigkeit des grauen Tages mit seinem dünnen, kalten, klebrigen Nieselregen. Und doch schien all das die Menschen nicht abzuhalten. Immer mehr trafen auf dem Friedhof ein und gruppierten sich stumm in immer neuen Schichten um den Kern, der aus dem offenen Grab, dem Pfarrer und seinen Ministranten, den Angehörigen, Lonsdale, und Webbs nächsten Nachbarn aus Pritchett Heights bestand.

Pater Boleslav erklomm den Hügel wartender Erde, den die Totengräber aufgeworfen hatten, blickte über die Köpfe der Trauernden hinweg auf die langen Reihen der Kreuze, der hohen wie auch der niedrigen. Der ältere der beiden Ministranten hielt ihm das Bekken mit Weihwasser entgegen. Er tauchte den Finger hinein und ließ ein paar Tropfen ins Grab fallen. Jetzt war der Boden geweiht, in den man den armen Pete hinabsenken würde, möge Gott seiner Seele die ewige Ruhe gewähren und auch der unseren gnädig sein. Dann spritzte Pater Boleslav noch etwas von dem Wasser auf den Sarg. Der Sarg war solid gebaut, und es würde eine Zeit dauern, bis das Holz durchfaulte und zerbrach und alles Vergängliche sich mit der Erde vereinte. Leichte Wölkchen stiegen von dem Weihrauchgefäß des zweiten Ministranten auf und verschwanden im Dunst.

Pater Boleslav blickte kaum ins Brevier. Seine Stimme hielt sich in einem ebenmäßig schwingenden Singsang-Ton, mechanische Litanei; das Mechanische daran störte ihn, denn der arme Bursche hatte doch wohl etwas Besseres verdient. Aber der lateinische Text war Pater Boleslav schon so sehr zur Formel geworden, daß seine Gedanken sich immer wieder davon abwandten und zu der Frage zurückkehrten: War ich nun ein schlechter Hirte? Und worin habe ich gefehlt? Hätte ich zu ihnen predigen sollen, wie Geoghan es wollte, und weilte dieser junge Mensch vielleicht noch jetzt unter den Lebenden, wenn ich ihnen angeraten hätte, ihren Kampf einzustellen oder wenigstens zu mäßigen? Oder hätte ich nicht schon vor langer Zeit gegen all die Gewalttätigkeit auftreten sollen, schon damals, als sie zusammen mit den Männern, von deren Hand Webb fiel, in diese Stadt eindrang?... Aber hatte es nicht Gewalttätigkeit seit Menschengedenken im Kohlenrevier gegeben? Kohle, so schien es, trank Blut, und da in dieser Welt nichts durch Laune oder Zufall geschah, mußte wohl auch dieses vorbestimmt sein... Pater Boleslav war gefangen in einem *circulus vitiosus*, und er war froh, daß die Worte der Litanei aus einer fremden, toten Sprache kamen, und daß er seine Sorgen und Bedenken dahinter verbergen konnte.

Er senkte den Kopf und gab damit Kass Koznewski das erwartete Zeichen. Vier von Koznewskis dunkel gekleideten Angestellten hoben den Sarg an und hielten ihn freischwebend an Seilen. Dann stießen sie die Bretter zur Seite, die den Sarg auf dieser Erde gehalten hatten, ließen die Seile Hand über Hand aus und senkten Pete Webb ins Grab.

Mickie schluchzte laut auf. Frauen wischten sich die Augen. Kennedy spürte ein würgendes Gefühl in der Nähe seines Adamsapfels. Musik sollte jetzt spielen, dachte er. Aber keine traurige – eher etwas Trotziges, Kämpferisches. Aber die Stille, unterbrochen nur von dem Echo der Erdklümpchen, die von den Seitenwänden des Grabes abbröckelten und auf den Sarg fielen, dauerte an. Angelines schweres, gleichgültiges Atmen lag Kennedy im Ohr. Er sah Evaline sich die Nase putzen. Er sah Lonsdale dramatisch auf seinen Stock gelehnt. Er hörte, wie Pater Boleslav die Litanei wieder begann.

Pater Boleslav bemerkte Hales ironischen Blick, bemerkte auch, daß Rosemary Mickies Arm genommen hatte und sie stützte. O ja, dachte er, das Kind, das ungeborene. Es blieb also doch etwas zurück auf dieser Erde von dem armen Pete Webb, etwas Lebendiges, das wachsen würde – und es war der Wille Gottes, daß ich dazu beitragen konnte, es am Leben zu erhalten. Leider jedoch konnte er diesen wunderbaren und tröstenden Gedanken den Menschen hier nicht mitteilen; aber er konnte Kraft daraus schöpfen für das, was er sagen wollte, sobald er mit dem Latein zu Ende war, damit auch die Menschen, die dieses Grab umstanden, gestärkt würden.

»Amen«, murmelte er und schloß sein Brevier.

Eine Sekunde lang schien er zu zögern; dann stellte er sich breitbeinig hin, als gelte es, sich etwas Feindseligem entgegenzustemmen. »Dies junge Leben, so früh ausgelöscht«, sagte er heiser, »war dennoch nicht ohne Sinn und Zweck. Ich sage euch, daß es ein glückliches Leben war, glücklich, weil Pete Webb inneren Frieden fand in seiner Arbeit mit seinen Kumpels, von denen er Freundschaft empfing und denen auch er Freundschaft gab, und in seiner Kirche, und in seinem Glauben –«

Hales Blick war immer noch voll Ironie; Mickies Gesicht war wie versteinert; Kennedy sah aus, als zählte er die Ornamente auf dem Meßgewand. Mercadante hatte sein selbstzufriedenes Gesicht in fromme Falten gelegt.

All dies erkannte Pater Boleslav mit einer Schärfe, als hätte er es auf einem alten Kupferstich vor sich; und er erkannte, daß er einen Fehler begangen hatte, als er den Schutz des Lateinischen verließ, und daß er eigentlich ganz etwas anderes sagen müßte, und daß er schon zu alt und zu sehr mit seinem priesterlichen Gewand verwachsen war, um es zu sagen.

*»Requiescat in pace!«* schloß er abrupt, nahm eine Handvoll Erde und ließ sie auf den Sarg fallen. Dann gestattete er Kass Koznewski, ihn zu dem großen Packard zu geleiten und ihn nach Hause zu fahren.

Weder die Tante aus Gary noch der Versicherungsagent noch der Betrunkene nahmen ihr Recht auf einen letzten Abschiedsgruß in Anspruch. Lonsdale dagegen hatte darauf bestanden, als Vertreter des Distrikts und als Kampfkamerad Webbs zu sprechen. Hinkend bestieg er den Erdhügel, wobei ihm sein Stock zugleich Stütze und Beweis persönlichen Einsatzes war. Dann setzte er eine würdige

Miene auf und begann, indem er von dem tragischen Ende des Verstorbenen sprach. Er sprach gemessen und gemäßigt, er vergaß keinen Augenblick, daß er an einem offenen Grabe sprach und daß es der Tote war, über den die Lebenden hören wollten. Aber gerade indem er von dem Kampf um die Tagebau-Grube berichtete – soweit ihm daran lag, darüber zu berichten – und indem er Pete Webbs Anteil an diesem Kampf betonte, machte er für sich selbst Reklame, obwohl er sich nur ein einziges Mal erwähnte, nämlich als er sagte: Jawohl, Pete Webb sei gefallen, um seinen Distriktsorganisator und damit gleichzeitig seine Gewerkschaft zu schützen. »Die Gewerkschaft!« er unterstrich das Wort mit erhobenem Stock und unterdrückte den Schmerz, der sofort von seinem verwundeten Bein aus aufschoß, »für die Gewerkschaft hat unser Pete gelebt und für die Gewerkschaft ist er gestorben!«

O du Hundsfott! dachte Kennedy, und ballte die Hände zu Fäusten. Er bemerkte, wie die Gruppe versuchte, ihre Rührung herunterzuschlucken. *Meine* Schuld, dachte er, wie auch das Blut Pete Webbs, der da unten in seinem Grabe liegt, auf mein Haupt kommt. Nun gut, dachte er, schließlich war es meine Pflicht, den Streik zusammenzuhalten und die Kumpel zusammenzuhalten und die Spaltung zu verhüten. Aber auch das konnte nicht als Entschuldigung gelten. Ich hätte von Anfang an vorhersehen müssen, was Lonsdale unternehmen würde und was Geoghan plante, und ich hätte die notwendigen Gegenmaßnahmen treffen müssen. Wenn ich nur damals schon gewußt hätte, was ich heute weiß! Wenn wir doch richtige Führer hätten, statt uns jeden Schritt des Weges selber vorwärtstasten zu müssen!... Aber jedenfalls weiß ich jetzt, wofür Pete Webb gefallen ist: damit wir lernen. Lernen, was zu tun ist, und gegen wen; lernen, unerbittlich zu sein; lernen, lernen, lernen!

»Männer wie Pete Webb sind es gewesen«, sagte Lonsdale, »die unsere Gewerkschaft zu dem gemacht haben, was sie heute ist – die größte und beste und kampferfahrenste Gewerkschaft im ganzen Land! Männer wie Pete Webb sind es gewesen...«

Mickie löste sich von Rosemary. Sie bedurfte auf einmal keiner Stütze mehr. Zwar war ihr Gesicht noch immer vergrämt, aber der Blick, den sie auf Lonsdale richtete, war schon beinahe berechnend.

Sie schien zu einer Entscheidung gekommen zu sein. Noch einmal schluchzte sie auf, dann steckte sie ihr Taschentuch ein.

Rosemary staunte.

Mickie schaute über Lonsdale hinweg auf den sich lichtenden Himmel. »Mir ist schon besser«, sagte sie, und drückte Rosemarys Hand beschwichtigend. »Herrgott, Rosemary – wie Mr. Lonsdale so redet – richtig ergreifend...«

»Später«, flüsterte Rosemary. Lonsdale war offensichtlich zum Höhepunkt seiner Grabrede gelangt. »Solange Männer wie Pete Webb für unsere Gewerkschaft kämpfen«, rief er, »so lange, sage ich euch, wird die Gewerkschaft zu neuen und immer größeren Siegen vorwärtsschreiten. Aber auch über diesen Siegen werden wir unsern Pete nie vergessen. Sein Andenken wird auf ewig eingetragen sein im goldenen Buch unsrer Gewerkschaft, und es wird weiterleben im Herzen aller Kumpel von Goldsborough und im ganzen Pokie-Tal und in unserm Distrikt und weit und breit in unserm großen Lande!«

Er nahm ein paar Brocken Erde und ließ sie ins Grab fallen, als wären sie Edelsteine. Dann, sein ganzes Gewicht auf den Stock verlegend, humpelte er von dem Hügel herab und tauchte unter in der Menge der Bergarbeiter.

Kennedy nickte Jamieson zu. Jamieson hatte zunächst nicht am Grabe sprechen wollen; man hatte ihn überzeugen müssen. Nach Lonsdales großen Worten aber war es ihm ein Bedürfnis, an das Grab zu treten und Pete Webb wenigstens eine Handvoll anständigen, unverfälschten Staubs mit auf den Weg zu geben.

»Pete«, begann er, »wie oft bin ich an deiner Seite gewesen, als du in die Grube einfuhrst! Und jetzt fährst du zum letztenmal ein, um unter Tage zu bleiben. So will ich dir im Namen all derer, die dich verstanden und dich geliebt haben, noch einmal Lebewohl sagen –«

Das Schweigen der Menschen war jetzt irgendwie anders. Sie spürten, daß hier einer ganz einfach um einen Freund trauerte; dadurch konnten sie alle um ihn trauern. In Jamiesons Worten wurde ihnen Pete Webb lebendig, so wie er gewesen war, als er zusammen mit ihnen zur Grube ging oder zusammen mit ihnen heimkehrte, müde, vielleicht von gemeinsamen Sorgen sprach, einer von ihnen. Seine Träume wurden lebendig, seine Pläne, so sehr den Träumen und Plänen ähnelnd, die sie selbst gehabt hatten, als sie noch jung waren, und seine Begeisterungsfähigkeit, sein Sinn für Solidarität, den er bewies, als er, wohl der jüngste in der Sarah-Pritchett-Grube, seinen Essenträger geleert und damit das Signal zum Streik gegeben hatte.

»Du wußtest damals nicht, Pete, daß es dein letzter Kampf sein würde. Keiner von uns hat es gewußt...« Jamieson hob die Hand, als wollte er das unterdrückte Weinen, das von irgendwoher kam, stillen. »Wir wußten nur dunkel, wofür wir kämpften; jetzt, da wir an deinem Grab stehen, wissen wir es vielleicht ein wenig besser...«

Jamieson blickte auf. In den hinteren Reihen der Menge machte sich Unruhe bemerkbar.

»Und noch etwas möchte ich dir sagen, Pete. Da war ein Gewehr mit einer Kugel im Lauf, und eine Hand, die das Gewehr hielt, und da waren Leute, die diese Hand bezahlten. Und da war eine weitere Hand, die führte dich an die Stelle, wo dich die Kugel erreichen konnte, und da waren Leute, die bezahlten auch diese Hand. Und da wird ein Tag kommen –« die Unruhe breitete sich aus; Jamieson mußte seine Stimme erheben – »ein Tag, da wir ihre Namen wissen werden und dir sagen werden: Pete, werden wir sagen –«

Simich, dem Hausmeister der Polonia-Halle, war es gelungen, bis zu Hale durchzudringen. Er war viel zu erregt, um leise zu sprechen: »Eingebrochen sind sie – in der Polonia-Halle – im Keller, bei den Lebensmitteln –«

»Pete, so werden wir sagen, wir haben nicht nur diesen Streik gewonnen – sondern auch den großen Kampf, von dem unser Streik nur ein Teil war...«

Die Flucht aus dem Friedhof begann.

»Leb wohl, Pete«, sagte Jamieson sanft, und warf dem Toten die Handvoll Erde nach, die ihm zukam.

Die Menschen, die dem Grab am nächsten gestanden hatten, und noch einige wenige, die aus Pflichtbewußtsein geblieben waren, traten jetzt vor und warfen Asche zu Asche und Staub zu Staub. Aber auch sie schienen in Eile zu sein. Am Ende waren nur noch Mickie und Rosemary am Grab, und die zwei Totengräber, die schon zu schaufeln begannen.

»Kann ich dir irgendwie helfen, Mickie?« fragte Rosemary.

»Mir helfen?« fuhr Mickie auf. »Wieso?«

Kennedy parkte den alten Chevrolet auf dem Parkplatz neben der Polonia-Halle. Hale stieg aus, dann Bilek und Jamieson, und zum Schluß Simich, der Hausmeister; Simich hatte Schwierigkeiten wegen seines verkrüppelten Beins.

Hale wäre am liebsten sofort zur Halle hinübergelaufen, aber er zügelte sich und wartete auf Simich. »Warum haben Sie uns bloß nicht alarmiert, Simich!« sagte Hale. »Sie müssen doch was gehört haben, Sie schlafen doch direkt über dem Keller!«

»Nichts hab ich gehört!« sagte Simich verzweifelt. »Einmal bin ich aufgewacht in der Nacht, das war so gegen zwei Uhr, und habe hinausgeschaut, aber es war niemand zu sehen.«

»Wieso bist du aufgewacht?« sagte Bilek. »Vielleicht hast du doch was gehört?«

»Was weiß ich!« Simich schüttelte den Kopf. »Wahrscheinlich hab ich geträumt. Ich träum immer so lebhaft.«

Bilek schlug die Hände zusammen. »Er träumt immer so lebhaft!«

»Laßt Simich in Ruhe«, sagte Jamieson. »Er kann doch auch nichts dafür.«

»Wer kann denn dafür?«

Das war Mercadante, der zusammen mit Tashlian, Joey Smith und einer ganzen Anzahl anderer vom Friedhof gekommen war und gleichfalls der Halle zustrebte. Daumen in den Hosentaschen, die Schultern hochgezogen, tänzelte er neben Kennedy her. »Wenn ihr's durch die Gewerkschaft gemacht hättet, statt alles nach eurem eigenen Willen zu tun, dann säßt ihr jetzt nicht so in der Scheiße.«

»Was hast denn du je getan, uns zu helfen?« erkundigte sich Tashlian.

Noch mehr Menschen waren hinzugekommen, und Mercadantes blecherne Stimme trug weithin. »Wenn ich was tue, dann hat es Hand und Fuß. Haben wir Cummings' Tagebau-Grube stillgelegt oder nicht? Und wer hat *das* organisiert?«

»Sehr richtig!« rief jemand. »Sag's ihnen nur, Mercadante!«

Kennedy packte Mercadante. »Jawohl«, sagte er halblaut, »genau das ist die Frage. Wer hat den Mord an Webb organisiert? Die gleichen Leute vielleicht, die auch diesen Einbruch veranstaltet haben?«

Mercadante wurde blaß. »Ihr habt ja noch nicht mal die Polizei benachrichtigt. Der Einbruch ist ein Fall für die Polizei.«

»Du und deine Polizei!« Joey Smiths lange Oberlippe zitterte. »Die Polizei holen wir, wann wir's für richtig halten, und nicht einen Moment vorher. Das Zeug da in dem Keller hat uns gehört, das Ganze ist unsere Sache, und wir bringen sie auch in Ordnung.«

»Und wenn ich die Kerle zwischen die Finger kriege«, sagte Bilek, »die ihren eigenen Kumpels das Brot vom Munde stehlen...«

Kinder kamen herbeigerannt, Frauen mit Einkaufstaschen, Arbeiter.

»Steht eigentlich die Kellertür noch offen?« wollte Kennedy wissen.

»Jesus Christus«, fluchte Tashlian, »sag doch was, Simich!«

»Ich hab doch nichts gesehen«, jammerte der. »Was kann ich denn dafür!«

»Recht hat er«, sagte Jamieson. »Wir hätten Wachen ausstellen sollen. Aber daran hat keiner von uns gedacht.«

Vor der Halle standen schon die Menschen und warteten. Kennedy trennte sich von Mercadante und ging als erster auf sie zu.

»Es war eben zuviel verlangt«, sagte Hale und blieb stehen, um Atem zu schöpfen. »Die Versuchung war zu groß.« Seine Stimme klang bitter. Er stellte sich den großen Kellerraum vor: leer bis auf ein paar traurige Reste, die die Diebe nicht mitnehmenswert gefunden hatten.

Und dann waren sie am Eingang zum Keller. Das große Sicherheitsschloß war fachmännisch aufgebrochen worden.

»Fehlt viel, Simich?« fragte Hale heiser.

Simich zuckte mit seinen schiefstehenden Schultern. »Ich weiß doch nicht...«, sagte er.

»Was heißt das – Sie wissen nicht?«

»Ich weiß eben nicht! *Ich* bin nicht unten gewesen! Ich bin hier am Kellereingang vorbeigekommen, gerade als ich zum Friedhof wollte, und hab zufällig gesehen, daß das Schloß kaputt war, und die Tür stand einen Spalt offen, genauso wie jetzt. Da bin ich losgelaufen; aber wie schnell kann ich schon mit meinem Bein?«

»Gehen wir hinein und sehen wir nach!« sagte Kennedy.

»Nicht so rasch!« sagte Mercadante. »Nicht nur ihr allein, nicht nur ihr mit eurem Komitee... Wir gehen *alle* hinein, und wir *alle* sehen uns da mal um. Ist doch nicht nur euer Privateigentum, was da unten liegt; das Zeug ist für uns alle! Und es ist schon genug gestohlen worden – damit ist jetzt Schluß!«

Niemand antwortete; selbst Kennedy war auf eine solche Unverschämtheit Mercadantes nicht gefaßt. Die Menschen aber begannen vorwärtszudrängen. Noch einen Augenblick, und sie würden die Kellertreppe hinunterstürmen, die bereits offene Tür weit aufstoßen –

»Wir können nicht alle in den Keller!« rief Hale. Mit ein paar Schritten postierte er sich auf der Vortreppe vor dem Haupteingang der Halle. »Wir können nicht alle im Keller herumtappen, über die Lebensmittel stolpern –«

»Woher weißt du denn, daß überhaupt noch was da ist?« schrie Bruder Oakley dazwischen.

Hale forderte gestikulierend Ruhe. »Was noch übrig ist, soll jedenfalls den Leuten zukommen, die es am nötigsten brauchen –«

Kennedy stand plötzlich neben ihm. Seine Stimme war hart: »Das Komitee und keiner sonst betritt den Keller!... Nein«, fügte er hinzu, »noch einer kommt mit – Bruder Mercadante. Er hat sich zwar bisher nur ausnahmsweise um den Streik gekümmert; da er aber jetzt Interesse zu zeigen beginnt, wollen wir ihn ruhig ermutigen.«

Jemand lachte höhnisch. Wenigstens für den Augenblick hatte Kennedy die Lage wieder in der Hand.

»Los, Doc!« flüsterte er.

Mit Simich an der Spitze gingen die Mitglieder des Komitees und Mercadante in seiner Gastrolle die Treppe zum Keller hinunter. Simich schaltete das Licht an.

Mit Ausnahme Hales kannten alle Anwesenden den Kellerraum recht gut – es war derselbe, den Mercadante für die Versammlungen der Gewerkschaftsgruppe 1769 mietete. Da waren die häßlichen Stahlträger, die kleinen, schmutzigen Fenster, die ewig feuchten Zementwände.

»Aber es ist doch alles da – soweit ich sehen kann!...« Tashlian war der erste, der aussprach, was die überraschten Komiteemitglieder feststellten. »Vielleicht daß irgendwo ein paar Konservendosen fehlen; aber dieser Packen hier sieht akkurat noch so aus, wie ich ihn gestern selber aufgestapelt habe...«

»Es war schon dunkel, als wir ausluden.« Jamieson legte stets Wert auf Genauigkeit. »Mit Sicherheit kann man's nicht sagen. Mit Sicherheit wird man's möglicherweise nie sagen können...«

»Das meiste scheint aber zu stimmen!« sagte Bilek von einer Ecke her. »Ich hab eben die Dauerwürste gezählt. Ich weiß doch, wie viele Doc und ich in Philadelphia gepackt haben – zweiundzwanzig Stück, lauter erstklassige, dicke. Und die sind noch da. Wenn einer Hunger hat, würde er zweiundzwanzig Dauerwürste liegen lassen?«

»Hat der Simich eben doch die Einbrecher verscheucht!« lachte Joey Smith. »Hat ihnen Angst eingejagt, wie er das Fenster aufmachte. Einbrecher kriegen leicht Angst, das ist Tatsache!«

»Kommen Sie doch bitte mal her, Doc!« Kennedy wies auf einen großen Karton; unter dem aufgesprungenen Deckel quoll ein wollener Sweater heraus, als hätte ihn jemand herausgezogen und zurückzuschieben vergessen. »Doc, ich glaube, diesen Karton habe ich gestern abend selbst abgeladen und hier hereingetragen. Und ich hab das dumme Gefühl, daß er da noch zugeklebt und zugebunden war. Erinnern Sie sich zufällig, wie der Karton aussah, als Sie ihn in Philadelphia aufluden?«

Hale rieb sich das Kinn. »Wir haben Dutzende ähnlicher Kartons verstaut – worauf wollen Sie wirklich hinaus?«

»Was ist denn das!« Mercadantes empörter Ausruf veranlaßte alle, sich ihm zuzuwenden. »Das schlägt wahrhaftig dem Faß den Boden aus!«

Er war in den Lichtkreis einer Lampe getreten, zwischen Daumen und Zeigefinger ein Stück bedrucktes Papier. »In Öl soll man mich kochen!« sagte er. »Lebendig häuten und in Öl kochen, wenn das nicht alles in den Schatten stellt! Hört euch das an! *Wenn ihr jetzt etwas zu essen habt, vergeßt nicht, daß euch all das von der Kommunistischen Partei gespendet wurde...«*

»Laß mal sehen!« verlangte Kennedy.

Mercadante wehrte ihn ab. »Steht hier zu lesen, Wort für Wort!« Herausfordernd blickte er auf Hale und die andern, die ihn drängten. »Und weiter steht hier: *Die Kommunistische Partei der Vereinigten Staaten ist der einzige wahre Freund des amerikanischen Bergarbeiters! Schmeißt die Bonzen hinaus, die sich in euren Gewerkschaften breitmachen! Macht kurzen Prozeß mit den Polizeispitzeln und Streikbrechern! Sprengt Wallstreet und die Regierung in die Luft! Tretet der Kommunistischen Partei bei!«*

Er glättete das Flugblatt, faltete es sorgfältig zusammen, steckte es dann in seine Hemdtasche und knöpfte seine Jacke zu.

»Hab's dort zwischen den Haferflocken und dem Grieß gefunden«, sagte er, als verliehe diese Tatsache dem Text besondere Bedeutung. »Na, was sagt ihr *dazu*?«

»Laß mich's erst mal sehen!« wiederholte Kennedy.

»Könnte dir so passen!« Mercadante zog seine Brauen vielsagend in die Höhe. »Ich möchte verhindern, daß du ein brennendes Streichholz an mein Beweisstück hältst. Aber such nur selber, du wirst schon auch noch so ein Machwerk finden! Die Genossen haben sicher nicht nur dieses eine Ei gelegt.«

»Eine klare Provokation«, erklärte Kennedy. »Und nicht die erste in diesem Streik.«

Mercadante lachte verächtlich.

Hale versuchte, das Zucken seiner Augenlider zu unterdrücken. »Hört sich nicht an wie von den Kommunisten«, sagte er. »Selbst wenn die Kommunisten der Meinung wären, daß Streikbrecher umgelegt werden sollten und Wallstreet in die Luft gesprengt gehört, würden sie doch nicht so dumm sein, solche Meinungen drucken zu lassen.«

»Und woher wissen Sie das so genau, Doc?« erkundigte sich Mercadante. »Sind *Sie* etwa auch Kommunist?«

»Nein!...« sagte Hale entrüstet, »wie kommen Sie zu so einer Behauptung!« und dachte: Warum muß ich mich diesem Hundsfott gegenüber eigentlich verteidigen?

»Aber kommunistische Freunde haben Sie?«

»Selbstverständlich nicht!«...« und er dachte an Lydia Beasley und versuchte sich vorzustellen, was sie wohl in dieser Lage sagen und tun würde. Dann fiel ihm ein, daß sie ja wirklich die Hauptperson gewesen war bei der Beschaffung der Gelder und der Lebensmittel und der andern Gegenstände; und war es nicht möglich, daß sie unter dem Vorwand, die Streikenden unterstützen zu wollen, plumpe Parteipropaganda betrieb – nein, das nun doch nicht.

»Wo haben Sie die vielen schönen Sachen eigentlich her, Doc?« Mercadantes Gesicht triefte vor Liebenswürdigkeit. »Oder ist das ein Geheimnis?«

»Das werd ich dir sagen«, antwortete Bilek an Hales Statt. »Von Arbeitern und Lehrern und Ärzten und Geistlichen, von kleinen Geschäftsleuten und von kleinen Angestellten, sogar von Arbeitslosen, die weder Geschäft noch Arbeit haben. Und wir werden dafür sorgen, daß ihr Beitrag auch an die Leute geht, die die Spender im Sinn gehabt haben. Kapiert, Bruder Mercadante?«

»Kapiert, Bruder Mercadante?« wiederholte Kennedy.

Mercadante wich zurück und griff unwillkürlich nach dem Flugblatt in seiner Hemdtasche. »Von mir aus –«, sagte er scheinbar nachgiebig, »ich werd euch nicht davon abhalten!«

»Ich hab mir ja gleich gedacht, daß du vernünftig sein würdest«, sagte Kennedy. »Denn du siehst doch ein, daß diese Lebensmittel dringend gebraucht werden, und daß die Kumpel draußen schon darauf warten.«

»Aber ich muß die Kumpel informieren!« Mercadantes Stimme überschlug sich plötzlich. »Ich bin Bürger der Vereinigten Staaten und gewählter Funktionär einer amerikanischen Gewerkschaft, und ich habe meine Pflicht zu erfüllen. Wenn wir in unserer Gewerkschaftsgruppe Mitglieder haben, die Spenden annehmen wollen, an denen das Blut von Nonnen und Priestern und unschuldigen Kindern noch klebt – bitte, das ist ihre Angelegenheit, und ich werde sie nicht davon abhalten, das hab ich ja schon gesagt...«

Er warf einen Blick auf Smith und Tashlian und Jack Greene. Noch war er in der Minderheit, aber er wußte, wenn er nur Zeit gewann und mit heilen Knochen aus diesem Keller herauskam, würde er draußen vor der Halle genügend Unterstützung finden; und Lonsdale hatte ihm versprochen –

Smith zerrte an seiner langen Oberlippe, Tashlian starrte vor sich hin.

»Nicht eine Kruste Brot würde ich anrühren von dem Zeug da«, verkündete Mercadante. »Und wenn ich am Verhungern wäre!«

»Aber du bist eben nicht am Verhungern!« erwiderte Bilek spitz. »Du schlägst dir den Wanst voll Pizza dreimal am Tag.«

»Und du siehst auch nicht gerade unterernährt aus! Auf deiner schönen Reise hast du dir von deinen roten Freunden den Wanst mit viel besseren Sachen vollschlagen lassen als meiner Pizza! Und dadurch haben sie dich dazu gekriegt, hierher zu kommen und zusammen mit Doc Hale unsere Gewerkschaft zu untergraben. Ich sage dir aber: Damit besticht ihr mich nicht und keinen echten Amerikaner –«

Während seiner letzten Worte hatte er den Rückzug in Richtung der Tür angetreten. Ich muß etwas unternehmen, dachte Kennedy, sonst steht er mir in einer Minute draußen vor der Halle und liest den Kumpels vor: *Wenn ihr jetzt etwas zu essen habt, vergeßt nicht, daß euch all das von der Kommunistischen Partei gespendet wurde*... Und danach würde es losgehen.

»Provokateur!« sagte er, nicht einmal laut, »Streikbrecher!«

Mercadante schrak zusammen. Dann faßte er sich. »Selber Provokateur! Dich kennen wir, Bruder Kennedy, du bist schon lange darauf aus, unsre Gewerkschaft in die Hand zu bekommen, du mitsamt deinen kommunistischen Freunden – aber jetzt seid ihr ertappt.«

»Verräter!« sagte Kennedy in dem gleichen trockenen Ton wie vorher.

Mit zitternden Fingern knöpfte Mercadante seine Jacke auf. »Und was ist das?« rief er, das Flugblatt schwenkend. »Klopapier?« Und zu Smith und Tashlian gewandt: »Hier ist mein Beweis! Und weil Bruder Kennedy dagegen nichts sagen kann, beschimpft er mich.«

Möglich, dachte Kennedy, daß die Nahrungsmittel und die andern Gegenstände wirklich von Kommunisten stammten. Dann blieb als Tatsache, daß nur die Kommunisten sich um ihn und seine

Kinder und seine streikenden Kumpel und deren Kinder gekümmert hatten, was eigentlich recht anständig war von ihnen. Aber das war kein Argument Mercadante gegenüber und würde die zögernden, unsicher gewordenen Mitglieder des Komitees auch kaum überzeugen... Er mußte riskieren, aufs Ganze gehen, darauf setzen, daß das Flugblatt ebenso eine Provokation war wie die Affäre bei der Tagebau-Grube, die Webb das Leben gekostet hatte...

»Ich wiederhole«, sagte er ruhig, »du bist ein Streikbrecher, Bruder Mercadante, ein Provokateur, ein Verräter, und ich werd den Beweis dafür erbringen.«

Mercadante hatte plötzlich ein Messer in der Hand, die Klinge schnappte auf.

»Das kannst du auch haben«, sagte Kennedy, »eine Messerstecherei. Aber erst wirst du mich anhören. Der Plan ist nicht ungeschickt, er ist sicher auch nicht auf deinem Mist gewachsen, du wirst ja nur vorgeschickt. Du sollst die Kumpel dazu bringen, das gefälschte Flugblatt für echt zu halten; dann kann zweierlei passieren: entweder die Kumpel weigern sich, die Sachen zu nehmen – in diesem Fall müssen sie den Streik aufgeben, weil der Hunger sie dazu zwingt. Oder es kommt zu einem Streit, ob man die roten Lebensmittel nehmen soll oder nicht, und zur Spaltung – und auch in dem Falle muß der Streik aufgegeben werden. Die Provokation funktioniert so und so. Einfach, nicht wahr?«

»Ja«, sagte Tashlian gedehnt. »Einfach und schön.«

In den Höhlungen auf Jack Greenes Gesicht zuckte es. Das Flugblatt hatte seine Wirkung auf ihn nicht verfehlt; aber, Herrgott noch mal!... »Mußt du denn das unbedingt an die große Glocke hängen, Bruder Mercadante?« sagte er fast flehend. »Die Sachen sind doch eßbar, und meine Kinder würden den Unterschied nicht merken. Für die Kinder ist Mehl von den Kommunisten genauso weiß wie Mehl von der Stadtbehörde...«

»Ich mache dir einen Vorschlag, Bruder Mercadante«, sagte Kennedy, jedes Wort betonend. »Wenn du dich wie ein Kumpel verhältst und das Flugblatt nicht verliest, dann nehme ich zurück, was ich gegen dich gesagt habe. Und bei den nächsten Gewerkschaftswahlen gebe ich dir meine Unterstützung.«

Mercadante steckte sein Messer wieder ein. Seine Gewerkschaftsgruppe ohne Opposition leiten zu können und seinen Vorsitzendenposten garantiert zu bekommen, das war verlockend. Aber was dann mit Lonsdale? Was würde Lonsdale dazu sagen – schlimmer noch, was würde er tun?

Mercadante zögerte. »Ich weiß nicht...«

»Du hast keine Kinder«, sagte Jamieson. »Aber denk mal an die Kumpel, die welche haben.«

»Also gut...« Mercadante lächelte sein bestes Pizza-mit-Käse-und-Oliven-Lächeln. »Ich will euch keine Schwierigkeiten machen. Ich bin überhaupt nicht der Mensch, der irgend jemandem Schwierigkeiten machen will. Aber in einem Streik gibt's eben immer Schwierigkeiten –«

»Nun, gehen wir!« Hale nahm Mercadante beim Arm. »Wir werden den Leuten draußen sagen, daß nichts fehlt, soweit wir feststellen können, und daß die Einbrecher aller Wahrscheinlichkeit nach durch Simich verscheucht wurden, als der sein Fenster aufmachte.«

Mercadante fühlte sich durch Hales besondere Aufmerksamkeit geschmeichelt. »Sagen *Sie's* den Leuten, Doc. Schließlich haben Sie die Fuhre ja hergebracht!« Er sah sich um im Keller und bemerkte erst jetzt, was da alles für die streikenden Arbeiter herangeschafft worden war. »Heilige Mutter Gottes!« rief er bewundernd, »ist das ein Reichtum!«

Hale wußte, daß es ein Narrenparadies war, in dem er sich erging; jeden Moment konnte ein neues Exemplar des Flugblatts auftauchen. Trotzdem fühlte er sich glücklich.

Der Keller voll tätiger Menschen, Frauen meistens. Rosemary überall; sie organisierte die Arbeit, verteilte die Kräfte, wies an, ermahnte, überzeugte, scherzte und behielt die Kinder im Auge, die einige der Frauen hatten mitbringen müssen. Es wurde wieder gelacht; irgendwo pfiff einer hingebungsvoll den Schlager der Woche.

Man arbeitete ohne Pause. Das Komitee hatte beschlossen, die Verteilung nicht noch einmal zu verschieben. Hale hatte draußen bereits angekündigt, daß die Leute sich anstellen sollten; am Spätnachmittag würde die Tür geöffnet werden; wer sich durch eine gültige Mitgliedskarte als Angehöriger einer der Gewerkschaftsgruppen des Pokie-Tals ausweisen konnte, würde seinen Anteil bekommen.

Vor der Ansage war er sehr nervös gewesen. Die Leute hatten sich geweigert, die Eingänge zur Polonia-Halle freizugeben; dauernd trafen sie auch von den weiter entfernt liegenden Bergarbeitersiedlungen ein; selbst während er sprach, wuchs die Menge. Wie sollte man rechtzeitig fertig werden; man würde mit der Verteilung beginnen müssen, während man noch verpackte; Gott weiß, was für neue Komplikationen sich daraus ergaben.

»Machen Sie sich darüber keine Sorgen«, sagte Kennedy. »Warten Sie doch ab, bis der erste Mann in der Reihe seine Zuteilung erhält und den andern zeigt, was er bekommen hat. Sie werden sehen, welche Geduld die Leute plötzlich entwickeln. Wir sind von Natur aus ein geduldiger Menschenschlag, Doc; zu geduldig manchmal, glaube ich.«

Auch während er sich mit Hale unterhielt, verfolgte er alles, was im Keller vorging, jede außergewöhnliche Bewegung, jedes Tuscheln. Er hatte schon mehrere Flugblätter konfisziert, bevor die Finder Gelegenheit hatten, ihren Fund näher zu betrachten.

»Ich hoffe nur«, sagte Hale, »wir können all die Menschen einigermaßen zufriedenstellen...«

»Auch darüber würde ich mir nicht den Kopf zerbrechen«, sagte Kennedy, schlenderte hinüber zu einem Bündel Kinderkleider, das gerade ausgepackt wurde, hob mit scheinbar gelangweiltem Interesse ein paar Höschen auf, ein paar Röckchen und Jäckchen, fischte etwas zwischen den Sachen heraus, steckte es sich in die Tasche und kehrte zu Hale zurück. »Sehen Sie, Doc«, fuhr er gleichmütig fort, »unsere Menschen hier haben ihre Mängel. Wir sind nicht klug und gebildet, und wenn wir schon über etwas nachdenken, so denken wir es oft nicht bis zum Ende durch; aber dafür denken wir auch nicht immer an uns selber. Sonst wären wir ja alle Geschäftsleute geworden – und wer würde dann in den Gruben arbeiten? Gut, es gibt welche unter uns, die werden die Ellbogen benutzen und versuchen, mehr zu bekommen, als ihnen zusteht; aber die kennt man ja, und man paßt auf sie auf. Wenn man so eng aufeinanderhockt, bei der

Arbeit und sonst auch, da offenbart sich der Charakter. Und wenn's drauf ankommt, hält man eben doch zusammen...«

Als wollte er illustrieren, was er gesagt hatte, wies er mit einer Handbewegung auf das beständige Hin und Her im Raum. Eine Gruppe von freiwilligen Helfern, unter der Leitung von Martha Bilek, sortierte die Vorräte aus und schichtete Konservendosen zu Pyramiden: eine Pyramide Suppen, eine zweite Fleisch, eine dritte verschiedene Gemüse, eine vierte Fruchtsäfte und eingemachte Früchte. Zwei lange Tische waren noch beladen mit Nährmitteln in Packungen: Nudeln, Mehl, Spaghetti, Reis, Zucker, Haferflocken, Grieß, Puddingpulver. In einer Ecke des Kellers wurden Kleiderbündel auseinandergenommen und die Kleider sortiert und geschichtet, Männer-, Frauen-, Kinderkleidung; in einer anderen Ecke tat man das gleiche mit Schuhen. Die Komiteemitglieder zählten ab und summierten; da jedes Komiteemitglied wußte, welche Mitglieder der von ihm vertretenen Gewerkschaftsgruppe am bedürftigsten waren, konnte die Größe der Einzelrationen bald festgelegt werden. Während die Pyramiden noch wuchsen, bildete Anna May Jamieson eine neue Gruppe freiwilliger Helfer, die von Pyramide zu Pyramide gingen, von jeder nach vorbestimmtem Schlüssel ein Quantum nahmen und es in Tüten oder Kartons legten. Die gefüllten Kartons und Tüten wurden Tashlian und Smith übergeben, die die Verteilung unter sich hatten; die beiden stellten die fertigen Unterstützungs-Rationen längs der Wand neben der Kellertür auf, Karton an Karton, Tüte an Tüte, Paket an Paket.

Hale empfand bei diesem irgendwie ameisenhaften Betrieb ein merkwürdiges Glücksgefühl, das aber den quälenden Verdacht, der in ihm bohrte, nicht gänzlich betäuben konnte. Menschen wie Lydia Beasley würden Lebensmittel für streikende Arbeiter nicht mit unverantwortlicher Propaganda spicken. Oder würden sie? Was auch ihre Theorien sein mochten, sie mußten schließlich wissen, daß kein Bergarbeiter, auch der verzweifeltste nicht, sich durch einen Armvoll Konserven bereden lassen würde, Wallstreet und die Regierung in die Luft zu sprengen. Viel näher lag die Möglichkeit, daß ein Zusammenhang bestand zwischen dem Einbruch vergangene Nacht und diesen Flugblättern. Die Methode kannte er; er hatte sie am eigenen Leibe zu spüren bekommen, als er vor Gericht stand, und vorher auch schon. Immer mußte man die skeptische Frage der alten Römer stellen: *Cui bono?* Und daß die Flugblätter weder den Kommunisten noch den Streikenden nützten, war ersichtlich.

Und dennoch war das *seine* Logik, *seine* Schlußfolgerung. Höchstwahrscheinlich war es auch die von Lydia Beasley. Wer aber garantierte ihm, daß diese gebildete, zurückhaltende, analytisch denkende und nüchterne Genossin die Regel war in ihrer Partei und nicht die Ausnahme? Wußte einer, was für Neurotiker sich unter den Roten befanden? Vom Gesichtspunkt des normalen Bürgers gesehen hatte einer, der sich zum Christentum bekannte, bevor das Christentum Staatsreligion war, einen Märtyrerkomplex; welche Komplexe erst mußten Leute haben, die sich als Kommunisten bezeichneten, bevor der Kommunismus an der Macht war und zum guten Ton gehörte? Und warum sollte es in diesem Kreis von idealistischen Narren nicht den einen oder anderen geben, dem derart Flugblätter als eine großartige Idee erschienen?... Er wünschte, Lydia Beasley hätte ihm ihre Parteizugehörigkeit nie eröffnet. Dann hätte er jederzeit mit gutem Gewissen erklären können, die Spenden seien von den nettesten Leuten aus den besseren Klassen der Bevölkerung gekommen und es sei lächerlich, diese gut gekleideten Damen und Herren mit ihrem tadellosen Benehmen unamerikanischer Umtriebe zu verdächtigen. Und hätte es selbst geglaubt.

»Zeigen Sie mir doch mal eins von den Dingern«, bat er Kennedy. Dann aber, als er es in der Hand hatte, las er es nicht, sondern zerknüllte es und sagte zu Kennedy: »Zu viele Frauen, die hier arbeiten. Mit Männern kann man über so etwas noch diskutieren; aber Frauen werden immer gleich hysterisch.«

Kennedy nahm Hale das zerknitterte Flugblatt ab. »Ich hab mir meine Leute schon ausgesucht«, sagte er. »Und was die Frauen betrifft...«

»Siehe Ihre eigene Schwiegermutter«, sagte Hale.

Kennedys Gesicht verdüsterte sich. »Heute weiß ich, wovor wir uns zu hüten haben... Und denken Sie an Rosemary! Ist sie hysterisch geworden, als die Polizei sie verhörte?... Oder meine Mickie. Diese ganzen letzten Tage war sie völlig verhärmt; heute früh noch, auf dem Friedhof – es tat einem direkt weh. Und jetzt? Jetzt arbeitet sie dort drüben und hilft mit. Manchmal –«

Die Kellertür flog auf; in der Tür stand Sergeant Hayden, hinter ihm der massige Captain Bodenheimer. Die beiden traten ein, ließen die Tür aber offenstehen. Auf der Kellertreppe wurden Lonsdales Beine sichtbar, der Stock mit Gummispitze, dann kamen der Bauch ins Blickfeld, endlich der ganze Mann. Auf einmal war die Kellertreppe voller Menschen.

Die Arbeit im Keller stockte. Bodenheimer und Hayden patrouillierten scheinbar ziellos auf und ab. Hayden nahm einen der zur Verteilung bereiten Kartons zur Hand; Tashlian knurrte: »Finger weg, Bulle!«

Schließlich postierte Bodenheimer sich vor die Pyramiden, steckte die Daumen in seinen Patronengurt, blickte von Kennedy zu Hale, und gab Sergeant Hayden einen Wink.

Hayden fragte: »Wer leitet den Laden hier?«

»Ich!« Jamieson trat vor und betrachtete milden Auges den gewölbten Bauch des Captains.

»Oh«, sagte Sergeant Hayden und runzelte die Stirn.

»Sie wissen ja bereits«, sagte Jamieson, »daß ich der Vorsitzende des Unterstützungsfonds der Bergarbeiter des Pokie-Tals bin.« Und zu Captain Bodenheimer: »Was wollen Sie eigentlich hier?«

Bodenheimer nahm den rechten Daumen aus seinem Gurt und wies auf die Lebensmittel. »Das Zeug gehört Ihnen?«

»Ich habe Sie gefragt, was Sie hier wollen!« sagte Jamieson.

»Was Sie hier wollen, *Sir*!« sagte Bodenheimer. »Sagen Sie gefälligst *Sir* zu mir!«

»Sie haben meine Frage immer noch nicht beantwortet, Captain!«

Bodenheimers Gesicht lief rot an. »Ich antworte keinem gottverfluchten Nigger auf seine gottverfluchten frechen Fragen. Habe ich mich verständlich gemacht?«

»Dann wäre es besser, Sie verschwinden, Captain«, sagte Kennedy kalt. »Mr. Jamieson ist der Vorsitzende unseres Komitees, und das Komitee hat Sie nicht eingeladen. Sie haben überhaupt kein Recht, hier einzudringen.«

»Na, na, Kumpels!« mischte Lonsdale sich ein. »*Ich* habe den Captain ersucht, hierherzukommen.«

»Wer hätte das erraten!« sagte Bilek.

Anna May stellte sich schützend neben Jamieson. Mickie beobachtete Lonsdale. Sie verstand nicht, was vorging, interessierte sich auch nicht besonders dafür. Aber für Lonsdale interessierte sie sich.

»Ich habe erfahren, daß in der vergangenen Nacht hier eingebrochen wurde«, sagte Lonsdale.

»Wir müssen diesen Einbruch untersuchen«, sagte Bodenheimer. »Ich erwarte, daß alle Anwesenden die polizeilichen Bemühungen unterstützen.«

Sergeant Hayden hatte ein Paar Socken von dem Kleiderhaufen genommen und wickelte sich die eine Socke um die geschlossene Faust; die Socken würden ihm passen.

»Hinlegen, Bulle!« sagte Tashlian.

Hales Augenlider begannen zu zucken. Er borgte sich eine Zigarette von Kennedy. In Goldsborough konnte einer auf der Straße verenden; die Polizei rührte sich erst, wenn die Interessen Lou Geoghans oder seiner Auftraggeber berührt waren. Hales letzte Zweifel schwanden: Bodenheimer und Lonsdale waren nicht erschienen, um einen Einbruch zu untersuchen; sie kannten die Einbrecher und wußten genau, was sie in der Nacht hinterlassen hatten; nach ihrem Plan hätten die Flugblätter längst zum Vorschein kommen müssen; der Skandal war vor Stunden schon fällig; sie mußten handeln, bevor die Verteilung begann – und so waren sie gekommen, um selber das *Corpus delicti* zu finden.

»Zeigen Sie uns Ihren Haussuchungsbefehl, Captain!« sagte Jamieson.

»Sehr richtig!« sagte Kennedy. »Zeigen Sie uns Ihren Haussuchungsbefehl. Sie wissen doch, daß Sie einen gerichtlichen Haussuchungsbefehl haben müssen, bevor Sie hier eindringen und die Räume durchsuchen und die Leute ausfragen dürfen –«

Bodenheimers Stirnader schwoll an. Er besaß keinen Haussuchungsbefehl. Wenn er auszog, einen Auftrag durchzuführen, erwartete er von den Herren, die ihm die Anweisung gaben, daß sie ihn mit den notwendigen Papieren ausstatteten. Vielleicht brauchte man einen Haussuchungsbefehl in diesem Falle, vielleicht auch nicht. Er war kein Jurist.

»Wie ist das?« sagte er zu Lonsdale.

Lonsdale hing sich den Griff seines Stocks über den Arm. Wozu bezahlte Geoghan seine Akademiker – Staatsanwalt Adair zum Beispiel –, wenn sie ihm nicht einmal sagen konnten, wann ein Haussuchungsbefehl nötig war? Aber irgendeine Antwort wurde von ihm erwartet... Sein Blick begegnete dem Mickies. Aus ihrer Kellerecke heraus betrachtete sie ihn, machte sich wahrscheinlich sogar lustig über ihn, die kleine Hexe. »Und Sie, Mr. Hale«, sagte er, »Sie haben gar kein Interesse daran, herauszufinden, wer hier vergangene Nacht eingebrochen ist, um unsern Arbeitern das bißchen, was Sie herangeschafft haben, vom Munde wegzustehlen? Ich hab die Kumpel gesehen, wie sie draußen vor der Tür warten, eine Schlange zwei Straßen lang, und ich weiß auch, wie's einem die Eingeweide zusammenzieht, wenn man Hunger hat! Ich bin selber ein Arbeiter!«

»Im Gegenteil, ich habe das allergrößte Interesse!« Eigentlich war Hale Lonsdale dankbar, daß er ihm die Möglichkeit gegeben hatte, sich einzuschalten. »Aber ich bezweifle, daß Sie und die Polizei uns helfen können, die Schuldigen zu finden. Außerdem – wenn Sie so ausgezeichnet über die Eingeweide der Arbeiter im Pokie-Tal orientiert sind und über die Eingeweide ihrer Frauen und Kinder, wieso haben dann *Sie* nichts unternommen, um ihnen was zu essen zu verschaffen? Oder glauben Sie, daß die Verteilung von ein paar Zentnern Regierungsmehl durch die Stadtbehörde mehr war als plumper Stimmenfang?«

Lonsdale zog sein Hosenbein hoch und ließ seinen dick verbundenen Unterschenkel sehen. »Über die Frage, Mr. Hale, ob Sie oder ich mehr für unsere Werktätigen getan haben, werde ich mich mit Ihnen unterhalten, wenn Sie mir auch nur einen Kratzer am kleinen Finger vorweisen können.« Er bemerkte, daß Mickie nähergekommen war. »Jawohl, junge Dame«, wandte er sich an sie, »Ihr Vater und ich, wo wir gewesen sind, da ist es heiß zugegangen!...«

Kennedy grinste.

Lonsdale gefiel dieses Grinsen gar nicht. Er mußte handeln, wenn er verhindern wollte, daß die Dinge ihm entglitten. »Captain Bodenheimer«, fragte er mit seinem schiefen Lächeln, »wenn ein Mann die Polizei in sein eigenes Haus holt, braucht die Polizei dann einen besonderen Haussuchungsbefehl, um eintreten zu dürfen?«

»Selbstverständlich nicht!« sagte Bodenheimer.

»Gut!« Lonsdales Mund zog sich noch schiefer. »Kann einer von euch hier im Keller behaupten, daß die Polonia-Halle ihm gehört?«

Hale war unsicher geworden. »Sie gehört der Polonia-Hallen-Gesellschaft.«

»Und was ist diese Gesellschaft, bitte? Eine öffentliche Körperschaft mit einem gewählten Direktorium, und jeder der Direktoren vertritt eine Gewerkschaft, und ich bin Mitglied dieses Direktoriums.«

Gott verdamme ihn, dachte Kennedy, es gab tatsächlich ein solches Direktorium; es tagte einmal im Jahr, um ein paar Papiere zu unterzeichnen; Lonsdale gehörte dem Direktorium noch von der Zeit her an, als er in der Sarah-Pritchett-Grube arbeitete und Vorsitzender der Gewerkschaftsgruppe 1769 und ein rechtschaffener Mann war; man hatte einfach vergessen, ihn abzuwählen.

»Captain Bodenheimer!« Lonsdale nahm seinen Stock vom Arm und stemmte ihn fest auf den Boden. »Lassen Sie sich nicht abhalten von Ihrer Pflicht! Wir werden schon sehen, ob jemand hier wagt, uns daran zu hindern, gesetzliches Arbeitereigentum zu schützen!«

Die Frage war, dachte Kennedy, was zuerst in die Hände der Leute kam: die Lebensmittel – oder das Flugblatt.

»Anfangen mit der Verteilung!« ordnete er an, und seine Stimme lag um einen Ton höher als sonst. Mit ein paar langen Schritten war er bei Tashlian und Smith und fragte den Kumpel, der zuvorderst in der Tür stand: »Die Mitgliedskarte, bitte?«

Dieser, ein kleiner dürrer Mann mit erwartungsvollen Augen, hielt seine Karte schon bereit. Er nahm sein Paket in Empfang, murmelte seinen Dank, und wandte sich hastig, um sich seinen Weg durch die Menge auf der Treppe nach oben zu bahnen.

»Warten Sie ein Momentchen!« Bodenheimers schwere Hand legte sich auf die Schulter des Mannes.

»Tut mir leid, mein Lieber – aber bevor wir nicht genau wissen, was hier gestohlen worden ist, können wir Ihnen nicht erlauben, etwas mitzunehmen!...«

Enttäuschung im Blick, händigte der Mann das Paket Bodenheimer aus.

Kennedy nahm Bodenheimer das Paket sofort ab und reichte es dem Mann wieder hin. »Du nimmst das«, sagte er. »Es gehört dir!«

»Geben Sie mir's sofort zurück!« sagte Bodenheimer. Und zu Kennedy: »Lassen Sie die Verteilung einstellen. Augenblicklich!«

»Die Lebensmittel sind unser Eigentum«, sagte Kennedy, »und wir verteilen sie jetzt.«

Bodenheimer hatte seine Trillerpfeife zwischen den Lippen. Der schrille Pfiff hallte wider von den kahlen Wänden. Die Leute auf der Treppe wurden beiseite gedrängt; Knüppel in der Hand, kamen Wachtmeister Donato und fünf weitere Polizisten in den Keller gestürmt und nahmen Aufstellung.

»Möchten Sie Unannehmlichkeiten haben, Mr. Kennedy?« fragte Bodenheimer.

Acht bewaffnete Polizisten in einem Kellerraum voll Frauen; die wenigen zur Verfügung stehenden Männer meist älteren Jahrgangs; der Rückzug die Treppe hinauf abgeschnitten; und was kaputtgehen würde an Lebensmitteln und anderen Dingen bei einem Zusammenstoß, zerrissen, zertreten, verdorben... »Ungern, Captain«, sagte Kennedy.

»Gehen Sie weg! Lassen Sie uns in Ruhe!« Auf einmal stand Martha Bilek vor Bodenheimer und zerrte an dessen Rockaufschlägen. »Gehen Sie weg, sage ich Ihnen! Amerika ist Land der Freiheit! Polizei kann nicht kommen und uns unser eignes Brot wegnehmen! Mein Mann, der hat es uns gebracht, von weit her, von Philadelphia und den andern Städten!« Ihre Stimme bebte. »Ich bin Mutter! Ich bin Frau! Ich bin Bürgerin! Wir sind in Amerika –«

»Komm, Martha« – Bilek streichelte ihre Schulter und löste ihre Hände von Bodenheimers Uniform – »der da *ist* Amerika, du hast's nur noch nicht gewußt...«

Bodenheimer zuckte die Achseln. Dann wandte er sich den Leuten auf der Treppe zu. »Wo ist der Kerl mit dem Paket?«

Der Mann blieb verschwunden. Die Leute schwiegen. Bodenheimer schlug die Kellertür zu.

»Und jetzt?« fragte Kennedy.

»Jetzt«, sagte Bodenheimer, »wird die Polizei feststellen, was fehlt«, und gab das Kommando: »Anfangen! Los!«

Die Polizisten gingen an die Arbeit. Die Pyramiden stürzten um, die Konservendosen rollten über den Fußboden; die Säckchen mit Mehl, die Packungen mit Grieß und Reis und Nudeln stürzten von den Tischen; die säuberlich geschichteten Kleiderballen wurden über den Zementboden verstreut, die zur Verteilung fertigen Pakete und Tüten und Kartons auseinandergerissen, und die noch nicht sortierten Sachen aus ihren Bündeln und Kisten herausgezerrt. Die Kinder verkrochen sich in den Ecken. Die Mitglieder des Komitees und die Frauen folgten der breiten Spur der Zerstörung; stumm versuchten sie, wieder Ordnung zu bringen in das Durcheinander, zu retten, was sich retten ließ.

Und immer noch hatte die Polizei nicht gefunden, wonach sie suchte.

Bodenheimer hatte Hale beiseite genommen und stellte ihm Fragen – wann er die Lieferung nach Goldsborough gebracht habe und wem der Lastwagen gehörte, wann mit dem Abladen begonnen wurde und wann man damit fertig gewesen sei, wie viele Kisten und wie viele große Kartons und wie viele Ballen er mitgebracht habe, und aus welchen Städten sie stammten, und wieviel von dem und wieviel von jenem sich in der Ladung befunden habe.

Hale zwang sich zur Ruhe. Er beantwortete jede Frage. Er zeigte eine Geduld, die Bodenheimer immer mehr in Rage brachte.

Und immer noch hatte die Polizei nichts entdeckt.

Lonsdale spielte den unbeteiligten Zuschauer. Er mochte das alles nicht, die Willkürmethoden der Polizei, und am meisten mißfiel ihm, daß er in eine Lage geraten war, wo er selbst auftreten mußte. Immerhin war er ein wichtiger Mann im Distrikt der Gewerkschaft und kein Handlanger für die Bullen. Er hatte deswegen sogar Streit gehabt mit Geoghan, hatte ihm gesagt, daß es eine Dummheit war, sich derartig bloßzustellen – aber Geoghan hatte ihn nur gefragt: Und warum haben Sie Ihren Mann, den Mercadante, nicht richtig instruiert? Mercadante war seit jeher ein Feigling; er hatte den Schwanz zwischen die Beine geklemmt, und ihm, Herb Lonsdale, blieb überlassen, die Angelegenheit wieder in Ordnung zu bringen.

Und immer noch suchte die Polizei vergeblich.

Von Geoghan wußte Lonsdale, daß der Einbrecher etwa hundertzwanzig Flugblätter unter den Sachen versteckt hatte, bevor der Hausmeister ihn störte – konnten Hale und Konsorten alle hundertzwanzig beseitigt haben? Kaum möglich. Aber Kennedy sah aus, als sei er sich seiner Sache sehr sicher... Lonsdale griff nach seiner Brieftasche. Er hatte noch ein paar Flugblätter zwischen den Geldscheinen liegen – vielleicht versuchte man, eines oder zwei selber zu placieren... Es war ein gewagtes Geschäft, zu viele Augen waren auf ihn gerichtet.

»Na, wie geht's, Mickie?« fragte er. »Viel Arbeit, was?«

Sie war wieder bei ihrem Kleiderballen, packte aus, sortierte. Sie lächelte ihn an, arbeitete aber ohne Unterbrechung weiter, da sie sah, daß ihr Vater sie beobachtete.

»Es tut mir leid – diese Störung.« Lonsdale bückte sich stöhnend, hob ein paar Jacken auf und reichte sie ihr. »Aber ich nehme an, daß die Polizei bald fertig sein wird.«

»Haben Sie mich denn ganz vergessen?« flüsterte sie.

»Wie sollte ich wohl«, sagte er, nur für sie hörbar. »So ein Mädchen!«

Sie zog ihre Brauen hoch, fragend und gleichzeitig vielversprechend.

»Ich hab jetzt ein Zimmer im Goldsborough Palace Hotel«, sagte er. »Das ist bequemer als...«

Schritte; ein Schatten glitt heran. »Mach, daß du mit der Arbeit zu Rande kommst, Mickie!« sagte Kennedy.

Mickie zog das nächste Kleidungsstück aus dem Ballen. Ein Stück Papier flatterte zu Boden. Mickie hob es auf und wandte es um. Das Papier war bedruckt.

»Was haben Sie denn da?« sagte Lonsdale, und riß es ihr aus der Hand, bevor Kennedy zugreifen konnte.

»Gib das her, Lonsdale«, sagte Kennedy. »Ich bring dich um.«

»Captain Bodenheimer!« rief Lonsdale.

Bodenheimer war sofort da.

»Bitte nehmen Sie ins Protokoll auf, Captain«, erklärte Lonsdale, »daß dieses Flugblatt von Miss Mickie Kennedy unter Kleidungsstücken gefunden wurde, die angeblich zur Unterstützung der streikenden Bergarbeiter geschickt wurden.«

Bodenheimer las das Flugblatt, spitzte die Lippen und steckte es ein. »Jawohl, Mr. Lonsdale«, sagte er. Dann zog er sein Notizbuch aus der Tasche. »Miss Mickie Kennedy, sagten Sie?«

Lonsdale wandte sich Hale und den anderen zu. Die Frauen fühlten, daß sich etwas Entscheidendes ereignet hatte; sie hörten zu arbeiten auf und blieben stehen, wo sie sich gerade befanden.

»Ihr alle habt euch von den Kommunisten an der Nase herumführen lassen«, sagte Lonsdale langsam. »Alle – mit Ausnahme natürlich von denen, die mit den Kommunisten zusammenarbeiten. Das Zeug, das in diesem Keller lagert, ist vergiftet mit kommunistischer Propaganda, und was in meiner Macht liegt, werde ich tun, damit unsere ehrlichen amerikanischen Arbeiter dort draußen, die einen ehrlichen amerikanischen Streik führen, vor diesem Gift bewahrt werden. Und wer hier in diesem Keller nicht will, daß er mit zu den Roten gerechnet wird, soll jetzt lieber mir folgen!...«

Er machte kehrt und hinkte zur Tür, gedeckt von Wachtmeister Donato und Sergeant Hayden. Bald erscholl seine Stimme von draußen, volltönend, seine Massenversammlungsstimme. »Ich bitte um eure Aufmerksamkeit, Bergarbeiter des Pokie-Tals und Bergarbeiterfrauen! Ich spreche zu euch in meiner Eigenschaft als Vertreter der Distriktsleitung eurer Gewerkschaft, und ich erkläre euch, daß ihr um Haaresbreite die unschuldigen Opfer einer niederträchtigen, umstürzlerischen, roten, kommunistischen Verschwörung geworden wärt –«

Unten im Keller stand Jack Greene, das fahle Gesicht verzerrt, und hustete. »Ich glaube –«, wieder hustete er, »ich glaube, daß ich – daß ich meinen Anteil an diesen – an den Sachen da lieber nicht haben möchte –« Und schob sich an den Polizisten vorbei auf die Tür zu und stolperte die Kellertreppe hinauf.

»Noch einer?« höhnte Bilek. »Hat noch einer Lust, sich ins eigne Fleisch zu schneiden?«

»Warum verurteilst du die Menschen, Bruder Bilek?« sagte Jamieson. »Hast du nie Fehler gemacht in deinem Leben?«

*»Wenn ihr jetzt etwas zu essen habt«*, deklamierte Lonsdale drau-

ßen, *»vergeßt nicht, daß euch all das von der Kommunistischen Partei gespendet wurde –«*

Der Schatzmeister des Komitees, von der Gewerkschaftsgruppe in New Pendleton als ihr Vertreter entsandt, trat unruhig von einem Fuß auf den andern. »Da kann ich allein gar nichts entscheiden«, sagte er. »So was muß ich zuerst mit meinen Kumpels zu Hause besprechen. Persönlich hätte ich ja nichts dagegen –« Aber er ging.

*»... Sprengt Wallstreet und die Regierung in die Luft –«*, verkündete die Stimme draußen.

Der Delegierte von Bullfinch sagte: »Ihr wißt ja, daß ich auf eurer Seite stehe. Während des ganzen Streiks haben wir zusammengearbeitet. Aber ich bin nun mal kein Roter, und ich mag keine Kommunisten, und wenn wir einmal anfangen, etwas mit denen zu tun zu haben, dann geht das nicht gut aus...«

*»Tretet der Kommunistischen Partei bei!«* Das Echo von Lonsdales Stimme drang bis in die letzte Ecke des Kellers. »Ja, das verlangen sie von euch, hier steht's gedruckt, schwarz auf weiß, in dicken Buchstaben. So benutzen die Kommunisten euren tapfern Kampf und den Hunger eurer Kinder für ihre schmutzigen Zwecke. Das ist der Preis, den sie von euch verlangen für den elenden Köder, den sie hierher geschickt haben – daß ihr euer Heimatland verratet, daß ihr eure Gewerkschaft verratet und eure Kirche und euren Gott...«

Mehrere Frauen, ihre Kinder hinter sich herziehend, beeilten sich, den Keller zu verlassen. Dann gab Bodenheimer seinen Leuten einen Wink, die Polizei zog ab.

Die Stimme draußen sprach immer noch. »Für ein paar lausige Konservendosen, ein Paar geflickte Schuhe verlangen die Kommunisten von euch, daß ihr aufhört, Amerikaner zu sein – wollt ihr das?«

»Nein! Nie!...«

Das Echo verklang.

»Aber nicht alle haben mitgeschrien«, sagte Jamieson leise.

Rosemary drückte Hale die Hand. Dann wandte sie sich den Frauen zu, die geblieben waren, und sagte: »Zurück an die Arbeit, Kinder! Wir müssen alles in Ordnung bringen und vorbereiten. Es wird verteilt werden, wie wir's uns vorgenommen haben.«

Mickie stand immer noch bei ihrem Kleiderstapel. Sie sah ihren Vater auf sie zukommen und erschrak. »Pa!« sagte sie. »Bitte, Pa!«

Er schlug ihr ins Gesicht. Die Stelle, die er traf, verfärbte sich, aber sie biß die Zähne zusammen und blieb stumm.

»Simich!« rief er.

Simich kam.

»Wie steht's, Simich – hab ich noch Kredit?«

Simich hob die Hände.

»Eine Flasche Whisky, Simich, dafür wird's doch reichen.«

Und während Rosemary Mickie tröstete und die Arbeit wieder begann, saß er auf einer umgestülpten Kiste, starrte auf den Boden zwischen seinen Füßen und trank.

## *Achtzehntes Kapitel*

Mickie flüchtete aus dem Keller. Der Schlag ins Gesicht war nicht das Schlimmste – der Schmerz verging. Aber ein anderer Schmerz blieb. Ein Tor war zugefallen hinter einem Teil ihres Lebens. Webb war tot, ihr Vater hatte sich abgekehrt von ihr, sie konnte nicht nach Hause – oh, sie kannte Situationen dieser Art; aber wenn es im Film geschah, hatten Bette Davis und Olivia DeHavilland stets ein schönes Auto zur Hand und einen herrlichen großen Hund, der an ihrer Seite in ein neues Leben hineinfuhr. Sie besaß nichts.

Dabei hatte sie überhaupt nichts getan, eine solche Behandlung zu verdienen. Was auch auf dem Zettel gestanden haben mochte, der die ganze Aufregung heraufbeschwor – sie hatte es ja nicht einmal gelesen! Lonsdale hatte den Wisch ihr weggenommen, und dann passierte alles so rasch, daß sie gar nicht zum Nachdenken kam – wieso war sie also schuld? Warum mußte sie es büßen?

Wie ihr Vater ausgesehen, wie er sie angeblickt hatte! Jetzt verstand sie – den frühzeitigen Tod ihrer Mutter, und wieso Angeline zu dem fühllosen Stück Fleisch werden mußte, das sie war. Er hatte das auf dem Gewissen, und je schneller und weiter sie weglief von ihm, desto besser für sie. Sie hätte es schon längst erkennen sollen, schon an dem Weihnachtsmorgen, als sie ihm die Flasche Whisky schenkte und er sie zwang, den armen Pete Webb zum Lügen zu verleiten – gerade als ob es ein Verbrechen wäre, ein bißchen menschliche Wärme zu zeigen oder zu erwarten. Und auch heute wieder – nur weil Lonsdale ihr ein paar nette Worte gesagt und ihr beim Auspacken dieser stinkenden Kleider geholfen hatte...

Aber es würde ihm noch leid tun. Eines schönen Morgens würde sie in einem riesigen, funkelnagelneuen Buick vor dem Haus auf Pritchett Heights vorfahren und die Kinder abholen, Robbie und Sally und Donnie und die drei kleineren, und ihn seinem Dreck und seinem Alkohol und seiner Evaline überlassen. Er machte einen kapitalen Fehler, wenn er glaubte, daß sie zu ihm zurückgekrochen kommen würde, nachdem er sie in aller Öffentlichkeit mißhandelt und erniedrigt hatte. Nicht sie! Das hatte sie nicht nötig, mit ihrer Figur...

Ihre Gedanken rissen ab. Ihre Angst kehrte zurück, die gleiche Angst, die sie zu besinnungsloser Flucht die Kellertreppe hinauf und mitten durch die aufgeregte Menschenmenge getrieben hatte. Wie lange würde sie ihre Figur noch haben? Einen Monat, anderthalbe? Dann würde ihr Bauch sich nach vorn schieben wie eine Wassermelone und ihre Brüste würden anschwellen, widerlich.

»O mein Gott, mein Gott!« wimmerte sie.

Dann beherrschte sie sich. Nichts war geschehen. Nichts, was die Pläne, die sie seit dem Begräbnis hegte, umstoßen könnte. Eigentlich erleichterte der Schlag ins Gesicht ihr sogar alles: nun hatte sie einen Grund, sich noch heute abend an Lonsdale heranzumachen. Männer hatten es gern, wenn sie sich stark fühlen konnten. Männer bildeten sich was darauf ein, wenn sie hilflose junge Mädchen in Schutz nehmen durften. Und daß Lonsdale ihren Vater nicht ausstehen konnte, war eine ausgemachte Tatsache.

Sie überlegte sich, wie sie sich herrichten solle. Dann aber entschloß sie sich, nur das Haar zu kämmen. Mädchen, die auf Hochglanz geschminkt und zurechtgemacht waren, konnten nicht wirklich unglücklich sein.

Sie bog in den Pennsylvania Boulevard ein und ging weiter in Richtung des Goldsborough Palace Hotels.

Lonsdale, in seinem Wagen, versuchte vergebens, sein lästiges Bein so zu lagern, daß es ihn weniger schmerzte. Er sehnte sich danach, sich endlich ausstrecken zu können. Er sehnte sich nach seiner bequemen Hotelwohnung in Pittsburgh, wo alles eingerichtet war, wie er es haben wollte, wo er nur nach dem Wandschränkchen zu greifen brauchte, um die Flasche zur Hand zu haben, wo die Abendzeitung auf dem Rauchtisch bereitlag, wo ein Druck auf einen Knopf den Raum mit der angenehmsten Radiomusik füllte. Statt dessen fesselten ihn sein Bein und die komplizierte Streiklage im Ort an das Goldsborough Palace Hotel, eine ewig nach Lysol stinkende Bruchbude. Er hätte sich nicht einmal bewegen können in dieser gottverlassenen Stadt, wenn Geoghan ihm nicht einen Fahrer zur Verfügung gestellt hätte. Es war aber auch das wenigste, dachte er, was Geoghan tun konnte – schließlich hatte er sich für den Mann ins Bein schießen lassen!

In dem Bein wühlte es. Er hatte es überbeansprucht, beginnend mit dem Begräbnis frühmorgens bis jetzt, wo er endlich Dick Pillsbury gute Nacht gesagt hatte. Für einen Chefredakteur einer Tageszeitung war Dick von phänomenaler Begriffsstutzigkeit: ein Wunder, daß der *Goldsborough Daily Eagle* unter der Last des Blödsinns, den Dick drucken ließ, nicht zusammenbrach. Der Bericht über die skandalösen Vorkommnisse in der Polonia-Halle, den Pillsbury auf seinem Schreibtisch liegen hatte – irgendein blutiger Anfänger hatte das Zeug zusammengeschrieben. Lonsdale seufzte angewidert. All die Zeit und die Energie, die es ihn gekostet hatte, bevor Pillsbury endlich kapierte, wie dieser Bericht aufzuziehen war!

Lonsdale versuchte, sein Bein auf den Rücksitz des Autos zu heben. Dick Pillsbury über den Standpunkt der Gewerkschaft aufzuklären, war die letzte Arbeit eines langen Arbeitstages gewesen; keine zehn Pferde würden ihn dazu bringen, noch etwas zu tun. Er würde etwas Leichtes zu Abend essen, eine doppelte Dosis der schmerzstillenden Pillen schlucken, die ihm der Arzt verschrieben hatte, und zu Bett gehen.

Der große Buick fuhr vor dem Eingang des Goldsborough Palace Hotels vor. Der Fahrer öffnete den Schlag. »Noch etwas?« fragte er mürrisch.

»Bringen Sie den Wagen in die Garage«, sagte Lonsdale. »Das ist alles.« Er hatte Schwierigkeiten mit der Drehtür und verfluchte Bob Cummings, den toten Pete Webb und überhaupt alle, die mit der Kugel in seinem Bein in Zusammenhang standen. Am Empfangstisch war keine Post für ihn da. Der Portier warf ihm den Zimmerschlüssel hin. Lonsdale wollte dem Mann eine Unfreundlichkeit sagen, da hörte er jemanden seinen Namen rufen.

Eine dünne, verängstigte Stimme.

»Mickie!« sagte er. »Wie sehen Sie denn aus!... Was ist passiert?«

Der Portier griente.

Lonsdale bemerkte es nicht; er hatte nur Augen für Mickie. Das Mädchen hatte offensichtlich einiges mitgemacht; und er hatte genug Erfahrungen, um zu wissen, daß die weibliche Natur in leidendem Zustand leichter zu erweichen war.

Die Kleine hatte sich ihm genähert. Sie hatte etwas an sich von einem verwundeten Reh, dachte er und wunderte sich, daß ihm ein so poetisches Bild einfiel und daß er, der doch den Frauen gegenüber wenig Skrupel hatte, ein merkwürdiges Ziehen im Herzen verspürte, wenn er sie so ansah.

»Haben Sie schon Abendbrot gegessen?« fragte er.

Sie schüttelte den Kopf.

»Dann kommen Sie mal mit«, sagte er, und zu dem Portier: »Wenn mich jemand anrufen sollte – ich bin ausgegangen.«

Der Portier brummte etwas und blickte den beiden nach. War das nicht die Älteste von Carlisle Kennedy? Was hatte die denn mit dem alten Knacker zu tun, der nicht einmal anständig tippte? Er sprach darüber mit dem Kellner, der auf seinem Weg zwischen Küche und Speisesaal vorbeikam, und der Kellner hatte die gleiche Vermutung wie er.

Der Speisesaal war schäbig und schlecht beleuchtet. Ein paar Handelsreisende, ermüdet von ihren vergeblichen Laufereien in einer von Streik geplagten Stadt, starrten trübselig auf ihre fettigen Teller. Ein paar Polizisten standen an der Bar. Sie erkannten Lonsdale und wandten sich ihren Schnäpsen wieder zu.

»Diese Kuh«, Lonsdale deutete mit der Spitze seiner Gabel auf ein Stück Steak, »scheint auch ein friedliches hohes Alter erreicht zu haben.

Aber Mickie schien seine Bemerkung nicht witzig zu finden. Sie stocherte auf ihrem Teller herum. Obwohl sie hungrig war, konnte sie nicht essen; sie war viel zu aufgeregt und machte sich Sorgen, er könnte merken, wie aufgeregt sie war.

»Wenn ich das kaputte Bein nicht hätte«, sagte er, »könnte ich selber fahren. Ich wüßte ein erstklassiges Lokal in Pittsburgh.« Er beobachtete sie. »Wir könnten sogar über Nacht in Pittsburgh bleiben...«

Sie trank einen Schluck Bier. »Ist es sehr schlimm mit Ihrem Bein?«

»Angenehm ist es nicht«, sagte er.

Sie streichelte seine Hand.

»Bist schon ein liebes Mädchen«, sagte er.

Sie bemerkte, daß er zum *Du* übergegangen war, und spielte mit seinen Fingern. Wenn man ihn so dicht vor sich hatte, sah er gar nicht aus wie Gary Cooper oder Robert Young oder sonst einer, den man gern auf der Leinwand sah.

»Und wenn dein Vater jetzt käme«, sagte er, »oder wenn jemand, der uns kennt, ihm etwas sagt?«

Sie blickte ihn an. »Na wenn schon!«

»Oh«, sagte er. »So stehen die Dinge also.«

»Ja, so stehen die Dinge.« Sie warf ihren Kopf zurück. »Ich hab meinen Vater immer für einen wunderbaren Menschen gehalten, den besten in der Welt. Ich hab immer geglaubt, daß ich niemals einen Mann lieben könnte, den er nicht in Ordnung findet. Jetzt ist mir gleichgültig, was er denkt.«

»Mich findet er also nicht in Ordnung?« fragte Lonsdale.

»Sie sollten ihn nur mal hören!«

Lonsdales Mundwinkel zog sich in die Höhe. »Das war keine angenehme Szene, heute nachmittag in dem Keller.«

»Bei Gott nicht«, bestätigte sie. »Wenn nicht alles nach seinem Willen geht, wird er böse. Dann krakeelt er und fängt an zu trinken und droht allen, daß er sie verprügeln wird, und manchmal schlägt er auch wirklich...«

Je mehr sie so über ihren Vater sprach, desto fester wurde ihre Entscheidung; ja, sie begann selbst zu glauben, was für ein roher und böser Mensch er war, und daß er sein Schicksal verdiente.

»Er hat mich geschlagen«, sagte sie tonlos. »Vor all den Leuten!«

»Wann?«

»Kurz nach dem Sie weggegangen waren aus dem Keller, Mr. Lonsdale.«

»Ekelhaft!« sagte er. Und dann: »Was hast du überhaupt da oben verloren, in dem Dreck auf Pritchett Heights – ein Mädchen wie du?... Vielleicht gäbe es sogar Leute«, deutete er an, »die sich für dich einsetzen könnten und die dafür sorgen würden, daß du alles hast, was du brauchst.«

Sie sah ihn aus großen Augen an. »Ich gehöre nicht zu denen, die sich aushalten lassen.«

»Aber so hab ich's doch nicht gemeint, Mickie!« sagte er hastig. »Ein Mädchen wie du kann jede Arbeit haben, für die sie sich eignet und die ihr Freude macht.«

Sie schüttelte traurig den Kopf. »Hab doch nie eine Möglichkeit gehabt, irgendwas zu lernen. Ich kann nicht mal einen Brief tippen. Alles, was ich kann, ist –«

»Nun?« fragte er gütig.

»Ach, nichts.«

Das Dessert war so schlecht wie der Hauptgang – eine durchweichte altbackene Torte und aufgewärmter Kaffee. Ihre Nervosität wuchs. Wenn er nach dem Kaffee sagte, gute Nacht, Kind, ich muß mich schlafen legen, dann war alles aus.

Lonsdale unterschrieb den Kassenzettel und gab Anweisung, alles auf die Zimmerrechung zu setzen. Dann lehnte er sich in seinem Stuhl zurück, die Finger um die Kaffeetasse verschränkt, die Augen halb geschlossen. Er stellte sich ihren Körper vor, ihr Haar lose auf dem Kissen. Falls sie nun aber nein sagte? Sie war ein sonderbares Geschöpf. Und sie hatte betont, daß sie nicht zu denen gehörte, die sich aushalten ließen...

»Es ist unbehaglich hier!« sagte er schließlich so laut, daß der Handelsreisende am nächsten Tisch den Kopf hob. Und leiser: »Oben in meinem Zimmer habe ich eine Flasche stehen. Würde dir vielleicht gut tun, Mickie, und mir auch.«

»Ich weiß nicht«, sagte sie. »Ich meine –«

»Ich könnte doch dein Vater sein, Mickie«, sagte er, und fügte hinzu: »Ein besserer Vater wahrscheinlich als Mr. Kennedy.«

»Und Sie werden nicht glauben, daß ich...«

»Aber Mickie – habe ich je etwas getan, das du nicht wolltest?«

»Nein. Sie waren immer ein echter Gentleman.«

Er griff nach seinem Stock und stand auf. »Ein Mann ist entweder ein Gentleman oder man läßt lieber die Finger von ihm.«

Er liebte es, solche Lebensweisheiten von sich zu geben, und erwartete keine Antwort von ihr. Auf der Fahrt nach oben im Lift stand er in diskreter Entfernung von ihr, und erst als sie bei ihm im Zimmer war, legte er ihr die Hände auf die Schultern und zog sie mit väterlicher Wärme zu sich heran. »Nun, Mickie –«

»Nun, Mr. Lonsdale?« lächelte sie.

»Nun, *Herb!*« verbesserte er.

»Herb.« Sie schluckte. Von jetzt an würde sie Herb, oder gar Herbie, zu ihm sagen müssen. Daran hatte sie noch gar nicht gedacht. Aber Mann und Frau mußten einander schon beim Vornamen nennen.

»Herbie?«

Er war gerade dabei, die Flasche zu holen.

»Ich möchte ein richtiges großes Glas Whisky!«

Er lachte. »Kriegst du, Mickie!«

Er goß ihr einen doppelten Whisky ein. Sie trank das Glas in einem Zug aus. Der Kopf begann ihr zu schwimmen. Sie hatte seit dem Frühstück nichts gegessen, und auch das Frühstück war nicht gerade reichlich gewesen, und das Abendessen hatte sie fast gänzlich stehen lassen, und es war ein aufreibender Tag gewesen.

»Willst du mir nicht einen Kuß geben, Mickie?«

Sie küßte ihn. Es war gar nichts dabei. Sie empfand nichts, weder Widerwillen noch Vergnügen. Das Schwindelgefuhl in ihrem Kopf gab sich. Sie erkannte alles mit großer Schärfe – die verschossene Tapete an den Wänden, das Bild mit den Rosen drauf, das Couch-Bett, die Stühle, den abgetretenen Teppich, den zerkratzten Tisch, das Waschbecken mit den Handtüchern, das gläserne Regal mit seinem Rasierzeug. Über dem Becken hing ein Spiegel, in dem Spiegel sah sie ihr Gesicht, sehr blaß, und ihr Kleid, sehr zerknittert.

Er zog sich die Jacke aus. »Machen wir's uns doch bequem! Warum kommst du nicht auf die Couch, Mickie?«

Er war gar nicht so übel. Er verdiente gut, und er sah nicht aus, als würde er seine Frau prügeln. Auf dieser Welt mußte man für alles bezahlen. Nur hatte sie nicht geglaubt, daß sie so rasch zur Kasse gebeten werden würde. Er roch nach Lavendel. Er mußte sich wohl parfümiert haben, während sie sich im Zimmer umsah. In diesen Sachen war er sehr aufmerksam.

Er knöpfte ihr das Kleid auf.

»Herb!« sagte sie, aber es war ein sehr milder Verweis.

»Wie schön du bist, Mickie«, sagte er, und spielte mit ihrer Brust. »Ich könnte dich richtig liebhaben, hundert Prozent.«

»Könntest du, Herbie?«

Sie zwang sich, ihn zu streicheln; er schnurrte wie ein Kater und schloß die Augen. Sie war froh, daß der Spiegel außerhalb ihres Gesichtsfelds hing. Sie sahen wahrscheinlich recht unappetitlich aus, Herbie und sie.

Sie spürte seine dicke Hand auf ihren Schenkeln. Wann frage ich ihn? dachte sie. Vorher? Oder nachher?

»Mickie!« bettelte er, schwer atmend. »Mickie!«

Lieber gleich, dachte sie. Nachher hat er schon, was er will.

»Heiratest du mich auch, Herb?«

Seine Hand stockte einen Moment. »Aber klar heirate ich dich.«

»Versprichst du's?« Sie nahm ihn in die Arme.

Plötzlich schrie er auf.

»Was ist denn los, Herb!«

Er richtete sich auf. »Mein Bein!« stöhnte er. »Mein verfluchtes Bein!«

Sie hätte heulen mögen. Da lag sie nun auf dieser Couch, und alles war gegangen, wie sie's geplant hatte, und nun verdarb sein gottverfluchtes Bein ihr ganzes Leben.

Er humpelte hinüber zu dem Stuhl, auf den er seine Jacke geworfen hatte, fand in der Tasche die Flasche mit seinen Pillen, nahm zwei, schluckte. Mickie fror, wagte aber nicht, sich zuzudecken. Er betrachtete sie, leckte sich die Lippen, und stöhnte wieder. »Einen so zu reizen! Ich wette, du bist gerade heute gekommen, weil du gewußt hast, daß ich nicht kann. Ich wette, du zerplatzt vor innerlichem Lachen!«

»Herb!« bat sie.

»Herb! Herb!... Zieh dich lieber an! Willst du mich völlig verrückt machen?«

»Du mußt mich heiraten«, sagte sie verzweifelt. »Dein Bein wird doch wieder gut werden. Du wirst deine Lust an mir haben, das versprech ich dir. Es wird dir nicht leid sein. Ich mach alles für dich. Ich –«

Er blickte sie immer noch an, sein Mund sehr schief. »Heiraten!... Was meinst du eigentlich? Wer hat was von Heiraten gesagt?«

Die Angst war wieder da.

»Zieh dich an! Aber schnell!« Er stand mit Mühe auf, verzog das Gesicht vor Schmerz, hinkte zur Tür und prüfte, ob die auch gut verschlossen war. Das Rätsel begann sich zu lösen. Warum sie ihn so lange hingehalten hatte, und warum sie von allen gesegneten Tagen ausgerechnet heute zu ihm kam – und fast wäre er hineingetappt in die Falle! »Zieh dich an und mach, daß du rauskommst!«

Sie zog ihre paar Sachen an. Sprechen konnte sie nicht.

Lonsdale war in Panik. Warum war sie so langsam? Wartete sie etwa, bis es an der Tür klopfte und ihr Vater draußen stand mit ein paar von seinen Freunden, Gewehr in der Hand?

»Mach!« drohte er. »Schneller!«

Draußen schien alles ruhig zu bleiben.

»Hast wohl gedacht, du kannst mich hereinlegen, was?« sagte er. »So nicht, junge Dame, so nicht!... Bist du immer noch nicht fertig!«

Ein geschickter Plan – bewaffnet hier ins Hotelzimmer zu kommen und ihn umzulegen! Und kein Geschworenengericht würde Kennedy schuldig sprechen, denn er hatte ja die Ehre seiner Tochter verteidigt.

»Aber an mein Bein hast du nicht gedacht!« grinste er. »Das hast du vergessen!«

Er öffnete die Tür und steckte den Kopf hinaus. Im Korridor war anscheinend niemand.

»Los jetzt! Geh!«

Dann verschloß er die Tür wieder und schob den Riegel vor. Sie hatte doch sehr niedergeschlagen ausgesehen, dachte er; aber es war ihre eigene Schuld; so eine heiraten, auch noch!

Das scharfe Licht der Neon-Reklame, die dauernd aufblinkte und wieder verlosch, brachte sie zu sich. Sie war wie blind durch die Straßen gelaufen, ohne Gefühl für Ort oder Zeit. Ein scharfer Wind blies; sie begann zu zittern.

Sie verkroch sich in den Hauseingang. Ihre Finger waren ganz steif, ihre Nylonstrümpfe wie eine Eisschicht über der Haut. Noch eine Minute, dachte sie, und ich kippe um.

Sie drückte auf den Klingelknopf.

Nach einer Weile flammte ein Licht auf hinter der Glasscheibe in der Haustür. Die Tür öffnete sich. Hale, den Schlafrock über seinen Pyjama geworfen, blinzelte sie an. »Mickie!« Und dann: »Wie spät ist es denn?« Und dann: »Dein Vater – ist was passiert?«

»Nein.«

»Was ist dann?«

»Mir ist kalt.«

»Komm herein.« Er legte den Arm um sie und half ihr die Treppe hinauf. Etwas Schlimmes mußte ihr widerfahren sein, soviel konnte er erkennen; und er wußte im Augenblick nicht, wie er sich verhalten sollte. Aber Rosemary war auf. »Wir haben Besuch«, sagte er und lächelte unbeholfen.

Mickie fror immer noch. »Ich hab nicht gewußt – daß es schon – so spät ist –«

Rosemary nahm ihr den dünnen Mantel ab, führte sie zu Hales Lehnstuhl, zog ihr die durchnäßten Schuhe aus und begann ihr die Füße zu reiben.

Mickie zitterte.

Hale war nicht sicher, ob er bleiben sollte oder nicht, etwas sagen sollte oder lieber den Mund halten. Das Mädchen befand sich in irgendeiner Krise; vielleicht wäre es am besten, er zöge sich an und holte Kennedy; aber welch elende Nacht, um zu Fuß nach Pritchett Heights zu laufen!

Rosemary warf ihm einen Blick zu. »Mach bitte Tee! Und haben wir etwas Rum dazu?«

Er ging. Bald hörte man ihn in der Küche hantieren. Rosemary zog einen Stuhl heran und setzte sich Mickie gegenüber.

Nach einer Weile seufzte Mickie auf, wie ein Kind, das lange geweint hat, und sagte: »Oh, Rosemary!«

»Erzähl«, sagte Rosemary. »Alles.«

Mickie schüttelte den Kopf.

Rosemary schwieg. Das Wasser in der Küche kochte, der Topf pfiff. Dann hörte das Pfeifen auf. Der Tee zog.

»Mir kann doch keiner helfen«, sagte Mickie.

Rosemary streichelte ihr die Hand.

»Ich krieg ein Baby«, sagte Mickie. »Von Pete Webb... Und Pete ist tot und begraben... Und mein Vater wird mich totschlagen... Und Lonsdale hat mich hinausgeworfen... Und ich will doch nicht wie Angeline werden...«

Rosemary fuhr fort, ihr die Hand zu streicheln.

»Ich hab genug«, sagte Mickie. »Ich geh in den Fluß.«

·

»Jetzt hast du's erreicht! Erst verwöhnst du die Prinzessin, als ob sie Gott weiß was wäre! Dann haust du ihr eine herunter, was du längst hättest tun sollen! Und dann läuft sie dir weg! Hast alles nur dir selber zuzuschreiben, Carlisle Kennedy!«

Der schrille Mißklang der Stimme verfolgte ihn durch sein elendes Haus und über den Hinterhof hinweg den Berg hinunter, den ganzen Weg nach Goldsborough und bis in die Stadt hinein und durch sämtliche Straßen. Die Stimme verfolgte ihn in die Polonia-Halle, wo er nachfragte, und in den Wartesaal der Überland-Buslinie und in den Bahnhof und überallhin, wo er dachte, daß Mickie möglicherweise gewesen sein könnte. Sie tönte nach in der Ironie des Portiers im Goldsborough Palace Hotel, der ihm sagte: »Eine Menge Damen kommen zu uns, Mr. Kennedy – woher soll ich es wissen!« Und sie verfolgte ihn wieder zurück nach Pritchett Heights und lag in seinen Ohren die ganze Nacht hindurch.

Und Evaline hatte ja recht! Mit all seiner Liebe für Mickie, und vielleicht gerade durch seine Liebe – was hatte er aus dem Mädchen gemacht! Liebe war eben nicht genug, Liebe und Stolz. Kinder, wie junge Pflanzen, müssen etwas Gerades und Starkes haben, an dem sie sich hochranken können; aber wie sollte er, der selbst alle Disziplin haßte, anderen Disziplin beibringen; wie sollte er mit all seinen unsinnigen Gedanken im Kopf ein Kind lehren, was Sinn und Unsinn war?

Ja, wenn Molly noch am Leben wäre – dann hätte er einen Menschen, mit dem er sprechen und auf den er sich verlassen könnte. Er hatte gehofft, daß aus Mickie ein Mensch werden würde, wie Molly einer gewesen war, ruhig und ausgeglichen und mit Augen, die nicht bei jedem Stimmungswechsel ihre Farbe veränderten. Aber das war das Unglück mit Mickie – sie hatte *seine* Augen, hatte überhaupt viel mehr von ihm, als ihr guttat. Wenn er wenigstens wüßte, wo sie sich befand. Man kann nicht zwei Probleme gleichzeitig lösen; man kann nicht zugleich das eigene Leben und das Leben von ein paar tausend anderen in Ordnung bringen. Aber gesetzt den Fall, die Tür ginge jetzt auf und Mickie käme herein – was würde er ihr denn sagen? Daß sie ein großartiger Kerl sei und tadellos und daß er sie um Verzeihung bitte, weil er es gewagt hatte, seine Hand gegen sie zu erheben? Oder daß sie völlig verkommen sei und zu nichts tauglich – höchstens um mit einem Subjekt wie Lonsdale zu flirten und an ihr eigenes Vergnügen zu denken! Und noch dazu abgrundtief dumm – Lonsdale das Flugblatt in die Hand zu spielen, und es den Leuten unmöglich zu machen, die Lebensmittel, die sie so bitter nötig brauchten, zu akzeptieren. Wußte sie oder wußte sie nicht, was sie tat? dachte Kennedy. Bin ich oder bin ich nicht taub und blind, wenn es sich um mein eigenes Kind handelt?

Die Nacht zog sich hin, jede Stunde wie ein Gewicht. Dann und wann stand er auf von seinem Küchenstuhl und wanderte um den Tisch herum und blieb vor dem schon beinah ausgekühlten Ofen stehen und hielt die klammen Finger über das Eisen. Dann setzte er sich wieder hin, Ellbogen auf dem Tisch, Kopf auf den Händen, und dachte nach. Und jedesmal, wenn er mit seinen Überlegungen und Befürchtungen um Mickie in eine Sackgasse geriet, wandten sich seine Gedanken den Lebensmitteln zu, die die Arbeiter nicht nehmen wollten und die sie doch nehmen mußten, um den Streik weiterzuführen. Und wenn ihm nichts mehr einfiel, womit er die Menschen überreden könnte, ihren eigenen Vorteil zu erkennen, fand er den qualvollen Weg wieder zurück zu seinem eigenen persönlichen Jammer. Dabei hatte er nicht einmal den Trost, den andere aus Büchern ziehen konnten, in denen ja gedruckt stand, daß jeder, der Verantwortung trug, solche Nächte hatte – Nächte, in denen das eigene Leben gewogen wurde und zu leicht befunden, in denen die eigenen Schwächen in gespenstischer Parade vor einem vorbeidefilierten. Kennedy kannte keine Bücher, er kannte nur die Pokerkarten, und den Whisky, und die Arbeit.

»Diesmal haben wir's wirklich geschafft«, sagte Hale. »Schau dir das an, Rosemary – Hauptüberschrift auf der ersten Seite!«

Er schob ihr die Morgenzeitung über den Tisch hinweg zu. Die Überschrift lief über alle sechs Spalten des *Goldsborough Daily Eagle.* KUMPEL LEHNEN ROTE LEBENSMITTEL AB, hieß es, und in doppelspaltigen Untertiteln rechts: GEWERKSCHAFTSFUNKTIONÄR ENTDECKT UNWIDERLEGLICHEN BEWEIS: KOMMUNISTISCHES FLUGBLATT FORDERT GEWALTSAMEN STURZ DER US-REGIERUNG. Das Flugblatt selbst erschien in Faksimile, gleichfalls doppelspaltig, auf der oberen Hälfte der Seite, zwischen zwei alten Photographien Lonsdales und Hales.

»Die Bildunterschriften sind sogar ganz witzig«, sagte Rosemary, obwohl sie alles andere als belustigt war. »Hier: *Herbert M.* Klammer auf *Der ehrliche Herb* Klammer zu *Lonsdale lieferte die Beweise*, und *Silas* Klammer auf *Doc* Klammer zu *Hale lieferte das Rote Gift.*«

Sie überflog den Bericht. Der begann mit dem Fund des Flugblattes im Keller der Polonia-Halle und brachte sofort längere Zitate aus der Stegreifrede, die der Ehrliche Herb Lonsdale von den Stufen der Halle herab auf die versammelten streikenden Bergarbeiter losgelassen hatte. Dann kam ein kleiner Untertitel, fett gesetzt: STREIKFÜHRERS EIGENE TOCHTER FINDET FLUGBLATT. Rosemary blickte Mickie kurz an und wandte sich der Zeitung wieder zu. Mickie hatte den Rest der Nacht durchgeschlafen und schien sich etwas erholt zu haben; es hatte wenig Zweck, sie durch Fragen in Verlegenheit zu bringen oder gar wieder aufzuregen. Und doch war es sonderbar – die Redaktion hatte es fertiggebracht, in dem einen kurzen Absatz über das bleiche Unglückswurm drei Superlative wie *hübsch, attraktiv* und *rothaarige Schönheit* unterzubringen; die Tatsache, daß die Polizei zufällig anwesend war, als das Flugblatt gefunden wurde, erschien erst in der Fortsetzung des Berichts auf Seite zwei.

»Den Einbruch haben sie überhaupt nicht erwähnt!« sagte Rosemary.

»Doch!« Hale ließ sich die Zeitung geben und schlug die siebente Seite auf. »Du täuschst dich über unsere Presse. Alles, was wahr ist, wird auch gedruckt. Bitte – genau vier Zeilen über den Einbruch, direkt neben den kleinen Anzeigen über wer was gefunden und wer was verloren hat. Siehst du?« Sein breiter Finger verdeckte die Notiz fast vollständig. »Aber den Leitartikel mußt du noch lesen! Nein – laß mich – so etwas schreit danach, laut vorgelesen zu werden; nur muß man die richtige, ölige Stimme dafür haben –«

Sie war froh, daß er so reagierte. Solange er sich lustig machen konnte, war alles in Ordnung; erst wenn er stumm dasaß und an seinen Lippen kaute, mußte man sich Sorgen um ihn machen.

*»Unser geschätzter Mitbürger Silas Hale«*, las er salbungsvoll, *»ist schon mehr als einmal in der Presse erwähnt worden. Seine Tätigkeit während des zweiten Weltkrieges, als er Tanzabende und Unterhaltungsprogramme für unsere verwundeten Soldaten im General Grant-Armeehospital bei New Pendleton organisierte, wurde allgemein hochgeschätzt; aber schon sein Eintritt ins politische Leben, als er in den Primärwahlen von 1946 eine eigene Kandidatenliste innerhalb der Demokratischen Partei aufstellte, wurde mit gemischten Gefühlen aufgenommen. Und dann kam sein Prozeß, in dem er unter Anklage stand, die zahnärztliche Heilkunde betrieben zu haben, ohne dazu berechtigt zu sein – k e i n s e h r s a u b e r e s G e s c h ä f t s g e b a r e n –, wenn auch die Staatsanwaltschaft einen völligen Beweis für ihre Anklage nicht erbringen konnte. Und jetzt nun das.«* Er holte tief Atem. »Hübsches Sündenregister, was?«

»Klopf doch bitte nicht dauernd auf den Tisch«, sagte sie.

Er runzelte die Stirn. »Das Beste kommt ja erst!«

»Ich bin gespannt.«

»Also«, sagte er, und las weiter: *»Wir fragen uns – als Hüter und Wahrer des öffentlichen Lebens müssen wir uns fragen –, ob diese so bemerkenswert abwechslungsreiche Tätigkeit sich ganz unabsichtlich ergab oder absichtlich geplant wurde, ob es sich dabei um eine zufällige Entwicklung oder um eine ganz bewußte Verfahrensweise handelt. Argwöhnischere Menschen als wir könnten zum Beispiel sehr wohl zu dem Schluß kommen, daß Doc, wie er von seinen Bekannten genannt wird, versucht haben könnte, unseren nichtsahnenden verwundeten Soldaten umstürzlerische Literatur zuzuschmuggeln; daß er bei den Wahlen den Versuch unternahm, das Vertrauen des Publikums zu unseren erwählten Abgeordneten und öffentlichen Beamten und zu unserem Zwei-Parteien-System zu untergraben; daß seine zahnärztliche Praxis nur ein Deckmantel ist, um unauffällig mit so vielen Menschen wie möglich Kontakt aufzunehmen und sie durch Rote Propaganda zu beeinflussen; und daß sein fürsorgliches Herbeischaffen von Lebensmitteln für unsere streikenden Bergarbeiter in Wirklichkeit Beweggründe hatte, wie sie durch das Flugblatt, das wir auf dieser Seite abdrucken, angedeutet werden.«*

»Du rufst sofort Trelawney an!« unterbrach Rosemary. »Du rufst Trelawney an und sagst ihm, er muß einen Prozeß gegen das Blatt einleiten. Das ist pure Verleumdung!«

»Ärgert's dich doch?« fragte Hale sarkastisch. »Ich bin fest überzeugt, daß Dick Pillsbury diese Gemeinheiten nicht geschrieben hat, ohne daß ihn Adair oder irgendein anderer Jurist dabei beriet. Paß mal auf, wie vorsichtig es weitergeht –« Und er las: *»Wir identifizieren uns selbstverständlich nicht mit diesen Anschauungen. Aber so oder ähnlich wird in der Stadt gesprochen, und es ist unsere Pflicht als Freie Presse, nicht darüber zu schweigen. Mit Sicherheit jedoch können wir an Hand der sensationellen Entdeckung Herbert M. (Der Ehrliche Herb) Lonsdales erklären – und dieser Entdeckung wird, nebenbei gesagt, jetzt von unserer Polizei und möglicherweise auch von einer anderen interessierten Behörde auf den Grund gegangen –, daß Silas Hale sich sehr wohl schuldig gemacht hat, indem er sich unbewußt als kommunistischer Transmissionsriemen benutzen ließ. Und wir sprechen unser Vertrauen aus, daß unsere*

*Mitbürger und ganz besonders jene, die in den Bergwerken arbeiten, genügend über derartige Rote Tricks und Fallschlingen Bescheid wissen, um sich nicht durch Verlockungen von irgendeiner Seite her verführen zu lassen.«*

»Das ist der Schluß?« fragte Rosemary.

»Das ist der Schluß«, bestätigte er und zog ein saueres Gesicht, da ihm der Tee kalt geworden war.

»Ich bin immer noch der Meinung, daß du Trelawney anrufen solltest.«

»Aber die Zeitung erklärt doch ausdrücklich, daß sie sich mit dem, was sie da druckt, nicht identifiziert. Es ist nicht ihr Messer, das sie mir in den Rücken steckt... Da läßt sich kaum etwas tun, Rosemary – und außerdem befinden wir uns in Goldsborough!«

»Aber Goldsborough liegt immerhin in den Vereinigten Staaten!«

»Gerade deswegen!« Er lachte bitter. Dann wandte er sich Mickie zu, die gesenkten Kopfes mit dem Zeigefinger unsichtbare Kreise auf die Tischplatte gezeichnet hatte. »Dein Vater hat unrecht gehabt, dich zu schlagen. Du warst nicht schuld. Keiner trägt da Schuld. Die haben einfach zuviel Macht.«

Da sie den ganzen Morgen so still dagesessen hatte, war er überrascht, als sie plötzlich aufblickte und mit scharfer Stimme erklärte: »Lonsdale ist ein Schuft.«

»Alle sind sie Schufte«, erwiderte er ruhig.

»Abknallen sollte man ihn«, sagte Mickie, »einfach abknallen.«

Hale hob die Brauen. »Du bist ein Mädchen nach meinem Herzen, Mickie. Wie viele Leute in meinem Leben habe ich nicht schon abknallen wollen, und sie hätten's verdient. Aber, wie du selbst noch erfahren wirst, Menschen wie du und wie ich, wir eignen uns nicht zu Mord und Totschlag. Außerdem würde es auch nichts nützen. Für Lonsdale würde ein anderer Lonsdale kommen, für Mr. Geoghan ein anderer Geoghan, und für Richter Pritchett fände sich auch Ersatz.« Wieder trommelten seine Finger auf den Tisch. »Wirklich, Mickie, solche Gedanken mußt du aufgeben. Schon meinetwegen. Denn ich sage dir, wenn Lonsdale morgen an seinem eigenen Mundgeruch erstickte, würde man's mir in die Schuhe schieben.«

Rosemary begann den Tisch abzuräumen. »Trotz allem«, erklärte sie, »müssen wir Mittel und Wege finden, um die Lebensmittel zu verteilen.«

»Was für Mittel? Was für Wege?« Hale wies auf die Zeitung. »Glaubst du etwa, die Leute nehmen *danach* auch nur eine Krume von uns?«

»Ich würd's schon nehmen!« sagte Mickie.

»Deine kleinen Geschwister haben Hunger«, sagte Rosemary. »Oder?«

»Seit Weihnachten hat es zu Haus nichts Anständiges zu essen gegeben«, sagte Mickie. »Katie hat schon gar kein Fleisch mehr auf den Knochen, und Janie und Willie geht's nicht viel besser. Bei den drei größeren zeigt sich's nicht so sehr, aber sie bewegen sich nicht mehr richtig und schleppen sich nur noch herum...«

Das Tellergeklirr im Abwaschbecken verstummte. »Mickie?« sagte Rosemary, »es wäre doch möglich, daß unsere Frauen mehr Gehirn im Kopf haben als die Männer?« Sie zögerte. »Nein, wie sollst du das beurteilen können...« Und dann: »Ich frage mich nur –«

»Frag dich lieber, wie wir noch leben sollen in dieser Stadt«, sagte Hale. »Es muß dir doch klar sein nach dem Artikel in der heutigen Zeitung: ich bin gebrandmarkt!«

»Ich weiß.« Sie trocknete sich die Hände. »Aber nur so lange, wie die Leute die Brandmarkung anerkennen. In dem Moment, wo sie das nicht mehr tun, ist alles wieder anders.«

»Reine Theorie!« sagte er und gedachte nicht ohne Bitternis Miss Beasleys, der anderen Theoretikerin in seinem Leben.

»Theorien lassen sich überprüfen«, entgegnete Rosemary.

»Ich wünsch dir Glück dabei.«

»Da sind Frauen mit Kindern«, sagte sie, »die einfach eine Scheibe Brot brauchen. Und das ist keine Theorie, das ist Tatsache.«

»Lieber Gott!« sagte er. »Frauen sind doch noch abergläubischer als Männer.«

»Wenn sie das Zeug aber doch annähmen?...«

Er zuckte die Achseln. Sollte sie's doch versuchen! Alles war besser, als hier herumzusitzen und zu warten, bis das Beil fiel.

Rosemary nahm die Schürze ab. »Komm mit, Mickie!«

»Wohin?«

»Wir fangen in Pritchett Heights an.«

»Was geht eigentlich hier vor?« fragte Hale. »Was habt ihr beide letzte Nacht besprochen?«

»Allerlei«, sagte Rosemary, und zu Mickie: »Mach dich fertig!«

»Aber ich kann doch nicht, Rosemary! Ich kann doch nicht, das weißt du!«

Rosemary trat zum Tisch. »Schau her, Mickie«, sagte sie sehr ernsthaft, »du hast gehört, was in der Zeitung steht. Und denk daran, was sie mit Pete Webb gemacht haben. Du selber hast vorhin gesagt, daß du für Katie und Janie und Willie und Donnie und Robbie und Sally die Lebensmittel nehmen würdest. Erwartest du, daß ich sie auch noch hinauftrage nach Pritchett Heights? Und es gibt viele Frauen, denen ihre Kinder am Herzen liegen; sie wissen nur nicht, wie sie sich verhalten sollen. Erwartest du etwa, daß ich allein es ihnen erkläre? Also hilf gefälligst!«

»Wie soll *ich* denn helfen können!«

»Zunächst einmal, indem du mit mir mitkommst!...«

Mickie blieb unschlüssig.

»Weißt du noch, was du mir vergangene Nacht versprochen hast?«

Mickie nickte.

»Nun, was?«

»Daß ich nachdenken würde über das, was du mir sagst.«

»Dann denk nach!... Und zieh dir deinen Mantel an!«

Mickie gehorchte. Hale mußte lächeln. Er wußte immer noch nicht, was eigentlich Mickies Problem war, aber er sah, daß Rosemary das Mädchen zu behandeln verstand.

Dann blieb er allein zurück, und sein Lächeln erlosch. Er nahm die Zeitung zur Hand und überlas noch einmal die Angriffe auf ihn. Und er erkannte, daß es sich hier um mehr handelte als um eine gewöhnliche, von Geoghan inspirierte Verleumdungskampagne. Was da im Blatt stand, war eine offene Aufforderung zum Lynchmord.

Katie sah Mickie als erste. Sie war aus dem Haus gekommen, um Janie zu ärgern, die unter der Verandatreppe hockte und versuchte, genügend gefrorene Erde für ein paar Sandtörtchen zusammenzuscharren. Katie haßte Janies ewiges Dreckkuchenbacken; die Kuchen erinnerten sie an ihren Hunger. Katie stand zitternd am Rand der Veranda, drauf und dran, etwas Beleidigendes zu rufen, das Janie unter der Treppe hervorlocken würde. In diesem Moment sah sie Mickie.

»Mickie ist hier!« schrie sie, und zu Janie: »Ich hab sie zuerst gesehen! Ich hab sie zuerst gesehen!« Sie rannte am Briefkasten vorbei den Weg entlang, mußte aber stehenbleiben, bevor sie Mickie erreichte; sie fühlte sich plötzlich ganz matt und schwach in den Knien.

»Hast du was für mich mitgebracht, Mickie?« bettelte sie. »Gib mir's. Gib mir's jetzt gleich. Etwas extra Großes?«

»Herrgott, und ich hab ihnen doch gar nichts mitgebracht!« sagte Mickie. Und zu Katie: »Sag mal guten Tag zu Rosemary! Wenn jemand zu Besuch kommt, sagt man guten Tag.«

Katie wurde dringlich. »Gib mir's. Sie« – mit einer Bewegung der kleinen Hand in Richtung der rasch näherkommenden Janie –, »sie nimmt mir doch immer alles weg!«

»Sie wird dir nichts wegnehmen«, Mickie zeigte ihre leeren Hände, »weil's nichts gibt, was sie wegnehmen könnte.«

Katies Lippen bebten. Sie wußte nicht, ob sie weinen sollte oder nicht; dann erinnerte sie sich an Mickies Mahnung und sagte mürrisch: »Guten Tag, Rosemary.« Und mit plötzlich aufflackernder Hoffnung: »Hast *du* mir was mitgebracht?«

Rosemary schüttelte den Kopf. »Aber ich bring dir was, wenn ich nächstes Mal komme«, sagte sie, und da Janie nun auch vor ihr stand, »und dir auch. Euch allen.«

»Etwas Großes?« sagte Katie. »Was man essen und essen und essen kann?«

»Ehrenwort«, sagte Rosemary, und schluckte. Das war die Realität, das war das Werk der Dick Pillsbury und Herb Lonsdale und Lou Geoghan und Captain Bodenheimer und Richter Pritchett. Die großen Ungerechtigkeiten, die großen Raubzüge, die Morde, die Bluttaten, die jedem ins Auge stachen – die waren das Wenigste. Aber das alltägliche Leid, das kaum einer bemerkte außer denen, die daran zerbrachen, die alltäglichen Unmenschlichkeiten, die eine ganze Nation teils korrumpierten, teils erniedrigten und verkrüppelten – hier lag die wirkliche Tragödie, das wirkliche Verbrechen. Vielleicht würde eines Tages die große Abrechnung kommen. Dann, hoffte sie, würde der öffentliche Ankläger in seiner Rede, in der er die Sache des Volkes darlegte, auch dies Kind zitieren: *Hast du mir auch was extra Großes mitgebracht? Was man essen und essen und essen kann?*

»Sie sind sonst nicht so«, sagte Mickie entschuldigend, »aber sie glauben, ich hab ihnen was mitgebracht, weil ich ihnen immer was mitgebracht habe, wenn ich von Lonsdale kam, oder wenn –«

Kennedy stand auf der Veranda. Er war unrasiert und hatte Schatten unter den Augen.

»Wie geht's, Rosemary?« sagte er. »Zu Besuch gekommen?«

»Pa!« sagte Mickie.

»Kommen Sie herein ins Haus, Rosemary!« sagte er und ging voran.

Rosemary nahm Mickie bei der Hand. »Komm.«

In der ungelüfteten Küche schien es noch kälter zu sein als draußen. Angeline, in einen zerfetzten Schal gewickelt, schaukelte in ihrer Ecke. Die Kinder, alle sechs, zogen sich auch auf diese Ecke zurück, gespannt, was da kommen würde. Evaline stand am Herd, obwohl es nichts zu kochen gab, und sagte: »Sieh einer an, wer wieder da ist – die Prinzessin!«

Rosemary spürte eine plötzliche Trockenheit im Munde.

»Ich wollte gerade ausgehen und bei den Nachbarn ein bißchen Kohle borgen«, sagte Kennedy. »Die Zeiten müssen wahrhaftig schlecht sein, wenn ein Bergarbeiter keinen Brocken Kohle im Haus hat.«

»Sieht etwas ramponiert aus!« sagte Evaline. »Muß sich ja großartig amüsiert haben, die Prinzessin!«

Dann sagte keiner etwas. Ein Fußbodenbrett knarrte jedesmal, wenn der Schaukelstuhl mit der schweren Frau darin sich bewegte.

Rosemary hüstelte.

»Bitte!« sagte Kennedy und wies auf einen Stuhl.

Rosemary blieb stehen. »Ich habe wenig Zeit, Carlisle Kennedy.«

Er nickte höflich, vielleicht sogar ein wenig ironisch.

»Ich möchte eine Versammlung aller Frauen von Pritchett Heights einberufen, der Frauen und der Kinder.«

Er blickte sie verständnislos an. »Was wollen Sie organisieren, einen Kindergarten?«

»Aber bevor ich die Frauen zusammenhole, möchte ich Ihnen mitteilen, daß Mickie gestern bei mir übernachtet hat –«

»Na, so etwas!« sagte Evaline.

»Sie hat die ganze Nacht in meinem Haus verbracht, Carlisle Kennedy; und nach dem, was geschehen ist, kann ich's ihr nicht verdenken.«

Er blickte auf seine abgetragenen Schuhe und dann auf Rosemary. »Mit meinem eignen Kind werde ich mich selber auseinandersetzen«, sagte er ruhig. »Jedenfalls besten Dank, daß Sie sie zurückgebracht haben.«

»Auseinandersetzen«, sagte Rosemary. »So wie gestern?«

»Darauf muß ich wohl nicht antworten«, erwiderte er.

»Mickie braucht ja nicht in diesem Haus zu bleiben«, sagte Rosemary.

»Das ist ja ganz was Neues!« sagte er.

»Das ist weiß Gott was Neues!« kam das Echo von Evaline.

Kennedy trat auf Rosemary zu. »Mickie ist meine Tochter, und ich bin durchaus imstande, ihr den Kopf zurechtzusetzen.«

»Gerade das bezweifle ich. Mickie ist ein selbständiger Mensch mit eigenen Rechten – das scheinen Sie noch nicht bemerkt zu haben –«

Einen Moment lang sah es aus, als wollte er die Faust gegen Rosemary erheben. Dann schien etwas in ihm zu zerbrechen. Er setzte sich hin und senkte den Kopf. »Vielleicht habe ich einen Fehler gemacht. Ich habe ja so viele begangen. Ich weiß nicht mehr. Es ist alles unklar.«

»Kann Mickie jetzt gehen und die Frauen zusammenrufen?« fragte Rosemary.

»Aber ja«, sagte Kennedy. »Soll sie ruhig gehen...«

Fred Bilek lieh ihm Kohlen, einen ganzen Eimer voll. »Weil du doch dem Damenhilfsverein, oder was das bei dir drüben nun werden soll, Tee vorsetzen mußt«, sagte er sarkastisch. »Meine Frau ist auch schon rübergelaufen, geschwind wie ein kleiner Affe. Übelnehmen kann ich's ihr nicht. Hier im Hause hat sie ja nichts zu tun!«

Kennedy packte den Eimer.

»Was ist denn mit dir los?« Bilek sah ihn an. »Hast du Verdruß?«

»Ja.«

»Wegen Mickie?«

Kennedy zögerte. »Woher weißt du?«

Bilek zuckte die Schultern. »Hier in Pritchett Heights weiß man eben ...« Die Falten auf seinem Gesicht verzogen sich. »Sie ist doch ein gutes Mädel. Sie wird sich schon machen ...«

»Hoffen wir«, sagte Kennedy, und wollte gehen.

Aber Bilek, der sich ohne Martha im Hause einsam fühlte, hielt ihn fest. »Hast du die Zeitung gesehen?« fragte er. Und da er die Antwort aus Kennedys angewiderter Miene erkennen konnte, fuhr er fort: »Diese verstunkenen, verlogenen Hundsfötte und Betrüger!«

»Es wird unangenehm werden für Doc – und für Rosemary. Obwohl sie nicht tat, als ob sie sich darüber jetzt Sorgen machte ...«

»Na ja«, sagte Bilek unzufrieden.

Kennedy schwieg.

»Wollen wir denn gar nichts unternehmen?« brach es plötzlich aus Bilek heraus. »Wollen wir einfach hier sitzen und uns alles gefallen lassen? Verflucht noch mal – wozu sind Doc und ich denn nach Philadelphia gefahren und in all die anderen Städte? Ich bin ein alter Mann, aber ich erkläre dir, ich werde hingehen zu dieser Zeitungsredaktion und ihnen Bescheid sagen, von wo wir die Lebensmittel haben; und wenn sie die Wahrheit nicht drucken, dann werd ich –«

»Sie drucken's nicht. Sie werden nicht dafür bezahlt, daß sie deine Wahrheit drucken.«

»Dann werd ich eben –« Bilek brach ab. »Irgend etwas werd ich jedenfalls tun!«

Kennedy stellte den Eimer wieder hin. »Hör zu, Bilek«, sagte er,

»Tatsache ist, daß die Kumpel in der Sache nicht hinter uns stehen: Was sie eigentlich wollen, weiß der Teufel; aber jedenfalls ist es nicht das, was du und ich im Sinn haben.«

»Aber wir haben doch einen ganz guten Streik geführt!«

»Glaubst du? Woher kommt es dann, daß er uns unter unsern Händen zerfallen ist?... Wie ich sah, wie sie auf Lonsdale hereinfielen und sich fortschlichen aus dem Keller, wo alles reichlich lag, womit sie ihre Kinder hätten füttern können – danke, das hat mir genügt. Herr Jesus Christ, Bilek, wie dumm können Leute denn sein? Obwohl ich gewußt haben muß, wie abgrundtief dumm – wieso hätt ich sonst mit allen Mitteln zu verhindern gesucht, daß die Flugblätter gefunden würden? Gewußt hab ich's, aber, Gott verdamm mich, glauben hab ich's nicht wollen. Und wie ich sah, daß es trotzdem so war...« Er schüttelte den Kopf. »Denk *du* dir mal zur Abwechslung was aus, Bilek. Mein Gehirn will nicht mehr.«

Er ergriff den Eimer, diesmal endgültig, und ging. Bilek trat vor die Tür seines Hauses und blickte ihm versonnen nach.

Eine sonderbare Stille herrschte in seiner Küche, obwohl die Frauen sich darin drängten. Merkwürdig, dachte Kennedy – sogar die Kinder schienen zu spüren, daß etwas Wichtiges vor sich ging; wenn eins von ihnen laut werden wollte, brachte ein anderes es sofort zur Ruhe.

So leise wie möglich heizte er den Ofen an. Rosemary hatte wieder zu sprechen begonnen: etwas über die Männer, die es sich leisten konnten, ihre Vorurteile zu haben; die Frauen, die ihren Kindern viel näher waren, hätten dadurch ein ganz anderes Verhältnis zur Wirklichkeit. Dann brannte die Kohle; er schloß die Ofentür. Rosemary redete über die Lebensmittel im Keller der Polonia-Halle. Was diskutierten sie da eigentlich, dachte er, Frauen und Kinder! Was für eine Versammlung, zum Teufel, war das?

»Für uns Frauen liegen die Dinge ganz einfach«, sagte Rosemary. »Und sie liegen noch einfacher, wenn wir uns umsehen und unsere Kinder betrachten. Wann war das letzte Mal, daß ihr ihnen eine volle Mahlzeit habt vorsetzen können?«

Auf dem hageren Gesicht von Joey Smiths Frau zuckte es. »Genau weiß ich's nicht. Ich kann mich nicht entsinnen, so lange ist das schon her.«

Ein paar andere Frauen nickten bedächtig. Kennedy entschied sich, in der Küche zu bleiben.

»Nun wird also behauptet, die Lebensmittel stammten von den Roten«, fuhr Rosemary fort, »wegen des Flugblattes, das gefunden wurde. Mein Mann, der die Sachen bis hierher nach Goldsborough gebracht hat, schwört aber, daß er sie in ganz verschiedenen Städten von ganz verschiedenen Leuten erhalten hat. Und es waren Leute so wie ihr und ich. Ich glaube meinem Mann; andere mögen ihm nicht glauben. Das ist aber nicht wichtig; weil es nämlich nicht wichtig ist, wo die Sachen herkommen. Wichtig für uns als Frauen und Mütter ist, daß es Lebensmittel sind, eßbar, und daß wir sie nur mit unsern Händen zu greifen brauchen, um sie unsern Kindern vorzusetzen...«

Kennedy sah den Zweifel und die Sorge auf den Gesichtern von Mrs. Greene und Mrs. Bitterman, er sah die Angst auf dem bräunlichen Gesicht Jessie Jamiesons; und er ertappte sich bei dem Wunsch, daß Rosemary es fertigbringen möchte, die Frauen zu überzeugen. Er sah die Idee hinter Rosemarys Ausführungen, und es war eine herrliche Idee, und er sagte sich: Wenn die Frauen es täten, was wäre das für ein Schlag... Aber er fürchtete, daß sie es nicht tun würden. Er brauchte nur Evaline anzusehen und ihre scharfen, vergällten Züge.

»Die Männer haben sich alle möglichen Worte an den Kopf geworfen«, sagte Rosemary. »Worte kann man nicht essen, und sie wiegen nichts auf dem Teller eurer Kinder. Die Männer reden von diesem Flugblatt. Aber habt ihr etwa die Absicht gehabt, das Flugblatt zu kochen oder Gulasch zu machen aus dem, was im *Goldsborough Daily Eagle* steht? Für ein richtiges Essen braucht man Fleisch und Kartoffeln und Gemüse, und wenn man's hat, vielleicht noch Fruchtsaft und Milch und einen Schokoladenkuchen.«

Bei der Aufzählung dieser appetitlichen Dinge begann Katie laut zu heulen, und alles Ermahnen half nichts. Evaline stand auf. Kennedy machte sich bereit, zu verhindern, daß sie das Kind schlug; aber dann sah er, wie Evaline Katie auf den Arm hob und streichelte. Herrgott, dachte er, was ist in Evaline gefahren?

Anna May Jamieson sagte: »Ich habe drei Kinder. Ich verpflichte mich, mit den Frauen aller Neger-Bergarbeiter, die unten am Fluß wohnen, zu sprechen und so viele als möglich dazu zu gewinnen, daß sie heute nacht zur Polonia-Halle kommen, so wie Sie's vorgeschlagen haben, Rosemary.«

»Aber können wir uns die Sachen denn so einfach aneignen?« sagte Mrs. Tashlian, die im Gegensatz zu ihrem Mann sehr blond und zartgliedrig war. »Sie gehören doch nicht uns!«

»Wem gehören sie denn?« fragte Evaline, streitlustig, hinter Katies Kopf hervor. »Dem Richter Pritchett? Oder dem Staatsanwalt? Den kenne ich – der würde euch nicht das Schwarze unter dem Fingernagel geben, von einem guten Steak oder einer Portion heißen Waffeln gar nicht zu reden. Also rote Lebensmittel sollen das sein! Ich behaupte, sie sind uns von wohltätigen Menschen gespendet worden, und Wohltätigkeit ist eine christliche Tugend, und darum sollten wir solche wohltätigen Gaben auch annehmen und sie diesen armen kleinen Würmchen geben, die seit ich weiß nicht wie lange nichts Anständiges zu beißen gehabt haben, weil ihre Väter zu dumm sind, um sie richtig zu ernähren, und sich lieber herumprügeln und streiten und fluchen und Glücksspiele spielen und Flugblätter und anderes gottloses Zeug lesen, und deshalb sage ich, wir holen die Lebensmittel mit unseren eigenen Händen aus dem Keller –«

»Aber die Polizei?« sagte Mrs. Bitterman.

Martha Bilek, Arme gekreuzt vor ihrem großen Busen, hatte sich erhoben. »Es war nicht Doc Hale allein«, sagte sie, »der uns diese Lebensmittel gebracht hat. Mein Mann ist mit ihm zusammen gefahren. Und die ganze Zeit bin ich allein zu Haus gewesen. Habe ich Angst gehabt? Nein. Und warum? Weil ich Nachbarn habe. Ich hab vor niemand und vor keiner Polizei Angst, wenn ich gute Nachbarn habe. Dieser Bodenheimer – er soll nur anfangen mit mir, ich kratz sein Gesicht in Streifen. Und viele Nachbarsfrauen werden kommen, nicht nur von Pritchett Heights, sondern von Goldsborough auch, und aus den Siedlungen in der Nähe von Goldsborough. Mein Mann hat mitgeholfen, die Lebensmittel herzuschaffen, und ich sage, daß die Kinder sie haben sollen, und wir Frauen in zweiter Linie, und nur wenn dann noch was übrigbleibt, sollen die Männer davon bekommen, weil man sie für ihre Dummheit nicht noch extra belohnen soll.«

»Jawohl, sehr richtig!« rief Evaline, und ließ ihre Zähne knacken. Diese Art Kampfgeist gefiel ihr. Die Frauen redeten jetzt alle auf einmal, und die Kinder lärmten.

Noch einmal gelang es Rosemary, Ruhe herzustellen. »Also heute nacht um ein Uhr«, sagte sie, »nach der Schließstunde in der Bar – und jede von euch weiß, mit wem sie zu sprechen hat und wen sie mitbringt?«

Die Frage wurde bejaht.

»Dann nur noch eines«, schloß Rosemary. »Der Gedanke, daß wir Frauen uns zusammentun sollten, um uns selber zu helfen – der stammt nicht von mir, der kommt von Mickie Kennedy. Nur damit ihr's wißt.«

»Von der Prinzessin?« fragte Evaline ungläubig.

Mickie betrachtete ihre zerschrammten Fingernägel. Was hatte sie Rosemary denn gesagt, daß all diese Frauen sie anstarrten, als ob sie eins der Sieben Weltwunder wäre, und ihr Vater auch? Sie spürte, wie ihr das Blut ins Gesicht schoß. Und dann waren die Frauen samt ihren Kindern gegangen, und nur Rosemary war noch da, und ihr Vater schüttelte Rosemary die Hand und sagte: »Danke.«

»Kein Dank notwendig.«

Er überlegte einen Moment; dann sagte er: »Ich werde dafür sorgen, daß Simich euch einläßt.«

»Das wäre sehr nützlich«, sagte Rosemary, verabschiedete sich bei Mickie und den Kindern, und ging.

Mickie wartete. Aber er kam nicht zu ihr. Er ging hinüber in die Ecke, wo Angeline in ihrem Schaukelstuhl saß.

»Na, wie geht's, Angel?« rief er laut.

Angeline schaukelte.

Er tätschelte Angelines Wange. Schließlich gab er das auf, drehte sich um, sah Mickie an und fragte beinahe zärtlich: »Müde?«

»Ja, Pa«, sagte sie.

»Dann leg dich zu Bett und ruh dich aus«, sagte er. »Du wirst genug zu tun haben heute nacht.«

Gegen drei Uhr morgens erhielt Sergeant Hayden, der in der Polizeiwache im Rathaus Nachtdienst hatte, die Nachricht, daß bei der Polonia-Halle etwas nicht in Ordnung war. Wachtmeister Donato, der dort in der Gegend die Runden machte, rief wegen eines Betrunkenen an, der blutenden Schädels im Rinnstein lag und abgeholt werden mußte. Bei dieser Gelegenheit erwähnte er, daß er im Keller der Polonia-Halle Licht gesehen und in der Umgebung der Halle eine Anzahl Frauen bemerkt habe, die Pakete trugen.

»Wann? Jetzt?« schrie Hayden ins Telefon.

»Nein. Ist schon eine Weile her.«

»Und warum im Namen der Dreieinigkeit haben Sie das nicht sofort gemeldet, Sie Hornochse?«

»Aber, Sergeant«, verteidigte sich Donato, »neulich abend erst haben Sie selber mir gesagt, ich soll mich nicht kümmern, wenn ich einen verdächtigen Vorgang in der Halle oder in dem Keller beobachte...«

»Das galt für neulich abend!« Haydens Stimme überschlug sich. »Nicht für heute!« Er beorderte Donato zurück zur Polonia-Halle, im Laufschritt. Außerdem entsandte er alle verfügbaren Streifenwagen dorthin und rief bei Bodenheimer an und holte den Captain aus seinem Bett.

Als die Polizei sirenenheulend vor der Polonia-Halle eintraf, war der Keller verschlossen, und alles lag im Dunkel. Unweit der Kellertreppe fand Captain Bodenheimer ein zerknülltes Stück Papier. Es war eins der Flugblätter. Jemand hatte es weggeworfen.

## *Neunzehntes Kapitel*

Richter Pritchett öffnete das flache Kistchen auf seinem Schreibtisch. »Zigarren, meine Herren?« Lonsdale und Geoghan lehnten jedoch ab. Etwas pikiert schloß Pritchett das Kistchen: von Untergebenen konnte man erwarten, daß sie Zigarren dankbar akzeptierten. »Einen Drink?« fragte er.

»Danke«, sagte Geoghan. »Ich trinke nicht während der Arbeit.«

»Was hätten Sie denn anzubieten, Euer Ehren?« fragte Lonsdale.

Richter Pritchett fand die Frage und den familiären Ton, in dem sie gestellt wurde, unverschämt. Er erhob sich mit großer Würde, ging zu dem Wandschrank, nahm eine Flasche heraus, blickte kurz auf das Etikett, und goß Lonsdale ein Glas ein.

»Wußte gar nicht, daß Richter so was in ihrem Amtszimmer haben!« Lonsdale lachte. »Dadurch bleibt das Gesetz nicht so trocken, was?«

Richter Pritchett nahm wieder Platz an seinem Schreibtisch.

Lonsdale hob sein Glas. »Auf das Wohl von Euer Ehren!«

Geoghan lächelte vor sich hin. Der Vorschlag des Richters, daß Lonsdale der Konferenz beiwohnen solle, hatte ihm nicht geschmeckt – es genügte doch wohl, wenn Lonsdale seine Anweisungen auf dem üblichen Wege erhielt. Jetzt hatte Pritchett es sich selbst zuzuschreiben, wenn Lonsdale, der seine Minderwertigkeitsgefühle durch übertriebene Vertraulichkeit zu verdecken suchte, ihm auf die Nerven ging.

»Schmeckt ausgezeichnet!« sagte Lonsdale. Die Frage: Noch mehr in der Flasche? verkniff er sich angesichts des Blickes, den der Richter ihm zuwarf.

»Wenn Sie also soweit sind, meine Herren«, sagte Pritchett, »können wir zur Sache kommen.«

Geoghan nickte.

Richter Pritchett überzeugte sich von der Symmetrie der Gegenstände auf seinem Schreibtisch. »Ich habe Mr. Lonsdale gleichfalls zu mir gebeten, damit wir seine Ratschläge in dieser Angelegenheit hören können. Wenn Sie mich korrekt informiert haben, Mr. Geoghan, so besitzt er eine weitgehende Erfahrung in Fragen Arbeiterschaft, besonders der gewerkschaftlich organisierten.«

Das Fenster des richterlichen Amtszimmers gab Ausblick auf den Court House Square. Lonsdale betrachtete die häßlichen, flachen Dächer der Häuser auf der gegenüberliegenden Seite des Platzes und lächelte versonnen.

»Was halten Sie also von der Lage, Mr. Lonsdale?« fragte Pritchett.

Lonsdale ließ den Griff seines Stockes langsam kreisen. »In welcher Hinsicht, Euer Ehren?«

Geoghan lächelte. Lonsdale stand ihm doch näher als dieser Pritchett. Auch Lonsdale hatte als armer Mann angefangen.

»Der Streik«, sagte Pritchett, »scheint seinem Ende entgegenzugehen.«

»Könnte sein«, brummte Lonsdale.

»Diese Tatsache, Mr. Lonsdale, schafft eine neue Situation«, fuhr Pritchett leicht gereizt fort. »Ich hätte gerne gehört, was Sie zu dem Punkt zu sagen haben.«

»Ich habe nichts Offizielles«, sagte Lonsdale vorsichtig. »Der Streik wird zu Ende sein, wenn ich das entsprechende Telegramm aus Washington erhalte.«

»Mr. Geoghan!« sagte Pritchett, »Sie wissen, ich liebe es nicht, wenn man mit mir Versteck spielt. Könnten Sie Mr. Lonsdale dahingehend beeinflussen?«

Geoghans Fischaugen blickten ausdruckslos. »Sie haben gehört, Herb, was Seine Ehren gesagt haben.«

»Weiß ich, was er von mir will? Er sagt, der Streik ist praktisch vorbei; und ich sage ihm: erst wenn ich von meiner Zentrale in Washington Anweisung erhalte.«

Geoghan wußte ebensogut wie der Richter und Lonsdale, daß die Vertreter der Unternehmerverbände und der Gewerkschaft seit fast einer Woche konferierten, und daß ein Übereinkommen stündlich zu erwarten war. Aber es machte ihm Spaß, den aristokratischen alten Herrn sich abstrampeln zu lassen – da war er sich zu fein gewesen, zusammen mit ihm in das Geschäft einzusteigen; und was hätte man aus den Tagebau-Gruben herausholen können bei größerer Investition!

»Also schön«, sagte der Richter begütigend, »lassen Sie mich dann also der erste sein, Mr. Lonsdale, der Ihnen mitteilt, daß der Verband der Bergwerksbesitzer einen Tarifvertrag mit der Gewerkschaft unterzeichnen wird.«

Lonsdale zeigte sich freudig überrascht. »In anderen Worten, Euer Ehren, wir haben gewonnen.« Und des Lochs in seinem Bein und all seiner Scherereien schmerzhaft gedenkend fügte er hinzu:

»Was wäre uns alles erspart geblieben, wenn Sie und die andern Unternehmer von vornherein Vernunft gezeigt hätten!«

*»Sie* haben gewonnen?« fragte Pritchett.

»Meine Gewerkschaft geht aus dem Streik als die stärkste und geschlossenste Organisation im Lande hervor, Euer Ehren!«

Die Fingerspitze des Richters verfolgte die Intarsien auf dem Leder seiner Schreibmappe. »Ich befürchte, ich werde Sie kaum dazu beglückwünschen können, Mr. Lonsdale. Meines Wissens war es nämlich nicht die stärkste, geschlossenste Organisation im Lande, die diesen Streik gewonnen hat; gewonnen haben ihn völlige Außenseiter, radikale Elemente, verantwortungslose Gestalten höchst dunkler Herkunft – und Pöbel, um es richtig zu bezeichnen. Und Sie können sich darauf verlassen, Mr. Lonsdale, daß diese Leute ihren Sieg auch ausnutzen werden, und daß die Gewerkschaftsmitglieder, die *Ihrer* Führung folgen sollten, statt dessen diesen Leuten nachlaufen werden.«

Lonsdale stand auf, um zu protestieren.

Pritchett starrte ihn feindselig an. »Sie fühlen sich in Ihrer Haut keineswegs so wohl, Mr. Lonsdale, wie Sie vorgeben. Oder wollen Sie etwa ableugnen, daß die Lebensmittel, die dieser Hale nach Goldsborough gebracht hat, trotz Ihrer Bemühungen Ihre streikenden Arbeiter erreicht haben?«

»Wäre das Flugblatt besser gedruckt worden«, verteidigte sich Lonsdale, »so würde kein Mensch daran denken, das Gerücht zu verbreiten, es wäre eine Fälschung!«

Die Herstellung des Flugblattes war Geoghans Aufgabe gewesen; und Geoghan vertrug Kritik schlecht. Zudem schätzte er es wenig, in Richter Pritchetts Gegenwart von jemandem, den er selber aushielt, angegriffen zu werden. *»Sie* haben das verdammte Ding geschrieben, Lonsdale«, sagte er deshalb, »und Sie wußten ganz genau, daß es schwach war. Also schieben Sie die Schuld nicht auf meine Organisation. Außerdem dürfen wir ja wohl von *Ihnen* erwarten, daß Sie Ihre Arbeiter an der Kandare haben –« Er bemerkte den Ausdruck stiller Genugtuung auf dem rosafarbigen Gesicht des Richters und fuhr in verändertem, konziliantem Tone fort: »Jedenfalls haben wir das Richtige getan. Wenn es nicht ganz geklappt hat

– man kann nicht erwarten, daß alles auf den ersten Anhieb gelingt.«

»Nur war es nicht der erste Anhieb«, warf Pritchett freundlich ein. »Erst haben Sie Hale vor Gericht zerren lassen, weil er angeblich zahnärztliche Heilkunde ohne amtliche Genehmigung betrieb; dann haben Sie Polizei der verschiedensten Art auf ihn gehetzt, ohne Resultat; dann haben Sie ihm dieses Flugblatt angehängt; und inzwischen, höre ich, hat er nicht nur eine wichtige Rolle in diesem Streik, den wir verloren haben, gespielt – denn wir alle, Sie eingeschlossen, Mr. Lonsdale, haben den Streik verloren –, sondern es scheint, als dürfe Mr. Hale überhaupt tun und lassen, was ihm Spaß macht. Manchmal frage ich mich wirklich, wer in dieser Stadt die Zügel in der Hand hat...«

»Machen Sie sich darüber keine Gedanken, Euer Ehren!« Eine tiefe Furche, Zeichen der Verärgerung, stand auf Geoghans Stirn.

»Hale hat seine Leute.« Der Griff von Lonsdales Stock kreiste schneller. »Da ist ein gewisser Kennedy. Kennedy hat schätzungsweise die Hälfte der Gewerkschaftsgruppe 1769 hinter sich – das ist die Gewerkschaftsgruppe in *Ihrer* Grube, Euer Ehren. Und durch diesen Unterstützungsfonds der Bergarbeiter des Pokie-Tals haben sie sich in unserm ganzen Kohlenrevier hier einen richtigen kleinen Apparat aufgebaut. Von der Seite wird noch einiges auf uns zukommen!«

Pritchetts kühler Blick ruhte auf Lonsdale. »Sie sind also der Meinung, daß es nicht genügen wird, gegen Hale allein vorzugehen?«

Lonsdale sehnte sich sehr nach einer zweiten Portion Whisky. Saß er tatsächlich in demselben Boot wie Pritchett? Hatte auch er den Streik verloren? Unsinn. Aber es war an der Zeit, Leute wie Kennedy von ihrem hohen Roß herunterzuholen. Es war an der Zeit, wieder normale Verhältnisse herbeizuführen, in der Gewerkschaft und in der ganzen Bergwerksindustrie.

»Bevor Sie hierher kamen, Mr. Lonsdale«, fuhr Pritchett, seine Diktion sehr präzise, fort, »hatte ich eine kleine Meinungsverschiedenheit mit Mr. Geoghan. Mr. Geoghan zieht es vor, das Problem Hale nicht zur gleichen Zeit in Angriff zu nehmen wie die Auseinandersetzung mit diesem – wie hieß er doch? – ah, ja, Kennedy.«

Geoghans faserige Brauen hoben sich. »Ich muß bei den Wahlen Stimmen liefern, Euer Ehren!«

»Richtig!« sagte Pritchett. »Aber was meinen Sie, Mr. Lonsdale?«

Lonsdale zögerte. Die Gewerkschaft, Geoghan – er stand von allen Seiten unter Druck. »Euer Ehren«, sagte er schließlich, »Hale und Kennedy sind Kehrseiten derselben Medaille. Der eine will Goldsborough übernehmen, der andere die Gewerkschaft.« Er dachte an Mickie, an das Zimmer im Goldsborough Palace Hotel, vielleicht war es doch eine Falle gewesen. »Gefährlich sind sie alle. Sie kennen keine Loyalität, ihrer Gewerkschaft gegenüber nicht und ebensowenig gegenüber ihrem Staate.«

Geoghan grinste. Es amüsierte ihn immer wieder, wenn Menschen, die eigener Gedanken nicht fähig waren, sich seiner Gedanken bedienten. »Nun, Euer Ehren«, fragte er, »wie instruiere ich meine Leute?«

»Mr. Geoghan«, sagte Pritchett milde tadelnd, »Sie wissen doch, daß es mich nicht interessiert, wie Sie etwas im einzelnen machen. Aber ich möchte Sie warnen: die Aussagen Ihres Gewährsmannes dürfen nicht wieder so leicht zu erschüttern sein wie letztes Mal...«

»Letztes Mal«, antwortete Geoghan, »trat er als Zeuge *für* Hale vor Gericht!«

Hale saß in dem Operationsstuhl in dem Raum, der einst als Lauffers Sprechzimmer diente. Er hatte den Stuhl schräg gestellt und die Kopfstütze so verschoben, daß er sich bequem zurücklehnen konnte; nun starrte er die fleckige Zimmerdecke an und ließ seine Gedanken wandern.

Nicht daß er die Absicht hatte, Bilanz zu ziehen; die Stille in seinen Arbeitsräumen zwang ihn, ganz gleich von welchem Punkt er ausging, sich immer wieder den eignen Problemen zuzuwenden.

Der Streik war am Erlöschen. Das Wort beschrieb den Vorgang richtig. Begonnen unter so dramatischen Umständen und gegen so enorme Widerstände, durchgeführt unter solchen Opfern und mit so zäher Ausdauer, hätte der Kampf doch wohl mit einer großen Demonstration, einer Art Feuerwerk enden sollen. Statt dessen hörte er einfach auf.

Und nichts hatte sich verändert. Morgen oder übermorgen oder in drei Tagen – das genaue Datum war unwichtig – würden die Leute zu ihrer Arbeit zurückkehren und Goldsborough würde wieder in seinen Normalzustand versinken, mit seinen zweitrangigen Geschäften, die zweitklassige Ware zu überhöhten Preisen verkauften, mit seinen Glücksspielmaschinen und Billardkellern und Lotterien und Bordellen, von welch allen Geoghan seinen Prozentsatz kassierte.

Nichts verändert? Für die Kumpel ein kleiner Gewinn, Sicherung des Arbeitsplatzes. Für die aber, die den Kampf geführt hatten, besonders für ihn selbst: die schwarze Liste.

Er lachte spöttisch. Die Mühe, die sich Geoghan gemacht hatte, ihn zu vernichten! Selbst wenn Evaline Polowski ihre Aussage aufrechterhalten, selbst wenn das Geschworenengericht ihn schuldig gefunden und Pritchett ihm die vorgesehene Strafe zugemessen hätte, so würde ihn das weniger geschädigt haben als die unsinnigen Verleumdungen in den Spalten des *Daily Eagle*. Ein überführter Kurpfuscher war immer nur ein Betrüger wie so viele andere auch; in einem Lande, in dem die Betrüger und Erpresser in der Regierung saßen und in dem alles für moralisch galt, solange es Erfolg hatte, wäre der einzige im Auge des Durchschnittsbürgers gültige Vorwurf gegen ihn, daß er dumm genug gewesen war, sich erwischen zu lassen. Aber von den Leuten zu erwarten, daß sie zu ihm kämen, um sich bei ihm ein Gebiß machen zu lassen, hieß, wie die Dinge jetzt standen, mehr Zivilcourage von ihnen zu fordern, als sie aufbringen konnten. Lauffer dagegen saß fest und sicher in seiner schönen, neuen Praxis am Pennsylvania Boulevard.

Was war es in ihm, das ihn wider den Stachel löcken ließ, was trieb ihn, seine magere Existenz zu zerstören, ohne dabei auch nur den geringsten Vorteil konkreter oder abstrakter Natur für sich zu gewinnen? Zu Miss Beasley hatte er gesagt, er handle aus menschlichem Anstand und Gerechtigkeitssinn; aber eine Menge anderer Leute waren auch relativ anständig und rechtlich denkend, und brachten es dennoch fertig, ihr Leben zu leben, ohne sich die Hände zu sehr zu beschmutzen oder gar in solche Schwierigkeiten zu geraten wie er. War er ehrgeizig? Zugegeben, ja; er hätte gerne eine führende Rolle bei der Säuberung der Stadt Goldsborough und des Kreises Goldsborough und vielleicht sogar des Staates Pennsylvania gespielt. Aber nicht er hatte sich in den Wahlen von 1946 an die Spitze seiner Wahlliste gestellt und für den Bürgermeisterposten kandidiert – die hervorragendste Stelle hatte er einem anderen, Lonsdale, überlassen. Und was hatte er während des Streiks getan? Sich in den Vordergrund gedrängt? Er hatte eine nicht ungefährliche Arbeit verrichtet, von der nur wenige Leute wußten und über die nicht gesprochen wurde; und die Reise zur Beschaffung von Lebensmitteln für die Streikenden hatte er nur unternommen, weil wirklich kein anderer da war, der die Eignung hatte und in Goldsborough entbehrlich war. Für sich hatte er weder Ruhm noch Lohn erwartet. Warum dann aber mußte er es immer büßen, wenn er etwas für andere Menschen tat?

Diese anderen handelten so oder so, weil ihnen keine andere Handlungsweise blieb; Kennedys Stellung im Leben, oder Bileks oder Jamiesons, determiniert durch Kräfte außerhalb ihrer selbst, ersparte ihnen Zweifel und Entscheidungen. Er aber zweifelte an allem und mußte immer für sich selbst entscheiden. Konnte es sein, daß sein quixotisches Verhalten ererbt war von seiner Mutter, die so sehr fixiert war auf peinlichste Sauberkeit, oder von seinem Vater, dem Arzt, der so sehr mitlitt mit den Leiden der Menschen? Unwahrscheinlich; aber warum bestand er dann darauf, zu tun, was recht und billig war – während alle andern Angehörigen seiner Klasse sich bereicherten, solange sie es noch konnten, und sich die Bäuche und die Bankkonten füllten, solange sich noch Dumme fanden, die sich ausbeuten ließen?

*Solange noch*... Vielleicht war das der Schlüssel. Vielleicht lag seinem Denken die instinktive Überzeugung zugrunde, daß das Leben, so wie es jetzt um ihn herum gelebt wurde, mit all den falschen Werten, mit der Jagd nach dem Dollar, und der widerlichen Scheinheiligkeit, bereits dem Untergang zuging und verurteilt war, samt seinem schäbigen Glanz und all den wortreichen Bekenntnissen zu Gott und Demokratie. Und da es bereits verurteilt war, wollte er keinen Anteil daran; er wollte seinen eignen Weg gehen und sauber bleiben, so daß er sich morgens im Rasierspiegel ins Gesicht blicken konnte. Anscheinend aber sollte ihm das nicht gestattet sein. Von einem Kennedy oder irgendeinem der Bergarbeiter wurde es mehr oder weniger erwartet, daß er Widerstand leistete, und es gab eine ganze Reihe von Druckmitteln, seit langen Jahren erprobt, um derart Leute niederzuhalten; aber einem Hale, der von Rechts wegen mit Geoghan zusammenarbeiten und vor Pritchett katzbuckeln und Bodenheimer bewundernd auf den Rücken klopfen und mit all diesen Typen zusammen trinken und mit ihren Damen tanzen und die Kirche und die Wohltätigkeitsvereine unterstützen und ein paar Dollar beim Spielen verlieren sollte, um im Laufe der Zeit mit einer Stelle in der Stadtverwaltung oder einem anderen lukrativen Pöstchen belohnt zu werden – einem solchen Manne wurde nicht vergeben. Solch ein Mann mußte vernichtet werden, und so vernichteten sie ihn.

Nach dem Prozeß hätte er noch seinen Frieden schließen können. Aber der Teufel hatte ihn geritten, so daß er das Gegenteil tat und sich auf die Seite der streikenden Arbeiter schlug. Nein, es war nicht die Schuld des Teufels, noch lag es an dem wirren Knäuel ethischer Grundsätze, den er in seiner Brust trug. Er hatte einfach falsch kalkuliert. Er hatte eine große Kraft gesehen, wo keine war. Er hatte geglaubt, daß diese Arbeiter, die in Wirklichkeit für Dollars und Cents und für die Paragraphen eines Tarifvertrags streikten, sich in die Kraft verwandeln könnten, die den politischen Machtapparat und alles, was dazu gehörte, hinwegfegen würde. Aber sie hatten ihn getäuscht. Wenn sie einen Kohlenlaster auf den Straßen umstürzten, so nicht, um die Mächte zu stürzen, die diesen Laster entsandt hatten; für die Arbeiter war es und blieb es ein ganz gewöhnlicher Lastwagen, beladen mit einer Kohle, die nicht sie selbst, sondern irgendwelche anderen armen Kerle gefördert hatten. Wenn sie ihre Brust den feindlichen Kugeln hinhielten, so nicht um einer Idee willen, sondern weil man in einem Streik die Streikbrecher eben bekämpfen mußte. Und jetzt, da sie ihre Dollars und Cents bekommen sollten, jetzt, da der Tarifvertrag unterzeichnet werden würde, wollten sie nichts als baldmöglichst in ihre Gruben zurückkehren und die unerfreuliche Zeit vergessen, wo sie nicht arbeiten konnten und sich auf den Landstraßen herumtreiben und selbständig denken mußten.

Wieder lachte er, da er sich an Miss Beasley erinnerte und an die naive Hoffnung, die sie auf die Bergarbeiter gesetzt hatte. Durch diesen Streik, so hatte sie gesagt, muß sich einiges bei ihnen rühren... Aber dann dachte er: Über wen mache ich mich eigentlich lustig? Doch wohl über mich selbst!...

»Guten Tag, Doc!«

Hale schreckte auf.

»Bin nur ich, Doc! Bleiben Sie sitzen!«

Kennedy setzte sich auf das niedrige Fensterbrett. Er hatte seine Ausgeglichenheit wiedergewonnen, sein hageres, kupfergetöntes Gesicht sah so sarkastisch aus wie immer.

Hale ließ sich wieder in den Operationsstuhl zurücksinken und blickte über seine Knie hinweg auf Kennedy. »Hab Sie gar nicht kommen hören!«

»Rosemary hat mich hereingelassen... Was treiben Sie dieser Tage, Doc?«

»Ich denke nach.«

»Worüber?«

»Über alles mögliche.«

Eine Handbewegung. »Weshalb machen Sie sich Sorgen, Doc? Bald werden Sie wieder in Geld schwimmen. Wir haben den Streik gewonnen, einigermaßen wenigstens, und ich werde wieder arbeiten und Ihnen Evalines Gebiß abzahlen, und die andern Kumpel werden ihre Schulden auch zahlen, und Sie können sich wieder mit all den vielen schlechten Bergarbeiterzähnen beschäftigen.«

»Wissen Sie, was ich möchte, Kennedy? Den Laden zumachen und irgendwohin ziehen, wo in einem Umkreis von fünfhundert Meilen nicht eine Grube ist.«

»Sie können doch gar nicht atmen, Doc, wo kein Kohlenstaub in der Luft hängt und wo keine dreckigen Kumpel zu Ihnen ins Labor kommen und Ihnen ihre Geschichten erzählen.«

»Außerdem habe ich nicht mal einen Zahnarzt. Ich habe jemanden in Aussicht, einen jungen Burschen in Pittsburgh, der nicht so verwöhnt und eingebildet ist wie Lauffer; aber er hat noch nicht zugesagt, und in Anbetracht der Reklame, die man für mich gemacht hat –«

»Am Ende haben die Kumpel die Lebensmittel aber *doch* genommen, stimmt's?«

Hale drückte auf einen Hebel, und der Operationsstuhl richtete sich auf. »Genommen haben sie sie; aber insgeheim und zu nachtschlafender Zeit! Sehen Sie denn nicht, daß so etwas in aller Öffentlichkeit getan werden mußte, daß es eine Demonstration hätte sein müssen, eine politische Lektion?... Schön, der Streik ist so gut wie vorbei, aber was ist das Resultat? Haben wir etwas erreicht?«

»Nun«, sagte Kennedy unbehaglich, »die Gewerkschaft –«

»Glauben Sie wirklich, daß es ein Sieg ist?«

»Ein Sieg? Wenn Sie sich auf das Wort versteifen wollen – nein. Wir haben uns herumgeschlagen und gekämpft und geopfert; aber die Unternehmer verhandeln nicht mit uns, sondern mit unserm großen Gewerkschaftspräsidenten in Washington, der während der ganzen Zeit auf unsern Streikgeldern gesessen hat. Und auf einmal nehmen Kerle wie Lonsdale und Mercadante alles wieder in die Hand. Und doch, sage ich Ihnen –«

Hale stand auf. »Setzen Sie sich mal dahin, Kennedy«, sagte er und wies auf den Operationsstuhl.

»Wozu?«

Hale wusch sich die Hände. »Nur so!«

Kennedy gehorchte. Plötzlich legte sich eine leichte Kette um seinen Nacken, zwei Klammern schlossen sich, eine weiße Serviette spannte sich straff über seine Brust.

»Mund auf!«

Kennedy lachte mißtrauisch. »Was soll das, Doc!«

Hale, den Zahnarztspiegel in der Hand, knipste die große Operationslampe über dem Stuhl an. »Es juckt mir in den Händen«, sagte er. »Verstehen Sie mich denn nicht? Alle werden sie wieder arbeiten; nur ich nicht. Gott weiß, wann wieder jemand auf diesem Stuhl sitzen wird...«

»Ja, arbeiten werden wir!« Hales Lage war unerfreulich und Kennedy spürte mehr als Sympathie für ihn. »Aber wie lange? In ein paar Monaten sind die Orders, die sich während des Streiks angesammelt haben, erfüllt, und dann heißt es wieder kurzarbeiten. Und für die paar Cents Lohnerhöhung, die man uns gibt, werden die Preise ums Doppelte steigen. Was auch kommen mag, wir sind die Gerupften, aber Sie werden keinen von uns finden, der herumsitzt und den Kopf hängen läßt und jammert –«

»Machen Sie den Mund auf!«

Hale arbeitete zügig. Da er endlich einen Patienten vor sich hatte, einen offenen, zahnlosen, vom Leben verstümmelten Mund, bemächtigte sich seiner die alte Lust an der Arbeit, und seine Hände wurden geschmeidig, und das Gefühl, etwas zu können, gab ihm Genugtuung.

»Arbeit!« murmelte er. »Wenn sie mich bloß arbeiten ließen!« Und nach einer Weile: »Ich baue Ihnen eine Prothese um Ihre Stummel herum – und wenn es die letzte wäre, die ich je baue! – ein Gebiß, mit dem Sie wieder richtig essen und reden können. Was ist der Mensch ohne Zähne? Wie ein Wort ohne Klang. Vielleicht glauben Sie, das ist komisch. Ich habe aber lange über mein Ziel im Leben nachgedacht und mich gefragt, ob ich nun ein verhinderter Politiker bin, oder was eigentlich. Und ich erkläre Ihnen, Kennedy, in Wirklichkeit liegt mir nur an einem: den Menschen Zähne zu geben, ihnen die Möglichkeit zu verschaffen, ihr Leben und das bißchen Essen, das sie sich verdient haben, zu genießen. Ist das zuviel gewünscht?... Aufpassen jetzt – das ist heiß!... Zubeißen! Kräftiger!... Gut! Jetzt den Mund aufmachen!«

Er hob von Kennedys Zahnfleisch den ersten Gipsabdruck ab. Blinzelnd betrachtete er die Impression und verglich sie noch einmal mit dem Mund. Dann fertigte er den Abdruck des andern Kiefers an und legte die Formen vorsichtig auf das Glasregal in dem Schrank an der Wand.

Kennedy spülte sich den Mund aus.

Hale stand bereits am Waschbecken. »Das war eigentlich Zahnarztarbeit«, sagte er. »Das wissen Sie ja aus dem Prozeß. Ich bin kein Zahnarzt, nur ein halber. Ein Politiker bin ich aber auch nicht; ein halber vielleicht. Alles, was ich bin, bin ich halb – halb Arbeiter, halb Intellektueller; halb streikender Kumpel, halb Außenseiter. Das ist schwierig.«

»Was wollen Sie von mir, Doc – daß ich eine halbe Träne für Sie weine?«

Hale nahm Kennedy die Serviette ab und warf sie in den Kasten für schmutzige Wäsche. »Stehen Sie auf!« sagte er. »Kommen Sie in drei Tagen wieder vorbei.« Dann geleitete er ihn zur Tür.

»Extra! Extra! Lesen Sie die Extra-Ausgabe! Mit allen Einzelheiten!«

Die schrille Stimme des Zeitungsjungen draußen drang selbst durch die geschlossenen Fenster in die Halle. Drinnen ging das Geschäft wieder ganz flott. Simich wußte, daß die lang ausstehenden Bierschulden bezahlt werden würden, und verzog das Gesicht nicht mehr, wenn ein Kumpel sagte: »Noch eine Runde! Schreib's an!« Und da Simich sich freigebig verhielt, sahen die Arbeiter keinen Grund, sich zurückzuhalten.

»Extra! Kommunisten in Goldsborough! Lesen Sie alle Einzelheiten! Extra!«

Ein kalter Windzug wirbelte den Tabaksrauch auf. Der Zeitungsjunge war in die Halle gekommen. Seine knochige Schulter senkte sich unter der Last der Zeitungen, die er trug, und sein Gesicht sah merkwürdig gleichgültig aus verglichen mit den Sensationen, die seine Stimme verhieß. Er begann von Tisch zu Tisch zu gehen. Bargeld, auch in den kleinsten Summen, war immer noch knapp; er verkaufte nur wenige Exemplare. Doch wo eins am Tisch war, herrschte plötzlich Schweigen.

»Komm mal her, mein Junge!« rief Mercadante von der Theke herüber.

Der Junge riß eine Zeitung aus seinem Packen und warf sie Mercadante zu. Dann fing er das Fünfcentstück auf, das der ihm zuwarf, und setzte seinen Rundgang fort, immer noch ausrufend: »Extra! Kommunisten in Goldsborough! Alle Einzelheiten! Neue Enthüllungen über Hale und Kennedy!«

Kennedy, der mit Jamieson und Bilek und einigen anderen befreundeten Arbeitern an einem Tisch saß, hob den Kopf. Im Saal wandte man sich nach ihm um.

»Hat einer von euch fünf Cents?« fragte er.

Lucas durchwühlte seine Taschen und förderte ein paar Münzen zutage.

»Danke«, sagte Kennedy, und suchte sich ein Fünfcentstück heraus. Dann stand er auf und ging auf den Zeitungsjungen zu. Der Junge spürte, daß irgend etwas in der Luft lag, und hörte auf, zu rufen.

Kennedy hielt ihm die Nickelmünze hin.

»Zeitung, Mister?« fragte der Junge.

»Bitte.«

Der Junge gab ihm das Blatt mit der Frontseite nach oben. Aber Kennedy beachtete die Zeitung nicht. Er blickte sich um rings im Saal. Die Männer, die sich die Extra-Ausgabe gekauft hatten, senkten die Köpfe, scheinbar vertieft in ihre Lektüre.

Kennedy kehrte zu seinem Tisch zurück, setzte sich hin und breitete das Blatt aus. Die Arbeiter am Tisch versuchten, über seine Schultern hinweg mitzulesen. Kennedy überflog den Artikel, dann las er ihn noch einmal gründlich, die ganze Zeit in dem Bewußtsein, daß aller Augen im Saal auf ihn gerichtet waren.

Er überlegte. Einen Angriff in dieser Breite hatte er nicht erwartet. Daß die Presse und die Politiker sich Männer wie Hale vornahmen, war selbstverständlich – aber das hier war etwas Neues. War er denn wirklich so wichtig? Gewiß, er hatte gestreikt; und als niemand da war, die Kumpel zu führen, hatte er eine Art Funktion übernommen. Er hatte nach bestem Wissen und Gewissen für sich und für die Mitglieder seiner Gewerkschaftsgruppe gehandelt, und hatte dabei auch ein paar böse Fehler begangen. Und jetzt stand sein Bild groß und breit auf der ersten Seite des *Goldsborough Daily Eagle*. Auf dem Bild trug er einen Strohhut, und erst nach einigem Nachdenken fiel ihm ein, wann die Aufnahme gemacht worden war; vor mehreren Jahren schon, bei einem Picknick der Gewerkschaftsgruppe 1769. Die Redaktion hatte einfach seinen Kopf aus dem Gruppenbild ausgeschnitten und vergrößert. Die Sonne mußte ihm damals wohl ins Auge geschienen haben, denn sein Gesicht war idiotenhaft verzerrt... Die Herren müssen doch große Angst haben, dachte er.

Mercadante, die Zeitung in der Hand, kam herangeschlendert; Oakley und vielleicht noch ein halb Dutzend Männer folgten ihm. In dem großen Saal, der voller Stimmengewirr gewesen war, wurde es ruhig. An der Bar, wo eine ungewöhnlich große Anzahl von Geoghans Leuten der kommenden Dinge harrte, lachte einer auf, und ein anderer rief: »He, Kommunist! Geh doch zurück nach Moskau!«

Mercadante sah besorgt aus.

»Setz dich«, sagte Kennedy. »Ein Spielchen Poker gefällig?«

»Nein«, sagte Mercadante.

»Schade«, sagte Kennedy. »Wir hätten wenigstens um eine Runde Bier spielen können.«

»Stimmt das?« Mercadante deutete auf das Blatt in seiner Hand.

»Das?« Kennedy blickte auf sein eigenes Exemplar, das vor ihm auf dem Tisch lag. »Warum fragst du mich? Frag Dr. Lauffer!«

Mercadante schlug seine Zeitung auf und suchte hoffnungsvoll nach einem geeigneten Stichwort in dem Artikel. »Steht eine ganze Menge in der Erklärung von Dr. Lauffer, die sie da gedruckt haben«, sagte er schließlich. »Alles – wie ihr euch verschworen habt, du und Doc Hale, Kommunisten zu sein und unsere gesetzlich gewählte Regierung und unsere gesetzlich gewählte Gewerkschaftsführung mit Gewalt zu stürzen.«

Viele Arbeiter waren von ihren Tischen herübergekommen; sie bildeten einen Kreis um Mercadante und Kennedy, die meisten noch unsicher, für wen sie Partei nehmen sollten. Nur Geoghans Gangster schienen sich bereitzumachen, bei der ersten besten Gelegenheit einzugreifen.

»Der Mann würde doch so etwas nicht öffentlich behaupten und drucken lassen«, fuhr Mercadante fort, »wenn es nicht wahr wäre. Oder, Bruder Kennedy?«

Spöttisches Lächeln zuckte um Kennedys Mund. »Ich habe noch nie in meinem Leben einen Menschen denunziert. Ich weiß also nicht, wie sehr ein Denunziant es mit der Wahrheit hält.«

Mercadante suchte nach einer ebenso spitzen Antwort. Jemand hinter ihm sagte: »Was stellt ihr dem Kerl noch Fragen? Haut ihn doch zu Klump, den dreckigen Roten.«

Kennedy stand auf. Er holte tief Luft und reckte die Schultern. »Wer das gesagt hat, soll herkommen und den Anfang machen.«

Der Zwischenrufer schwieg. Mercadante erklärte hastig: »Ich bin Amerikaner; und in Amerika gilt keiner als schuldig, bevor seine Schuld nicht erwiesen ist.«

»Und du willst die Schuld erweisen?« fragte Kennedy. »Wer bist du – ein Gerichtshof oder ein selbsternanntes Ein-Mann-Komitee zur Untersuchung unamerikanischer Umtriebe?«

»Du mußt doch einsehen, Bruder Kennedy – ich frage dich im Interesse unserer Gewerkschaftsgruppe und im Interesse der ganzen Gewerkschaft: Stimmt das, was hier in der Zeitung steht, oder nicht –«

»Im Interesse der Gewerkschaft!« fiel Kennedy ihm ins Wort, »im Interesse der Gewerkschaft wäre, wenn du dich auf die Socken machtest, hin zu der Redaktion dieser elenden Zeitung, und ihnen im Interesse der Gewerkschaft erklärtest, daß du diese feigen Versuche zurückweist – diese Versuche, unsere Gewerkschaft zu spalten, so wie man sie in der Frage der Lebensmittel zu spalten versucht hat –«

Er unterbrach sich. Er wußte, daß er Mercadante zu jeder Zeit und in jeder Art Diskussion unter den Tisch reden konnte; aber darum ging es im Augenblick nicht. Im Augenblick ging es darum, alle Arbeiter in diesem Saal zu überzeugen, daß die ganze Hetze nur aufgebracht worden war, um irgendeine schmutzige Sache zu verdecken.

»Was möchtest du denn wissen, Bruder Mercadante?« fragte er versöhnlich.

Mercadante wurde unsicher. Jetzt hast du deine Möglichkeit, so hatte Lonsdale ihm gesagt. Jetzt hast du deine Möglichkeit, gutzumachen, was du falsch gemacht hast, wie das Flugblatt gefunden wurde und wie alles darauf ankam und du uns im Stiche gelassen hast. Du möchtest doch Vorsitzender von Gewerkschaftsgruppe 1769 bleiben?

»Bruder Kennedy«, fragte er, »kennst du Dr. Lauffer?«

»Ich habe ihn ein- oder zweimal in Doc Hales Laboratorium getroffen.«

»Bist du – Kommunist?«

Das war die Preisfrage; Mercadante war sehr rasch zu ihr gelangt. Kennedy griff nach seinem Glas und trank den Rest seines Biers aus. Ja konnte er nicht sagen; das hätte nicht gestimmt. Aber ein Nein würde ihm auch nicht helfen; die Anklage, schwarz auf weiß in der Zeitung, würde an ihm haften bleiben, und er würde, was die meisten Kumpels in der Gewerkschaftsgruppe betraf, erledigt sein.

»Warum fragst du mich eigentlich, ob ich Kommunist bin, Bruder Mercadante?«

»Weil wir keine Kommunisten wollen!«

»Und warum willst du sie nicht?«

Diese Frage hatte für Mercadante nie bestanden. Er wußte einfach, ein Kommunist war jemand, der gegen alles war, was ihm als heilig galt.

»Schau mich nicht so erstaunt an!« lachte Kennedy.

Mercadante erinnerte sich, was er in der Italienisch-Amerikanischen Bruderschaftsloge gehört und in den Zeitungen gelesen hatte. »Weil sie gegen Amerika sind!« sagte er feierlich. »Und gegen die freie Wirtschaft! Und gegen die Religion! Und gegen die Gewerkschaft!«

»Ich bin aber *für* die Gewerkschaft!« sagte Kennedy. »Und ich hab's, glaube ich, in diesem Streik allen bewiesen. Und was die Religion betrifft – von mir aus kannst du deinen Gott und alle deine Heiligen haben, wenn es dich glücklich macht. *Ich* hab nichts dagegen!... Und auch gegen die freie Wirtschaft hab ich nichts einzuwenden – solange sie mir ständige Arbeit gibt und mir so viel Lohn zahlt, daß ich wie ein Mensch leben und meine Kinder ernähren kann. Was nun aber Amerika betrifft, Bruder Mercadante« – seine Stimme wurde tödlich scharf – »das ist *mein* Land. Ich bin hier geboren und hier aufgewachsen, und hier bin ich mein Leben lang ausgebeutet worden; und darum habe ich genausoviel Recht auf meine Heimat wie du oder irgendein anderer und ich gestatte keinem, hörst du, keinem, mir dieses Recht abzusprechen!«

Mercadante zuckte zusammen. Er war *nicht* in Amerika geboren. »Jetzt haben wir den Beweis!« kläffte er. »So reden die Kommunisten! Geradeso –«

Ein Bierglas segelte knapp an Kennedys Kopf vorbei und krachte gegen die Wand.

»Haut die Roten!« rief jemand. »Schlagt sie tot!«

Das war das Signal. Der Mann mit dem nackten Mädchen auf der handgemalten Krawatte begann Stühle zu zertrümmern. Ein zweites Bierglas kam geflogen und traf Bilek auf die Brust. Geoghans Leute benutzten die Stuhlbeine als Keulen und hieben wild um sich. Oakley wurde auf den Schädel getroffen, schwankte, gewann seine Besinnung zurück und johlte: »Teert die Roten! Federt sie!« Simich kam händeringend hinter der Theke hervor, lief umher, so schnell ihn Krücke und Holzbein tragen wollten, und flehte: »Hört auf! Hört doch auf!« Lucas und Jamieson und Bilek und Smith und Tashlian bildeten eine feste Gruppe und rückten gegen Oakley vor, der seinerseits Unterstützung um sich sammelte. Die Krawatte mit dem nackten Mädchen flatterte wild; Geoghans Leute schlugen auf jeden ein, der wie ein Bergarbeiter aussah, und steigerten den Aufruhr. Noch einen Moment, soviel war Kennedy klar, und die verwirrten Kumpels würden derart aufgebracht sein, daß Blut fließen würde.

»Brüder!« Er kletterte auf einen Tisch. »Das ist Provokation!«

Zwei muskelbepackte Individuen kamen auf ihn zu.

»Eine Provokation! Sie wollen, daß ihr euch die Schädel einschlagt – und eure Halle zerstört – und eure Gewerkschaft!«

Die beiden versuchten, ihn vom Tisch herunterzuzerren. Kennedy stieß mit dem Fuß um sich, sein eisenbeschlagener Absatz eine böse Waffe, der eine Kerl heulte auf. »Schluß!« brüllte Kennedy. »Aufhören!« Dann lag er plötzlich unten auf dem Fußboden, Whisky-Atem schlug ihm ins Gesicht. Er riß sich los, sah Mercadante. Mercadante saß gleichfalls auf dem Fußboden und hielt seinen Kopf zwischen den Händen wie eine alte italienische Frau in Trauer. Mit zwei Schritten war er bei Mercadante, riß ihn hoch, zwang ihn hinauf auf den Tisch und klomm selbst hinauf auf die Tischplatte. »Sag was«, zischte er Mercadante an und stieß ihm die Faust in die Rippen. »Sag ihnen, sie sollen aufhören!«

»Hört auf!« keuchte Mercadante.

»Lauter!«

»Hört auf!« Mercadantes Stimme hatte sich gefestigt. »Hört auf, Brüder! Schluß! Gebt Frieden!«

Die Arbeiter, die noch nicht direkt in die Saalschlacht eingegriffen hatten, zogen sich zurück. Das Kampffeld löste sich in einzelne miteinander verstrickte Gruppen auf. Wo Bergarbeiter gegen Bergarbeiter stand, erkannten sie sich auf einmal und hielten inne. Geoghans Leute sahen sich isoliert, ließen die Stuhlbeine fallen und steckten ihre Schlagringe ein. Der mit der handgemalten Krawatte führte seine Kolonne zur Bar zurück. Die Arbeiter, immer noch schwer atmend, schwitzend, ihre Beulen betastend, begannen,

Tische und Stühle wieder aufzustellen. Simich erschien mit Eimer und Scheuerlappen und machte sich daran, das verschüttete Bier aufzuwischen. Kennedy half Mercadante vom Tisch herunter.

Mercadante war gelblichblaß. »Da siehst du, was du schon angerichtet hast«, sagte er heiser, »du mit deinem Kommunismus. Die Kumpel dazu bringen, sich gegenseitig totzuschlagen –«

Kennedy fand Mercadantes Exemplar der Extra-Ausgabe auf dem Fußboden. Er bückte sich, hob es mit zwei Fingern auf und reichte es ihm.

»Da!« sagte er. »Laß dir's einrahmen!«

»Mr. Hale? Sind Sie das am Telephon?... Hier ist Shoemaker!... Ja, Dr. Shoemaker, aus Pittsburgh... Abscheuliche Verbindung! Ich verstehe Sie kaum!«

»Ich Sie auch nicht!« rief Hale. »Dieses infernalische Knacken... Wahrscheinlich hört jemand mit...« Er lachte ins Telephon, aber sein Lachen klang unsicher.

Die Stimme am anderen Ende schwieg.

»Sind Sie noch am Apparat, Dr. Shoemaker?«

»Ja.«

»Nun – wann kommen Sie also nach Goldsborough? Je eher, desto besser. Genug Arbeit wird es geben für Sie. Der Streik ist beinahe vorbei, und die Bergarbeiter werden wieder Geld haben. Ein Zahnarzt wird immer gebraucht, das wissen Sie ja...«

»Leider kann ich nicht kommen, Mr. Hale. Deshalb rufe ich an.«

»Sie können nicht... Wieso denn, wenn ich fragen darf...«

»Dieser Artikel über Sie hat in allen Pittsburgher Zeitungen gestanden. Sie wissen, wie ich über so etwas denke –«

»Nein, weiß ich nicht.«

»Wie soll ich Ihnen das erklären... Ich kann mich so einer Sache einfach nicht aussetzen, wenn ich jetzt in Ihre Praxis einstiege, ich würde mir meine ganze Zukunft verderben. Ich stehe doch erst am Anfang...«

Hale sagte nichts.

»Sie entschuldigen mich also, bitte?«

»Aber gewiß«, sagte Hale. »Gewiß. Leben Sie wohl.«

Rosemary, die Hales Seite des Gesprächs gehört hatte, faltete die Extra-Ausgabe des *Goldsborough Daily Eagle* zusammen. »Soll ich das jetzt unter deinen übrigen Zeitungsausschnitten ablegen?«

Er nickte.

Sie trat zu ihm und strich ihm übers Haar. »Wir werden dagegen kämpfen. *Zusammen.*«

»Aber natürlich«, sagte er, als spräche er zu einem Kind. »Du und ich gegen die ganze Welt. Das wird lustig werden.«

»Es gibt genug Menschen, die auf unserer Seite stehen.«

»Aber man sieht sie nicht, man hört sie nicht. Die andern haben alles – Geld, Polizei, Presse.«

»Zugegeben. Aber trotz ihres Geldes und ihrer Polizei und ihrer Presse sind sie im Unrecht und wir im Recht.«

Sie ging hinaus. Nach einer Weile kehrte sie zurück, für die Straße gekleidet, und hielt ihm seinen Hut und Mantel hin.

»Zu Trelawney?« fragte er.

»Ja.«

»Also gut«, sagte er. »Belästigen wir ihn.«

Sie traten aus der Haustür. Eine Anzahl Leute standen auf der Straße, lachten höhnisch, betrachteten das Haus mit ausdruckslosem Blick. Hale und Rosemary wandten sich um: die Mauer war plump beschmiert: *Rote und Kommunisten raus!* Die Farbe war noch frisch, kleine weiße Rinnsale liefen von den Buchstaben nach unten.

Hale nahm sein Taschentuch zur Hand und fing an, die Farbe abzureiben. Ein junger Mann mit öligem Haar rief von der anderen Straßenseite her: »Rote raus!« Hale rieb rascher, rieb sein Taschentuch zu Fetzen. Rosemary zog ihn fort, die Straße entlang, hinter sich die Stimmen, Hohnrufe, Worte, die wie Säure ätzten.

An der Ecke, durchaus in Sichtweite des Hauses, stand Wachtmeister Donato.

Hale blieb stehen. Seine Lider zuckten wieder einmal. »Wachtmeister«, sagte er, »Sie tun doch hier Dienst?«

Donatos Pockennarben verschoben sich: seine Art, lautlos zu lachen. »Glauben Sie, ich trag meine Uniform zum Vergnügen?«

»Dann muß ich Sie fragen, ob Sie kurzsichtig sind.«

»Hab noch nie was an meinen Augen gehabt, nicht, daß ich wüßte. Wieso?«

»Dann können Sie also bis zu meinem Haus sehen?«

»Kann ich«, sagte Donato. »Ich sehe die ganze Straße.«

»Dann müssen Sie doch die Leute bemerkt haben, die mein Haus beschmierten. Warum haben Sie nicht eingegriffen?«

Die Menge, die Hale und Rosemary gefolgt war, hatte sich um sie herum gesammelt und war weiter gewachsen. Alles wartete auf Donatos Antwort. Der erklärte gleichmütig: »Ich habe nichts der Art gesehen.«

»Trotz Ihrer guten Augen?«

»Vielleicht habe ich mit dem Rücken zu Ihrem Haus gestanden«, sagte Donato. »In Goldsborough haben wir leider noch keinen bei der Polizei, der Augen im Hinterkopf hätte.« Er lachte lärmend über den eigenen Witz, und die Menge stimmte in das Gelächter ein.

»Gehen wir!« Rosemary nahm Hale bei der Hand. Seine Hand war eiskalt. Er sagte kein Wort mehr, bis sie den Pennsylvania Boulevard überschritten und Trelawneys Büro erreicht hatten.

Der *Goldsborough Daily Eagle* mit Lauffers öffentlicher Erklärung lag vor Trelawney auf dem Schreibtisch; er hatte gewisse Abschnitte mit Blaustift angestrichen. Hale sah's und begann sofort: »Den Prozeß mach ich dem Hundsfott! Zahlen muß er – oder ins Gefängnis! Aber er wird zahlen. Geoghan wird zahlen!« Und zu Rosemary: »Wir werden wieder Geld haben, meine Liebe! Wir werden Geld haben und nach Florida fahren und uns von Goldsborough erholen...«

Trelawney, der hinter seinem Schreibtisch gar nicht wie ein Krüppel aussah, streckte die Hand aus. »Setzen Sie sich beide. Machen Sie sich's bequem.«

Ich hätte eher zu ihm kommen sollen, dachte Rosemary – schon als der erste Artikel erschien. Hätten wir Pillsbury sofort verklagt, würde er kaum gewagt haben, Lauffers Lügen auch noch zu drukken.

»Sie wollen Dr. Lauffer also vor Gericht bringen, Doc?« Trelawney stützte sein spitzes Kinn auf seinen Handrücken.

»Jawohl!« sagte Hale nachdrücklich. »Ich will ihm den Prozeß machen, wenn nötig, bis zum Obersten Gericht hinauf. Ihm und Dick Pillsbury und ihren Hintermännern. Ich bin kein Kommunist und war nie einer, und Verleumdungen untergraben mir meine Existenz. Ich kriege keinen Zahnarzt, der mit mir arbeitet; ich verliere meine Patienten. Ich leide finanziellen Schaden, ganz abgesehen von dem Schmerzensgeld, das mir zusteht für den seelischen Tort. Klagen Sie, Sam Trelawney – klagen Sie! Sie sind doch Jurist, und zwar ein ausgezeichneter, und Sie sind ein ehrlicher Mensch...«

»Doc!« Trelawney schüttelte den Kopf. »Was ich zu sagen habe, wird Ihnen weh tun.«

»Was gibt's denn noch, das mir weh tun könnte?«

»Wie wollen Sie beweisen, Doc, daß Lauffer lügt? Wie wollen Sie vor einem Geschworenengericht im Kreis Goldsborough im Staate Pennsylvania in den Vereinigten Staaten von Amerika im Jahre des Herrn 1950 beweisen, daß Sie kein Kommunist sind?«

»Und wie wollen Lauffer und Pillsbury beweisen, daß ich einer bin?«

»Aber *Sie* erheben doch Klage! Die Erbringung des Beweises obliegt Ihnen!«

»Lieber Gott!« rief Rosemary, »er ist doch nun mal kein Kommunist! Und auch wenn er's wäre – darf er deshalb zu Tode gehetzt werden? Dürfen sie seinen guten Namen durch die Presse zerren, ihm sein Haus beschmieren, darf die Polizei, die bezahlt wird, ihn zu schützen, ihm ihren Schutz verweigern?«

»Sie wissen die Antwort ebensogut wie ich«, sagte Trelawney. »Es ist unsre neue Methode, wir brauchen kein Konzentrationslager, keinen Stacheldraht, keine Wachtürme – ein Wort genügt, mit dem man die Menschen brandmarkt.«

»Ich werde mich dagegen wehren!« Hale schlug auf Trelawneys Schreibtisch. »Ich lasse mich nicht verurteilen, ohne gehört zu werden!«

»Ich bin Ihr Anwalt«, sagte Trelawney. »Es ist meine Pflicht, Ihnen die gesetzliche Lage klarzumachen. Wie ich schon sagte, die Last der Beweiserbringung trägt der Kläger. Dr. Lauffer und so viele andere Zeugen, wie Geoghan zu bezahlen Lust hat, werden schwören: daß Sie Kommunist sind; daß sie das aus Ihrem eigenen Munde gehört haben; daß sie Ihr Mitgliedsbuch, oder was die Kommunisten sonst als Parteiausweis benutzen, gesehen haben; daß Sie auf Ihrer kürzlichen Reise in Gesellschaft von Kommunisten beobachtet worden sind; und so weiter *ad nauseam*. Und Sie wollen da vor Gericht stehen und glaubhaft machen, daß all diese Zeugen lügen?« Er sah, wie sich Hales Stirn rötete. Er sah Rosemarys bittenden Blick. Aber er sprach rücksichtslos weiter. »Lauffers Erklärung ist von den großen Pressediensten verbreitet worden. Das bedeutet, daß nicht nur der *Goldsborough Daily Eagle*, sondern auch viele andere Zeitungen zahlen müßten, wenn gerichtlich erwiesen würde, daß Sie verleumdet worden sind und dadurch Schaden erlitten haben. Um nicht in derartige Verlegenheit zu kommen, haben die Zeitungen schon vor langen Jahren ihre Schutzmaßnahmen getroffen. Sie haben eine besondere Organisation, eins der größten Detektivbüros im Lande, dessen Arbeit darin besteht, Dreck über Leute auszugraben, die es wagen, eine Zeitung wegen Verleumdung zu verklagen. Und man wird Dreck finden. Haufenweise. All die Andeutungen und Vermutungen, die Pillsbury schon in seinem ersten Leitartikel gegen Sie gedruckt hat – daß Sie unseren verwundeten Soldaten umstürzlerisches Propagandamaterial zugesteckt hätten; daß Sie eine politische Kampagne geführt hätten zwecks Untergrabung der Autorität der Regierung; daß Sie Lebensmittel für die streikenden Bergarbeiter mit kommunistischen Geldern beschafft hätten und ein paar andere Kleinigkeiten, die vom Streik her auf Ihrem Kerbholz sind – all das wird plötzlich dokumentarisch belegt als Material gegen Sie im Prozeß auftauchen. Oh, diese Leute machen eine gründliche Fälscherarbeit, unvergleichlich besser als bei dem Flugblatt, das da unter Ihren Lebensmitteln gefunden wurde. Vergessen Sie nicht, die haben ja Zeit. Jahrelang Zeit, um sich sorgfältig darauf vorzubereiten, Sie abzuwürgen. Und Sie wollen da vor Gericht stehen und glaubhaft machen, daß das alles erlogen ist?«

Hale schwieg. Er war fasziniert – fasziniert von der Art, wie da der Käfer aufgespießt und für das Experiment präpariert wurde. Nur daß er selbst der Käfer war.

»Und was für Geschworene würden Sie haben?« fuhr Trelawney fort. »Selbst wenn es uns gelänge, den Prozeß in einem anderen

Kreis stattfinden zu lassen, wo Sie nicht so bekannt sind? Wenn es sich um einen Fall handelt, in dem das Wort *Kommunist* vorkommt – und Sie können sich darauf verlassen, das Wort wird häufig erwähnt werden –, gibt es in unserem Land keine zwölf Menschen mehr, die es wagen könnten, objektiv zu urteilen. Oder wenn es solche zwölf Menschen gibt, würde man sie nicht in eine Jury setzen. Muß ich Ihnen noch über den Richter erzählen, der den Prozeß leiten würde?«

»Nein«, sagte Hale.

»Ich glaube, ich bin ein ganz guter Anwalt«, sagte Trelawney. »Und es macht mir Spaß, auch gegen den Strom zu schwimmen. Nehmen wir an, wir versuchen es. Nehmen wir an, es gelingt uns, jede einzelne falsche Zeugenaussage, jedes einzelne falsche Beweisstück, das gegen uns fabriziert worden ist oder fabriziert werden wird, zu entkräften. Nehmen wir an, es gelingt uns, die Geschworenen in eine Lage zu zwingen, in der sie nicht anders können, als für uns zu entscheiden. Wieviel würde Ihnen für die jahrelange nervliche Belastung, den jahrelangen Ausschluß aus der bürgerlichen Gesellschaft zugesprochen werden? Sie wollten nach Florida fahren? Das haben Sie doch vorhin gesagt, nicht wahr? Sie würden ungefähr so viel bekommen, daß Sie eine Autobusfahrt von einem Ende Goldsboroughs zum anderen bezahlen können.«

Hale saß da, die Augen geschlossen.

»Und jetzt, Doc«, sagte Trelawney sanft, »wenn Sie immer noch wollen, werde ich Ihren Fall übernehmen.«

Hale öffnete die Augen und richtete sich auf. Trelawney schob ihm ein Päckchen Zigaretten hin. Hale zündete sich eine an, drückte sie jedoch gleich wieder aus. »Aber was soll ich denn tun?«

»Verlassen Sie Goldsborough. Nehmen Sie Rosemary mit. Fahren Sie nach Florida – warum nicht? Bleiben Sie ein paar Monate, bis das Unwetter sich gelegt hat. Es wird mir ein Vergnügen sein, Ihnen das Geld für die Reise vorzuschießen; ich besitze genug, glauben Sie mir. Dann kehren Sie zurück und prüfen erst mal, wie die Luft hier ist. Die Menschen vergessen rasch, Gott sei Dank, und das Erinnerungsvermögen des Durchschnittsamerikaners liegt weit unter Durchschnitt.«

»Danke für das Anerbieten, Sam Trelawney«, sagte Hale. Er sprach, als wäre ihm der Hals zugeschnürt. »Aber ich kann nicht. Ich kann nicht aus einer Stadt weglaufen, in der ich geboren bin, und ich kann auch nicht vor mir selber weglaufen. Lieber verkauf ich Schuhsenkel an den Straßenecken.«

Er sah Rosemary an; sie nickte ihm ermutigend zu.

»Ihre Einstellung ist anerkennenswert«, sagte Trelawney. »Meine Hochachtung. Aber Sie sind sich doch darüber im klaren, daß man in Goldsborough ohne Geoghans Genehmigung nicht mal ein Streichholz verkaufen kann?«

Es klopfte an die Tür. Pater Boleslav steckte den Kopf herein. »Wie geht's, Mr. Trelawney?« sagte er. »Störe ich?«

»Kommen Sie nur herein, Pater, wir waren sowieso fertig«, sagte Trelawney. »Und nach der Sprechstunde ist jeder willkommen.«

»Und Ihnen, Doc – und Rosemary?... Ich habe die Zeitung gelesen und ging, Sie zu besuchen; nur waren Sie nicht zu Hause. Aber auf den Straßen gab es genug Leute, die mir Bescheid sagten, wo Sie hingegangen sind – und eine erkleckliche Anzahl davon stehen hier vor dem Gebäude und warten auf Sie.«

»Was für Leute?« wollte Trelawney wissen.

»Unangenehme«, sagte der Pfarrer. »Eine prächtige Auswahl aus dem Gesindel, das Mr. Geoghan auf seiner Lohnliste stehen hat.«

»Ich wiederhole, ich lasse mich nicht aus der Stadt vertreiben.« Hale erhob sich. »Und ich gedenke auch nicht, mich hinter einer Soutane zu verstecken.«

»Ist auch nicht nötig.« Pater Boleslav wandte sich der Tür zu, die er offengelassen hatte. »Wollt ihr nicht hereinkommen?«

Kennedy trat ein, gefolgt von Smith und Tashlian, deren Kleidung noch die Spuren der Schlägerei in der Polonia-Halle aufwies.

»Ach – unser zweiter Kommunist!« sagte Trelawney.

»Jawohl!« sagte Kennedy.

»Möchten Sie auch wegen Verleumdung klagen?« fragte Trelawney.

»Verleumdung?« sagte Kennedy. »Wie meinen Sie das?«

»Ich meine, Mr. Kennedy, möchten Sie eine gerichtliche Klage einbringen, weil man Sie öffentlich als Kommunist bezeichnet hat?«

Die Lachfältchen zeigten sich an Kennedys Augen. »Ich hab ein Gefühl, Mr. Trelawney, Leute wie ich haben vor unsern Gerichten nicht viel Glück. So etwas muß, glaube ich, anderenorts durchgekämpft werden –«

»Womit sonst kann ich Ihnen dienen?«

»Ein paar von unseren Kumpels, darunter auch ich«, Kennedy nahm sich eine Zigarette aus Trelawneys Päckchen, »sind der Auffassung, daß es vielleicht angebracht wäre, wenn Doc dieser Tage nicht allein spazierenginge. Wir kamen also zu ihm, um die Sache mit ihm zu besprechen, und trafen dort den Herrn Pfarrer und haben dann den Herrn Pfarrer begleitet...«

Trelawney bückte sich und stellte die Stützprothese an seinem Bein gerade. Das Stahlgelenk schnappte ein. Dann griff er nach seinem Krückstock und zog sich daran hoch. »Verfluchter Krüppel, der ich bin!« sagte er. »Ich wünschte, ich könnte meine zwei Fäuste benutzen wie ihr!«

## *Zwanzigstes Kapitel*

Im Keller der Polonia-Halle standen wieder die Reihen von Klappstühlen, etwa zwanzig in jeder Reihe; und kein Stuhl war freigeblieben. Mit Ausnahme der Siechen und Kranken hatten sich sämtliche Mitglieder der Gewerkschaftsgruppe 1769 eingefunden, einige bereits in Arbeitskleidung. Der Aufruf zur Versammlung war erwartet worden; und jetzt, da der Kampf endgültig vorüber war und nichts zu tun blieb, als den Erfolg einzuheimsen, ließen sich sogar jene wieder blicken, die sich während des ganzen Streiks darauf beschränkt hatten, zu Hause zu bleiben und abzuwarten.

Mercadante thronte in der Mitte des Präsidiums, vor ihm der dunkle, glänzend polierte Holzhammer, Symbol seines Amtes; hinter ihm stand ebenso symbolträchtig die rot-weiß gestreifte Fahne mit den Sternen im blauen Feld. In seiner Tasche steckte das Telegramm, das die heutige Nachtschicht und alle folgenden Schichten zur Arbeit zurückrief, und gab ihm das erlösende Gefühl, daß nach der schrecklich langen Periode der Aufregung und der Schwierigkeiten endlich wieder Ruhe und Ordnung und Vernunft ihren Einzug hielten. Mercadante schöpfte tief Atem. Dann hob er den Hammer und schlug auf die Tischplatte.

Die Gespräche verstummten.

»Also, Brüder«, grinste er breit, »ich nehme an, ihr wißt, weshalb ihr hier seid.«

Anerkennendes Lachen.

»Ich schlage vor, wir fassen uns kurz, damit die Kumpel, die zur Nachtschicht müssen, vor der Arbeit noch was essen können.«

Das fand allgemein Billigung; nur die Männer, die um Kennedy herum saßen, schienen von dem Geist allgemeiner Versöhnung nicht mitgerissen zu sein.

»Ich habe nur einen Punkt für die Tagesordnung vorgesehen«, fuhr Mercadante fort. »Die Verlesung der telegraphischen Mitteilung des Präsidenten unserer Gewerkschaft und die Abstimmung über den Inhalt des Telegramms... Ja, Bruder Kennedy?« sagte er mit pikiertem Augenaufschlag, um alle, die das Meeting rasch beenden und zur Arbeit wollten, gegen Kennedy zu beeinflussen. »Zur Tagesordnung, Bruder Kennedy?«

»Zur Tagesordnung«, bestätigte Kennedy und erhob sich.

»Du möchtest noch einen Tagesordnungspunkt hinzufügen?«

»Vielleicht. Wie ist das mit Bruder Bilek und Bruder Jamieson?« sagte er. »Kriegen die auch ihre Arbeit zurück?«

Mercadante ärgerte sich jetzt echt. Ruhe und Ordnung und Vernunft sollten wieder eingekehrt sein – Pustekuchen! »Bruder Kennedy«, sagte er herausfordernd, »ich weiß ja nicht mal, ob *du* deine Arbeit zurückkriegst« – und sofort zurückschreckend, da er die Unruhe unter den Arbeitern spürte – »oder meinetwegen ich selber! Nach dem, was ich vom Distrikt erfahren habe, ist in Washington ein für uns sehr guter Tarifvertrag unterzeichnet worden; aber ich glaube kaum, daß da etwas drinsteht, daß wir den Unternehmern vorschreiben können, wie sie ihre Geschäfte zu führen haben.«

»Um so schlimmer!« Kennedy erkannte die Schwäche in Mercadantes Position. »Du erinnerst dich doch, Bruder Mercadante – unsere Gewerkschaftsgruppe ist nicht nur für einen Tarifvertrag und nicht nur für Löhne und Arbeitsbedingungen in den Streik getreten, sondern auch weil die Direktion der Sarah-Pritchett-Grube willkürlich zwei Brüder entlassen hat, die seit langen Jahren in der Zeche gearbeitet haben und sich nie etwas zuschulden kommen ließen. Wenn wir zur Arbeit zurückkehrten, während diese beiden arbeitslos zu Hause bleiben müssen, dann ist in der Zukunft keiner von uns seiner Arbeit sicher –«

»Und keiner von uns wird überhaupt je wieder zur Arbeit kommen, wenn wir nicht endlich das Telegramm hören und abstimmen!« Bruder Oakley war aufgesprungen, seine Hand stach in der Luft herum. »Zur Geschäftsordnung!«

»Zur Geschäftsordnung«, sagte Mercadante. »Bruder Oakley?«

»Bruder Kennedy spricht ja gar nicht zur Tagesordnung«, sagte Oakley, »Bruder Kennedy will nur Verwirrung stiften und den Streik verlängern, weil mit dem Ende des Streiks auch seine Herrlichkeit zu Ende ist und er die Kumpel nicht länger herumkommandieren und auf die Landstraßen hinausschicken kann –«

»Hab dich eigentlich nie auf Streikposten bemerkt, Bruder Oakley«, sagte Smith. »Wo warst du denn die ganze Zeit?«

»Zur Geschäftsordnung!« kamen jetzt mehrere Zurufe und andere: »An die Tagesordnung halten!« und: »Das Telegramm verlesen!«

»Habe ich noch das Wort, Bruder Mercadante?« fragte Kennedy.

»Wir wollen keine kommunistischen Reden!« rief Oakley. »Wir wollen überhaupt keine Roten in der Gewerkschaft!«

»Habe ich nun das Wort oder nicht?«

Mercadante ließ den Hammer auf den Tisch sausen. Er zweifelte nicht mehr an der Richtung, aus der der Wind blies, und hatte sich entschieden, die Sache mit Kennedy an Ort und Stelle zu klären. »Zur Geschäftsordnung!« stellte er fest. »Als Vorsitzender entscheide ich, daß Bruder Kennedy zur Tagesordnung gesprochen hat. Rede also weiter, Bruder Kennedy! Aber mache es bitte dem Präsidium und allen Anwesenden klar, ob du forderst, daß unsere Gewerkschaftsgruppe den Streik fortsetzen soll, ohne Rücksicht auf die Entscheidung der Gesamtgewerkschaft.«

Einen Augenblick lang herrschte Schweigen. Dann brach der Sturm los. »Hinsetzen!« – »Wir wollen arbeiten!« – »Der Streik ist vorbei!« – »Meine Kinder wollen essen!« – »Fresse halten, Kommunist!« – »Streik *du* doch, wenn du Lust hast!« – »Das Telegramm!« – »Abstimmen! Abstimmen!

Jamieson zupfte Kennedy am Ärmel. »Laß sein.«

Mercadante, ein selbstzufriedenes Lächeln auf dem verschwitzten Gesicht, spielte mit seinem Holzhammer.

Aber Kennedy wartete, bis die Stimmbänder der Zwischenrufer ermüdeten. Er verstand diese Menschen ja. Er selber hatte hungernde Kinder zu Hause. Auch seine Finger sehnten sich nach dem Gefühl der ersten Lohntüte, auch sein Magen sehnte sich nach einer soliden Mahlzeit, seine Kehle nach Whisky.

»Trotzdem«, sagte er. »Ein Tarifvertrag, so wichtig er ist, ist nicht das Wichtigste, auch nicht der Lohn für den Tag Arbeit, und nicht einmal der Sieg im Streik, denn wir können den Streik noch verlieren, nachdem wir ihn gewonnen haben. Wichtig ist die Gewerkschaft, und was wir daraus machen, und die Einheit in der Gewerkschaft, und daß wir auch nicht den geringsten unter unsern Brüdern im Stich lassen. Überall um uns herum gibt es Leute, die nur darauf warten, uns zu verraten und zu verkaufen. Das war während des Streiks so, und das wird auch weiter so sein, wenn wir vergessen, was wir getan und erlebt haben, und wenn wir uns selber untreu werden –« Er unterbrach sich: es war so still geworden. »Das wäre ungefähr, was ich sagen wollte, Brüder«, schloß er abrupt und setzte sich.

Mercadante schlug den Hammer auf den Tisch. »Wenn keiner mehr das Wort wünscht«, er räusperte sich, »dann sehe ich einem Antrag entgegen, daß die Tagesordnung wie vorgeschlagen angenommen wird.«

»Stelle den Antrag«, sagte einer.

»Unterstütze den Antrag«, ein zweiter.

»Alle dafür?«

Die Hände hoben sich.

»Die Ja-Stimmen überwiegen.« Mercadante zog das zusammengefaltete Telegramm aus seiner Tasche und übergab es dem Schriftführer. »Der Bruder Schriftführer wird das Telegramm nun verlesen, das wir heute früh von der Zentrale unserer Gewerkschaft in Washington erhalten haben.«

Der Schriftführer, ein ältlicher Mann mit grauen Stoppeln auf Kinn und Wangen, erhob sich langsam und rückte seine stahlgerahmte Brille zurecht. Er las mit einem völlig trockenen Ton, der jedoch genau zu den kurzen, befehlsartigen Worten paßte, zu der so bekannten Ausdrucksweise des Präsidenten der Gewerkschaft, die jedem Bergarbeiter von Pennsylvania bis zu den Rocky Mountains vertraut war und die dafür bürgte, daß das Telegramm und die Unterschrift darunter echt waren. Es war die Anordnung zur Wiederaufnahme der Arbeit und schloß jede Diskussion aus; und Mercadante widmete der Heiligen Jungfrau ein stilles Dankgebet: von jetzt an kamen die Befehle wieder von oben; die schrecklichen Wochen der Anarchie, wo jeder Kennedy die Kumpel beherrschen konnte, waren vorbei.

»Wünscht jemand das Wort?« fragte er.

Niemand wünschte das Wort.

»Dann sehe ich einem Antrag entgegen, daß die Abstimmung vorgenommen werden soll.«

»Stelle den Antrag«, murmelte einer.

»Unterstütze den Antrag«, ein zweiter.

»Alle, die dafür sind, dem Telegramm entsprechend zu handeln?«

Die Hände hoben sich.

»Die Ja-Stimmen überwiegen«, stellte Mercadante fest. Und nach mehreren Sekunden, die er anstandshalber verstreichen ließ, hieb er mit dem Holzhammer auf den Tisch und erklärte erlöst: »Die Versammlung ist beendet!«

Der Streik war vorbei.

Hale trat aus seinem Haus und verschloß die Haustür. Jawohl, er ging aus.

Wenn er sich nach Rosemary und ihren ewigen Befürchtungen richten wollte, müßte er sich in seinem Haus verkriechen wie die Auster in der Schale. Er wußte selber, daß er Freiwild war für jeden Achtgroschenjungen in der Stadt. Aber die einzige Art, diese Angriffe abzuwehren, war, ihnen entgegenzutreten; und so würde er heute abend zur Polonia-Halle gehen, in die Öffentlichkeit, um mit den Arbeitern zusammen zu feiern, wie er während des Streiks mit ihnen zusammen gekämpft hatte.

Nun gut! hatte Rosemary gesagt; aber du gehst mir nicht allein. Er hatte gemurrt, er könne niemandem zumuten, Leibwache für ihn zu spielen; Rosemary war trotzdem nach Pritchett Heights gegangen, aber erst nachdem sie ihm das Versprechen abgezwungen hatte, daß er im Hause warten würde, bis sie von Pritchett Heights mit einer Eskorte zurückkäme. Und jetzt hatte er schon über eine Stunde gewartet und kam sich lächerlich vor. Auch er besaß zwei Fäuste, und der Tag würde doch kommen, wo er auch ohne Leibgarde und nur auf sich selbst angewiesen sich auf die Straßen seiner Heimatstadt hinaustrauen mußte.

Er dachte darüber nach, was das war: Gewalttätigkeit. Gewalttätigkeit war überall um ihn herum, sie gehörte zum Alltagsleben in seinem Lande. Sie war im Film, in Funk und Fernsehen, in den Zeitungsberichten, in den Comic-Strips. In den Strips gab es Sprechblasen, *Sock-o!* und dann tanzten die Sterne vor den Augen und ein Mensch kippte um. Oder *Gurrk!* und dann quollen die Augen aus dem Schädel und einer sank erwürgt zusammen. Hale rieb sich die Stirn. Er war nie im Leben geschlagen worden, auch nicht als Kind; sein Vater hielt es für falsch, Kinder zu prügeln. Vielleicht fürchtete er gerade deshalb die Faust des Schlägers, den Schlagring, den Knüppel, die Pistole. Bei Kennedy und den Arbeitern war es anders. Sie hatten Gewalt und Gewalttätigkeit am eigenen Leib gespürt, während des Streiks ganz besonders; und so lag denn in ihrem Angebot, ihn zu beschützen, auch eine Art Herablassung: offensichtlich zählte er in ihren Augen zu den Schwachen und Schutzbedürftigen.

Er trat aus dem Schatten seines Hauses, hinaus auf die Straße. Die Straße war hell; um diese Stunde waren die Schaufenster noch erleuchtet, die Neon-Reklamen, die Lichter an den Markisen strahlten. Er blickte zurück auf sein Haus, auf die Buchstaben an der Mauer; es hatte geregnet letzte Nacht, sie waren zum Teil schon verwischt. Er hätte lieber nicht zurückblicken sollen – nun wußte er, daß er verfolgt wurde. Sollte er weitergehen oder umkehren, sein Haus zu erreichen suchen, abwarten? Er blieb stehen, zündete sich eine Zigarette an. Die Verfolger kamen näher, gingen an ihm vorbei, kümmerten sich gar nicht um ihn. Alles war Einbildung gewesen, Nerven: Rosemarys Schuld, wessen denn.

Doch, da kamen welche auf ihn zu, quer über den Damm. Er blickte nicht hin, uralter Instinkt, Kinderglaube: seh ich dich nicht, siehst du mich auch nicht. Aber sie sahen ihn.

»Sie leben wohl gerne gefährlich, Doc?« sagte Kennedy.

Bilek sagte: »Warum hast du nicht zu Haus auf uns gewartet?«

»Es hat mir zu lange gedauert«, sagte Hale.

»Wir mußten den Bus nehmen«, sagte Kennedy. »Kein Benzingeld.«

»Außerdem bin ich kein Säugling«, sagte Hale, »und brauch keine Ammen.« Die beiden fielen in Schritt mit ihm, der eine links, der andere rechts. Seine Nervosität war verschwunden, aber der Ärger blieb über die Angst, die er gehabt hatte. »Wo ist Rosemary?« fragte er.

»Bei Martha geblieben«, sagte Bilek. »Ist auch besser so.«

Sie überquerten den Pennsylvania Boulevard und bogen in die Siebente Avenue ein. Hier war es schon dunkler; nur selten drang aus einer Kneipe, einem Billard-Salon ein Lichtkegel. Vom Fluß her blies ein scharfer Wind.

»Lausige Nacht«, sagte Bilek.

»In der Halle wird's schon warm sein«, sagte Kennedy.

Hales Lider zuckten. Das Ganze war eine schlechte Idee gewesen. Zumindest hätte er Rosemary verbieten sollen, nach Pritchett Heights zu gehen, Alarm zu schlagen um nichts; als ob er sich nicht allein auf die Straße traute.

»Wo wollt ihr denn hin?«

Eine plötzliche Stimme aus dem Dunkel, vier Schatten. Weiter weg stand ein Wagen geparkt, ohne Licht.

Hale spürte ein sonderbar ziehendes Gefühl in den Knien. Aber Kennedy ging ungerührt weiter und zwang ihn und Bilek, Schritt zu halten.

Die Schatten blockierten den Weg. »Ich hab was gefragt«, sagte die Stimme. »Ich frag nicht gern zweimal.«

Kennedy stellte sich schützend vor Hale und Bilek. »Macht, daß ihr wegkommt.«

Eine andere Stimme, höher als die erste, sagte: »Gebt's ihnen, den roten Hundsföttern!«

Ein Schlag streifte Hales Kopf und traf seine Schulter, der Schmerz wie ein elektrischer Schock. Dann ein Stoß in den Unterleib. Hale stöhnte auf, hielt sich aber auf den Beinen. Plötzlich sah er Bilek zusammensacken. Er packte Bilek, schleppte ihn zur nächsten Hausmauer. Jemand hämmerte ihm mit einem stumpfen Instrument auf den Hinterkopf. Etwas Warmes, Feuchtes lief ihm übers Gesicht, Blut wohl, aber er konnte es nicht prüfen, er hatte keine Hand frei. Jetzt hatte er die Mauer erreicht, ließ Bilek sinken. Kennedy war neben ihm; mit dem Haus als Rückendeckung wehrte er drei von den Schatten ab. Den vierten sah Hale auf sich zukommen. Er duckte sich. Wieder war seine Schulter getroffen worden, aber er hatte das Handgelenk des Mannes zu greifen bekommen und hielt es fest. Ein irres Bild schoß ihm durch das Hirn – aus einem Film wohl – ein Eskimo oder Indianer, der den zappelnden Fisch in seiner Hand mit einem Biß tötete. Er biß zu, tief. Ein widerlicher Saft rann ihm übers Kinn. Die Kraft der Schläge, die auf ihn fielen, ließ nach. Dann war da ein Röcheln, der Kerl kippte um.

Aber auch er war am Ende. Sein Atem kam keuchend, alles um ihn herum schwankte und verschwamm, in seiner Brust schien etwas explodieren zu wollen. Nur sein Gehör funktionierte, registrierte Flüche, einen Aufschrei, den dumpfen Aufschlag eines Schädels auf Pflastersteinen.

»Paß auf, Doc!«

Hale wich zur Seite. Da waren nur noch zwei Schatten. Hale fühlte neue Kraft. Kennedy hielt etwas in der Hand, das wie eine Waffe aussah, wohl einem der Gangster abgerungen.

Dann Sirenengeheul; aus dem Dunkel lange Kegel weißen Lichts; Reifen kreischten, Automobiltüren wurden aufgerissen, rasche Schritte nahten: Polizei.

Die zwei Schatten verschwanden. Hale sah die blinkenden Metallschilder auf den Uniformen. Er wischte sich Blut und Schweiß vom Gesicht, froh zum ersten Mal, seit er denken konnte, daß es eine Polizei gab und daß sie gerade jetzt kam.

In dem Augenblick sauste der Gummiknüppel herab auf ihn. Er griff blind um sich, bekam etwas Breites, Fettes zu packen, ein Tuch riß. Dann wurde es blendend hell um ihn, und dann schwarz, als ob einer das Licht ausgeschaltet hätte.

Ein trauriger, orangefarbener Mond schwankte an einem dunklen Himmel. Hale versuchte, die Augen zu öffnen; das eine Auge gehorchte ihm mehr oder weniger; das andere war verklebt. Er hob den Arm und stöhnte auf vor Schmerz. Schließlich brachte er es fertig, sein Gesicht zu betasten. Um sein Auge herum war alles geschwollen. Sein Kopf war heiß und viel zu groß für seinen Körper und wuchs anscheinend immer noch, und damit wuchs auch der Schmerz in seinem Kopf. Er hörte ein Rattern, als ob einer Stahl auf Stahl schlüge. Das Rattern steigerte sich, hörte auf, begann wieder. Jedesmal zuckten die Nerven in seinem Hirn zusammen und der Mond flackerte auf.

»Aufmachen!« rief jemand. »He, Wärter! Aufmachen! Stinkende feige Hunde! Aufmachen! Wir wollen Wasser! Wir – wollen – Essen! Wir – wollen – unsern – Anwalt!«

Ein heiserer Protestchoral, dazwischen immer das Rattern, in endloser Wiederholung. Hale erkannte die Stimme, und mit seinem einen halboffenen Auge begann er die Welt zu erfassen, in die er geraten war. Der Mond war kein Mond, sondern eine düstere elektrische Birne, bedeckt von Fliegendreck. Kennedy hielt seinen Stiefel in der Hand und hämmerte mit dessen eisenbeschlagenem Absatz gegen die Gitterstäbe der Tür. Hoch oben in der Wand der Zelle befand sich ein Fenster, durch dessen beschmutzte Scheibe die schwachen Strahlen einer Straßenlaterne drangen. Die harte, höckrige Oberfläche, die bei jeder Bewegung aufquietschte, war wohl die Drahtmatratze einer Gefängnispritsche, auf der er lag; und die dunkle Figur, die zusammengesunken vor der gegenüberliegenden Wand hockte, mußte Bilek sein – ein Bilek mit einem ziemlich verunstalteten Gesicht.

»Aufmachen! Mach die gottverfluchte Tür auf! Steh nicht herum wie ein steifgefrorener Scheißhaufen, elender Bulle! Versteck dich nicht, ich seh dich! Wir – wollen – Wasser! Wir – wollen – Essen! Wir – wollen – unsern – Anwalt!«

»Hören Sie auf!« bat Hale mit schwacher Stimme. »Ich kann den Lärm nicht ertragen...«

Kennedy wandte sich ihm zu. »Schon wach? Also, helfen Sie mit. Los jetzt – alle zusammen: Wir – wollen – Wasser! Wir – wollen – Essen! Wir – wollen – unsern – Anwalt!«

»Mir ist nicht gut«, sagte Hale. »Gar nicht gut.«

»Ich weiß, daß Ihnen nicht gut ist. Glauben Sie, ich bin bei strahlender Gesundheit?« Kennedy vollführte ein kolossales Getrommel, indem er den beschlagenen Absatz dreimal von links nach rechts und zurück über die Gitterstäbe zog. »Ich spiele die Harfe«, verkündete er, »für den fettärschigen Engel da draußen.«

Der so von Kennedy Angesprochene ließ sich endlich auf der andern Seite des Gitters blicken. Er trug eine schäbige Uniform; seine Mütze auf dem Kranz von schmutzfarbenem Haar war nach hinten geschoben. »Schluß mit dem Krach!« sagte er. »Hier habt ihr Wasser.«

Kennedy akzeptierte den zerbeulten Blechbecher, der durch das Gitter hindurchgesteckt wurde, und schnupperte daran. »Das soll Wasser sein?«

»Wie würden Sie's denn nennen?« fragte der Wärter. »Schnaps?«

»Wir wollen einen großen Krug Wasser«, verlangte Kennedy, »und eine Waschschüssel und Handtücher, damit wir uns waschen können. Und dann gehen Sie quer über die Straße zu dem Restaurant dort und bringen uns drei große Hamburger auf Brötchen, mit Mayonnaisensauce und Zwiebeln, und das Brötchen für mich lassen Sie toasten; und drei große Tassen Kaffee. Und dann sagen Sie dem Chef dieser Wanzenbude, daß Doc Hale seinen Anwalt anzurufen wünscht. Klar?«

Der Mund des Wärters klappte auf. Schließlich schluckte er und sagte: »Jesus Christus – was glauben Sie denn, wo Sie sind – im Hotel?«

»Aber natürlich!« sagte Kennedy. »Hotel erster Klasse, und Sie sind der Zimmerkellner. Und jetzt besorgen Sie mal, was ich Ihnen gesagt habe.«

»Und wer bezahlt?« fragte der Wärter.

»Wir sind besondere Ehrengäste hier«, klärte Kennedy ihn auf.

»Man hat uns die Taschen ausgeleert, bevor wir eingelocht wurden.«

»Auf Kredit gibt's nichts«, sagte der Wärter. »Das ist bei uns Geschäftsgrundsatz.«

Kennedy schlug ein paar Noten an auf seiner Harfe. »Möchten Sie heute nacht noch schlafen?«

»Ich werde versuchen, was ich machen kann«, sagte der Wärter schicksalsergeben und zog sich zurück.

Kennedy seufzte erleichtert. Dann zog er seinen Stiefel an, trat zu Hale an die Pritsche und betrachtete ihn. »Schön haben Sie's abgekriegt, Doc – erst von den Gangstern, und dann von der Polizei. Wie fühlen Sie sich?«

Hale schwieg. Kennedys gespielte Heiterkeit war zu viel für ihn.

»Bilek hat sich schon wieder ganz hübsch herausgemacht«, fuhr Kennedy fort. »Du warst völlig weggetreten, was, Bruder Bilek?«

»Tut mir leid, daß ich nicht viel hab helfen können«, sagte Bilek mit schwerer Zunge und rieb sich die Schwellungen auf seinem Kopf. »Aber jetzt geht's schon besser mit der Sprache, nicht wahr?«

»Du redest schon wieder wie der Pfarrer am Sonntag!« versicherte ihm Kennedy und flüsterte Hale zu: »Sie haben ihm eins über den Kopf gezogen, daß er überhaupt nicht mehr sprechen konnte. Daher kommt das.«

Hale stöhnte. Je mehr er zu sich kam, desto verschiedenartiger wurden seine Beschwerden. Sein Magen schien sich selbständig zu machen und wanderte ihm bis hinauf in die Kehle. Gleich werde ich kotzen müssen, dachte er.

»Ich brauche ein Stück von Ihrem Hemd, Doc«, sagte Kennedy.

Hale richtete sich mühsam auf. »Es ist mein bestes, aber bitte sehr.«

Er hörte das häßliche Geräusch, mit dem das Hemd zerriß, hörte das Wasser, das auf den Boden spritzte, dann spürte er die kühle Kompresse auf der Stirn und auf seinem verquollenen Auge. Bilek, der offenbar eine ähnliche Behandlung erhielt, bedankte sich; Martha, sagte er, hätte es auch nicht besser machen können. Hale preßte die Lippen zusammen. Der dumpfe Geruch der Zelle legte sich ihm um die Brust. Kennedy schien ihm gut zureden zu wollen. Er hörte nicht hin: was half's, die Walze der Macht rollte über ihn, er war am Ende, ökonomisch, physisch, moralisch. Er wandte sich zur Seite und überließ sich den Krämpfen seines Magens. Dann, mit einem gemurmelten »Entschuldigung!«, sank er erschöpft zurück.

»Jetzt werden Sie sich leichter fühlen«, sagte Kennedy.

Bilek sagte: »Unsere Frauen werden sich Sorgen machen.«

»Das ist ja gerade meine Hoffnung.« Kennedy setzte sich zu Bilek auf die Pritsche. »Wenn sie sich sorgen, werden sie uns zu suchen anfangen, und dann werden wir Hilfe bekommen.«

»Vielleicht«, sagte Hale.

»Dies reizende kleine Gefängnis«, sagte Kennedy, »befindet sich im Hinterflügel des Rathauses... Wenn ihr einen Moment still sein würdet, könntet ihr sogar den Verkehr auf dem City Hall Square hören. Auf die Dauer kann man uns nicht von der Welt abschneiden.«

»Was hat man eigentlich als Verhaftungsgrund angegeben?« fragte Hale, nur um etwas zu sagen.

»Tätliche Beleidigung und tätlicher Angriff, Gewalttätigkeit gegen Beamte im Dienst, Widerstand gegen Verhaftung, und noch einiges andere – das halbe Gesetzbuch.« Kennedy lachte sarkastisch. »Ich muß Ihnen aber ein Kompliment machen, Doc – ich hab Ihnen das nicht zugetraut...«

»Was nicht zugetraut?«

»Mein Gott – sagen Sie mir bloß nicht, Doc, Sie hätten nicht gewußt, was Sie tun! Sie haben Captain Bodenheimer gepackt und ihm seine schöne blaue Uniformjacke zerrissen, den ganzen Rücken herunter. Er hat schön blöd ausgesehen, aber vor Gericht wird die Jacke ein Beweisstück sein für die Gemeingefährlichkeit des Angeklagten Hale.«

»Und die Kerle, die uns angegriffen haben?«

»Sind frei auf Kaution, Doc! Fünfundzwanzig Dollar per Mann. Sie waren genau zehn Minuten in der Zelle uns gegenüber; dann wurden sie abgeholt von Ihrem Anwalt. Ich hab gehört, wie der Anwalt gelacht hat, als er ihnen sagte, wie viel er gezahlt hat.«

Hale drehte sein Gesicht zur Wand.

»Wir werden auch freikommen«, sagte Bilek. »Die Frauen werden die Kumpel mobilisieren, und die Kumpel werden kommen und uns herausholen, aus Pritchett Heights werden sie kommen, und aus der ganzen Stadt, und von überall her...«

Hale schwieg.

»Wo nur der gottverdammte Wärter bleibt!« sagte Kennedy. »Ich hab Hunger, und es wird Zeit, Doc, daß Sie Trelawney anrufen.«

Hale versuchte, sein zerschlagenes Auge zu öffnen; ein wenig ging es schon. Auf seiner Zunge lag der bittere Geschmack des Erbrochenen. Er stützte sich auf seine Ellbogen und spuckte aus. »Warum sollen wir Trelawney überhaupt anrufen müssen!« sagte er dann. »Sollte nicht der ganze Square gepackt voll sein von Menschen – von den Menschen, die gestreikt haben und denen wir geholfen haben und die von den Lebensmitteln gegessen haben, die wir ihnen brachten? Sollten diese Menschen nicht längst Sturm laufen gegen dieses stinkende Rathaus und dieses verfaulte Gefängnis? Sollten sie nicht –« Er brach ab. »Wo sind denn nun Ihre Leute, Kennedy? Oder stehen wir wieder einmal allein?...«

»Sie werden schon kommen«, tröstete Bilek. »Bestimmt.«

Hale wehrte müde ab. Eine Zeitlang sprach keiner. Dann stand Kennedy auf. Erst jetzt bemerkte Hale, daß Kennedys Gesicht blutverschmiert, seine Kleidung zerrissen, seine Hand verbunden war.

»Haben Sie denn geglaubt, Doc, daß es leicht sein würde?« fragte Kennedy. »Haben Sie denn geglaubt, daß Sie mit Reformen durchkommen könnten und mit Ihrem ehrlichen guten Willen – gegen einen Geoghan, gegen einen Pritchett, und gegen alles, was hinter denen steht? Haben Sie denn geglaubt, ein einziger kleiner Streiksieg würde genügen, sie zu schlagen?... Die werden noch ganz anderes Geschütz gegen uns auffahren. Mit neuen Prozessen werden sie uns kommen, und ins Gefängnis werden sie uns werfen, mit Terror und Totschlag werden sie arbeiten. Und doch werden sie am Ende geschlagen werden.«

»Von wem! Wer soll sie denn schlagen!«

»Die Kumpel.«

»Sind Sie nicht vielleicht doch ein Kommunist, Kennedy?«

Kennedy dachte einen Moment nach. »Was ist das – ein Kommunist? Wenn ich ein Kommunist sein soll, weil ich mein ganzes Leben lang Kohle aus der Erde geholt habe und weil ich nicht möchte, daß

Leute wie Geoghan und Pritchett bestimmen können, wann ich arbeiten darf und wann ich ein Dach über meinem Kopf und Brot für meine Kinder und ein anständiges Auskommen für mich und den Kumpel an meiner Seite haben darf – dann, Gott verdamme mich, bin ich vielleicht einer. Aber wenn *ich* so ein Kommunist bin, dann muß es ihrer eine Menge geben, in den Stahlwerken und in den Gruben und auf den Landstraßen – überall.«

»Eben«, sagte Bilek.

Der Wärter stand an der Zellentür und schloß auf. »Habt ihr euch jetzt beruhigt?« Er stellte Krug und Waschschüssel in die Zelle.

»Wo sind die Hamburger?« sagte Kennedy. »Und wie steht's mit dem Telephon?«

»Keine Hamburger. Und kein Telephon«, sagte der Wärter. »Befehl vom Captain. Und er läßt euch weiter sagen, wenn ihr noch mal Lärm schlagt oder auf die Gitterstangen haut, wird er persönlich herkommen und euch allesamt Handschellen anlegen.«

»Er – und wer noch?« fragte Kennedy.

»Er und noch mehrere«, sagte der Wärter. »Und sie sind alle körperlich in guter Verfassung und ganz darauf versessen, euch eine zweite Abreibung zu geben.«

Er drehte sich um, ging hinaus, verschloß die Tür und war fort.

»Na – wo bleiben die Kumpel?« sagte Hale.

Kennedy zuckte die Achseln.

»Seid doch mal ruhig, bitte!« Bilek hielt die Hand an sein Ohr. »Hört ihr denn nichts?«

Tatsächlich war jetzt ein ferner Lärm zu hören – ein Stimmengewirr, das sich zu nähern schien.

»Unsere Leute!...« sagte Bilek. Er erhob sich schwerfällig, stellte sich, noch immer sehr wackelig, auf seine Pritsche und suchte das Fenster zu erreichen. Hale vermied Kennedys Blick.

Dann wurden die Stimmen deutlich.

»Kommunisten!«

»Haut ab nach Moskau!«

»Holt die Roten raus!«

»Gebt's ihnen!«

»Hängt sie!«

Gelächter und Gejohle. Und aus dem Tumult heraus ein Lied, mißtönend –

*Und wir hängen Doc Hale an 'nen sauren Apfelbaum,*
*An den langen, starken Ast von 'nem sauren Apfelbaum,*
*Und wir hängen –*

»Schluß! Ich halt das nicht aus!«

Glas klirrte. Ein Stein kam durchs Fenster geflogen und landete auf dem Zementboden der Zelle.

»Der elende, besoffne Haderlump!«

Evaline, ihr knochiges Gesicht aschfahl, stand plötzlich in der offenen Tür von Marthas Küche.

»Der gottlose Wüstling – wißt ihr Frauen denn nicht, wo er stekken kann? Warum sagt ihr nichts? Geborgtes Geld verspielen, Schnaps auf Kredit saufen, und neue Schulden machen – das ist alles, was er kann. Und zusammen mit *Ihrem* Mann, Martha Bilek! Sie sollten sich was schämen!«

Evaline trat ein und schlug die Tür hinter sich zu.

»Aber Evaline Polowski –«, sagte Martha, doch das Gebiß der Besucherin schloß sich mit einem knackenden Ton und schnitt ihr das Wort ab.

»Da sitzen Sie nun, groß und breit, Martha Bilek!« fuhr Evaline fort, ohne Rosemary eines Blickes zu würdigen. »Haben Sie denn kein Herz im Leibe? Haben Sie doch ein bißchen Mitleid mit Ihres Nachbarn armen, hungrigen Würmchen, die darauf warten, daß ihr Vater ein paar Cents nach Hause bringt, und verbieten Sie Ihrem stinkfaulen Mann, Carlisle Kennedy von der Arbeit abzuhalten –«

»Arbeit?« sagte Rosemary.

»Ja – Arbeit! Als ob er sich nicht lange genug herumgesielt hätte! Gnocchi, der Reviersteiger, ist heute nachmittag selber hiergewesen. Kennedy, hat er gesagt, Sie sind der Mitternachtsschicht zugeteilt. Und jetzt ist's schon nach elf Uhr, und sein Essenträger ist fertig und wartet auf ihn, mit Sandwiches und Kaffee; aber der Faulpelz hat's noch nicht für nötig gefunden, nach Hause zu kommen!...«

»Es hat doch gerade erst elf geschlagen!« Marthas Stimme war unsicher. Dann weiteten sich ihre Pupillen. »Es ist was passiert... Und ich sag Bilek noch: Geh nicht aus heute abend – es ist eine böse Nacht, sag ich ihm –«

»Mama –« Rosemary nahm die Hand ihrer Mutter und hielt sie fest. »Es ist ihnen nichts passiert. Es kann ihnen gar nichts passiert sein. Die Männer sind doch alle zusammen –«

»Und die andern – die sind nicht zusammen?«

»Ihr beide seid schuld!« jammerte Evaline. »Statt eure Männer im Hause zu halten! Aber vielleicht macht's ihnen keinen Spaß mehr, bei euch zu Hause zu sein –«

Sie verstummte. Auf der Veranda waren Schritte zu hören gewesen. Die Haustür fiel ins Schloß.

»Sieh nach, wer da ist!« sagte Martha, sehr blaß.

Rosemary öffnete die Küchentür. Mickie stand da, das Haar wirr, die Lippen unbemalt, den Mantel lose um die Schultern.

»Was ist, Mickie?«

»Smith war da. Er ist schon wieder zur Halle zurück –« Sie fühlte sich plötzlich schwach und mußte sich hinsetzen.

»Und was hat Smith gesagt, Mickie?« Rosemarys Stimme hatte eine beruhigende Wirkung auf Mickie.

»Verhaftet sind sie – Doc, und mein Vater, und Mr. Bilek. Sie sind zusammengeschlagen worden und dann hat man sie verhaftet...«

»Heilige Mutter Gottes!« Marthas Finger krampften sich um den Rand des Küchentischs. »Verwundet?«

»Ich weiß nicht.«

Rosemarys Gesichtshaut sah aus wie Pergament. »Was hat Smith noch gesagt?« fragte sie tonlos.

»Er hat gesagt, man muß den Anwalt benachrichtigen. Er hat gesagt, daß die meisten Kumpel, die in der Polonia-Halle waren, schon auf dem Weg zum City Hall Square sind. Und er selber, hat er gesagt, wollte auch hin, weil da jeder Mann gebraucht werden würde. Jamieson wäre im Saal aufgestanden, hat er gesagt, und hätte gesprochen wie das Donnerwetter Gottes und die Kumpel aufgerufen zum Kampf gegen dies Sodom und Gomorrha. Und Smith hat Dynamitpatronen ausgegraben unter seiner Verandatreppe...«

»Oh, mein Gott!« sagte Rosemary.

Evalines Blick flackerte sonderbar, ihr Gebiß blinkte weiß. »Sodom und Gomorrha!« rief sie und zerrte an der Türklinke. »Züchtigt es, dies Tal der Sünden und der Schlangen und der Gottlosigkeit, wo die Ehrlichen hungern und die Betrüger alles haben! Zerstört die Zitadelle des Antichrist!«

»Wo wollen Sie denn hin?« fragte Rosemary.

»Die Frauen holen!« kreischte Evaline. »Scharen von Frauen, die herabfluten von den Höhen –« Und lief hinaus, ohne die Tür hinter sich zu schließen.

Rosemary zögerte einen Moment. Dann griff sie nach ihrem Mantel und ihrer Handtasche und sagte: »Komm, Mama! Komm, Mickie! Wir müssen uns beeilen.«

Der lange Tisch in Bürgermeister Purdys Konferenzzimmer im Rathaus war ein Durcheinander von überfüllten Aschbechern, zusammengeknüllten Zigarettenpackungen, leeren Flaschen; die Gläser hatten feuchte Ringe auf der Tischplatte hinterlassen.

Der Bürgermeister führte den Vorsitz, aber das war eine Formsache; zu bestimmen hatten, wie jeder der Anwesenden wußte, Geoghan und Richter Pritchett. Nach Gestalt und Aussehen hätte Purdy Captain Bodenheimers Zwillingsbruder sein können; über sein fleischiges Gesicht floßen kleine Rinnsale von Schweiß; seine Krawatte war verrutscht, sein Kragen durchnäßt. »Machen Sie das Fenster auf, Adair, um Christi willen!« ächzte er und wandte sich wieder dem Richter zu, der kühl und ungerührt an der langen Seite des Tisches saß.

»Nein, meine Herren«, sagte Pritchett, »ich bin noch keineswegs fertig mit dem, was ich Ihnen mitzuteilen habe. Sie haben das Gesetz wieder in die eigenen Hände genommen; aber das Gesetz ist ein feines Instrument und nicht für plumpe Finger gebaut. Wenn Sie sich einmal entschließen, jemandem eine lange verdiente Lehre zu erteilen, so können Sie es nur auf eine von zwei Weisen tun: entweder im Rahmen des Gesetzes, oder außerhalb dieses Rahmens. Beides zugleich führt zu Unliebsamkeiten.«

Adair hatte das Fenster hochgeschoben. Das dumpfe Geräusch der Menge auf dem City Hall Square drang bis hinauf. Richter Pritchett erhob sich und ging zum Fenster.

»Sehen Sie sich das nur an!« sagte er angewidert. »Was wollen Sie hier haben – einen Bürgerkrieg?«

Geoghan trat neben ihn. Der Anblick, der sich ihm im grellen Scheinwerferlicht der Polizeiwagen bot, war tatsächlich unerfreulich. Eine dichtgedrängte Menge von Bergarbeitern und Bergarbeiterfrauen stand auf der einen Seite des Platzes und drückte auf das Rathaus zu. Das Rathaus selbst war durch einen Polizeikordon abgeriegelt; ein zweiter Kordon, rechtwinklig zu dem ersten, trennte die Masse der Arbeiter von dem gesamten Aufgebot der Geoghanschen Kräfte – der Stadtbezirksbeamten, Gangster, Lotteriebillettverkäufer, Billardkellerwirte, Spielhöllenpächter, American Legion-Mitglieder, Parteifunktionäre und Zuhälter. Was ihm die Laune besonders verdarb, war die Tatsache, daß die Bergarbeiter nicht nur zahlreicher, sondern auch Mann gegen Mann seinen Leuten überlegen waren. Und die dünnen Linien der Polizei gaben keine Garantie gegen die Möglichkeit, daß die Bergarbeiter ihre Überlegenheit nützten.

Ärgerlich schloß er das Fenster. »Euer Ehren«, sagte er, »wir haben Sie hierher gebeten, um Ihren Rat zu hören. Statt dessen geben Sie uns eine Strafrede.«

Richter Pritchett kehrte an den Tisch zurück. »Meinen Rat?« Er blickte herablassend auf Geoghan und schob Bodenheimer zur Seite, der ihm wie ein Lakai den Stuhl zurechtrücken wollte. »Lassen Sie die drei Herren frei.«

Bodenheimer knurrte: »Feine Gesetze haben wir! Schauen Sie sich meine Uniform an!« Der Rücken seiner Uniformjacke war immer noch mit Sicherheitsnadeln zusammengeheftet. »Nächstes Mal muß ich mir den Schädel einschlagen lassen, und wir zahlen noch Belohnung dafür, was?«

Der Richter schloß die Augen. »Sie dürfen Menschen nicht *incommunicado* im Gefängnis halten. Sie dürfen die nächsten Angehörigen der Verhafteten oder ihren Anwalt nicht daran hindern, sie zu besuchen. Sie dürfen Kaution nicht verweigern.«

»Oh, dürfen wir nicht?« entgegnete Geoghan.

»Gestatten Sie mir, Ihnen etwas zu erklären.« Der Richter öffnete die Augen und starrte durch Geoghan hindurch. »Solange wir in unserem Lande die Formen der Demokratie zu wahren gedenken, sind wir an diese Formen gebunden. Möglich, daß wir eines Tages gezwungen sein werden, diese sehr nützlichen Formen aufzugeben; aber auch dann können wir es nicht in Goldsborough allein tun; wir können die Gesetze des Landes nicht örtlich außer Kraft setzen, nur weil die Idioten, die Sie sich für die Durchführung Ihrer politischen und sonstigen Ziele ausgesucht haben, die plumpsten Fehler begehen.«

»Wir schätzen Ihre Philosophie, Euer Ehren«, sagte Geoghan. »Aber wir stehen im praktischen Leben und wir erhoffen einen praktischen Vorschlag von Ihnen.«

»Und möglichst bald!« fügte Bürgermeister Purdy hinzu.

Richter Pritchett verzog das Gesicht. »Das Praktischste wäre, wenn Sie Mr. Trelawney nicht länger draußen warten ließen. Bitten Sie ihn herein, damit wir mit ihm zusammen die Frage der Kaution regeln können.«

»Nein«, sagte Geoghan, »ausgeschlossen! Wo kämen wir hin, wenn wir Hale und seine beiden Leibwachen freisetzen, nachdem sie sich gegen unbescholtene Bürger und sogar gegen die Polizei tätlich vergangen haben!«

Pritchett zuckte die Achseln.

»Und Sie, Euer Ehren –«, Geoghan war plötzlich erregt, »wie lange würden Sie noch sicher sein im Besitz Ihres Eigentums? Den Streik haben die schon gewonnen, gegen die Gesetze des Landes, einen illegalen Streik – und jetzt –«

Richter Pritchett war erbost. »Sie können mir doch wohl nicht die Schuld zuschieben an der bejammernswerten Schwäche Ihrer Schlägertrupps oder mich verantwortlich machen für die blödsinnigen Sprechchöre hinter dem Gefängnis oder für die Unfähigkeit Ihrer Polizei, eine Lage, die Sie selbst heraufbeschworen haben, zu meistern – und schon gar nicht für die Indiskretion Ihres Captain Bodenheimer, der es für nötig fand, Mr. Trelawney mitzuteilen, daß ich mich mit Ihnen in Konferenz befinde. Alles hat seine Grenzen, Mr. Geoghan, wirklich!«

»Bitte, mäßigen Sie sich, Euer Ehren«, sagte Geoghan, unfähig, den feindseligen Ausdruck seines Gesichts zu maskieren. »Wir stehen auf derselben Seite.« Er wandte sich an Lonsdale, der dem Streit der Großen in respektvollem Schweigen zugehört hatte. »Herb, gehen Sie mal hinaus vors Rathaus und reden Sie Ihren Bergarbeitern gut zu. Sagen Sie ihnen, sie sollen friedlich nach Hause gehen.«

Lonsdale schüttelte bedauernd den Kopf. »Das wird kaum möglich sein, Mr. Geoghan.«

Geoghan wurde drohend. »Wenn ich sage, es ist nötig, Lonsdale, dann ist es auch möglich.«

Der Staatsanwalt blickte auf von seinem Glas, hakte sein Knie über die Armlehne seines Stuhls und erklärte lässig: »Wissen Sie, Herb, es liegen da ein paar Sachen bei der Staatsanwaltschaft. Besser, Sie gehen, wenn Lou es so möchte – glauben Sie nicht?«

Lonsdales Gesicht verfärbte sich. »Und wenn die Leute mich fragen, in wessen Namen ich spreche? Soll ich sagen: fürs Rathaus, für Geoghan, für die Polizei? Ich bin ein erledigter Mann, wenn Sie mich in diese Rolle hineinzwingen. Außerdem ist die Stimmung draußen gefährlich, dieser Niggerprediger hat die Leute aufgehetzt, und die Weiber haben das Ihre dazu getan, die Hale und die alte Bilek und diese Evaline Polowski. Aber bitteschön – ich gehe!«

Er griff nach seinem Stock.

»Moment mal!« sagte Geoghan.

Bürgermeister Purdy seufzte: »Heiß ist das hier! Warum macht denn keiner das Fenster auf!«

Der Staatsanwalt tat ihm den Gefallen. »Jesus!« rief er, »das werden ja immer mehr!«

Das Murren draußen, durchbrochen von einer schneidenden Stimme, war bedrohlich geworden. Die Polizei war gefährlich eingeengt.

Geoghan winkte Bodenheimer zu sich, beriet sich flüsternd mit ihm. Bodenheimer schüttelte zweifelnd den Kopf.

»Gottverflucht!« sagte Geoghan. »Wozu tragen Sie Ihre Schulterstücke!«

»Es wird eine blutige Sache«, sagte Bodenheimer. »Und ich weiß nicht, wie sie ausgeht. Wer hält am Schluß den Kopf hin, Mr. Geoghan – Sie oder ich?«

»Holt Trelawney herein!« sagte Geoghan, und schloß das Fenster.

Die Herren nahmen ihre Sitze am Tisch wieder ein. Man gebe ihnen Spitzenkragen und Schnallenhüte und dunkle Umhänge, dachte Trelawney, als er sie so vorfand, und welch eine Karikatur eines Rembrandt-Gemäldes waren sie! Die alten holländischen Kaufleute zeigten Würde und Weitblick; diese aber, die heute die Macht darstellten in Goldsborough, stanken vor innerer Fäulnis, und die Korruption sprach aus jedem ihrer Züge.

Sein Blick heftete sich auf den Richter. Pritchett in dieser Umgebung, welch ein Abstieg! Pritchett war auch sofort empfindlich. »Bürgermeister Purdy hat mich ersucht, heute hier anwesend zu sein«, erläuterte er, »weil die Situation verlangt, daß alle prominenten Bürger den Behörden helfen.«

»Gewiß«, sagte Trelawney. »Das ist auch einer der Gründe, weshalb ich gekommen bin. Eine Situation, wo Menschen auf offener Straße von Gangstern überfallen werden und wo die Polizei, statt den Überfallenen zu helfen, sie weiter zusammenschlägt, sie schließlich ins Gefängnis steckt und den nächsten Verwandten den Zutritt zu den Opfern verweigert – eine solche Situation verlangt schleunige Abhilfe.«

»Das ist eine Unverschämtheit«, sagte Bodenheimer. Und mit dem Rücken zu Trelawney: »Bitte, überzeugen Sie sich! Ich habe noch nicht Zeit gehabt, die Uniform zu wechseln. Der Riß, den ganzen Rücken herunter, stammt von Ihrem Klienten Hale. Ich beschuldige ihn und Kennedy und Bilek der tätlichen Beleidigung und des tätlichen Angriffs, der Anwendung von Gewalttätigkeit gegen Beamte im Dienst, des Widerstands gegen Verhaftung –«

»Sie haben das Recht, Beschuldigungen zu erheben«, unterbrach ihn Trelawney, »aber bis zu ihrer Verurteilung haben Sie nicht das Recht, die so Beschuldigten gefangen zu halten, es sei denn, es besteht guter Grund zu dem Verdacht, daß sie dem Arm der Justiz zu entfliehen beabsichtigen.«

»Grund zu diesem Verdacht besteht«, warf Adair ein.

»Seien Sie kein Esel, Adair«, sagte Trelawney. »Alle drei haben Heim und Familie in Goldsborough, und keiner von ihnen besitzt irgendwelche nennenswerten Gelder.«

»Die Entscheidung über diese Fragen liegt doch wohl bei mir!« sagte der Richter.

»Dann wollen Sie bitte Kaution festlegen!« Trelawney zitterte; das lange Stehen, gestützt auf Krückstock und Prothese, strengte an; aber er würde diese Leute nicht bitten, sich hinsetzen zu dürfen.

Pritchett lehnte sich zurück, ganz richterliche Pose. »Kaution wird festgelegt mit zehntausend Dollar für Hale und je fünftausend für die zwei Bergarbeiter, die zusammen mit ihm verhaftet wurden.«

Geoghans Gesicht erhellte sich. Kaution in dieser Höhe hielt die drei Vögel hinter Gittern und wahrte zugleich die gesetzlichen Formen. Und Lonsdale konnte nun vors Rathaus treten und den Demonstranten erklären, sie hätten ihr Ziel erreicht und könnten beruhigt nach Hause gehen. Nur, was würde Trelawney tun?

»Die Individuen, die den ursprünglichen Zusammenstoß mit meinen Klienten hatten –«, sagte Trelawney, »diese Individuen wurden, wie ich hörte, auf eine Kaution von je fünfundzwanzig Dollar freigelassen?«

»Ja«, sagte Pritchett.

»Für meine Klienten aber legen Sie eine Kaution in der Gesamtsumme von zwanzigtausend Dollar fest?«

»Ja.«

»Obwohl weder Hale noch Kennedy noch Bilek imstande sind, soviel Geld aufzubringen?«

»Ich setze die Kaution fest«, sagte der Richter. »Wo Sie das Geld dafür auftreiben, liegt nicht in meiner Kompetenz.«

»Wenn Sie sich auf Kautions-Leihanstalten beziehen, Euer Ehren –«

»Das wäre vielleicht ein Gedanke«, sagte Pritchett freundlich. »Hier auf dem Tisch des Bürgermeisters steht ein Telephon. Bitte, wenn Sie sich bedienen wollen, Mr. Trelawney.«

Trelawney lächelte. »Wir können der Stadt die Kosten für den Telephonanruf sparen, indem wir direkt mit dem Mann sprechen, der auch über die Kautions-Leihanstalt verfügt. Mr. Geoghan...?«

»Sie überschätzen mich«, sagte Geoghan trocken. »Ich bin ein kleiner städtischer Beamter. Aber wenn Sie meine Meinung haben wollen – keiner der drei Verhafteten bietet genügend Sicherheit, um irgendeine Kautions-Leihanstalt zu veranlassen, derartige Gelder zur Verfügung zu stellen.«

»Sie haben wenigstens Sinn für Humor«, sagte Trelawney.
»Habe ich?« sagte Geoghan.
Trelawney wandte sich wieder an den Richter. »Euer Ehren, die Kaution, die Sie festgesetzt haben, ist nicht verfassungsgemäß.«
Pritchett hob die Hände. »Der Oberste Gerichtshof, Mr. Trelawney, entscheidet nach langer und reiflicher Erwägung über Verfassungsfragen.«
»Die Kaution ist nicht verfassungsgemäß, weil sie nicht vernunftgemäß ist!« plädierte Trelawney. »Dafür brauchen wir keine besondere Entscheidung des Obersten Gerichtshofs. Die Verfassung der Vereinigten Staaten läßt in diesem Punkt keine Zweifel zu.«
»Was aber als vernunftgemäß zu gelten hat, Mr. Trelawney, darüber gehen die Ansichten auseinander, denn es hängt von den jeweiligen Umständen ab. Dürfte ich Sie bitten, mit mir zu kommen?«
Pritchett trat ans Fenster und stieß es auf. Die Menschenmasse draußen schien in Bewegung gekommen zu sein; die Linien der Polizei waren ins Wanken geraten.
»Schauen Sie sich das an, Mr. Trelawney. Sieht aus wie beginnender Aufruhr, nicht? Individuen, die einen Aufruhr erzeugen können, gefährden offensichtlich die Gesellschaft!«
»Nieder mit den Roten! Hängt sie!« wurde draußen gerufen.
»Wer gefährdet welche Gesellschaft?« fragte Trelawney.
Pritchett schloß hastig das Fenster.
Geoghan durchbrach das Schweigen im Raum. »Lonsdale«, sagte er, »gehen Sie jetzt und sagen Sie den Bergarbeitern draußen, die Kaution für die Verhafteten ist festgesetzt worden. Sie sollen nach Hause gehen.«
Lonsdale erhob sich.
»Nein, *ich* werde gehen.« Trelawney schleppte sich um den langen Tisch herum zur Tür. Von der Tür aus sagte er: »Ich werde draußen sprechen. Meine Herren, mein Vater war einer der Gründer von Goldsborough, und ich habe ein gutes Recht, von der Vortreppe dieses Rathauses aus zu reden. Außerdem bin ich ein Krüppel; ich frage mich, wird Ihre Polizei es wagen, vor den Augen so vieler Menschen einen Krüppel zusammenzuschlagen?«
Er legte die Hand auf den Türknopf und drückte.

»Kommen Sie zurück, bitte«, sagte Geoghan. »Wir werden uns einigen.«

Lonsdale markierte den Volkstribun, und seine Worte rollten volltönend über die Menge hin.

Die plötzliche Kälte nach Bürgermeister Purdys überheiztem Konferenzzimmer drang Trelawney bis in die Knochen. Er wünschte, es wäre alles schon vorbei, das Herausposaunen halber Wahrheiten, das Verzuckern bitterer Pillen. Da er wußte, wieviel Zeit diese öffentlichen Redner beanspruchten, bereitete er sich innerlich schon auf eine Halsentzündung morgen vor. Lonsdale sprach von Ruhe und Ordnung; die Spitzen der Behörden hätten sich zu so später Stunde noch zusammengefunden, um diese Angelegenheit rasch und friedlich beizulegen; nun sei sie beigelegt, unter anderem durch das Verdienst der Gewerkschaft und des Vertreters ihrer Distriktsleitung; auch stünde Mr. Trelawney, Doc Hales Anwalt, hier unter dem Säulenvorbau des Rathauses neben ihm, um zu bestätigen, daß alle drei Verhafteten auf Kaution freigelasen werden würden, und zwar baldigst. Er bat die Bevölkerung, die Behörden zu unterstützen; und unterstützen könnten sie die Behörden am besten, indem sie den Anordnungen der Polizei Folge leisteten, auseinandergingen und nach Hause zurückkehrten.

Es war ein Kuhhandel gewesen, dachte Trelawney; er erklärte sich bereit, die Leute beruhigen zu helfen; dafür setzte Pritchett die Kaution auf eine erschwingliche Summe herab.

Er blickte über den Square hinweg, über die Köpfe der Menschen, hinüber zu der dunklen Silhouette des Denkmals, das man seinem Vater, dem Gründer von Goldsborough, gesetzt hatte. Ironisch verzog er den Mund. Er war spät im Leben seines Vaters zur Welt gekommen, und er kannte seinen Vater nicht in der jugendlich heroischen Pose der Bronzefigur auf dem Sockel dort, sondern als einen verdrossenen, verbitterten alten Mann, der im Zimmer auf und ab ging und murmelte, daß alle ihn betrogen hätten. Er hatte seinen Vater ebensowenig geliebt, wie er es fertigbrachte, diese häßliche zusammengewürfelte Stadt zu lieben, die auf dem Boden, der einst seinem Vater gehörte, gewachsen war. Sein Vater war ein harter und mitleidloser Mann gewesen; aber andere hatten sich als noch härter und noch mitleidloser erwiesen; und das Geld lief dem nach, der am härtesten und am mitleidlosesten war.

Auch Hale würde endlich lernen müssen, wie das war im Leben. Von diesem Gesichtspunkt aus war es gut, daß das Gefängnis *hinter* dem Rathaus lag, so daß Hale die Bergarbeiter und ihre Frauen, die man jetzt in ihre Betten zurücklockte, nicht sehen konnte. Hale hätte sofort wieder die falschen Schlußfolgerungen gezogen. Hale hätte sofort wieder von Demokratie geträumt und von Reformen und hätte vergessen, daß die Polizei bewaffnet war, und daß, sollte sich die Polizei als ungenügend erweisen, die Nationalgarde eingesetzt werden konnte und, sollte auch diese versagen, die Armee auf der Szene erscheinen würde. Rührende Leute, diese Bergarbeiter, rührend tapfer und rührend arm und rührend unwissend. Eines Tages, wenn sie die Macht, die gegen sie stand, richtig abzuschätzen und die Macht, die in ihren eigenen Reihen latent vorhanden war, richtig zu organisieren gelernt haben würden, dann mochte es anders aussehen. Aber für jetzt –

Trelawney fror.

Lonsdale stieß ihn an. »Los, sprechen Sie!« sagte Lonsdale. »Jetzt liegt's an Ihnen.«

»Freunde und Mitbürger!« Trelawney mißfiel die eigene Stimme. »Es ist alles bereits bestens geregelt. Kaution für Silas Hale und Carlisle Kennedy und Fred Bilek ist festgesetzt worden. In kurzer Zeit werden sie frei sein.«

Etwas wie Beifall wurde hörbar, übertönt von schrillen Obszönitäten.

»Noch gibt es Gesetze in unserm Lande«, sagte Trelawney, »und ich werde mein Bestes tun, daß nach dem Gesetz verfahren wird. Mehr kann ich nicht versprechen. Aber für heute nacht – geht nach Hause.«

Er beugte den Kopf, als sei er besiegt und nicht Sieger; dann wandte er sich ab und hinkte zur Seite. Er hörte, wie die Menge hinter seinem Rücken auseinanderging, hörte das Aufheulen der startenden Automobilmotoren, die Stimme Richter Pritchetts, der mit Purdy und Bodenheimer aus dem Rathaus kam. Und dann den raschen, leichten Schritt einer Frau.

»Sam!« rief Rosemary.

Trelawney blieb stehen.

»Vielen Dank, Sam!«

»Vielen, herzlichen Dank, Mr. Trelawney«, sagte Mickie.

Martha Bilek sagte nichts; sie wischte sich die Augen.

»Können wir jetzt zu ihnen?« fragte Rosemary.

»Ich nehme an«, sagte Trelawney.

Die Frauen folgten ihm durch den abgedunkelten Hauptkorridor des Rathauses. Sergeant Hayden schloß sich ihnen an. Er öffnete eine Tür, die zu dem Hinterflügel und dem Gefängnis führte. »Immer nur Unannehmlichkeiten« beklagte er sich. »Plötzlich spielen die Leute verrückt, und natürlich immer dann, wenn unsereins dienstfrei hat. Daß auch unsereins mal nach Hause kommen will, daran denkt keiner!«

Trelawney steckte ihm einen Geldschein zu.

»Schon in Ordnung«, Haydens dyspeptisches Gesicht hellte sich auf, »ich bringe Sie direkt zu Ihren Angehörigen. Sie können sie dann nach Hause mitnehmen. Aber der Captain sagt, Sie müssen durch die Hintertür herausgehen. Keine Demonstrationen mehr heute nacht!«

»Ich weiß schon«, sagte Trelawney. »Verschaffen Sie uns zwei Taxis, ja?«

Sie hatten das eigentliche Gefängnis erreicht und wurden bereits von dem Wärter erwartet. Auch dieser schien seine Instruktionen zu haben. Er watschelte vor ihnen her, bis sie zu der Zelle kamen, zu den drei Gesichtern hinter Gitterstäben.

»Schließen Sie auf«, sagte Trelawney.

Die Schlüssel klirrten.

»Hallo, Mickie!« sagte Kennedy. »Kommst du endlich, den alten Herrn aus der Pfandleihe auszulösen, was?«

Rosemary starrte auf ihren Mann, dann auf ihren Vater. »Nun, Pa!« sagte sie schließlich und schluckte. Dann trat sie ein und setzte sich zu Hale auf die Pritsche. Hale barg seinen zerschlagenen Kopf an ihrer Schulter.

Martha Bilek schluchzte unbeherrscht. Das war der einzige Laut in der Stille.

# *Einundzwanzigstes Kapitel*

Zerfall ist nichts Schönes. Hale war sich seines Zustandes bewußt, und so verkroch er sich; aber das brachte keine Heilung; es steigerte im Gegenteil sein Gefühl der Vereinsamung, des Verlorenseins.

Er saß untätig, manchmal am leeren Arbeitstisch in seinem Laboratorium, manchmal im Operationsstuhl, manchmal in dem großen Lehnsessel im Wohnzimmer. Wenn Rosemary ins Zimmer kam, hob er den Kopf und tat interessiert, aber seine einzigen Äußerungen waren »Was?« und »O ja!« und »Nun!« Sie bewiesen, daß er kaum zuhörte, und sobald Rosemary ihn wieder verließ, verfiel er wieder in sein dumpfes Brüten.

Trägheitsperioden, während derer ihn überhaupt nichts berührte, wechselten ab mit Stunden, in denen seine Nerven so gespannt waren, daß er ihr Zucken bis in die Fingerspitzen zu spüren glaubte. Immer wieder durchlebte er den Moment, wo er zusammengeschlagen wurde – nachts in seinen Träumen, tagsüber in seinen Gedanken. Die Hilflosigkeit, mit der er die Brutalität am Ende hatte hinnehmen müssen, bereitete ihm noch im nachhinein ein akutes physisches Unbehagen. *Sie sind alle körperlich in guter Verfassung und ganz darauf versessen, euch eine zweite Abreibung zu geben* – die spöttischen Worte, die der schmierige Gefängniswärter in jener Nacht in der Zelle gesprochen hatte, gingen ihm nicht aus dem Kopf und erzeugten bildhafte Vorstellungen, die ihn nicht losließen. Er war nur einer, die andern waren viele; er konnte sich nicht verteidigen, sie aber hatten dicke muskelbepackte Arme und hielten schwere Gummiknüppel in den Händen, mit denen sie auf ihn einschlugen, erbarmungslos und unablässig.

Die Großen gegen die Kleinen, die Mächtigen gegen die Wehrlosen – früher hatte dieser Gedanke ihn rebellisch gemacht; im Grunde resultierten die meisten seiner politischen Aktionen und Reaktionen aus dieser Abneigung gegen den Mißbrauch der Macht. Vielleicht aber war, wenn man tiefer blickte, die wahre Triebfeder seiner Auflehnung immer seine Furcht gewesen; und die Auflehnung selbst und die Courage, die dazu gehörte, maskierten in Wahrheit nur diese seine Furcht; und nun, da die Macht ihm nackt und offen und brutal entgegentrat, fiel die Maske, und nur die Furcht blieb.

Er hatte allen Grund, sich zu fürchten. Trelawney hatte ihm gesagt, was er zu erwarten hatte. Geoghan hatte sich nur widerwillig bereit erklärt, ihn auf Kaution freizulassen – aber das war auch das höchste der Zugeständnisse. Ich bin des Mannes müde, hatte Geoghan gesagt. Ich habe versucht, ihm beizubringen, was gesund für ihn ist. Aber er ist nicht zugänglich.

Geoghan hatte das ohne jede Erbitterung gesprochen – eine einfache Feststellung, Trelawney in Gegenwart von Richter Pritchett und Staatsanwalt Adair und Captain Bodenheimer und Bürgermeister Purdy und von Lonsdale mitgeteilt. Es war offiziell und endgültig; und für Geoghan stand zuviel auf dem Spiel, um die Sache fallenzulassen. Eine Regierungsweise, die auf der Faust im Nacken beruhte, auf genau einkassierten Erpressungsgeldern und genau berechneten Bestechungen, konnte auf die Dauer nicht bestehen, solange Außenseiter geduldet wurden, die dem entgegenstanden. Das System mußte alles erfassen; jede Ausnahme könnte sich sonst als Gefahr erweisen.

Trelawney hatte auch über die wohlerwogene juristische Meinung Richter Pritchetts Bericht erstattet. Die Anklage, die gegen Silas Hale und Konsorten erhoben werden würde, war nahtlos, ein klarer Fall; und der Geruch des Kommunismus, in dem die Angeklagten standen, würde wenig Wohlwollen bei den Geschworenen erzeugen. Die Strafe für Hale zum Beispiel würde zwischen drei und acht Jahren Zuchthaus liegen, wobei ihm natürlich bei guter Führung ein Teil der Strafzeit erlassen werden mochte. Da der Fall rechtlich nicht kompliziert lag, würde es wahrscheinlich auch bald zum Prozeß kommen.

Drei, vier, fünf, sechs, sieben, acht Jahre, zählte Hale an seinen Fingern ab – das genaue Strafmaß hing von der Laune Richter Pritchetts ab. Sagen wir, er war milde gestimmt und ließ es bei drei Jahren beruhen oder eintausendundfünfundneunzig endlosen Nächten plus einer gleichen Anzahl Tage. Eintausendundfünfundneunzig Nächte und Tage, während derer man hilflos und ohne sich verkriechen zu können diesen widerlichen Gorillas ausgeliefert war, die darauf versessen waren, ihm eine zweite Abreibung zu geben; während derer man sich völlig in der Macht der Kreaturen von politischen Geschäftemachern und Grubenbesitzern und Gangsterchefs befand, in der Macht dieser Justizbehörden mit ihren Strafvollzugsbeamten, Gefängnisärzten, Kalfaktoren. Er würde das nicht überleben.

Und kein Hahn würde danach krähen, ob er zugrunde ging.

Die Stunden in der Zelle an jenem schrecklichen Abend hatten ihm genügt, das Warten auf Hilfe von denen draußen. Und hatte er nicht für die da draußen gekämpft, sie ernährt, als sie in Not waren, ihnen geholfen, ihren Streik zu gewinnen? Es beeindruckte ihn nicht, wenn Rosemary von der Demonstration der Kumpel sprach, von den Männern und Frauen, die aus Pritchett Heights gekommen waren und aus weiter entfernten Bergarbeitersiedlungen und aus den Bezirken von Goldsborough, die am Fluß und in der Nähe des Güterbahnhofs lagen. Gewiß, er glaubte ihr; aber eingeätzt in sein Hirn hatte sich das andere, der heisere Schrei der lynchhungrigen Menge:

*Und wir hängen Doc Hale an 'nen sauren Apfelbaum...*

Und wenn sie ihn fragte: Wer, wenn nicht die Arbeiter, hat dich denn aus der Zelle herausgeholt?... so antwortete er, indem er Trelawney zitierte: Kaution wurde gewährt, weil Pritchett auf den gesetzlichen Bestimmungen bestand, welche besagen, daß auch ein Lynchmord paragraphengerecht zu erfolgen hat. Gewiß, er war bereit zuzugestehen, daß eine Anzahl von Arbeitern und Arbeiterfrauen auf dem City Hall Square erschienen waren, wahrscheinlich sogar aus Sympathie für ihn. Und er sah ja auch die Einzelpersonen, die nicht vergaßen, was er für sie getan hatte. Sie kamen nach Einbruch der Dunkelheit zu ihm ins Haus; sie klingelten unauffällig, kamen hastig die Treppe hoch, zahlten hastig, soweit sie konnten, was sie aus der Zeit vor dem Streik schuldeten, und liefen hastig wieder fort. Ohne sie wären er und Rosemary schon verhungert. Aber was nützte dies passive Häufchen kleiner Leute, deren Zungen so gehemmt waren wie ihr Denken? Als es um den eignen Lohn ging, hatten sie gehandelt, hatten Lastautos gekippt und waren auf die Landstraßen gegangen und hatten gekämpft, sogar mit dem Gewehr in der Hand. Aber sobald es um das Grundsätzliche ging, um das System, unter dem sie zu leben hatten, waren sie blind, taub und stumm. Heute sahen sie tatenlos zu, wie die Handvoll von Männern, die ihnen Führer sein könnten, abgewürgt wurden; morgen, wenn es zu noch größeren Verbrechen käme, würden sie ebenso stillhalten.

Es klingelte, mehrmals. Rosemary mußte wohl einkaufen gegangen sein, sonst hätte sie längst auf den elektrischen Knopf gedrückt, durch den sich die Haustür öffnete. Das Klingeln klang nicht sehr energisch – eine alte Frau wohl, die den Dollar zusammengekratzt hatte, den sie ihm noch schuldete, und die nun Angst hatte. Er erhob sich seufzend, schlurfte den Korridor entlang, drückte auf den Knopf. Dann wartete er am Treppenabsatz.

Der Mann, der die Treppe heraufkam, sah aus, als wäre er soeben aus der Zeitungsannonce eines Herrenmodengeschäfts herausgetreten – Schuhe, Mantel, Hut, Handschuhe – alles ladenneu. Erst als der Besucher fast vor ihm stand, erkannte ihn Hale und sah, wie sehr er gealtert war – das Gesicht aufgeschwemmt von zu fettem Essen, zu hastig verschlungen, und von zuviel Alkohol, zu wahllos gesoffen.

»Guten Tag, Doc!«

Hale sagte nichts. Daß Lauffer die Unverschämtheit haben konnte, ihm ins Haus zu kommen!

»Ich kann verstehen, daß Sie mich nicht ins Zimmer bitten«, sagte Lauffer, und fügte erregt hinzu: »Aber ich habe nur die Wahrheit gesagt! Das ist ja wohl kein Verbrechen!«

Hale trat beiseite. »Bitte.«

»Ich muß mit Ihnen sprechen.« Lauffer zog, nervös an jedem Finger zupfend, seinen Handschuh aus. »Ich möchte – ich möchte Ihnen einen Vorschlag machen...«

»Treten Sie ein!« sagte Hale fast freudig, endlich hatte er jemanden gefunden, der noch mehr gebrochen war als er selbst.

Das plötzliche Willkommen erschreckte Lauffer. Er hatte den Besuch ohne Geoghans Wissen unternommen und befürchtete einen Hinterhalt; ein Mann, der sich sogar an Polizisten vergriff, hatte keine Hemmungen.

»Haben Sie keine Angst!« sagte Hale. Er hatte den toten Punkt seiner Nabelschau erreicht, und Lauffer interessierte ihn plötzlich, wie etwa der Schwamm hinter der Tapete das Auge des Fieberkranken fesselt.

»Es ist kein schlechter Vorschlag.« Lauffer nahm seinen Hut ab. »Und ich mache ihn keineswegs aus Liebe zu Ihnen.«

»Es wäre mir auch angenehmer, wenn Sie mich nicht mit Ihrer Liebe beehrten«, antwortete Hale, während er den Gast ins Wohnzimmer führte. Dann saßen sie einander gegenüber. Hale musterte Lauffer. Der erste Eindruck hatte nicht getäuscht: dieser billige kleine Judas fühlte sich nicht wohl in seiner Haut, seine Bewegungen wirkten verkrampft, bald würde er beim Psychiater auftauchen. Hale grinste: »Falls Sie die Absicht haben, sich aufzuhängen, warten Sie noch ein Weilchen.«

»Was?« fuhr Lauffer auf. »Was haben Sie gesagt?«

»Es wäre doch schade, wenn Sie die nächsten paar Monate Ihres Lebens nicht miterlebten.«

»Was wollen Sie damit sagen?«

»Es war nur ein Gedanke«, sagte Hale. »Nur eine Bemerkung am Rande.«

Lauffer schwieg. Er wußte plötzlich nicht mehr, wie er beginnen sollte, obwohl er seine Rechtfertigungen und Gegenklagen durchaus vorbereitet hatte und keineswegs auf einen plötzlichen Einfall hin gekommen war. Er hatte über alles gründlich nachgedacht, in seinen schlaflosen Nächten und bei der Arbeit in seinem schönen neuen Sprechzimmer am Pennsylvania Boulevard. Es war nicht sein Gewissen, das ihn bedrückte; sein Gewissen war entlastet durch die Tatsache, daß Hale Kommunist war oder zumindest mit den Kommunisten sympathisierte. Und wie hatten Hale und Rosemary ihn immer behandelt, wieviel Geld schuldeten sie ihm!... Das Anerbieten, das er Hale zu machen gedachte, war verdammt edelmütig und anständig; viel besser, als Hale es verdiente, obwohl natürlich beide Teile ihren Vorteil daran haben würden. Und doch fiel es ihm nun schwer, seinen Vorschlag in Worte zu bringen. »Ihre zahnärztliche Ausrüstung –«, stammelte er.

»Wie bitte?« Hale hatte Entschuldigungen erwartet, etwas wie:

Ich hab's ja gar nicht so gemeint, man hat meine Erklärung falsch ausgelegt, einen Berg gemacht aus einem Maulwurfshügel.

»Ihre zahnärztliche Ausrüstung!« wiederholte Lauffer. »Die brauchen Sie doch nicht mehr. Sie werden doch –« Nicht mehr lange hier sein, hatte er sagen wollen. Aber er verbesserte sich hastig. »Sie werden doch Schwierigkeiten haben, einen Zahnarzt zu finden, der mit Ihnen arbeitet. Und Sie brauchen Bargeld, soviel Bargeld wie möglich. Und ich kann die Apparatur gebrauchen. Das Zeug, das ich in meiner Praxis benutze, hab ich mir ausleihen müssen, es frißt einen Haufen Leihgebühren. Wenn Sie auf meinen Vorschlag eingehen, kriegen wir beide, was wir wollen, und es ist ein gutes Geschäft für Sie wie für mich.« Er lachte verlegen. »Sie wissen doch, Doc – eine Hand wäscht die andere...«

In Hales Augen glomm es gefährlich auf.

»Es könnte ja sein« – Lauffer hätte gern retiriert, aber der Stuhl, auf dem er saß, gestattete keinen Rückzug – »es könnte ja sein, Doc, daß Sie – die Stadt bald verlassen wollen – eine Reise – Ferien irgendwo – oder...«

Hale packte Lauffer beim Revers seines neuen Mantels. »Stehen Sie auf, Sie!«

»Doc!« Lauffer schwitzte. »*Sie* haben mich hereingebeten...«

»Stehen Sie auf!«

»Sie wollten doch hören – meinen Vorschlag...«

Hale schob Lauffer aus dem Zimmer. Lauffer stolperte, die Brille verrutschte ihm. »Doc!« Lauffer keuchte. »Denken Sie an Rosemary – Ihre Frau – wird allein sein – lange Zeit, ganz allein...«

Sie hatten den Treppenabsatz erreicht.

»Doc!« Lauffer klammerte sich ans Geländer. »Wenn Sie mir was antun – denken Sie an Rosemary...«

Hales Griff lockerte sich. »Machen Sie sich keine Sorgen um Rosemary, Lauffer. Oder um meine zahnärztliche Ausrüstung. Die hat mir meine Mutter selig mal geschenkt. Hat sie komplett gekauft und bezahlt, noch bevor sie starb, mit lauter neugedruckten Dollarscheinen. So sehr hat sie sich darauf verlassen, daß aus mir ein richtiger Zahnarzt werden würde. Nach ihrem Tod hab ich die Sachen dann bekommen. Komisch, nicht wahr? Muß doch komisch sein, so etwas, für einen Leichenfledderer wie Sie...« Er nickte. »Wieviel würden Sie denn zahlen, Lauffer?«

»Lassen Sie los, Doc.« Lauffer wand sich, um sich zu befreien. »Am Preis soll's nicht liegen.«

Hale packte wieder fester zu.

»Dreitausend!« stöhnte Lauffer.

»Haben Sie so viel?«

»Hab ich. In bar.«

Hale schüttelte ihn. »Nicht genug!«

»Gut – dreieinhalb!«

»Sie wissen doch, was so eine Apparatur in einem Dentaldepot kostet. Mindestens zehntausend!«

»Aber Ihre ist gebraucht. Also schön, viertausend –« Lauffers Brille war ihm halb von der Nase geglitten; er sah Hales Gesicht nur noch als ein undeutliches Oval. »Fünf! Ich habe nicht mehr! Um Gottes Gnade willen, Doc – nicht doch – nicht –«

»Nicht genug«, sagte Hale. »Und es wird auch nie genug sein. Nie werden Sie genug zahlen können. Nie –«

»Doc!...«

Lauffer widersetzte sich nicht. Er spürte den Stoß, die Kanten der Stufen, den scharfen Schmerz in Hüfte und Hintern. Seine Brille zerbrach. Am Fuß der Treppe raffte er sich auf, betastete sich und schwankte zur Tür hinaus.

Hale blickte ihm nach. Es war leicht gewesen, dachte er, zu leicht, und zu rasch. Man zerquetscht eine von diesen Läusen, und was nützt es? Es gab so viele von der Sorte, und sie vermehrten sich dauernd...

Er zog sein Taschentuch aus der Tasche und wischte sich die Hände.

Sie saßen vor Trelawney Hand in Hand, wie zwei alte Leute.

Trelawney vermied es, sie anzublicken; er sprach zu einem Fleck auf der Schreibtischplatte. Er hatte diese Unterredung immer wieder verschoben; er fühlte sich irgendwie schuldig, obwohl er nach bestem Wissen und Gewissen und nach seiner Kenntnis der Sachlage gehandelt hatte und auch jetzt so handelte.

»Stehen Sie erst einmal vor Gericht, Doc«, sagte er, »so haben Sie kaum noch Chancen. Ich werde Sie verteidigen; aber was ich auch außerhalb des Gerichts tun und im Gerichtssaal sagen kann, wird nicht die geringste Wirkung haben.«

Er wartete auf eine Frage von Hale oder Rosemary. Da keine kam, fuhr er fort: »Pritchett wird den Prozeß leiten – das ist bereits abgemacht. Er wird die Sache so handhaben, daß alles sauber und unparteiisch aussieht und daß jedes gesetzliche i auch sein Tüpfelchen hat, damit es uns schwer gemacht wird, an die höhere Instanz zu appellieren.«

»Kann man den Fall nicht vor ein Gericht außerhalb des Kreises Goldsborough bringen?« fragte Rosemary. »Könnten Sie das nicht damit begründen, daß Doc bei dem Propagandafeldzug, der hier gegen ihn geführt wurde, vor einem Gericht in Goldsborough keine vorurteilsfreie Jury finden wird?«

»Ich habe das bereits versucht«, sagte Trelawney. »Man hat es mir abgelehnt. Man hat mir mitgeteilt, daß hier nicht ein politischer, sondern ein Kriminalfall vorliege – und ein geringfügiger noch dazu, bei dem jedes Gericht im Staate Pennsylvania völlig untadlig verfahren werde.«

Hale lachte spöttisch. »Drei bis acht Jahre Gefängnis sind geringfügig?«

»Die Jahre werden ja nicht aus dem Leben der Richter genommen«, sagte Trelawney.

»Ja«, sagte Hale, »ich weiß.«

»Adair wird die Anklage vertreten«, fuhr Trelawney in seinem Bericht fort. »Adair hat mit seinem ersten Prozeß gegen Sie Schiffbruch erlitten. Das ist ihm nicht gut bekommen, und er kämpft um seine politische Zukunft. Also wird er alles gründlich vorbereiten. Seine Zeugen hat er schon, und sie werden das Blaue vom Himmel herunterschwören – zum Thema Ihrer kommunistischen Verbindungen, Doc, Ihrer Aktivität während des Streiks, dazu einiges über Ihre zahnärztliche Praxis und das Ganze gipfelnd in der Gewalttätigkeit, die Sie gegen harmlose Bürger wie auch gegen Polizeibeamte angewandt haben. Adair arbeitet mit seinen Zeugen, probt mit ihnen Frage und Antwort, bis sie wie ein Uhrwerk funktionieren. Er hat sich schriftliche Aussagen von FBI-Agenten und Eisenbahnpolizisten eingeholt. Er hat auch ganz eindrucksvolles Beweismaterial, zum Beispiel Bodenheimers zerrissene Uniformjacke. Und all das wird, eins nach dem anderen, gegen uns ausgespielt werden.«

»Und was können Sie dem entgegensetzen?« fragte Rosemary unsicher.

»Die Unschuld eines Menschen«, sagte Trelawney zu seiner Schreibtischplatte. »Aber das wiegt heutzutage nicht schwer.«

»Ja«, sagte Hale, »ich weiß.«

Trelawneys Unbehagen wuchs. »Ich kann eine gewisse Anzahl von Geschworenen ablehnen«, sagte er, »und ich werde es auch tun, gerade wie bei Ihrem ersten Prozeß. Aber was hilft uns das? Die Ersatzleute werden auch nicht besser sein. Sie sind alle entweder korrumpiert oder eingeschüchtert.« Endlich blickte er Hale und Rosemary an. »So sieht es also, wenn man es nüchtern betrachtet, aus.«

»Warum haben Sie uns dann überhaupt zu einer Besprechung gebeten?« bemerkte Hale nach einer Pause. »Glauben Sie, ich habe nicht gewußt, wie es um mich steht?«

Trelawney holte tief Atem. »Ich war bei Geoghan.«

»Wo waren Sie?«

»Bei Geoghan«, wiederholte Trelawney.

Hale richtete sich auf. »Sie hatten kein Recht –«

»Ich hatte alles Recht dazu. Ich bin Ihr Anwalt, und es ist meine Pflicht, alles in meiner Macht Stehende zu versuchen, damit Sie nicht ins Gefängnis kommen...«

»Ich werde nicht um Gnade bitten, weder bei Geoghan noch bei sonst einem. Meine Unannehmlichkeiten habe ich mir selbst zuzuschreiben, weil ich ein Narr war und mir einen Packen Illusionen gemacht habe! Aber ich werde nicht –«

»Ich habe bei niemanden für Sie um Gnade gebeten«, unterbrach ihn Trelawney. Und zu Rosemary: »Überzeugen Sie Ihren Mann doch bitte, er soll sich wenigstens dieses eine Mal einen vernünftigen Rat anhören.«

»Er wird hören«, sagte Rosemary.

»Ich habe um gar nichts gebeten.« Trelawney schwieg einen Augenblick. »Es hat keinen Zweck, Geoghan zu bitten. Umsonst gibt er nichts her, aber vielleicht wäre er bereit, auf ein Tauschgeschäft einzugehen...«

»Wieder einen Kompromiß!« Hale war bitter. »Wissen Sie, weshalb ich mich in dieser elenden Lage befinde, Sam Trelawney? Weil ich Ihren Rat schon einmal befolgt habe. Weil ich schon einmal auf einen Kompromiß eingegangen bin. Als Evaline Polowski damals umkippte, da waren wir im Vorteil gegen Geoghan, da hätten wir weiter vorstoßen sollen. Aber wir sagten: Laß gut sein!... Und jetzt bin ich's, der die Prügel kriegt und es büßen muß...«

»Ich bitte dich!...« sagte Rosemary. »Sam will doch nur dein Bestes...«

»Ja«, sagte Hale, »ich weiß.«

Trelawney verschränkte die Finger. »Ich habe Geoghan auch kein Anerbieten gemacht. Ich habe ihn nur gefragt, was er eigentlich beabsichtigt und was er sich davon verspricht, wenn er Sie hinter Schloß und Riegel setzt.«

»Und was hat er darauf geantwortet?« fragte Rosemary.

»Er drückte sich sehr deutlich aus«, teilte Trelawney mit. »Ich werde den Hundsfott los sein, sagte er, für immer.«

»Das hätte ich Ihnen auch sagen können!« bemerkte Hale.

»Ich habe Geoghan daraufhin auseinandergesetzt«, sagte Trelawney, »daß es ein Fehler wäre, zu glauben, er würde Sie los sein, indem er Sie hinter Gitter bringt. Es hat schon Männer gegeben, habe ich ihm gesagt, die in ihrer Zelle gefährlicher waren als draußen in der Freiheit. Und wenn er den schönsten und korrektesten Prozeß führen ließe, habe ich ihm gesagt, so würde es doch eine abgekartete Sache sein und bleiben, und die Leute in Goldsborough würden es ganz genau wissen. Silas Hale, habe ich ihm gesagt, würde im Gefängnis aus einem unwichtigen, zu Zeiten vielleicht lästigen Zahntechniker zu einem Märtyrer und einem Symbol alles dessen werden, was den Leuten in Goldsborough mißfällt. Einen Menschen kann man loswerden, habe ich Geoghan gesagt; aber ein Symbol ist nicht greifbar.«

»Dem zufolge«, Hale war munter geworden, »wäre es direkt meine Pflicht, mich ins Gefängnis zu setzen...«

»Ich bin Advokat.« Trelawney gestattete sich ein kurzes Lächeln.

»Es gehört zu meinen Aufgaben, die sonderbarsten Hypothesen glaubhaft zu machen, wenn es meinem Klienten nützt. Zu Ihrer Information, Doc, Märtyrer und Symbole werden gemacht. Und wer hat das Geld und die Organisation, die notwendig wären, um aus Ihnen ein Symbol zu machen – zu einer Zeit, da in unserm Lande Menschen auf noch lächerlichere Anklagen hin ins Gefängnis geworfen werden? Die amerikanische Nationalkrankheit, Doc, ist Trägheit des Herzens.«

»Und was hat Geoghan gesagt?« fragte Rosemary.

»Geoghan?« Trelawneys Hände trennten sich. »Geoghan schwieg. Wir beide saßen einfach da, in dem schmutzigen Zimmerchen, das er im Rathaus als Büro benutzt, und keiner von uns sprach. Schließlich fing ich doch wieder an, denn er hatte mir ja schon das Stichwort gegeben.«

»Was für ein Stichwort?« sagte Hale.

»Daß er Sie loswerden will, Doc. Mir fiel ein, daß es mehrere Methoden gibt, einen Menschen loszuwerden, und ich erschrak, hatte ich Geoghan doch gerade erklärt, daß er Sie nicht loswerden würde, indem er Sie ins Gefängnis steckt. Was war wohl das Nächstliegende dann?«

»Sam Trelawney«, sagte Rosemary, »Doc und ich haben in der letzten Zeit einiges durchgemacht. Quälen Sie uns nicht zusätzlich.«

Trelawneys Gesicht wurde abweisend. »Ich stehe auf Ihrer Seite«, sagte er. »Bitte, vergessen Sie das nicht.«

»Verzeihen Sie«, sagte Rosemary.

Trelawney nickte. »Ich versuchte, Geoghans Gedankengang zu folgen. Ich sagte zu ihm: Schauen Sie her, Mr. Geoghan – Sie wollen Hale loswerden. Wenn Hale nun unsre Stadt und unsern Kreis und vielleicht sogar den Staat Pennsylvania verließe, so hätten Sie Ihren Zweck doch erreicht?«

Hale war aufgesprungen. »Einen Deserteur aus mir machen, was?«

»Und was hat Geoghan geantwortet?« fragte Rosemary ruhig.

»Er hat eine Weile nachgedacht; und dann wollte er wissen, ob ich von Ihnen, Doc, geschickt worden sei und ob ich bevollmächtigt sei, in Ihrem Namen zu sprechen.«

»Auf keinen Fall«, sagte Hale. »Und ich will verdammt sein, wenn ich Sie je bevollmächtige –«

Er verstummte. Er sah sich plötzlich, wie Trelawney oder seine eigene Frau ihn sehen mußte – einen Windbeutel, der große Phrasen und edle Gefühle von sich gab, und der innen völlig hohl war. Die bittere Wahrheit war, daß er die Kraft zum Durchhalten nicht besaß. Einer Laus wie Lauffer gegenüber konnte er vielleicht noch auftreten; aber ansonsten hatte er nicht die Kraft, die Strafe auf sich zu nehmen, die ihn treffen mußte, weil er aus der Reihe getanzt war in einem Lande und in einer Zeit, wo man entweder in der Reihe tanzte oder das Tanzen aufgab. Die Wahrheit war, daß Trelawney ihm einen Ausweg bot, den Ausweg in einen geographisch bestimmten Ruhestand. Nun, Soldaten mit Nervenerschütterung wurden auch aus der Kampflinie herausgezogen; aber das war ein schlechter Vergleich und eine noch schlechtere Entschuldigung. Die Wahrheit war, daß er nicht einmal die Kraft hatte einzugestehen – weder Trelawney noch seiner Frau, noch sich selbst gegenüber –, daß er aufgeben *wollte*, daß er nicht länger fähig war, irgendeinen Kampf zu führen.

»Ich hatte keine Vollmacht von Ihnen«, sagte Trelawney, »und ich habe das Geoghan auch mitgeteilt. Aber die Möglichkeit besteht weiter, daß wir Geoghan veranlassen können, die Sache fallenzulassen, bevor sie vor Gericht kommt – vorausgesetzt, daß *Sie* sich dazu bewegen lassen, aus Goldsborough zu verschwinden.«

Hale hatte sich wieder hingesetzt und trommelte auf seinen Knien.

Rosemary legte ihre Hand beschwichtigend auf die seine. »Mach dir's doch nicht so schwer!...« sagte sie. Sie wußte, was in ihm vorging, und daß Goldsborough ihm folgen würde wie ein Fluch, wohin er auch immer sich begab. Er mußte Goldsborough überwinden. Aber in dem Zustand, in dem er sich zur Zeit befand, und erst recht im Gefängnis würde er dazu nicht imstande sein. »Wir könnten anderswo hingehen«, sagte sie, »wir könnten von neuem beginnen, du und ich...«

»Von neuem beginnen!« sagte er. »Man hat mir meine Arbeit genommen, meine Freunde, meinen guten Ruf, meine Freiheit. Und jetzt soll ich auch das letzte aufgeben, was ich noch habe – meine Selbstachtung!«

»Selbstachtung hängt nicht von einem Ort auf der Landkarte ab«, stellte Rosemary nüchtern fest.

»Doc ist doch ein tüchtiger Mensch!« sagte Trelawney zu Rosemary. »Er kann arbeiten! Und für den Anfang, hoffe ich, werden Sie Ihrem Anwalt gestatten, Ihnen ein paar Dollar vorzuschießen –«

»Ihr habt's wohl schon abgemacht?« Hale blickte von seiner Frau zu Trelawney. »Es ist alles geregelt? Ich werde gar nicht mehr gefragt! Darf ich vielleicht erwähnen, daß *ich* den Kampf geführt habe und daß *ich* ins Gefängnis zu gehen haben werde oder ins Exil irgendwohin, wo ich keinen Menschen kenne und keine Wurzeln habe –«

»Falsch! Grundfalsch!« Trelawney stützte sich auf seinen Schreibtisch, griff nach seinem Krückstock, ließ die Stützprothese am Bein einschnappen und stand nun da und blickte mit einem Ausdruck der Unerbittlichkeit auf Hale hinab. »Ihre Auffassung ist absolut falsch, Doc. Es handelt sich eben *nicht* nur um Sie. Im Augenblick denke ich nicht einmal so sehr an Rosemary, obwohl auch sie ein Recht darauf hat, mit ihrem Mann zusammenzuleben. Ich denke vielmehr an den Prozeß, der vor Richter Pritchett ausgetragen werden soll. Dieser Prozeß, falls Sie's vergessen haben sollten, Doc, wird nicht nur gegen Silas Hale geführt. Angeklagt sind Silas Hale, Carlisle Kennedy und Fred Bilek. Müssen Sie ins Gefängnis, dann auch Ihre Mitangeklagten. Verlassen Sie aber Goldsborough und wird der Fall außergerichtlich geregelt, bleiben die beiden frei.«

»Ja«, sagte Hale, »das habe ich nicht bedacht.« Sein Gesicht schien zu verfallen. »Wie war es nur möglich, daß ich nicht daran gedacht habe!« Er wandte den Kopf von Rosemary zu Trelawney, als könnten sein Anwalt oder seine Frau ihm Antwort geben.

»Nehmen Sie's nicht so tragisch«, sagte Trelawney.

Aber Hale hörte ihn nicht. Daß er über den eigenen Ängsten, den eigenen Haßgefühlen, den eigenen Grübeleien zwei andere Menschen vergessen hatte, die sein Schicksal zu teilen haben würden – das war es ja gerade, was bei ihm nicht stimmte! Er hatte *nur* an sich selber gedacht. Auch als er an der Seite anderer Menschen und für sie gehandelt hatte, hatte er nur an sich selber gedacht. *Sein* Anteil am Kampf, *seine* Gedanken darüber, *sein* Gerechtigkeitssinn, *seine* Zukunftsträume – nur das war für ihn wichtig gewesen. Und wenn die Menschen und die Tatsachen sich nicht *seinen* Anschauungen entsprechend einfügten, so hatte er sich beleidigt und vereinsamt gefühlt und sich notwendigerweise in eine Situation hineinmanövriert, in der *seine* Gedanken irrig und *seine* Träume irreal werden mußten. Miss Beasley hatte recht gehabt. Er war nicht ehrlich gewesen mit sich selbst. Er war ein Idealist gewesen, aber nicht um der Ideale willen, sondern zur Befriedigung von Silas Hale. Und so mußte er unter dem Druck zerbrechen.

Trelawney hatte sich wieder hingesetzt. Er sah aus hinter seinem Schreibtisch wie ein Gnom, schlau, aber nicht ungütig. »Ich glaube«, sagte er, »die Entscheidung sollte von Ihnen gemeinsam mit Ihren Mitangeklagten getroffen werden. Da Sie zusammen hängen sollen, können Sie ja auch zusammen beraten. Ich habe mir erlaubt, sie in mein Büro zu bitten« – er blickte lächelnd auf seine Uhr –, »und ich nehme an, sie sind schon hier.« Er griff nach dem Telephon und wies seine Sekretärin an: »Schicken Sie Mr. Kennedy und Mr. Bilek zu mir.«

Bilek kam sehr still und gedrückt herein, nickte Rosemary zu, und nahm auf dem Rand eines Stuhles Platz. Kennedy dagegen war glänzender Laune; er arbeitete wieder, und jedesmal wenn er die Sprengladung im schwarzen Stoß der Kohle explodieren ließ, jedesmal wenn ein Stück Gebirge vor ihm zerbrach, stärkte sich sein Selbstbewußtsein.

Trelawney schilderte noch einmal die rechtliche Lage. Nachdem er geendet hatte, bat er Bilek um seine Meinung.

Bilek hüstelte und sah sich hilfesuchend um. Als auch von Rosemarys Seite kein Wink kam, erklärte er schließlich: »Ich hab keine Arbeit und ich werd wohl auch kaum welche bekommen, und da die Bergwerksgesellschaft mich gerade so rechtzeitig entlassen hat, daß sie mir keine Rente zahlen muß, bedeuten ein paar Jahre Gefängnis für mich ein paar Jahre, wo man mir dreimal am Tag eine Mahlzeit vorsetzt. Martha wird sich schon irgendwie durchbringen. Für Rosemary wird es schwer sein, wenn wir beide sitzen, Doc und ich – « Er zuckte die Schultern. »Dieser Rogoczinski, der Gendarm, hat immer gesagt, daß ich noch im Gefängnis enden würde. Ein regelrechter Prophet war er, der Sauhund.«

»Und Sie, Mr. Kennedy?« fragte Trelawney.

Kennedy nahm sich eine Zigarette aus der offenen Packung auf Trelawneys Schreibtisch. Er dachte an Mickie und seine anderen Kinder, an Angeline in ihrem Schaukelstuhl, sogar auch an Evaline, und an das elende Haus auf Pritchett Heights. Wenn man ihn einlochte, würde alles zu Bruch gehen. Vielleicht war mit ihm als Vater nicht viel Staat zu machen, aber besser als gar kein Vater war er auf jeden Fall. »Arme Leute stehen immer mit einem Fuß im Gefängnis«, sagte er. »Ich habe keine Angst davor. Aber ich glaube, es sollte irgendwie Sinn haben...«

»Könnten Sie sich etwas klarer ausdrücken?« sagte Trelawney.

Kennedy zündete seine Zigarette an. »Wenn man mich einsteckte, sagen wir, weil ich einen Streikbrecherwagen aufhielt und die Ladung auskippte – oder die Kohle aus einem Güterwagen rausholte – oder irgendwie etwas anstellte, was ich zu tun für nötig hielt – in Ordnung! Aber sich einsperren lassen müssen auf falsche Anklagen hin und ohne die geringste Möglichkeit, den Kumpels zu erklären, wieso und warum und auf welche Weise man ins Loch verschoben wird – um ganz offen zu sprechen, Mr. Trelawney, wenn sich das irgendwie vermeiden ließe, dann sollten wir's vermeiden! Andererseits...« Er sog den Rauch ein und blies ihn langsam wieder aus. Die Fältchen neben seinen Augen vertieften sich.

»Andererseits?« sagte Trelawney.

»Bilek tut, als wäre es ihm gleich. Mir ist es aber nicht gleich. Und auch was aus Doc Hale wird, muß man bedenken. Es gibt Leute, die härter werden durchs Gefängnis, und andere, die daran kaputt gehen. Wenn Doc der Meinung ist, daß er gewachsen und gestärkt aus der Sache herauskommt, als ein Mesnch, der sich weiter dafür einsetzt, daß andern Leuten nicht geschehen soll, was uns geschieht, und daß in Goldsborough ausgemistet wird und daß es zu einer Stadt wird, in der ehrliche Leute ehrlich leben können – dann bin ich gerne bereit, Seite an Seite mit ihm im Gefängnissteinbruch zu arbeiten. Aber wenn diese Jahre ihn aushöhlen, wenn er glaubt, daß er innerlich zerbrochen daraus hervorgeht, dann ist es doch Zeitvergeudung und sinnlos, auf den Regierungsmatratzen zu schlafen und den Regierungsfraß zu fressen. Die Entscheidung liegt bei Doc Hale.«

Hale hob den Kopf. Das Zucken in seinen Augenlidern hatte aufgehört. Er schaute Kennedy an und dachte: Bei Gott – auf den ersten Blick sieht man es gar nicht. Auf den ersten Blick gab es nichts Außergewöhnliches und Bemerkenswertes an diesem Mann – ein gutes amerikanisches Gesicht, ein Arbeitergesicht, gezeichnet und geformt durch sein Leben und seine Arbeit. Aber Kennedy war durchaus kein gewöhnlicher Mensch. Er hatte ein großes Herz. Und er konnte Menschen führen, besser als er, Silas Hale, es je tun könnte.

Und Hale dachte weiter: Wenigstens diesmal mach dir nichts vor, wenigstens diesmal sei ehrlich mit dir selbst. Spiel nicht den Märtyrer, du hast nicht das Zeug dafür. Betrachte dich dieses eine Mal nicht als den Mittelpunkt der Dinge; dafür zum mindesten solltest du Einsicht und Mut aufbringen können.

Denn es ist keine persönliche Frage. Es ist keine persönliche Frage für Kennedy, und sollte es auch für dich nicht sein. Was hatte Kennedy über die Arbeit im Gefängnissteinbruch gesagt? … *Wir*, hatte er gesagt, nicht *Ich;* und der einzelne kann gebrochen werden, aber alle zusammen können nicht gebrochen werden; *eine* Stimme kann erstickt werden, aber viele Stimmen müssen gehört werden. Das war es, was er gesagt hatte, obzwar nicht in diesen Worten. Und dies auch hatte er gesagt, daß man in allem, was man tat, die Kumpel im Auge haben mußte – aber nicht wie ein Politiker, und nicht wie ein Wohltäter der Menschheit, nicht von oben herab. Man mußte sich fühlen als einer von ihnen, nicht nur weil das eigene Stück Brot von der Größe des Laibes abhing, den alle erhielten, sondern weil alles Gute und Große und Schöne und alle Hoffnung nur aus dieser Quelle kommen konnte. Man mußte ein Gefühl für sie haben, sie sogar ein wenig lieben, und einen Sinn entwickeln für – nun, es gab kein besseres Wort dafür – einen Sinn für Solidarität.

Kennedy hatte seine Zigarette zu Ende geraucht und zerdrückte den Stummel in einem Aschbecher. Hale sah ihn immer noch an.

»Kennedy«, begann er, und ging zum ersten Mal und ganz bewußt zum Du über, »du hast mir nicht gesagt, ich soll aus der Stadt verschwinden, wie meine Frau und mein Anwalt mir geraten haben – obwohl du mir's auch hättest sagen können.«

»Jawoll«, sagte Kennedy.

»Dennoch meine ich, Rosemary und ich sollten von hier fortgehen.«

Trelawney räusperte sich. »Das ist eine sehr mutige Entscheidung, Doc. Gefängnis ist schwer; was Sie gewählt haben, ist vielleicht noch schwerer.«

Hale winkte ab und sprach weiter zu Kennedy. »Ich will dir nicht vorspielen, ich ginge, damit du in Freiheit bleiben und deine Arbeit tun kannst. Ich habe es aufgegeben, mir und andern Leuten Theater vorzuspielen. Ich gehe fort, einfach weil ich befürchte, daß ich im Gefängnis das bißchen Rückgrat verlieren könnte, das mir noch geblieben ist, und das ich anderswo brauchen werde.«

»Und brauchen wirst du's«, nickte Kennedy. »Wo man auch hingeht, ist derselbe Kampf.«

»Wo ich auch hingehe, ist Goldsborough«, sagte Hale.

Kennedy blickte ihn an. »Du wirst dich schon machen.«

»Erwähnen möchte ich noch«, fuhr Hale fort, »daß ich dein Angebot, mit mir im Steinbruch zu arbeiten, sehr hoch schätze. Das war mir eine große Lehre. Aber wenn der Tag schon mal kommen sollte, wo du in den Steinbruch mußt, dann sollst du dir wenigstens aussuchen können, wofür.«

»Jawoll«, bestätigte Kennedy.

»Und wie ist's mit Geld, Doc?« fragte Trelawney.

Hale versuchte, seine Bewegung zu verbergen. »Lauffer ist neulich bei mir vorbeigekommen, wollte sich ein reines Gewissen kaufen... Ich werde es mir hoch bezahlen lassen und ihm einen Schund andrehen.«

# *Zweiundzwanzigstes Kapitel*

Der Winter hatte der Verandatreppe den Rest gegeben. Mit der eisenbeschlagenen Spitze seines Stiefels polkte Kennedy ein paar feuchte, verfaulte Splitter aus dem Holz. Er würde sich ein paar Bretter aus der Grube verschaffen und sich die Zeit nehmen müssen, die Stufen in Ordnung zu bringen.

Die Morgensonne schien wie frisch gewaschen, und ein Hauch von Frühling lag in der Luft. Die Pfützen um das Haus herum trockneten ein. Er ging zu dem Briefkasten am Zaun. Die roten Tränen unter dem »C« in Carlisle und unter dem »K« und dem »y« in Kennedy waren verschwunden; in der Tat hatten der Schnee und der Regen des Winters den ganzen Namen fast völlig verwaschen. Er klappte den Deckel des Briefkastens herunter. Ein Reklamebrief von einer Seifenfirma lag drin mit einer Anzahl Coupons, die einen Wert von je 5 Cents Preisermäßigung beim Einkauf der Produkte der Firma hatten; ferner eine letzte Mahnung von der Western Pennsylvania Edison-Gesellschaft, die ihm mitteilte, daß ihm die Elektrizität abgestellt werden würde, wenn er seine Schulden nicht sofort zahlte; und schließlich die heutige Nummer des *Goldsborough Daily Eagle*.

Er steckte die Coupons und die Mahnung in die Tasche, klemmte die Zeitung unter den Arm und folgte dem dünnen Pfad, der zum Abtritt führte, wobei er es vorsichtig vermied, auf die ersten zarten Spitzen des neuen Grases zu treten. Eine Spinne hatte die Stille der Nacht dazu benutzt, ihr Netz in der oberen linken Ecke des Abtritts, direkt unter dem schiefen Dach, zu spinnen, und winzige Tauperlen zitterten an den Stellen, wo die Fäden miteinander verknüpft waren. Er blickte auf die schimmernden Tröpfchen, lächelte plötzlich und ohne Grund, trat dann ein und setzte sich, ließ aber die Tür offen, um Licht zum Lesen zu haben.

Der Präsident hatte bei einer Pressekonferenz im Weißen Haus den Korrespondenten eine Erklärung abgegeben, irgend etwas über Demokratie. Weinbergs Herrenartikelgeschäft in Goldsborough veranstaltete einen Ausverkauf vor der nächsten Preissteigerung.

Das Verfahren gegen Hale und Bilek und Kennedy, das ursprünglich sehr bald zur Verhandlung kommen sollte, war auf Veranlassung der Staatsanwaltschaft eingestellt worden.

Kennedy riß diese Notiz aus dem Blatt und verstaute sie in derselben Tasche, in der sich bereits die Coupons und die Elektrizitätsrechnung befanden. Vom Hause her hörte er Evalines Stimme; sie keifte die Kinder an. Er stand auf. Beim Herausgehen versetzte er der Tür des Abtritts einen Stoß, daß sie krachend ins Schloß fiel. Er war in Eile. Er würde nicht einmal seinen Kaffee trinken können, wenn er rechtzeitig in der Stadt sein wollte, um Doc und Rosemary abzuholen und zum Bahnhof zu fahren und ihnen auf Wiedersehen zu sagen und zum Schichtbeginn in der Grube zurechtzukommen. Man arbeitete schon wieder kurz, und er konnte es sich nicht leisten, auch nur einen Stundenlohn zu verlieren.

Er ging am Haus vorbei und winkte Mickie zu, die, Katie an der Hand, auf der Veranda stand und ihm gleichfalls zuwinkte. Das war etwas Neues, und er wußte nicht, warum Mickie es tat, oder was ihr den Gedanken eingegeben hatte. Aber seit dem Ende des Streiks stand sie jedesmal, wenn er zur Arbeit ging, ob Tag oder Nacht, auf der Veranda und winkte ihm nach, ganz so wie Molly es immer getan hatte. Und sie war stiller und ruhiger geworden, sehr still und ruhig, und sie schien zugenommen zu haben an Gewicht. Sie war kein Mädchen mehr; sie war eine Frau.

Neben seinem Auto auf dem freien Platz vor Jamiesons Haus, wo der Weg nach Goldsborough hinab begann, warteten Fred Bilek und Martha. Martha trug einen Handkorb; unter der karierten Serviette, die den Inhalt bedeckte, lugte der Hals einer Flasche hervor.

»Hübscher Korb«, sagte Kennedy. »Was habt ihr denn drin?«

Martha packte den Korb fester, als hätte Kennedy die Absicht, hineinzugreifen. »Die armen Kinder!« sagte sie. »So weggehen zu müssen – so allein...« Sie unterdrückte ihre Rührung. »Belegte Brote habe ich für sie, und saure Gurken und hartgekochte Eier und eine Flasche Schnaps –«

»Hausgemachter Branntwein«, sagte Bilek, »wie in der alten Heimat.«

»Steigt ein«, sagte Kennedy rauh. Er wußte, wie schwer es war, einen solchen Picknick-Korb zusammenzustellen, wenn man von Wohlfahrtsunterstützung leben mußte. »Wo die hinfahren, da gibt's ja schließlich auch Restaurants und Hamburgerstände und all das –«

Er unterbrach sich. Jamieson kam von seiner Veranda herbeigelaufen und rief ihm zu, einen Augenblick zu warten. Kennedy ließ das fleckige Seitenfenster des Chevrolet herunter. Jamiesons hageres Gesicht erschien im Fensterrahmen, und seine Hand schob ein kleines, flaches Paket in den Wagen. »Abschiedsgeschenk für Doc«, sagte er. »Ein Buch nur...«

»Eine Bibel, was?« sagte Kennedy. »Weißt wohl noch nicht, daß in jedem Hotelzimmer in den Vereinigten Staaten eine Bibel liegt? Damit alle Geschäftemacher und alle Huren, die unterwegs übernachten müssen, christlich getröstet einschlafen können...«

»Zufällig ist's keine Bibel!« Jamieson ärgerte sich doch. »Es ist ein Buch ganz andrer Art, aber auch gut. Hat meinem Sohn gehört, und er hat sehr viel davon gehalten. Er sagte immer, aus diesem Buch hätte er gelernt, warum die Welt so geworden ist, wie sie ist, und was man tun muß, um sie zu verändern.«

Kennedy drückte auf den Starter. Der Motor hustete und spuckte und heulte schließlich auf. »Ich werd's Doc geben.«

»Und vergiß nicht, ihm zu sagen –«

»Was zu sagen?«

»Was wir gestern abend beschlossen haben!«

»Sag ich ihm. Aber jetzt laß mich fahren, es ist höchste Zeit!«

Jamieson trat zurück. Jedes Schlagloch mitnehmend, ratterte der Wagen den Berg hinab. Kennedy versuchte, sich auf die vor ihm liegenden Kurven zu konzentrieren, aber seine Augen glitten immer wieder zu dem Rückspiegel, in dem die Gesichter der beiden alten Leute sichtbar waren. Und immer wieder mußte er denken: Wie kommt es, daß die, die es am wenigsten verdienen, immer die härtesten Nackenschläge kriegen?

Die Räder holperten über die Knüppelbrücke; er bog ein in die Chaussee nach Goldsborough. Was mochte es wohl für ein Buch sein, dachte er, das Hale da als Abschiedsgeschenk bekam; vielleicht eins von den Traktaten, aus denen Jamieson seine Gedanken bezog. Denn Jamieson hatte sich keineswegs zur Ruhe gesetzt, obwohl er ebenso ohne Arbeit geblieben war wie Bilek; Jamieson benutzte seine Zeit, um von Bergarbeitersiedlung zu Bergarbeitersiedlung zu wandern, mit den Kumpels zu reden, ihre Argumente anzuhören, und gelegentlich in seiner sanften Art auch die eigene Meinung zu sagen, die dann, allerdings weniger sanft, in den unterirdischen Förderstrecken und Kammern wieder auftauchte oder in harten und deutlichen Worten an die Seite der Hunte gekreidet zusammen mit der Kohle aus den Förderschächten zu Tage kam.

Und jetzt hatte Jamieson wieder eine neue Idee gehabt.

Kennedy grinste. Je mehr er über Jamiesons Idee nachdachte, desto brauchbarer erschien sie ihm. Und eine ganze Reihe Kumpel, an die man schon herangetreten war, hatten nach anfänglichem Staunen und Zweifeln und Zögern die Möglichkeiten der Sache gesehen und sich dafür ausgesprochen.

Eine Liste von Oppositionskandidaten für die Wahlen in Gewerkschaftsgruppe 1769 – das war Jamiesons Idee. Seit Menschengedenken hatte es nur eine einzige Kandidatenliste für die Funktionärswahlen gegeben, eine Einheitsliste, mit soviel Kandidaten darauf, wie Posten zu besetzen waren; und ganz besonders für den Posten des Vorsitzenden hatte stets nur einer kandidiert. So war es gekommen, daß der Vorsitzendenposten – wenn der Vorsitzende nicht selbst als sein eigener Nachfolger gewählt zu werden beabsichtigte – wie ein Familienerbstück von einem zum andern weitergegeben worden war. So war Lonsdale seinerzeit Vorsitzender geworden; und mit Mercadante, der ihm im Amt gefolgt war, war es ebenso gewesen. Nie hatte es eine wirklich organisierte Opposition gegeben, weder bei den Versammlungen, auf denen die Kandidaten vorgeschlagen wurden, noch bei den Wahlen, die darauf folgten. Bisher hatten die Kumpel dieses Verfahren als so selbstverständlich betrachtet wie etwa das Bestellen von Kaffee und Doughnuts im Drug Store an der nächsten Ecke.

*Wählt Kennedy zum Vorsitzenden!* Mit einem Fuß im Gefängnis, mit dem andern in den Akten jeder Art Polizei zwischen Goldsborough und Pittsburgh – und dennoch: *Wählt Kennedy zum Vorsitzenden!* Es würde ein Kampf werden, und wahrscheinlich würde man ihn verlieren. Aber es war ein Kampf, und darum gut – besonders zu einer Zeit, da der Streik und seine Folgeereignisse noch nicht vergessen waren. Alles, was unter der Oberfläche schwelte, alles, was sich in den Köpfen der Kumpel angehäuft hatte und sie bedrückte, würde nach oben drängen und eine Menge Staub aufwirbeln. Als damals die Abstimmung stattfand über die Wiederaufnahme der Arbeit, da hatten Mercadante und Lonsdale und all die Herren, die die Räder im Räderwerk drehten, fest geglaubt, nun wäre endlich der Deckel wieder zu und ein für allemal festgenagelt. Aber inzwischen war ja wieder gearbeitet worden, und zwar unter etwa denselben Bedingungen wie vor dem Streik. Inzwischen waren die Bestellungen, die sich während des Streiks im Büro der Pritchett-Kohlen-und-Koks-Gesellschaft gestapelt hatten, abgearbeitet worden, und wieder gab es keine Vollbeschäftigung; aber das Geld, das man dem Lebensmittelhändler und dem Fleischer und dem Arzt und den Grundstücksmaklern und den Abzahlungsgeschäften schuldete, wurde prompt eingefordert, und die Leute wußten einfach nicht, wie sie es bezahlen sollten. In dem Augenblick, da Jamieson den Namen Carlisle Kennedy nannte und ihn vorschlug als Kandidaten für den Posten des Vorsitzenden der Gewerkschaftsgruppe 1769 der Vereinigten Bergarbeiter-Gewerkschaft, würde der Deckel aufspringen, und sämtliche Konflikte, die zum Streik geführt hatten, würden wieder aufbrechen...

Die Häuser von Goldsborough, das vertraute Grau in Grau, das durch den Kohlenstaub noch verdunkelt wurde. Der Frühling, der ein wenig von seinem ersten Glanz auf Pritchett Heights geworfen hatte, besaß nicht die Kraft, bis ins Tal durchzudringen. Kennedy fuhr langsamer. Martha und Bilek sprachen mit unterdrückter Stimme, und ihre Worte wurden durch das Motorgeräusch übertönt. Kennedy war froh, daß er sie nicht verstehen konnte. Die beiden alten Leute trauerten; und obwohl er mitfühlte mit ihnen, war er nicht in Stimmung, mit ihnen mitzutrauern.

Wenn man auf der Versammlung, wo die Kandidaten ernannt wurden, die nötige Anzahl von Stimmen zusammenbekam, um eine Oppositionsliste aufzustellen, würde Mercadante es nicht leicht haben. Und bei Gott, dachte Kennedy, ich werde ihm ein Feuer unter dem Hintern anlegen. Über Tag werde ich jedes Haus aufsuchen, wo ein Krumpel wohnt, und unter Tage werde ich überall hingehen, wo ein Kumpel arbeitet. Mercadantes große Schwäche war, daß ihm sein Pöstchen über alles ging. Mercadante lag an den kleinen Gefälligkeiten, die er von den Reviersteigern und von der Direktion erhielt; ihm lag an dem Krümchen Macht und Ehre, welche das Pöstchen abwarf. Ohne das war Mercadante ein armseliger Hund, wie sie zu Dutzenden herumliefen. Für mich aber, fragte sich Kennedy – was bedeutet die Funktion mir?... Eine neue und bessere Stellung, von der aus man den Zustand, der bekämpft werden mußte, bekämpfen konnte.

Er fuhr den Pennsylvania Boulevard entlang und in die Vierte Avenue hinein. Weiter die Straße entlang erkannte er die Buchstaben von Doc Hales Neon-Reklame, blaß und tot; die Elektrizität war schon abgeschaltet.

Kennedy runzelte die Stirn. Er konnte sich eigentlich nicht entsinnen, wie lange dieser Kampf schon dauerte und wann er selbst begonnen hatte, daran teilzunehmen. War es damals, als er das erstemal in eine Grube einfuhr, ein verängstigter kleiner Junge, der es nicht wagte, sich außerhalb des Lichtkreises zu bewegen, den das Geleuchte am Helm des alten Burnham warf? Oder später, als er durch Jahre hindurch nur gelegentlich Arbeit erhielt? Oder als Molly starb? Doch eines wußte er: er war hineingewachsen in diesen Kampf, und immer war es der gleiche Kampf gewesen, ob man Gnocchi, dem Reviersteiger, übers Maul fuhr, ob man auf einsamer Straße ein hoch mit Streikbrecherkohle beladenes Lastauto aufhielt, ob man versuchte, irregeleiteten, hungrigen Menschen etwas zum Essen aufzuzwingen, ob man den jungen Webb ins Grab legte, ob man den eigenen Schädel den Knüppeln der Polizei hinhielt, oder ob man Doc und Rosemary Hale auf Wiedersehen und Lebewohl sagte und ihnen Glück wünschte für die Zukunft.

Es war ihm sehr egal, ob er nun Vorsitzender einer Gewerkschaftsgruppe wurde oder nicht. Ihm ging es darum, daß die Dinge nicht so blieben, wie sie waren. Vielleicht sollte er Jamieson doch fragen, wie das Buch hieß, aus dem man lernen konnte, sie zu verändern.

Das Laboratorium war leer bis auf den dreibeinigen Schemel, dessen Sitz glänzend gerieben war von den Hintern der vielen Menschen, die Hale besuchen kamen und sich mit ihm unterhielten, während er arbeitete. Die Diplome waren abgenommen worden von der Wand; wo sie gehangen hatten, sah man dunkle, unscharf abgegrenzte Vierecke. Der Bohrer, der an einem beweglichen Stahlarm über dem Arbeitstisch gehangen hatte, war verschwunden; ebenso der Arbeitstisch und die Glasschränke mit ihren Behältern und Wachsformen und den grinsenden Modellgebissen.

Die Tür stand offen. Das Echo der Stimmen Rosemarys und Marthas und Bileks drang aus dem Raum, der einst als Wohnzimmer gedient hatte; kein Möbelstück, kein Teppich, kein Buch dämpften den Schall.

»Setz dich«, sagte Hale, fast im Flüsterton, und deutete auf den Schemel.

Kennedy setzte sich.

»Geben wir ihnen ein paar Minuten«, Hale nickte in Richtung der Stimmen, »Gott weiß, wann sie sich wiedersehen werden.«

»Ihr werdet schon mal auf Besuch kommen«, sagte Kennedy sachlich.

Hale verzog den Mund. »Vielleicht.«

»Vielleicht wird sich's auch mal in Goldsborough ändern.«

»Du meinst, wenn du Gewerkschaftsgruppenvorsitzender sein wirst anstelle von Mercadante? Da wird noch viel Wasser den Pokie hinunterfließen, bevor du das erreichst, und manches wird zu geschehen haben.«

»Wir werden jedenfalls unser Bestes tun, damit es geschieht.«

Hale betrachtete Kennedys Hände, in deren Haut der Kohlenstaub sich wieder eingefressen hatte. »Möglich ist alles!« sagte er; und dann plötzlich: »Heb den Kopf!«

Kennedy, überrascht, gehorchte.

Hale zog eine kleine weiße Pappschachtel aus seiner Tasche, wie sie von den Geschäften benutzt werden, um billige Broschen oder Ohrringe darin zu verpacken. Mit der Feierlichkeit des Bildhauers, der eine Statue enthüllt, öffnete er das Schächtelchen und nahm die obere Watteschicht heraus.

»Mach mal den Mund auf, Kennedy!«

»Wofür?«

»Mach den Mund auf!«

Kennedy spürte Hales Fingerspitzen, die ihm übers Zahnfleisch glitten; dann wurde ihm etwas Hartes, Kühles, Glattes in den Mund eingefügt. Das Ding war riesig, beengte die Zunge, reizte die Speicheldrüse.

»Jetzt mach den Mund zu!«

Aber der Mund wollte sich nicht schließen. Kennedy versuchte zu protestieren, aber statt Worten produzierte er ein unverständliches Gezisch und Gelall.

»Nimm's heraus!« gestikulierte er.

»Paßt doch glänzend!« sagte Hale. Er zog Kennedys Lippen auseinander und betrachtete sein Werk. »Zubeißen!« befahl er schließlich.

Kennedy biß zu.

»Tadellos!« sagte Hale. »Tadellos!«

»Aber ich kann nicht sprechen!« murmelte Kennedy; bei fast jedem Konsonanten stieß er mit der Zunge gegen die Zähne.

»Das lernt sich wieder. Auch das Kauen. Und du wirst lernen, wieder zu genießen, wofür der Mensch den Mund und die Zähne hat. In ein paar Tagen wirst du glauben, daß du mit dem Zeug im Munde geboren worden bist.«

Kennedy stand auf. Irgendwie brachte er es fertig, sein neues Gebiß aus dem Mund zu nehmen. Vorsichtig tat er es in die kleine Schachtel zurück. Er wollte sprechen, ohne lispeln und bei jeder Silbe einhalten zu müssen. »Jetzt hör mir bitte genau zu«, sagte er. »Es gab da eine Idee, Doc, auf die du während des ganzen Streiks versessen warst: nämlich daß der Streik untrennbar verbunden war mit der Politik. Damit hast du recht gehabt.«

Hale lächelte.

»Doc, ich werde lernen, mit diesen neuen Zähnen zu reden, und ich werde mit den Kumpels über den Streik sprechen und über die Politik, die dazu gehört – jetzt, wo ich als Gewerkschaftsgruppenvorsitzender kandidieren werde, und auch nach den Wahlen.«

Rosemary stand in der Tür. »Paß nur auf, Bruder Kennedy«, sagte

Hale, »daß die Gangster dir nicht die neuen Zähne in Stücke schlagen, denn ich werde leider nicht hier sein können, um sie dir zu ersetzen.« Er wandte sich Rosemary zu. »Fertig?«

Sie nickte. »Geh du jetzt zu ihnen. Sie wollen dir auch auf Wiedersehen sagen, und sie wollen dir sagen, daß du gut zu mir sein sollst.«

»Ja«, sagte Hale, senkte den Kopf und verließ das Labor. Rosemary lauschte seinen Schritten; dann war da die Stimme ihrer Mutter, die abbrach, dann wieder anhub.

»Leicht wird's euch nicht werden«, sagte Kennedy.

»Leicht nicht«, bestätigte Rosemary. »Aber Doc wird es schaffen.«

Er sah den schmerzlichen Ausdruck, der sich über ihr Gesicht breitete, und er sah ihre blasse, fast durchsichtige Haut. »Doc wird es schaffen müssen«, sagte er, und dachte: Die Frauen – für die Frauen ist es immer am schwersten.

»Carlisle Kennedy!«

»Ja?«

»Ich habe Doc absichtlich aus dem Zimmer geschickt. Es handelt sich um etwas, das ihn nichts angeht, das ich Ihnen aber sagen muß, bevor ich abfahre.«

Er zog die Brauen hoch.

»Ist Ihnen in letzter Zeit nichts Besonderes an Mickie aufgefallen?«

Er ging langsam auf und ab in dem leeren Zimmer und kam dann zu ihr zurück und blieb vor ihr stehen. Ihm fiel mancherlei auf – an Mickie, an den anderen Kindern auch –; was meinte sie eigentlich?

»Erinnern Sie sich an die Nacht«, fragte Rosemary, »die Nacht, als Mickie nicht nach Hause zurückkam nach Pritchett Heights?«

Sein Mund verkniff sich. Diese Nacht – sie schien so lange her zu sein; aber er erinnerte sich sehr wohl an sein Suchen und Warten, seine Angst um Mickie, seinen Zorn, seine Hilflosigkeit.

»In der Nacht«, sagte Rosemary, »hat sie mir gebeichtet, was sie Ihnen nicht zu beichten wagte –«

Sein Gesicht verdüsterte sich. Mickie hatte kein Recht, ihm ihr Vertrauen zu verweigern, kein Recht, ihm zu verschweigen –

»Mickie ist schwanger.«

Er stand da, zitternd wie ein Ochs, dem der Schlachter mit der stumpfen Seite der Axt eins auf den Schädel gegeben hat und der gleich in die Knie sinken wird. »Das ist nicht wahr, kann nicht wahr sein«, sagte er.

»Warum sollte ich Ihnen etwas vorlügen?«

Seine Stimme war ruhig, zu ruhig. »Ich bringe den Mann um, der ihr das angetan hat.«

»Der Mann ist tot.«

»Pete Webb?...«

»Pete Webb.«

Er fand den Schemel und setzte sich schwerfällig nieder. »Aber warum nur?« fragte er.

»Warum sie sich eingelassen hat mit Pete?«

»Nein!« Er machte eine Handbewegung, als wollte er etwas verscheuchen. »Warum hat sie mir nichts gesagt?«

»Aus Furcht, nehme ich an.«

Er schwieg.

»Sie hat alles versucht, die Arme«, sagte Rosemary. »Sie hat alles versucht, einen Ausweg zu finden.«

Der Ton, in dem Rosemary sprach, brachte ihm zu Bewußtsein, wie einsam und verloren sein eigenes Kind sich gefühlt haben mußte. Gott weiß, wo sie noch gewesen war in jener Nacht und wo sie noch Hilfe gesucht hatte. Überall, nur nicht bei ihm. Ein Narr war er gewesen. Er hatte ihr zu verstehen gegeben, daß sie etwas Besonderes war. Er hatte aus ihr eine Prinzessin gemacht; aber die Zeit, in der man lebte, war nicht geeignet für Prinzessinnen, und Pritchett Heights war nicht der geeignete Ort für sie. So hübsch und gescheit man auch sein mochte – kein Mensch konnte zugleich in einer Traumwelt leben und in der Welt, wie sie nun leider war. Aber das gerade hatte er von ihr erwartet und verlangt, und als er spürte, daß es so nicht ging, hatte er seinen Unwillen und seine Verbitterung an ihr ausgelassen. »Arme Mickie –«, sagte er. Und fügte im stillen hinzu: Arme Molly. Dann sagte er: »Danke schön, Rosemary, danke für die Mitteilung.« Und eine Weile später: »Ich habe immer denen am meisten weh getan, die ich am meisten liebte. Ich weiß nicht, warum.«

»Sie müssen ihr nur ein bißchen helfen«, sagte Rosemary.

Bilek und Martha kamen ins Labor, gefolgt von Hale. Sie trugen das Handgepäck, und Hale brachte Rosemarys Mantel und Handtasche.

»Schon?« sagte Rosemary.

»Es ist Zeit«, sagte Hale.

Er verließ das Haus als letzter. Er verschloß die Tür, drehte den Schlüssel zweimal im Schloß. Dann stieg er ins Auto und setzte sich neben Kennedy. Der Wagen rollte an. Hale hätte gern noch einmal zurückgeblickt auf das Haus, in dem er so lange gelebt und gearbeitet hatte, auf das Schild mit den Neon-Buchstaben – aber er tat es nicht. Er blickte starr auf die Straße, die sich vor ihm streckte, und seine Augenlider zuckten ein paarmal ärgerlich.

»Nun sind sie also weg«, sagte Geoghan, lehnte sich in seinem Stuhl zurück und musterte die handgemalte Krawatte des Mannes, der wartend vor seinem Schreibtisch stand.

Dem war unbehaglich zumute unter Geoghans fischartigem Blick, und er durchsuchte sein Gedächtnis nach Details, die er vergessen haben könnte zu berichten. »Sie sind mit dem Expreß nach Pittsburgh abgefahren«, ergänzte er, »im gewöhnlichen Personenwagen. Nur die Eltern der Frau und dieser Kennedy waren zum Abschied am Bahnhof. Das große Gepäck hatten sie schon zwei Tage vorher nach Chicago vorausgeschickt.«

»Chicago?...« sagte Geoghan. Sein Interesse an der Sache Hale erlosch. Chicago und Umgebung wurde von anderen Leuten politisch beherrscht. Mochten die sich um Mr. Hale und seine Pläne kümmern.

»Noch etwas, Mr. Geoghan?«

»Das ist alles.«

Der Mann mit der Krawatte verließ das Zimmer und schloß die Tür hinter sich. Geoghan blickte aus dem Fenster auf den City Hall Square hinaus und gestattete sich ein dünnes Lächeln, bevor er sich Lonsdale wieder zuwandte: »So sind sie also doch fort. Das ist wenigstens *ein* Schmerz, den wir los sind.« Er sah, daß Lonsdale nicht überzeugt war. »Und was paßt Ihnen jetzt wieder nicht, Herb?« fragte er sarkastisch.

Lonsdale stand auf. Breitschultrig und korpulent, schien er das enge Büro Geoghans fast gänzlich auszufüllen. Nachdenklich betrachtete er das Porträt Präsident Trumans an der Wand gegenüber dem Schreibtisch und sagte: »Harry zieht sich doch großartig an. Sieht immer aus wie aus dem Ei gepellt. War ja auch in Herrenhüten, Hemden und Krawatten.«

Geoghan war gelangweilt. »Ich habe keine Zeit, über die Garderobe des Präsidenten zu sprechen«, sagte er. »Wollen Sie was Besonderes?«

Lonsdale blickte ihn an. »Warum haben Sie Hale eigentlich laufen lassen?« murrte er. »Warum haben Sie ihm nicht den Prozeß machen lassen und ihn eingesperrt? Ihn und Kennedy und den Alten?«

»Ich könnte Ihnen erwidern«, Geoghans Gesicht zeigte keinerlei Ausdruck, »daß das nicht Ihre Angelegenheit ist. Aber da Sie sich doch sehr verdient gemacht haben um Goldsborough, will ich's Ihnen erklären: Doc Hale im Gefängnis wäre ein Märtyrer geworden, ein Symbol. Verstehen Sie?«

»Was wäre er geworden?« fragte Lonsdale.

»Ein Märtyrer! Ein Symbol!« wiederholte Geoghan geduldig. »Sie sind nicht katholisch, was?«

»Nein«, sagte Lonsdale.

»Dann ist es schwer zu erklären«, seufzte Geoghan. »Aber lassen Sie sich deshalb keine grauen Haare wachsen, Herb. Tun Sie nur, was man Ihnen sagt, und machen Sie sich keine Sorgen über Dinge, die über Ihren Verstand gehen.«

»Na schön«, sagte Lonsdale ergeben. »Aber da entwickelt sich eine neue Schwierigkeit.«

»Schwierigkeiten wird es immer geben«, sagte Geoghan philosophisch.

»Aber diese Schwierigkeit entsteht gerade, weil Sie sich gedacht haben, daß Hale ein Märtyrer hätte werden können, und weil Sie ihn deshalb laufen ließen, ihn und Kennedy. Wissen Sie, was Kennedy jetzt vorhat?«

Geoghans Gesicht veränderte sich unmerklich, wurde spitz, lauernd.

»Er will sich an die Spitze einer Oppositionswahlliste der Gewerkschaftsgruppe der Sarah-Pritchett-Grube stellen. Und die Kumpel in dieser Gewerkschaftsgruppe haben den Streik noch nicht vergessen, und auch die Tagebau-Gruben nicht, und auch nicht die Kohlenlaster. Und ich befürchte, daß unser Mann Mercadante es sehr schwer haben wird –«

Geoghan hatte sich erhoben. Klein und hager, ein Zwerg verglichen mit Lonsdale, wirkte er dennoch so, daß dieser unwillkürlich zurückwich. »Sie haben die gesamte Distriktsorganisation Ihrer Gewerkschaft hinter sich!« sagte er schneidend. »Sie haben meinen politischen Apparat und die Presse und den Rundfunk und die katholische Kirche und das FBI und die Gerichte hinter sich und jeden Polizisten im Kreis Goldsborough – und da machen Sie sich wegen einer Handvoll von dummen Bergarbeitern in die Hosen? Was ist los mit Ihnen!«

Lonsdale erblaßte. »Ich meine nur –«, stotterte er, »ich meine doch nur – ich glaube, Sie haben da einen Fehler gemacht –«

»Ja!« sagte Geoghan gedehnt, in dem Ton eines Menschen, der einer wichtigen Entdeckung auf der Spur ist. »Vielleicht haben Sie da sogar recht. Vielleicht habe ich einen Fehler gemacht. Nämlich den Fehler, daß ich Sie viel zu lange schon bezahlt habe...«

Lonsdale schluckte.

»Ich bitte um Ihre Aufmerksamkeit«, sagte Geoghan, »ich sag's Ihnen in den einfachsten Worten. Wir haben hier schon genug Unruhe gehabt mit dem Streik. Ich verlange Ruhe in der Stadt und Ruhe in der Gewerkschaft, damit ein Mensch in Ruhe sein ehrliches Geld verdienen kann. Also: entweder Sie erledigen Kennedy und seine Leute bei diesen Wahlen, Bruder Lonsdale, oder *Sie* sind erledigt – und zwar für alle Zeiten. Ist das klar?«

Es war klar. Aber die Antwort, nach der Lonsdale vorhin schon gesucht hatte, fiel ihm jetzt ein. »Wenn ich erledigt sein sollte«, sagte er langsam, »dann könnte es doch sehr leicht geschehen, Mr. Geoghan, daß auch Sie erledigt sind.«

Geoghan war sprachlos angesichts solcher Unverschämtheit. Schließlich faßte er sich. »Ich habe Ihnen bereits gesagt, Lonsdale«, erklärte er, »daß Sie sich nicht um Dinge kümmern sollen, die über Ihren Verstand gehen. Aber eines wollen Sie bitte beachten: keiner von uns lebt ewig; und wer sich einbildet, er ist gescheiter als sein Boß, stirbt mitunter nicht im Bett.«

Als er von der Arbeit nach Hause kam, standen die Sterne schon am Himmel. Er parkte seinen Wagen vor Jamiesons Häuschen, packte seinen Essenträger und ging langsam auf sein eigenes Haus zu. Die Lichter von Goldsborough und von den Bergarbeitersiedlungen längs des Pokie-Flusses umgaben das Tal wie ein funkelndes Halsband. Am Horizont leuchtete der ferne Heiligenschein der Hochöfen von Pittsburgh.

Jemand war auf der Veranda.

Kennedy blieb stehen.

Sie wartete auf seine Rückkehr, bewegungslos, schweigend, genauso wie Molly immer gewartet hatte. Jetzt mußte sie ihn wohl gesehen haben, denn sie kam die Treppe herunter und den Pfad entlang. Dann zögerte sie.

»Mickie!« rief er.

»Hart gearbeitet, Pa?«

Er nahm ihren Arm. »Warum schläfst du noch nicht?«

»Ich war nicht müde.«

Sie gingen am Haus vorbei bis zu der Stelle, wo das Gebüsch aufhörte und der Berg plötzlich abfiel. Tief unter ihnen streckte sich das Tal.

»Früher mal habe ich geglaubt«, begann er, »es wären die Kinder gewesen, die mir mein Leben verdorben haben. Kinder binden einen, und man sitzt fest.«

Er spürte, daß sie ein wenig zitterte.

»Das stimmt auch«, fuhr er fort, »aber es ist doch nicht die ganze Wahrheit. Sieh dir das an«, weit ausladend strich sein Arm über das Tal und das dahinterliegende weite Hügelland, »das gehört uns, alles, sobald wir uns nur entschließen, daß es uns gehören soll. Es sehnt sich direkt danach, von uns erobert zu werden, für uns und für unsere Kinder…«

»Pa –«, sagte sie.

Er streichelte ihr die Hand.

»Ich weiß schon, was du mir sagen willst, Mickie«, nickte er.